啼笑因緣

中國古典名著

張恨水 著
束 忱 校注

三民書局

國家圖書館出版品預行編目資料

啼笑因緣／張恨水著；束忱校注.－－初版一刷.－－
臺北市：三民，2019
面；　公分.－－(中國古典名著)

ISBN 978-957-14-6498-5　(平裝)

857.7　　　　107018150

著作者	張恨水
校注者	束　忱
責任編輯	邱文琪
美術設計	郭雅萍
發行人	劉振強
著作財產權人	三民書局股份有限公司
發行所	三民書局股份有限公司
	地址　臺北市復興北路386號
	電話　(02)25006600
	郵撥帳號　0009998-5
門市部	(復北店) 臺北市復興北路386號
	(重南店) 臺北市重慶南路一段61號
出版日期	初版一刷　2019年1月
編號	S 858230

行政院新聞局登記證局版臺業字第〇二〇〇號

ISBN　978-957-14-6498-5　(平裝)

http://www.sanmin.com.tw　三民網路書店

啼笑因緣 總目

引言

束忱

中國近現代是文學大家輩出的年代。魯迅、周作人、胡適、巴金、老舍、曹禺、茅盾、郭沫若、沈從文、張愛玲、冰心、朱自清、錢鍾書、李健吾……他們的名字組成了文學史上燦爛的星河。在新文學的星漢之中有一個名字同樣熠熠生輝，但卻沒有得到應有的重視。翻開一本本近現代文學史或文學研究專著，我們很少能看到關於他的講述和評論，這與他近三千萬字的傳世作品、以數十計的著作版數極不相稱，與他上下近百年、縱橫數萬里的巨大讀者群也極不相稱。

他，就是通俗文學巨擘，啼笑因緣、金粉世家、夜深沉、春明外史的作者——張恨水。

一段時期以來，張恨水被視為專寫三角戀愛的「鴛鴦蝴蝶派」言情作家。上個世紀三十年代，有批評家就粗暴地把他定位為封建餘孽；此後即便不是如此極端，大部分研究者還是把他視為文學水準不高、思想品味低下的消遣小說作者。然而，甩掉僵化的意識形態的偏見，放寬文學批評的視野，人們越來越清楚地認識到了這位通俗作家的文學史意義。有人把他比作中國的大仲馬；甚至有人將他和魯迅並提，稱他們為中國二十世紀純文學和俗文學的雙峰。

「爾曹身與名俱滅，不廢江河萬古流」。藝術的趣味、時代的風尚變幻莫測，但是有價值的文字卻如沙底之金，必將沉澱下來而不會隨波逐流。知人論世才可以更好地理解作品，瞭解張恨水完整的創造經歷和主要的文學業績更有助於我們欣賞他的這部啼笑因緣。因此在引言部分我要向您介紹張恨水的生平、他的文學歷程和啼笑因緣的價值。

張恨水的生平

光緒十一年（一八九五年）陰曆四月二十四日，張恨水出生在江西廣信（今上饒）的一個小官吏家庭。原名張心遠，一九一四年他給報社投稿時，從自己酷愛的南唐李後主烏夜啼詞「自是人生長恨水長東」一句中截取「恨水」二字作筆名。

與很多天才型人物另類、誇張的個性不同，張恨水從小就是一個規矩勤勉的學生。在私塾中，他一方面本本分分地讀「三百千」、論語、孟子，一方面對小說產生了濃厚的興趣。剛剛開蒙的張恨水就表現出對文字的強烈的敏感，老師教學生對對子，出上聯「九棵韭菜」，張恨水很快對出「十個石榴」，對仗工整、平仄協調，讓老師大吃一驚。

一九一〇年（宣統二年），張恨水十五歲時，考入甲種農業學校。初次接觸數、理、化等課程，頭腦受到了維新思想的衝擊；除了三國演義、紅樓夢、儒林外史、花月痕，他通過林紓的「譯文」，接觸到了狄更斯、小仲馬，瞭解了西洋文學，拓寬了視野和思想。

一九一三年，張恨水考入孫中山主辦的「蒙藏墾殖學校」。學習期間他成了「禮拜六」派（就是以文學刊物禮拜六為代表的鴛鴦蝴蝶派）作者的熱心讀者，並仿效這個流派的套路，撰寫了短篇小說舊新娘和梅花劫，投往當時設在上海的小說月報編輯部，稿子雖未被採用，但主編的回函對張恨水的創作，起了一定的鼓舞作用。他的第一部章回體長篇白話小說青衫淚，也在這一年完成。後來，張恨水稱自己是「禮拜六派文人的坯子」（見寫作生涯回憶），這一段時期的閱讀經歷，無疑為他今後文學個性和藝術趣味的形成奠基了基礎。

一九一六年，再次失學的張恨水返回原籍安徽潛山，並在家中的「黃土書房」內寫下了他早期習作的另兩篇文言中篇小說未婚妻和紫玉成姻。

一九一八年二月，張恨水受朋友推薦，隻身來到蕪湖作了皖江日報的編輯。這一年，他在皖江日報上發表了言情小說紫玉成姻和南國相思譜；在上海民國日報上發表了諷刺小說真假寶玉和小說迷魂遊地府記。一九一九年「五四」運動爆發後，他便離開了蕪湖來到北京。

父親去世以後，張恨水過的是顛沛流離的生活，他一面求生、一面求學、一面創作。儘管他自稱是「才子的崇拜者」，可是現實讓他「知道了這世界不是『四書五經』上的世界」（見我的寫作生涯），同時，探求民主科學、追求個性解放的新思想又不斷衝擊著他的大腦。此時的張恨水新、舊思想並存，並經常發生尖銳的矛盾衝突，使他常常處於苦悶之中。十八歲那年，家庭包辦的婚姻迫得他「無可躲避」。他極不滿意這次婚配，但傳統的封建婚姻觀念使他不得不被迫就範。失學的打擊，前途的渺茫，感情上的失意，使他滿腹牢騷，不再滿足於書寫那些吟風弄月、兒女情長的才子佳人小說。

一九一九年，撼動中國社會的「五四」運動爆發，張恨水「親眼看到了許多熱烈的情形」，頗受鼓舞。於是他在蕪湖皖江日報上辦起了介紹「五四」運動的週刊，宣傳一些新文化運動的觀點，但對於「文學革命」的主張，雖表示擁護，思想上仍有不少保留的地方，就是對這場革命運動，當然他也不十分理解。因此，張恨水在這場革命運動中，基本上充當了一個隨波逐流的角色。雖然如此，但一九一九年陰曆五月五日他組織遊行隊伍，鼓舞蕪湖群眾的反日士氣的事件表現出他是一位有愛國思想的青年。

不久，他辭去了皖江日報的工作，來到北京，準備報考北大。但「一到北京，就加入了新聞界，使我沒有時間讀書……」（見我的寫作生涯）。一九二四年，成舍我在北京創辦了世界晚報，第二年，又創辦了世界日報。張恨水應邀兼任了這兩報副刊夜光、明珠的主編。生活的變化，工作的需要，迫使張恨水政治視野擴大了，從一定程度上講，他已逐步擺脫了個人、家庭的小圈子，把目光移向了社會。他目睹了當時軍閥爭權、民不聊生的社會現實，聽到了當時許多「知名人士」們的「內幕新聞」。雖然他還認識不到產生這些現象的根源，然而一個新聞記者的「良心」使他不能袖手旁觀，於是他拿起筆來，以「報人」的眼光，用雜文和小說的形式，開始針砭時弊、揭露現實。

他的第一部有影響力的作品——春明外史便在這一時期問世（一九二四年四月二十一日在世界晚報上發表）。

春明外史是一部以二十年目睹之怪現狀為藍本的社會譴責小說。全書連載五十七個月（一九二四年四月至一九二九年一月），洋洋百萬言，是張恨水繪製的一幅反映二十年代北京各階層社會生活的畫卷。由於作品回目工整，在故事編排上，張恨水又摒棄了以往社會小說「說完一事，又逸入一事，缺乏骨幹的組織」的方法，改用「先安排下一個主角，並安排幾個陪客」的結構方式。這部小說在技巧上有新突破，加上通俗的語言，描寫的細膩，轟動一時。春明外史不僅較為深刻地揭露了封建軍閥、權貴們燈紅酒綠、醉生夢死的腐朽生活，還對當時佛門的虛偽、騙人的迷信給予了抨擊。

春明外史發表後，受到了讀者的歡迎，張恨水也由此而揚名。於是，約稿的信件不斷寄來，他寫小說也由此一發而不可收。從一九二四年至一九三一年「九一八」事變爆發前夕，這八年間，他在全國各報刊發表的中、長篇小說近二十部。這些作品雖多為社會言情小說，但「暴露」始終是貫穿於這些作品的主要思想傾向。其中影響比較大的，繼春明外史後，要首推金粉世家了。如果說春明外史是張恨水的成名作，那麼金粉世家就是他小說創作上的繼續崛起。

金粉世家（見一九二七年至一九三二年北京世界晚報），百二十回，百萬言上下，它以二十年代北京某些豪門的實際生活狀況為背景，以金燕西和平常人家的才女冷清秋一對夫婦的戀愛、結婚、反目、離散為線索，重點「寫了金銓總理一家的悲歡離合和興衰」，同時也反映了當年官場的腐敗，上層社會荒淫無恥的生活。這部小說人物繁多，場面浩大，而全篇布局嚴謹，線索分明，人物也寫得各有性格。和春明外史相比，不能不說張恨水在小說創作上有了長足的進步。在對舊社會黑暗勢力的揭露上，略深於春明外史。它所缺乏的是「奮鬥有為」的時代精神。所以金粉世家的銷路雖在春明外史之上，但它帶給讀者的，多是一種熱鬧、傷感的情緒。

一九二八年，「濟南慘案」發生，張恨水的愛國主義思想進一步被激發起來，開始關注外敵的入侵，國家的危亡。他接連寫出了恥與日人共事、中國不會亡國等雜文，對日本帝國主義侵略中國的暴行進行了譴責和聲討。他的認識雖然還顯得膚淺，但思想認識水準確是有了一定的提高，促使他的創作起了很大的變化，「到寫啼笑因緣時」，他「就有了寫小說必須趕上時代的想法」。

啼笑因緣（見一九三〇年三月至十一月上海新聞報）不論是內容還是藝術上，與前兩部作品相比，有了顯著的進步，手法上，寫人狀物更加細膩，結構上也更加嚴謹靈巧了；內容上，前二部作品中的消極避世、沉浸佛學的情緒大大淡薄了；對社會上的醜惡現實，也由自然主義的反映轉向了傾向鮮明的抨擊，表現出一種明顯的反封建傾向。在藝術上，啼笑因緣也是很有特色的，給人印象較深的是該書精巧的構思，主要人物的塑造也是較有性格的。

此一階段張恨水的創作雖然接觸現實，但仍然多游離於社會新思潮的邊緣。他真正接受時代召喚，是在抗日烽火燃起之後。

「九一八」的炮聲，震動了張恨水的思想，激起了他強烈的愛國主義情緒。在這民族生死存亡的時刻，他認為應「必興語言文字，喚醒國人」，盡一點「鼓勵民氣」的責任（見彎弓集序）。於是他於一九三二年，用了二十天的時間，撰寫了三篇短篇小說、一個劇本、一組筆記和三組詩，集在一起，取名彎弓集。儘管彎弓集中存在著種種不足，但它鼓吹抗戰是不假的，而且從中我們看到了張恨水「寫作意識，轉變了方向」（見我的寫作和生活），開始跟上了時代的步伐。從此以後，以善寫言情作品見長的張恨水，「寫任何小說，都想帶點抗禦外侮的意識進去」（見我的創作和生活）。

一九三五年九月，張恨水來到上海，主編立報副刊花果山。年底，因受華北偽政權的威脅，未敢北歸，輾轉南京，和張友鸞共同創辦了南京人報。「七七」事變後，日寇進逼南京，南京人報被迫停刊。張恨水也於一九三八年一月在抗戰的烽煙烈火中，來到了重慶，加入了「中華全國文藝界抗敵協會」，擔任了重慶新民報副刊主編。

當時的重慶，是革命、進步文藝工作者雲集的地方。所以，張恨水一到重慶，就被文藝界抗禦外侮、拯救中華的氣氛所包圍。他的抗日熱情受到了進步文藝工作者的支持和讚揚。而抗日上的一致性，又使張恨水自覺地向革命文學靠近。因新民報社距新華日報社不遠，他成了新華日報社的客人，跟潘梓年成了好友，和老舍關係密切……與革命文藝工作者的交往，促進了張恨水思想上的轉變，提高了他的認識水準。他進一步瞭解了全國抗戰的形勢，看到抗戰的阻力，認清了抗戰的前途，從而增強了他為抗戰而創作的決心。於是他以新民報副刊最後關頭為陣地，發出了一篇篇戰鬥性很強的雜文。

在重慶期間，他寫出了近千篇散文，二十餘部中、長篇小說。張恨水在重慶的小說創作，已不固守回目工整典雅的章回體，多採用加標題的散體化形式，他的創作方法也有了根本性的變化，更加重視作品所反映內容的真實性，表現出明顯的現實主義傾向，他注意從社會生活和鬥爭中選取重大題材，去反映時代的課題。題材上，我們大致可以把他這時期的小說分為三類：軍事小說，歷史小說，社會諷刺小說，其中以第三類思想水準最高。

張恨水以軍事為題材的小說，主要有衝鋒、紅花港、潛山血、前線的安徽、安徽的前線、游擊隊、大江東去和虎賁萬歲等。這些作品，以反映的內容看，主要有三方面應引起我們的注意。

首先，多數作品反映的是人民群眾自發性的抗日鬥爭。這種鬥爭多以遊擊隊的形式出現。其次，這類作品幾乎都反映了人民群眾對抗日軍隊的支持。最後，不少作品中，張恨水都用了一定的筆墨較詳細地描寫了日軍侵華時所犯下的滔天罪行。總之，張恨水以軍事為題材的小說，揭露了侵略軍的殘暴，頌揚了人民群眾的抗日鬥爭，表達了作者自己強烈的民族意識和愛國思想。但是，這類作品，仍存在著一些不足：第一，作者「對軍事是百分之二百的外行」（見我的寫作生涯），他雖有愛國的熱情，但無戰爭生活的實踐和經驗，這樣，反映在他作品中的就不乏空泛和不切實際的成分。第二，有的人說：此時在小說創作上，張恨水追求的是在抗戰與言情上兼而有之。在他的某些作品裡，也確實有一些過分的男女愛情上的糾葛。不能不說他多少還帶有一些舊時創作的印跡。

張恨水以歷史為題材的小說主要有中原豪俠傳和水滸新傳。其中影響較大的是水滸新傳，最初連載於一九四〇至一九四一年的上海新聞報上。張恨水借用歷史上大宋抗金的故事，來影射當時中國人民的抗日戰爭，激發國民的民族氣節。

隨著抗戰的深入，一些阻礙抗戰的醜惡現象也粉墨登場。張恨水此時寫出了社會諷刺小說八十一夢和魍魎世界。

八十一夢刊於一九三九年十二月至一九四一年四月的重慶新民報上。小說採用散體化的形式，以「寓言十九，托之於夢」的手法，對戰時重慶，國民黨貪官污吏的倒行逆施，社會上豪門權貴的腐朽生活進行了深刻地揭露、辛辣地諷刺。

一九四四年五月十六日，正值張恨水五十壽辰之際，為了表彰他在抗日工作上所做出的成績，重慶新聞界聯合發起了為他祝壽的活動，並對他的小說創作給予了實事求是的評價。同一天，老舍、羅承烈等文學名人也都撰文從不同角度對他的創作給予了肯定的評價。

一九四五年八月十四日，中國人民經過八年浴血奮戰獲得了最後的勝利。十二月三日，張恨水在重慶新民報發表了告別重慶一文，辭去了該報職務，攜全家離開了重慶。

一九四六年四月，他來到北平，擔任了北平新民報副刊主編兼經理職務。一九四八年秋，張恨水辭去了北平新民報的所有職務，終止了他從事了四十餘年的報人生活。

一九四九年六月，張恨水不幸因患腦溢血而半身不遂。中共政府聘請他為文化部顧問。不久，他正式參加了「全國作家協會」。一九五三年，張恨水正式恢復寫作，改編了以歷史愛情故事為題材的長篇章回小說梁山伯與祝英臺。爾後，又陸續寫出了秋江、白蛇傳、孟姜女、牛郎織女等小說。在這些作品中，雖還可尋到他原有的一些風格，但是，不論從思想還是藝術上，遠比不上他從前的作品了。一九六二年他的舊病復發，一九六七年不幸逝世，享年七十二歲。

張恨水的文學成就

張恨水時代是中國近現代通俗小說產量最高、成就最輝煌的時代，包天笑、周瘦鵑、秦瘦鵑、程小青、劉雲若等一大批作家彼此呼應，張恨水技壓群芳，名噪南北，其小說創作數量之多、流傳之廣、影響之大、人們對其褒貶之盛、毀譽之烈幾乎達到空前的程度。

半個多世紀之後，文學界和學術界對於張恨水小說的文學成就和文學史意義有了新的認識。大家公認張恨水是現代通俗文學的第一高峰。他在對傳統文學形式的成功改造與揚棄上達到了歷史性的高度。

張恨水曾在總答謝一文中這樣寫道：「我覺得章回小說，不盡是可遺棄的東西，不然，紅樓水滸何以成為世界名著呢？自然，章回小說有其缺點存在，但這個缺點不是無可挽救的……而新派小說雖一切前進，而文法上的組織，非習慣讀中國書、說中國話的普通民眾所能接受……我們沒有理由遺棄這一班人，我願為這班人工作。有人說，中國舊章回小說浩如煙海，盡夠這班人享受的了，何勞你再去多事？

但這有兩個問題：那浩如煙海的東西他不是現代的反映，那班人需要一點寫現代事物的小說，他們從何覓取呢？大家若都鄙棄章回小說而不為，讓這班人永遠去看俠客口中吐白光、才子中狀元、佳人後花園私訂終身的故事，拿筆桿的人，似乎要負一點責任……而舊章回小說，可以改良的辦法，也不妨試一試。」

張恨水的世界觀和文學觀是一個新舊兼備的矛盾體。傳統的忠孝節烈倫理觀念是他的思想基礎，在文學上表現出明顯的名士氣和傷感氣質；在受到五四新思潮的催化後，張氏的世界觀和文學觀發生了變化，使得他萌發出具有新質的民主主義和改良主義的思想，這樣的思想基礎促使張恨水十分自覺地擔起創作、改良章回小說的重任。

他意識到民族的欣賞習慣、讀者的審美心理特徵是作家創作時所不能忽視的。中國的通俗文學向來就有著獨特的文化傳承關係，有著深厚的群眾基礎。不論是過去，還是現在，我們的文學要發展，均不能走單軌，大膽引進固然重要，圖謀改良亦未不可，舊形式作為民族習慣與大眾心理的積澱物，經過改造是完全可以利用的。同時文學也要努力跟上時代、作現代的反映，這是「拿筆桿人」應盡的責任。他通過對舊小說從形式到內容的適當改造，終於在大眾與時代、傳統與革新之間找到了較良好的契合點，使自己的創作不僅有了歷史的某種依托，而且有一定的現實基礎。

先說傳承的一方面。張恨水的作品大多都採用傳統的章回體結構，以現實生活為內容、以故事講述為主體、客觀描寫為基本筆法。張氏認為：「小說有兩境界，一種是敘述人生，一種是幻想人生，大概我的寫作，總是取經於敘述人生的。」結合其作品實際看，張氏的「敘述人生」，實際上就是主張忠實生活，對人與人的生活環境與命運作真實的描寫與表現，讓生活站出來說話，這是對中國古典小說現實主義優良傳統的繼承與發揚。從語言和風格的角度來看，張恨水也繼承了中國古典文學抒情寫意的傳統，表現出的是纏綿悱惻、哀而不傷、怨而不怒的含蓄風格。

然而，張恨水在小說形式和風格上的開拓之功更加引人注目。與以前乃至同時代的作家相比，張恨水解決了一個問題，就是怎樣使通俗小說散亂的材料集中起來？在張恨水轟動社會的第一部小說春明外史中，他就成功地使所有的材料都服從一個人的命運，用一個人作為小說的主人公從頭到尾把它貫穿起來。此前的官場現形記、儒林外史等很多作品都是把很多社會生活積累起來，就像中篇小說、短篇小說的總和。這種情況，在民國初期是通俗小說的一般面目，比如當時鴛鴦蝴蝶派的重要作家李涵秋的名作廣陵潮就是把各種各樣的生活堆積起來，小說材料散亂、主旨不免蕪雜。而張恨水的春明外史卻改變了這一狀況，這對於通俗文學來說是很了不起的。其實這樣的做法在中國也並不是沒有先例，紅樓夢就很成熟地運用了這樣的手法，然而遺憾的是後來一直缺乏有水準的小說家自覺地加以傳承發揚。而對於這一點，張恨水是有著充分的自覺意識的。春明外史取得成功之後，自然有人向張恨水請教創作的秘訣，張恨水稱：「把這法子說破，就是用作紅樓夢的辦法，來作春明外史。」是對紅樓夢「以社會為經，言情為緯」筆法的繼承發展。

張恨水的小說的第二個顯著進步，就是擺脫了通俗小說以故事講述為中心，以迎合讀者興趣為終極目的的情節中心的做法。純文學和通俗文學的區別在哪裡？這個問題非常複雜，從不同的角度看問題也會得出不同的結論。但有一點是很清楚的：通俗文學尤其是通俗小說主要靠情節吸引人；而純文學作品也可以講故事，但它的用意還在於表達作者對生活的感悟、抒寫作者情感和意志。而這一切便離不開心理描寫和環境描寫。在這個問題上，張恨水向前走了一大步，不僅在通俗文學中罕有匹敵，和純文學作家相比也是極為出色的。

這裡我們可以舉兩個例子。先看金粉世家裡的一個場景：

金燕西偷偷看完冷清秋之後產生的想法：「我守著看人家不是有些呆嗎？這就回得家去，一個人坐在書房裡呆想，那人在胡同口上那微微一笑，焉知不是對我而發的？當時可惜我太老實了，我就回她一笑，又要什麼緊？我面孔那樣正正經經的，她不要說我太不知趣嗎？說我不知趣呢，那還罷了，若是說我假裝正經，那就辜負人家的意思了。他這樣想著，彷彿有一個珠圓玉潤的面孔，一雙明亮亮的眼珠一轉，兩頰上泛出一層淺淺的紅暈，由紅暈上，又略略現出兩個似有似無的笑渦。燕西想到這裡，目光微微下垂，不由得也微微笑起來。」

冷清秋走過來以後，無意之中看到這麼個小夥子，就微微地向他一笑。一般情況下，如果說他心中無意，不管怎麼笑都沒關係。這個時候如果他心中有意，不要說是你一笑，你手一舉一動，他都會揣摩：她是不是對我有意？一般的通俗小說，寫到這兒，也就打住了。但是張恨水的金粉世家，而恰恰在這裡他開始運用了心理描寫。再比如金燕西和冷清秋最後分手有各種各樣的關係，其實小說很早就寫得很清楚金燕西和冷清秋的分手是必然的，有它內在的原因。試看，兩人尚在戀愛階段時燕西的一段心理活動：「我將來和清秋結了婚，難道也是這個樣子不成？無論如何，我想自己得先振作起來，不要長了別人的威風……若是男子對他夫人有很厚的愛情，卻落了一個懼內的結果，豈不讓天下男人都不敢愛他妻？」

可見蕪西始終就沒有把清秋放到平等的位置上，而冷清秋又是出身平民家庭，她特別看重我的位置是什麼。這樣的描寫在金粉世家之前的通俗小說中是極其罕見的。它的出現說明作者不僅要描述生活還要解釋生活，這絕對是普通的消遣作品中沒有的東西。

再說場景描寫。金粉世家中的金蕪西辦了個詩社，而且有各種各樣的場面。金蕪西是一個總理的兒子，他要辦詩社，其實圍著他身邊去寫詩的人，真是要寫詩嗎？不是的，想通過巴結他，在其他方面有所發展。然後就是寫這些詩人，詩社的這些詩人，寫的那些詩都是一塌糊塗。這些場面描寫把每個人在詩社的心理狀態全部表現出來了，這樣的寫法在通俗小說裡沒有。金銓死了，總理死了要辦喪事，雖然大樹倒下了，但是根深盤結的很多關係在這兒。怎麼出面，送什麼禮物，以及怎麼講話，這些場面描寫對人情世故，對人性的刻畫深刻得很。這樣的描寫完全超越了娛樂讀者的層面，進入了對生活、對人性的提煉和概括的層面。

張恨水的小說解決了通俗小說的兩大問題。第一他完成了社會言情小說模式。中國的通俗小說，在清末民初的時候，主要就是鴛鴦蝴蝶派——就是一對鴛鴦、一對蝴蝶，哭哭啼啼地講愛情，沒有什麼豐富的現實內容。而有些所謂的社會小說，比如李涵秋的廣陵潮，寫了很多社會內容，但它有一個毛病，就是完全的自然主義。堆砌生活素材，作家缺乏抉擇、判斷和表現。最後流於對骯髒的生活負面的自然展示，變成了黑幕小說。而張恨水的很多作品則是社會言情小說，它有言情，但是他有自己的對生活的認識、對現實的是非判斷，那就是反軍閥、反壓迫。也就是說，作家把自己的政治態度、社會態度通過藝術手法表現出來。

上面說的主要是技巧方面的東西，下面再體驗一下張恨水作品的思想特徵。幼年時由小康轉入困頓的生活之路使張恨水得以長期體驗小市民及下層人民的甘苦，決心「趕上時代」的志向又使他不願以寫小說供人消閒為已足，於是在他的筆下便表現出小市民的痛苦與歡樂、屈辱與抗爭、生活與命運等方方面面的情狀來。這就確定了張氏反映人生、批判現實的基本創作宗旨。因而也就必然直接或間接地提出或涉及對人民大眾有著現實意義的社會問題。如金粉世家已觸及婦女追求獨立人格、實現自我價值的問題；太平花揭露了中國連年苦於內戰的現實根源；燕歸來反映了「開發西北」問題的要害；秦淮世家暗射冷嘲漢奸問題……此外諸如，歡喜冤家所探討的女伶生活出路問題；大江東去所表現的關於個人婚姻與抗戰事業的矛盾糾葛等等，無不是那個時代帶有一定傾向性與代表性的社會問題。從總體上看，這些問題都是那個時代的主要矛盾——即廣大人民群眾與封建主義，軍閥官僚統治與外來侵略勢力之間尖銳矛盾的產物。由於張氏筆下的主人公多數不是舊小說中的才子佳人，而是社會底層的市民男女或具有正義感的知識分子，因而所反映的社會問題往往有一定的概括性與現實性，其中有的作品已經逼近社會生活的某些本質方面，從而贏得多層面讀者的共鳴和關注，其影響遠不止於消閒解悶，在一定程度上有助於人們加深對當時社會黑幕與種種病態的認識，以引起療救的注意，用老報人羅承烈先生的話來說就是：「對世道人心有很大的啟示。」

啼笑因緣的特色和創作過程

一九二九年春，上海新聞記者東北視察團到北平參觀，北平新聞界假座中山公園來今雨軒舉行歡迎會，張恨水應邀參加。席上，經錢芥塵介紹，張恨水結識上海新聞報副刊主編嚴獨鶴。兩人一見如故，洽談甚歡。嚴曾經讀過張恨水的小說，印象深刻，便力邀張為新聞報寫一部連載小說。鑑於新聞報在當時巨大的影響力，張恨水爽快地答應了嚴獨鶴的稿約。嚴獨鶴回到上海後，再次來函催稿。當時上海文壇人才濟濟，本無需外地約稿，外地作家也無法打入圈內。現在上海影響力最大的報紙新聞報主動求稿，張恨水自然要認真對待。他想，像春明外史、金粉世家這樣百萬言的小說，恐怕不對上海讀者的口味，需要緊湊，有戲劇性，有懸念，不僅內容上要有新意，就是對話與形式也要別開生面。

構思數日，張恨水忽然想起前幾年的「高翠蘭被搶案」。原來一九二四年，鼓書女藝人高翠蘭在北京四平海升園獻藝，她嗓音甜潤，長得又漂亮，所以很受歡迎，沒曾想一個姓田的旅長看中了她橫刀奪去。世界日報的記者門覺夫是高翠蘭的義父，又著急又氣憤，曾經向張恨水求助，商量營救的辦法，這在當時是個轟動京城的案件。於是張恨水決定以這件事情為小說的主幹。

啼笑因緣由於寫的是北京的故事，語言當然得用北京話。張恨水將北京話加以提煉，運用到文學創作中，使其語言俏皮而不油滑，生動而富感染力。加上跌宕的情節、細膩的描寫刻畫，啼笑因緣在新聞報連載後，上海讀者感到耳目一新，很快就在上海灘風靡一時。接著又傳遍大江南北、全國各地，成了所謂「最時髦」、最暢銷的作品，新聞報的銷量更是因之而激增。一時，文壇上竟出現了「啼笑因緣迷」的說法，很多讀者居然到北平去找書中沈鳳喜住的水車胡同，還有一些讀者也是因為這部作品成了天橋的遊客。

書成後不久，張恨水曾有事到江南，看到啼笑因緣受到歡迎的情況，使他不勝惶惶。他在我的小說過程一文中說：「我作這書的時候，鑑於春明外史、金粉世家之千頭萬緒，時時記掛著顧此失彼，因之我作啼笑因緣，就少用角兒登場，乃重於情節的變化，自己看來，明明是由博而約了，不料這一部書在南方，居然得許多讀者的許可，我這次南來，上至黨國名流，下至風塵少女，一見著面，便問啼笑因緣，這不能不使我受寵若驚了。」

插入一句題外話，啼笑因緣，是「因」而不是「姻」，很多讀者都把書名寫成啼笑姻緣。張恨水自己解釋：啼笑因緣並不是寫婚姻的。而「因緣」二字，本是佛經中的禪語，社會上又把這二字移用，通常多作「機緣」解，意指十分巧合的機會。小說啼笑因緣的意思，除了機會、機遇之外，還包含一種因果緣分，這是指社會上各種各樣的人，在生活中錯綜複雜的因果關係，這個關係，又讓人產生了啼、笑、恩、怨、親、仇交織的離合。

啼笑因緣發表後，張恨水的知名度和聲望幾乎達到了頂峰。每天無數的讀者來信雪花似的飛來，不少為書中情節所感動的女讀者找上門來一定要親眼見一見書的作者。據張氏後人稱，三十年代初，有一名少婦幾次三番上門，張恨水均避而不見，後來得知這名少婦乃是一個新貴的姨太太，想必是啼笑因緣深深地激起了她的身世之感。

啼笑因緣出書之後，很多讀者還為書中人物的命運做出種種推測與設想，並要求作者寫續集。而張恨水認為開放式的收尾最好，是經過他苦心敲定的，不肯再續。他說，詩貴含蓄，文也貴在含蓄，況且現實的社會，就是缺憾的，讀者也只能缺憾了。但是要求他做續集的信，像潮水般湧來，竟三年不輟。張恨水只好在報上發表作完啼笑因緣後的說話一文，在文中說，為了「不願它自我成之，自我毀之」之故，「所以歸結一句話，我是不能續，不必續，也不敢續」的。但是一九三三年，張恨水終於又做了續集。他為什麼改變初衷呢？這又是勢成騎虎，迫不得已之事。那年，日寇舉兵占領山海關，攻占熱河，然後向各長城口攻擊，妄圖侵占華北。為了躲避戰禍，張恨水送高堂回安慶居住，順便赴上海探友。不想到上海後就被書商包圍，為他出版啼笑因緣的那家書局，更是不厭其煩，天天磨著他寫續集。因為當時社會上已經出現了多種根據啼笑因緣而做的小說，什麼續啼笑因緣、啼笑因緣三集、啼笑再緣、啼嘯因緣、啼笑因緣零碎、反啼笑因緣、恩愛冤家等，據說有十幾種。書商們見自己的生意被別人搶了，自然眼熱，便一定要作者續書。看到有的續書扭曲己意、格調低下，加上九一八事變激起了張恨水的義憤，他終於決定寫出啼笑因緣續集，讓書中的主要人物都投身到抗日洪流中去。

二十世紀中國產生了很多名家名作，但是最轟動的一部作品，它不是魯迅的阿Q正傳、不是茅盾的子夜、不是曹禺的雷雨，甚至不是郭沫若的女神，而是張恨水的啼笑因緣。為什麼這部小說有這麼大的轟動？除去它是一部通俗小說，能夠接受的人群比較廣博這個原因外，小說自身的特色和價值是不可忽視的。

啼笑因緣講述的是一個三角戀愛的故事，從類型學的角度來看三角戀愛是小說的一個基本模式，紅樓夢是三角戀愛，大量的鴛鴦蝴蝶派小說也是三角戀愛。三角戀愛的故事有成功的也有失敗的。

啼笑因緣為什麼它會吸引大量的男性讀者？有學者指出：在這部小說裡，三位女性人物沈鳳喜、何麗娜、關秀姑分別代表了不同的文化模式，沈鳳喜是傳統的小鳥依人式的女孩子，何麗娜是代表社會前沿的時髦女郎，關秀姑是社會中的女強人。這三種類型分別滿足了男性讀者的心理需求，每一個男性讀者都可以從這三種女性當中找到自己的情感模式，因此在啼笑因緣出版之後，它引起了大量男性讀者的關注。與此同時樊家樹是一個中庸的好男人，這個角色也滿足了不同類型的女孩子的想像。比如沈鳳喜這一類的，她好比這個社會中的灰姑娘，灰姑娘希望有一天，大門打開了，王子進來了，一眼就看中了灰姑娘，因此她把樊家樹想像成王子。而何麗娜這一類的女孩子，她雖然生活上很富足，但是精神比較空虛，需要精神導師。而樊家樹在她這裡就扮演了一個精神導師的角色。對於關秀姑這一類女孩子，她是女強人，她希望有一個人能做她的夢中情人，樊家樹也滿足了她。因此啼笑因緣在一定程度上也滿足了女性讀者。

上面是從情節模式和受眾心理的角度看問題。事實上小說的藝術深度也是非同一般的，一般的言情小說僅僅局限於男男女女、卿卿我我的小圈子裡。啼笑因緣卻不是這樣，它的言情後面有廣闊的社會生活、深厚的文化積累做支撐。它所表現的人群是很豐富的：軍閥、官僚、買辦、藝人、平民、豪俠、強人、革命者，人物眾多，卻多而不亂、雜而有序，大多數的人物都是既有典型性又有獨特個性。要做到這一點沒有深厚廣博的生活積累和提煉是不可能的；而做到了這一點，小說的厚度和深度就絕非一般的消遣之作所能比了。

再說小說的人物，一般說來通俗作品以故事抓人，特別重視情節的結構和鋪敘，而對人物的個性往往不甚措意，常常是類型化、概念化的「扁平人物」。而啼笑因緣中的人物卻是有血有肉，個性十分豐富。以女主角沈鳳喜論，她本是下層藝人，得到樊家樹的資助，得以上學。在和樊家樹的交往中兩人有了感情，兩人之間有愛情這是沒有問題的，但是樊家樹既是她的戀人又是她的供養人，在經濟上是不平等的，經濟上不平等必然造成人格上不能完全平等。樊家樹主動跟她平等，這裡邊帶有一種施恩的色彩，施予的色彩。同時沈鳳喜本來她就有藝人生活所帶有的那種不可避免的虛榮心，因此兩人的愛情就有了隱患。劉將軍猛追沈鳳喜，沈鳳喜開始是有抗拒的，因為她對劉將軍沒有感情；但是劉將軍以利益誘惑，沈鳳喜便有點把持不住了，這和她的出身、環境、教養是息息相關的。作者不是像擺弄牽線木偶一樣安排角色的命運，而是賦予角色環境和性格，由環境和性格去推動他們的命運，這是高明的寫法，這是很多通俗小說作家無論如何都不能達到的境界。

再看一些技巧方面的東西。張恨水開始寫人物，他不是從頭到腳地寫下去，他只抓最傳神的、最能體現人物性格的那幾筆。按魯迅的話說叫畫眼睛，眼睛一畫神就傳出來了。你看：「見他穿了一件藍湖縐夾袍，在大襟上掛了一個自來水筆的筆插。白淨的面孔，架了一副玳瑁邊圓框眼鏡，頭上的頭髮雖然分齊，卻又捲起有些蓬亂，這分明是個貴族式的大學生。」一聽就知道這是樊家樹。您看，長袍，知識分子的象徵，自來水筆放在這兒，是洋學生的做派。頭髮呢，梳得很整齊，但是有點蓬鬆，為什麼？有點貴族氣息，因為蓬蓬鬆鬆很瀟灑。再看：「這時出來一個姑娘，約莫有十八九歲，綰了辮子在後面梳著一字橫髻，前面只有一些很短的劉海，一張圓圓的臉兒，穿了一身的青布衣服，襯著手臉倒還白淨，頭髮上拖了一根紅線，手上拿了一塊白十字布，走將出來。」這是關秀姑，來自於農村的一個小姑娘。「說話時，來了一個十六七歲的姑娘，面孔略尖，卻是白裡泛出紅來，顯得清秀，梳著覆髮，長齊眉邊，由稀稀的髮網裡，露出白皮膚來。身上穿的舊藍竹布長衫，倒也乾淨齊整。……說著，就站在那婦人身後，反過手去，拿了自己的辮梢到前面來，只是把手去撫弄。家樹先見她唱大鼓的那種神氣，就覺不錯，現在又見她含情脈脈，不帶點些兒輕狂，風塵中有這樣的人物，卻是不可多得。」這就是通過外形寫身分、寫個性。

最後想說說啼笑因緣的影響。啼笑因緣的出版過程就與眾不同。當時啼笑因緣在上海新聞報連載的時候，新聞報的副刊主編嚴獨鶴就趕緊拉了自己兩個兄弟，一起辦了一個叫「三友書社」的出版社，這個出版社惟一的目的就是出版啼笑因緣。而從此之後，僅僅據不完全統計該書的再版就有數十次之多。同時啼笑因緣還被改編成多種藝術形式，可稱豐富多彩、琳琅滿目。僅搬上銀幕和螢幕的，就有十多次，這可能是近百年來中國小說創下的最高紀錄了。

其最早的影片是一九三二年拍的，由胡蝶、鄭小秋、夏佩珍主演，陣容十分強大。該片在拍攝時到北平來拍外景，作者曾應邀去和演員見面，介紹創作構想與書的命意，並與演員合影留念。為了這部電影，還唱過一齣有聲有色的「雙包案」，明爭暗鬥，鬧得滿城風雨。記載這件事的文章不少，其中以熟悉上海影劇界的高梨痕、平襟亞所著啼笑官司一文敘述最為詳盡。文載，一九三一年，明星影片公司通過三友書社購得啼笑因緣的演出改編權，由嚴獨鶴編劇，預定拍成有聲電影，並在報上刊登了不許他人侵犯權益的廣告。此時，上海北四川路榮記廣東大舞臺（黃金榮門徒所開設）正擬由劉筱衡、蓉麗娟上演同名京劇。於是明星公司請律師提出警告，不准上演。後由黃金榮出面調解，改名成笑因緣。而大華電影社的顧無為對明星影片公司素有積怨，由眼熱而圖報復，與他的後臺老闆黃金榮勾結，走門路，託人情，取得了內政部的啼笑因緣電影劇本著作權，然後又用高薪挖角兒。比如飾演劉將軍的譚志遠，在明星公司的月薪是一百元，顧則給他三百元，且預付定洋一個月。其他演員如飾關秀姑的夏佩珍、飾沈大娘的朱秀英等，都接受了顧的定洋。明星公司得知後，即要譚志遠宿在公司內，日夜趕拍。當時，獨有女主角胡蝶效忠於明星公司，不為顧所動。顧遷怒於胡蝶，特在天蟾舞臺排演新戲不愛江山愛美人，藉以坐實張學良將軍在北平與胡蝶跳舞行樂、不抵抗日寇侵占東北的謠言。然而事實上，張、胡此時根本不相識，所謂張、胡跳舞的消息，據說是日本同盟社揑造的。誰知演出時戲院又發現了定時炸彈，才不得不輟演。顧不肯甘休，又組織了一些演員到天津、北平去演啼笑因緣。明星公司則採取先下手為強的策略，提前與向來不放映中國影片的南京大戲院（美商）接洽妥帖，於一九三二年六月，將第一集啼笑因緣有聲影片在該戲院放映。放映前，已座無虛席。又誰知顧無為竟從法院弄到了一個「假處分」，等到即將放映之際，帶著法警到場，要南京大戲院立即停演，以便查封影片。明星公司措手不及，只得請律師向法院交了三萬元，方才撤銷了「假處分」，使影片於下午五點得以開映。黃金榮不甘心，便從後臺轉到前臺，對人揚言，這部啼笑因緣是他要拍的片子，並讓顧無為到南京內政部去活動。內政部果然指令「明星」暫時不得放映啼笑因緣。明星公司吃了一驚，不得不請出當時已與黃金榮地位相當的杜月笙出面調停，並按照杜的指示，請章士釗先生做法律顧問。最後在黃、杜共同出面「調解」下，敲了明星公司十萬銀元的鉅款，才告「和解」，由章士釗律師代表明星公司聲明重映啼笑因緣電影的巨幅廣告刊出在新聞報和申報兩大報上，這就是轟動一時的「啼笑官司」。一九三二年九月，影片重新上映。這是中國第一部有部分彩色的電影。

一九四五年，由李麗華、孫敏主演了另一部同名電影。

一九五六年由香港拍成粵語片的啼笑因緣，由梅琦、張瑛、吳楚帆主演。拍片前，張瑛親到北京與作者接洽，並贈送了由他和梅琦簽名的劇照。

一九六五年，香港電懋公司又拍了一部，片名改為京華煙雲，由葛蘭、趙雷主演。

同年，邵氏公司也拍了一部，片名易為故都春夢，由李麗華、關山、凌波主演。這又是一起啼笑因緣電影的「雙包案」。

另外，尚有張活游、白燕主演的粵語片（拍攝年代不詳）。

一九七四年，香港拍成電視連續劇啼笑因緣，由李司琪主演。

一九八七年，安徽電影家協會與內蒙古電視臺聯合攝製了十集電視連續劇啼笑因緣，由王惠、孫家馨、李克純主演。

同年，天津電視臺拍攝四集曲劇電視連續劇啼笑因緣，由魏喜奎主演。

同年，香港亞視拍攝了粵語電視連續劇啼笑因緣，由米雪、苗可秀主演。這一年竟唱了啼笑因緣的「三包案」。

再有，臺灣一九八九年拍攝了電視連續劇新啼笑因緣，由馮寶寶主演。

就在筆者重新校點這本名著的時候，一部由當紅影視明星主演的電視連續劇啼笑因緣又在中國火爆上演，一時間啼笑因緣、金粉世家等作品再次成為讀者、觀眾關注的焦點，如果得知了這些，它們的作者想必會由衷地感到欣慰與自豪。

一九三〇年嚴獨鶴序

我和張恨水先生初次會面，是在去年五月間，而腦海中印著「小說家張恨水」六個字的影子，卻差不多已有六七年了。在六七年前（實在是哪一年已記不清楚），某書社出版了一冊短篇小說集，內中有恨水先生的一篇著作，雖是短短的幾百個字，而描寫甚為深刻，措詞也十分雋妙，從此以後，我雖不知道「恨水」到底是什麼人，甚至也不知道他姓什麼，而對於他的小說，卻已有相當的認識了。在近幾年來，恨水先生所作的長篇小說，散見於北方各日報；上海畫報中，也不斷的載著先生的佳作。我雖忙於職務，未能一一遍讀，但就已經閱讀者而論，總覺得恨水先生的作品，至少可以當得「不同凡俗」四個字。去年我到北平，由錢芥塵先生介紹，始和恨水先生由文字神交結為友誼，並承恨水先生答應我的請求，擔任為快活林撰著長篇小說，我自然表示十二分的欣幸。在啼笑因緣刊登在快活林之第一日起，便引起了無數讀者的歡迎了；至今雖登完，這種歡迎的熱度，始終沒有減退，一時文壇中竟有「啼笑因緣迷」的口號。一部小說，能使閱者對於它發生迷戀，這在近人著作中，實在可以說是創造小說界的新紀錄。恨水先生對於讀者，固然要表示知己之感；就以我個人而論，也覺得異常高興，因為我忝任快活林的編者。快活林中，有了一個好作家，說句笑話，譬如戲班中來了個超等名角，似乎我這個邀角的，也還邀得不錯哩。

以上所說的話，並非對於恨水先生「虛恭維」一番，更非對於啼笑因緣瞎吹一陣。恨水先生的自序中說，要講切實的話；而我所講的，也確實是切實的話。不過關於此書，我在編輯快活林的時候，既逐日閱稿發稿，目前刊印單行本，又擔任校訂之責，就這部書的本身上講，也還有許多話可說。話太多了，不能不分幾個層次，現在且分作三層來講：一、描寫的藝術；二、著作的方法；三、全書的結局和背景。

描寫的藝術

小說首重描寫，這是大家所知道的。因為一部小說，假令沒有良好的描寫，或者是著書的人，不會描寫，那麼據事直書，簡直是「記帳式」的敘述，或「起居注式」的記錄罷了，試問還成何格局，有何趣味？所以要分別小說的好壞，須先看作者有無描寫的藝術。講到這部啼笑因緣，我可以說是恨水先生在此書上，已充分運用了他的藝術，也充分表現著他的藝術。現在且從全書中摘出幾點來，以研究其描寫的特長。

甲、能表現個性。中國的舊小說，膾炙人口的，總要先數著紅樓夢、水滸、儒林外史這幾部書。而紅樓夢、水滸、儒林外史的第一優點，就是描寫書中人的個性，各有不同，才覺得有作用，才覺得有情趣。假令紅樓夢上的小姐丫鬟，水滸上的一百〇八位好漢，儒林外史上的許多人物，都和惠泉山上的泥人一般，鑄成一副模型，看的人便覺得討厭。不但不能成為好小說，也簡直不成其為小說了。啼笑因緣中的主角，除樊家樹自有其特點外；如沈鳳喜，如關秀姑，如何麗娜，其言語動作思想，完全各別，毫不相犯；乃至重要配角，如關壽峰，如劉將軍，如陶伯和夫婦，如樊端本，也各有特殊的個性；在文字中直顯出來，遂使閱者如親眼見著這許多人的行為，如親耳聽得這許多人的說話，便感覺著有無窮的妙趣。

乙、能深合情理。小說是描寫人生的。既然描寫人生，那麼筆下所敘述的，就該是人生所應有之事，不當出乎情理之外。（神怪小說及一切理想小說，又當別論。）常見近今有許多小說，著者因為要想將情節寫得奇特一點，色彩描得濃厚一點，便弄得書中所舉的人物，不像世上所應有的人物；書中所敘的事情，也不像世上所應有的事情——啼笑因緣卻完全沒有這個弊病。全書自首至尾，雖然奇文迭起，不作一直筆，不作一平筆，往往使人看了上一回，猜不到下一回；看了前文，料不定後文。但事實上的變化，與文字上的曲折，細想起來，卻件件都深合情理，絲毫不荒唐，也絲毫不勉強。因此之故，能令讀者如入真境，以至於著迷。

丙、能於小動作中傳神。近來談電影者，都講究「小動作」。名導演家劉別謙他就是最注意於小動作的。因為一部影片中，單用說明書或對白來表現一切思想或情緒，那是呆的；於「小動作」中傳神，那才是活的。小說和電影，論其性質，也是一樣：電影中最好少「對白」而多「動作」，小說中也最好少寫「說話」而多寫「動作」，尤其是「小動作」。若能於各人的「小動作」中，將各人的心事，透露出來，便格外耐人尋味。試就本書中舉幾個例子：如第三回鳳喜之纏手帕與數磚走路；第六回秀姑之修指甲；第二十二回樊家樹之兩次跌跤；又同回何麗娜之掩窗帘，與家樹之以手指拈菊花幹，俱為神來之筆。全書似此等處甚多，未遑列舉，閱者能細心體會，自有雋味。恨水先生素有電影癖，我想他這種作法，也許有幾分電影化。

一九三〇年嚴獨鶴序

著作的方法

有了描寫的藝術，還須有著作的方法。所謂著作的方法，就是全書的結構和布局，須於未動筆之前，先定出一種整個的辦法來。何者須剪裁，何者須呼應，何者須渲染，乃至於何者須順寫，何者須倒敘，何者寫反面，何者寫正面，都有了確定不移的計劃，然後可以揮寫自如。啼笑因緣全書二十二回，一氣呵成，沒有一處鬆懈，沒有一處散亂，更沒有一處自相矛盾，這就是在「結構」和「布局」方面，很費了一番心力的。也可以說是「著作的方法」，特別來得精妙。此外還有兩種特殊的優點，也不可不說。

甲、暗示。全書常用暗示，使細心人讀之，不待終篇，而對於書中人物的將來，已可有相當的感覺，相當的領會。如鳳喜之貪慕虛榮，在第五回上學以後，要樊家樹購買眼鏡和自來水筆，已有了暗示。如家樹和秀姑之不能結合，在第十九回看戲，批評十三妹一段，已有了暗示。而第二十二回樊、何結合，也仍不明說，只用桌上一對紅燭，作為暗示。這明是洞房花燭，卻依然含意未露，留待讀者之體會。

乙、虛寫。小說中的情節，若筆筆明寫，便覺太麻煩，太呆笨。藝術家論作畫，說必須「畫中有畫」，將一部分的佳景，隱藏在裡面，方有意味。講到作小說，卻須「書外有書」。有許多妙文，都用虛寫，不必和盤托出，才有佳趣。啼笑因緣中有三段大文章，都用虛寫：一、第十二回鳳喜「還珠卻惠」以後，沈三玄分明與劉將軍方面協謀坑陷鳳喜，而書中卻不著一語。只有警察調查戶口時，沈三玄搶著報明是唱大鼓的這一點，略露其意，而閱者自然明白。二、第十九回「山寺鋤奸」，不從正面鋪排，只借報紙寫出，用筆甚簡而妙。三、第二十二回關壽峰對樊家樹說：「可惜我對你兩分心力，只盡了一分。」

只此一語，便知關氏父女不僅欲使樊、何結合，亦曾欲使鳳喜與家樹重圓舊好。此中許多情節，全用虛寫，論意境是十分空靈，論文境也省卻了不少的累贅。若在俗手為之，單就以上三段文字，至少又可以鋪張三五回。這就是「沖醬油湯」的辦法——湯越多，味卻越薄了。

全書的結局和背景

讀小說者自然很注意於全書的結局和背景。關於啼笑因緣的結局，在恨水先生自己所作的作完啼笑因緣以後的說話中，已講得很明白、很詳盡，我也不用再說什麼了。總之就我個人的意見，以及多數善讀小說者的批評，都以為除了如此結局而外，不能再有別的寫法比這個來得有餘味可尋。至於書中的背景，照恨水先生的自序，說是完全出於虛構。但我當面問他時，他卻笑道：「像劉將軍這種人，在軍閥時代，不知能找出多少；像書中所敘的情節，在現代社會中，也不知能找出多少，何必定要尋根究底，說是有所專指呢。」言外之意，可以想見。總之天下事無真非幻，無幻非真，到底書中人，書中事有無背景，為讀者計，也自毋庸求之過深，暫且留著一個啞謎吧。

我的話說得太多了，就此作一結束。末了我還有兩件事要報告讀者：一、啼笑因緣小說，已由明星影片公司攝製影片，大約單行本刊印而後，不多時書中人物又可以在銀幕上湧現出來。二、恨水先生已決定此後仍不斷的為新聞報快活林撰著長篇小說。此事在嗜讀小說、而尤其歡迎恨水先生作品者聞之，必更有異常的快慰。

一九三〇年嚴獨鶴序

一九三〇年作者自序

那是民國十八年，舊京五月的天氣。陽光雖然抹上一層淡雲，風吹到人身上，並不覺得怎樣涼。中山公園的丁香花、牡丹花、芍藥花都開過去了；然而綠樹蔭中，零碎擺下些千葉石榴的盆景，猩紅點點，在綠油油的葉子上正初生出來，分外覺得嬌豔。水池子裡的荷葉，不過碗口那樣大小，約有一二十片，在魚鱗般的浪紋上飄蕩著。水邊那些楊柳，拖著丈來長的綠穗子，和水裡的影子對拂著。那綠樹裡有幾間紅色的屋子，不就是水榭後的「四宜軒」嗎？在小山下隔岸望著，真個是一幅工筆圖畫啊！

這天，我換了一套灰色嗶嘰的便服，身上輕爽極了。袋裡揣了一本袖珍日記本，穿過「四宜軒」，渡過石橋，直上小山來。在那一列土山之間，有一所茅草亭子，亭內並有一副石桌椅，正好休息。我便靠了石桌，坐在石墩上。這裡是僻靜之處，沒什麼人來往，由我慢慢的鑒賞著這一幅工筆的圖畫。雖然，我的目的，不在那石榴花上，不在荷錢上，也不在楊柳樓臺一切景致上；我只要借這些外物，鼓動我的情緒。我趁著興致很好的時候，腦筋裡構出一種悲歡離合的幻影來。這些幻影，我不願它立刻即逝，一想出來之後，馬上掏出日記本子，用鉛筆草草的錄出大意了。這些幻影是什麼？不瞞諸位說，就是諸位現在所讀的啼笑因緣了。

當我腦筋裡造出這幻影之後，真個像銀幕上的電影，一幕一幕，不斷的湧出。我也記得很高興，鉛筆瑟瑟有聲，只管在日記本子上畫著。偶然一抬頭，倒幾乎打斷我的文思。原來小山之上，有幾個妙齡女郎，正伏在一塊大石上，也看了我喁喁私語。她們的意思，以為這個人發了什麼瘋，一人躲在這裡埋頭大寫。我心想：流水高山，這正也是知己了，不知道她們可明白我是在為小說布局。我正這樣想著，立刻第二個感覺告訴我，文思如放焰火一般——放過去了，回不轉來的，不可間斷。因此我立刻將那些女郎置之不理，又大書特書起來。我一口氣寫完，女郎們不見了，只對面柳樹中，啪的一聲，飛出一隻喜鵲震破了這小山邊的沉寂。直到於今，這一點印象，還留在我腦筋裡。

這一部啼笑因緣，就是這樣產生出來的。我自己也不知道我是否有什麼用意，更不知道我這樣寫出，是否有些道理。總之，不過捉住了我那日那地一個幻想寫出來罷了。——這是我赤裸裸地能告訴讀者的。在我未有這個幻想之先，本來由錢芥塵先生，介紹我和新聞報的嚴獨鶴先生，在中山公園「來今雨軒」歡迎上海新聞記者東北視察團的席上認識。而嚴先生知道我在北方，常塗鴉些小說，叫我和新聞報快活林也作一篇。我是以賣文糊口的人，當然很高興的答應。只是答應之後，並不曾預定如何著筆。直到這天在那茅亭上布局，才有了這部啼笑因緣的影子。

說到這裡，我有兩句贅詞，可以附述一下：有人說小說是「創造人生」，又有人說小說是「敘述人生」。偏於前者，要寫些超人的事情；偏於後者，只要是寫著宇宙間之一些人物罷了。然而我覺得這是純文藝的小說，像我這個讀書不多的人，萬萬不敢高攀的。我既是以賣文為業，對於自己的職業，固然不能不努力；然而我也萬萬不能忘了作小說是我一種職業。在職業上作文，我怎敢有一絲一毫自許的意思呢。當啼笑因緣逐日在快活林發表的時候，文壇上諸子，加以糾正的固多；而極力謬獎的，也實在不少。

這樣一來，使我加倍的慚愧了。

啼笑因緣將印單行本之日，我到了南京，獨鶴先生大喜，寫了信和我要一篇序，這事是義不容辭的。然而我作書的動機如此，要我寫些什麼呢？我正躊躇著，同寓的錢芥塵先生、舒舍予先生就鼓動我作篇白話序，以為必能寫得切實些。老實說，白話序平生還不曾作過，我就勉從二公之言，試上一試。因為作白話序，我也不去故弄什麼狡獪伎倆，就老老實實把作書的經過說出來。

這部小說在上海發表而後，使我多認識了許多好朋友，這真是我生平一件可喜的事。我七八年沒有回南；回南之時，正值這部小說出版，我更可喜了。所以這部書，雖然卑之無甚高論，或者也許我說「敝帚自珍」，到了明年石榴花開的時候，我一定拿著啼笑因緣全書，坐在中山公園茅亭上，去舉行二周年紀念。那個時候，楊柳、荷錢、池塘、水榭，大概一切依然；但是當年的女郎，當年的喜鵲，萬萬不可遇了。人生的幻想，可以構成一部假事實的小說；然而人生的實境，倒真有些像幻影哩！寫到這裡，我自己也覺得有些「啼笑皆非」了。

一九三三年續集作者自序

啼笑因緣問世以來，前後差不多有四年，依然還留存在社會上，讓人注意著，卻出乎我的意料以外。有些讀者，固然說這是茶餘酒後的東西，一讀便完了。可是也有些讀者，說在文藝上，多少有點意味。我對於這一層，都不去深辯，只是有些讀者卻根據了我的原書，另做些別的文字。當然，有比原書好的；可是對於原書，未能十分瞭解的，也未嘗沒有。一個著作者，無論他的技巧如何，對於他自己的著作，多少總有些愛護之志，所謂「敝帚自珍」，所謂「賣瓜的說瓜甜」。假使這「敝帚」，有人替我插上花，我自是歡喜；然而有人塗上爛泥，我也不能高興。

在三年以來，要求我作續集的讀者，數目我不能統計；但是這樣要求的信，不斷的由郵政局寄到我家，至今未曾停止。有人說：「你自己不續，恐怕別人要續了。」起初，我以為別人續，就讓他續吧。可是這半年以來，我又想著，假使續書出來並不如我所希望的那樣圓滿，又當如何呢？原書是我做的，當然書中人物，只有我知道最詳細；別人的續著，也許是新翻別樣花。為了這個緣故，我正躊躇著，而印行原書的三友書社又不斷的來信要求我續著，他們的意思，也說是讀者的要求。我為了這些原因，便想著，不妨試一試。對於我的原來主張「不必續，不可續」，當然是矛盾的；然而這裡有一點不同的，就是我的續著，是在原著以外去找去路，或者不算完全蛇足。這就是我作續著的緣起。其他用不著「賣瓜的說瓜甜」了。

回目

附錄：啼笑因緣續集

第一回　豪語感風塵傾囊買醉　哀音動弦索滿座悲秋

相傳幾百年下來的北京，而今改了北平，已失去那「首善之區」四個字的尊稱。但是這裡留下許多偉大的建築，和很久的文化成績，依然值得留戀。尤其是氣候之佳，是別的都市花錢所買不到的。這裡不像塞外那樣苦寒，也不像江南那樣苦熱，三百六十日，除了少數日子颳風颳土而外，都是晴朗的天氣。論到下雨，街道泥濘，房屋霉濕，日久不能出門一步，是南方人最苦惱的一件事。北平人遇到下雨，倒是一喜。這就因為一二十天遇不到一場雨，一雨之後，馬上就晴，雲淨天空，塵土不揚，滿城的空氣，格外新鮮。北平人家，和南方人是反比例，屋子儘管小，院子必定大，「天井」二字，是不通用的。因為家家院子大，就到處有樹木。你在雨霽之後，到西山去向下一看舊京，樓臺宮闕，都半藏半隱，夾在綠樹叢裡，就覺得北方下雨是可歡迎的了。南方怕雨，又最怕的是黃梅天氣。由舊曆四月初以至五月中，幾乎天天是雨。可是北平呢，依然是天晴，而且這邊的溫度低，那個時候，剛剛是海棠開後，楊柳濃時，正是黃金時代。不喜遊歷的人，此時也未免要看看三海，上上公園了。因為如此，別處的人，都等到四月裡，北平各處的樹木綠遍了，然後前來遊覽。就在這個時候，有個很會遊歷的青年，他由上海到北京遊歷來了。

這是北京未改北平的前三年，約莫是四月的下旬，他住在一個很精緻的上房裡。那屋子是朱漆漆的，一帶走廊，四根紅柱落地；走廊外，是一個很大的院子，平空架上了一架紫藤花，那花像絨球一般，一串一串，在嫩黃的葉叢裡下垂著。階上沿走廊擺了許多盆夾竹桃，那花也開的是成團的擁在枝上。這位青年樊家樹，靠住了一根紅柱，眼看著架上的紫藤花，被風吹得擺動起來，把站在花上的蜜蜂，甩了開去，又飛轉來，很是有趣。他手上拿了一本打開而又捲起來的書，卻背了手放在身後。院子裡靜沉沉的，只有蜜蜂翅膀振動的聲音，嗡嗡直響。太陽穿過紫藤花架，滿地起了花紋，風吹來，滿地花紋移動，卻有一種清香，沾人衣袂。家樹覺得很適意，老是站了不動。

這時，過來一個聽差，對他道：「表少爺，今天是禮拜，怎樣你一個人在家裡？」家樹道：「北京的名勝，我都玩遍了。你家大爺、大奶奶昨天下午就要我到西山去，我是前天去過的，不願去，所以留下來了。劉福，你能不能帶我到什麼地方去玩？」劉福笑道：「我們大爺要去西山，是有規矩的，禮拜六下午去，禮拜一早上回來。這一次你不去，下次他還是邀你。這是外國人這樣辦的，不懂我們大爺也怎麼學上了。其實，到了禮拜六禮拜日，戲園子裡名角兒露了，電影院也換片子，正是好玩。」家樹道：「我們在上海租界上住慣了那洋房子，覺得沒有中國房子雅致。這樣好的院子，你瞧，紅窗戶配著白紗窗，對著這滿架的花，像圖畫一樣，在家裡看看書也不壞。」劉福道：「我知道表少爺是愛玩風景的。天橋有個水心亭，倒可以去去。」家樹道：「天橋不是下等社會聚合的地方嗎？」劉福道：「不，那裡四圍是水，中間有花有亭子，還有很漂亮的女孩子在那裡清唱。」家樹道：「我怎樣從沒聽到說有這樣一個地方？」劉福笑道：「我決不能冤你。那裡也有花棚，也有樹木，我就愛去。」家樹聽他說得這樣好，便道：「在家裡也很無聊，你給我雇一輛車，我馬上就去。現在去，還來得及嗎？」劉福道：「來得及。那裡有茶館，有飯館，渴了餓了，都有地方休息。」說時，他走出大門，給樊家樹雇了一輛人力車，就讓他一人上天橋去。

樊家樹平常出去遊覽，都是這裡的主人翁表兄陶伯和相伴，到底有些拘束，今天自己能自由自在的去遊玩一番，比較的痛快，也就不嫌寂寞，坐著車子直向天橋而去。到了那裡，車子停住，四圍亂哄哄地，全是些梆子胡琴及鑼鼓之聲。在自己面前，一路就是三四家木板支的街樓，樓面前掛了許多紅紙牌，上面用金字或黑字標著，什麼「狗肉缸」，「娃娃生」，又是什麼「水仙花小牡丹合演鋸沙鍋」。給了車錢，走過去一看，門樓邊牽牽連連，擺了許多攤子。就以自己面前而論，一個大平頭獨輪車，車板上堆了許多黑塊，都有飯碗來大小，成千成百的蒼蠅，只在那裡亂飛。黑塊中放了兩把雪白的刀，車邊站著一個人，拿了黑塊，提刀在一塊木板上一頓亂切，切了許多紫色的薄片，將一小張汙爛舊報紙托著給人。大概是賣醬牛肉或熟驢肉的了。又一個攤子，是平地放了一口大鐵鍋，鍋裡有許多漆黑綿長一條條的東西，活像是剝了鱗的死蛇，盤滿在鍋裡。一股又腥又臭的氣味，在鍋裡直騰出來。原來那是北方人喜歡吃的煮羊腸子。家樹皺了一皺眉頭，轉過身去一看，卻是幾條土巷，巷子兩邊，全是蘆棚。前面兩條巷，遠遠望見，蘆棚裡掛了許多紅紅綠綠的衣服，大概那是最出名的估衣街了。這邊一個小巷，來來往往的人極多。巷口上，就是在灰地上擺了一堆的舊鞋子。也有幾處是零貨攤，滿地是煤油燈，洋瓷盆，銅鐵器。由此過去，南邊是蘆棚店，北方一條大寬溝，溝裡一片黑泥漿，流著藍色的水，臭氣熏人。家樹一想：水心亭既然有花木之勝，當然不在這裡。又回轉身來，走上大街，去問一個警察。警察告訴他，由此往南，路西便是水心亭。

原來北京城是個四四方方的地方，街巷都是由北而南，由東而西，人家的住房，也是四方的四合院。所以到此的人，無論老少，都知道四方，談起來不論上下左右，只論東西南北。當下家樹聽了警察的話，向前直走，將許多蘆棚地攤走完，便是一片曠野之地。馬路的西邊有一道水溝，雖然不清，倒也不臭。在水溝那邊，稀稀的有幾棵丈來長的柳樹。再由溝這邊到溝那邊，不能過去。南北兩頭，有兩架平板橋，橋頭上有個小蘆棚子，那裡擺了一張小桌，兩個警察守住。過去的人，都在橋這邊掏四個銅子，買一張小紅紙進去。這樣子，就是買票了。家樹到了此地，不能不去看看，也就掏了四個子買票過橋。到了橋那邊，平地上挖了一些水坑，裡面種了水芋之屬，並沒有花園。過了水坑，有五六處大蘆棚，裡面倒有不少的茶座。一個棚子裡都有一臺雜耍。所幸在座的人，還是些中上等的分子，不作氣味。穿過這些蘆棚，又過一道水溝，這裡倒有一所淺塘，裡面新出了些荷葉。荷塘那邊有一片木屋，屋外斜生著四五棵綠樹，樹下一個倭瓜架子，牽著一些瓜豆蔓子。那木屋是用藍漆漆的，垂著兩副湘簾，順了風，遠遠的就聽到一陣管弦絲竹之聲。心想，這地方多少還有點意思，且過去看看。

家樹順著一條路走去，那木屋向南敞開，對了先農壇一帶紅牆，一叢古柏，屋子裡擺了幾十副座頭，正北有一座矮臺，上面正有七八個花枝招展的大鼓娘，在那裡坐著，依次唱大鼓書。家樹本想坐下休息片刻，無奈所有的座位人都滿了，於是折轉身復走回來。所謂「水心亭」，不過如此。這種風景，似乎也不值得留戀。先是由東邊進來的，這且由西邊出去——一過去卻見一排都是茶棚。穿過茶棚，人聲喧嚷，遠遠一看，有唱大鼓書的，有賣解的，有摔跤的，有弄口技的，有說相聲的。左一個布棚，外面圍住一圈人；右一個木棚，圍住一圈人。這倒是真正的下等社會俱樂部。北方一個土墩，圍了一圈人，笑聲最烈。家樹走上前一看，只見一根竹竿子，挑了一塊破藍布，髒得像小孩子用的尿布一般。藍布下一張小桌子，有三四個小孩子圍著打鑼鼓拉胡琴。藍布一掀，出來一個四十多歲的黑漢子，穿一件半截灰布長衫，攔腰虛束了一根草繩，頭上戴了一個煙捲紙盒子製的帽子，嘴上也掛了一掛黑鬍鬚，其實不過四五十根馬尾。他走到桌子邊一瞪眼，看的人就叫好，他一伸手摘下鬍子道：「我還沒唱，怎麼樣就好得起來？胡琴趕來了，我來不及說話。」說著馬上掛起鬍子又唱起來。大家看見，自是一陣笑。

家樹在這裡站著看了好一會子，覺得有些乏，回頭一看，有一家茶館，倒還乾淨，就踏了進去，找個座位坐下。那柱子上貼了一張紅紙條，上面大書一行字：「每位水錢一枚。」家樹覺得很便宜，是有生以來所不曾經過的茶館了。走過來一個伙計，送一把白瓷壺在桌上，問道：「先生帶了葉子沒有？」家樹答：「沒有。」伙計道：「給你沏錢四百一包的吧！香片？龍井？」這北京人喝茶葉，不是論分兩，乃是論包的。一包茶葉，大概有一錢重。平常是論幾個銅子一包，又簡稱幾百一包。一百就是一個銅板。茶不分名目，窨過的茶葉，加上茉莉花，名為「香片」。不曾窨過，不加花的，統名之為「龍井」。家樹雖然是浙江人，來此多日，很知道這層原故。當時答應了「龍井」兩個字，因道：「你們水錢只要一個銅子，怎樣倒花四個銅子買茶葉給人喝？」伙計笑道：「你是南邊人，不明白。你自己帶葉子來，我們只要一枚。你要是吃我們的茶葉，我們還只收一個子兒水錢，那就非賣老娘不可了。」家樹聽他這話，笑道：「要是客人都帶葉子來，你們全只收一個子兒水錢，豈不要大賠錢？」伙計聽了，將手向後方院子裡一指，笑道：「你瞧！我們這兒是不靠賣水的。」

家樹向後院看去，那裡有兩個木架子，插著許多樣武器，胡亂擺了一些石墩石鎖，還有一副千斤擔。

院子裡另外有重屋子，有一群人在那裡品茗閒談。屋子門上，寫了一幅橫額貼在那裡，乃是「以武會友」。就在這個時候，有人走了出來，取架子上的武器，在院子裡練練。家樹知道了，這是一般武術家的俱樂部。家樹在學校裡，本有一個武術教員教練武術，向來對此感到有些趣味，現在遇到這樣的俱樂部，有不少的武術可以參觀，很是歡喜，索性將座位挪了一挪，靠近後院的扶欄。先是看見有幾個壯年人在院子裡，練了一會兒刀棍，最後走出來一個五十上下的老者，身上穿了一件紫花布汗衫，橫腰繫了一根大板帶，板帶上掛了煙荷包小褡褳，下面是青布褲，裹腿布繫靠了膝蓋，遠遠的就一摸胳膊，精神抖擻。走近來，見他長長的臉，一個高鼻子，嘴上只微微留幾根鬚。他一走到院子裡，將袖子一陣捲，先站穩了腳步，一手提著一只石鎖，顛了幾顛，然後向空中一舉，舉起來之後，望下一落，一落之後，又望上一舉。看那石鎖，大概有七八十斤一只，兩只就一百幾十斤。這向上一舉，還不怎樣出奇，只見他雙手向下一落，右手又向上一起，那石鎖飛了出去，直衝過屋脊。家樹看見，先自一驚，不料那石鎖剛過屋脊，照著那老人的頭頂，直落下來，老人腳步動也不曾一動，只把頭微微向左一偏，那石鎖平平穩穩落在他右肩上。同時，他把左手的石鎖拋出，也把左肩來承住。家樹看了，不由暗地稱奇。看那老人，倒行若無事，輕輕的將兩只石鎖向地下一扔。在場的一班少年，於是吆喝了一陣，還有兩個叫好的。老人見人家稱讚他，只是微微一笑。

這時，有一個壯年漢子，坐在那千斤擔的木杠上笑道：「大叔，今天你很高興，玩一玩大家伙吧。」老人道：「你先玩著給我瞧瞧。」那漢子果然一轉身雙手拿了木杠，將千斤擔拿起，慢慢提起，平齊了雙肩，咬著牙，臉就紅了。他趕緊彎腰，將擔子放下，笑道：「今天乏了，更是不成。」老人道：「瞧我的吧。」走上前，先平了手，將擔子提著平了腹，頓了一頓，反著手向上一舉，平了下頦，又頓了一頓，兩手伸直，高舉過頂。這擔子兩頭是兩個大石盤，彷彿像兩片石磨，木杠有茶杯來粗細，插在石盤的中心。一個石磨，至少也有二百斤重，加上安在木杠的兩頭，更是吃力。這一舉起來，總有五六百斤氣力，才可以對付。家樹不由自主的拍著桌子叫了一聲「好！」

那老人聽到這邊的叫好聲，放下千斤擔，看看家樹，見他穿了一件藍湖縐夾袍，在大襟上掛了一個自來水筆的筆插。白淨的面孔，架了一副玳瑁邊圓框眼鏡，頭上的頭髮雖然分齊，卻又捲起有些蓬亂，這分明是個貴族式的大學生，何以會到此地來？不免又看家樹兩眼。家樹以為人家是要招呼他，就站起來笑臉相迎。那老人笑道：「先生，你也愛這個嗎？」家樹笑道：「愛是愛，可沒有這種力氣。這個千斤擔，虧你舉得起。貴庚過了五十嗎？」那老人微笑道：「五十幾？——望來生了！」家樹道：「這樣說過六十了。六十歲的人，有這樣大力氣，真是少見！貴姓是……」那人說是姓關。家樹便斟了一杯茶，和他坐下來談話，才知道他名關壽峰，是山東人，在京以作外科大夫為生。便問家樹姓名，怎樣會到這種茶館裡來？家樹告訴了他姓名，又道：「家住在杭州。因為要到北京來考大學，現在補習功課。住在東四三條胡同表兄家裡。」壽峰道：「樊先生，這很巧，我們還是街坊啦！我也住在那胡同裡，你是多少號門牌？」家樹道：「我表兄姓陶。」壽峰道：「是那紅門陶宅嗎？那是大宅門啦，聽說他們老爺太太都在外洋。」家樹道：「是，那是我舅舅。他是一個總領事，帶我舅母去了。我的表兄陶伯和，現在也在外交部有差事。不過家裡還可過，也不算什麼大宅門。你府上在哪裡？」壽峰哈哈大笑道：「我們這種人家，哪裡去談『府上』啦？我住的地方，就是個大雜院。你是南方人，大概不明白什麼叫大雜院。

這就是說一家院子裡，住上十幾家人家，做什麼的都有。你想，這樣的地方，哪裡安得上『府上』兩個字？」家樹道：「那也不要緊，人品高低，並不分在住的房子上。我也很喜歡談武術的，既然同住在一個胡同，過一天一定過去奉看大叔。」

壽峰聽他這樣稱呼，站了起來，伸著手將頭髮一頓亂搔，然後抱著拳連拱幾下，說道：「我的先生，你是怎樣稱呼啊？我真不敢當。你要是不嫌棄，哪一天我就去拜訪你去。」又道：「說到練把式，你要愛聽，那有的是……」說時，一拍肚腰帶道：「可千萬別這樣稱呼。」家樹道：「你老人家不過少幾個錢，不能穿好的，吃好的，辦不起大事，難道為了窮，把年歲都丟了不成？我今年只二十歲。你老人家有六十多歲，大我四十歲，跟著你老人家同行叫一句大叔，那不算客氣。」壽峰將桌子一拍，回頭對在座喝茶的人道：「這位先生爽快，我沒有看見過這樣的少爺們。」家樹也覺著這老頭子很爽直，又和他談了一陣，因已日落西山，就給了茶錢回家。

到了陶家，那個聽差劉福進來伺候茶水，便問道：「表少爺，水心亭好不好？」家樹道：「水心亭倒也罷了，不過我在小茶館裡認識了一個練武的老人家談得很好。我想和他學點本事，也許他明後天要來見我。」劉福道：「唉！表少爺，你初到此地來，不懂這裡的情形。天橋這地方，九流三教，什麼樣子的人都有，怎樣和他們談起交情來了？」家樹道：「那要什麼緊！天橋那地方，我看雖是下等社會人多，不能說那裡就沒有好人，這老頭子人極爽快，說話很懂情理。」劉福微笑道：「走江湖的人，有個不會說話的嗎？」家樹道：「你沒有看見那人，你哪裡知道那人的好壞？我知道，你們一定要看見坐汽車帶馬弁的，那才是好人。」劉福不敢多事辯駁，只得笑著去了。

到了次日上午，這裡的主人陶伯和夫婦，已經由西山回來。陶伯和在上房休息了一會，趕著上衙門。陶太太又因為上午有個約會，出門去了。家樹一個人在家裡，也覺得很是無聊，心想既然約會了那個老頭子要去看看他，不如就趁今天無事，了卻這一句話，管他是好是壞，總不可失信於他，免得他說我瞧不起人。昨天關壽峰也曾說到，他家就住在這胡同東口，一個破門樓子裡，門口有兩棵槐樹，是很容易找的。於是隨身帶了些零碎錢，出門而去。

走到胡同東口，果然有這樣一個所在。他知道北京的規矩，無論人家大門是否開著，先要敲門才能進去的。因為門上並沒有什麼鐵環之類，只啪啪的將門敲了兩下。這時出來一個姑娘，約莫有十八九歲，綰了辮子在後面梳著一字橫髻，前面只有一些很短的劉海，一張圓圓的臉兒，穿了一身的青布衣服，襯著手臉倒還白淨，頭髮上拖了一根紅線，手上拿了一塊白十字布，走將出來。她見家樹穿得這樣華麗，便問道：「你找誰？這裡是大雜院，不是住宅。」家樹道：「我知道是大雜院。我是來找一個姓關的，不知道在家沒有？」那姑娘對家樹渾身上下打量了一番，笑道：「我就姓關，你先生姓樊嗎？」家樹道：「對極了。那關大叔……」姑娘連忙接住道：「是我父親。他昨天晚上一回來就提起了。現在家裡，請進來坐。」說著便在前面引導，引到一所南屋子門口就叫道：「爸爸快來，那位樊先生來了。」壽峰一推門出來了，連連拱手道：「哎喲！這還了得，實在沒有地方可坐。」家樹笑道：「不要緊的，我昨天已經說了，大家不要拘形跡。」關壽峰聽了，便只好將客向裡引。

家樹一看屋子裡面，正中供了一幅畫的關羽神像，一張舊神桌，擺了一副洋鐵五供，壁上隨掛弓箭刀棍，還有兩張獾子皮。下邊一路壁上，掛了許多一束一束的乾藥草，還有兩個乾葫蘆。靠西又一張四方舊木桌，擺了許多碗罐，下面緊靠放了一個泥爐子。靠東邊陳設了一張鋪位，被褥雖是布的，卻還潔淨。東邊一間房，掛了一個紅布門簾子，那紅色也半成灰色了。這樣子，父女二人，就是這兩間屋了。壽峰讓家樹坐在鋪上，姑娘就進屋去捧了一把茶壺出來。笑道：「真是不巧，爐子滅了，到對過小茶館裡找水去。」家樹道：「不必費事了。」壽峰笑道：「貴人下降賤地，難道茶都不肯喝一口？」家樹道：「不是那樣說，我們交朋友，並不在乎吃喝，只要彼此相處得來，喝茶不喝茶，那是沒有關係的。不客氣一句話，要找吃找喝，我不會到這大雜院裡來了。沒有水，就不必張羅了。」壽峰道：「也好，就不必張羅了。」

這樣一來，那姑娘捧了一把茶壺，倒弄得進退兩難。她究竟覺得人家來了，一杯茶水都沒有，太不成話，還是到小茶館裡沏了一壺水來了。找了一陣子，找出一只茶杯，一只小飯碗，斟了茶放在桌上。然後輕輕的對家樹道：「請喝茶！」自進那西邊屋裡去了。壽峰笑道：「這茶可不必喝了。我們這裡，不但沒有自來水，連甜井水都沒有的。這是苦井的水，可帶些鹹味。」姑娘就在屋子裡答道：「不，這是在胡同口上茶館裡沏來的，是自來水呢。」壽峰笑道：「是自來水也不成。我們這茶葉太壞呢！」

當他們說話的時候，家樹已經捧起茶杯喝了一口，笑道：「人要到哪裡說哪裡話，遇到喝鹹水的時候，自然要喝鹹水。在喝甜水的時候，練習練習鹹水也好。像關大叔是沒有遇到機會罷了，若是早生五十年，這樣大的本領，不要說作官，就是到鏢局裡走鏢，也可顧全衣食。像我們後生，一點能力沒有，靠著祖上留下幾個錢，就是穿好的，吃好的，也沒有大叔靠了本事，喝一碗鹹水的心安。」說到這裡，只聽見撲通一下響，壽峰伸開大手掌，只在桌上一拍，把桌上的茶碗都濺倒了。昂頭一笑道：「痛快死我了。我的小兄弟！我沒遇到人說我說得這樣中肯的。秀姑！你把我那錢口袋拿來，我要請這位樊先生去喝兩盅，攀這麼一個好朋友。」姑娘在屋子裡答應了一聲，便拿出一個藍布小口袋來，笑道：「你可別請人家樊先生上那山東二葷鋪，我這裡今天接來作活的一塊錢，你也帶了去。」壽峰笑道：「樊先生你聽，連我閨女都願意請你，你千萬別客氣。」家樹笑道：「好，我就叨擾了。」

當下關壽峰將錢口袋向身上一揣，就引家樹出門而去。走到胡同口，有一家小店，是很窄小的門面，進門是煤灶，煤灶上放了一口大鍋，熱氣騰騰，一望裡面，像一條黑巷。壽峰向裡一指道：「這是山東人開的二葷鋪，只賣一點麵條饅頭的，我閨女怕我請你上這兒哩。」家樹點了頭笑笑。

上了大街，壽峰找了一家四川小飯館，二人一同進去。落座之後，壽峰先道：「先來一斤花雕。」又對家樹道：「南方菜我不懂，請你要。多了吃不下，也不必，可是少了不夠吃。為客氣，心裡不痛快，也沒意思。」家樹因這人脾氣是豪爽的，果然就照他的話辦。一會酒菜上來，各人面前放著一只小酒杯，壽峰道：「樊先生，你會喝不會喝？會喝，敬你三大杯。不會喝敬你一杯。可是要說實話。」家樹道：「三大杯可以奉陪。」壽峰道：「好，大家儘量喝。我要客氣，是個老混賬。」家樹笑著，陪他先喝了三大杯。

老頭子喝了幾杯酒，一高興，就無話不談。他自道年壯的時候，在口外當了十幾年的胡匪，因為被官兵追剿，婦人和兩個兒子都被殺死了。自己只帶得這個女兒秀姑，逃到北京來，洗手不幹，專做好人。自己當年做強盜，未曾殺過一個人，還落個家敗人亡。殺人的事，更是不能幹，所以在北京改做外科醫生，做救人的事，以補自己的過。秀姑是兩歲到北京來的，現在有二十一歲。自己做好人也二十年了。

好在他們喝酒的時候，不是上座之際，樓上無人，讓壽峰談了一個痛快。話談完了，他那一張臉成了家裡供的關神像了。

家樹道：「關大叔，你不是說喝醉為止嗎？我快醉了，你怎麼樣？」壽峰突然站起來，身子晃了兩晃，兩手按住桌子笑道：「三斤了，該醉了。喝酒本來只應夠量就好，若是喝了酒又去亂吐，那是作孽了，什麼意思。得！我們回去，有錢下次再喝。」當時伙計一算賬，壽峰掏出口袋裡錢，還多京錢十吊（注：銅元一百枚），都倒在桌上，算了伙計的小費了。家樹陪他下了樓，在街上要給他雇車。壽峰將胳膊一揚，笑道：「小兄弟！你以為我醉？笑話！」昂著頭自去了。

從這天起，家樹和他常有往來，又請他喝過幾回酒，並且買了些布匹送秀姑做衣服。只是一層，家樹常去看壽峰，壽峰並不來看他。其中三天的光景，家樹和他不曾見面，再去看他時，父女兩個已經搬走了。問那院子裡的鄰居，他們都說：「不知道。他姑娘說是要回山東去。」家樹本以為這老人是風塵中不可多得的人物，現在忽然隱去，尤其是可怪，心裡倒戀戀不捨。

有一天，天氣很好，又沒有風沙，家樹就到天橋那家老茶館裡去探關壽峰的蹤跡。據茶館裡說，有一天到這裡坐了一會，只是唉聲歎氣，以後就不見他來了。家樹聽說，心裡更是奇怪，慢慢的走出茶館，順著這小茶館門口的雜耍場走去。由這裡向南走便是先農壇的外壇。四月裡天氣，壇裡的蘆葦，長有一尺來高。一片青鬱之色，直抵那遠處城牆。青蘆裡面，畫出幾條黃色大界線，那正是由外壇而去的。壇內兩條大路，路的那邊，橫三右四的有些古柏。古柏中間，直立著一座伸入半空的鐘塔。在那鐘塔下面，有一片敞地，零零碎碎，有些人作了幾堆，在那裡團聚。家樹一見，就慢慢的也走了過去。

走到那裡看時，也是些雜耍。南邊鐘塔的臺基上，坐了一個四十多歲的人，抱著一把三弦子在那裡彈。看他是黃黝黝的小面孔，又長滿了一腮短茬鬍子，加上濃眉毛深眼眶，那樣子是髒得厲害，身上穿的黑布夾袍，反而顯出一條一條的焦黃之色。因為如此，他儘管抱著三弦彈，卻沒有一個人過去聽的。家樹見他很著急的樣子，那隻按弦的左手，上起下落，忙個不了，調子倒是很入耳。心想彈得這樣好，沒有人理會，實在替他叫屈。不免走上前去，看他如何。那人彈了一會，不見有人向前，就把三弦放下，歎了一口氣道：「這個年頭兒……」話還沒有往下講，家樹過意不去，在身上掏一把銅子給他，笑道：「我給你開開張吧。」那人接了錢，放出苦笑來，對家樹道：「先生！你真是好人。不瞞你說，天天不是這樣，我有個姪女兒今天還沒來……」說到這裡，他將右掌平伸，比著眉毛，向遠處一看道：「來了，來了！先生你別走，你聽她唱一段兒，準不會錯。」

說話時，來了一個十六七歲的姑娘，面孔略尖，卻是白裡泛出紅來，顯得清秀，梳著覆髮，長齊眉邊，由稀稀的髮網裡，露出白皮膚來。身上穿的舊藍竹布長衫，倒也乾淨齊整。手上提著面小鼓，和一個竹條鼓架子。她走近前對那人道：「三叔，開張了沒有？」那人將嘴向家樹一努道：「不是這位先生給我兩吊錢，就算一個子兒也沒有撈著。」那姑娘對家樹微笑著點了點頭，她一面支起鼓架子，把鼓放在上面，一面卻不住的向家樹渾身上下打量。看她面上，不免有驚奇之色。以為這種地方，何以有這種人前來光顧。那個彈三弦子的，在身邊的一個藍布袋裡抽出兩根鼓棍，一副拍板，交給那姑娘。姑娘接了鼓棍，還未曾打鼓一下，早就有七八個人圍將上來觀看。家樹要看這姑娘，究竟唱得怎樣？也就站著沒有動。

一會兒工夫，那姑娘打起鼓板來。那個彈三弦子的先將三弦子彈了一個過門，然後站了起來笑道：「我這位姑娘，是初學的幾套書，唱得不好，大家包涵一點。我們這是湊付勁兒，諸位就請在草地上臺階上坐坐吧。現在先讓她唱一段黛玉悲秋。這是紅樓夢上的故事，不敢說好，姑娘唱著，倒是對勁。」說畢，他又坐在石階上彈起三弦子來。這姑娘重複打起鼓板，她那一雙眼睛，不知不覺之間，就在家樹身上溜了幾回。——剛才家樹一見她，先就猜她是個聰明女郎。雖然十分寒素，自有一種清媚態度，可以引動看的人。現在她不住的用目光溜過來，似乎她也知道自己憐惜她的意思，就更不願走。四周有一二十個聽書的，果然分在草地和臺階上坐下。家樹究竟不好意思坐，看見身邊有一棵歪倒樹幹的古柏，就踏了一隻腳在上面，手撐著腦袋，看了那姑娘唱。

當下這個彈三弦子的便伴著姑娘唱起來，因為先得了家樹兩吊錢，這時更是努力。那三弦子一個字一個字，彈得十分淒楚。那姑娘垂下了她的目光，慢慢的向下唱。其中有兩句是「清清冷冷的瀟湘院，一陣陣的西風吹動了綠紗窗。孤孤單單的林姑娘，她在窗下暗心想，有誰知道女兒家這時候的心腸？」她唱到末了一句，拖了很長的尾音，目光卻在那深深的睫毛裡又向家樹一轉。家樹先還不曾料到這姑娘對自己有什麼意思，現在由她這一句唱上看來，好像對自己說話一般，不由得心裡一動。

這種大鼓詞，本來是通俗的，那姑娘唱得既然婉轉，加上那三弦子，音調又彈得淒楚，四圍聽的人，都低了頭，一聲不響的向下聽去。唱完之後，有幾個人卻站起來撲著身上的土，搭訕著走開去。那彈三弦子的，連忙放下樂器，在臺階上拿了一個小柳條盤子分向大家要錢。有給一個大子的，有給二個子的，收完之後，也不過十多個子兒。他因為家樹站得遠一點，剛才又給了兩吊錢，原不好意思過來再要，現在將柳條盤子一搖，覺得錢太少，又遙遙對著他一笑，跟著也就走上前來。家樹知道他是來要錢的，於是伸手就在身上去一掏。不料身上的零錢，都已花光，只有幾塊整的洋錢，人家既然來要錢，不給又不好意思，就毫不躊躇的拿了一塊現洋，向柳條盤子裡一拋，銀元落在銅板上，「噹」的打了一響。那彈三弦子的，見家樹這樣慷慨，喜出望外，忘其所以的把柳條盤交到左手，蹲了一蹲，垂著右手，就和家樹請了一個安。

這時，那個姑娘也露出十分詫異的樣子，手扶了鼓架，目不轉睛的只向家樹望著。家樹出這一塊錢，原不是示惠，現在姑娘這樣看自己，一定是誤會了，倒不好意思再看。那彈三弦子的，把一片絡腮鬍茬子幾乎要笑得豎起來，只管向家樹道謝。他拿了錢去，姑娘卻迎上前一步，側眼珠看了家樹，低低的和彈三弦子的說了幾句。他連點了幾下頭，卻問家樹道：「你貴姓？」家樹道：「我姓樊。」家樹答這話時，看那姑娘已背轉身去收那鼓板，似乎不好意思，而且聽書的人還未散開，自己丟了一塊錢，已經夠人注意的了，再加以和他們談話，更不好。說完這句話，就走開了。

由這鐘塔到外壇大門，大概有一里之遙，家樹就緩緩的踱著走去。快要到外壇門的時候，忽然有人在後叫道：「樊先生！」家樹回頭看，卻是一個大胖子中年婦人追上前來，抬起一隻胳膊，遙遙的只管在日影裡招手。家樹並不認識她，不知道她何以知道自己姓樊？心裡好生奇怪，就停住了腳，看她說些什麼。要知道她是誰，下回交代。

第二回　綺席晤青衫多情待舞　蓬門訪碧玉解語憐花

卻說家樹走到外壇門口，忽然有個婦人叫他，等那婦人走近前來時，卻不認識她。那婦人見家樹停住了腳步，就料定他是樊先生不會錯了。走到身邊，對家樹笑道：「樊先生，剛才唱大鼓的那個姑娘，就是我的閨女。我謝謝你。」家樹看那婦人，約莫有四十多歲年紀，見人一笑，臉上略現一點皺紋。家樹道：「哦！你是那姑娘的母親，找我還有什麼話說嗎？」婦人道：「難得有你先生這樣好的人。我想打聽打聽先生在哪個衙門裡？」家樹低了頭，將手在身上一拂，然後對那婦人笑道：「我這渾身上下，有哪一處像是在衙門裡的？我告訴你，我是一個學生。」那婦人笑道：「我瞧就像是一位少爺，我們家就住在水車胡同三號，樊少爺沒事，可以到我們家去坐坐。我姓沈，你到那兒找姓沈的就沒錯。」

說話時，那個唱大鼓的姑娘也走過來了。那婦人一見，問她道：「姑娘，怎麼不唱了？」姑娘道：「二叔說，有了這位先生給的那樣多錢，今天不幹了，他要喝酒去。」說著，就站在那婦人身後，反過手去，拿了自己的辮梢到前面來，只是把手去撫弄。家樹先見她唱大鼓的那種神氣，就覺不錯，現在又見她含情脈脈，不帶點些兒輕狂，風塵中有這樣的人物，卻是不可多得。因笑道：「原來你們都是一家人，倒很省事。你們為什麼不上落子館去唱？」那婦人歎了一口氣道：「還不是為了窮啊！你瞧，我們姑娘穿這樣一身衣服，怎樣能到落子館去？再說她二叔，又沒個人緣兒，也找不著什麼人幫忙。要像你這樣的好人，一天遇得著一個，我們就夠嚼穀的了，還敢望別的嗎？樊少爺，你府上在哪兒？我們能去請安嗎？」家樹告訴了她地點，笑道：「那是我們親戚家裡。」一面說著話，一面就走出了外壇門。因路上來往人多，不便和她母女說話，雇車先回去了。

到家之後，已經是黃昏時候了。家樹用了一點茶水，他表兄陶伯和，就請他到飯廳裡吃飯。陶伯和有一個五歲的小姐，一個三歲的少爺，另有保姆帶著。夫婦兩個，連同家樹，席上只有三個座位。家樹上座，他夫婦倆橫頭。陶太太一面吃飯，一面看著家樹笑道：「這一晌子，表弟喜歡一人獨遊，很有趣嗎？」家樹道：「你二位都忙，我不好意思常要你們陪伴著，只好獨遊了。」伯和道：「今天在什麼地方來？」家樹道：「聽戲。」陶太太望了他微笑，耳朵上墜的兩片「翡翠秋葉」，打著臉上，搖擺不定，微微的搖了一搖頭道：「不對吧。」說時，把手上拿著吃飯的牙筷頭，反著在家樹臉上輕戳了一下，笑道：「臉都曬得這樣紅，戲園子裡，不能有這樣厲害的太陽吧。」伯和也笑道：「據劉福說，你和天橋一個練把式的老頭認識，那老頭有一個姑娘。」家樹笑道：「那是笑話了，難道我為了他有一個姑娘，才去和他交朋友不成？」陶太太道：「表弟倒真是平民化，不過這種走江湖的人，可是不能惹他們。你要交女朋友……」說到這裡，將筷子頭指了一指自己的鼻尖，笑道：「我有的是，可以和你介紹啊！」家樹道：「表嫂說了這話好幾次了，但是始終不曾和我介紹一個。」陶太太道：「你在家裡，我怎樣給你介紹呢？必定要你跟著我到北京飯店去，我才能給你介紹。」家樹道：「我又不會跳舞，到了舞廳裡，只管看人跳舞，自己坐在一邊發呆，那是一點意思也沒有。」陶太太笑道：「去一次兩次，那是沒有意思的。但是去得多了，認識了女朋友之後，你就覺得有意思了。無論如何，總比到天橋去坐在那又髒又臭的小茶館裡強得多。」家樹道：「表嫂總疑心我到天橋去有什麼意思，其實我不過去了兩三回，要說他們練的那種把式，不能用走江湖的眼光看他們，實在有些本領。」伯和笑道：「不要提了，反正是過去的事。是江湖派也好，不是江湖派也好，他已遠走高飛，和他辯論些什麼？」

當下家樹聽了這話，忽然疑惑起來。關壽峰遠走高飛，他何以知道？自己本想追問一句，一來這樣追問，未免太關切了，二來怕是劉福報告的。這時劉福正站在旁邊，伺候吃飯，追問出來，恐怕給劉福加罪，因此也就默然不說了。

平常吃過了晚飯，陶太太就要開始去忙著修飾的，因為上北京飯店跳舞，或者到真光、平安兩電影院去看電影，都是這時候開始了。因此陶太太一放下筷子，就進上房內室去了。家樹道：「表嫂忙著換衣服去了，看樣子又要去跳舞。」伯和道：「今晚上我們一塊兒去，好不好？」家樹道：「我不去，我沒有西服。」伯和道：「何必要西服，穿漂亮一點的衣服就行了。」說到這裡，笑了一笑。又道：「只要身上的衣服，穿得沒有一點皺紋，頭髮梳得光光滑滑的，一樣的可以博得女友的歡心。」家樹笑道：「這樣子說，不是女為悅己者容，倒是士為悅己者容了。」伯和道：「我們為悅己者容，你要知道，別人為討我們的歡心更要修飾啊。你不信，到跳舞場裡去看看，那些奇裝異服的女子，她為著什麼？都是為了自己照鏡子嗎？」家樹笑道：「你這話要少說，讓表嫂聽見了，就是一場交涉。」伯和道：「這話也不算侮辱啊！女子好修飾，也並不是一定有引誘男子的觀念，不過是一點虛榮之心，以為自己好看，可以讓人羨慕，可以讓人稱讚。所以外國人男子對女子可以當面稱許她美麗的。你表嫂在跳舞場裡，若是有人稱許她美麗，我不但不忌妒，還要很喜歡的。然而她未必有這個資格。」

兩人說著話，也一面走著，踱到上房的客廳裡來。只見中間圓桌上，放了一只四方的玻璃盒子，玻璃棱角上，都用五色印花綢來滾好，盒子裡面，也是紅綢鋪的底。家樹道：「這是誰送給表兄一個銀盾？盒子倒精緻，銀盾呢？」伯和口裡銜了半截雪茄，用嘴唇將雪茄掀動著，笑了一笑道：「你仔細看，這不是裝銀盾的盒子呀！」家樹道：「果然不是，這盒子大而不高，而且盒托太矮，這是裝什麼用的呢？莫不是盛玉器的？」伯和笑道：「越猜越遠。暫且不說，過一會子，你就明白了。」家樹笑笑，也不再問，心想：我等會倒要看一個究竟，這玻璃盒子究竟裝的是什麼東西？……

不多大一會兒工夫，陶太太出來了。她穿了一件銀灰色綢子的長衫，只好齊平膝蓋，順長衫的四周邊沿，都鑲了桃色的寬辮，辮子中間，有挑著藍色的細花，和亮晶晶的水鑽，她光了一截脖子，掛著一副珠圈，在素淨中自然顯出富麗來。家樹還未曾開口，陶太太先笑道：「表弟！我這件衣服新做的，好不好？」家樹道：「表嫂是講究美術的人，自己計劃著做出來的衣服，自然是好。」陶太太道：「我以為中國的綢料，做女子的衣服，最是好看。所以我做的衣服，無論是哪一季的，總以中國料子為主。就是鞋子，我也是如此，不主張那些印度緞、印度綢。」說時，把她的一條玉腿，抬了起來，踏在圓凳上。家樹看時，白色的長絲襪，緊裹著大腿，腳上穿著一雙銀灰緞子的跳舞鞋。沿鞋口也是鑲了細條紅辮，紅辮裡依樣有很細的水鑽，射人的目光。橫著腳背，有一條鎖帶，帶子上橫排著一路珠子，而鞋尖正中，還有一朵精緻的蝴蝶，蝴蝶兩隻眼睛，卻是兩顆珠子。家樹笑道：「這一雙鞋，實在是太精緻了，除非墊了地毯的地方，才可以下腳。若是隨便的地下也去走，可就辱沒了這雙鞋了。」陶太太道：「北京人說，淨手洗指甲，作鞋泥裡踏，你沒有聽見說過嗎？不要說這雙鞋，就是裝鞋的這一個玻璃盒子，也就很不錯了。」說時，向桌上一指，家樹這才恍然大悟，原來這樣精緻的東西，還是一只放鞋的盒子呢！

這時陶太太已穿了那鞋，正在光滑的地板上，帶轉帶溜，只低了頭去審查。不料家樹卻插問一句：「這樣的鞋子要多少一雙？」陶太太這才轉過身來笑道：「我也不知道多少錢，因為一家鞋店裡和我認識，我介紹了他有兩三千塊錢生意，所以送我一雙鞋，作為謝禮。」家樹道：「兩三千塊嗎？那有多少雙鞋？」陶太太道：「不要說這種不見世面的話了，跳舞的鞋子，沒有幾塊錢一雙的。好一點，三四十塊錢一雙鞋，那是很平常的事，那不算什麼。」家樹道：「原來如此，像表嫂這一雙鞋，就讓珠子是假的，也應該值幾十塊錢了。」陶太太道：「小的珠子，是不值什麼的，自然是真的。」家樹笑道：「表嫂穿了這樣好的新衣，又穿了這樣好鞋子，今天一定是要到北京飯店去跳舞的了。」陶太太道：「自然去。今天伯和去，你也去，我就趁著今晚朋友多的時候，給你介紹兩位女朋友。」家樹笑道：「我剛才和伯和說了，沒有西裝，我不去。」伯和道：「我也說了，沒有西裝不成問題，你何以還要提到這一件事？」家樹道：「就是長衣服，我也沒有好的。」……

當下陶太太見伯和也說服不了，便自己走回房去，拿了一瓶灑頭香水，一把牙梳出來，不問三七二十一，將香水瓶子掉過來，就向他頭上灑水。家樹連忙將頭偏著躲開，陶太太道：「不行不行，非梳一梳不可。不然我就不帶你去。」家樹笑道：「我並不要去啊。」伯和道：「我告訴你實話吧，跳舞還罷了，北京飯店的音樂，不可不去一聽。他那裡樂隊的首領，是俄國音樂大學的校長托拉基夫。」家樹道：「一個國立大學的校長，何至於到飯店裡去作音樂隊的首領？」伯和道：「因為他是一個白黨，不容於紅色政府，才到中國來。若是現在俄國還是帝國，他自然有飯吃，何至於到中國來呢？」家樹道：「果然如此，我倒非去不可。北京究竟是好地方，什麼人材都會在這裡齊集。」陶太太見他說要去，很是歡喜，催著家樹換了衣服，和她夫婦二人，坐了自家的汽車，就向北京飯店而來。

這個時候，晚餐已經開過去了。吃過了飯的人，大家餘興勃勃，正要跳舞。伯和夫婦和家樹揀了一副座位，面著舞廳的中間而坐。由外面進來的人，正也陸續不斷。這個時候，有一個十七八歲的女子，穿了蔥綠綢的西洋舞衣，兩隻胳膊和雪白的前胸後背，都露了許多在外面。這在北京飯店，原是極平常的事，但是最奇怪的，她的面貌，和那唱大鼓的女孩子，竟十分相像。不是她已經剪了頭髮，真要疑她就是一個了。因為看得很奇怪，所以家樹兩隻眼睛，儘管不住的看著那姑娘。陶太太同時卻站起身來，和那姑娘點頭。姑娘一走過來，陶太太對家樹笑道：「我給你介紹介紹，這是密斯何麗娜！」隨著又給家樹通了姓名。陶太太道：「密斯何和誰一路來的？」何麗娜道：「沒有誰，就是我自己一個人。」陶太太道：「那末，可以坐在我們一處了。」伯和夫婦是連著坐的，伯和坐中間，陶太太坐在左首，家樹坐在右首，家樹之右，還空了一把椅子。陶太太就道：「密斯何！就在這裡坐吧。」何小姐一回頭，見那裡有一把空椅子，就毫不客氣的在那椅子上坐下。家樹先不必看她那人，就聞到一陣芬芳馥郁的脂粉味，自己雖不看她，然而心裡頭，總不免在那裡揣想著，以為這人美麗是美麗，放蕩也就太放蕩了……

飯店裡西崽，對何麗娜很熟，這時見她坐下，便笑著過來叫了一聲「何小姐！」何麗娜將手一揮，很低的不知道說了一句什麼，但是很像英語。不多一會兒，西崽捧了一瓶啤酒來，放一只玻璃杯在何麗娜面前。打開瓶塞，滿滿的給她斟了一滿杯。那酒斟得快，鼓著氣泡兒，只在酒杯子裡打旋轉。何麗娜也不等那酒旋停住，端起杯子來，「咕嘟」一聲，就喝了一口。喝時，左腿放在右腿上，那肉色的絲襪子，緊裹著珠圓玉潤的肌膚，在電燈下面，看得很清楚。

當下家樹心裡想：中國人對於女子的身體，認為是神秘的，所以文字上不很大形容肉體之美，而從古以來，美女身上的稱讚名詞，什麼杏眼，桃腮，蛸蠐，春蔥，櫻桃，什麼都歌頌到了，然決沒有什麼恭頌人家兩條腿的。尤其是古人的兩條腿，非常的尊重，以為穿叉腳褲子都不很好看，必定罩上一幅長裙，把腳尖都給它罩住。現在染了西方的文明，婦女們也要西方之美，大家都設法露出這兩條腿來。其實這兩條腿，除富於挑撥性而外，不見得怎樣美。家樹如此的想著，目光注視著麗娜小姐的膝蓋，目不轉睛的向下看。陶太太看見，對著伯和微微一笑，又將手胳膊碰了伯和一下，伯和心裡明白，也報之以微笑。這時，音樂臺的音樂，已經奏了起來，男男女女互相摟抱著，便跳舞起來——然而何麗娜卻沒有去。

一個人的性情，都是這樣，常和老實的人在一處，見了活潑些的，便覺聰明可喜。但是常和活潑的人在一處，見了忠實些的，又覺得溫存可親了。何小姐日日在跳舞場裡混，見的都是些很活躍的青年，現在忽然遇到家樹這樣的忠厚少年，便動了她的好奇心，要和這位忠實的少年談一談，也成為朋友，看看老實的朋友，那趣味又是怎樣。因此坐著沒動，等家樹開口要求跳舞。凡是跳舞場的女友，在音樂奏起之後，不去和別人跳舞，默然的坐在一位男友身邊，這正是給予男友求舞的一個機會。也不啻對你說，我等你跳舞。無如家樹就不會跳舞，自然也不會啟口。這時伯和夫婦，都各找舞伴去了。只剩兩人對坐，家樹大窘之下，只好側過身子去，看著舞場上的舞伴。何小姐斟了一杯酒捧在手裡，臉上現出微笑，只管將那玻璃杯口，去碰那又齊又白的牙齒，頭不動，眼珠卻緩緩的斜過來看著家樹。等了有十分鐘之久，家樹也沒說什麼。麗娜放下酒杯問道：「密斯脫樊！你為什麼不去跳舞？」家樹道：「慚愧得很，我不會這個。」麗娜笑道：「不要客氣了，現在的青年，有幾個不會跳舞的？」家樹笑道：「實在是不會，就是這地方，我今天還是第一次來呢。」麗娜道：「真的嗎？但這也是很容易的事，只要密斯脫樊和令親學一個禮拜，管保全都會了。」家樹笑道：「在這歌舞場中，我們是相形見絀的，不學也罷。」說到這裡，伯和夫婦歇著舞回來了。看見家樹和麗娜談得很好，二人心中暗笑。當時大家又談了一會，麗娜雖然和別人去跳舞了兩回，但是始終回到這邊席上來坐。

到了十二點鐘以後，家樹先有些倦意了，對伯和道：「回去吧。」伯和道：「時候還早啊。」家樹道：「我沒有這福氣，覺得頭有些昏。」伯和道：「誰叫你喝那些酒呢？」伯和因為明天要上衙門，也贊成早些回去。不過怕太太不同意，所以未曾開口。現在家樹說要回去，正好借風轉舵，便道：「既是你頭昏，我們就回去吧。」叫了西崽來，一算賬，共是十五元幾角。伯和在身上拿出兩張十元的鈔票，交給西崽，將手一揮道：「拿去吧。」西崽微微一鞠躬，道了一聲謝。家樹只知道伯和夫婦每月跳舞西餐費很多，但不知道究竟用多少。現在看起來，只是幾瓶清淡的飲料，就是廿塊錢，怪不得要花錢。當時何麗娜見他們走，也要走，說道：「密斯脫陶！我的車沒來，搭你的車坐一坐，坐得下嗎？」伯和道：「可以可以。」於是走出舞廳，到儲衣室裡去穿衣服。那西崽見何小姐進來，早在鉤上取下一件女大衣，提了衣抬肩，讓她穿上。穿好之後，何小姐打開提包，就抽出兩元鈔票來，西崽一鞠躬，接著去了。這一下，讓家樹受了很大的刺激。白天自己給那唱大鼓書的一塊錢，人家就受寵若驚，認為不世的奇遇。真是不登高山，不見平地。像她這樣用錢，簡直是把大洋錢看作大銅子。若是一個人作了她的丈夫，這種費用，容易供給嗎？當時這樣想著，看何小姐卻毫不為意，和陶太太談笑著，一路走出飯店。

這時雖然夜已深了，然而這門口樹林下的汽車和人力車，一排一排的由北向南停下。伯和找了半天，才把自己的汽車找著。汽車裡坐四個人，是非把一個坐倒座兒不可的。伯和自認是主人，一定讓家樹坐在上面軟椅上，家樹坐在椅角上，讓出地方來，麗娜竟不客氣，坐了中間，和家樹擠在一處。她那邊自然是陶太太坐了。車子開動了，麗娜抬起一隻手捶了一捶頭，笑道：「怎麼回事？我的頭有點暈了！」正在這時，汽車突然拐了一個小彎，向家樹這邊一側，麗娜的那一隻胳膊，就碰了他的臉一下。麗娜回轉臉來，連忙對家樹道：「真對不起，撞到哪裡沒有？」家樹笑道：「照密斯何這樣說，我這人是紙糊的了，只要動他一下，就要破皮的。」伯和道：「是啊，你這些時候，正在講究武術，像密斯何這樣弱不禁風的人，就是真打你幾下，你也不在乎。」何小姐連連說道：「不敢當，不敢當。」說著就對家樹一笑。四個人在汽車裡談得很熱鬧，不多一會兒，就先到了何小姐家。汽車的喇叭遙遙的叫了三聲，突然人家門上電燈一亮，映著兩扇朱漆大門。何小姐操著英語，道了晚安，下車而去。朱漆門已是洞開，讓她進去了。

這裡他們三人回家以後，伯和笑道：「家樹！好機會啊！密斯何對你的態度太好了。」家樹道：「這話從何說起？我們不過是今天初次見面的朋友，她對我，談得上什麼態度？」陶太太道：「是真的，我和何小姐交朋友許久了，我從沒見過她對於初見面的朋友，是怎樣又客氣又親密的。你好好的和她周旋吧，將來我喝你一碗冬瓜湯。」伯和笑道：「你不要說這種北京土謎了，他知道什麼叫冬瓜湯？家樹，我告訴你吧，喝冬瓜湯，就是給你作媒。」家樹笑道：「我不敢存那種奢望，但是作媒何以叫喝冬瓜湯呢？」陶太太道：「那就是北京土產，他也舉不出所以然來。但是真作媒的人，也不曾見他真喝過冬瓜湯，不過你和何小姐願意給我冬瓜湯喝，我是肯喝的。」家樹道：「表嫂這話，太沒有根據了。一個初會面的朋友，哪裡就能夠談到婚姻問題上去？」陶太太道：「怎麼不能！舊式的婚姻，不見面還談到婚姻上去呢。你看看外國電影的婚事，不是十之八九一見傾心嗎？譬如你和那個關老頭子的女兒，又何嘗不是一見就發生友誼呢？」家樹自覺不是表嫂的敵手，笑著避回自己屋子裡去了。

一個人受了聲色的刺激，不是馬上就能安帖的。家樹睡的鋼絲床頭，有一只小茶櫃，茶櫃上直立著荷葉蓋的電燈，正向床上射著燈光，燈光下放了一本紅樓夢，還是前兩晚臨睡時候放在這兒的。拿起一本來看，隨手一翻，恰是林黛玉鼓琴的那一段。由這小說上，想到白天唱黛玉悲秋的女子，心想她何嘗沒有何小姐美麗！何小姐生長在有錢的人家裡，茶房替她穿一件外衣，就賞兩塊錢，唱大鼓書的姑娘唱了一段大鼓，只賞了她一塊錢，她家裡人就感激涕零。由此可以看到美人的身分，也是以金錢為轉移的。據自己看來，那姑娘和何小姐長的差不多，年紀還要輕些，我要是說上天橋去聽那人的大鼓書，表嫂一定不滿意的。可是只和何小姐初見面，她就極力要和我作媒了。一人這樣想著，只把書拿在手裡沉沉的想下去，轉念到與其和何小姐這種人作朋友，莫如和唱大鼓的姑娘認識了。她母親曾請我到她家裡去，何妨去看看呢，我倒可以借此探探她的身世。這一晚上，也不知道什麼緣故，想了幾個更次。

到了次日，家樹也不曾吃午飯，說是要到大學校裡去拿章程看看，就出門了。伯和夫婦以為上午無地方可玩，也相信他的話。家樹不敢在家門口坐車，上了大街，雇車到水車胡同。到了水車胡同口上，就下了車，卻慢慢走進去，一家一家的門牌看去。到了西口上，果然三號人家的門牌邊，有一張小紅紙片，寫了「沈宅」兩個字。門是很窄小的，裡面有一道半破的木隔扇擋住，木隔扇下擺了一只穢水桶，七八個破瓦缽子，一只破煤筐子，堆了穢土，還在隔扇上掛了一條斷腳板凳。隔扇有兩三個大窟窿，可以看到裡面院子裡晾了一繩子的衣服，衣服下似乎也有一盆夾竹桃花，然而紛披下垂，上面是撒滿了灰土。家樹一看，這院子是很不潔淨，向這樣的屋子裡跑，倒有一點不好意思。於是緩緩的從這大門踱了過去，這一踱過去，恰是一條大街。在大街上望了一望，心想難道老遠的走了來又跑回家去不成？既來之則安之，當然進去看看。於是掉轉身仍回到胡同裡來。走到門口，本打算進去，但是依舊為難起來。人家是個唱大鼓書的，和我並無關係，我無緣無故到這種人家去作什麼？這一猶豫，放開腳步，就把門走了過去。走過去兩三家還是退回來，因想她叫我找姓沈的人家，我就找姓沈的得了。只要是她家，她們家裡人都認識我的，難道她們還能不招待我嗎？主意想定，還是上前去拍門。剛要拍門，又一想，不對，不對，自己為什麼找人呢？說起來倒怪不好意思的。因此雖自告奮勇去拍門，手還沒有拍到門，又縮轉來了。站在門邊，先咳嗽了兩聲，覺得這就有人出來，可以答話了。誰料出來的人，在隔扇裡先說起話來道：「門口瞧瞧去，有人來了。」

家樹聽聲音正是唱大鼓書的那姑娘，連忙向後一縮，輕輕的放著腳步，趕快的就走。一直要到胡同口上了，後面有人叫道：「樊先生！樊先生！就在這兒，你走錯了。」回頭看時，正是那姑娘的母親沈大娘，一路招手，一路跑來，眯著眼睛笑道：「樊先生你怎麼到了門口又不進去？」家樹這才停住腳道：「我看見你們家裡沒人出來，以為裡面沒人，所以走了。」沈大娘道：「你沒有敲門，我們哪會知道啊？」說著話，伸了兩手支著，讓家樹進門去。家樹身不由自主的，就跟了她進去。只覺那院子裡到處是東西。

當下沈大娘開了門，讓進一間屋子。屋子裡也是床鋪鍋爐盆缽椅凳，樣樣都有，簡直沒有安身之處。再轉一個彎，引進一間套房裡，靠著窗戶有一張大土炕，簡直將屋子占去了三分之二，剩下一些空地，只設了一張小條桌，兩把破了靠背的椅子，什麼陳設也沒有。有兩只灰黑色的箱子，兩只柳條筐，都堆在炕的一頭，這邊才鋪了一張蘆席，蘆席上隨疊著又薄又窄的棉被，越顯得這炕寬大。浮面鋪的，倒是床紅呢被，可是不紅而黑了。牆上新新舊舊的貼了幾張年畫，什麼耗子嫁閨女，王小二怕媳婦，大紅大綠，塗了一遍。家樹從來不曾到過這種地方，現在覺得有一種很奇異的感想。沈大娘讓他在小椅子上坐了，用著一只白瓷杯，斟了一杯馬溺似的釅茶，放在桌上。這茶杯恰好鄰近一只熏糊了燈罩的煤油燈，回頭一看桌上，漆都成了魚鱗斑，自己心裡暗算，住在很華麗很高貴一所屋子裡的人，為什麼到這種地方來？這樣想著，渾身都是不舒服，心想：我莫如坐一會子就走吧。正這樣想著，那姑娘進來了。她倒是很大方，笑著點了一個頭，接上說道：「你吃水。」沈大娘道：「姑娘！你陪樊先生一會兒，我去買點瓜子來。」家樹要起身攔阻時，人已走遠了。

現在屋子裡剩了一男一女，更沒有話說了。那姑娘將椅子移了一移，把棉被又整了一整，順便在炕上坐下，問家樹道：「你抽煙捲吧？」家樹搖搖手道：「我不會抽煙。」這話說完，又沒有話說了。那姑娘又站起來，將掛在懸繩上的一條毛巾牽了一牽，將桌上的什物移了一移，把那煤油燈和一只破碗，送到外面屋子裡去，口裡可就說道：「它們是什麼東西？也向屋裡堆。」東西送出去回來，她還是沒話說。家樹有了這久的猶豫時間，這才想起話來了。因道：「大姑娘！你也在落子館裡去過嗎？」這話說出，又覺失言了。因為沈大娘說過，是不曾上落子館的。姑娘倒未加考慮，答道：「去過的。」家樹道：「在落子館裡，一定是有個芳名的了。」姑娘低了頭，微笑道：「叫鳳喜，名字可是俗得很！」家樹笑道：「很雅致。」因自言自語的吟道：「鳳兮鳳兮！」鳳喜笑道：「你錯了，我是恭喜賀喜的那個喜字。」家樹道：「呀！原來姑娘還認識字。在哪個學校裡讀書的？」鳳喜笑道：「哪裡進過學堂！從前我們院子裡的街坊，是個教書的先生，我在他那裡念過一年多書，稍微認識幾個字，論語上就有『鳳兮』這兩個字，你說對不對？」家樹笑道：「對的，能寫信嗎？」鳳喜笑著搖了一搖頭。家樹道：「記賬呢？」鳳喜道：「我們這種人家，還記個什麼賬呢？」家樹道：「你家裡除了你唱大鼓之外，還有別人掙錢嗎？」鳳喜道：「我媽接一點活做做。」家樹道：「什麼叫『活』？」鳳喜先就抿嘴一笑，然後說道：「你真是個南邊人，什麼話也不懂。就是人家拿了衣服鞋襪來做，這就叫『做活』。這沒有什麼難，我也成。要不然，颳風下雨，不能出去怎麼辦？」家樹道：「這樣說，姑娘倒是一個能幹人了。」鳳喜笑著低了頭，搭訕著，將一個食指在膝蓋上畫了幾畫，家樹再要說什麼，沈大娘已經買了東西回來了。於是雙方都不作聲，都寂然起來。

沈大娘將兩個紙包打開，一包是花生米，一包是瓜子，全放在炕上。笑道：「樊先生！你請用一點，真是不好意思說，連一只乾淨碟子都沒有。」鳳喜低低的道：「別說那些話，怪貧的。」沈大娘笑道：「這是真話，有什麼貧？」說畢，又出去弄茶水去了。鳳喜看了看屋子外頭，然後抓了一把瓜子，遞了過來，笑著對家樹道：「你接著吧，桌上髒。」家樹聽說，果然伸手接了。鳳喜笑道：「你真是斯文人，雙手伸出來，比我們的還要白淨。」家樹且不理她話，但昂了頭，卻微笑起來。鳳喜道：「你樂什麼？

我話說錯了嗎？你瞧，誰手白淨？」家樹道：「不是，不是，我覺得北京人說話，又伶俐，又俏皮，說起來真好聽。譬如剛才你所說那句『怪貧的』那個『貧』字就有意思。」鳳喜笑道：「是嗎？」家樹道：「我何曾說謊？尤其是北京的小姑娘，她們斯斯文文的談起話，好像戲臺上唱戲一樣，真好聽。」鳳喜笑道：「以後你別聽我唱大鼓書了，就到我家裡來聽我說話吧。」沈大娘送了茶進來問道：「聽你說什麼？」鳳喜將嘴向家樹一努道：「他說北京話好聽，北京姑娘說話更好聽。」沈大娘道：「真的嗎？樊先生！讓我這丫頭跟著你當使女去，天天伺候你，這話可就有得聽了。」家樹道：「那怎敢當！」只說到這裡，鳳喜斟了一杯熱茶，雙手遞到家樹面前，眼望著他，輕輕的道：「你喝茶，這樣伺候，你瞧成不成？」家樹接了那杯茶，也就一笑。他初進門的時候，覺得這屋又窄小，又不潔淨，立刻就要走。這時坐下來了，儘管談得有趣，就不覺時候長。那沈大娘只把茶伺候好了，也就走開。家樹道：「你這院子裡共有幾家人家？」鳳喜道：「一共三家，都是作小生意買賣的，你不嫌屋子髒，儘管來，不要緊的。」家樹看了她，嘻嘻的笑，鳳喜盤了兩隻腳坐在炕上，用手抱著膝蓋，帶著笑容，默然而坐。半晌，問道：「你為什麼老望著我笑？」家樹道：「因為你笑我才笑的。」鳳喜道：「這不是你的真話，這一定有別的緣故。」家樹道：「老實說吧，我看你的樣子，很像我一個女朋友。」鳳喜搖搖頭道：「不能不能，你的女朋友，一定是千金小姐，哪能像我長得這樣寒磣。」家樹道：「不然，你比她長得好。」鳳喜聽了，且不說什麼，只望著他把嘴一撇，家樹見她這樣子，更禁不住一陣大笑。

又談了一會，沈大娘進來道：「樊先生！你別走，就在我們這兒吃午飯去。沒有什麼好吃的東西，給你作點炸醬麵吧。」家樹起身道：「不坐了，下次再來吧。」因在身上掏了一張五元的鈔票，交在沈大娘手裡，笑道：「小意思，給大姑娘買雙鞋穿。」說畢，臉先紅了。因不好意思，三腳兩步搶著出來，牽了一牽衣服，慢慢走著。走不多路，後面忽然有人咳嗽了兩三聲，回頭看時，鳳喜笑著走上前。回頭見沒有人，因道：「你丟了東西了。」家樹伸手到袋裡摸了摸，昂頭想道：「我沒有丟什麼。」鳳喜也在身上一掏，掏出一個報紙包兒，紙包得很不齊整，像是忙著包的。她就遞給家樹道：「你丟的東西在這裡。」家樹接過來，正要打開，鳳喜將手按住，瞟了他一眼，笑道：「別瞧，瞧了就不靈，揣起來，回家再瞧吧。再見！再見！」她說畢，也很快的回家去了。家樹這時恍然大悟，才明白了並不是自己丟下的紙包，心裡又是一喜。要知道那紙包裡究竟是什麼東西，下回分解。

第三回　顛倒神思書中藏倩影　纏綿情話林外步朝曦

　　卻說家樹臨走的時候，鳳喜給了他一個紙包。他哪裡等得回家再看，一面走路，一面就將紙包打開。這一看，不覺心裡又是一喜，原來紙包裡不是別的什麼，乃是一張鳳喜本人的四寸半身相片。這相片原是用一個小玻璃框子裝的，懸在炕裡面的牆上。當時因坐在對面，看了一看，現在鳳喜追了送來，一定是知道自己很愛這張相片的了。心想：這個女子實在是可人意，只可惜出在這唱大鼓書的人家。近朱者赤，近墨者黑，溫柔之中，總不免有一點放蕩的樣子，倒是怪可惜的。一路想著，一路就走了去，也忘了坐車。及至到了家，才覺得有些疲乏，便斜躺在沙發上，細味剛才和她談話的情形，覺得津津有味。劉福給他送茶送水，他都不知道，一坐就是兩個多鐘頭。因起身到後院子裡去，忽然有一陣五香燉肉的香味，由空氣裡傳將過來。忽然心裡一動，醒悟過來，今天還沒有吃午飯。走回房去，便按鈴叫了劉福來道：「給我買點什麼吃的來吧，我還沒有吃飯。」劉福道：「表少爺還沒有吃飯嗎？怎樣回來的時候不說哩？」家樹道：「我忘了說了。」劉福道：「你有什麼可樂的事兒嗎？怎麼會把吃飯都給忘了？」家樹也說不出所以然來，只是微笑。劉福道：「買東西倒反是慢了，我去叫廚房裡趕著給你辦一點吧。」說畢，他也笑著去了。

　　一會子，廚子送了一碟冷葷，一碗湯，一碗木樨飯來。這木樨飯就是蛋炒飯，因為雞蛋在飯裡像小朵的桂花一樣，所以叫做木樨。但是真要把這話問起北京人來，北京人是數典而忘祖的。當時廚子把菜飯送到桌上來，家樹便一人坐下吃飯。吃飯的時候，不免又想到鳳喜家裡留著吃炸醬麵的那一幕喜劇。回想我要是真在她家裡吃麵，恐怕她會親手做給我來吃，那就更覺得有味了。人在出神，手裡拿了湯匙，就只管舀了湯向飯碗裡倒，倒了一匙，又是一匙，不知不覺之間，在木樨飯裡，倒上大半碗湯。偶然停止不倒湯了，低頭一看，自己好笑起來。心想：從來沒有人在木樨飯裡淘湯的，聽差看見，豈不要說我南邊人，連吃木樨飯都不會。當時就低著頭，稀里呼嚕，把一大碗湯淘木樨飯，趕快吃了下去。但是在他未吃完之前，劉福已經舀了水進來，預備打手巾把了。家樹吃完，他遞上手巾把來。家樹一隻手接了手巾擦臉，一隻手伸到懷裡去掏摸，掏摸一陣，忽然丟了手巾，屋子裡四圍找將起來。抽屜裡，書架上，床上枕頭下面，全都尋到了，裡屋跑到外屋，外屋跑到裡屋，儘管亂跑亂找。劉福看到忍不住了，便問道：「表少爺！你丟了什麼？」家樹道：「一個報紙包的小紙包，不到一尺長，平平的，扁扁的，你看見沒有？」劉福道：「我就沒有看見你帶這個紙包回來，到哪兒找去？」家樹四處找不著，忙亂了一陣子，只得罷了。休息了一會，躺在外屋裡軟榻上，一想起今天的報還沒有看過，便叫劉福把裡屋桌上的報取過來看。

劉福走進裡屋，將折疊著還沒有打開的一疊報，順手取了過來，報紙一拖，啪的一聲，有一樣東西落在地下，劉福一彎腰，撿起來一看，正是一個扁扁平平的報紙包。那報紙因為沒有黏著物，已經散開了，露出裡面一角相片來。劉福且不聲張，先偷著看了一看，見是一個十六七歲小姑娘的半身相片，這才恍然大悟表少爺今天回來喪魂失魄的原故。仍舊把報紙將相片包好，嚷起來道：「這不是一個報紙包？」家樹聽說，連忙就跑進屋來，一把將報紙奪了過去，笑問道：「你打開看了嗎？」劉福道：「沒有。這裡好像是本外國書。」家樹道：「你怎麼知道是外國書？」劉福道：「摸著硬邦邦的，好像是外國書的書殼子。」家樹也不和他辯說，只是一笑。等劉福將屋子收拾得乾淨去了，他才將那相片拿出來，躺著仔細把握，好在那相片也不大，便把它夾在一本很厚的西裝書裡面。

到了下午，伯和由衙門裡回來了，因在走廊上散步，便隔著窗戶問道：「家樹，投考章程取回來了嗎？」家樹道：「取回來了。」一面答話，一面在桌子抽屜裡取出前幾天郵寄來的一份章程在手裡，便走將出來。伯和道：「北京的大學，實在是不少，你若是專看他們的章程，沒有哪個不是說得井井有條的，而且考起學生來，應有的功課，也都考上一考。其實考取之後，學校裡的功課，比考試時候的程度，要矮上許多倍。所投考的學生，都是這樣說，就是怕考不取。考取之後，到學校裡去念書，是沒有多大問題。」家樹道：「那也不可一概而論。」伯和道：「不可一概而論嗎？正可一概而論呢。國立大學，那完全是個名，只要你是出風頭的學生，經年不跨過學校的大門，那也不要緊。常在雜誌上發表作品的楊文佳，就是一個例。他曾託我寫信，介紹到南邊中學校裡去，教了一年半書。現在因為他這一班學生要畢業了，他又由南邊回來，參與畢業考。學校當局，因為他是個有名的學生，兩年不曾上課，也不去管他。你看學校是多麼容易進！」他一面說話，一面看那章程。看到後面，忽然一陣微笑，問道：「家樹！你今天在哪裡來？」家樹雖然心虛，但不信伯和會看出什麼破綻，便道：「你豈不是明知故問？我是去拿章程來了，你還不知道嗎？」伯和手上捧了章程，搖了一搖頭笑道：「你當面撒謊，把我老大哥當小孩子嗎？這章程是一個星期以前，打郵政局裡寄來的。」家樹道：「你有什麼證據，知道是郵政局裡寄來的？」

當下伯和也不再說，一手托了章程，一手向章程上一指，卻笑著伸到家樹面前來。家樹看時，只見那上面蓋了郵政局的墨戳，而且上面的日期號碼，還印得十分明顯。無論如何，這是不容掩飾的了。家樹一時急得面紅耳赤，說不出所以然來，反是對他笑了一笑。伯和笑道：「小孩子！你還是不會撒謊。你不會說在抽屜裡拿錯了章程嗎？今天拿來的，放在抽屜裡，和舊有的章程，都混亂了。新的沒有拿來，舊的倒拿來了。你這樣一說，破綻也就蓋過去了。為什麼不說呢？」家樹笑道：「這樣看來，你倒是個撒謊的老內行了。」伯和道：「大概有這種能耐吧！你願意學就讓我慢慢的教你。你要知道應付女子，說謊是唯一的條件啊。」家樹道：「我有什麼女子？你老是這樣俏皮我。」伯和道：「關家那個大姑娘，和你不是很好嗎？你應該……」家樹連忙攔住道：「那個關家大姑娘，現在在什麼地方，你知道嗎？」家樹本是一句反問的話，實出於無心，伯和倒以為是他要考考自己，便道：「我有什麼不知道？她搬開這裡，就住到後門去了。你每次一人出去，總是大半天，不是到後門去了，到哪裡去了？」家樹道：「你何以知道她住在後門？看見他們搬的嗎？」

這時，陶太太忽然由屋子裡走出來，連忙把話來扯開。問家樹道：「表弟什麼時候回來的？在外面吃過飯嗎？我這裡有乳油蛋糕，玫瑰餅乾，要不要吃一點？」家樹道：「我吃了飯，點心吃不下了。」陶太太一面說話，一面就把眼光對伯和渾身上下望了一望。伯和似乎覺悟過來了，便也進房去取了一根雪茄來抽著，也不知在哪裡掏了一本書來，便斜躺在沙發上抽煙看書。家樹雖然很惦記關壽峰，無如伯和說話，總要牽涉到關大姑娘身上去，犯著很大的嫌疑，只得默然無語，自走開了。不過心裡就起了一個很大的疑問，闞家搬走了，連自己都不知道，伯和何以知道他搬到後門去了？這事若果是真，必然是劉福報告的，回頭我倒要盤問盤問他。今天且擱在心裡。

次日早上，伯和是上衙門去了。陶太太又因為晚上鬧了一宿的跳舞，睡著還沒有起來。兩個小孩子，有老媽子陪著，送到幼稚園裡去了。因此上房裡面，倒很沉靜。家樹起床之後，除了漱洗，接上便是拿了一疊報，在沙發上看。這是老規矩，當在看報的時候，劉福便會送一碟餅乾一杯牛乳來。陶家是帶點歐化的人家，早上雖不正式開早茶，牛乳咖啡一類的東西，是少不了的。一會，送了早點進來，家樹就笑道：「劉福！你在這兒多少年了，事情倒辦得很有秩序。」劉福聽了這句話，心裡不由得一陣歡喜，笑道：「年數不少了，有六七年了。」家樹道：「你就是專管上房裡這些事吧？」劉福道：「可不是，忙倒是不忙，就是一天到晚都抽不開身來。」家樹道：「還好，大爺還只有一個太太，若是討了姨太太，事情就要多許多了。」劉福笑道：「照我們大爺的意思，早就要討了，可是大奶奶很精明，這件事不好辦。」家樹笑道：「也不算精明，我看你們大爺，就有不少的女朋友。」劉福道：「女朋友要什麼緊！我們大奶奶也有不少的男朋友呢！」家樹道：「大奶奶的朋友，是真正的朋友，那沒關係。你們大爺的女朋友，我在跳舞場上會過的，像妖精一樣，可就不大妥當。你大爺的事情，我是知道，專門留心女子身上的事，好比我打算跟著那闞壽峰想學一點武術，這也沒有什麼可注意的價值。他因為闞家有個姑娘，就老提到她，常說闞家搬到後門去住了，叫我找她去，你看好笑不好笑？」劉福聽了這話，臉上似乎有些不自在的樣子。家樹道：「搬到後門去了，他怎麼會知道？大概又是你給你們大爺調查得來的。」劉福也不知道自己主人翁是怎樣說的，倒不敢一味狡賴，便道：「我原來也不知道，因為有一次有事到後門去，碰著那關家老頭，他說是搬到那兒去了。究竟住在哪兒？我也不知道。」家樹看那種情形，就料到關家搬家，和他多少有些關係。也不知道如何把個戇老頭子氣走了，心裡很過意不去。不過他們老疑惑我認識那老頭子，是別有用意，我倒不必去犯這個嫌疑。明白到此，也就不必向下追問。當時依然談些別的閒話將這事遮蓋過去。

吃過午飯，家樹心想，這一些時候玩夠了，從今天起，應該把幾樣重要的功課趁閒理一理。於是找了兩本書，對著窗戶，就攤在桌上來看。看不到三頁，有一個聽差進來說：「有電話來了，請表少爺說話。」他是大門口的聽差，家樹就知道是前面小客室裡的電話機說話，走到前面去接電話。說話的是個婦人聲音，自稱姓沈，家樹一聽，倒愣住了。哪裡認識這樣一個姓沈的？後來她說：「我們姑娘今天到先農壇一家茶社裡去唱，你沒有事，可以來喝碗茶。」家樹這才明白了，是鳳喜的母親沈大娘打來的電話。便問：「在哪家茶社裡？」她說：「記不著字號，你要去總可以找著的。」家樹便答應了一個「來」字，將電話掛上了。回到屋子裡去想了一想，鳳喜已經到茶社裡去唱大鼓了。這茶社裡，究竟像個局面，不是外壇鐘樓下那樣難堪。她今天新到茶社，我必得去看看。這樣一計算，剛才攤出來的書本，又沒法子往下看了。好容易捺下性子來看書，沒有看到三頁，怎麼又要走？還是看書吧！因此把剛才的念頭拋開，還是坐定了看書。說也奇怪，眼睛對著書上，心裡只管把鳳喜唱大鼓的情形，和自己談話的那種態度，慢慢的一樣一樣想起，彷彿那個人的聲音笑貌，就在面前。自己先還看著書，以後不看書了，手壓住了書，頭偏著，眼光由玻璃窗內，直射到玻璃窗外。玻璃窗外，原是朱漆的圓柱，彩畫的屋簷，綠油油的葡萄架，然而他的眼光，卻一樣也不曾看到，只是一個十七八歲的小姑娘，穿了淡藍竹布的長衫，雪白的臉兒，漆黑的髮辮，清清楚楚，齊齊整整的，對了他有說有笑……

家樹腦子裡出現了這一個幻影，便記起那張相片，心裡思索著：當時收起那張相片的時候，是夾在一本西裝書裡，可是夾在哪一本西裝書裡，當時又沒有注意。於是便把橫桌上擺好了的書，一本一本提出來抖一抖，以為這樣找，總可以找出來的。不料把書一齊抖完了，也不見相片落下來。剛才分明夾在書裡的，怎麼一會兒又找不著了？今天也不知道為了什麼，老是心猿意馬，做事飄飄忽忽的。只這一張相片，今天就找了兩次，真是莫名其妙。於是坐在椅子上出了一會神，細想究竟放在哪裡？想來想去，一點不錯，還是夾在那西裝書裡。因此站起來在屋子裡踱來踱去，以便想起是如何拿書，如何夾起，偶然走到外邊屋子裡，看見躺椅邊短几上，放了一本綠殼子的西裝書，恍然大悟，原是放在這本書裡的。當時根本上就沒有拿到裡邊屋子裡去，自己拚命的在裡邊屋裡找，豈不可笑嗎？在書裡將相片取出，就靠在沙發上一看，把剛才一陣忙亂的苦惱，都已解除無遺。看見這相，含笑相視，就有一股喜氣迎人。心想：她由鐘樓的露天下，升到茶社裡去賣唱，總算升一級了。今天是第一次，我不能不去看看。這樣一想，便不能在家再坐了。在箱子裡拿了一些零碎錢，雇了車，一直到先農壇去。

這一天，先農壇的遊人最多，柏樹林子下，到處都是茶棚茶館。家樹處處留意，都沒有找著鳳喜，一直快到後壇了，那紅牆邊，支了兩塊蘆席篷，篷外有個大茶壺爐子，放在一張破桌上燒水。過來一點，放了有上十張桌子，蒙了半舊的白布，隨配著幾張舊藤椅，都放在柏樹蔭下。正北向，有兩張條桌，並在一處。桌上放了一把三弦子，桌子邊支著一個鼓架。家樹一看，猜著莫非在這裡？所謂茶社，不過是個名，實在是茶攤子罷了。有株柏樹兜上，有一條二尺長的白布，上面寫了一行大字是「來遠樓茶社」。

家樹看到，不覺自笑了起來，不但不能「來遠」，這裡根本就沒有什麼「樓」。

家樹望了一望，正要走開，只見紅牆的下邊，有那沈大娘轉了出來。她手上拿了一把大蒲扇，站在日光裡面，遙遙的就向樊家樹招了兩招，口裡就說道：「樊先生！樊先生！就是這兒。」同時鳳喜也在她身後轉將出來，手裡提了一根白棉線，下面拴著一個大螞蚱，笑嘻嘻向著這邊點了一個頭。家樹還不曾轉回去，那賣茶的伙計，早迎上前來，笑道：「這兒清靜，就在這裡喝一碗吧。」家樹看一看這地方，也不過坐了三四張桌子，自己若不添上去，恐怕就沒有人能出大鼓書錢了。於是就含著笑，隨隨便便的在一張桌邊坐了。鳳喜和沈大娘，都坐在那橫條桌子邊。她只不過偶然向著這邊一望而已。家樹明白，這是她們唱書的規矩：賣唱的時候，是不來招呼客人的。

過了一會兒，只見鳳喜的叔叔，口裡銜著一支煙捲，一步一點頭的樣子，慢慢走了過來。他身後又跟著一個十二三歲的小女孩，黃黃的臉兒，梳著左右分垂的兩條黑辮。她一跑一跳，兩個小辮跳跑得一甩一甩的，倒很有趣。到了茶座裡，鳳喜的叔叔，和家樹遙遙的點了兩個頭，然後就坐到橫桌正面，抱起三弦試了一試。先是那個十二三歲的小女孩，打著鼓唱了一段，自己拿個小柳條盤子，挨著茶座討錢。共總不過上十個人，也不過扔了上十個銅子，家樹卻丟了一張銅子票。女孩子收回錢去了，鳳喜站起來，牽了一牽她的藍竹布長衫，又把手將頭髮的兩鬢和腦頂上，各撫摩了一會子。然後才到桌子邊，拿起鼓板，敲拍起來。當她唱的時候，來往過路的人，倒有不少的站在茶座外看。及至她唱完了，大家料到要來討錢，零零落落的就走開了。鳳喜的叔叔，放下三弦子，對著那些走開人的後背，望著微歎了一口氣，卻親自拿了那個柳條盤子向各桌上化錢。他到了家樹桌上，倒格外的客氣，蹲了一蹲身子，又伸長了脖子，笑了一笑。家樹也不知道什麼緣故，只是覺得少了拿不出手，又掏了一塊錢出來，放在柳條盤子裡。鳳喜叔叔身子向前一彎道：「多謝！多謝！」家樹因此地到東城太遠，不敢多耽擱，又坐了一會，會了茶賬，就回去了。

自這天起，家樹每日必來一次，聽了鳳喜唱完，給一塊錢就走。一連四五天，有一日回去，走到內壇門口，正碰到沈大娘，她一見面，先笑了，迎上前來道：「樊先生！你就回去嗎？明天還得請你來。」家樹道：「有工夫就來。」沈大娘笑道：「別那樣說，別那樣說，你總得來一趟，我們姑娘，全指望著你捧，你要不來，我們就沒意思了。」說時，她將那大蒲扇撐住了下巴頦，想了一想，就低聲道：「明天不要你聽大鼓，你早一點兒來。」家樹道：「另外有什麼事嗎？」沈大娘道：「這個地方，一早來就最好。你不是愛聽鳳喜說話嗎？明天我讓她陪你談談。」家樹紅了臉道：「你一定要我來，我下午來就是了。」沈大娘回頭一望，見身後並沒有什麼人，卻將蒲扇輕輕兒的拍了一拍他的手胳膊，笑道：「別！早上來吸新鮮空氣多好！我叫鳳喜六點鐘就在茶座上等你，我起不了那早，可是不能來陪。」家樹要說什麼，話到口頭，又忍了回去，站在路心，對沈大娘一笑。沈大娘還是將扇葉子輕輕的拍了他，低低的道：「別忘了，早來！明天會……不，明天我會你不著，過天會吧。」說罷，就一笑走了。家樹心想，她叫鳳喜明天一早陪我談話，未見得是出於什麼感情作用，恐怕是特別聯絡，多要我兩個錢而已。不過雖是這樣，我還得來。我要不來，讓鳳喜一個人在這兒等，叫她等到什麼時候哩！當日回去，就對伯和夫婦扯了一個謊，說是明天要到清華大學去找一個人，一早就要出城。伯和夫婦知道他有些舊同學在清華，對於這話，倒也相信。

次日，家樹起了一個早，果然五點鐘後就到了先農壇內守了。那個時候，太陽在東方起來不多高，淡黃的顏色，斜照在柏林東方的樹葉一邊，在林深處的柏樹，太陽照不著，翠蒼蒼的，卻吐出一股清芬的柏葉香。進內壇門，柏林下那一條平坦的大路，兩面栽著的草花，帶著露水珠子，開得格外的鮮豔。人在翠蔭下走，早上的涼風，帶了那清芬之氣，向人身上撲將來，精神為之一爽。最是短籬上的牽牛花，在綠油油的葉叢子裡，冒出一朵朵深藍淺紫的大花，是從來所不易見。綠葉裡面的絡緯蟲，似乎還不知道天亮了，令叮令叮，偶然還發出夜鳴的一兩聲餘響。這樣的長道，不見什麼遊人，只瓜棚子外面，伸出一個吊水轆轤，那下面是一口土井，轆轤轉了直響，似乎有人在那裡汲水。在這樣的寂靜境界裡，不見有什麼生物的形影。走了一些路，有幾個長尾巴喜鵲在路上帶走帶跳的找零食吃，見人來到，哄的一聲，飛上柏樹去了。家樹轉了一個圈圈，不見有什麼人，自己覺得來得太早，就在路邊一張露椅上坐下休息。那一陣陣的涼風，吹到人身上，將衣服和頭髮掀動，自然令人感到一種舒服。因此一手扶著椅背，慢慢的就睡著了。

家樹正睡時，只覺有樣東西拂得臉怪癢的，用手撥幾次，也不曾撥去。睜眼看時，鳳喜站在面前，手上高提了一條花布手絹，手絹一隻犄角，正在鼻子尖上飄蕩呢。家樹站了起來笑道：「你怎麼這樣頑皮？」看她身上，今天換了一件藍竹布褂，束著黑布短裙，下面露出兩條著白襪子的圓腿來，頭上也改綰了雙圓髻，光脖子上，露出一排稀稀的長毫毛。這是未開臉的女子的一種表示。然而在這種素女的裝束上，最能給予人一種處女的美感。家樹笑道：「今天怎麼換了女學生的裝束了？」鳳喜笑道：「我就愛當學生。樊先生！你瞧我這樣子，冒充得過去嗎？」家樹笑道：「豈但可以冒充，簡直就是麼！」她說著話，也一挨身在露椅上坐下。家樹道：「你母親叫我一早到這裡來會你，是什麼意思？」鳳喜笑道：「因為你下午來了，我要唱大鼓，不能陪你，所以早晌約你談談。」家樹笑道：「你叫我來談，我們談什麼呢？」鳳喜笑道：「談談就談談麼，哪裡還一定要談什麼呢？」家樹側著身子，靠住椅子背，對了她微笑。她眼珠一溜，也抿嘴一笑。在脅下紐襻上，取下手絹，右手拿著，只管向左手一個食指一道一道纏繞著。頭微低著，卻沒有向家樹望來。家樹也不作聲，看她何時為止。過了一會子，鳳喜忽然掉轉頭來，笑道：「幹嘛老望著我？」家樹道：「你不是找我談話嗎？我等著你說呢。」鳳喜低頭沉吟道：「等我想一想看，我要和你說什麼……哦，有了，你家裡都有些什麼人？」家樹笑道：「看你的樣子，你很聰明，何以你的記性，就是這樣壞！我上次不是告訴你了嗎？怎麼你又問？」鳳喜笑道：「你真的沒有麼？沒有……」說時，望了家樹微笑。家樹道：「我真沒有定親，這也犯不著說謊的事。你為什麼老問？」鳳喜這倒有些不好意思，將左腿架在右腿上，兩隻手扯著手絹的兩隻角，只管在膝蓋上磨來磨去，半晌，才說道：「問問也不要緊呀！」家樹道：「緊是不要緊，可是你老追著問，我不知你有什麼意思？」鳳喜搖了一搖頭微笑著道：「沒有意思。」家樹道：「你問了我了，我可以問你嗎？」鳳喜道：「我家裡人你全知道，還問什麼呢？」家樹道：「見了面的，我自然知道。沒有見過面的，我怎樣曉得？你問我有沒有，你也有沒有呢？」鳳喜聽說把頭偏到一邊，卻不理他這話。在她這一邊臉上，可以看到她微泛一陣喜色，似乎正在微笑呢。家樹道：「你這人不講理。」鳳喜連忙將身子一扭，掉轉頭來道：「我怎樣不講理？」家樹道：「你問我的話，我全說了。我問你的話，你就一個字不提。這不是不講理嗎？」鳳喜笑道：「我問你的話，我是真不知道，你問我的話，你本來知道，你是存心。」家樹被她說破，倒哈哈的笑起來了。鳳喜道：「早晌這裡的空氣很好，溜達溜達，別光聊天了。」說時，她已先站起身來，家樹也就站起，於是陪著她在園子裡溜達。

二人走著，不覺到了柏林深處。家樹道：「你實說，你母親叫你一早來約我，是不是有什麼事求我？」鳳喜聽說，不肯作聲，只管低了頭走。家樹道：「這有什麼難為情的呢？我辦得到，我自然可以辦。我辦不到，你就算碰了釘子。這兒只你我兩個人，也沒有第三個人知道。」鳳喜依然低了頭，看著那方磚鋪的路，一塊磚一塊磚，數了向著前面走，還是低了頭道：「你若是肯辦，一定辦得到的。」家樹道：「那你就儘管說吧。」鳳喜道：「說這話，真有些不好意思。可是你得原諒我，要不，我是不肯說的。」家樹道：「你不說，我也明白了，莫不是你母親叫你和我要錢？」鳳喜聽說，便點了點頭。家樹道：「要多少呢？」鳳喜道：「我們總還是認識不久的人，你又花了好些個錢了，真不應該和你開口。也是事到頭來不自由，這話不得不說。我媽和『翠雲軒』商量好了，讓我到那裡去唱。不過那落子館裡，不能像現在這樣隨便，總得做兩件衣服。所以想和你商量，借個十塊八塊的。」家樹道：「可以可以。」說時，在身上一摸，就摸出一張十元的鈔票，交在她手上。

鳳喜接了錢，小心的把錢放進口袋裡，這才抬起頭回過臉來，很鄭重的樣子說道：「多謝多謝。」家樹道：「錢我是給你了，不過你真上落子館唱大鼓，我很可惜。」鳳喜道：「你倒說是這樣要飯的一樣唱才好嗎？」家樹道：「不是那樣。你現在賣唱，是窮得沒奈何，要人家的錢也不多，人家聽了，隨便扔幾個子兒就算了。你若是上落子館，一樣的望客人花一塊錢點曲子，非得人捧不可，以後的事就難說了。那個地方是很墮落的，『墮落』這兩個字你懂不懂？」鳳喜道：「我怎麼不懂！也是沒有法子呀。」說時，依舊低了頭，看著腳步下的方磚，一步一步，數了走過去。家樹也是默然，陪著她走。過了一會道：「你不是願意女學生打扮嗎？我若送你到學堂裡念書去，你去不去呢？」鳳喜聽了這句話，猛然停住腳步不走。回過頭卻望著家樹道：「真的嗎？」接上又笑道：「你別拿我開玩笑。」家樹道：「決不是開玩笑，我看你天分很好，像一個讀書人，我很願幫你的忙，讓你得一個好結果。」鳳喜道：「你有這樣的好意，我死也忘不了。可是我家裡指望著我掙錢，我不賣唱，哪成呢？」家樹道：「我既然要幫你的忙，我就幫到底。你家裡每月要用多少錢，都是我的。我老實告訴你，我家裡還有幾個錢，一個月多花一百八十，倒不在乎的。」鳳喜扯著家樹的手，微微的跳了一跳道：「我一世做的夢，今天真有指望了。你能真這樣救我，我一輩子不忘你的大恩。」說著，站了過來，對著家樹一鞠躬，掉轉身就跑了。家樹倒愣住了，她為什麼要跑呢？要知跑的原因為何，下回分解。

第四回　邂逅在窮途分金續命　相思成斷夢把卷凝眸

卻說家樹和鳳喜在內壇說話，一番熱心要幫助她念書。她聽了這話，道了一聲謝，竟掉過臉，跑向柏樹林子裡去。家樹倒為之愕然，難道這樣的話，她倒不願聽嗎？自己呆呆立著。只見鳳喜一直跑進柏樹林子，那林子裡正有一塊石板桌子，兩個石凳，她就坐在石凳上，兩隻胳膊伏在石桌上，頭就枕在胳膊上。家樹遠遠的看去，她好像是在那裡哭，這更大惑不解了。本來想過去問一聲，又不明白自己獲罪之由，就背了兩隻手走來走去。

鳳喜伏在石桌上哭了一會子，抬起一隻胳膊，頭卻藏在胳膊下，回轉來向這裡望著。她看見家樹這樣來去不定，覺得他是沒有領會自己的意思，因此很躊躇。再不忍讓人家為難了，竭力的忍住了哭，站將起來，慢慢的轉過身子，向著家樹這邊。家樹看了這樣子，知道她並不拒絕自己過去勸解的，就慢慢的向她身邊走來。她見家樹過來，便牽了牽衣襟，又扭轉身去，看了身後的裙子，接著便抬起手來，輕輕的按著頭上梳的雙髻。她那眼光只望著地下，不敢向家樹平視。家樹道：「你為什麼這樣子？我話說得太唐突了嗎？」鳳喜不懂「唐突」兩個字是怎麼解，這才抬頭問道：「什麼？」家樹道：「我實在是一番好意，你剛才是不是嫌我不該說這句話？」鳳喜低著頭搖了一搖。家樹道：「哦！是了。大概這件事你怕家裡不能夠答應吧？」鳳喜搖著頭道：「不是的。」家樹道：「那為什麼呢？我真不明白了。」

鳳喜抽出手絹來，將臉上輕輕擦了一下，腳步可是向前走著，慢慢道：「我覺得你待我太好了。」家樹道：「那為什麼要哭呢？」鳳喜望著他一笑道：「誰哭了？我沒哭。」家樹道：「你當面就撒謊，剛才你不是哭是做什麼？你把臉我看看！你的眼睛還是紅的呢！」鳳喜不但不將臉朝著他，而且把身子一扭，偏過臉去。家樹道：「你說，這究竟為了什麼？」鳳喜道：「這可真正奇怪，我不知道為著什麼，好好兒的，心裡一陣……」她頓了一頓道：「也不是難過，不知道怎麼著，好好的要哭。你瞧，這不是怪事嗎？你剛才所說的話，是真的嗎？可別冤我，我是死心眼兒，你說了，我是非常相信的。」家樹道：「我何必冤你呢？你和我要錢，我先給了你了，不然，可以說是我說了話省得給錢。」鳳喜笑道：「不是那樣說，你別多心，我是……你瞧，我都說不上來了。」家樹道：「你不要說，你的心事我都明白了。我幫你讀書的話，你家裡通得過通不過呢？」鳳喜笑道：「大概可以辦到，不過我家裡……」說到這裡，她的話又不說下去了。家樹道：「你家裡的家用，那是一點不成問題的。只要你母親讓你讀書，我就先拿出一筆錢來，作你們家的家用也可以。以後我不給你家用時，你就不念書，再去唱大鼓也不要緊。」鳳喜道：「唉！你別老說這個話，我還有什麼你信不過的！找個地方再坐一坐，我還有許多話要問你。」家樹站住腳道：「有話你就問吧，何必還要找個地方坐著說呢！」鳳喜就站住了腳，偏著頭想了一想，笑道：「我原是想有許多話要說，可是你一問起來，我也不知道怎樣，好像就沒有什麼可說的了。你有什麼要說的沒有？」說時，眼睛就瞟了他一下。家樹笑道：「我也沒有什麼可說的。」鳳喜道：「那末我就回去了，今天起來得是真早，我得回去再睡一睡。」

當下兩個人都不言語，並排走著，繞上了出門的大道。剛剛要出那紅色的圓洞門了，家樹忽然站住了腳笑道：「還走一會兒吧，再要向前走，就出了這內壇門了。」鳳喜要說時，家樹已經回轉了身，還是由大路走了回去。鳳喜也就不由自主的，又跟著他走，直走到後壇門口，鳳喜停住腳笑道：「你打算還往哪裡走？就這樣走一輩子嗎？」家樹道：「我倒並不是愛走，坐著說話，沒有相當的地方；站著說話，又不成個規矩。所以彼此一面走一面說話最好，走著走著，也不知道受累，所以這路越走越遠了。我們真能這樣同走一輩子，那倒是有趣！」

鳳喜聽著，只是笑了一笑，卻也沒說什麼，又不覺糊里糊塗的還走到壇門口來。她笑道：「又到門口了，怎麼樣，我們還走回去嗎？」家樹伸出左手，掀了袖口一看手錶，笑道：「也還不過是九點鐘。」鳳喜道：「真夠瞧的了，六點多鐘說話起，已說到九點，這還不該回去嗎？明天我們還見面不見面？」家樹道：「明兒也許不見面。」鳳喜道：「後天呢？」家樹道：「無論如何，後天我們非見面不可。因為我要得你的回信啦！」鳳喜笑道：「還是啊！既然後天就要見面的，為什麼今天老不願散開？」家樹笑道：「你繞了這麼大一個彎子，原來不過是要說這一句話。好吧，我們今天散了，明天早上，我們還是在這裡相會，等你的回信。」鳳喜道：「怎麼一回事？剛才你還說明天也許不相會，怎麼這又說明天早上等我的回信？」家樹笑道：「我想還是明天會面的好。若是後天早上才見面，我又得多悶上一天了。」鳳喜笑道：「我就知道你不成。好！你明天等我的喜信吧。」家樹道：「就有喜信了嗎？有這樣早嗎？」鳳喜笑著一低頭，人向前一鑽，已走過去好幾步，回轉頭來瞅了他一眼道：「你這人總是這樣說話咬字眼，我不和你說了。」這時鳳喜越走越遠，家樹已追不上，因道：「你跑什麼？我還有話說呢！」鳳喜道：「已經說了這半天的話，沒有什麼可說的了。明兒個六點鐘壇裡見。」她身子也不轉過，只回轉頭來和家樹點了幾點。他遙遙的看著她，那一團笑容，都暈滿兩頰，那一副臨去而又惹人憐愛的態度，是格外容易印到腦子裡去。

鳳喜走了好遠，家樹兀自對著她的後影出神，直待望不見了，然後自己才走出去。可是一出壇門，這又為難起來了。自己原是說了到清華大學去的，這會子就回家去，豈不是前言不符後語？總要找個事兒，混住身子，到下半天回去才對。想著有了，後門兩個大學，都有自己的朋友，不如到那裡會他們一會，混去大半日的光陰，到了下午，我再回家，隨便怎樣胡扯一下子，伯和是猜不出來的。主意想定了，便坐了電車到後門來。

家樹一下電車，身後忽然有人低低的叫了一聲「樊先生」。家樹連忙回頭看時，卻是關壽峰的女兒秀姑。她穿著一件舊竹布長衫，蓬了一把頭髮，臉上黃黃的，瘦削了許多，不像從前那樣豐秀；人也沒有什麼精神，膽怯怯的，不像從前那樣落落大方；眼睛紅紅的，倒像哭了一般。一看之下，不由心裡一驚。因問道：「原來是關姑娘！好久不見了，令尊大人也沒有通知我一聲就搬走了。我倒打聽了好幾回，都沒有打聽出令尊的下落。」秀姑道：「是的，搬得太急促，沒有告訴樊先生，他現在病了，病得很厲害，請大夫看著，總是不見好。」說著這話，就把眉毛皺著成了一條線，兩隻眉尖，幾乎皺到一處來。家樹道：「大姑娘有事嗎？若是有工夫，請你帶我到府上去，我要看一看令尊。」秀姑道：「我原是買東西回去。有工夫！我給你雇輛車！」家樹道：「路遠嗎？」秀姑道：「路倒是不遠，拐過一個胡同就是。」家樹道：「路不遠就走了去吧！請大姑娘在前面走。」秀姑勉強笑了一笑，就先走。

家樹見她低了頭，一步一步的向前走，走了幾步，卻又回頭向家樹看上一看，說道：「胡同裡髒得很，該雇一輛車就好了。」家樹道：「不要緊的，我平常就不大愛坐車。」秀姑只管這樣慢慢的走去，忽然一抬頭，快到胡同口上，把自己門口走過去一大截路，卻停住了一笑道：「要命！我把自己家門口走過來了都不知道。」家樹並沒有說什麼，秀姑的臉卻漲得通紅。於是她繞過身來，將家樹帶回，走到一扇黑大門邊，將虛掩的門推了一推走將進去。

這裡是個假四合院，只有南北是房子，屋宇雖是很舊，倒還乾淨。一進那門樓，拐到一間南屋子的窗下，就聽見裡面有一陣呻吟之聲。秀姑道：「爹！樊先生來了。」裡面床上她父親關壽峰道：「哪個樊先生？」家樹道：「關大叔！是我。來看你病來了。」壽峰道：「呵喲！那可不敢當。」說這話時，聲音極細微，接上又哼了幾聲。家樹跟著秀姑走進屋去，秀姑道：「樊先生！你就在外面屋子裡坐一坐，讓我進去拾掇拾掇屋子，裡面有病人，屋子裡面亂得很。」家樹怕他屋子裡有什麼不可公開之處，人家不讓進去，就不進去。秀姑進去，只聽得裡面屋子一陣器具搬移之聲。停了一會，秀姑一手理著鬢髮，一手扶著門笑道：「樊先生！你請進。」

家樹走進去，只見上面床上靠牆頭疊了一床被，關壽峰偏著頭躺在上面。看他身上穿了一件舊藍布夾襖，兩隻手臂，露在外面，瘦得像兩截枯柴一樣，走近前一看他的臉色，兩腮都沒有了，兩根顴骨高撐起來，眼睛眶又凹了下去，哪裡還有人形！他見家樹上前，把頭略微點了一點，斷續著道：「樊先生……你……你是……好朋友啊！我快死了，哪有朋友來看我哩！」家樹看見他這種樣子，也是慘然。秀姑就把身旁的椅子移了一移，請家樹坐下。家樹看看他這屋子，東西比從前減少得多，不過還潔淨。有幾支信香，剛剛點著，插在桌子縫裡，大概是秀姑剛才辦的。一看那桌子上放了一塊現洋，幾張銅子票，下面卻壓了一張印了藍字的白紙，分明是當票。家樹一見，就想到秀姑剛才在街上說買東西，並沒有見她帶著什麼，大概是當了當回來了，怪不得屋子裡東西減少許多。因向秀姑道：「令尊病了多久了呢？」秀姑道：「搬來了就病，一天比一天沉重，就病到現在。大夫也瞧了好幾個，總是不見效。我們又沒有一個靠得住的親戚朋友，什麼事，全是我去辦。我一點也不懂，真是乾著急。」說著兩手交叉，垂著在胸前，人就靠住了桌子站定，胸脯一起一落，嘴又一張，歎了一口無聲的氣。

家樹看著他父女這種情形，委實可憐，既無錢，又無人力，想了一想，向壽峰道：「關大叔！你信西醫不信？」秀姑道：「只要治得好病，倒不論什麼大夫。可是……」說到這裡，就現出很躊躇的樣子。家樹道：「錢的事不要緊，我可以想法子，因為令尊大人的病，太沉重了，不進醫院，是不容易奏效的。我有一個好朋友，在一家醫院裡辦事，若說是我的朋友，遇事都可以優待，花不了多少錢。若是關大叔願意去的話，我就去叫一輛汽車來，送關大叔去。」

關壽峰睡在枕上，偏了頭望著家樹，都呆過去了。秀姑偷眼看她父親那樣子，竟是很願意去的。便笑著對家樹道：「樊先生有這樣的好意，我們真是要謝謝了。不過醫院裡治病，家裡人不能跟著去吧？」家樹聽說，又沉默了一會，卻趕緊一搖頭道：「不要緊，住二等房間，家裡人就可以在一處了。令尊的病，我看是一刻也不能耽擱。我有一點事，還要回家去一趟，請大姑娘收拾收拾東西，至多兩個鐘頭我就來。」說時，在身上掏出兩張五元的鈔票，放在桌上，說道：「關大叔病了這久，一定有些煤麵零碎小賬，這點錢，就請你留下開銷小賬。我先去一去，回頭就來，大家都不要急。」說著，他和床上點了一個頭，自去了。他走得是非常的匆忙，秀姑要道謝他兩句，都來不及，他已經走遠了。秀姑隨著他身後，一直送到大門口，直望著他身後遙遙而去，不見人影，還呆呆的望著。

過了許久，秀姑因聽到裡邊屋子有哼聲，才回轉身來。進得屋子，只見她父親望了桌上的鈔票，微笑道：「秀姑！天、天、天無絕人……之路呀……」他帶哼帶說，那臉上的微笑漸漸收住，眼角上卻有兩道汪汪的淚珠，斜流下來，直滴到枕上。秀姑也覺得心裡頭有一種酸甜苦辣，說不出來的感覺。微笑道：「難得有樊先生這樣好人。你的病，一定可以好的。要不然，哪有這麼巧，憑什麼都當光了，今天就碰到了樊先生。」關壽峰聽了，心裡也覺寬了許多。

本來病人病之好壞，精神要作一半主，在這天上午，壽峰覺得病既沉重，醫院費又毫無籌措的法子，心裡非常的焦急，病勢也自然的加重，現在樊家樹許了給自己找醫院，又放下了這些錢讓自己來零花，心裡突然得了一種安慰；二來平生是個尚義氣的人，這種慷慨的舉動，合了他的脾胃，不由得精神為之一振。所以當日樊家樹去了以後，他就讓秀姑疊了被條，放在床頭，自己靠在上面，抬起了半截身子，看著秀姑收拾行李，檢點家具，心裡覺得很為安慰。

秀姑道：「你老人家精神稍微好一點，就躺下去睡睡吧。不要久坐起來，省得又受了累。」壽峰點了點頭，也沒有說什麼，依然望著秀姑檢點東西。半晌，他忽然想起一件事，問秀姑道：「樊先生怎樣知道我病了？是你在街上無意中碰見了他呢，還是他聽說我病了，找到這裡來看我的呢？」秀姑一想，若說家樹是無意中碰到的，那末，人家這一番好意，都要失個乾淨；縱然不失個乾淨，他的見義勇為的程度，也大為減色。自己對於人家的盛意，固然是二十四分感謝了，可是父親感謝到什麼程度，卻是不知，何妨說得更切實些，讓父親永久不忘記呢！因此，借著檢箱子的機會，低了頭答道：「人家是聽了你害病，特意來看你的。哪有那麼樣子巧，在路上遇得見他呢？」壽峰聽說，又點了點頭。

秀姑將東西剛剛收拾完畢，只聽得大門外嗚啦嗚啦兩聲汽車喇叭響，不一會工夫，家樹走進來問道：「東西收拾好了沒有？醫院裡我已經定好了房子了，大姑娘也可以去。」秀姑道：「樊先生出去這一會子，連醫院裡都去了，真是為我們忙，我們心裡過不去。」說著臉上不由得一陣紅。家樹道：「大姑娘你太客氣了。關大叔這病，少不得還有要我幫忙的地方，我若是作一點小事，你心裡就過意不去，一次以後，我就不便幫忙了。」秀姑望著他笑了一笑，嘴裡也就不知道說些什麼，只見她嘴唇微微一動，卻聽不出她說的是什麼。壽峰躺在床上，只望著他們客氣，也就不曾做聲。家樹站在一邊，忽然「呵」了一聲道：「這時我才想起來了。關大叔是怎樣上汽車呢？大姑娘，你們同院子的街坊，能請來幫一幫忙嗎？」秀姑笑道：「這倒不費事，有我就行了。」家樹見她自說行了，不便再說。

當下秀姑將東西收拾妥當，送了一床被褥到汽車上去，然後替壽峰穿好衣服。她伸開兩手，輕輕便便的將壽峰一托，橫抱在胳膊上，面不改色的，從從容容將壽峰送上汽車。家樹卻不料秀姑清清秀秀的一位姑娘，竟有這大的力量。壽峰不但是個病人，而且身材高大，很不容易抱起來的。據這樣看來，秀姑的力氣，也不在小處了。當時把這事擱在心裡，也不曾說什麼。

汽車的正座，讓壽峰躺了，家樹和秀姑，只好各踞了一個倒座。汽車猛然一開，家樹一個不留神，身子向前一栽，幾乎栽在壽峰身上。秀姑手快，伸了胳膊，橫著向家樹面前一攔，把他攔住了。家樹覺得自己太疏神了，微笑了一笑。秀姑也不明緣由，微笑了一笑。及至秀姑縮了手回去，他想到她手臂，溜圓玉白，很合乎現代人所謂的肌肉美。這正是燕趙佳人所有的特質，江南女子是夢想不到的。心裡如此想著，卻又不免偏了頭，向秀姑抱在胸前的雙臂看去。忽然壽峰哼了一聲，他便抬頭看著病人憔悴的顏色，把剛才一剎那的觀念給打消了。不多大一會，已到了醫院門口，由醫院裡的院役，將病人抬進了病房。秀姑隨著家樹後面進去，這是二等病室，又寬敞，又乾淨，自然覺得比家裡舒服多了。家樹一直讓他們安置停當，大夫來看過了，說是病還有救，然後他才安慰了幾句而去。

秀姑一打聽，這病室是五塊錢一天，有些藥品費還在外。這醫院是外國人開的，家樹何曾認識，他已經代繳醫藥費一百元了。她心裡真不能不有點疑惑，這位樊先生，不過是個學生，不見得有多少餘錢，何以對我父親，是這樣慷慨？我父親是偌大年紀，他又是個青春少年，兩下裡也沒有作朋友的可能性。那末，他為什麼這樣待我們好呢？父親在床上安然的睡熟了，她坐在床下面一張短榻上沉沉的想著，只管這樣的想下去，把臉都想紅了，還是自己警戒著自己：父親剛由家裡移到醫院裡來，病還不曾有轉好的希望，自己怎樣又去想到這些不相干的事情上去！於是把這一團疑雲，又擱下去了。

自這天起，隔一天半天，家樹總要到醫院裡來看壽峰一次，一直約有一個禮拜下去，壽峰的病，果然見好許多。不過他這病體，原是十分的沉重，縱然去了危險期，還得在醫院裡調養。醫生說，他還得繼續住兩三個星期。秀姑聽了這話，非常為難，要住下去，哪裡有這些錢交付醫院？若是不住，豈不是前功盡棄！但是在這為難之際，院役送了一張收條進來，說是錢由那位樊先生交付了，收條請這裡關家大姑娘收下。秀姑接了那收條一看，又是交付了五十元。他為什麼要交給我這一張收條，分明是讓我知道，不要著急了。這個人做事，前前後後，真是想得周到。這樣看來，我父親的病，可以安心在這裡調治，不必憂慮了。心既定了，就離開醫院，常常回家去看看。前幾天是有了心事，只是向著病人發愁，現在心裡舒適了，就把家裡存著的幾本鼓詞兒，一齊帶到醫院裡來看。

這一日下午，家樹又來探病來了，恰好壽峰已是在床上睡著了。秀姑捧了一本小本子，斜坐在床面前椅子上看，似乎很有味的樣子。她猛抬頭，看見家樹進來，連忙把那小本向她父親枕頭底下亂塞，但是家樹已經看見那書面上的題名，乃是「劉香女」三個字。家樹道：「關大叔睡得很香，不要驚醒他。」說著，向她搖了一搖手。秀姑微笑著，便彎了彎腰，請家樹坐下。家樹笑道：「大姑娘很認識字嗎？」秀姑道：「不認識多少字。不過家父稍微教我讀過兩本書，平常瞧一份兒小報，一半看，還一半猜呢。」家樹道：「大姑娘看的那個書，沒有多大意思。你大概是喜歡武俠的，我明天送一部很好的書給你看看吧。」秀姑笑道：「我先要謝謝你了。」家樹道：「這也值不得謝，很小的事情。」秀姑道：「我常聽到家父說，大恩大謝。樊先生幫我這樣一個大忙，真不知道怎樣報答你才好。」說到這裡，她似乎極端的不好意思，一手扶了椅子背，一手便去理那耳朵邊垂下來的鬢髮。家樹看到她這種難為情的情形，不知道怎樣和人家說話才好，走到桌子邊，拿起藥水瓶子看了看，映著光看看瓶子裡的藥水去了半截，因問道：「喝了一半了，這一瓶子是喝幾次的？」其實這瓶子上貼著的紙標，已經標明了，乃是每日三次，每次二格，原用不著再問的了。他問過之後，回頭看看床上睡的關壽峰，依然有不斷的鼻息聲。因道：「關大叔睡著了。我不驚動他，回去了，再見吧。」他說這句再見時，當然臉上帶著一點笑容。秀姑又引為奇怪了，說再見就再見吧，為什麼還多此一笑呢？於是又想到樊家樹每回來探病，或者還含有其他的命意，也未可知。心裡就不住的暗想著，這個人用心良苦，但是他雖不表示出來，我是知道的了。

正在秀姑這樣推進一步去想的時候，恰好次日家樹來探病，帶了一部兒女英雄傳來了。當日秀姑接著這一部小說，還不覺得有什麼深刻的感想，經過三天三晚，把這部兒女英雄傳，看到安公子要娶十三妹的時候，心裡又布下疑陣了。莫非他家裡原是有個張金鳳，故意把這種書給我看嗎？這個人做事，好像是永不明說，只讓人家去猜似的，這一著棋，我大概猜得不很離經。但是這件事，是讓我很為難的。現在不是安公子的時代，我哪裡能去作十三妹呢？這樣一想，立刻將眉深鎖，就發起愁來。眉一皺，心裡也兀自不安起來。

關壽峰睡在床上，見女兒臉上紅一陣白一陣，便道：「孩子，我看你好像有些不安的樣子，你為著什麼？」秀姑笑道：「我不為什麼呀！」壽峰道：「這一向子，你伺候我的病，我看你也有些倦了，不如你回家去歇兩天吧！」秀姑一笑道：「唉！你哪裡就會猜著人的心事了。」壽峰道：「你有什麼心事，我倒閒著無事，要猜上一猜。」秀姑笑道：「猜什麼呢？我是看到書上這事，老替他發愁。」壽峰道：「咳！傻孩子，你真是『聽評書掉淚，替古人擔憂』了。我們自己的事，都要人家替我們發愁，哪裡有工夫替書上的人發愁呢？」秀姑道：「可不是難得樊先生幫了咱們這樣一個大忙，咱們要怎樣的謝人家哩。」壽峰道：「放著後來的日子長遠，咱們總有可以報答他的時候。咱們也不必老放在嘴上說，老說著又不能辦到，怪貧的！」秀姑聽她父親如此說，也就默然。這日下午，家樹又來探病，秀姑想到父親「怪貧」的那一句話，就未曾和他說什麼。

家樹看到關壽峰的病已經好了，用不著天天來看，就有三天不曾到醫院裡來。秀姑又疑惑起來，莫不是為了我那天對他很冷淡，他惱起我來了。人家對咱們是二十四分的厚情，咱們還對人家冷冷淡淡的，當然是不對。也怪不得人家懶得來了。及至三天以後，家樹來了，遂又恢復了以前的態度。便對家樹道：

「你送的那部小說，非常有趣。若是還有這樣的小說，請你還借兩本我看看。」家樹道：「很有趣嗎？別的不成，要看小說，那是很容易辦的事情，要幾大箱子都辦得到，但不知道要看哪一種的？」秀姑想了一想，笑道：「像何玉鳳這樣的人就好。」家樹笑道：「當然的，姑娘們就喜歡看姑娘的事。我明天送一部來吧，你看了之後，準會說比劉香女強，那裡頭可沒有落難公子中狀元。」秀姑笑道：「我也不一定要瞧落難公子中狀元，只要是有趣味的就得了。」

家樹在客邊，就不曾預備有多少小說，身邊就只有一部紅樓夢，秀姑只說借書，並沒有說一定要什麼書，不如就把這個借給她得了。當日在醫院裡回來，就把那部紅樓夢清理出來，到了次日親自送到醫院裡去。秀姑向來不曾看過這種長江大河的長篇小說，自從看了兒女英雄傳以後，覺得這個比那小本子劉香女、孟姜女強得多，因此接過紅樓夢去，絲毫不曾加以考慮，就看起來。看了前幾回，還不過是覺得熱鬧有趣而已，看了兩本之後，心裡想著幸而父親還不曾問我書上是些什麼。因此，只將看的一本紅樓夢捲了放在身上，拿出來坐得離父親遠遠的看，其餘的卻用報紙包了，放在包裹裡，桌子上依然擺著那部兒女英雄傳，「英雄傳」上面，又覆了一本父親勸看的太上感應篇。關壽峰雖認得字，卻捺不下性子看書，他以為秀姑看書，無非解悶，自己不要看，也不曾去過問。

秀姑看了兩天以後，便覺一刻也捨不得放下。一直到第三日，家樹又來探病來了，因問秀姑那書好看不好看？翻到什麼地方了？秀姑還不曾答覆，臉先紅了，復又背對著床上，不讓病人看見，嘴裡支吾著一陣，隨便說道：「我還沒有看幾本呢。」復又笑道：「不是沒有看幾本，不過看了幾回罷了。」家樹見她說得前後顛倒，就也笑了一笑。因壽峰躺在床上，臉望著他，便轉過身去和壽峰說話。秀姑是一種什麼情形，卻沒有理會。醫院裡本是不便久坐的，加上自己本又有事，談一會便走了。

秀姑見家樹是這樣來去匆匆，心想他也是不好意思的了。既然不好意思，為什麼又拿這種書給我看哩！我看他問我話的時候，有些藏頭露尾，莫非他有什麼字跡放在書裡頭？想到這裡，好像這一猜很是對勁，等父親睡了，連忙將包袱打開，把那些未看的書，先拿在手裡抖擻了一番，隨後又將書頁亂翻了一陣，翻到最後一本，果然有一張半截的紅色八行。心裡先撲通跳了一下，將那紙拿起來看時，上寫「九月九日，溫紅樓夢至此，不忍卒讀矣」。秀姑揣測了一番，竟是與自己無關的，這才放心把書重新包好。不過紅樓夢卻是更看得有趣。晚上父親睡了，躺在床上，亮了電燈，只管一頁一頁的向下看去，後來直覺得眼皮有點澀，兩手一伸，打了一個呵欠，恰好屋外面的鐘，噹噹噹敲過三下，心想糟了，怎麼看到這個時候，明天怎樣起來得了呢？再也不敢看了，便熄了電燈。

秀姑閉眼睡覺，不料一夜未睡，現在要睡起來，反是清醒清醒的。走廊下那掛鐘的擺聲，滴答滴答，一下一下，聽得清清楚楚。同時紅樓夢上的事情，好像在目前一幕一幕，演了過去。由紅樓夢又想到了送書的樊家樹，便覺得這人只是心上用事，不肯說出來的。然而不肯說出來，我也猜個正著，我父親就很喜歡他。論門第，論學問，再談到性情兒，模樣兒，真不能讓咱們挑眼。這樣的人兒都不要，亮著燈籠，哪兒找去？他是個維新的人兒，他一定會帶著我一路上公園去逛的。那個時候，我也只好將就點兒了。可是遇見了熟人，我還是睬人不睬人呢？人家問起來，我又怎樣的對答呢？……

秀姑想著想著，也不知怎樣，自己便恍恍惚惚的果然在公園裡，家樹伸過一隻手來挽了自己的胳膊，一步一步的走。公園裡人一對一對走著，也有對自己望了來的，但是心裡很得意，不料我關秀姑也有今日。正在得意，忽然有人喝道：「你這不知廉恥的丫頭，怎麼跟了人上公園來？」抬頭一看，卻是自己父親。急得無地自容，卻哭了起來。壽峰又對家樹罵道：「你這人面獸心的人，我只說你和我交朋友，是一番好意，原來你是來騙我的閨女，我非和你打官司不可！」說時，一把已揪住了家樹的衣領。秀姑急了，拉著父親，連說「去不得，去不得」，渾身汗如雨下。這一陣又急又哭，把自己鬧醒了，睜眼一看，病室的窗外，已經放進來了陽光，卻是小小的一場夢。一摸額角，兀自出著汗珠兒。

秀姑定了一定神，便穿衣起來，自己梳洗了一陣，壽峰方才醒來。他一見秀姑，便道：「孩子，我昨夜裡做了一個夢。」秀姑一怔，嚇得不敢做聲，只低了頭。壽峰又道：「我夢見病好了，可是和你媽在一處，不知道是吉是凶？」秀姑笑道：「你真也迷信，隨便一個夢算什麼？若是夢了就有吉有凶，愛做夢的，天天晚上做夢，還管不了許多呢！」壽峰笑道：「你現在倒也維新起來了。」秀姑不敢接著說什麼，恰是看護婦進來，便將話牽扯過去了。但是在這一天，她心上總放不下這一段怪夢。心想天下事是說不定的，也許真有這樣一天。若是真有這樣一天，我父親他也會像夢裡一樣，跟他反對嗎？那可成了笑話了。

秀姑天天看小說，看得都非常有趣。今天看小說，便變了一種情形，將書拿在手上，看了幾頁，不期然而然的將書放下，只管出神。那看護婦見她右手將書捲了，左手撐住椅靠，托著腮，兩隻眼睛，望了一堵白粉牆，動也不動，先還不注意她，約莫有十分鐘的工夫，見她眼珠也不曾轉上一轉，便走到她身後，輕輕悄悄兒的蹲下身去，將她手上拿的書抽了過來翻著一看，原來是紅樓夢，暗中咬著嘴唇便點了點頭。

這看護婦本也只二十歲附近，雪白的臉兒，因為有點近視，加上一副眼鏡，越見其媚。她已剪了髮，養著劉海式的短髮，又烏又亮，和她身上那件白衣一襯，真是黑白分明。院長因為她當看護以來惹了許多麻煩，現在撥她專看護老年人或婦女。壽峰這病室裡，就是她管理。終日周旋，和秀姑倒很投機。常笑問秀姑：「家樹是誰？」秀姑說是父親的朋友，那看護笑著總不肯信。這時她看了紅樓夢，忽然省悟，情不自禁，將書拍了秀姑肩上一下，又噗嗤一笑道：「我明白了，那就是你的賈寶玉吧！」這一嚷，連秀姑和壽峰都是一驚。秀姑還不曾說話，壽峰便問：「誰的寶玉？」女看護才知失口說錯了話，和秀姑都大窘起來。可是壽峰依然是追問著，非問出來不可。要知她們怎樣答話，下回分解。

第五回　頗有殘脂風流嫌著跡　手加約指心事證無言

卻說看護婦對秀姑說「那是你的賈寶玉吧」，一句話把關壽峰驚醒，追問是誰的寶玉。秀姑正在著急，那看護婦就從從容容的笑道：「是我撿到一塊假寶石，送給她玩，她丟了，剛才我看見桌子下一塊碎瓷片，以為是假寶石呢。」壽峰笑道：「原來如此。你們很驚慌的說著，倒嚇了我一跳。」秀姑見父親不注意，這才把心定下了，站起身來，就假裝收拾桌上東西，將書放下。以後當著父親的面，就不敢看小說了。

自這天起，壽峰的病，慢慢兒見好。家樹來探望得更疏了。壽峰一想，這一場病，花了人家的錢很多，哪好意思再在醫院裡住著。就告訴醫生，自已決定住滿了這星期就走。醫生的意思，原還讓他再調理一些時。他就說所有的醫藥，都是朋友代出的，不便再擾及朋友。醫生也覺得不錯，就答應他了。恰好其間有幾天工夫，家樹不曾到醫院來。最後一天，秀姑到會計部算清了賬目，還找回一點零錢，於是雇了一輛馬車，父女二人就回家去了。——待到家樹到醫院來探病時，關氏父女，已出院兩天了。

且說家樹那天到醫院裡，正好碰著那近視眼女看護，她先笑道：「樊先生！你怎麼有兩天不曾來？」家樹因她的話問得突兀，心想莫非關氏父女因我不來，有點見怪了。其實我並不是禮貌不到，因為壽峰的病，實在好了，用不著作虛偽人情來看他的。他這樣沉吟著，女看護便笑道：「那位關女士她一定很諒解的，不過樊先生也應該到他家裡去探望探望才好。」家樹雖然覺得女看護是誤會了，然而也無關緊要，就並不辯正。

當下家樹出了醫院，覺得時間還早，果然往後門到關家來。秀姑正在大門外買菜，猛然一抬頭，往後退了一步笑道：「樊先生！真對不住，我們沒有通知，就搬出醫院來了。」家樹道：「大叔太客氣了，我既然將他請到醫院裡去了，又何在乎最後幾天！這幾天我也實在太忙，沒有到醫院裡來看關大叔，我覺得太對不住，我是特意來道歉的。」秀姑聽了這話，臉先紅了，低著頭笑道：「不是不是，你真是誤會了，我們是過意不去，只要在家裡能調養，也就不必再住醫院了。請家裡坐吧。」說著，她就在前面引導。關壽峰在屋子裡聽到家樹的聲音，便先嚷道：「呵喲！樊先生嗎？不敢當。」

家樹走進房，見他靠了一疊高被，坐在床頭，人已爽健得多了，笑道：「大叔果然好了，但不知道現在飲食怎麼樣了？」壽峰點點頭道：「慢慢快復原了，難得老弟救了我一條老命，等我好了，我一定要……」家樹笑道：「大叔！我們早已說了，不說什麼報恩謝恩，怎麼又提起來了？」秀姑道：「樊先生！你要知道我父親，他是有什麼就要說什麼的，他心裡這樣想著，你不要他說出來，他悶在心裡，就更加難過了。」家樹道：「既然如此，大叔要說什麼，就說出什麼來吧。病體剛好的人，心裡悶著也不好，倒不如讓大叔說出來為是。」

壽峰凝了一會神，將手理著日久未修刮的鬍子，微微一笑道：「有倒是有兩句話，現在且不要說出來，候我下了地再說吧。」秀姑一聽父親的話，藏頭露尾，好生奇怪。而且害病以來，父親今天是第一次有笑，這裡面當另有絕妙文章。如此一望，羞潮上臉，不好意思在屋子裡站著，就走出去了。家樹也覺得壽峰說的話，有點尷尬；接上秀姑聽了這話，又躲避開去，越發顯著痕跡了。和壽峰談了一會子話，又安慰了他幾句，便告辭出來。秀姑原站在院子裡，這時就借著關大門為由，送著家樹出來。家樹不敢多謙遜，只一點頭就一直走出來了。

家樹回得家來，想關壽峰今天怎麼說出那種話來，怪不得我表兄說我愛他的女兒，連他自己都有這種意思了。至於秀姑，卻又不同。自從她一見我，好像就未免有情，而今我這樣援助她父親，自然更是要誤會的了。好在壽峰的病，現在總算全好了，我不去看他，也沒有什麼關係。自今以後，我還是疏遠他父女一點為是，不然我一番好意，倒成了別有所圖了。話又說回來了，秀姑眉宇之間，對我自有一種深情。她哪裡知道我現在的境況呢！想到這裡，情不自禁地就把鳳喜送的那張相片，由書裡拿了出來，捧在手裡看。看著鳳喜那樣含睇微笑的樣子，覺得她那嬌憨可掬的模樣兒，決不是秀姑那樣老老實實的樣子可比。等她上學之後，再加上一點文明氣象，就越發的好了。我手裡若是這樣把她栽培出來，真也是識英雄於未遇，以後她有了知識，自然更會感激我。由此想去，自覺得躊躇滿志，在屋裡便坐不住了。對著鏡子，理了一理頭髮，就坐了車到水車胡同來。

現在，鳳喜家裡已經收拾得很乾淨，鳳喜換了一件白底藍鴛鴦格的瘦窄長衫，靠著門框，閒望著天上的白雲在出神，一低頭忽然看見家樹，便笑道：「你不是說今天不來，等我搬到新房子裡去再來嗎？」家樹笑道：「我在家裡也是無事，想邀你出去玩玩。」鳳喜道：「我媽和我叔叔都到新房子那邊去拾掇屋子去了，我要在家裡看家，你到我這裡來受委屈，也不止一次，好在明天就搬了，受委屈也不過今天一天，你就在我這裡談談吧，別又老遠的跑到公園裡去。」家樹笑道：「你家裡一個人都沒有，你也敢留我嗎？」鳳喜笑著啐了一口，又抽出掖在脅下的長手絹，向著家樹抖了幾抖。家樹道：「我是實話，你的意思怎麼樣呢？」鳳喜道：「你又不是強盜，來搶我什麼，再說我就是一個人，也沒什麼可搶的，青天白日，留你在這兒坐一會，要什麼緊！」家樹笑道：「你說只有一個人，可知有一種強盜專要搶人哩。你唱大鼓，沒唱過要搶壓寨夫人的故事嗎？」鳳喜將身子一扭道：「我不和你說了。」她一面說著，一面就跳到裡面屋子裡去了。家樹也說道：「你真怕我嗎？為什麼跑了？」說著這話，也就跟著跑進來。

屋子裡破桌子早是換了新的了，今天又另加了一方白桌布，炕上的舊被，也是早已拋棄，而所有的新被褥，也都用一方大白布被單蓋上。家樹道：「這是為什麼？明天就要搬了，今天還忙著這樣煥然一新？」鳳喜笑道：「你到我們這兒來，老是說不衛生，我們洗的洗了，刷的刷了，換的換了，你還是不大樂意。昨天你對我媽說，醫院裡真衛生，什麼都是白的。我媽就信了你的話，今天就趕著買了白布來蓋上。那邊新屋子裡買的床和木器，我原是要紅色的，信了你的話，今天又去換白漆的了。」家樹笑道：「這未免隔靴搔癢，然而也用心良苦。」鳳喜走上前，一把拉住了他的袖子道：「哼！那不行，你抖著文罵人。」說時，鼓了嘴，將身子扭了幾扭。家樹笑道：「我並不是罵人，我是說你家人很能聽我的話。」鳳喜道：「那自然啦！現在我一家人，都指望著你過日子，怎樣能不聽你的話。可是我得了你許多好處，我仔細一想，又為難起來了。據你說，你老太爺是做過大官的，天津還開著銀行，你的門第是多麼高，像我們這樣唱大鼓的人，哪配呀？」說著，靠了椅子坐下，低了頭回手撈過辮梢玩弄。家樹笑道：「你這話，我不大明白。你所說的，是什麼配不配？」鳳喜瞟了一眼，又低著頭道：「別裝傻了，你是聰明人裡面挑出來的，倒會不明白？」家樹笑道：「明是明白了，但是我父親早過世去了，大官有什麼相干，我叔叔不過在天津銀行裡當一個總理，也是替人辦事，並不怎樣闊。就是闊，我們是叔姪，誰管得了誰？我所以讓你讀書，固然是讓你增長知識，可也就是抬高你的身分，不過你把書念好了，身分抬高了，不要忘了我才好。」鳳喜笑道：「老實說吧，我們家裡，真把你當著神靈了。你瞧他們那一份兒巴結你，真怕你有一點兒不高興。我是更不要說了，一輩子全指望著你，哪裡會肯把你忘了！別說身分抬不高，就是抬得高，也全仗著你呀。人心都是肉做的，我現在免得拋頭露面，就和平地登了天一樣。像這樣的恩人，亮著燈籠哪兒找去！難道我真是個傻子，這一點兒事都不懂嗎？」

鳳喜這一番話，說得非常懇切，家樹見她低了頭，望了兩隻交叉搖曳的腳尖，就站到她身邊，用手慢慢兒撫摩著她的頭髮，笑道：「你這話倒是幾句知心話，我也很相信的。只要你始終是這樣，花幾個錢，我是不在乎的。我給的那兩百塊錢，現在還有多少？」鳳喜望著家樹笑道：「你叔叔是開銀行的，多少錢做多少事，難道說你不明白？添衣服，買東西，搬房子，你想還該剩多少錢了？」家樹道：「我想也是不夠的，明天到銀行裡去，我還給你找一點款子來。」因見鳳喜仰著臉，臉上的粉香噴噴的，就用手撫摸著她的臉。鳳喜笑著，將嘴向房門口一努，家樹回頭看時，原來是新製的門簾子，高高捲起呢，於是也不覺得笑了。

過了一會子，鳳喜的叔叔回來了。他就是在先農壇彈三弦子的那人，他原名沈尚德。但是這一胡同的街坊，都叫他沈三弦子。又因為四個字叫得累贅，簡稱沈三弦。叫得久了，人家又改叫了沈三玄。（注：玄，舊京諺語。意謂其事無把握，而帶危險性也。）這意思說他吃飯，喝酒，抽大煙，三件大事，每天都得鬧饑荒。不過這半個月來，有了樊家樹這一個財神爺接濟，沈三玄卻成了沈三樂。今天在新房子裡收拾了半天，精神疲倦了，就向他嫂子沈大娘要拿點錢去抽大煙。沈大娘說是昨天給的一塊錢，今天不能再給，因此他又跑回來，打算和姪女來商量。一走到外邊屋子裡，見裡面屋子的門簾業已放下，就不便進去。先隔著門簾子咳嗽了兩聲。鳳喜道：「叔叔回來了嗎？那邊屋子拾掇得怎麼樣了？樊先生在這裡呢。」沈三玄隔著門簾叫了一聲「樊先生」，就不進來了。

鳳喜打起門簾子，沈三玄笑道：「姑娘！我今天的黑飯又斷了糧了，你接濟接濟我吧。」家樹便道：「這大煙，我看你忌了吧。這年頭兒，吃飯都發生問題，哪裡還經得住再添上一樣大煙！」沈三玄點著頭，低低的道：「你說得是，我早就打算忌的。」家樹笑道：「抽煙的人，都是這樣，你一提起忌煙，他就說早要忌的。但是說上一千回一萬回，背轉身去，還照樣抽。」沈三玄見家樹有不歡喜的樣子，鳳喜坐在炕沿上，左腿壓著右腿，兩手交叉著，將膝蓋抱住，兩個小腮幫子，繃得鼓也似的緊。沈三玄一看這種神情，是不容開口討錢的了。只得搭訕著和同院子的人講話，就走開了。

家樹望著鳳喜低低的笑道：「真是討厭，不先不後，他恰好是這個時候回來。」鳳喜也笑道：「別瞎說，他聽到了，還不知道咱們幹了什麼呢！」家樹道：「我看他那樣子，大概是要錢。你就……」鳳喜道：「別理他，我娘兒倆有什麼對他不住的！憑他那個能耐，還鬧上煙酒兩癮，早就過不下去了。現在他說我認識你，全是他的功勞，跟著就長脾氣。這一程子，每天一塊錢還嫌不夠，以後日子長遠著咧，你想哪能還由著他的性兒？」家樹笑道：「以前我以為你不過聰明而已，如今看起來，你是很識大體，將來居家過日子，一定不錯。」鳳喜瞟了他一眼道：「你說著說著，又不正經起來了。」家樹笑著把臉一偏，還沒有答話，鳳喜「喲」了一聲，在身上掏出手絹，走上前一步，按著家樹的胳膊道：「你低一低頭。」

家樹正要把頭低著，鳳喜的母親沈大娘，一腳踏了進來。鳳喜向後一縮，家樹也有點不好意思。沈大娘道：「那邊屋子全拾掇好了，明天就搬，樊先生明天到我們家來，就有地方坐了。可是話又說回來了，明天搬著家，恐怕還是亂七八糟的，到後天大概好了，要不，你後天一早去，準樂意。」家樹聽說，笑了一笑。然而心裡總不大自然，仍是無話可說。坐了一會兒，因道：「你們應該收拾東西了，我不在這裡打攪你們了。」說畢，他拿了帽子戴在頭上，起身就要走。

鳳喜一見他要走，非常著急，連連將手向他招了幾招道：「別忙啊！擦一把臉再走麼。你瞧你瞧，哎喲！你瞧。」家樹笑道：「回家去，平白地要擦臉作什麼？」說了這句，他已走出外邊屋子。鳳喜將手連推了她母親幾下，笑道：「媽！你說一聲，讓他擦一把臉再走。」沈大娘也笑道：「你這丫頭，什麼事拿樊先生開心。我大耳刮子打你！樊先生你請便吧，別理她。」家樹以為鳳喜今天太快樂了，果然也不理會她的話，竟自回家。

到了吃晚飯的時候，家樹坐在正面，陶伯和夫婦坐在兩邊。陶太太正吃著飯，忽然噗嗤一笑，偏轉頭噴了滿地毯的飯粒。伯和道：「你想到什麼事情，突然好笑起來？」陶太太笑道：「你到我這邊來，我告訴你。」伯和道：「你就這樣告訴我，還不行嗎？為什麼還要我走過來才告訴我？」陶太太笑道：「自然有原因，我要是騙你，回頭讓你隨便怎樣罰我都成。」

伯和聽他太太如此說了，果然放了碗筷，就走將過來。陶太太嘴對家樹臉上一努，笑道：「你看那是什麼？」伯和一看，原來家樹左腮上，有六塊紅印，每兩塊月牙形的印子，上下一對印在一處，六塊紅印，恰是三對。伯和向太太一笑道：「原來如此。」家樹見他夫婦注意臉上，伸手在臉上摸了一摸，並沒有什麼，因笑道：「你們不要打什麼啞謎，我臉上有什麼？老實對我說了吧。」陶太太笑道：「我們老實對你說嗎？還是你老實對我們說了吧。再說要對你老實講，我倒反覺得怪不好意思了。」於是走到屋子裡去，連忙拿出一面鏡子來，交給家樹道：「你自己照一照吧，我知道你臉上有什麼呢？」家樹果然拿著鏡子一照，不由得臉上通紅，一直紅到耳朵後邊去。陶太太笑道：「是什麼印子呢？你說你說。」頓了一頓，家樹已經有了辦法了。便笑道：「我說是什麼事情，原來是這些紅墨水點。這有什麼奇怪，大概是我寫字的時候，沾染到臉上去了的。」伯和道：「墨水瓶子上的水，至多是染在手上，怎麼會染到臉上去？」家樹道：「既然可以沾染到手上，自然可以由手上染到臉上。」伯和道：「這道理也很通的，但不知你手上的紅墨水，還留著沒有？」這一句話，把家樹提醒了，笑道：「真是不巧，手上的紅印，我已經擦去了，現在只留著臉上的。」伯和聽到，只管笑了起來。正有一句什麼話待要說出，陶太太坐在對面，只管搖著頭。伯和明白他太太的意思，就不向下說了。

當下家樹放下飯碗趕忙就跑回自己屋子裡，將鏡子一照，這正是幾塊鮮紅的印。用手指一擦，沾得很緊，並磨擦不掉。劉福打了洗臉水來，家樹一隻手掩住了臉，卻滿屋子去找肥皂。劉福道：「表少爺找什麼？臉上破了皮，要找橡皮膏嗎？」家樹笑了一笑道：「是的，你出去吧。兩個人在這裡，我心裡很亂，更不容易去找了。」劉福放下水，只好走了。家樹找到肥皂，對了鏡子洗臉，正將那幾塊紅印擦著，陶太太一個親信的女僕王媽，卻用手端著一個瓷器茶杯進來，她笑道：「表少爺，我們太太叫我送了一杯醋來。她說，胭脂沾在肉上，若是洗不掉的話，用點醋擦擦，自然會掉了。」家樹聽了這話，半晌沒有個理會處。這王媽是個二十多歲的人，頭髮老是梳得光溜溜的，圓圓的臉兒，老是抹著粉，向來做上房事，見男子就不好意思，現在奉了太太的命，送這東西來，很是尷尬。家樹又害臊，不肯說什麼，她也就一扭頭走了。家樹好容易把胭脂擦掉了，倒不好意思再出去了。反正是天色不早，就睡覺了。到了次日吃早飯，兀自不好意思，所幸伯和夫婦對這事一字也不提，不過陶太太有點微笑而已。

家樹吃過了飯，便揣想到鳳喜家裡正在搬家，本想去看看，又怕引起伯和夫婦的疑心，只得拿了一本書，隨便在屋裡看。心裡有事，看書是看不下去的，又坐在書案邊，寫了幾封信。挨到下午，又想鳳喜的新房子，一定布置完事了，最好是這個時候去看看，他們如有布置不妥當之處，可以立刻糾正過來。不過看表兄表嫂的意思，對於我幾乎是寸步留意，一出門，回來不免又是一番猜疑。自己又害臊，鎮定不住，還是不去吧。——自己給自己這樣難題作。到黃昏將近的時候，屋角上放過來的一線太陽，斜照在東邊白粉牆上，紫藤花架的上半截，彷彿淡抹著一層金漆；至於花架下半截，又是陰沉沉的。羅列在地下的許多盆景，是剛剛由噴水壺噴過了水，顯著分外的幽媚，同時並發出一種清芬之氣。家樹就在走廊下，兩根朱紅柱子下面，不住的來往徘徊。劉福由外面走了進來，便問道：「表少爺！今天為什麼不出門了？」家樹笑著點了點頭，沒有說什麼。心裡立刻想起來：是啊，我是天天出門去一趟的，因為昨天晚上，發現了臉上的脂印，今天就不出去，這痕跡越是分明了。索性照常的出去，毫不在乎，倒也讓他們看不出所以然來。因此又換了衣服，戴上帽子，向鳳喜新搬的地方而來。

這是家樹看好了的房子，乃是一所獨門獨院的小房子，正北兩明一暗，一間作了沈大娘的臥室，一間作了鳳喜的臥室，還空出正中的屋子作鳳喜的書房。外面兩間東西廂房，一間住了沈三玄，一間作廚房，正是一點也不擠窄。院子裡有兩棵屋簷般大的槐樹，這個時候，正好新出的嫩綠葉子，鋪滿了全樹，映著地下都是綠色的；有幾枝上，露著一兩朵新開的白花，還透著一股香氣。這胡同出去，就是一條大街，相距不遠，便有一個女子職業學校。鳳喜已經是在這裡報名納費了。現在家樹到了這裡，一看門外，一帶白牆，牆頭上冒出一叢綠樹葉子來，朱漆的兩扇小門，在白牆中間閉著，看去倒真有幾分意思。家樹一敲門，聽到門裡邊撲通撲通一陣腳步響，開開門來，鳳喜笑嘻嘻的站著。家樹道：「你不知道我今天會來吧？」鳳喜道：「一打門，我就知道是你，所以自己來開門。昨天我叫你擦一把臉再走，為什麼不理？」家樹笑道：「我不埋怨你，你還埋怨我嗎？你為什麼嘴上擦著那許多胭脂呢？」鳳喜不等他說完，抽身就向裡走。家樹也就跟著走了進去。

沈大娘在北屋子裡迎了出來笑道：「你們什麼事兒這樣樂？在外面就樂了進來。」家樹道：「你們搬了房子，我該道喜呀，為什麼不樂呢？」說著話，走進北屋子裡來，果然布置一新。沈大娘卻毫不遲疑的將右邊的門簾子，一隻手高高舉起，意思是讓家樹進去。他也未嘗考慮，就進去了。屋子裡裱糊得雪亮，正如鳳喜昨天所說，是一房白漆家具。上面一張假鐵床，也是用白漆漆了，被褥都也是白布，只是上面覆了一床小紅絨毯子。家樹笑道：「既然都是白的，為什麼這毯子又是紅的哩？」沈大娘笑道：「年輕輕兒的，哪有不愛個紅兒綠兒的哩。這裡頭我還有點別的意思，你這樣一個聰明人，不應該不知道。」家樹道：「我這人太笨，非你告訴我，我是不懂的。你說，這裡頭還有什麼問題？」沈大娘正待要說，鳳喜一路從外面屋子裡嚷了進來，說道：「媽！你別說。」沈大娘見她進來，就放下門簾子走開了。鳳喜道：「你看看，這屋子乾淨不乾淨？」家樹笑道：「你太舒服了，你現在一個人住一間屋子，一個人睡一張床，比從前有天淵之別了，你要怎樣的謝我呢？」鳳喜低了頭，整理床上被單，笑著道：「現在睡這樣的小木床，也沒有什麼特別，將來等你送了我的大銅床，我再來謝你吧。」家樹道：「那倒也容易。不過『特別』兩個字，我有點不懂，睡了銅床，又怎樣特別呢？」鳳喜道：「那有什麼不懂！不過是舒服罷了，你不許再往下說，你再要往下說，我就惱了。」睨著家樹又抿嘴一笑。

當下家樹向壁上四周看了一看，笑道：「裱糊得倒是乾淨，但是光禿禿的也不好，等我給你找點東西陳設陳設吧。」鳳喜道：「我只要一樣，別的都由你去辦。」家樹道：「要一樣什麼？要多少錢辦呢？」鳳喜道：「你這話說的真該打，難道我除了花錢的事，就不和你開口要的嗎？」家樹笑道：「我誤會了，以為你要買什麼值錢的古玩字畫，並不是說你要錢。」鳳喜道：「古玩字畫哪兒比得上！這東西只有你有，不知道你肯賞光不肯賞光？」家樹道：「只有我有的，這是什麼東西呢？我倒想不起來，等我猜猜。」家樹兩手向著胸前一環抱，偏著頭正待要思索，鳳喜笑道：「不要瞎猜，我告訴你吧。我看見有幾個姊妹們，她們的屋子裡，都排著一架放大的相片，我想要你一張大相片在這屋子裡掛著，成不成？」家樹萬不料她鄭重的說出來，卻是這樣一件事，笑道：「我不知道你說的是什麼東西，原來是要我一張相片，有有有。」鳳喜笑道：「從前在水車胡同住著，我不敢和你要，那樣的髒屋子，掛著你的相片，連我心裡也不安。現在搬到這兒來，乾淨是乾淨多了，一半也可以說是你的家……」鳳喜說到這裡，肩膀一聳，又將舌頭一伸道：「這可是我說錯了。」沈大娘在外面插嘴道：「幹嘛說錯了呀？這兒裡裡外外，哪樣不是樊先生花的錢？能說不是人家有一半兒份嗎？最好是全份都算樊先生的，孩子，就怕你沒有那大的造化。」說畢，接上哈哈一陣大笑。家樹聽了，不好怎樣答言，鳳喜卻拉著他的衣襟一扯，只管擠眉弄眼，家樹笑嘻嘻的，心裡自有一種不易說出的愉快。

自這天起，沈家也就差不多把家樹當著家裡人一樣，隨便進出。家樹原是和沈大娘將條件商議好了，鳳喜從此讀書，不去賣藝，家樹除供給鳳喜的學費而外，每月又供給沈家五十塊錢的家用。沈三玄在家裡吃喝，他自己出去賣藝，卻不管他；但是那些不上品的朋友，可不許向家裡引。沈大娘又說：「他原是懶不過的人，有了吃喝住，他哪裡還會上天橋，去掙那三五十個銅子去？」家樹覺得話很對，也就放寬心了。

過了幾天，鳳喜又做了幾件學生式的衣裙，由家樹親自送到女子職業學校補習班去，另給她起了一個學名，叫做「鳳兮」。這學校是半日讀書，半日作女紅的，原是為失學和謀職業的婦女而設，所以鳳喜在這學校裡，倒不算年長；自己本也認識幾個字，卻也勉強可以聽課。不過上了幾天課之後，吵著要家樹辦幾樣東西：第一是手錶；第二是兩截式的高跟皮鞋；第三是白紡綢圍巾。她說同學都有，她不能沒有。家樹也以為她初上學，不讓她丟面子，掃了興頭，都買了。過了兩天，鳳喜又問他要兩樣東西：一樣是自來水筆；一樣是玳瑁邊眼鏡。家樹笑道：「英文字母，你還沒有認全，要自來水筆作什麼？這還罷了，你又不近視，也不遠視，好好兒的，戴什麼眼鏡？」鳳喜道：「自來水筆，寫中國字也是一樣使啊。眼鏡可以買平光的，不近視也可以戴。」家樹笑道：「不用提，又是同學都有，你不能不買了。只要你好好兒的讀書，我倒不在乎這個，我就給你買了吧。你同學有的，還有什麼你是沒有的，索性說出來，我好一塊兒辦。」鳳喜笑道：「有是有一樣，可是我怕你不大贊成。」家樹道：「贊成不贊成是另一問題，你且先說出來是什麼？」鳳喜道：「我瞧同學裡面，十個倒有七八個戴了金戒指的，我想也戴一個。」

家樹對她臉上望了許久，然後笑道：「你說，應該怎樣的戴法？戴錯了是要鬧出笑話來的。」鳳喜道：「這有什麼不明白！」說著話，將小指伸將出來，鉤了一鉤，笑道：「戴在這個手指頭上，還有什麼錯的嗎？」家樹道：「那是什麼意思？你說了出來。」鳳喜道：「你要我說，我就說吧。那是守獨身主義。」家樹道：「什麼叫守獨身主義？」鳳喜低了頭一跑，跑出房門外去，然後說道：「你不給我買東西也罷，老問什麼？問得人怪不好意思的。」家樹笑著對沈大娘道：「我這學費總算花得不冤，鳳喜念了幾天書，居然學得這些法門了。」沈大娘也只說得一句「改良的年頭兒嘛」，就嘻嘻的笑了。

次日恰恰是個星期日，家樹吃過午飯，便約鳳喜一同上街，買了自來水筆和平光眼鏡，又到金珠店裡，和她買了一個赤金戒指。眼鏡她已戴上了，自來水筆，也用筆插來夾在大襟上，只有這個金戒指，她卻收在身上，不曾戴上。家樹將她送到家，首先便問她這戒指為什麼不戴起來。鳳喜和家樹在屋子裡說話，沈大娘照例是避開的，這時鳳喜卻拉著家樹的手道：「你什麼都明白，難道這一點事還裝糊塗！」說著，就把盛戒指的小盒遞給他，將左手直伸到他面前，笑道：「給我戴上。」家樹笑著答應了一聲「是」，左手托著鳳喜的手，右手兩個指頭，鉗著戒指，舉著問鳳喜道：「應該哪個指頭？」鳳喜笑著，就把無名指蹺起來，嘴一努道：「這個。」家樹道：「你糊塗，昨兒剛說守獨身主義，守獨身主義，是戴在無名指上嗎？」鳳喜道：「我明白，你才糊塗。若戴在小指上，我要你給我戴上做什麼？」家樹拿著她的無名指，將戒指輕輕的向上面套，望著她笑道：「這一戴上，你就姓樊了，明白嗎？」鳳喜使勁將指頭向上一伸，把戒指套住，然後抽身一跑，伏在窗前一張小桌上，格格的笑將起來。

家樹笑道：「別笑別笑，我有幾句話問你。你明日上學，同學看見你這戒指，她們要問起你的那人是誰，你怎樣答應？」鳳喜笑道：「我以為是什麼要緊的事，你這樣很正經的問著，那有什麼要緊！我隨便答應就是了。」家樹道：「好！譬如我就是你的同學吧，我就問：嘿！密斯沈，大喜啊！手上今天添了一個東西了，那人是誰？」鳳喜道：「那人就是送戒指給我的人。」家樹道：「你們是怎樣認識的？這戀愛的經過，能告訴我們嗎？」鳳喜道：「他是我表兄，我表兄就是他。這樣說行不行？」家樹笑道：「行是行，我怎麼又成了你的表哥了。」鳳喜道：「這樣一說，可不就省下許多麻煩！」家樹道：「你有表兄沒有？」鳳喜道：「有哇！可是年紀太小，一百年還差三十歲哩。」家樹道：「今天你怎麼這樣樂？」鳳喜道：「我樂啊，你不樂嗎？老實對你說吧，我一向是提心吊膽，現在是十分放心了，我怎樣不樂呢？」家樹見她真情流露，一派天真，也是樂不可支，睡在小木床上，兩隻腳，直豎起來，架到床橫頭高欄上去，而且還儘管搖曳不定。沈大娘在隔壁屋子裡問道：「你們一回來，直樂到現在，什麼可樂的？說給我聽聽。」鳳喜道：「今天先不告訴你，你到明天就知道了。」沈大娘見鳳喜高興到這般樣子，料是家樹又給了不少的錢，便留家樹在這裡吃晚飯，親自到附近館子去叫了幾樣菜，只單獨的讓鳳喜一人陪著。家樹也覺得話越說越多，吃完晚飯以後，想走幾回，復又坐下。最後拿著帽子在手上，還是坐了三十分鐘才走。

到了家裡，已經十二點多鐘了。家樹走進房一亮電燈，卻見自己寫字臺上，放著一條小小方塊兒的花綢手絹。拿起一嗅，馥郁襲人，這自然是女子之物了。難道是表嫂到我屋子裡，遺落在這裡的？拿起來仔細一看，那巾角上，卻另有紅綠線繡的三個英文字母 H.L.N.。表嫂的姓名是陳蕙芳，這三個字母，和那姓名的拼音，差得很遠，當然不是她了。既不是她，這屋子裡哪有第二個用這花手絹的女子來呢？自己好生不解。這時劉福送茶水進來，笑道：「表少爺！你今天出門的工夫不小了，有一位生客來拜訪你哩。」說著，就呈上一張小名片來。家樹接過一看，恍然大悟。原來那手絹是這位向不通來往的女賓留下來的，就也視為意外之遇。要知這是一個什麼女子，下回交代。

第六回　無意過香巢傷心致疾　多情證佛果俯首談經

卻說家樹見一條繡了英文字的手帕，正疑惑著此物從何而來，及至劉福遞上一張小名片，卻恍然大悟這是何麗娜的。家樹便問她是什麼時候來的？劉福道：「是七點鐘來的，在這裡吃過晚飯，就和大爺少奶奶一塊兒跳舞去了。」家樹道：「她又到我屋子裡來做什麼？」劉福道：「她來——表少爺怎樣知道了？她說表少爺不在家，就來看看表少爺的屋子，在屋裡坐了一會，又翻了一翻書，交給我一張名片，然後才走的。」家樹道：「翻了一翻書嗎？翻的什麼書？」劉福道：「這可沒有留意。大概就是桌上放的書吧。」家樹這才注意到桌上的一本紅皮書。鳳喜的相片，正是夾在這裡面的，她要翻了這書，相片就會讓她看見的。於是將書一揭，果然相片挪了頁數了。原是夾在書中間的，現在夾在封面之下了。這樣看來，分明是有人將書頁翻動，又把相片拿著看了。好在這位何女士卻和本人沒甚來往，這相片是誰，她當然也不知道。若是這相片讓表嫂看見，那就不免她要仔細盤問的了。而且鳳喜的相，又有點和何小姐的相彷彿，她驚異之下，或者要追問起來的，那更是逼著我揭開秘幕了。今天晚上，伯和夫婦跳舞回來，當然是很夜深的了，明天吃早飯時，若是表嫂知道，少不得相問，明日再看話答話吧。這樣想著，就不免擬了一番敷衍的話，預備答覆。

可是到了次日，陶太太只說何小姐昨晚是特意來拜訪的，不能不回拜，卻沒有提到別的什麼。家樹道：「我和她們家裡並不認識，專去拜訪何小姐，不大好，等下個禮拜六，我到北京飯店跳舞廳上去會她吧。」陶太太道：「你這未免太看不起女子了，人家專誠來拜訪了你，你還不屑去回拜，非等到有順便的機會不可。」家樹笑道：「我並不是不屑於去回拜，一個青年男子，無端到人家家裡去拜訪人家小姐，仔細人家用棍子打了出來。」陶太太道：「你不要胡說，人家何小姐家裡，是很文明的。況且你也不是沒有到過人家家裡去拜訪小姐的呀。」家樹道：「哪有這事！」可是也就只能說出這四個字來分辯，不能再說別的了。伯和也對家樹說：「應該去回拜人家一趟。何小姐家裡是很文明的，她有的是男朋友去拜訪，決不會嘗閉門羹的。」家樹被他兩人說得軟化了，就笑著答應去看何小姐一次。

過了一天，天氣很好，本想這天上午去訪何小姐的，偏是這一天早上，卻來了一封意外的信。信封上的字，寫得非常不整齊，下款只署著「內詳」，拆開來一看，信上寫道：

家樹仁弟大人台鑒：

一別芝顏，條又旬日，敬惟文明進步，公事順隨，為疇為頌。卑人命途不佳，前者患恙，蒙得抬愛，賴已逢凶化吉，現已步履如亙，本當到寓叩謝，又多不便，奈何奈何。敬於月之十日正午，在舍下恭候台光，小酌爽敘，勿卻是幸。套言不敘。台安。

關壽峰頓首

這一封信，連別字帶欠通，共不過百十個字，卻寫了三張八行。看那口氣，還是在尺牘大全上抄了許多下來的。像他那種人，生平也不會拿幾回筆桿，硬湊付了這樣一封信出來，看他是多麼有誠意！就念著這一點，也不能不去赴約。因此又把去拜訪何小姐的原約打消，直向後門關壽峰家來。

一進院子，就見屋子裡放了白爐子，煤球正籠著很旺的火。屋簷下放了一張小桌子，上面滿放著葷素菜肴，秀姑繫了一條圍裙，站在桌子邊，光了兩隻溜圓雪白的胳膊，正在切菜。她看見家樹進來，笑道：「爸爸！樊先生來了。」說著話，菜刀也來不及放下，搶一步，給家樹打了簾子。壽峰聽說，也由屋子裡迎將出來，笑道：「我怕你有事，或者來不了，我們姑娘說是只要有信去，你是一定來。真算她猜著了。」說時，便伸手拉著家樹的手，笑道：「我想在館子裡吃著不恭敬，所以我就買了一點東西，讓小女自己做一點家常風味嘗嘗。你就別談口味，瞧我們表表這一點心吧。」家樹道：「究竟還是關大叔過於客氣，實在高興的時候願意喝兩盅，隨便哪一天來遇著就喝，何必還要費上許多事！」壽峰笑道：「人有三分口福，似乎都是命裡註定的。不瞞你說，這一場病，是害得我當盡賣光，我哪裡還有錢買大魚大肉去！可巧前天由南方來了一個徒弟，他現在在大學堂裡，當了一名拳術教師，混得比我強。看見我窮，就扔下一點零錢給我用，將來或者我也要找他去。」

說著話，秀姑已經進來，搶著拿了一條小褥子，鋪在木椅上，讓家樹坐下。接上就提開水壺進來，沏上一壺茶，茶壺裡臨時並沒有擱下茶葉，想是早已預備好了的了。沏完了茶，她又拿了兩支衛生香進來，燃好了，插在桌上的舊銅爐裡。一回頭，看見茶杯子還空著，卻走過來給他斟上一杯茶，笑道：「這是我在胡同口上要來的自來水，你喝一點。」她只說著這話，儘管低了頭。家樹眼裡看見，心裡不免盤算，我對這位姑娘，沒有絲毫意思，她為什麼一見了我，就是如此羞人答答神氣？這倒叫我理是不好，不理也是不好了。索性大大方方的，只當自己糊塗，沒有懂得她的意思就是了。因此一切不客氣，只管開懷和壽峰談話。

當下壽峰笑道：「我是個爽快人，老弟！你也是個爽快人，我有幾句話，回頭要借著酒蓋了臉，和你談談。」他說到這裡，伸著手搔了一搔頭，又搓了一搓巴掌，正待接著向下說時，恰好秀姑走了進來，擦抹了桌子，將杯筷擺在桌上。家樹一看，只有兩副杯筷，便道：「為什麼少放一副杯筷？大姑娘不上桌嗎？」秀姑聽了這話，剛待答言，她那臉上的紅印兒，先起了一個小酒暈兒。壽峰躊躇著道：「不吧。她得拾掇東西，可是……那又顯著見外了。也好。秀姑你把菜全弄得了，一塊兒坐著談談，你要有事，回頭再去也不遲。」秀姑心想，我何嘗有事，便隨便答應了一聲，自去做菜去了。壽峰笑道：「老弟！你瞧我這孩子，真不像一個練把式人養的，我要不是她，我就不成家了。這也叫天無絕人之路。可是往將來說，……」外面秀姑炒著菜，正嗆著一口油煙，連連咳嗽了幾聲，接上她隔著窗戶笑道：「好在樊先生不算外人，要不然你這樣誇獎自己的閨女，給人笑話。」壽峰一聽，哈哈大笑，兩手向上一舉，伸了一個懶腰。

家樹見壽峰兩隻黃皮膚的手臂，筋肉怒張，很有些勁，便問道：「關大叔精神是復原了，但不知道力氣怎麼樣？」壽峰笑道：「老了！本來就沒有什麼力量，談不到什麼復原。但是真要動起手來，自保總還有餘吧。」家樹道：「大叔的力量，第一次會面，我就瞻仰過了。除此以外，一定還有別的絕技，可否再讓我瞻仰瞻仰。」壽峰笑道：「老弟臺！我對你是用不著謙遜的。有是有兩手玩藝，無奈傢伙都不在手邊。」秀姑道：「你就隨便來一點兒什麼吧，人家樊先生說了，咱們好駁回嗎？」壽峰笑道：「既然如此說，我就來找個小玩藝吧。你瞧，簾子破了，飛進來許多蠅子，我把牠們取消吧。」說著，他將桌上的筷子取了一雙，倒拿在手裡，依然坐下了。等到蒼蠅飛過來，他隨隨便便的將筷子在空中一夾，然後送過來給家樹看道：「你瞧，這是什麼？」家樹看時，只見那筷子頭不偏不倚，正正當當，夾住一個小蒼蠅。不由得先讚了一聲「好」，然後問道：「這雖是小玩藝，卻是由大本領練了來的。但不知道大叔是由練哪項本事練出來的？」關壽峰將筷子一鬆，一個蒼蠅落了地，筷子一伸，接上一夾，又來了一個蒼蠅。他就是如此一伸一夾，不多久的工夫，腳下竟有一二十頭蒼蠅之多，一個個都折了翅膀橫倒在地上。

家樹鼓了掌笑道：「這不但是看得快，夾得準而已；現在看這蠅子，一個個都死了，足見筷子頭上，一樣的力到勁到了。」壽峰笑道：「這不過常鬧這個玩藝，玩得多了，自然熟能生巧，並不算什麼功夫。若是一個人夾一隻蒼蠅都夾不死，那豈不成了笑話了嗎？」家樹道：「我不是奇怪蒼蠅夾死了，我只奇怪蒼蠅的身體依然完整，不是像平常一巴掌撲了下去，打得血肉模糊的樣子。」壽峰笑道：「這一點子事情，你還能論出個道理來，足見你遇事肯留心了。」家樹笑道：「這種本領，擴而充之起來，似乎就可以伸手接人家放來的暗器。我們常在小說上，看到什麼接鏢接箭一類的武藝，大概也是這種手法。」壽峰笑道：「不要談這個吧，就真有那種本領，現在也沒用。誰能跑到陣頭上，伸著兩手接子彈去？」

秀姑見家樹不住的談到武藝，端了酒菜進來，只是抿嘴微笑。她給壽峰換了一雙筷子，自己也就拿了一副杯筷來，放在一邊。壽峰讓家樹上座，父女二人，左右相陪。秀姑先拿了家樹面前的酒杯過來，將酒瓶子斟好了一杯酒，然後雙手捧著送了過去。家樹站起來道：「這樣客氣，那會讓我吃不飽的。大姑娘，你隨便吧。」嘴裡說著這話，他的視線，就不由得射到秀姑的那雙手上。見她的十指雖不是和鳳喜那般纖秀，但是一樣的細嫩雪白。那十個指頭，剪得光光的，露著紅玉似的指甲縫，心裡便想：他父女意思之間，常表示他這位姑娘能接家傳的，現在看她這般嫩手，未必能名副其實。他心裡如此想著，當然不免呆了一呆。秀姑連忙縮著手，坐下去了。家樹猛然省悟：她或者誤會了。因笑對壽峰道：「大叔的本領，如此了不得，這大姑娘一定是很好的了。可是我仔細估量著，是很斯文的，一點看不出來。」壽峰笑道：「斯文嗎？你是多誇獎了。這兩年大一點，不好意思鬧了，早幾年她真能在家裡飛簷走壁。」家樹看了看秀姑的顏色，便笑道：「小時候，誰也是淘氣的。說到飛簷走壁，小時候看了北方的小說，總是說著這種事，心裡自然是奇怪。自從到了北方之後，我才明白了，原來北方的房屋，蓋得既是很低，而且屋瓦都是用泥灰嵌住了的。這要飛簷走壁，並不覺得怎樣難了。」秀姑坐在一邊，還是抿了嘴微笑。家樹一面吃喝，一面和壽峰父女談話，不覺到了下午三四點鐘。壽峰道：「老弟！今天談得很痛快，你若是沒有什麼事，就坐到晚上再走吧。」家樹因他父女殷勤款待，回去也是無事，就又坐下來。

當下秀姑收了碗筷，擦抹了桌椅，重新沏了茶，燃了香，拿了她父親一件衣服，靠在屋門邊一張椅子上坐了縫補，閒聽著說話，卻不答言。後來壽峰和家樹慢慢的談到家事，又由家事談到陶家，家樹說表嫂有兩個孩子，秀姑便像有點省悟的樣子，「哦」了一聲道：「那位小姐，在什麼學堂裡念書？」家樹道：「小得很，還不曾上學呢。」秀姑道：「是嗎？我從前住在那兒的時候，看見有位十六七歲的小姐，長得很清秀的，天天去上學，那又是誰？」家樹笑道：「那是大姑娘弄錯了，我表哥今年只二十八歲，哪裡有那大的女孩子！」秀姑剛才好像是有一件什麼事明白了，聽到這裡，臉上又罩著了疑幕，看了看父親，又低頭縫衣了。壽峰見秀姑老不離開，便道：「我還留樊先生坐一會兒呢，你再去上一壺自來水來。」秀姑道：「我早就預備好了，提了一大桶自來水在家裡放著呢。」壽峰見秀姑坐著不願動，這也沒有法子，只得由她。家樹談了許久，也曾起身告辭兩次，壽峰總是將他留住，一直說到無甚可說了，壽峰才道：「過兩天，我再約老弟一個地方喝茶去，天色已晚，我就不強留了。」家樹笑著告辭，壽峰送到大門外。

只在這個當兒，秀姑一個人在屋子裡，連忙包了一個紙包，也跟著到大門口來，對壽峰道：「樊先生走了嗎？他借給我的書，我還沒有送還他呢。」壽峰道：「他不是回家，雇車要到大喜胡同，還不曾雇好呢。」秀姑趕出門外，家樹還在走著，秀姑先笑道：「樊先生！請留步。」家樹萬不料她又會追出來相送，只得站住了腳問道：「大姑娘！你又要客氣。」秀姑笑道：「不是客氣，你借給我的幾本書，請你帶了回去。」說著，就把包好了的書，雙手遞了過去。家樹道：「原來是這個，這很不值什麼，你就留下也可以，我這時不回家，留在你這兒下次我再來帶回去吧。」秀姑手裡捧了書包，低了頭望著手笑道：「你帶回去吧，我還做有一點活兒送給你呢。」她說到最後這一句，幾乎都聽不出是說什麼話，只有一點微微的語音而已。家樹見她有十分難為情的樣子，只得接了過去，笑道：「那末我先謝謝了。」秀姑見他已收下，說了一聲「再會」，馬上掉轉身子自回家去。壽峰道：「人家並不是回家去，讓人家夾了一包書到處帶著，怪不方便的。」秀姑道：「你說他是到大喜胡同去，我信了。我在那地方，遇到他有兩三回，有一次，他還同著一個女學生走呢。那是他什麼人？」壽峰道：「你這是少見多怪了，這年頭兒，男女還要是什麼人才能夠在一處走嗎？我今天倒是有意思問問他家中底細，偏是你又在面前，有許多話，我也不好問得。照說他在北京是不會有親戚的。」

秀姑聽父親說到這裡，卻避開了。可是她心裡未免有點懊悔，早知道父親今天留著他談話是有意的，早早避開也好。他究竟是什麼意思？今晚便曉得了，也省得我老是惦記。今天這機會錯過，又不知道哪一天可以能問到這話了。不過由今天的事看來，很可以證明父親是有意的。以前怕父親不贊成的話，卻又不成問題了。只是自己親眼得見家樹同了一個女學生在大喜胡同走，那是他什麼人？不把這事解釋了，心裡總覺不安。前後想了兩天，這事情總不曾放心得下。彷彿記得那附近有個女學堂，莫非就是那裡的學生？我倒要找個機會調查一下。在她如此想著，立刻就覺得要去看看才覺心裡安慰。因此對父親說，有點事要出去，自己卻私自到大喜胡同前後來查訪，以為或者又可以碰到他二人，當面一招呼，那個女子是誰？他就無可隱藏了。

當秀姑到大喜胡同來查訪的時候，恰是事有湊巧，她經過兩叢槐樹一扇小紅門之外，自己覺得這人家別有一種風趣。正呆了一呆，卻聽得白粉低牆裡，有一個男子笑道：「我晚上再來吧，趁著今天晚上好月亮，又是槐花香味兒，你把那漢宮秋給我彈上一段，行不行？」秀姑聽那男子的聲音正是樊家樹，接上「呀」的一聲，那兩扇小紅門已經開了，待要躲閃，已經來不及。只見家樹在前，上次遇到的那個女學生在後，一路走將出來。家樹首先叫道：「大姑娘！你怎麼走到這裡來了？」秀姑還未曾開言，家樹又道：「我給你介紹，這是沈大姑娘。」說著將手向身邊的鳳喜一指，鳳喜就走向前，兩手握了秀姑一隻右手，向她渾身一溜，笑道：「樊先生常說你來的，難得相會，請到家裡坐吧。」秀姑聽了她的話，一時摸不著頭腦。心想她怎麼也是稱為先生，進去看看也好。於是也笑道：「好吧，我就到府上去看看。」

樊先生也慢點走，可以嗎？」家樹道：「當然奉陪。」於是二人笑嘻嘻地把她引進來。沈大娘見是家樹讓進來的，也就上前招呼，笑著道：「大姑娘！我們這兒也就像樊先生家裡一樣，你別客氣呀。」秀姑又是一怔，這是什麼話？原先在外面屋子裡坐著的，後來沈大娘一定把她讓進鳳喜屋子裡，自己卻好避到外面屋子裡去沏茶裝糕果碟。

秀姑見這屋子裡陳設得很雅潔，正面牆上，高高的掛了一副鏡框子，裡面安好了一張放大的半身男相，笑容可掬，藹然可親的向著人，那正是樊家樹。到了這時，心裡禁不住撲通撲通亂跳一陣，把事也猜有個七八成了。再看家樹也是毫無忌憚，在這屋子裡陪客。沈大娘將茶點送了進來，見秀姑連向相片看了幾下，笑道：「你瞧，這相片真像呀！是樊先生今天送來的，才掛上呢！我說這兒像他家裡，那是不假啊！咱們親戚朋友都不多，盼望你以後衝著樊先生的面子，常來啊！他每天都在這裡的。」沈大娘這樣說上了一套，秀姑臉上，早是紅一陣，白一陣，很覺不安的樣子。家樹一想，她不要誤會了，便笑道：「以前我還未曾對關大叔說過北京有親戚呢，大姑娘回去一說，關大叔大概也要奇怪了。」家樹望了秀姑，秀姑向著窗外看看天色，隨意的答道：「那有什麼奇怪呢？」聲音答得細微極了，似乎還帶一點顫音。家樹也沉默了，無甚可說。還是沈氏母女，問問她的家事，才不寂寞。又約莫坐談了十分鐘，秀姑牽了一牽衣襟，站起來說聲「再會」，便告辭要走。沈氏母女堅留，哪裡留得住。

秀姑出得門來，只覺得渾身癱軟，兩腳站立不住，只是要沉下去。趕快雇了一輛人力車，一直回家。到了家裡，便向床上和衣倒下，扯了被將身子和頸蓋住，竟哭起來了。壽峰見女兒回來，臉色已經不對，匆匆的進了臥房，又不曾出來，便站在房門口，先叫了一聲，伸頭向裡一望，只見秀姑橫躺在床上，被直擁蓋著上半截，下面光著兩隻叉腳褲子，只管是抖顫個不了。壽峰道：「啊！孩子，你這是怎麼了？」接連問了幾句，秀姑才在被裡緩緩的答應了三個字：「我……病……了。」壽峰道：「我剛剛好，你怎麼又病了啊！」說著話，走上前，俯著身子，便伸了一隻手，來撫摩她的額角。這一下伸在眼睛邊，卻摸了一把眼淚。壽峰道：「你頭上發著燒呢，摸我這一手的汗。你脫了衣服好好的躺一會兒吧。」秀姑道：「好吧，你到外面去吧，我自己會脫衣服睡的。」壽峰聽她說了，就走出房門去。秀姑急急忙忙就脫了長衣和鞋，蓋了被睡覺。壽峰站在房門外連叫了幾聲，秀姑只哼著答應了一聲，意思是表明睡了。壽峰聽她的話，是果然睡了，也就不再追問。可是秀姑這一場大睡，睡到晚上點燈以後，還不曾起床，似乎是真病了。壽峰不覺又走進房來，輕輕的問道：「孩子，你身體覺得怎麼樣？要不然，找一個大夫來瞧瞧吧。」秀姑半晌不曾說話，然後才慢慢的說道：「不要緊的，讓我好好的睡一晚晌，明日就會好的。」壽峰道：「你這病來得很奇怪，是在外面染了毒氣，還是走多了路，受了累？你在哪兒來？好好的變成這個樣子！」秀姑見父親問到了這話，要說出是到沈家去了，未免顯著自己無聊；若說不是到沈家去的，自己又指不出別的地方來，事情更要弄糟。只得假裝睡著，沒有聽見。壽峰叫喚了幾聲，因她沒有答應，就走到外邊屋子裡去了。

過了一晚，次日一清早，隔壁古廟樹上的老鴉，還在呱呱的叫。秀姑已經醒了，就在床上不斷的咳嗽。壽峰因為她病了，一晚都不曾睡好，這邊一咳嗽，他便問道：「孩子，你身子好些了嗎？」秀姑本想不做聲，又怕父親掛記，只得答應道：「現在好了，沒有多大的毛病，待一會我就好了。你睡吧，別管我的事。」壽峰聽她說話的聲音，卻也硬朗，不會是有病，也就放心睡了。不料一覺醒來，同院子的人，都已起來了，秀姑關了房門，還是不曾出來。往日這個時候，茶水都已預備妥當了，今天連煤爐子都沒有籠上。一定是秀姑身體很疲弱，不能起來，因也不再言語，自起了床燃著了爐子，去燒茶水。

這時，秀姑已經醒了，聽到父親在自燒茶水，心裡很過不去，只得掙扎起來，一手牽了蓋在被上的長衣，一手扶著頭，在床上伸下兩隻腳，正待去踏鞋子，只覺頭一沉，眼前的桌椅器具，都如風車一般，亂轉起來。哼了一聲，復又側身倒在床上。過了許久，慢慢的起來，聽到父親拿了一只麵缽子，放在桌上一下響。便叫道：「爸！你歇著吧，我起來了，你要吃什麼？讓我洗了臉給你做。」壽峰道：「你要是爬不起來，就睡一天吧，我也愛自做自吃。」

當下秀姑趕著將衣穿好，又對鏡子攏了一攏頭髮，對著鏡子裡自己的影子，仔細看了看，皺了眉，搖搖頭，長長的歎了一口氣，走出房門來，嘻嘻地笑道：「我又沒病，不過是昨日跑到天橋去看看有熟人沒有，就走累了。」壽峰道：「你這傻子，由後門到前門，整個的穿城而過，怎麼也不坐車？」秀姑笑道：「說出來，你要笑話了，我忘了帶錢，身上剩著幾個銅子，只回來搭了一截電車。」壽峰道：「你就不會雇洋車雇到家再給嗎？」秀姑一看屋子外沒人，便低聲道：「自你病後，我什麼也沒練過了，我想先走走道，活動活動，不料走得太猛，可就受累了。」這一番話，壽峰倒也很相信，就不再問。秀姑洗了手臉，自接過麵缽，和了麵做了一大碗抻麵給她父親吃，自己卻只將碗盛了大半碗白麵湯，也不上桌，坐在一邊，一口一口的呷著。壽峰道：「你不吃嗎？」秀姑微笑道：「起來得晚，先餓一餓吧。」壽峰也未加注意，吃過飯，自出門散步去了。

秀姑一人在家，今天覺得十分煩惱，先倒在床上睡了片刻，哪裡睡得著。想到沒有梳頭，就起來對著鏡子梳，原想梳兩個髻，梳到中間，覺得費事，只改梳了一條辮子。梳完了頭，自己做了一點水泡茶喝，水開了，將茶泡了，只喝了半杯，又不喝了，無聊得很，還是找一點活計做做吧。於是把活計盆拿出來，隨便翻了翻，又不知道做哪樣是好。活計盆放在腿上，兩手倒撐起來托著下頦，發了一會子呆，環境都隨著沉寂起來。正在這時，就有一陣輕輕的沉檀香氣，透空而來。同時剝剝剝，又有一陣木魚之聲，也由牆那邊送過來，這是隔壁一個仁壽寺和尚念經之聲呢。

原來這是一所窮苦的老廟，廟裡只有一個七十歲的老和尚靜覺在裡面看守。壽峰閒著無事，也曾和他下圍棋散悶。這和尚常說，壽峰父女，臉上總帶有一點剛強之氣，勸他們無事念念經。壽峰父女都笑了。和尚因秀姑常送些素菜給他，曾對她說：「大姑娘！你為人太實心眼了。心田厚，慧眼淺，是容易招煩惱的。將來有一天發生煩惱的時候，你就來對我實說吧。」秀姑因為這老和尚平常不多說一句話的，就把他這話記在心裡。當壽峰生病的時候，秀姑以為用得著老和尚，便去請教他。他說：「這是愁苦，不是煩惱，好好的伺候你令尊吧。」秀姑也就算了。今天行坐不安，大概這可以說是煩惱了。這一陣檀香，和一陣木魚之聲，引起了她記著和尚的話，就放下活計，到隔壁廟裡來尋老和尚。

靜覺正側坐在佛案邊，敲著木魚，他一見秀姑，將木魚捶放下，笑道：「姑娘，別慌張，有話慢慢的說。」秀姑並不覺得自己慌張，聽他如此說，就放緩了腳步。靜覺將秀姑讓到左邊一個高蒲團上坐了，然後笑道：「你今天忽然到廟裡來，是為了那姓樊的事情嗎？」秀姑聽了，臉色不覺一變。靜覺笑道：「我早告訴了你，心田厚，慧眼淺，容易生煩惱啊！什麼事都是一個緣分，強求不得的。我看他是另有心中人呀！」秀姑聽老和尚雖只說幾句話，都中了心病。彷彿是親知親見一般，不由得毛骨悚然，向靜覺跪了下去，垂著淚，低著聲道：「老師傅你是活菩薩，我願出家了。」靜覺伸手摸著她的頭笑道：「大姑娘，你起來，我慢慢和你說。」秀姑拜了兩拜，起來又坐了。靜覺微笑道：「你不要以為我一口說破你的隱情，你就奇怪。你要知道天下事當局者迷，你由陪令尊上醫院到現在，常有個樊少爺來往，街坊誰不知道呢？我在廟外，碰到你送那姓樊的兩回，我就明白了。」秀姑道：「我以前是錯了，我願跟著老師傅出家。」靜覺微笑道：「出家兩個字，哪裡是這樣輕輕便便出口的！為了一點不如意的事出家，將來也就可以為了一點得意的事還俗了。我這裡有本白話注解的金剛經，你可以拿去看看，若有不懂的地方，再來問我。你若細心把這書看上幾遍，也許會減少些煩惱的。至於出家的話，年輕人快不要提，免得增加了口孽。你回去吧，這裡不是姑娘們來的地方。」

秀姑讓老和尚幾句話封住了嘴，什麼話也不能再說，只得在和尚手裡拿了一本金剛經回去。到了家裡，有如得了什麼至寶一般，馬上展開書來看，其中有懂的，也有不懂的。不過自己認為這書可以解除煩惱，就不問懂不懂，只管按住頭向下看。第一天，壽峰還以為她是看小說，第二天，她偶然將書蓋著，露出書面來，卻是金剛經。便笑道：「誰給你的？你怎麼看起這個來了？」秀姑道：「我和隔壁老師傅要來的，要解解煩惱哩。」壽峰道：「什麼，你要解解煩惱？」但是秀姑將書展了開來，兩隻手臂彎了向裡，伏在桌上，低著頭，口裡唧唧噥噥的念著，父親問她的話，她卻不曾聽見。壽峰以為婦女們都不免迷信的，也就不多管；可是從這日起，她居然把經文看得有點懂了，把書看出味來，復又在靜覺那裡，要了兩本白話注解的經書來再看。

這一天正午，壽峰不在家，她將靜覺送的一尊小銅佛，供在桌子中央，又把小銅香爐放在佛前，燃了一支佛香，攤開淺注的妙法蓮華經一頁一頁的看著。同院子的人，已是上街做買賣去了，婦人們又睡了午覺，屋子裡沉寂極了。那瓦簷上的麻雀，下地來找散食吃，卻不時的在院子裡叫一兩聲。秀姑一人在屋子裡讀經，正讀得心領神會，忽然有人在院子裡咳嗽了一聲，接上問道：「大叔在家嗎？」秀姑隔著舊竹簾子一看，正是樊家樹。便道：「家父不在家。樊先生進來歇一會嗎？」家樹聽說，便自打了簾子進來。秀姑起身相迎道：「樊先生和家父有約會嗎？他可沒在家等。」說著話，一看家樹穿了一身藍嗶嘰的窄小西服，翻領插了一朵紅色的鮮花，頭髮也改變了樣子，梳得溜光，配著那白淨的面皮，年少了許多，一看之下，馬上就低了眼皮。家樹道：「沒有約會，我因到後門來，順便訪大叔談談的。」秀姑點了一點頭道：「哦，我去燒茶。」家樹道：「不用，不用，我隨便談一談就走的。上次多謝大姑娘送我一副枕頭，繡的竹葉梅花，很好。大概費工夫不少吧？」秀姑道：「小事情，還談它做什麼。」說著家樹在靠門的一張椅子上坐下。秀姑也就在原地方坐下，低了頭將經書翻了兩頁。家樹笑道：「這是木版的書，是什麼小說？」秀姑低著頭搖了一搖道：「不是小說，是蓮華經。」家樹道：「佛經是深奧的呀，幾天不見，大姑娘長進不少。」秀姑道：「不算深，這是有白話注解的。」家樹走過來，將書拿了去坐下來看。秀姑重燃了一支佛香，還是俯首坐下，卻在身邊活計盆裡，找了一把小剪刀，慢慢的剪著指甲，剪了又看，看了又剪……

這裡家樹翻了一翻書，便笑道：「這佛經果然容易懂，大姑娘有些心得嗎？」秀姑道：「現在不敢說，將來也許能得些好處的。」家樹笑道：「姑娘們學佛的，我倒少見。太太老太太們，那就多了。」秀姑微笑道：「她們都是修下半輩子，或者修哪輩子的，我可不是那樣。」家樹道：「凡是學一樣東西，或者好一樣東西，總有一個理由的。大姑娘不是修下半輩子，不是修哪輩子，為什麼呢？」秀姑搖著頭道：「不為什麼，也不修什麼，看經就是看經，學佛就是學佛。」

家樹聽了這話，大覺驚訝，將經書放在桌上，兩手一拍道：「大姑娘你真長進得快，這不是書上容易看下來的，是哪個高僧高人，點悟了你？我本來也不懂佛學，從前我們學校裡請過好和尚講過經，我聽過幾回，我知道你的話有來歷的。」秀姑道：「樊先生！你別誇獎我，這些話，是隔壁老師傅常告訴我的。他說佛家最戒一個『貪』字，修下半輩子，或者修哪輩子，那就是貪。所以我不說修什麼。」家樹道：「大叔也常對我說，隔壁老廟裡，有個七十多歲的老和尚，不出外作佛事，不四處化緣，就是他了。我去見見行不行？」秀姑道：「不行！他不見生人的。」家樹道：「也是。大姑娘有什麼佛經，借兩部我看看。」

秀姑是始終低了頭修指甲的，這時才抬起頭來，向家樹一笑道：「我就只有這個，看了還得交還老師傅呢。樊先生上進的人，幹嘛看這個？」家樹道：「這樣說，我是與佛無緣的人了！」秀姑不覺又低了頭，將經書翻著道：「經文上無非是個空字。看經若是不解透，不如不看。解透了，什麼事都成空的，哪裡還能做事呢？所以我勸樊先生不要看。」家樹道：「這樣說，大姑娘是看透了，把什麼事都看空了的了。以前沒聽到大姑娘這樣說過呀，何以陡然看空了呢？有什麼緣故沒有？」家樹這一句話，卻問到了題目以外，秀姑當著他的面，卻答不出來，反疑心他是有意來問的，只望著那佛香上的煙，捲著圈圈，慢慢向上升，發了呆。家樹見她不作聲，也覺問得唐突。正在懊悔之際，忽然秀姑笑著向外一指道：「你聽，這就是緣故了。」要知道她讓家樹聽些什麼，下回交代。

第七回　值得忘憂心頭天上曲　未免遺憾局外畫中人

卻說家樹質問秀姑何以她突然學佛悟道起來，秀姑對於此點，一時正也難於解答。正在躊躇之間，恰好隔壁古廟裡，又剝剝剝，發出那木魚之聲。因指著牆外笑道：「你聽聽那隔壁的木魚響，還不夠引起人家學佛的念頭嗎？」家樹覺得她這話，很有些勉強。但是人家只是這樣說的，不能說她是假話。因笑道：「果然如此，大姑娘，真算是個有悟性的人了。」說畢微微的笑了一笑。秀姑看他那神情，似乎有些不相信的樣子，因笑道：「人的心事，那是很難說的。」只說了這一句，她又低了頭去翻經書了。家樹半晌沒有說話，秀姑也就半晌沒有抬頭。家樹咳嗽了兩聲，又掏身上的手絹擦了一擦臉問道：「大叔回來時候，是說不定的了？」秀姑道：「可不是！」家樹望了一望簾子外的天色，又坐了一會，因道：「大叔既是不知道什麼時候能回來，我也不必在這裡等，他回來的時候，請你說上一句，他若有工夫，請他打個電話給我，將來我們約一個日子談一談。」秀姑道：「樊先生不多坐一會兒嗎？」家樹沉吟了一下子，見秀姑還是低頭坐在那裡，便道：「不坐了。等哪天大叔在家的時候再來暢談吧。」說畢，起身自打簾子出來。秀姑只掀了簾子伸著半截身子出來，就不再送了。家樹也覺得十分的心灰意懶，她淡淡的招待，也就不能怪她。走出她的大門，到了胡同中間，再回頭一看，只見秀姑站在門邊，手扶了門框，正向這邊呆呆的望著。家樹回望時，她身子向後一縮，就不見了。家樹站在胡同裡也呆了一呆，回身一轉，走了幾步，又停住了。還是胡同口上，放著一輛人力車，問了一聲「要車嗎」，這才把家樹驚悟了，就坐了那輛車子到大喜胡同來。

家樹一到大喜胡同，鳳喜由屋裡迎到院子裡來，笑道：「我早下課回來了，在家裡老等著你。我想出去玩玩，你怎麼這時候才來？」說時，她便牽了家樹的手向屋裡拉。家樹道：「不行，我今天心裡有點煩惱，懶得出去玩。」鳳喜也不理會，把他拉到屋裡，將他引到窗前桌子邊，按了他對著鏡子坐下，拿了一把梳子來，就要向家樹頭上來梳。家樹在鏡子裡看得清楚，連忙用手向後一攔，笑道：「別鬧了，別鬧了，再要梳光些，成了女人的頭了。」鳳喜道：「要是不梳，索性讓它蓬著倒沒有什麼關係；若是梳光了，又亂著一綹頭髮，那就寒磣。」家樹笑道：「若是那樣說，我明天還是讓它亂蓬蓬的吧。我覺得是那樣子省事多了。」說時，抬起左手在桌上撐著頭。鳳喜向著鏡子裡笑道：「怎麼了？你瞧這個人，兩條眉毛，差不多皺到一塊兒去了。今天你有什麼事那樣不順心？能不能告訴我的？」家樹道：「心裡有點不痛快倒是事實，可是這件事，又和我毫不相干。」鳳喜道：「你這是什麼話，既是不相干，你憑什麼要為它不痛快？」家樹道：「說出來了，你也要奇怪的。上次到我們這裡來的那個關家大姑娘，現在她忽然念經學佛起來了，看那意思是要出家哩。一個很好的人，這樣一來，不就毀了嗎？」鳳喜道：「那她為著什麼？家事麻煩嗎？怪不得上次她到我們家裡來，是滿面愁容了。可是這也礙不著你什麼事，你幹嘛『聽評書掉淚，替古人擔憂』？」家樹笑道：「我自己也是如此說呀，可是我為著這事，總覺心裡不安似的，你說怪不怪？」鳳喜道：「那有什麼可怪，我瞧你們的感情，也怪不錯的啊！」家樹道：「我和她父親是朋友，和她有什麼怪不錯！」鳳喜向鏡子裡一撇嘴道：「你知道不知道，那是一個大大的好人。」家樹也就向著鏡子笑了。

鳳喜將家樹的頭髮梳光滑了，便笑道：「我是想你帶我出去玩兒的，既是你不高興，我就不說了。」家樹道：「不是我不高興，我總怕遇著了人。你再等個周年半載的，讓我把這事通知了家裡，以後你愛上哪裡，我就陪你到哪裡。你不知道，這兩天我表哥表嫂正在偵探我的行動呢，我也只當不知道，照常的出門。出門的時候，我不是到什麼大學裡去找朋友，就是到他們常去的地方去。回家的時候，我又繞了道雇車回去，讓聽差去給車錢。他們調查了我兩個禮拜了，還沒有把我的行蹤調查出來，大概他們也有些納悶了。」鳳喜道：「他們是親戚，你花你的錢，他們管得著嗎？」家樹道：「管是他們管不著，但是他們給我家裡去一封信，這總禁他不住。在我還沒有通知家裡以前，家裡先知道了這事，那豈不是一個麻煩！至少也可以斷了我們的接濟，我到哪裡再找錢花去？」

鳳喜還不曾答話，沈大娘在外面屋子裡就答起話來，因道：「這話對了，這件事總得慢慢兒的商量，現在只要你把書念得好好兒的，讓大爺樂了，你的終身大事那就是銅打鐵鑄的了。」家樹笑道：「你這話有點兒不大相信我吧？要照你這話說，難道她不把書念得好好的，我就會變心嗎？」沈大娘也沒答應什麼，就跟著進來，對家樹眨了一眨眼，又笑了一笑。鳳喜向家樹笑道：「傻瓜，媽把話嚇我，怕我不用功呢。你再跟著她的話音一轉，你瞧我要怎麼樣害怕！」家樹聽她如此說，架了兩隻腳坐著，在下面的一隻腳，卻連連的拍著地作響，兩手環抱在胸前，頭只管望著自己的半身大相片微笑。

鳳喜將手拍了他肩上一下，笑道：「瞧你這樣子，又不准在生什麼小心眼兒呢！你瞧你望著你自己的相。」家樹笑道：「你猜猜，我現在是想什麼心事？」鳳喜道：「那我有什麼猜不出的。你的意思說，這個人長得不錯，要找一個好好兒的姑娘來配他才對。是不是？」家樹笑道：「你猜是猜著了，可是只猜著一半。我的意思，好好兒的姑娘是找著了，可不知道這好好兒的姑娘，能不能夠始終相信他。」鳳喜將臉一沉道：「你這是真話呢，還是鬧著玩兒的呢？難道說你一直到現在，你對於我還不大放心嗎？」家樹微笑道：「別急呀，有理慢慢講呀！」鳳喜道：「憑你說這話，我非得把心挖出來給你看不可。你想，別說我，就是我媽，就是我叔叔，他們哪一天不念你幾聲兒好！再要說他們有三心二意，除非叫他們供你的長生祿位牌子了。」家樹見她臉上紅紅的，腮幫子微微的鼓著，眼皮下垂，越是顯出那黑而且長的睫毛。這一種含嬌微嗔的樣子，又是一種形容不出來的美。因握了她一隻手道：「這是我一句笑話，你為什麼認真呢？」鳳喜卻是垂頭不作聲。

這個時候，沈大娘已是早走了。向來家樹一和鳳喜說笑，她就避開的。家樹見鳳喜還有生氣的樣子，將她的手放了，就要去放下門簾子。鳳喜笑著一把拉住他的手道：「幹嘛？門簾子掛著，礙你什麼事？」家樹笑道：「給你放下來，不好嗎？」鳳喜索性將那一隻手，也拉住了他的手，微瞪著眼道：「好好兒的說著話，你又要作怪。」家樹道：「你還生氣不生氣呢？」鳳喜想了一想，笑道：「我不生氣了，你也別鬧了，行不行？」家樹笑道：「行！那你要把月琴拿來，唱一段兒給我聽聽。」鳳喜道：「唱一段倒可以，可是你要規規矩矩的。像上次那樣在月亮底下彈琴，你一高興了，你就胡來。」家樹笑道：「那也不算胡來啊，既是你聲明在先，我就讓你好好的彈上一段。」鳳喜聽說果然洗了一把手，將壁上掛的月琴取了下來，對著家樹而坐，就彈了一段四季相思。

家樹道：「你幹嘛只彈不唱？」鳳喜笑道：「這詞兒文縐縐的，我不大懂，我不願意唱。」家樹道：

「你既是不願唱，你幹嘛又彈這個呢？」鳳喜道：「我聽到你說，這個調子好，簡直是天上有，地下無，所以我就巴巴的叫我叔叔教我。我叔叔說這是一個不時興的調子，好多年沒有彈過，他也忘了。他想了兩天，又去問了人，才把詞兒也抄來了。我等你不在這兒的時候，我才跟我叔叔學，昨天才剛剛學會。你愛聽這個的，你聽聽我彈得怎樣？有你從前聽的那樣好嗎？」家樹笑道：「我從前聽的是唱，並不是彈，你要我說，我也說不出一個所以然來。」鳳喜笑道：「乾脆，你就是要我唱上一段罷了。那末，你聽著。」於是側著身子，將弦子調了一調，又回轉頭來向家樹微微一笑，這才彈唱起來。家樹向著她微笑，連鼻息的聲音幾乎都沒有了。一直讓鳳喜彈唱完了，連連點頭道：「你真聰明，不但唱得好，而且是體貼入微哩。」鳳喜將月琴向牆上一掛，然後靠了牆一伸懶腰，向著家樹微笑道：「怎麼樣？」家樹也是望了她微笑，半晌作聲不得。

鳳喜道：「你為什麼不說話了？」家樹道：「這個調子，我倒是吹得來。哪一天，我帶了我那支洞簫來，你來唱，我來吹，看我們合得上合不上？剛才我一聽你唱，想起從前所唱的詞兒未嘗不是和你一樣！可是就沒有你唱得這樣好聽。我想想這緣故也不知在什麼地方，所以我就出了神了。」鳳喜笑道：「你這人……唉，真夠淘氣的。一會兒惹我生氣，一會兒又引著我要笑，我真佩服你的本事就是了。」家樹見她舉止動作，無一不動人憐愛，把剛才在關家所感到的煩悶，就完全取消了。

家樹這天在沈家，談到吃了晚飯回去。到家之後，見上房電燈通亮，料是伯和夫婦都在家裡，帽子也不曾取下，就一直走到上房裡來。伯和手裡捧了一份晚報，銜著半截雪茄，躺在沙發上看。見家樹進門，將報向下一放，微笑了一笑，又兩手將報舉了起來，擋住了他的臉。家樹只看到一陣一陣的濃煙，由報紙裡直冒將出來。他手裡捧的報紙，也是不住的震動著，似乎笑得渾身顫動哩。家樹低頭一看身上，領孔裡正插著一朵鮮紅的花，連忙將花取了下來，握在手心裡。恰好這個時候，陶太太正一掀門簾子走出來，笑道：「不要藏著，我已經看見了。」家樹只得將花朵摔在痰盂裡，笑道：「我越是做賊心虛，越是會破案。這是什麼道理？」陶太太笑道：「也沒有哪個管那種閒事，要破你的案。我所不明白的，就是我們正正經經，給你介紹，你倒毫不在乎的，愛理不理。可是背著我們，你兩人怎樣又好到這般田地。」家樹笑道：「表嫂這話，說得我不很明白，你和我介紹誰了？」陶太太笑道：「咦！你還裝傻，我對於何小姐，是怎樣的介紹給你，你總是落落難合，不屑和她做朋友。原來你私下卻和她要好得厲害。」家樹這才明白，原來她說的是何麗娜，把心裡一塊石頭放下。因笑道：「表嫂你說這話，有什麼證據嗎？」陶太太道：「有有有，可是要拿出來了，你怎樣答覆？」家樹笑道：「拿出來了，我賠個不是。」伯和臉藏在報裡笑道：「你又沒得罪我們，要賠什麼不是？」家樹道：「那末，做個小東吧。」陶太太道：「這倒像話。可是你一人做東不行，你們是雙請，我們是雙到。」家樹笑道：「無論什麼條件，我都接受，反正我自信你們拿不出我什麼證據。」

當下陶太太也不作聲，卻在懷裡輕輕一掏，掏出一張相片來向家樹面前一伸。笑道：「這是誰啊？」家樹看時，卻是鳳喜新照的一張相片。這照片是鳳喜剪髮的那天照的，說是作為一種紀念品，送給家樹。這相片和何麗娜的相，更相像了。因笑道：「這不是何小姐。」陶太太道：「不是何小姐是誰？你說出來，難道我和她這樣好的朋友，她的相我都看不出來嗎？」家樹只是笑著說不是何小姐，可又說不出來這人是誰。陶太太笑道：「這樣一來，我們可冤枉了一個人了。我從前以為你意中人是那關家姑娘，我想那倒不大方便，大家同住在一所胡同裡，貧富當然是沒有什麼關係，只是那關老頭子，劉福也認得，說是在天橋練把式的，讓人家知道了，卻不太好。後來他們搬走了，我們才將信將疑。直到於今，這疑團算是解決了。」家樹道：「我早也就和他們叫冤了。我就疑心他們搬得太奇怪哩！」伯和將報放下，坐了起來笑道：「你可不要疑心是我們轟他走的。不過我讓劉福到那大雜院裡去打聽過兩回，那老頭子倒一氣跑了。」陶太太道：「不說這個了，我們還是討論這相片吧。家樹！你實說不實說？」家樹這時真為難起來了，要說是何小姐，那如何賴得上！要說是鳳喜的，這事說破，恐怕麻煩更大。沉吟了一會，笑著說：「你們有了真憑實據，我也賴不了。其實不是何小姐送我的，是我在照相館裡看見，出錢買了來的。這事做得不很大方的，請你二位千萬不要告訴何小姐。不然我可要得罪一位朋友了。」伯和夫婦還沒有答應，劉福正好進來說：「何小姐來了。」家樹一聽這話，不免是一怔。

就在這時，聽到石階上咯噔咯噔一陣皮鞋響聲，接上嬌滴滴有人笑著說一聲「趕晚飯的客來了」，簾子一掀，何麗娜進來。她今天只穿了一件窄小的芽黃色綢旗衫，額髮束著一串珠壓髮，斜插了一支西班牙硬殼扇面牌花，身上披了一件大大的西班牙的紅花披巾，四圍垂著很長的穗子，真是活潑潑地。她一進門，和大家一鞠躬，笑道：「大家都在這裡，大概剛剛吃過晚飯吧，我算沒有趕上了。」說著話，背立著挨了一張沙發，胸面前握著披巾角的手一鬆，那圍巾就在身後溜了下來，一齊堆在沙發上。

原來家樹坐的地方正和這張沙發鄰近，此刻只覺一陣陣的脂粉香氣襲人鼻端。只在這時候，就不由得向何麗娜渾身上下打量了一番。當他的目光這樣一閃時，伯和的眼光也就跟著他一閃。何麗娜似乎也就感覺到一點，因向陶太太道：「這件衣服不是新做的，有半年不曾穿了，你看很合身材嗎？」陶太太對著她渾身上下又看了一看，抿嘴笑了一笑，點點頭道：「看不出是舊製的。這種衣服照相，非站在黑幕之前不可，你說是嗎？」問著這話，又不由得看了家樹一眼。家樹通身發著熱，一直要向臉上烘托出來，隨手將伯和手上的晚報接了過來，也躺在沙發上捧著看。何麗娜道：「除了團體而外，我有許多時候沒有照過相了。」陶太太頓了一頓，然後笑道：「何小姐！你到我屋子裡來，我給你一樣東西看。」於是手拉著何小姐一同到屋子裡去。

到了屋裡，手拉著手，一同擠在一張椅子上坐了。陶太太微微一笑道：「你可別多心，我拿一樣東西給你瞧。」於是頭偏著靠在何麗娜的肩上，將那張相片掏了出來，托在手掌給她看，問道：「你猜猜這張相片，我是從哪裡得來的？」她正心裡奇怪著，何以他們三人，對於我是這樣？莫非就為的是這張相片？由此聯想到上次在家樹書夾裡看到的那張相，心裡就明白了一大半。因微笑道：「我知道你是在哪裡得來的？」陶太太伸過一隻胳膊，抱住她的腰，更覺得親密了。笑道：「親愛的！能不能照著樣子送我一張呢？」何麗娜將相片拿起來看了一看，笑道：「你這張相片，從哪裡來的，我很知道，但是……」陶太太道：「這用不著像外交家加什麼但是的。你知道那就行了。不過他說，他是在照相館裡買來的。我認為這事不對，他要是真話，私下買女朋友的相片，是何居心？他要是假話呢，你送了他寶貴的東西，他還不見情，更不好了。」何麗娜笑道：「我的太太，你雖然很會說話，但是我沒什麼可說，你也引不出來的。這張相片的事，我實在不大明白。你若是真要問個清清楚楚，最好你還是去問樊先生自己吧。他若肯說實話，你就知道關於我是怎樣不相干了。」陶太太原猜何小姐或者不得已而承認，或者給一個硬不知道。現在她說知是知道，可是與她無關，那一種淡淡的樣子，果然另有內幕。何小姐雖是極開通的人，不過事涉愛情，這其間誰也難免有不可告人之隱。便笑道：「喲！一張相片，也極其簡單的事啊，還另有周折嗎？那我就不說了。」當時陶太太一笑了之，不肯將何小姐弄得太為難了。何麗娜站起來，又向著陶太太微笑一下，就大著聲音說道：「過幾天也許你就明白了。」

何麗娜說畢，走出房來。只見家樹欠著身子勉強笑著，似乎有很難為情的樣子，便道：「密斯脫樊，也新改了西裝了。」家樹明知道她是因無話可說，信口找了一個問題來討論的，這就不答覆也沒有什麼關係。不過自己不答覆，也是感到無話可說。便笑道：「屢次要去跳舞，不都是為著沒有西裝沒有去嗎？我是特意做了西裝預備跳舞用的。」何麗娜笑道：「好極了！我正是來邀陶先生陶太太去跳舞的。那末密斯脫樊，可以和我們一路去的了。」家樹道：「還是不行，我只有便服，諸位是非北京飯店不可的，我臨時做晚禮服，可有些來不及呀。」何麗娜道：「雖然那裡跳舞要守些規矩，但是也不一定的。」家樹搖了搖頭，笑道：「明知道是不合規矩，何必一定要去犯規矩呢？」何麗娜於是掉轉臉來對陶太太說道：「好久沒有到三星飯店去過，我們今晚上改到三星飯店去，好嗎？」陶太太聽說，望了伯和，伯和口裡銜著雪茄，兩手互抱著在懷裡，又望著家樹，家樹卻偏過頭去，看著壁上的掛鐘道：「還只九點鐘，現在還不到跳舞的時候吧？」伯和於是對著夫人道：「你對於何小姐的建議如何？到三星去也好，也可以給表弟一種便利。」家樹正待說下去，陶太太笑道：「你再要說下去，不但對不起何小姐，連我們也對不起了。」家樹一想，何小姐對自己非常客氣，自己老是不給人家一點面子，也不大好，便笑道：「我雖不會跳舞，陪著去看看也好。」

於是大家又閒談了一會。出大門的時候，兩輛汽車，都停在石階下，伯和夫婦前面走上了自己的汽車，開著就走了。石階上剩了家樹和何麗娜，家樹還不曾說話時，何麗娜就先說了：「密斯脫樊，我是一輛破車，委屈一點，就坐我的破車去吧。」家樹因她已經說明白了，不能再有所推諉，就和她一同坐上車子。

在車上，家樹側了身子靠在車角上，中間椅墊上，和何麗娜倒相距著尺來寬的空地位。何麗娜一人先微笑了一笑，然後望了家樹一眼，才笑道：「我有一句冒昧的話，要問一問密斯脫樊。上次我到寶齋去，看見一張留髮女郎的相片，很有些和我相像。今天陶太太又拿了一張剪髮女郎的相片給我看，更和我像得很了。陶太太她不問青紅皂白，指定了那相片就是我。」家樹笑道：「這事真對何小姐不住。」何麗娜道：「為什麼對我不住呢？難道我還不許貴友和我同樣嗎？」家樹笑道：「因……為……」何麗娜道：「不要緊的，陶太太和我說的話，我只當是一幕趣劇，倒誤會得有味哩。但不知這兩個女孩兒，是不是姊妹一對呢？」家樹道：「原是一個人，不過一張相是未剪髮時所照，一張是剪了髮照的。」何麗娜道：「現在在哪個學校呢？比我年輕得多呢？」家樹笑了一笑。何麗娜道：「有這樣漂亮的女朋友，怎麼不給我們介紹呢？這樣漂亮的小姑娘，我沒有看見過呀。」家樹笑道：「本來有些像何小姐麼。」何麗娜將腳在車墊上連頓了兩頓，笑道：「你瞧，我只管客氣，忘了人家和我是有些同樣的了。好在這只是當了密斯脫樊說，知道我是讚美貴友的，若是對了別人說，豈不是自誇自嗎？」家樹待要再說什麼時，汽車已停在三星飯店門口了。當下二人將這話擱下，一同進舞廳去。

這時，伯和夫婦已要了飲料，在很重要的座位等候了。他們進來，伯和夫婦讓座，那眉宇之間，益發的有些喜氣洋洋了。何麗娜只當不知道一樣，還是照常的和家樹談話。家樹卻是受了一層拘束，人家提一句，才答應一句。

不多一會的工夫，音樂奏起來了，伯和便和何麗娜一同去跳舞。家樹是不會跳舞的，陶太太又沒有得著舞伴，兩人只坐著喝檸檬水。陶太太眼望著正跳舞的何小姐，卻對家樹道：「你瞧了看，這舞場裡的女子，有比她再美的沒有？」家樹道：「何小姐果然是美，但是把她來比下一切，我卻是不敢下這種斷語。」陶太太道：「情人眼裡出西施，你單就你說，你看她是不是比誰都美些呢？」家樹笑道：「情人這兩個字，我是不敢領受的。關於相片這一件事，過幾天你也許就明白了。」陶太太笑道：「好！你們在汽車上已經商量好了口供了，把我們瞞得死死的，將來若有用我們的地方，也能這樣嗎？我沒有別的法子報復你，將來我要辦什麼事，我對你也是瞞得死死的。那個時候，你要明白，我才不給你明白呢！」家樹只是喝著水，一言不發。

伯和同何麗娜舞罷下來，一同歸了座。何麗娜見陶太太笑嘻嘻的樣子，便道：「關於那張相片的事，陶太太問明白了樊先生嗎？」家樹不料她當面鑼對面鼓的就問起這話來，將一手扶了額頭，微抿著下唇，只等他們宣布此事的內容。陶太太道：「始終沒有明白。他說過幾天我就明白了。」何麗娜道：「我實說了吧，這件事連我還只明白過來一個鐘頭，兩個鐘頭以前，我和陶太太一樣，也是不明白呢。」家樹真急了，情不自禁的就用右手輕輕的在桌子下面敲了一敲她的粉腿。伯和道：「這話靠不住的，這是剛才二位同車的時候商量好了的話呢。」何麗娜笑道：「實說就實說吧，是我新得的相片，送了一張給他，至於為什麼……」伯和夫婦就笑著同說道：「只要你這樣說那就行了。至於為什麼，不必說，我們都明白的。」何小姐見他們越說越誤會，只好不說了。

這時候樂隊又奏起樂來了，伯和因他夫人找不著舞伴，就和他夫人去舞。何麗娜笑著對家樹道：「你為什麼不讓我把實話說出來？」家樹道：「自然是有點原故的。但是我一定要讓密斯何明白。」何麗娜笑道：「你以為我現在並不明白嗎？」說著她將桌上花瓶子裡的花枝，折了一小朵，兩個手指頭，拈著長花蒂兒，向鼻子尖上，嗅了一嗅，眼睛皮低著，兩腮上和鳳喜一般，有兩個小酒窩兒閃動著。家樹卻無故的噗嗤一笑，何麗娜更是笑得厲害，左手掏出花綢手絹來，握著臉伏在桌上。陶太太看到他兩人笑成那樣子，也不跳舞了，就和伯和一同回座。家樹道：「你二位怎麼舞得半途而廢呢？」陶太太道：「我看你二人談得如此有趣，我要來看看，你究竟有什麼事這樣好笑。」何麗娜只向伯和夫婦微笑，說不出所以然來。家樹也是一樣，不答一詞。伯和夫婦心裡都默契了，也是彼此微笑了一笑。

家樹因不會跳舞，坐久了究竟感不到趣味，便對伯和道：「怎麼辦？我又要先走了。」伯和道：「你要走，你就請便吧。」陶太太道：「時候不早了，難道你雇洋車回去嗎？」何麗娜道：「已經兩點鐘了，我也可以走了，我把車子送密斯脫樊回去吧。」她說了這話，已是站起身來和伯和道著「再見」，家樹就不能再說不回去的話。大家到儲衣室裡取了衣帽，一路同出大門，同上汽車。

這時大街上，鋪戶一齊都已上門，直條條的大馬路，卻是靜蕩蕩的，一點聲息也沒有。汽車在街上飛駛著，只覺街旁的電燈，排班一般，一顆一顆，向車後飛躍而去。偶然對面也有一輛汽車老遠的射著燈光飛駛而來，喇叭嗚嗚幾聲過去了，此外街上什麼也看不見。汽車轉過了大街，走進小胡同，更不見有什麼蹤影和聲音了。家樹因對何麗娜道：「我們這汽車走胡同裡經過，要驚破人家多少好夢。跳舞場上沉醉的人，也和抽大煙的人差不多，人家睡得正酣的時候，他們正是興高采烈，又吃又喝。等到他們興盡回家，上床安歇，那就別人上學的應該上學，做事的應該做事了。」何麗娜只是聽他的批評，一點也不回駁。汽車開到了陶家門首，家樹下車，不覺信口說了一句客氣話：「明天見。」何麗娜也就笑著點頭答應了一句「明天見」。

家樹從來沒有睡過如此晚的，因此一回屋裡就睡了。伯和夫婦卻一直到早晨四點鐘才回家。次日上午，家樹醒來，已是快十二點了，又等了一個多鐘頭，伯和夫婦才起。吃過早飯，走到院子裡，只見那東邊白粉牆上，一片金黃色的日光，映著大半邊花影，可想日色偏西了。他本想就出去看鳳喜，因為昨天的馬腳，露得太明顯了，先且在屋子裡看了幾頁書，直等伯和上衙門去了，陶太太也上公園去了，料著他們不會猜自己會出門的，這才手上拿了帽子，背在身後，當是散步一般，慢慢的走了出門。走到胡同裡，抬頭一看天上，只見幾隻零落的飛鳥，正背著天上的殘霞，悠然一瞥的飛了過去。再看電燈杆上，已經是亮了燈了。

家樹雇了一輛人力車，一直就向大喜胡同來。見了鳳喜，先道：「今天真來晚了。可是在我還算上午呢。」鳳喜道：「你睡得很晚，剛起來嗎？昨天幹嘛去了？」家樹道：「我表哥表嫂拉著我跳舞去了。我又不會這個，在飯店裡白熬了一宿。」鳳喜道：「聽說跳舞的地方，隨便就可以摟著人家大姑娘跳舞的。當爺們的人，真占便宜！你說你不會跳舞，我才不相信呢。你看見人家都摟著一個女的，你就不饞嗎？」家樹笑道：「我這話說得你未必相信，我覺得男女的交際，要秘密一點，才有趣味的。跳舞場上，當著許多人，甚至於當著人家的丈夫，摟著那女子，還能起什麼邪念！」鳳喜道：「你說得那樣大方，哪天也帶我瞧瞧去，行不行？」家樹道：「去是可以去的，可是我總怕碰到熟人。」鳳喜一聽說，向一張藤椅子上一坐，兩手十指交叉著，放在胸前，低了頭，噘著嘴。家樹笑著將手去摸她的臉，她一偏頭道：「別哄我了，老是這樣做賊似的，哪兒也去不得。什麼時候是出頭年？和人家小姐跳舞，倒不怕人，和我出去，倒要怕人。」家樹被她這樣一逼，逼得真無話可說了，便笑道：「這也值不得生這麼大氣，我就陪你去一回得了。那可是要好晚才能回來的。」鳳喜道：「我倒不一定要去看跳舞，我就是嫌你老是這樣藏藏躲躲的，我心裡不安，連我一家子也心裡不安，因為你不肯說出來，我也不讓我媽到處說。可是親戚朋友陡然看見，我們家變了一個樣了，還不定猜我幹了什麼壞事哩。」家樹道：「為了這事，我也對你說過多次了，先等周年半載再說，各人有各人的困難，你總要原諒我才好。」鳳喜索性一句話不說，倒到床上去睡了。家樹百般解釋，總是無效。他也急了，拿起一個茶杯子，啪的一聲，就向地下一砸。鳳喜真不料他如此，倒吃了一驚，便抓著他的手，連問：「怎麼了？」幾乎要哭出來。要知家樹如何回答，下回交代。

第八回　謝舞有深心請看繡履　行歌增別恨撥斷離弦

卻說鳳喜正向家樹撒嬌，家樹突然將一只茶杯拿起，啪的一聲，向地下一砸。這一下子，真把鳳喜嚇著了。家樹卻握了她的手道：「你不要誤會了，我不是生氣，因為隨便怎樣解說，你也不相信，現在我把茶杯子揍一個給你看。我要是靠了幾個臭錢，不過是戲弄你，並沒有真心，那末，我就像這茶杯子一樣。」鳳喜原不知道怎樣是好，現在聽家樹所說，不過是起誓，一想自己逼人太甚，實是自己不好，倒「哇」的一聲哭了。

沈大娘在外面屋子裡，先聽到打碎一樣東西，砸了一下響，已經不免發怔，正待進房去勸解幾句，接上又聽得鳳喜哭了，這就知道他們是事情弄僵了。連忙就跑了進來，笑道：「怎麼了？剛才還說得好好兒的，這一會子工夫，怎麼就惱了？」家樹道：「並沒有惱，我扔了一個茶杯，她倒嚇哭了。你瞧怪不怪？」沈大娘道：「本來她就捨不得亂扔東西的，你買的這茶杯子，她又真愛，別說她，就是我也怪心疼的，你再要揍一個，我也得哭了。」說著放大聲音，打了一個哈哈。鳳喜一個翻身坐了起來，噘著嘴道：「人家心裡都煩死了，你還樂呢。」沈大娘道：「我不樂怎麼著？為了一只茶杯，還得娘兒倆抱頭痛哭一場嗎？」說著又一拍手，哈哈大笑的走開了。

沈大娘走後，家樹便拉著鳳喜的手，也就同坐在床上，笑問道：「從今以後，你不至於不相信我了吧？」鳳喜道：「都是你自己生疑心，我幾時這樣說過呢？」一面說著，一面走下地來，蹲下身子去撿那打破了的碎瓷片。家樹道：「這哪裡用得著拿手去撿，拿一把掃帚，隨便掃一掃得了。你這樣仔細割了你的手。」鳳喜道：「割了手，活該！那關你什麼事？」家樹道：「不關我什麼事嗎？能說不關我什麼事嗎？」說著，兩手攙著鳳喜，就讓她站起來。鳳喜手上，正拿了許多碎瓷片，給家樹一拉，一鬆手又扔到地上來，啪的一聲響，沈大娘「哎喲」了一聲，然後跑了進來道：「怎麼著，又摔了一個嗎？可別跟不會說話的東西生氣！我真急了，要是這樣，我就先得哭。」一面說著，一面走進來，見還是那些碎瓷片，便道：「怎麼回事，沒有摔嗎？」鳳喜道：「你找個掃帚，把這些碎瓷片掃了去吧。」沈大娘看他們的面色，不是先前那氣鼓鼓的樣子，便找了掃帚，將瓷片兒掃了出去。家樹道：「你看你母親，面子上是勉強的笑著，其實她心裡難過極了，以後你還是別生氣吧。」鳳喜道：「鬧了這麼久，到底還是我生氣？」家樹道：「只要你不生氣，那就好辦。」於是將手拍了鳳喜的肩膀。笑道：「得！今天算我冒昧一點，把你得罪了。以後我遇事總是好好兒的說，你別見怪。」口裡說著，手就撲撲撲的響，只管在她肩上拍著。

當下鳳喜站起身來，對了鏡子慢慢的理著鬢髮，一句聲也不作；又找了手巾，對了鏡子揩了一揩臉上的淚容，再又撲了一撲粉。家樹見著，不由得噗嗤一笑。鳳喜道：「你笑什麼？」家樹道：「我想起了一樁事，自己也解答不過來。就是這胭脂粉，為什麼只許女子搽，不許男子搽呢？而且女子總說不願人家看她的呢。既是不願人家看她，為什麼又為了好看在搽粉呢？難道說搽了粉讓自己看嗎？」鳳喜聽說，將手上的粉撲遙遙的向桌上粉缸裡一拋，對家樹道：「你既是這樣說，我就不搽粉了。可是我這兩盒香粉，也不知道是哪隻小狗給我買回來的。你先別問搽粉的，你還是問那買粉的去吧。」家樹聽說，向前一迎，剛要走近鳳喜的身邊，鳳喜卻向旁邊一閃，口裡說著頭一偏道：「別又來哄人。」家樹不料她有此一著，身子向壁上一碰，碰得懸的大鏡子向下一落。幸而鏡子後面有繩子拴著的，不曾落到地上。鳳喜連忙兩手將家樹一扶，笑道：「碰著了沒有？嚇我一跳。」說著，又回轉一隻手去，連連拍了幾下胸口。家樹道：「你不是不讓我親熱你嗎？怎樣又來扶著我呢？」說時望了她的臉，看她怎樣回答這一句不好回答的話。鳳喜道：「我和你有什麼仇恨，見你要摔倒，我都不顧？」家樹笑道：「這樣說，你還是願意我親近的了。」鳳喜被他一句話說破，索性伏到小桌上，格格的笑將起來。這樣一來，剛才兩人所起的一段交涉，總算煙消雲散。

家樹因昨晚上沒有睡得好，也沒有在鳳喜這裡吃晚飯，就回去了。到了陶家剛一坐下，就來了電話。一接話時，是何麗娜打來的，她先開口說：「怎麼樣，要失信嗎？」家樹摸不著頭腦，因道：「請你告訴我吧，我預約了什麼事？一時我記不起來。」何麗娜道：「昨天你下車的時候，你不是對我說了今天見嗎？這有多久的時候，就全忘了嗎？」家樹這才想起來了，昨日臨別之時，對她說了一句「明天見」，當時極隨便的一句敷衍話，不料她倒認為事實。她一個善於交際的人，難道這樣一句客氣話，她都會不知道嗎？不過她既問起來，自己總不便說那原來是隨便說的，因道：「不能忘記，我在家裡正等密斯何的電話呢。」何麗娜道：「那末我請你看電影吧。我先到『平安』去，買了票，放在門口，你只一提到我，茶房就會告訴你我在哪裡了。」家樹以為她總會約著去看跳舞的，不料她又改約了看電影。不過這倒比較合意一點，省得到跳舞場裡去，坐著做呆子，就在電話裡答應了準來。

家樹是在客廳裡接的電話，以為伯和夫婦總不會知道。剛走進房去，只聽到陶太太在走廊上笑道：「開演的時候，也就快到了，還在家裡做什麼？我把車子先送你去吧。」家樹笑道：「你們的消息真靈通。何小姐約我看電影，你們怎樣又知道了？」陶太太道：「對不住，你們在前面說話，我在後面安上插銷，偷聽來著。但是不算完全偷聽，事先我徵求了何小姐同意的。」家樹道：「這有什麼意思呢？」陶太太道：「但是我雖有點開玩笑的意思，實在是好意。你信不信？」家樹道：「信的。表哥表嫂怕我們走不上愛情之路，特意來指導著呢？」陶太太於是笑著去了。不多一會，果然劉福進來說：「車已開出去了，請表少爺上車。」家樹一想，反正是他們知道了，索性大大方方和何小姐來往，以後他們就不會疑到另和什麼關家姑娘開家姑娘來往了。因此也不推辭，就坐了汽車到平安電影院去。

家樹一進門，向收票的茶房只問了一個何字，茶房連忙答道：「何小姐在包廂裡。」於是他就引導著家樹，掀開了綠幔，將他送到一座包廂裡。何小姐把並排的一張椅子移了一移，就站起來讓座，家樹便坐下了。因道：「密斯何是正式請客呢？還特意坐著包廂？」何麗娜笑道：「這也算請客，未免笑話。不過坐包廂，談話便當一點，不會礙著別人的事。」家樹沉吟了一會，也沒敢望著何麗娜的臉。慢慢的道：「昨天那張照片的事，我覺得很對不住密斯何。」說著話時，手裡捧了一張電影說明書，低了頭在看。何麗娜道：「這事我早就不在心上了，還提它作什麼？就算我真送了一張相片，這也是朋友的常事，又要什麼緊！令表嫂向來是喜歡鬧著玩笑的人，她不過和你開開玩笑罷了，她哪裡是干涉你的什麼事情呢？」她說著話時，卻把一小包口香糖打開來，抽出兩片，自己送了一片到口裡去含著。兩個尖尖的指頭，鉗著一片，隨便的伸了過來，向家樹臉上碰了一碰。家樹回頭看時，她才回眸一笑，說了兩個字「吃糖」。家樹接著糖，不覺心裡微微蕩漾了一下，當時也說不出所以然來，卻自然的將那片糖送到嘴裡去。一會兒，電影開映了，家樹默然的坐著。暗地只聞到一陣極濃厚的香味撲入鼻端。何麗娜反不如他那樣沉默，射出英文字幕來，她就輕聲喃喃的念著，偶然還提出一兩句來，掉轉頭來和家樹討論。今天這片子，正是一張言情的。大概是一個貴族女子，很醉心一個藝術家，那藝術家嫌那女子太奢華了，卻是沒有一點憐香惜玉之意。後來那女子擯絕了一切繁華的服飾，也去學美術，再去和那藝術家接近。然而他只說那女子的藝術，去成熟時期還早，並不談到愛情。那女子又以為他是嫌自己學問不夠，又極力的去用功。後來許多男子因為她既美又賢，都向她求愛，那藝術家才出來干涉。這時，女子問：「你不愛我，又不許我愛人，那是什麼意思呢？」他說：「我早就愛你的，我不表示出來，就是刺激你去完成你的藝術呀。」何麗娜看著，對家樹說：「這女子多癡呀！這男子要後悔的。」直到末了，又對家樹道：「原來這男子如此做作，是有用意的。我想一個人要糾正一個人的行為過來，是莫過於愛人的了。」家樹笑道：「可不是！不過還要補充一句：一個人要改變一個人的行為，也是莫過於愛人的。」家樹本是就著影片批評，何麗娜卻不能再作聲。因為電影已完，大家就一同出了電影院。她道：「密斯脫樊！還是我用車子送你回府吧。」家樹道：「天天都要送，這未免太麻煩吧。」何麗娜道：「連今日也不過兩回，哪裡是天天呢？」家樹因她站在身後，是有意讓上車的，這也無須虛謙，又上了車同座。何麗娜對汽車夫道：「先送樊先生回陶宅，我們就回家。」

車子開了，家樹問道：「不上跳舞場了嗎？還早呀！這時候正是跳舞熱鬧的時候哩！」何麗娜道：「你不是不大贊成跳舞的嗎？」家樹笑道：「那可不敢。不過我自己不會，感不到興趣罷了。」何麗娜道：「你既感不到興趣，為什麼要我去哩？」家樹道：「這很容易答覆，因為密斯何是感到興趣的，所以我勸你去。」何麗娜搖了一搖頭道：「那也不見得，原來不天天跳舞的，不過偶然高興，就去一兩回罷了。昨天你對我說，跳舞的人，和抽大煙的人，是顛倒晝夜的。我回去仔細一想，你這話果然不錯。可是一個人要不找一兩樣娛樂，那生活也太枯燥了。你能不能夠給我介紹一兩樣娛樂呢？」家樹道：「娛樂的法子是有的。密斯何這樣一個聰明人，還不會找相當的娛樂事情嗎？」何麗娜笑道：「朋友不是有互助之誼嗎？我想你是常常不離書本的人，見解當然比我們整天整夜都玩的人，要高出一籌。所以我願你給我介紹一兩樣可娛樂的事。至於我同意不同意，感到興味，不感到興味，那又是一事。你總不能因為我是一個喜歡跳舞的人，就連一種娛樂品，也不屑於介紹給我。」家樹連道：「言重言重。我說一句老實話，我對於社會上一切娛樂的事，都不大在行。這會子叫我介紹一樣給人，真是一部廿四史，不知從何說起了。」何麗娜道：「你不要管哪樣娛樂於我是最合適，你只要把你所喜歡的說出來就成。」家樹道：「這倒容易。就現在而論，我喜歡音樂。」何麗娜道：「是哪一種音樂呢？」家樹剛待答覆，車子已開到了門口。這次連「明天見」三個字也不敢說了，只是點了一個頭就下車。心裡念著：明日她總不能來相約了。

恰是事情碰巧不過，次日，有個俄國鋼琴聖手闊別烈夫，在北京飯店獻技。還不曾到上午十二點，何小姐就專差送了一張赴音樂會的入門券來，券上刊著價錢，乃是五元。時間是晚上九時，也並不耽誤別的事情，這倒不能不去看看。因此到了那時，就一人獨去。

這音樂會是在大舞廳裡舉行，臨時設著一排一排的椅子，椅子上都掛了白紙牌，上面列了號頭，來賓是按著票號，對了椅子號碼入座的。家樹找著自己的位子時，鄰座一個女郎回轉頭來，正是何麗娜。她先笑道：「我猜你不用得電約，也一定會來的。因為今天這種音樂會，你若不來，那就不是真喜歡音樂的人了。」家樹也就只好一笑，不加深辯。但是這個音樂會，主體是鋼琴獨奏，此外，前後配了一些西樂，好雖好，家樹卻不十分對勁。音樂會完了，何麗娜對他道：「這音樂實在好，也許可以引起我的興趣來。你說我應該學哪一樣，提琴呢？鋼琴呢？」家樹笑道：「這個我可外行。因為我只會聽，不會動手呢。」

說著話，二人走出大舞廳。這裡是飯廳，平常跳舞都在這裡。這時飯店裡使役們，正在張羅著主顧入座。小音樂臺上，也有奏樂的坐上去了，看這樣子，馬上就要跳舞。家樹便笑道：「密斯何不走了吧？」何麗娜笑道：「你以為我又要跳舞嗎？」家樹道：「據我所聽到說，會跳舞的人聽到音樂奏起來腳板就會癢的。而況現在所到的，是跳舞時間的跳舞場呢。」何麗娜道：「你這話說得是很有理，但是我今天晚上就沒有預備跳舞呢。不信，你瞧瞧這個。」說時，她由長旗袍下，伸出一隻腳來。家樹看時，見她穿的不是那跳舞的皮鞋，是一雙平底的白緞子繡花鞋。因笑道：「這倒好像是自己預先限制自己的意思。那為什麼呢？」何麗娜道：「什麼也不為，就是我感不到興趣罷了。不要說別的，還是讓我把車子送你回去吧。」家樹索性就不推辭，讓她再送一天。——這樣一來，伯和夫婦就十分明瞭了。以為從前沒有說破他們的交情，所以他們來往很秘密；現在既然知道了，索性公開起來，人家是明明白白正正當當的交際，也就不必去過問了。

就是這樣，約莫有一個星期，天氣已漸漸炎熱起來。何麗娜或者隔半日，或者隔一日，總有一個電話給家樹。約他到公園裡去避暑，或者到北海遊船。家樹雖不次次都去，礙著面子，也不好意思如何拒絕。

這一天上午，家樹忽然接到家裡由杭州來了一封電報，說是母親病了，叫他趕快回去。家樹一接到電報，心就慌了。若是母親的病不是十分沉重，也不會打電報來的。坐火車到杭州，前後要算四個日子，是否趕上母子去見一面，尚不可知。因此便拿了電報，來和伯和商量，打算今天晚上搭通車就走。

伯和道：「你在北京，也沒有多大的事情，姑母既是有病，你最好早一天到家，讓她早一天安心。就是有些朋友方面的零碎小事，你交給我給你代辦就是了。」家樹皺了眉道：「別的都罷了，只是在同鄉方面挪用了幾百塊錢，非得還人不可。叔叔好久沒有由天津匯款來了，表哥能不能代我籌劃一點？只要這款子付還了人家，我今天就可以走。」伯和道：「你要多少呢？」家樹沉吟了一會道：「最好是五百。若是籌不齊，就是三百也好。」伯和道：「你這話倒怪了，該人五百，就還人五百；該人三百，就還人三百，怎麼沒有五百，三百也好呢？」家樹道：「該是只該人三百多塊錢，不過我想多有一二百元，帶點東西回南送人。」伯和道：「那倒不必。一來你是趕回去看母親的病，人家都知道你臨行匆促；二來你是當學生的人，是消耗的時代，不送人家東西，人家不能來怪你。至於你欠了人家一點款子，當然是要還了再走的好，我給你墊出來就是了。」家樹聽說，不覺向他一拱手，笑道：「感激得很！」伯和道：「這一點款子，也不至於就博你一揖。你什麼事這樣急著要錢？」家樹紅了臉道：「有什麼著急呢？不過我愛一個面子，怕人家說我欠債脫逃罷了。」

當下伯和想著，一定是他一二月以來應酬女朋友鬧虧空了。何小姐本是自己介紹給他的，他就是多花了錢，自己也不便於去追究。於是便到內室去，取了三百元鈔票，送到家樹屋子裡來。他拿著的鈔票五十元一疊，一共是六疊。當遞給家樹的時候，伯和卻發現了其中有一疊是十元一張。因伸著手，要拿回一疊五元一張的去。家樹拿著向懷裡一藏，笑道：「老大哥！你只當替我餞行了。多借五十元與我如何？」伯和笑道：「我倒不在乎。不過多借五十元，你就多花五十元。將來一算總賬，我怕姑母會怪我。」家樹道：「不，不，這個錢，將來由我私人奉還，不告訴母親的。」他一面說著，一面在身上掏了鑰匙，去開箱子，假裝著整理箱子裡的東西，卻把箱子裡存的鈔票，也一把拿起來，揣在身上，把箱子關了，對伯和道：「我就去還債了。不過這些債主，東一個，西一個，我恐怕要很晚才能回來呢。」伯和道：「不到密斯何那裡去辭行嗎？」家樹也不答應他的話，已是匆匆忙忙走出大門來了。

家樹今天這一走，也不像往日那樣考慮，看見人力車子，馬上就跳了上去，說著「大喜胡同，快拉」。人力車夫見他是由一所大宅門裡出來的，又是不講價錢的雇主，料是不錯，拉了車子飛跑。不多時到了沈家門口，家樹抓了一把銅子票給車夫，就向裡跑。

這時，鳳喜夾了一個書包在脅下，正要向外走，家樹一見，連忙將她拉住，笑道：「今天不要上學了，我有話和你說。」鳳喜看他雖然笑著，然而神氣很是不定，也就握著家樹的手道：「怎麼了？瞧你這神氣。」家樹道：「我今天晚上就要回南去了。」鳳喜道：「什麼，什麼？你要回南去？」家樹道：「是的，我一早接了家裡的電報，說是我母親病了，讓我趕快回去見一面。我心裡亂極了，現在一點辦法沒有。今天晚上有到上海的通車，我就搭今晚上的車子走了。」鳳喜聽了這話，半晌作聲不得，噗的一聲，脅下一個書包，落在地上。書包恰是沒有扣得住，將硯臺、墨水瓶、書本和所有的東西，滾了一地。

沈大娘聽到家樹要走，身上繫的一條藍布大圍襟，也來不及解下，光了兩隻胳膊，拿起圍襟，不住的擦著手，由旁邊廚房裡三腳兩步走到院子裡，望著家樹道：「我的先生，瞧，壓根兒就沒聽到說你老太太不舒服，怎麼突然的打電報來了哩？」說畢這話，望著家樹只是發愣。家樹道：「這話長，我們到屋子裡去再說吧。」於是拉了鳳喜，一同進屋去。沈大娘還是掀起那圍襟，不住的互擦著胳膊。

家樹道：「你們的事我都預備好了。我這次回南遲則三個月，快則一個月，或兩個月，我一定回來的。我現在給你們預備三個月家用，希望你們還是照我在北京一樣的過日子。萬一到了三個月……但是不能不能，無論如何，兩個月內，我總得趕著回來。」說著，就在身上一掏，掏出兩捲鈔票來。先理好了三百元，交給沈大娘，然後手理著鈔票，向鳳喜道：「我不在這裡的時候，你少買點東西吧。我現在給你留下一百塊錢零用，你看夠是不夠？」那沈大娘聽到說家樹要走，猶如晴天打了一個霹靂，什麼話也說不出來。及至家樹掏出許多錢來，心裡一塊石頭就落了地。現在家樹又和鳳喜留下零錢花，便笑道：「我的大爺，你在這裡，你怎樣的慣著她，我們管不著；你這一走，哪裡還能由她的性兒呀！你是給留不給留都沒有關係，你留下這些，那也盡夠了。」鳳喜聽到家樹要走，好像似失了主宰，要哭，很不好意思；不哭，又覺得心裡只管一陣一陣的心酸。現在母親替她說了，才答道：「我也沒有什麼事要用錢。」家樹道：「有這麼些日子，總難免有什麼事要花錢的。」於是就把那捲鈔票，悄悄的塞在鳳喜手裡。

鳳喜道：「錢我是不在乎，可是你在三個月裡，準能回來嗎？」家樹道：「我怎麼不回來？我還有許多事都沒有料理哩！而且我今天晚上走，什麼東西也不帶，怎麼不回來呢？」說著，便在身上掏出那張電報紙來，因道：「你看看，我母親病了，我怎能……」鳳喜按住他的手，向著他微笑道：「難道我還疑心你不成？你不要我，乾脆不來就是了，誰也不能找到陶宅去挨上幾棍子。可是我心裡慌得很，怎麼辦？」於是就牽了他一隻手按在胸前。果然隔著衣服，兀自感覺到心裡噗突噗突亂跳。

當下家樹便攜著鳳喜的手到屋子裡去，軟語低聲的安慰了一頓，又說：「關壽峰這人，古道熱腸，是個難得的老人家。回頭我到那裡去辭行，我就拜託拜託他常來看看你們。你們有什麼事要找他幫忙，我知道他準不會推辭。」鳳喜道：「你留下這些錢，大家有吃有喝，我想不會有什麼事。和人家不大熟，就別去麻煩人家了。」家樹道：「這也不過備而不用的一著棋罷了，誰又知道什麼時候有事？什麼時候沒事呢？」鳳喜點點頭。

家樹把各事都已安排妥當了，就是還有幾句話，要和沈三玄說，恰是他又上天橋茶館去了，只得下午再來一趟。在沈家坐了一會，就到幾個學友寓所告別，然後到關壽峰家來。

家樹進了院子，只見壽峰光了脊樑，緊緊的束著一根板帶在腰裡。他挺直著一站，站在院子當中，將那隻筋紋亂鼓著的右胳膊，伸了出去。秀姑也穿了緊身衣服，把父親那隻胳膊當了杠子盤。四周屋簷下，男男女女，站了一周，都笑嘻嘻地望著。秀姑正把一隻腳鉤住了她父親的胳膊，一腳虛懸，兩腳張開，做了一個飛燕投林的勢子。她頭朝著下倒著背向上一翻，才看見了家樹，噗的一聲，一腳落地，人向上一站，笑道：「喲！客來了，我們全不知道。」壽峰一回轉身來，連忙笑著點頭，在柱上抓住掛的衣服穿了，因道：「這後門鼓樓下茶鋪子裡，咱們又湊付了一個小局面，天天玩兒。他們哥兒們，要瞧瞧我爺兒倆的玩藝兒，今天在家裡，也是閒著，一高興，就在院子裡耍上了。」那些院子裡的人，見壽峰來了客，各自散了。

壽峰將家樹讓到屋子裡，笑道：「老弟臺我很惦記你。你不來，我又不便去看你。今天你怎麼有工夫來了？今天咱們得來上兩壺。」家樹道：「照理我是應該奉陪，可是來不及了。」於是把今天要走的話說了一遍。壽峰道：「這是你的孝心，為人兒女的，當這麼著。可是咱們這一份交情，就讓你白來辭一辭行，有點兒說不過去。」家樹道：「大叔是個灑脫人，難道還拘那些俗套？」一句未了，秀姑已經換了一身衣服出來，便笑問道：「樊先生這一去，還來不來呢？」家樹道：「來的。大概三個月以內，就回來的。因為我在北京還有許多事情沒有辦完呢。」秀姑道：「是呀！令親那邊，不全得你自家照應嗎？」她說著這話時，就向家樹偷看了一眼，手上可是拿了茶壺，預備去泡茶。家樹搖手道：「不必費事了，我今天忙得很，不能久坐了。三個月後再見吧。」說著起身告辭，秀姑也只說得一聲「再見」。

當下壽峰握了他的手，緩步而行，一直送到胡同口上，家樹站住了，對壽峰道：「大叔！我有一件事要重託你。」關壽峰將他的手握著搖撼了幾下，注視著道：「小兄弟，你說吧。我雖上了兩歲年紀，若說遇到大事，我還能出一身汗，你有什麼事交給我就是了。辦得到辦不到，那是另外一句話。但是我決不省一分力量。」家樹頓了一頓，笑道：「也沒有什麼重大的事，只是舍親那邊，一個是小孩子，她的大人，又不大懂事。我去之後，說不定她們會有要人幫忙的時候。」壽峰道：「你的親戚，就是我的親戚，有事只管來找我。她要是三更天來找我，我若是四更天才去，我算不是咱們武聖人後代子孫。」家樹連忙笑道：「大叔言重了。送君千里，終須一別，請回府吧。我們三個月後見。」壽峰微笑了一笑，握了一握手，自回去了。

當家樹坐了車子，二次又到大喜胡同來的時候，沈三玄還沒回來。鳳喜母女倒是沒有以先那樣失魂落魄的。家樹道：「我的行李箱子，全沒有檢，坐了一會，就要回去的。你們想想，還有什麼話要說的嗎？」鳳喜道：「什麼話也沒有，只是望你快回來，快回來，快回來！」家樹道：「怎麼這些個『快回來』？」鳳喜道：「這就多嗎？我恨不得說上一千句哩。」家樹和沈大娘都笑起來了。沈大娘道：「我本想給大爺餞行的，大爺既是要回去收拾行李，我去買一點切麵，煮一碗來當點心吧。」家樹點頭說了一句「也好」，於是沈大娘走了。

屋子裡，只剩鳳喜和家樹兩個人。家樹默然，鳳喜也默然。院子裡槐樹，這時候叢叢綠葉，長得密密層層的了。太陽雖然正午，那陽光射不過樹葉，樹葉下更顯得涼陰陰的，屋子裡卻平添了一種淒涼況味似的，四周都岑寂了，只遠遠的有幾處新蟬之聲，喳喳的送了來。家樹望了窗戶上道：「你看這窗格子上，新糊了一層綠紗，屋子更顯得綠陰陰的了。」鳳喜抿嘴一笑道：「你又露了怯了，冷布怎麼叫著綠紗呢？紗有那麼賤！只賣幾個子兒一尺。」家樹道：「究竟是紗，不過你們叫做冷布罷了。這東西很像做帳子的珍珠羅，夏天糊窗戶真好！南方不多見，我倒要帶一些到南方去送人。」鳳喜笑道：「別缺德！人家知道了，讓人笑掉牙。」家樹也不去答覆她這句話，見她小畫案上花瓶裡插著幾枝石榴花，有點歪斜，便給她整理好了，又偏著頭看了一看。鳳喜道：「你都要走了，就只這一會子，光陰多寶貴。你有什麼話要吩咐我的沒有？若是有，也該說出來呀。」家樹笑道：「真奇怪！我卻有好些話要說，可是又不知道說哪一種話好。要不，你來問我吧。你問我一句，我答應一句。」鳳喜於是偏著頭，用牙咬了下唇，凝眸想了一想，突然問道：「三個月內，你準能回來嗎？」家樹道：「我以為你想了半天，想出一個什麼問題來，原來還是這個。我不是早說了嗎？」鳳喜笑道：「我也是想不起有什麼話問你。」家樹笑道：「不必問了，實在我們都是心理作用，並沒有什麼話要說，所以也說不出什麼話來。」二人正說著話。家樹偶然看到壁上掛了一支洞簫，便道：「幾時你又學會了吹的了？」鳳喜道：「我不會吹。上次我聽到你說你會吹，我想我彈著唱著，你吹著，你一聽是個樂子，所以我買了一支簫一支笛子在這裡預備著。要不，今天我們就試試看，先樂他一樂好嗎？」家樹道：「我心裡亂得很，恐怕吹不上。」鳳喜道：「那末，我彈一段給你送行吧。」家樹接了母親臨危的電報，心裡一點樂趣沒有，哪有心聽曲子！鳳喜年輕，一味的只知道取自己歡心，哪裡知道自己的意思！但是要不讓她唱，彼此馬上就分別了，又怕掃了她的面子，便點了點頭。

鳳喜將壁上的月琴，抱在懷裡，先試著撥了一撥弦子，然後笑問道：「你愛四季相思，還是來這個吧。」家樹道：「這個讓我回來的那天再唱，那才有意思。你有什麼悲哀一點的調子，給我唱一個。」鳳喜頭一偏道：「幹嘛？」家樹道：「我正想著我的母親，要唱悲哀些的，我才聽得進耳。」鳳喜道：「好，我今天都依你。我給你彈一段馬鞍山的反二簧吧，可是我不會唱。」家樹道：「光彈就好。」於是鳳喜斜側了身子，將伯牙哭子期的一段反調，緩緩的彈完。家樹一聲不言語的聽著，最後點了點頭。鳳喜見他很有興會的樣子，便道：「你愛聽，索性把霸王別姬那四句歌兒，彈給你聽一聽吧，你瞧怎麼樣？」家樹心裡一動，便道：「這個調子……但是我以前沒聽到你說過。你幾時學會的？」鳳喜道：「這很容易呀，歸裡包堆只有四句。我叔叔說戲臺上唱這個，不用胡琴，就是月琴和三弦子，我早會了。」

說時她也不等家樹再說什麼，一高興，就把項羽的垓下歌彈了起來。

家樹聽了一遍，點點頭道：「很好！我不料你會這個，再來一段。」鳳喜臉望著家樹，懷裡抱了月琴，十指齊動，只管彈著。家樹向來喜歡聽這齣戲，歌的腳味，也曾揣摩，就情不自禁的合著月琴唱起來。只唱得第三句「騅不逝兮可奈何」，一個「何」字未完，只聽得「嘣」的一聲，月琴弦子斷了。鳳喜「哎呀」了一聲，抱著月琴望著人發了呆。家樹笑道：「你本來把弦子上得太緊了。不要緊的，我是什麼也不忌諱的。」鳳喜勉強站起來笑道：「真不湊巧了。」說著話，將月琴掛在壁上。她轉過臉來時，臉兒通紅了。家樹雖然是個新人物，然而遇到這種兆頭，究竟也未免有點芥蒂，也愣住了。兩人正在無法轉圜的時候，又聽得院子外「噹啷」一聲，好像打碎了一樣東西。正是讓人不快之上又加不快了。那麼院外又是什麼不好的兆頭，下回交代。

第九回　星野送歸車風前搔鬢　歌場尋俗客霧裡看花

卻說鳳喜在屋中彈月琴給家樹送行，「嘣」的一聲，弦子斷了，兩人都發著愣。不先不後，偏是院子裡又「噹啷」一聲，像砸了什麼東西似的。鳳喜嚇了一跳，連忙就跑到院子裡來看是什麼。只見廚房門口，灑了一地的麵湯，沈大娘手上正拿了一些瓷片，扔到穢土筐子裡去。她見鳳喜出來，伸了一伸舌頭，向屋子裡指了一指，又搖了一搖手。鳳喜跑近一步，因悄悄的問道：「你是怎麼了？」沈大娘道：「我做好了麵剛要端到屋子裡去，一滑手，就落在地下打碎了。不要緊，我做了三碗，我不吃，端兩碗進去，你陪他吃去吧。」鳳喜也覺得這事未免太湊巧，無論家樹忌諱不忌諱，總是不讓他知道的好。因站在院子裡高聲道：「又嚇了我一下，死倒土的沒事幹，把破花盆子扔著玩呢。」家樹對這事，也沒留心，不去問它真假。讓鳳喜陪著吃過了麵，就有三點多鐘了。家樹道：「時候不早了，我要回去了。」鳳喜聽了這話，望著他默然不語。家樹執著她的手，一掌托著，一掌去撫摩她的手背，微笑道：「你只管放心，無論如何，兩個月內，我一準回來的。」鳳喜依然不語，低了頭，左手抽了脅下的手絹，只左右擦著兩眼。家樹道：「何必如此！不過六七個禮拜，說過也就過去了。」說著話，攜著鳳喜的手，向院子外走。沈大娘也跟在後面，扯起大圍襟來，在眼睛皮上不住的擦著。

三人默默的走出大門，家樹掉轉身來，向著鳳喜道：「我的話都說完了。你只緊緊的記上一句，好好念書。」鳳喜道：「這個你放心，我不念書整天在家裡也是閒著，我幹什麼呢？」家樹又向沈大娘道：「你老人家用不著叮囑，三叔偏是一天都沒回來。我的話，都請你轉告就是了。」沈大娘道：「你放心，他天天只要有喝有抽，也沒有什麼麻煩的。」家樹向著鳳喜，呆立了許久，然後握了一握她的手道：「走了，你自己珍重點吧。」說畢，轉身就走。鳳喜靠著門站定，等家樹走過了幾家門戶，然後嚷道：「你記著，到了杭州，就給我來信。」家樹回轉身來，點了點頭，又道：「你們進去吧。」鳳喜和沈大娘只點了點頭，依然的站著。

家樹走出了胡同口，回頭望不見了她們，這才雇了人力車到陶宅來。伯和夫婦已經買了許多東西，送到他房裡。桌上卻另擺著兩個錦邊的玻璃盒子，由玻璃外向內看，裡面是紅綢裡子，上面用紅絲線攔著幾條人參。家樹正待說表哥怎麼這樣破費，卻見一個盒子裡，參上放著一張小小的名片，正是「何麗娜」。那名片還有紫色水鋼筆寫的字，於是打開盒子，將名片拿起來一看，上面寫道：「聞君回杭探伯母之疾，吉人天相，諒占勿藥。茲送上關東人參兩盒，為伯母壽，粗餞諒已不及，晚間當至車站恭送。」家樹將名片看完了，自言自語道：「這又是一件出人意外的事。聽說她每日都是睡到一兩點鐘起來的人，這些事情，她怎麼知道了？而且還趕著送了禮來。正在這一點上看來，也就覺得人情很重了。」正這般想著，何麗娜卻又打了電話來。在電話裡說是趕不及餞行，真對不住，晚上再到車站來送。說的話，也還是名片上寫下的兩件事。家樹也無別話可說，只是道謝而已。

通車是八點多鐘開，伯和催著提前開了晚飯，就吩咐聽差將行李送上汽車去。只在這時，何麗娜笑著一直走進來，後面跟了汽車夫，又提著一個蒲包。陶太太笑道：「看這樣子，又是二批禮物到了。」

家樹便道：「先前那種厚賜，已經是不敢當，怎麼又送了來了？」何麗娜笑道：「這個可不敢說是禮，津浦車我是坐過多次的，除了梨沒有別的好水果。順便帶了這一點來，以破長途的寂寞。」伯和是始終不離開那半截雪茄的，這時他嘴裡銜著煙，正背了兩手在走廊上踱著，頭上已經戴了帽子，正是要等家樹一路出門。他聽了何麗娜的話，突然由屋子外跑了進來，笑道：「密斯何什麼時候有這樣一個大發明？水果可以破岑寂？」何麗娜一彎腰，在地板上撿起半截雪茄笑道：「我也是第一次看到，陶先生嘴裡的煙，會落到地上。」陶太太道：「不要說笑話了，鐘點快到了，快上車吧，車票早買好了，不要誤了車，白扔掉幾十塊錢。」家樹也是不敢耽誤，於是四人一齊走出大門來。伯和夫婦，還是自己坐了一輛車，先走了。

家樹坐在何麗娜的車子上，說道：「我回來的時候，要把什麼東西送你才好哩？你的人情太重了。」何麗娜笑道：「怎麼你也說這話，說得我倒怪寒磣的。你府上在杭州什麼地方？請你告訴我，我好寫信去問老伯母的好。」家樹道：「到了杭州，我自會寫信來的。在信上告訴你通信地點吧。」何麗娜道：「設若你不寫信來呢？」家樹道：「你難道不能去問伯和嗎？」何麗娜道：「我不願意問他們。」說著就在手提小皮包裡，拿出一個小日記本子來，又取下衣襟上的自來水筆，然後向著家樹微微一笑道：「你先考量考量，是什麼地方通信好？」家樹道：「朋友通信，要什麼緊！」於是把自己家裡所在，告訴她了。何麗娜將大腿拱起來，短旗袍縮了上去，將芽黃絲襪子緊蒙著的一對膝蓋，露了出來。就將日記本子按在膝上，一個字，一個字，慢慢兒的寫著。寫完了，將自來水筆筒好，點著念了一遍，笑問家樹道：「對嗎？」家樹道：「寫這幾個字，哪裡還有錯誤之理。你這人未免太慎重了。」何麗娜笑道：「你不批評荒唐，倒批評我太慎重，這是我出乎意料以外的事呀。」說著將自來水筆和日記本子，一齊收在小皮包裡了，然後對家樹道：「這話不要告訴他們，讓他們納悶去。」家樹隨便點了點頭，未曾答應什麼。汽車到了車站，何麗娜給他提著小皮包一路走進站去。伯和夫婦，已經在頭等車房裡等候了。

到了車上，陶太太對家樹道：「今天你的機會好，頭等座客人很少，你一個人可以住下這間房了。」伯和笑道：「在車上要坐兩天，一個人坐在屋子裡，還覺得怪悶的。」陶太太將鞋尖向擺在車板上的水果蒲包，輕輕踢了兩下，笑道：「那要什麼緊！有這個東西，可以打破長途的岑寂呢。」這一說，大家又樂了。何麗娜笑道：「陶太太！你記著吧，往後別當著我說錯話，要說錯了，我可要撈你的後腿哩。」陶太太笑道：「是的，總有那一天。若是不撈住後腿，怎麼向牆外一扔呢？」何麗娜還不懂這話，怔怔的向陶太太望著。陶太太笑道：「這是一個俗語典故，你不懂嗎？就叫『進了房，扔過牆』。」家樹聽了這話，覺得她這言語，未免太顯露一點。正怕何麗娜要生氣，但是她倒笑嘻嘻的，伸著手在陶太太肩上，輕輕拍了一下。這一間屋子，放了兩件行李，又有四個人，就嫌著擠窄。家樹道：「快開車了，諸位請回吧。」陶太太就對伯和丟了一個眼色，微笑道：「我們先走一步，怎麼樣？」伯和便向家樹叮囑了幾句好好照應姑母病，到了家就寫信來的話，然後就下車。

這時，何麗娜在過道上，靠了窗戶站住，默然不語。家樹只得對她道：「密斯何！也請回吧。」何麗娜道：「我沒事。」說著這三個字，依然未動。伯和夫婦，已經由月臺上走了。家樹因她未走，就請她到屋子裡來坐。她手拿著那小皮包，只管撫弄。家樹也不便再催她下車，就搭訕著去整理行李。忽然月臺上噹噹的打著開車鈴了，何麗娜卻打開小皮包來，手裡拿著一樣東西，笑道：「我還有一樣東西送你。」遞著東西過來時，臉上也不免微微的有點紅暈。家樹接過來一看，卻是她的一張四寸半身相片。看了一看，便捧著拱了一拱手道聲「謝謝」。何麗娜已是走出車房門，不及聽了。家樹打開窗子，見她站在月臺上，便道：「現在可以請回去了。」何麗娜道：「既然快開車，何以不等著開車再走呢。」說著話時，火車已緩緩的移動，何麗娜還跟著火車急走了兩步，笑道：「到了就請來信，別忘了，別忘了。」她一隻右手，早舉著一塊粉紅綢手絹，在空中招展。家樹憑了窗子，漸漸的和何麗娜離遠，最後是人影混亂了，看不清楚，這才坐下來。將她遞的一張相片，仔細看了看，覺得這相片，比人還端莊些。紙張光滑無痕，當然是新照得的了。於此倒也見得她為人與用心了。滿腹為著母親病重的煩惱，有了何麗娜從中一周旋，倒解去煩悶不少。

車子開著，查過了票，茶房張羅過去了，家樹拉攏房門，一人正自出神。忽聽得門外有人說道：「你找姓樊的不是？這屋子裡倒是個姓樊的。」家樹很納悶：在車上有誰來找我？隨手將門拉開，只見關壽峰和著秀姑，正在和茶房說話，便說道：「是關大叔！你們坐車到哪裡去？」於是將他二人引進房來。壽峰笑道：「我們哪裡也不去，是來送行的。」家樹道：「大概是在車上找我不著，車子開了，把你帶走的。補了票沒有？」壽峰連連搖手道：「不是不是，我們原不打算來送行，自你打我舍下去了之後，我就找了我一個關外新拜門的徒弟，和他要了一支參來，這東西雖然沒有玻璃盒子裝著，倒是地道貨。我特意送到車站，請你帶回去給老太太泡水喝。可是一進站，就瞧見有貴客在這兒送行，我們爺兒倆，可不敢露面，買了到豐臺的票，先在三等車上等著，讓開了車，我再來找你。」說著話時，他將脅下夾著的一個藍布小包袱打開，裡面是個人家裝線襪的舊紙盒子。打開盒子，裡面鋪著乾淨棉絮，上面也放著兩支齊整的人參，比何麗娜送的還好。

家樹道：「大叔！你這未免太客氣了，讓我心裡不安。」壽峰道：「不瞞你說，叫我拿錢去買這個，我沒有那大力量。我那徒弟，就是在吉林採參的。我向來不開口和徒弟要東西，這次我可對他說明，要送一個人情，叫他務必給我找兩支好的。我就是怕他身邊沒有，要不白天我就對你明說了。」家樹道：「既不是大叔破費買來的，我這就拜領了。只是不敢當大叔和大姑娘還送到豐臺。」壽峰笑道：「這算不了什麼！我爺兒倆，今夜在豐臺小店裡睡上一宿，明天早上慢慢溜達進城，也是個樂事。」他雖這樣說，家樹覺著這老人的意思，實在誠懇。口裡連說：「感激感激。」壽峰笑道：「這一點子事，都得說上許多感激，那我關老壽一生，也不知道要感激人家多少呢！」家樹道：「大叔來倒罷了，怎好又讓大姑娘也出一趟小小的門！」秀姑自見面後，一句話也不曾說，這才對家樹微微笑了一笑。壽峰道：「老弟！咱們用不著客氣。」

說話時，火車將到豐臺，壽峰又道：「你白天說，有令親的事要我照顧。我瞧你想說又怕說，話沒有說出來。你儘管說，究竟是怎麼回事？」家樹頓一頓，接上又是一笑。壽峰道：「有什麼意思，只管說，我辦得到，當面答應下了，讓你好放心；辦不到，我也是直說，咱們或者也有個商量。」家樹又低頭想了想，笑道：「實在也沒有什麼了不得的事。你二位無事，可以常到那邊坐坐。她們真有事，就會請教了。」壽峰還要問時，秀姑就道：「好！就是那麼著吧。你瞧外面，到了豐臺了。」大家向外看時，一排一排的電燈，在半空裡向車後移去。燈光下，已看到站臺。壽峰說了一聲「再會」，就下了車。家樹也出了車房，送到車門口。見他父女二人立在露天裡，電燈光下，晚風一陣陣吹動他們的衣服角，他們也不知道晚涼，呆呆的望著這邊。壽峰這老頭子，卻抬起一隻手來，不住的抓著耳朵邊短髮。彼此對著呆立一會，在微笑與點頭的當兒，火車已緩緩出了站。

壽峰父女，望不見了火車，然後才出站去，找了一家小客店住下。第二天，起了個早，就走回北京來。過了兩天，便叫秀姑到沈家去了一趟。沈家倒待她很好，留著吃飯，才讓她回家。秀姑對父親說：「他們家，一共只三口子人，一個叔叔，是整天的不回家；家裡就是娘兒倆，瞧著去，姑娘上學，娘在家裡做活。日子過得很順遂的，大概沒什麼事。」壽峰聽說，人家家裡只有娘兒倆，去了也覺著不便。過一個禮拜，就讓秀姑去探望她們一次。後來接到家樹由杭州寄來的回音，說是母親並沒有大病，在家裡料理一點事務，就會北上的。壽峰聽到這話，更認為照應沈家一事，無關重要了。

有一天，秀姑又從沈家回來，對壽峰道：「你猜沈姑娘那個叔叔是誰吧？今天可讓咱碰著了。瞧他那大年紀，可不說人話。」壽峰道：「據你看是個怎樣的人？」秀姑哼了一聲道：「他燒了灰，我也認識。不就是在天橋唱大鼓的沈三玄嗎？」壽峰道：「不能吧！樊先生會和這種人結親戚？」秀姑道：「一點也不會假。他今天回來，醉得像爛泥似的。他可不知道我在他們姑娘屋子裡，一進門就罵上了。他說：『姓樊的太不懂事，娘也有錢，女也有錢，怎麼就不給我的錢！咱們姑娘吃他一點，喝他一點，就這樣給他，沒那麼便宜事。他家在南方，知道他家裡是怎麼回事？咱們姑娘，說不定是給他做二房做三房，要不，他會找媳婦找到唱大鼓的家裡來？既是那末著，咱們就得賣一注子錢。我沈三玄混了半輩子，找著有錢的主兒了，我還不應該撈幾文嗎？』她母女倆聽了這話，真急了，都跑了出去說是有客。你猜他怎麼說？他說『客要什麼緊！還能餓肚子不吃飯嗎？她也要吃飯，咱們鬧吃飯的事，就不算衝犯著她。」」

壽峰手上，正拿著三個小白銅球兒，挪搓著消遣，聽了這話，三個銅球，在右掌心裡，得兒丁當，得兒丁當，轉著亂響。左手捏著一個大拳頭舉起來，瞪了眼對秀姑道：「這小子別撞著我！」秀姑笑道：「你幹嘛對我生這麼大氣？我又沒罵人。」壽峰這才把一隻舉了拳頭的手，緩緩放下來。因問道：「後來他還說什麼了？」秀姑道：「我瞧著她娘兒倆怪為難的，當時我就告辭回來了。我想這姑娘，一定是唱大鼓書的。她屋子裡，都掛著月琴三弦子呢。」

壽峰聽了，昂著頭只管想，手心裡三個白銅球，轉得是更忙更響了。自言自語的道：「樊先生這人，我是知道的，倒不會知道什麼貧賤富貴。可是不應該到唱大鼓書的裡面去找人。再說，還是這位沈三玄的賢姪女。——這姑娘長得美不美呢？」秀姑道：「美是美極了。人是挺活潑，說話也挺伶俐。她把女學生的衣服一穿，真不會想到她是打天橋來的。」壽峰點點頭道：「是了，算樊先生在草窠裡撿到這樣一顆夜明珠，怪不得再三的說讓我給她們照應一點。大概也是怕會出什麼毛病，所以一再的託著我，可又不好意思說出來。既是這麼著，我明天就去找沈三玄，教訓他一頓。」秀姑道：「不是我說你，你心眼兒太直一點。隨便怎麼著，人家總是親戚，你的言語又不會客氣，把姓沈的得罪了，姓樊的未必會說你一聲好兒。他又沒做出對不住姓樊的什麼事，不過言語重一點，你只當我沒告訴你，就結了。」壽峰雖覺得女兒的話不錯，但是心裡頭，總覺得好不舒服。

當天憋了一天的悶氣，到了第二日，壽峰吃過午飯，實在憋不住了，身上揣了一些零錢，瞞著秀姑，就上天橋來。自己在各處露天街上，轉了一周，那些唱大鼓的蘆席棚裡，都望了一望，並不見沈三玄。

心想這要找到什麼時候？便走到從前武術會喝水的那家「天一軒」茶館子裡來。只一進門，伙計先叫道：「關大叔！咱們短見，今天什麼風吹了來？」壽峰道：「有事上天橋來找個人，順便來瞧瞧朋友。」後面一些練把式的青年，都扔了傢伙，全擁出來，將他圍著坐在一張桌子上。又遞煙，又倒茶，忙個不了。有的說：「難得大叔來的。今天給我們露一手，行不行？」壽峰道：「不行。我今兒要找一個人，這個人若找不著，什麼事也幹得無味。」大家知道他脾氣，就問他要找誰，壽峰說是找沈三玄。有知道的，便道：「大叔！你這樣一個好人，幹嘛要找這種混蛋去？」壽峰道：「我就是為了他不成人，我才來找他的。」那人便問：「是在什麼地方找他？」壽峰說是大鼓書棚。那人笑道：「現在不是從前的沈三玄了。他不靠賣手藝了。不過他倒常愛上落子館找朋友，你要找他，倒不如上落子館去瞧瞧。」壽峰聽了這話，立刻站起來，對大家道：「咱們改日會。」說畢，就向外走。有人道：「你別忙呀，你知道上哪一家呢？我在『群樂』門口，碰到過他兩回，你上那兒試試看。」

壽峰已經走到了老遠，便點點頭，不多的路，便是群樂書館，站在門口，倒愣住了，不知道怎麼好。在天橋這地方，雖然盤桓過許多日子，但是這大鼓書館，向來不曾進去過。今天為了人家的事，倒要破這個例，進去要怎樣的應付，可別讓人笑話。正在猶豫著，卻見兩個穿綢衣的青年，渾身香撲撲的，一推進去。心想有個做樣子的在先，就跟著進去吧。接上一推門，便有一陣絲弦鼓板之聲，送入耳來。迎面乃是一方板壁，上面也塗了一些綠漆，算是屏風。轉過屏風去，見正面是一座木架支的小臺，正中擺了桌案，一個彈三弦子，兩個拉胡琴的漢子，圍著兩面坐了。右邊擺了一個小鼓架，一個十幾歲的女孩子，油頭粉面，穿著一身綢衣，站在那裡打著鼓板唱書。執著鼓條子的手，一舉一落，明晃晃的戴了一只手錶，又是兩個金戒指。臺後面左右放著兩排板凳，大大小小，胖胖瘦瘦，坐著七八個女子，都是穿得像花蝴蝶兒似的。壽峰一見，就覺得有點不順眼。待要轉身出去，就有一個穿灰布長衫人，一手拿了茶壺，一手拿了一個茶杯，向面前桌上一放，和壽峰翻了眼道：「就在這裡坐怎麼樣？」壽峰心想，這小子瞧我不像是花錢的，也翻著眼向他一哼。

壽峰坐下來看時，這裡是一所大敞廳，四面都是木板子圍著，中間有兩條長桌，有兩丈多長，是直擺著。桌子下，一邊一條長板凳。靠了板壁，另有幾張小桌子向臺橫列。各桌上，一共也不過十來個聽書的，倒都也衣服華麗。自己所坐的地方，乃是長桌的中間，鄰座坐著一個穿軍服的黑漢子，帽子和一根細竹鞭子放在桌上，一隻腳架在凳上，露出他那長腰漆黑光亮的大馬靴來。他手指裡夾著半支煙捲，也不抽一口，卻只管向著臺上，不住的叫著好。臺上那個女子唱完了，又有一個穿灰布長衫的，手裡拿了個小藤簸箕，向各人面前討錢。壽峰看時，也有扔幾個銅子的，也有扔一兩張銅子票的。壽峰一想，這也不見怎樣闊，就瞧我姓關的花不起嗎？收錢的到了面前，一伸手，就向簸箕裡丟了二十枚銅子。收錢的人笑也不笑一笑，轉身去了。

只在這時，走進來一個黑麻子，穿了紡綢長衫紗馬褂，戴了巴拿馬草帽，只一進門，臺上的姑娘，臺下的伙計，全望著他。先前那個送茶壺的，早是遠遠的一個深鞠躬，笑道：「二爺！你剛來？」便在旁邊桌子下，抽出一塊藍布墊子，放在一張小桌邊的椅子上，笑著點頭道：「二爺！你這兒坐！給你泡一壺龍井好嗎？天氣熱了，清淡一點兒的，倒是去心火。」那二爺欲理不理的樣子，只把頭隨了點一點，隨手將帽子交給那人，一屁股就在椅子上坐下。兩隻粗胳膊向桌上一伏，一雙肉眼，就向臺上那些姑娘瞅著一笑。壽峰看在眼裡，心裡只管冷笑。本來在這裡找不到沈三玄，就打算要走，現在見這個二爺進門，這一種威風，倒大可看一看。於是又坐著喝了兩杯茶，出了兩回錢。

這時，就有個矮胖子，一件藍布大褂的袖子，直罩過手指頭，輕輕悄悄的走到那個鄰座的軍人面前，由衫袖籠裡，伸出一柄長摺扇來。他將那摺扇打開，伸到軍人面前，笑著輕輕的道：「你不點一齣？」壽峰偷眼看那扇子上，寫了銅子兒大的字。三字一句，四字一句，都是些書曲名。如宋江殺惜、長坂坡之類，心裡這就明白，鼓兒詞上，常常鬧些舞衫歌扇，歌扇這名堂，倒是有的。那軍人卻沒有看那扇子，向那人翻了眼一望道：「忙什麼？」那人便笑著答應一個「是」字，然後轉身直奔那二爺桌上。他俯著身子，就著二爺耳朵邊，也不知道咕噥了一些什麼，隨後那人笑著去了，臺上一個黃臉瘦子，走到臺口，眼睛向著二爺說道：「紅寶姑娘唱過去了，沒有她的什麼事，讓她休息休息。現在特煩翠蘭姑娘，唱她的拿手好曲子二姐姐逛廟。」末了兩句，將聲音特別的提高。他說完退下去，就有一個十八九歲的姑娘站在臺口，倒有幾分姿色，一雙水汪汪的眼睛，滴溜溜的轉著眼珠子，四面看人。她拿著鼓條子，先合著胡琴三弦，奏了一套軍鼓軍號，然後才唱起來。唱完了，收錢的照例收錢，收到那二爺面前，只見掏了一塊現洋錢，「噹」的一聲，扔在藤簸箕裡。壽峰一見，這才明白，怪不得他們這樣歡迎，是個花大錢的。那個收錢的笑著道：「二爺還點幾個，讓翠蘭接著唱下去吧。」二爺點了一點頭。收錢以後，那翠蘭姑娘接著上臺。這次她唱的極短，還不到十分鐘的工夫，就完了事。收錢的時候，那二爺又是掏出一塊現洋，丟了出去。

壽峰等了許久，不見沈三玄來，料是他並不一準到這兒來的。在這裡老等著，聽是聽不出什麼意味，看又看不入眼，怪不舒服的。因此站起來就向外走。書場上見這麼一個老頭子，進來就坐，起身便去，也不知道他是幹什麼的，都望著他。壽峰一點也不為意，只管走他的。

走不了多少路，遇到了一個玩把式的朋友，他便問道：「大叔！你找著沈三玄了嗎？」壽峰道：「別提了。我在群樂館子裡坐了許久，我真生氣。老在那兒待著吧，知道來不來？到別家去找吧，那是讓我這糟老頭子多現一處眼。」那人道：「沒有找著嗎？你瞧那不是──」說著他用手向前一指。壽峰跟著他手指的地方一看，只見沈三玄手上拿了一根短棍子，棍子上站著一隻鳥，晃著兩隻膀子，他有一步沒一步的，慢慢走了過來。壽峰一見，就覺有氣，口裡哼著道：「瞧你這塊骨頭，只吃了三天飽飯，就講究玩個鳥兒。」迎了上去，老遠的就喝了一聲道：「呔！沈三玄！你抖起來了。」

原來關壽峰在天橋茶館子裡練把式的時候，很有個名兒，沈三玄又到茶館子門口彈過弦子的，所以他認識壽峰，平空讓他喝了一聲，很不高興。但是知道這老頭子很有幾分力量，不敢惹他。便遠遠的蹲了一蹲身子，笑道：「大叔！你好，咱們短見。」壽峰見他這樣一客氣，不免心裡先軟化了一半。因道：「我有什麼好！你現在找了一門做官的親戚，你算好了。」沈三玄笑道：「你怎麼也知道了！咱們好久沒談過，找個地方喝一壺兒好不好？」壽峰翻了眼睛望著他道：「怎麼著？你想請我？喝酒還是喝茶呢？」沈三玄道：「既然是請大叔，當然是喝酒。」壽峰道：「我倒是愛喝幾杯，可是要你請，兩個酒鬼到一處，人家會疑心我混你的酒喝。往南有遛馬的，咱們到那裡喝碗水，看他們跑兩趟。」

沈三玄一見壽峰撅著鬍子說話，不敢不依。穿過兩條地攤，沿路一列席棚茶館，人都滿了。道外一條寬土溝，太陽光裡，浮塵擁起，有幾個人騎著馬來往的飛跑。土溝那邊，一大群小孩子隨著來往的馬，過去一匹，嚷上一陣。沈三玄心想：這有什麼意思？但是看看壽峰倒現出笑嘻嘻的樣子來，似乎很得勁。只得就在附近一家小茶館，揀了一副沿門向外的座頭坐下。喝著茶，沈三玄才慢慢的問道：「大叔！你怎麼知道我攀了一門子好親？」壽峰道：「怎麼不知道！我閨女還到你府上去過好幾回呢。」沈三玄道：「呵呀！她們老說有個關家姑娘來串門子，我說是誰，原來是你的大姑娘。我一點不知道，你別見怪。」壽峰道：「誰來管這些閒賬！我老實對你說，我今天上天橋，就是來找你來了。我聽說你嫌姓樊的沒有給你錢，你要搗亂。我不知道就得，我知道了，你可別胡來。姓樊的臨走，他可拜託了我給他照料家事。他的事就像我的事一樣，你要胡來，我關老頭子不是好惹的。」沈三玄劈頭受了他這個「烏天蓋」，又不知道說這話是什麼意思，便笑道：「沒有的話，我從前一天不得一天過，恨不得都要了飯了。而今吃喝穿全不愁，不都是姓樊的好處嗎？我怎麼能使壞！難道我倒不願吃飽飯嗎？」說著就給壽峰斟茶，一味的恭維。壽峰讓他一賠小心，先就生不起氣來，加上他說的話，也很有理，並不勉強，氣就全消了。因道：「但願你知道好了。我是姓樊的朋友，何必要多你們親戚的事。」沈三玄道：「那也沒關係。你就是個仗義的老前輩，不認識的人，你見他受了委屈，都得打個抱不平兒。何況是朋友，又在至好呢？」

說著話時，只見那土溝裡兩個人騎著兩匹沒有鞍子的馬，八隻蹄子，蹴著那地下的浮土，如煙囪裡的濃煙一般，向上飛騰起來。馬就在這浮煙裡面，浮著上面的身子，飛一般的過去。壽峰只望著那兩匹馬出神，沈三玄說些什麼，他都未曾聽到。沈三玄見壽峰不理會這件事了，就也不向下說，等壽峰看得入神了，便道：「大叔！我還有事，不能奉陪，先走一步，行不行？」壽峰道：「你請便吧。」沈三玄巴不得這一聲，會了茶賬，就悄悄的離開了這茶館。

沈三玄手上拿棍子，舉著一隻小鳥，只低著頭想：這老頭子那個點得火著的脾氣，是說得到，做得到的。也不知道他為了什麼事，巴巴的來找我。幸而我三言兩語，把他糊過去了。要不然，今天就得挨揍。正想到這裡，棍子上那小鳥，撲哧一聲，向臉上一撲，自己突然吃了一驚，定睛看時，卻是從前同場中的一個朋友。那人先笑道：「沈三哥！聽說你現在攀了個好親戚，抖起來了！怎麼老不瞧見你？」沈三玄笑道：「你還說我抖起來了，你瞧你這一身衣服，穿得比我闊啊！」原來那人正穿的是紡綢長衫，紗馬褂，拿著尺許長的檀香摺扇，不像是個書場上人了。那人道：「老朋友難得遇見的，咱們找個地方談談，好嗎？」沈三玄連說「可以」，於是二人找了一家小酒館，去吃喝著談起來。二人不談則已，一談之下，就把沈家事，發生了一個大變化。要知道談的什麼，下回交代。

第十回 狼子攀龍貪財翻妙舌 蘭閨藏鳳炫富蓄機心

卻說沈三玄在路上遇著一個闊朋友，二人同到酒店，便吃喝起來。原來那人叫黃鶴聲，也是個彈三弦子的。因為他跟著的那個姑娘嫁了一個師長做姨太太，他就託了那位姑娘說情，在師長面前，當了一名副官。因他為人有些小聰明，遂不斷的和姨太太買東西，中飽的款子不少，也就發了小財了。當時黃鶴聲多喝了幾杯酒，又不免把自己得意的事，誇耀了幾句。沈三玄聽在心裡，也不願丟面子，因道：「我雖沒有你的事情好，可是也湊付著過得去。我那姪姑娘，你也見過的，現在找著一個有錢的主兒。我們一家子，現在都算吃她的。」於是把大概的情形，說了一遍。因又道：「你要是得空，可以到我們那裡去瞧瞧。」黃鶴聲也就笑道：「朋友都樂意朋友好的，我得去瞧瞧。」兩人說著話，便已酒醉飯飽。黃鶴聲也不待沈三玄謙遜，先就在身上掏出一個皮夾子，拿出一大捲鈔票，由鈔票內抽出一張十元的，給了店伙計去付酒飯賬。找了錢來，他隨手就付了一塊錢的小費，然後大搖大擺，走出門去。看到人力車停在路邊，一腳跨上去，坐著車便走了。

沈三玄看著，點了點頭，又歎了口氣。到了家裡，直奔入房。見著沈大娘便問道：「大嫂！你猜到我們家來的那個關家姑娘，是誰吧？她就是天橋教把式關老頭子閨女。我在街上見著了那老頭子，就會害怕。你幹嘛把他閨女往家裡引？這老頭子，有人說他是強盜出身，我瞧就像。你瞧著吧，總有一天，他要吃『衛生丸』的。」沈大娘道：「哪個練把式的老頭子？我不認識。你幹嘛好好兒的罵人？」沈三玄道：「天橋地方大著呢，什麼人沒有？你們哪裡會全認得！你不知道這老頭子真可惡，今天他遇著我，好好兒的教訓我一頓。瞧他那意思還是姓樊的拜託他這樣的。各家有各家的事，幹嘛要他多咱們的事？他媽的！他是什麼東西！」沈大娘道：「又在哪裡灌了這些個黃湯？張嘴就罵人。姓關的得罪了你，姓樊的又沒得罪你，幹嘛又把姓樊的拉上？」沈三玄道：「那是啊！姓樊的臨走，給了你幾百塊錢，你們哪裡見過這個，就把他當了一尊佛爺了，哪裡敢得罪他！就憑那幾個小錢，把你娘倆的心都賣給人家了。真是不值啊！你瞧黃鶴聲大哥，而今多闊！身上整百塊的揣著鈔票，他不過是雅琴的師傅，雅琴做了太太就把他升了副官。鳳喜和我是什麼情分？我待她又怎麼來著？可是，我撈著什麼了？花幾個零錢……」沈大娘道：「你天天用了錢，天天還要回來嘮叨一頓。你姪女可沒做太太，哪兒給你找副官做去？醉得不像個人樣了，躺著炕上找副官做去吧。」沈大娘也懶得理他，說完自上廚房去了。沈三玄卻也醉得厲害，摸進房去，果然倒在炕上躺下。

到了次日，沈三玄想起約黃鶴聲今天來，便在家裡候著，不曾出去。上午十一點多鐘的時候，只聽到門外一陣汽車響，接上就有人打門。沈三玄倒有兩個朋友是給人開汽車的，正想莫非他們來了？自己一路來開門，口裡可就說著：「你們有事幹的，幹嘛也學著我，到處胡串門子！」手上將門一開，只見黃鶴聲手裡搖著扇子，走下汽車來，一伸手拍了沈三玄的肩道：「你還是這樣子省儉，怎麼聽差也不用一個，自己來開門？」沈三玄心裡想著，我哪輩子發了財沒用，怎麼說出「省儉」兩個字來了？心裡如此想著，口裡也就隨便答應他。把黃鶴聲請到屋子裡，自己就忙著泡茶拿煙捲。

黃鶴聲用手掀了玻璃上的白紗向窗子外一看，口裡說道：「小小的房子，收拾得倒很精緻。」正說完這句話，只見一個十六七歲的女郎，剪了頭髮，穿著皮鞋，短短的白花紗旗袍，只比膝蓋長一點，露出一大截穿了白襪子的腿；脅下卻夾了一個書包。因回轉頭來問道：「老玄！你家裡從哪兒來的一位女學生？」沈三玄道：「黃爺！我昨天不是告訴了你嗎？這就是我那姪女姑娘。」黃鶴聲笑道：「嘿！就是她。可真時髦，越長越標緻了。憑她這個長相兒，要去唱大鼓書，準紅得起來。這話可又說回來了，趁早兒找了個主，有吃有喝，一家都安了心也好。」沈三玄對窗子外望了一望，然後低聲說道：「安了心嗎？我們這是騎了驢子翻賬本，走著瞧。你想一個當少爺的人到外面來念書，家裡能給他多少錢花！頭裡兩個月，讓他東拉西扯，找幾個錢，湊付著安了這個家。這也就是現在，過兩個月瞧瞧，我猜就不行了。就是行，也不過是她娘兒倆的好處，我能撈著什麼好處？那小子臨走的時候，給我留下錢沒留下錢，我也不知道。可是我大嫂，每天就只給一百多銅子我花。現在銅子兒是極不值錢，一百多銅子，不過合三四毛錢。你說讓我幹嘛好？從前沒有這個姓樊的，我一天也找百十來個子兒，而今還不是一樣嗎？依著我，姑娘現在有兩件行頭了，趁著這個機會，就找家館子露一露，也許真紅起來。到那時候，隨便怎樣，也撈個三塊兩塊一天。你說是不是？」黃鶴聲笑道：「照你的算法，你是對了。你們那姪姑娘放著現成的女學生不做，又要去唱曲子侍候人，她肯幹嗎？」沈三玄道：「當女學生，瞎扯罷了。我說姓樊的那小子，自己就胡來。現在當女學生的，幾個能念書念得像爺們一樣，能幹大事？我瞧什麼也不成，念了三天書，先講平等自由。」說到這裡，他聲音又低了一低道：「我這姪女自小兒就調皮，往後再一講平等自由，她能再跟姓樊的，那才怪呢！」

黃鶴聲正要接話，只聽到沈大娘在北屋子裡嚷道：「三弟！咱們門口停著一輛汽車，是誰來了？」黃鶴聲就向屋子外答道：「沈家大嫂子，是我，我還沒瞧你呢。」說著話已經走出屋來，老遠的連作幾個揖道：「咱們住過街坊，我和老玄是多年的朋友了，你還認得我嗎？」沈大娘站在北屋門口，倒愣住了。雖覺得有點面熟，可是記不起來他究竟是姓張姓李？她正在愣著，沈三玄搶著跑了出來道：「大嫂！黃爺你怎樣會記不起來？他現在可闊了，當了副官了。他們衙門裡有的是汽車，只要是官，就可坐公家的汽車出來。門口的汽車，就是黃爺坐來的。你瞧見沒有？那車子是真大，坐十個人，都不會嫌擠。黃大哥！你的師長大人姓什麼？我又忘了。」黃鶴聲便說是「姓尚」。沈三玄道：「對了！是有名的尚大人。雅琴姑娘，現在就是尚大人的二房。雖然是二房，可是尚大人真喜歡她，比結髮的那位夫人還要好多少倍。不然，怎樣就能給黃爺升了副官呢！」

黃鶴聲因為沈大娘不知道他最近的來歷，正想把大概情形先說了出來。現在沈三玄搶出來一介紹，自己不曾告訴他的，他都說出來了，這就用不著再說了。沈大娘這時也記起從前果然住過街坊的，便笑道：「老街坊還會見著，這是難得的事啊！請到北屋子裡坐坐。」沈三玄巴不得這一聲，就攜著黃鶴聲的手，將他向北屋子裡引。沈大娘說是老街坊，索性讓鳳喜也出來見見。黃鶴聲就近一看鳳喜，心想這孩子修飾得乾淨，的確比小時俊秀得多。——怪不怪，老鴉窠裡真鑽出一個鳳凰來了！

當時坐著閒談了一會，就告辭出門。沈三玄搶著上前來開大門，黃鶴聲見沈大娘在屋子裡沒有出來，就執著沈三玄的手道：「你在自己屋子裡先和我說的那些話，是真的嗎？」沈三玄猛然間聽到，不懂他用意所在，卻只管望著黃鶴聲的臉。黃鶴聲道：「我說的話，你沒有懂嗎？就是你向著我抱怨的那一番話。」沈三玄忽然醒悟過來，連道：「是了，是了，我明白了！黃爺！你看是有什麼路子，提拔做小弟的，小弟一輩子忘不了。」黃鶴聲牽著他的手，搖撼了幾下，笑道：「碰巧也許有機會，你聽信兒吧。」說畢，黃鶴聲上車而去。

原來黃鶴聲跟的這位尚師長所帶的軍隊，就駐紮在北京西郊。他的公館設在城裡，有一部分人，也就在公館裡辦事。這黃鶴聲副官，就是在公館裡辦事的一位副官。當時他回了公館，恰好尚師長有事叫他。他就放下帽子和扇子，整了一整衣服，然後才到上房來見尚師長。尚師長道：「我找了你半天，都沒有看見你，你到……」黃鶴聲不等他把這一句問完，就笑起來道：「師長上次吩咐要找的人，今天倒是找著了。今天就是為這個出去了一趟。」尚師長道：「劉大帥這個人，眼光是非常高的，差不多的人，他可看不上眼。」黃鶴聲道：「這個人準好，模樣兒是不必提了。在先她是唱大鼓書的，現在又在念書，透著更文明。光提那性情兒，現在就不容易找得著。要是沒有幾門長處的人，也不敢給師長說。」尚師長將嘴唇上養的菱角鬍子，左右擰了兩下，笑道：「口說無憑，我總得先看看人。」黃鶴聲道：「這容易，這人兒的三叔，和鶴聲是至好的朋友。只要鶴聲去和他說一說，他是無不從命。但不知師長要在什麼地方看她？」尚師長道：「當然把她叫到我家裡來。難道我還為了這個，找地方去等著她不成？」黃鶴聲答應了兩聲「是」。心裡可想著：現在人家也是良家婦女，好端端的要人家送來看，可不容易。一面想著，一面偷看尚師長的臉色，見他臉色還平常，便笑道：「若是有太太的命令，說是讓她到公館裡來玩玩，她是一定來的。」原來這師長的正室現在原籍，下人所謂太太，就是指著雅琴而言。尚師長道：「那倒沒關係，只要她肯來，讓太太陪著，在我們這兒多玩一會兒，我倒可以看個仔細。」說著，他那菱角式的鬍子尖，笑著向上動了兩動，露出嘴裡兩粒黃燦燦的金牙。

當下黃鶴聲見上峰已是答應了，這事自好著手，便約好了明天下午，把人接了來。當天晚上就派人把沈三玄叫到尚宅，引了他到自己臥室裡談話。前後約談了一個鐘頭，沈三玄笑得由屋子裡滾將出來。黃鶴聲因也要出門，就讓他同坐了自己的汽車，把他送到家門口。

沈三玄下了車，見自己家的大門，卻是虛掩的，倒有點不高興。推了門進去，在院子裡便嚷起來道：「大嫂！你不開門，沒有看見，我是坐汽車回來的。今天我算開了眼，嘗了新，坐了汽車了。黃副官算待咱們不錯，他這樣闊了，還認識咱們，真是難得！」沈大娘道：「別現眼了，歸裡包堆，人家請你吃了一回館子，坐了一趟汽車，就恨不得把人家捧上天。這要是他給你百兒八十的，你沒有老子，得把他認作老子看待了。」沈三玄道：「百兒八十，那不算什麼，也許不止幫我百兒八十的忙呢。人家有那番好意，你娘兒倆樂意不樂意，我都不管，可是我總得說出來。就是現在這位尚師長的太太，想著瞧瞧小姊妹們，要接鳳喜到他家去玩玩。明天打過兩點，就派兩名護兵押了汽車來接。就說人家雖是同行出身，可是現成為師長太太了。師長有多大，大概你還不大清楚。若說把前清的官一比，準是頭品頂戴吧。人家派汽車來接鳳喜，這面子可就大了。若是不去，可真有些對不住人。」沈大娘道：「你別瞎扯，從前咱們和雅琴就沒有什麼來往，這會子她做了闊太太了，倒會和咱們要好起來？我不信。」沈三玄道：「我也是這樣說呀，可是今天黃副官為了這個，特意把我請去說的。假是一點兒也假不了，難得尚太太單單的念到咱們。所以我說這交情大了，不去真對不住人。」沈大娘道：「我想雅琴未必記得起咱們，不過是黃鶴聲告訴了她，她就想起咱們來了。」沈三玄道：「大嫂！你別這樣提名道姓的，咱們背後叫慣了，將來當面也許不留神叫了出來的。人家有錢有勢，攀交情還怕攀不上，把人家要得罪了，那可是不大方便。明天鳳喜還是去不去呢？」沈大娘道：「也不知道你的話靠得住靠不住？若是人家真派了汽車來接，那倒是不去不成。要不，人家真說咱們不識抬舉。」沈三玄心下大喜，因道：「你是知情達禮的人，當然會讓她去。可是咱們這位姪姑娘，可有點怯官……」他們在外面屋子說話，鳳喜在屋子裡，已聽了一個夠。便道：「別那樣瞧不起人，我到過的地方，你們還沒有到過呢。雅琴雖然做了太太，人還總是那個舊人。我怕什麼？」沈三玄道：「只要你能去就行，我可不跟你賭嘴。」沈三玄心裡又怕把話說僵了，說完了這句，就回到自己屋子裡去了。

到了次日，沈三玄起了個早，可是起來早了，又沒有什麼事可做。他就拿了一把掃帚，在院子裡掃地。沈大娘起來，開門一見，笑道：「喲！咱們家要發財了吧，三叔會起來這麼早，給我掃院子。」沈三玄笑了，因道：「我也不知道怎麼著，天亮就醒了，老睡不著，早上閒著沒有事，掃掃院子，比閒等著強。再說你們家人少，我又光吃光喝，鳳喜更是當學生了，裡裡外外，全得你一個人照理，我也應該給你娘兒倆幫點忙了。」說著，用手向鳳喜屋子裡指了一指，輕輕的道：「她起來沒有？尚太太那兒，她答應準去嗎？她要是不去，你可得說著她一點。咱們現在好好的做起體面人家，也該要幾門子好親好友走走。你什麼事不知道！覺得我做兄弟這句話，說得對嗎？」沈大娘笑道：「你這人今天一好全好，肯做事，說話也受聽。」沈三玄笑道：「一個人不能糊塗一輩子，總有一天明白過來。好比就像那尚師長太太，從前唱大鼓書的時候，不見得怎樣開闊，可是如今一做了師長太太，連我們這樣的老窮街坊，她也記起來了。說來說去，我們這姪姑娘到底是決定了去沒有？」沈大娘道：「這也沒有什麼決定不決定，汽車來了，讓她去就是了。」沈三玄道：「讓她去不成，總要她自己肯去才成呢。」沈大娘道：「唉！怪貧的。你老說這做什麼？」沈三玄見嫂嫂如此說，就不好意思再說了。

過了一會，鳳喜也起床了。她由廚房裡端了一盆水，正要向北屋子裡去，沈三玄道：「姪姑娘，今天起來得早哇！」鳳喜將嘴一撇道：「幹嘛呀？知道你今天起了一天早，一見面就損人。」沈三玄由屋子裡走了出來，笑嘻嘻的道：「我真不是損你，你看，今天這院子掃得乾淨嗎？」鳳喜微微一笑道：「乾淨。」說時，她已端了水走進房去。

沈三玄在院子裡槐樹底下徘徊了一陣，等著鳳喜出來。半晌，還在裡面，自己轉過槐樹那邊去，嘩啦一聲，一盆洗臉水，由身後潑了過來，一件藍竹布大褂，濕了大半截。鳳喜站在房門口，手裡拿著空洗臉盆，連連叫著「糟糕」。沈三玄道：「還好，沒潑著上身，這件大褂，反正是要洗的。」鳳喜見他並不生氣，笑道：「我回回潑水，都是這樣，站在門口，望槐樹底下一潑，哪一回也沒事，可不知道今天你會站在這裡。你快脫下來，讓我給你洗一洗吧。」沈三玄道：「我也不等著穿，忙什麼？我不是聽到你說，要到尚師長家裡去嗎？」鳳喜道：「是你回來要我們去的，怎麼倒說是聽到我說的呢？」沈三玄道：「消息是我帶來的，可是去不去，那在乎你。我聽到你準去，是嗎？姊妹家裡，也應該來往來往，將來……」鳳喜道：「唉！你淋了一身的水，趕快去換衣服吧，何必站在這裡廢話。」

沈三玄讓鳳喜一逼，無可再說了，只得走回房去，將衣服換下。等到衣服換了，再出來時，鳳喜已經進房去了。於是裝著抽煙找取火兒，走到北屋子裡來，隔著門問道：「姪姑娘！我要不要給黃副官通個電話？」鳳喜迎了出來道：「哪個什麼黃副官？有什麼事要通電話？」沈三玄笑道：「你怎麼忘了？

不是到尚家去嗎？」鳳喜道：「你怎麼老蘑菇！我不去了。」說著手一掀門簾子，捲過了頭，身子一轉，便進房去了。

沈三玄看她身子突然一掉，頭上剪的短髮，就是一旋，彷彿是僵著脖子進去了。他心裡撲通一跳，要安慰兩句是不敢，不安慰兩句，又怕事情要決裂。站在屋子中間，只管抽煙捲。半晌，才說道：「我沒有敢麻煩呀，我只說了一句，你就生氣了。」鳳喜道：「早上我還沒起來，就聽見你問媽了。你想巴結闊人，讓我給你去作引線，是不是？憑你這樣一說，我要不去了，看你怎麼樣？」沈三玄不敢做聲，溜到自己屋子裡去了。

到了吃午飯的時候，沈三玄一看鳳喜的臉色，已經和平常一樣，這才從從容容的對沈大娘道：「你下午要出去的話你就出去吧，我在家看一天的家得了。」沈大娘口裡正吃著飯，就只對他搖了一搖頭。沈三玄道：「那尚太太就只說了要大姑娘去，要不然，你也可以跟了去。可是話又說回來了，以後彼此走熟了，來往自然可以隨便。」他說話，手裡捧著筷子碗，下巴直伸到碗中心，向對面坐的鳳喜望著。鳳喜卻不理會，只是吃她的飯。沈三玄將筷子一下一下的扒著飯，卻微微一笑。沈大娘看了一看，也沒有理會。沈三玄只得笑道：「我這人還是這樣的脾氣，人家有什麼事沒有辦了，我只同人家著急。大姑娘到底去不去，應該決定一下。過一會子，人家的汽車也來了。可是依著我說，哪怕去一會兒就回來哩，那都不要緊，可是敷衍面子，總得去一趟。原車子回來，要不了多少時候，至多一點鐘罷了。」說到這裡，鳳喜已是先吃完了飯，就放下了碗，先進去了。沈三玄輕輕的道：「大嫂你可別讓她不去。」沈大娘道：「你真貧。」說著，將筷子一按，啪的一聲響，左手將碗放在桌上，又向中間一推。她雖沒有說什麼，好像一肚子不高興，都在這一按一推上，完全表現出來。沈三玄一人自笑起來道：「我是好意，不願我說，我就不說。」他只說了這句話，也就只管低頭吃飯。

往常沈三玄一放下飯碗，就要出門去的，今天他吃過飯之後，卻只是銜了一根煙捲，不停的在院子裡閒步。到了兩點鐘，門口一陣汽車響，他心裡就是一跳，出去開門一看，正是尚宅派來的汽車。車子上先跳下兩位掛盒子炮的武裝兵士來。沈三玄笑著點了點頭道：「二位不是黃副官派來接沈姑娘的嗎？她就是我姪女，黃副官和我是至好的朋友。」於是把那兩位兵士，請到自己屋子裡待著，自己悄悄的走到北屋子裡去，對沈大娘道：「怎麼辦？汽車來了。」沈大娘道：「你姪女兒她鬧彆扭，她不肯去哩。」沈三玄一聽這話，慌了，連道：「不成，那可不成。」沈大娘道：「她不願去，我也沒法子。不成又怎麼樣呢？」沈三玄皺了雙眉，脖子一軟，腦袋歪著偏到肩上，向著沈大娘笑道：「你何必和我為難，你叫她去吧。兩個大兵，在我屋子裡待著，他們身上，都帶著傢伙，我真有些怕。」說話時，活現出那可憐的樣子，給沈大娘連連作了幾個揖。沈大娘笑道：「我瞧你今天為了這事，真出了一身汗。」沈三玄還要說時，只見鳳喜換了衣履出來，正是要出門的樣子，因問道：「要不要讓那兩個大兵喝一碗水呢？」鳳喜道：「你先是怕我不去，我要去了，你又要和人家客氣。」沈三玄笑著向外面一跑，口裡連道：「開車開車，這就走了。」他走忙了，後腳忘了跨門檻，撲通一聲，摔了一個蛙翻白出闥。他也顧不了許多，爬了起來，就向自己屋子裡跑，對著那兩個兵，連連作揖道：「勞駕久等，我姪女姑娘出來了。」

兩個護兵一路走出來，見鳳喜長衫革履，料著就是要接的那人了。便齊齊的走上前，和鳳喜行了個舉手軍禮。鳳喜向來見了大兵就有三分害怕，不料今天見了大兵，倒大模大樣的，受他倆的敬禮，心下不由得就是一陣歡喜。兩個大兵在前引路，只一出大門，早有一個兵搶上前一步，給她開了汽車門。鳳喜坐上汽車，汽車兩邊，一邊站著一個兵，於是風馳電掣，開向尚宅來。

鳳喜坐在車上，不由得前後左右，看了個不歇。見路上的行人，對於這車子，都非常注意。心想他們的意思，見我坐了帶著護兵的汽車，哪還不會猜我是闊人家裡的眷屬嗎？

車子到了尚家，兩個護兵，一個搶進門去報信，一個就來開車門。鳳喜下了車子，便見有兩個穿得齊整一點的老媽子，笑嘻嘻的同叫了一聲「沈小姐」，接上蹲著身子請了一個安。一個道：「你請吧！我們太太等著哩。」鳳喜也不知道如何答覆是好，只是用鼻子哼著應了一聲。老媽子帶她順著走廊，走過兩道金碧輝煌的院落，到了第三進，只見高臺階上一個渾身羅綺的少婦，扶著一個十二三歲的女孩，楊柳臨風的一般，站在那裡，卻是笑嘻嘻的，先微微的點了一點頭。那不是別人，正是從前唱大鼓書、現在做師長太太的雅琴。記得當年，她身體很強健的，能騎著腳踏車，在城南公園跑，如今倒變得這樣嬌嫩相，站著都得扶住人。她這裡打量雅琴，雅琴也在那裡打量她。雅琴總以為鳳喜還是從前那種小家子，今天來至多是罩上一件紅綠袷子而已。現在一看她是個極文明的樣子，雖然不甚華麗，然而和從前，簡直是兩個人了。她不等鳳喜上前，立刻離開扶著的那女孩，迎上前來，握著鳳喜的手道：「大妹子，你好嗎？想不到咱們今天在這兒見面啊！你現在很好嗎？」說著這話，她執著鳳喜的手，依然還是向她渾身上下打量。笑道：「我真想不到呀！怪不得黃副官說你好了。」鳳喜只笑著，不知道她命意所在，也就不好怎樣答應她的話。她牽著鳳喜的手，一路走進屋子裡去。

鳳喜進門來，見這間堂屋，就像一所大殿一樣，裡面陳設的那些木器，就像圖畫上所看到的差不多。

四處陳設的古玩字畫也說不上名目；只看正中大理石紫檀木炕邊，一面放著一架鐘，就有一個人高；其次容易令人感覺的，就是腳下踏著的地毯，也不知道有多厚，彷彿人在床上行路一般，只覺軟綿綿的。這時有個老媽子在右邊門下，高捲著門簾，讓了雅琴帶鳳喜進去。穿過一間房子，這才是雅琴的臥室。迎面一張大銅床，垂著珍珠羅的帳子，床上的被褥，就像綢緞莊的玻璃樣子櫃一般，不用得再看其他的陳設，就覺得眼花繚亂了。雅琴道：「大妹子！我不把你當外人，所以讓你到我屋子裡來坐。咱們不容易見面，你可別走，在我這裡吃了晚飯去，回頭談談，開話匣子給你聽也好，開無線電收音機給你聽也好。咱們這無線電和平常的不同，能聽到外國的戲園子唱戲，你瞧這可透著新鮮。」說著又向床後一指道：「你瞧那不是一扇小門嗎？那裡是洗澡的屋子。」說著拉了鳳喜的手，推門讓她向裡看。裡面白玉也似的，上下全是白瓷磚砌成的。鳳喜不好意思細看，只伸頭望了一望，就退回來了。雅琴笑道：「吃完了飯，你在我這裡洗了澡再走。」一直讓雅琴把殷勤招待的意思都說完了，才讓著她在一張紫皮沙發上坐了。對過小茶桌上，正放了一架小小的電扇。一個老媽子張羅過茶水，正要去開電扇，雅琴道：「別忙，拿一瓶香水來。」老媽子取了一瓶香水來，雅琴接過手，打開塞子，向滿屋子一灑，然後再讓老媽子開電扇。風葉一動，於是滿室皆香——鳳喜在未來之先，心裡也就想著，雅琴雖是個師長的姨太太，自己這一會見，也算不錯，就是和她談談，也不見得相差若干。現在這一比較之下，這才覺得自己所見的不廣，雅琴說起話來，咱們師長長，咱們師長短，這也就不好說什麼，只是聽一句是一句而已。

她們在這裡說話，那尚師長早已偷著在隔壁屋子裡一架綠紗屏風後，看了一個飽。覺得自己的如夫人，和鳳喜一比，就是泥土見了金。人家並不用得要脂粉珠玉那些東西陪襯，自然有一種天生的媚態。

可惜這話已和劉將軍說過，不然這個美人，是不能不據為己有的了。

原來這劉將軍是劉大帥的胞兄弟，現在以後備軍司令的資格，兼任了駐京辦公處長，就是劉大帥的靈魂。當鳳喜來的時候，這劉將軍也就到尚師長家裡來小坐。因為無聊得很，要想找兩個人，就在尚家打個小牌消遣消遣。閒談了一會，尚師長笑道：「我聽說大帥要在北京找一個如夫人，我就託人去訪，今天倒找來了一位，是我們姨太太的姊妹，不知道究竟如何，讓我先偷著去看看。」劉將軍笑道：「我們老二的事，我是知道。這人究竟他看得上眼，看不上眼，讓我先考一考分數，那才不錯。若是我說行，至少有個大八成兒他樂意。要不然，你亂往那裡送，鬧不出一個好處來，先倒碰釘子，那又何必！」尚師長一聽有理，就約好自己先進去，把鳳喜叫出來，大家見面。劉將軍聽說，很是贊成。就讓尚師長先進上房去，他在客廳裡等。不料等了大半天，還不見尚師長出來。他在尚家是很熟識的，也等得有些不耐煩，就向上房走去。口裡喊著尚師長的號道：「體仁！體仁！怎麼一進去就不出來了？」尚師長連忙離開了碧紗屏風，走到門口來迎著他。因笑道：「錯是真不錯，似乎年歲太小一點。」劉將軍道：「越小越好哇！你怎麼倒有嫌她過小的意思呢？請出來見見吧。」尚師長連連搖著手道：「別嚷！別嚷！究竟能不能夠請出來見一見，我還不敢硬作這個主，得問問我們『內閣總理』呢。」於是把劉將軍讓到內客廳，然後吩咐聽差，去請姨太太出來。

雅琴一進門，尚師長先笑道：「人，我瞧見了。你說從前她也唱過大鼓書，我是不相信。你瞧瞧她那斯斯文文的樣子，真像一個……」雅琴哪裡等他說完，連忙微瞪著眼道：「你以為這是好話嗎？誰不願意一生下地，就是大小姐。投胎投錯了可也沒法子。唱大鼓書的人，也是人生父母養的。在臺上唱大鼓書，一下了臺，一樣的是穿衣吃飯。難道說唱大鼓書，臉子上還會長著一行字是下等人，到哪兒也掛上這塊牌子嗎？你說她斯斯文文的，不像唱大鼓的，我不知道其餘唱過大鼓的，有怎麼一個壞相？」尚師長坐在沙發上，兩腳一抬，手一拍，身子向後一仰，哈哈大笑道：「這可了不得。一句話，把咱們夫人的怒氣引上來了。我說她沒有唱大鼓書的樣子，並不是說你有那個樣子呀！在你面前，說你姊妹們好，你也是有體面的事，幹嘛這樣生氣？」說畢，又哈哈大笑。雅琴道：「別樂了！有什麼事快對我說吧，人家屋子裡還有客呢！」尚師長笑道：「就是為了她，才請你來呢。你去請她出來，我們大家談一談行不行？」雅琴便低聲道：「別胡鬧吧！人家有了主兒了，雖然是沒嫁過去，她現在就過的是男家的日子，總算是一位沒過門的少奶奶，要把她當著……」尚師長道：「是你的姊妹們，也算是我的小姨子。讓她瞧瞧這不成器的老姊夫，我把她當著親戚，還不成嗎？」他說了這話，放大著聲音，打了一個哈哈，就逕自走進房去。劉將軍急於要看人，也緊緊跟著。但是當他二人進房時，屋子裡何曾有人！劉將軍先急了，連嚷：「客呢？客呢？」要知鳳喜是否逃得出這個錦繡牢籠，下回分解。

第十一回 竹戰只攻心全局善敗 錢魔能作祟徹夜無眠

卻說尚體仁師長和劉將軍撲進屋來，卻不見了鳳喜。劉將軍大叫起來道：「體仁！你真是豈有此理。有美人兒就有美人兒，沒有美人兒，幹嘛冤我？」尚師長笑著，也不作聲，卻只管向浴室門裡努嘴。雅琴已是跑進來，笑道：「我妹子年輕，有點害臊，你們可別胡搗亂。」說著，走進浴室。只見鳳喜背著身子，朝著鏡子站住。雅琴上前一把將她拉住，笑道：「為什麼要藏起來？都是朋友親戚，要見，就大家見見。他們還能把你吃下去不成？」說著將鳳喜拚命的拉了出來。鳳喜低了頭，身子靠了壁，走一步，挨一步，挨到銅床邊，無論如何，不肯向前走了。當雅琴在浴室裡說話之時，劉、尚二人的眼光，早是兩道電光似的，射進浴室門去。及至鳳喜走了出來，劉將軍早是渾身的汗毛管向上一翻，酥麻了一陣，不料憑空走出這樣美麗的一個女子來，滿臉的笑容朝著雅琴道：「這是尚太太不對，有上客在這裡，也不好好的先給我們一個信，讓我們糊里糊塗嚷著進來。真是對不住。」說著，走上前一步，就向鳳喜鞠了半個躬，笑道：「這位小姐貴姓？我們來得魯莽一點，你不要見怪。」鳳喜見人家這樣客客氣氣，就不好意思不再理會，只得擺脫了雅琴的手，站定了，和劉將軍鞠躬回禮。雅琴便站在三人中間，一一介紹了，然後大家一路出了房門，到內客廳裡來坐。

鳳喜挨著雅琴一處坐下，低了頭，看著那地毯織的大花紋，上牙微微的咬了一點下嘴唇，在眼裡雖然討厭劉將軍那樣年老，更討厭他斜著一雙麻黃眼睛只管看人，可是常聽到人說，將軍這官，位分不小，就是在大鼓詞上也常常唱到將軍這個名詞的。現在的將軍，雖然和古來的不見得一樣，然而一定是一個大官。所以坐在一邊，也不免偷看他兩眼。心裡想著，大官的名字，聽了固然是好聽，可是一看起來，也不過是一個極平凡的人，這又是叫聞名不如見面了。當她這樣想時，雅琴在一邊就東一句西一句，只管牽引著鳳喜說話。大家共坐了半點鐘，也就比初見面的時候熟識得多了。劉將軍道：「我們在這裡枯坐，有什麼意思？現成的四隻腳，我們來場小牌，好不好？」尚師長和雅琴都同聲答應了，鳳喜只當沒有知道，並不理會。雅琴道：「大妹子！我們來打四圈玩兒，好不好？」鳳喜掉轉身，向雅琴搖了一搖頭，輕輕的道：「我不會。」雅琴還不曾答話，劉將軍就笑著道：「不能夠，現在的小姐們，沒有不會打牌的。來來來，打四圈。若是沈小姐不來的話，那就嫌我們是粗人，攀交不上。」鳳喜只得笑道：「你說這話，我可不敢當。」劉將軍道：「既不是嫌我們粗魯，為什麼不來呢？」鳳喜道：「不是不來，因為我不會這個。」劉將軍道：「你不會也不要緊，我叫兩個人在你後面看著，做你的參謀就是了，輸贏都不要緊，你有個姊姊在這兒保著你的鏢呢。再說我們也不過是圖個消遣，誰又在乎幾個錢。來吧，來吧！」

在劉將軍說時，尚師長已是吩咐僕役們安排場面。就是在這內客廳中間擺起桌椅，桌上鋪了桌毯，以至於放下麻雀牌，分配著籌碼。鳳喜坐在一邊，冷眼看著，總是不做聲。等場面一齊安排好了，雅琴笑著一伸手挽住鳳喜一隻胳膊道：「來吧來吧！人家都等著你，你一個人好意思不來嗎？」鳳喜心想，若是不來，覺得有點不給人家面子，只得低了頭，兩手扶了桌子沿，站著不動，卻也不說什麼。雅琴笑道：「來吧！我們兩個人開來往銀行。我這裡先給你墊上一筆本錢，輸了算是我的。」說時，她就在身上掏出一沓鈔票，向鳳喜衣袋裡一塞，笑道：「那就算你的了。」鳳喜覺得那一沓票子，厚得軟綿綿的，大概不會少，只是礙了面子，不好掏出來看一看。然而有了這些錢，就是輸，也可以抵擋一陣，不至於不能下場的了。因之才抬頭一笑道：「我的母親說了讓我坐一會子就回去的。我可不能耽誤久了。」雅琴道：「喲，這麼大姑娘，還離不開媽媽。在我這裡，還不是像在你家裡一樣嗎？多玩一會子，要什麼緊！咱們老不見面，見了幹嘛就走？你不許再說那話，再說那話，我就和你惱了。」

劉、尚二人，一看她並沒有推辭的意思，似乎是允許打牌的了，早是坐下來，將手伸到桌上，亂洗著牌。劉將軍笑道：「沈小姐！來來來！我們等著呢。」雅琴用手將她一按，按著她在椅子上坐下，自己也就坐到鳳喜的下手來。鳳喜因大家都坐定了，自己不能呆坐在這裡，兩隻手不知不覺的伸上桌去，也將牌和弄起來。她的上手，正是劉將軍。她一上場，便是極力的照應，所打的牌，都是中心張子，鳳喜吃牌的機會，卻是隨時都有，一上場兩圈中就和了四牌。從此以後，手氣是只見其旺。上手的劉將軍恰成了個反比例，一牌也沒有和。

有一牌，鳳喜手上，起了八張筒子，只有五張散牌，心想：贏了錢不少，犧牲一點也不要緊。因是放開膽子來，只把萬子、索子打去，抓了筒子，一律留著。自己起手就拆了一對五萬打去，接上又打了一對八索，心想在上手的人，或者會留心。可是劉將軍也不打萬子，也不打索子，張張打的都是筒子，鳳喜吃七八九筒下來，碰了一對九筒，手上是一筒作頭，三四五六筒，外帶一張孤白板，等著吃二五四七筒定和。劉將軍本就專打筒子的，他打了一張七筒，鳳喜喜不自勝，叫了聲：「吃！」正待打出白板去，同時雅琴叫了一聲：「碰！」卻拿了兩張七筒碰去了。鳳喜吃不著不要緊，這樣一來，自己一手是筒子，不啻已告訴人，這樣清清順順的清一色，卻和不到，真是可惜得很。劉將軍偷眼一看她，見她臉上，微微泛出一層紅暈，不由得微微一笑，到了他起牌的時候，起了一張一萬，他毫不考慮的把手上四五六三張筒子，拆了一張四筒打出去。鳳喜又怕人碰了，等了一等，輕悄悄的，放出五六筒吃了。雅琴向劉將軍道：「瞧見沒有？人家是三副筒子下了地，誰要打筒子，誰就該吃包子了。」劉將軍微笑道：「她是假的，決計和不了筒子。」雅琴道：「和筒子不和筒子，那都不管它，你知道她要吃四七筒，怎麼偏偏還打一張四筒給她吃？」劉將軍「呵」了一聲，用手在頭上一摸道：「這是我失了神。」

說話之間，又該劉將軍打牌了，他笑道：「我不信，真有清一色嗎？我可捨不得我這一手好牌拆散來，我包了。」說著抽出張五筒來，向面前一擺，然後兩個指頭按著，由桌面上，向鳳喜面前一推，笑道：「要不要？」鳳喜見他打那張四筒就有點成心，如今更打出五筒來，明是放自己和的，心裡一動，臉上兩個小酒窩兒，就動了一動，微笑道：「可真和了。」於是將牌向外一攤。劉將軍嚷起來道：「沒有話說，吃包子，吃包子。」於是將自己的牌，向牌堆裡一推。接上就掏鈔票，點了一點數目和零碎籌碼，一齊送到鳳喜面前來。鳳喜笑道：「忙什麼呀！」劉將軍道：「越是吃包子，越是要給錢給得痛快，要不然，人家會疑心我是撒賴的。」如此一說，大家都笑了。鳳喜也就在這一笑中間，把錢收了去。尚師長在桌子下面，用腳踢了一踢雅琴的腿，又踢了一踢劉將軍的腿，於是三個人相視而笑。

四圈牌都打完了，鳳喜已經贏三四百元，自己也不知道牌有多大？也不知道一根籌碼，應該值多少錢？反正是人家拿來就收；給錢出去，問了再給。雖然覺得有點坐在悶葫蘆裡，但是一問起來，又怕現出了小家子氣象，只可估量著罷了。心裡不由得連喊了幾聲慚愧，今天幸而是劉將軍牌打得鬆，放了自己和了一副大牌，設若今天不是這樣，只管輸下去，自己哪裡來的這些錢付牌賬？今天這樣輕輕悄悄的上場，總算冒著很大的危險，回頭看看他們輸錢的，卻是依然笑嘻嘻的打牌。原來富貴人家，對於銀錢是這樣不在乎。平常人家把十塊八塊錢，看得磨盤那樣重大，今天一比，又算長了見識了。在這四圈牌打完之後，鳳喜本想不來了，然而自己贏了這多錢，這話卻不好說出口。可是他們坐著動也不動，並不徵求鳳喜的同意，接著向下打。

又打完四圈，鳳喜卻再贏了百多元，心裡卻怕他們不捨。然而劉將軍站起來，打一個呵欠，伸了一個懶腰，這是疲倦的表示了。大家一起身，早就有老媽子打了香噴噴的手巾把遞了過來。手巾放下，又另有個女僕，恭恭敬敬的送了一杯茶到手上。鳳喜喝了一口，待要將茶杯放下，那女僕早笑著接了過去。剛咳嗽了一聲，待要吐痰，又有一個聽差，搶著彎了腰，將痰盂送到腳下。心想富貴人家，實在太享福，就是在這裡做客，偶然由他照應一二，真也就感到太舒服了。因對雅琴道：「你們太客氣了，要是這樣，以後我就不好來。」雅琴道：「不敢客氣呀！今天留你吃飯，就是家裡的廚子，湊合著做的，可沒有到館子裡去叫菜。你可別見怪！」鳳喜笑道：「你說不客氣不客氣，到底還是客氣起來了。」她說著，心裡也就暗想，大概是他們家隨便吃的菜飯。這時，雅琴又一讓，把她讓到內客廳裡。

這裡是一間小雅室，只見一張小圓桌上，擺滿了碗碟，兩個穿了白衣服的聽差，在屋子一邊，斜斜的站定，等著恭敬侍候。尚師長說鳳喜是初次來的客，一定要她坐了上位。劉將軍並不謙遜，就在鳳喜下手坐著。尚師長向劉將軍笑了一笑，就在下面坐了。剛一坐定，穿白衣服的聽差，便端上大碗紅燒魚翅，放在桌子中間。鳳喜心裡又自罵了一聲慚愧，原來他們家的便飯，都是如此好的。那劉將軍端著杯子，喝了一口酒，滿桌的葷菜，他都不吃，就只把手上的牙筷，去撥動那一碟生拌紅皮蘿蔔與黃瓜。雅琴笑道：「劉將軍今天要把我們的菜一樣嘗一下才好，我們今天換了廚子了。」劉將軍道：「這廚子真是難雇，南方的，北方的，我真也換得不少了，到於今也沒有一個合適的。」尚師長笑道：「你找廚子，真是一個名，家裡既然沒有太太，自己又不大住家裡，幹嘛要找廚子？」劉將軍道：「我不能一餐也不在家吃呀。若是不用廚子，有不出門的時候，怎麼辦呢？唉！自從我們太太去世以後，無論什麼都不順手。至少說吧，我花費的，和著沒有人管家的那檔子損失，恐怕有七八萬了。」尚師長道：「據我想，恐怕還不止呢。自從你沒有了太太，北京，天津，上海你哪兒不逛？這個花的錢的數目，你算得出來嗎？」劉將軍聽說，哈哈的笑了。鳳喜坐在上面，聽著他們說話，都是繁華一方面的事情，可沒有法子搭進話去，只是默然的聽著，吃了一餐飯，劉將軍也就背了一餐飯的歷史。

飯後，雅琴將鳳喜引到浴室裡去，她自出去了。鳳喜掩上門連忙將身上揣的鈔票拿出，點了一點，贏的已有四百多元。雅琴借墊的那一筆賭本，卻是二百五十元。那疊鈔票是另行捲著的，卻未曾和贏的錢混到一處，因此將那捲鈔票，依然另行放著。洗完了一個澡出來，就把那鈔票遞還雅琴道：「多謝你借本錢給我，我該還了。」雅琴伸著巴掌，將鳳喜拿了鈔票的手，向外一推，一搖頭道：「小事！這還用得掛在口上啦。」鳳喜以為她至多是謙遜兩句，也就收回去了。不料這樣一來，她反認為是小氣，不由得自己倒先紅了臉，因笑道：「無論多少，沒有個人借錢不還的！」雅琴道：「你就留著吧，等下次我們打小牌的時候再算得了。」鳳喜一見二百多元，心想很能置點東西，她既不肯要，落得收下。便笑道：「那樣也好。」於是又揣到袋裡去。看一看手錶，因笑道：「姊姊不是說用汽車送我回去嗎？勞你駕，我要走了，快九點鐘了。」雅琴道：「忙什麼呢？有汽車送你，就是晚一點也不要緊啊！」鳳喜道：「我是怕我媽惦記，不然多坐一會兒，也不算什麼。再說，我來熟了，以後常見面，又何在乎今天一天哩。」雅琴道：「這樣說，我就不強留。」於是吩咐聽差，叫開車送客。

這時，劉將軍跑了進來，笑道：「怎麼樣？沈小姐就要走麼？我還想請尚太太陪沈小姐聽戲呢。」鳳喜輕輕的說了一聲「不敢當」。雅琴代答道：「我妹子還有事，今天不能不回去，劉將軍要請，改一個日子，我一定奉陪的。」劉將軍道：「好好！就是就是！讓我的車子，送沈小姐回去吧。」雅琴笑道：「我知道劉將軍要不做一點人情，心裡是過不去的。那麼，大妹子，你就坐劉將軍的汽車去吧。」鳳喜只道了一聲「隨便吧」，也不能說一定要坐哪個的車子，一定不坐哪個的車子。於是尚氏夫婦和劉將軍，一同將鳳喜送到大門外來，一直在電燈光下，看她上了車，然後才進去。

鳳喜到家只一拍門，沈大娘和沈三玄都迎將出來。沈三玄見她是笑嘻嘻的樣子，也不由得跟著笑將起來。鳳喜一直走回房裡，便道：「媽！你快來快來。」沈大娘一進房，只見鳳喜衣裳還不曾換，將身子背了窗戶，在身上不斷的掏著，掏了許多鈔票放在床上，看那票子上的字，都是十元五元的，不由得失聲道：「哎呀，你是在哪裡……」說到一個「裡」字，自己連忙抬起自己的右手將嘴掩上，然後伸著頭望了鈔票，又望了一望鳳喜的臉，低低的微笑道：「果然的，你在哪裡弄來這些錢？」鳳喜把今天經過的事，低著聲音詳詳細細的說了，因笑道：「我一天掙這麼些個錢，這一輩子也就只這一次。可是我看他們輸錢的，倒真不在乎。那個劉將軍，還說請我去聽戲呢。」說到這句話，聲音可就大了。沈大娘道：「這可別亂答應。一個大姑娘家跟著一個爺們去聽戲，讓姓樊的知道了，可是不便。」一句未了，只聽到沈三玄在窗子外搭言道：「大嫂你怎麼啦？這位劉將軍，就是劉大帥的兄弟，這權柄就大著啦。」沈大娘和鳳喜同時嚇了一跳。沈大娘望屋子外頭一跑，向門口一攔，鳳喜就把床上的鈔票向被褥底下亂塞。沈三玄走到外面屋子裡，對沈大娘道：「大嫂！剛才我在院子裡聽到說，劉將軍要請大姑娘聽戲，這是難得的，人家給的這個面子可就大了，為什麼不能去？他既然是和尚太太算朋友，咱們高攀一點，也算是朋友。」沈大娘連忙攔住道：「這又礙著你什麼事？要你噼里啪啦說上一陣子。」沈三玄有一句話待說，吸了一口氣，就笑著忍回去了。他嘴裡雖不說，走回房去，心裡自是暗喜。

當下沈大娘裝著要睡，就去早早的關了北屋子門，這才到鳳喜屋子裡來將鈔票細細的點了五次，共是七百二十元。沈大娘一屁股坐在床上，拉著鳳喜的手，微笑著低聲道：「孩子，咱們今年這運氣可不算壞啊！湊上樊大爺留下的錢，這就是上千數了。要照著放印子錢那樣的盤法，過個周年半載，咱們就可以過個半輩子了。」鳳喜聽了，也是不住的微笑。到了睡覺的時候，在枕頭上還不住的盤算那一注子鈔票，應該怎樣花去。若是放在家裡，錢太多了，怕出什麼亂子；要存到銀行裡去，向來又沒有經歷過，不知道是怎麼一個手續；要是照母親的話，放印子錢，好是好，自己家裡，也借過印子錢用的，借人家三十塊錢，作為銅子一百吊，每三天還本利十吊，兩個月還清，整整是個對倍，母親還一回錢，背地裡就咒人家一次，總說他吃一個死一個，自己放起印子錢來，人家又不是一樣的咒罵嗎？想了大半晚上，也不曾想出一個辦法。有了這多鈔票，一點好處沒有得到，倒弄得大半晚沒有睡好。

次日清晨，一覺醒來，連忙就拿了鑰匙去開小箱子，一見鈔票還是整捲的塞在箱子犄角上，這才放了心。沈大娘一腳踏進房來，張著大嘴，輕輕的問道：「你幹什麼？」鳳喜笑道：「我做了一個噩夢。」說了將手向沈三玄的屋子一指道：「夢到那個人把錢搶去了，我和他奪來著，奪了一身的汗。你摸摸我的脊樑。」沈大娘笑道：「我也是鬧了一晚上的夢。別提了，鬧得酒鬼知道了，可真是個麻煩。」

她母女二人這樣的提防沈三玄，但是沈三玄一早起來，就出門去了，到晚半天他才回家。一見著鳳喜，就拱了拱手道：「恭喜你發了一個小財呀。我勸你去，這事沒有錯吧！」鳳喜道：「我發了什麼財？有錢打天上掉下來嗎？」沈三玄笑道：「雖然不能打天上掉下來，反正也來得很便宜。昨晚在尚家打牌，你贏了好幾百塊錢，那不算發個小財嗎？反正我又不想分你一文半文，瞞著我作什麼？我剛才到尚公館去，遇到那黃副官，他全對我說了，還會假嗎？他說了呢，尚太太今天晚上在第一舞臺包了個大廂，要請你去聽戲，讓我回來先說一聲，大概等一會就要派汽車來接你了。」鳳喜因道：「我贏是贏了一點款子，可是借了雅琴姊兩三百塊，還沒有還她呢。」沈三玄連連將手搖著道：「這個我管不著，我是問你聽戲不聽戲？」

當下鳳喜猶豫一陣，卻沒有答應出來。因見沈大娘在自己屋子裡，便退到屋子裡問她道：「媽！你說我去還是不去呢？要是去的話，一定還有尚師長劉將軍在內，老和爺們在一處，可有些不便。況且是晚晌，得夜深才能回來。要是不去，雅琴待我真不錯；況且今天又是為我包的廂，我硬要掃了人家面子，可是怪不好意思的。」她說著這話，眉頭皺了很深。沈大娘道：「這也不要什麼緊，愁得兩道眉毛拴疙瘩做什麼？你就坐了他們的車子到戲館子去走一趟，看一兩齣戲，早早的回來就是了。」沈三玄在外面屋子裡聽到這話，一拍手跳了起來道：「這不結了！有尚太太陪在一塊兒，原車子來，原車子去，要什麼緊！掇飾掇飾換了衣服等著吧！汽車一來，這就好走。」鳳喜雖覺得他這話，有點偏於奉承，但是真去坐著包廂聽戲，可不能不修飾一番。因此撲了一撲粉，又換了一件自己認為最得意的英綠紡綢旗衫。因為家樹在北京的時候，說她已經夠豔麗的了，衣服寧可清淡些，而況一個做女學生的人，也不宜穿得太華麗了。所以在鳳喜許多新裝項下，這一件衣服，卻是上品。

鳳喜換了衣服，恰好尚師長派來接客的汽車也就剛剛開到。押汽車的護兵已經熟了，敲了門進來就在院子裡叫道：「沈太太！我們太太派車子來接小姐了。」沈大娘從來不曾經人叫過太太，在屋子裡聽到這聲太太，立刻笑了起來道：「好好！請你們等一等吧。」兩個護兵答應了一聲「是」。沈大娘於是笑著對鳳喜道：「人家真太客氣了，你就走吧。」鳳喜笑著出了門，沈大娘本想送出去的，繼而一想，那護兵都叫了我是太太，自己可不要太看不起自己了，哪有一個太太，黑夜到大門口來關門的！因此只在屋子裡叫一聲：「早些回來吧。」鳳喜正自高興，一直上汽車去，也沒有理會她那句話。

這汽車一直開到第一舞臺門口，另有兩個護兵站了等候。一見鳳喜從汽車上下來，就上前叫著「小姐」，在前引路。二門邊戲館子裡的守門與驗票人，共有七八個。見著鳳喜前後有四個掛盒子炮的，都退後一步，閃在兩旁，一齊鞠著躬。還有兩個人說：「小姐，你來啦？」鳳喜怕他們會看出不是真小姐來，就挺著胸脯子並不理會他們，然後走了進去。到了包廂裡，果然是尚師長夫婦，和劉將軍在那裡。這是一個大包廂，前面一排椅子，可以坐四個人。鳳喜一進來，他們都站起來讓座。一眼看見劉將軍坐在北頭，正中空了一把椅子，是緊挨著他的，分明這就是虛席以待的了。本當不坐，下手一把椅子卻是雅琴坐的，她早是將身子一側，把空椅子移了一移，笑道：「我們一塊兒坐著談談吧。」鳳喜雖看到身後有四張椅子，正站著一個侍女，兩個女僕，自己決不能與她們為伍，只得含著笑坐下來。剛一落座，劉將軍便斟了一杯茶，雙手遞到她面前欄杆扶板上，還笑著叫了一聲「沈小姐喝茶」，接上又把碟子裡的瓜子、花生、糖、陳皮梅、水果之類，不住的抓著向面前遞送。鳳喜只能說著「不要客氣」，可沒有法子禁止他。

這個時候，臺上正演的是一齣三擊掌，一個蒼髯老生呆坐著聽，一個穿了宮服的旦角，慢慢兒的唱，一點引不起觀客的興趣。因之滿戲園子裡，只聽到一種轟隆轟隆鬧蚊子的聲浪，先是少數人說話，後來聽不見唱戲，索性大家都說話。劉將軍也就向著鳳喜談話，問她在哪家學校，學校裡有些什麼功課。由學校裡，又少不得問到家裡。劉將軍聽她說只有一個叔叔，閒在家裡，便問：「從前他幹什麼的呢？」鳳喜想要說明，怕人家看不起，紅著臉，只說了一句「是做生意」，劉將軍也就笑了。

這裡鳳喜越覺得不好意思，就回轉頭來和雅琴說話。只見她項脖上掛了一串珠圈，在那雪青綢衫上，直垂到胸脯前，卻配襯得很明顯，因笑問道：「這珠子買多少錢啦？」她問時，心裡也想著，曾見人在洋貨鋪裡買的，不過是幾毛錢罷了。她的雖好，大概也不過一兩塊錢。心裡正自盤算著，可不敢問出來。不料雅琴答覆著道：「這個真倒是真的，珠子不很大，是一千二百塊錢買的。」鳳喜不覺心裡一跳，復又問一聲道：「多少錢呢？」雅琴道：「一千二百塊錢買的，貴了嗎？有人說只值八九百塊錢呢。」鳳喜將手托了珠圈，偏著頭做出鑑賞的樣子，笑道：「也值呢！前些時我看過一副不如這個的，還賣這樣的價錢呢。」只在這時，鳳喜索性看了看雅琴穿的衣服。只覺那料子又細又亮，可是不知道這個該叫什麼名字。再看那料子上，全用了白色絲線繡著各種白鶴，各有各式的樣子，兩隻袖口和衣襟的底襬，卻又繡了浪紋與水藻，都是綠白的絲線配成的。這一比自己一件英綠的半新紡綢旗衫，清雅都是一樣，然而自己一方，未免顯著單調與寒酸起來。估量著這種衣料，又不知道要值一百八十，自己不要瞎問，給人笑話。於是就把詞鋒移到看戲上去，問唱的戲是什麼意思？戲詞是怎樣？雅琴望著劉將軍，將嘴一努，笑道：「喏！你問他。他是個老戲迷，大概十齣戲，他就能懂九齣。」

鳳喜自從昨日劉將軍放一牌和了清一色，就覺得和這人說話有點不便。但是人家總是一味的客氣，怎能置之不理！他滔滔不絕的說著，鳳喜也只好帶一點笑容，半晌答應一句很簡單的話。大家正將戲看得有趣，那尚師長忽然將眉毛連皺了幾皺，因道：「這戲館子裡空氣真壞，我頭暈得天旋地轉了。」雅琴聽說，連忙掉轉身來，執著尚師長的手，輕輕的道：「今天的戲也不大好，要不，我們先回去吧。」尚師長道：「可有點對不……」劉將軍一迭連聲的說：「不要緊，不要緊，回頭沈小姐要回家，我可以用車送她回去的。」鳳喜聽說，心裡很不願意。但是自己既不能挽留有病的人不回家，就是自己要說回去，也有點和人存心鬧彆扭似的，只是站了起來，躊躇著說不出所以然來。在她這躊躇期間，雅琴已是走出了包廂，連叫了兩聲「對不住」，說「改天再請」，於是她和尚師長就走了。

這裡鳳喜只和劉將軍兩人看戲，椅後的女僕，早是跟著雅琴一同回去。這時鳳喜雖然兩隻眼注射在臺上，然而臺上的戲，演的是些什麼情節，卻是一點也分不出來。本來坐著的包廂，臨頭就有一架風扇，吹得非常涼快的，偏是身上由心裡直熱出來，熱透脊樑，彷彿有汗跟著向外冒。肚子裡有一句要告辭回家的話，幾次要和劉將軍說，總覺突然，怕人家見怪。本來劉將軍就處處體貼，和人家同坐一個包廂，多看一會兒戲，也很不算什麼，難道這一點面子都不能給人？因此坐在這裡，儘管是心不安，那一句話始終不能說出來，還是坐著。劉將軍給她斟了一杯茶，她笑著欠了一欠身子。劉將軍趁著這機會望了她的臉道：「沈小姐！今天的戲不大很好，這個禮拜六，這兒有好戲，我請沈小姐再來聽一回，肯賞光嗎？」鳳喜聽說，頓了一頓，微笑道：「多謝！怕是沒有工夫。」劉將軍笑道：「現在是放暑假的時候，不會沒有工夫。乾脆，不肯賞光就是了。既不肯賞光，那也不敢勉強。剛才沈小姐看著尚太太一串珠鏈，好像很喜歡似的，我家裡倒收著有一串，也許比尚太太的還好，我想送給沈小姐，不知道沈小姐肯不肯賞收？」鳳喜兩個小酒窩兒一動，笑道：「那怎樣敢當！那怎樣敢當！」劉將軍道：「只要肯收，我一定送來。府上在大喜胡同門牌多少號？」鳳喜道：「門牌五號。可是將軍送東西去，萬不敢當的。」說著又笑了。——由這裡起，兩人索性談起話來，把戲臺上的戲都忘了。說著話，不知不覺戲完了。劉將軍笑道：「沈小姐！讓我送你回去吧。夜深了，雇車是不容易的。」鳳喜只說「不客氣」，卻也沒有拒絕。劉將軍和她一路出了戲院門。劉將軍的汽車是有護兵押著的，就停放在戲院門口。要上車之際，劉將軍不覺攙了鳳喜一把，跟著一同坐上車去。上車以後，劉將軍卻吩咐站在車邊的護兵，不必跟車，自走了回去。隨手又把車篷頂上嵌著的那盞乾電池電燈給擰滅了。

汽車走得很快，十分鐘的時間，鳳喜已經到了家門口。劉將軍擰著了電燈，小汽車夫便跳下車來開了車門。鳳喜下了車，劉將軍連道：「再見再見！」鳳喜也沒有作聲，自去拍門。門鈴只一響，沈大娘一迭連聲答應著出來開了門。一面問道：「就是前面那汽車送你回來的嗎？我是叫你去了早點回，還是等戲完了才回來嗎？一點多鐘了，這真把我等個夠。」鳳喜低了頭，悄然無語的走回房去。沈大娘見她如此，也就連忙跟進房來。見她臉上紅紅的，額前垂髮，卻蓬鬆了一點。輕輕問道：「孩子，怎麼了？」

鳳喜強笑道：「不怎麼樣呀？幹嘛問這句話？」沈大娘道：「也許受了熱吧？瞧你這不自在的樣子。」鳳喜道：「可不是！」沈大娘覺著尚太太請聽戲，也不至於有什麼岔事，也就不問了。

這裡鳳喜慢慢的換著衣履，卻在衣袋裡又掏出一捲鈔票來，點了一點，乃是十元一張的三十張。心想：這錢要不要告訴母親呢？當他在汽車上，捉著我的手，把鈔票塞我手裡的時候，說「這三百塊錢，拿去還尚太太的賭本吧」，我不該收他的就好了，因之讓他小看了我。就說「沈小姐，你以為我不知道你的歷史嗎？你和從前的尚太太幹一樣的事情哩」。——他能說出這話來，所以他就毫無忌憚了。想到這裡，呆呆的坐在小鐵床上，左手捏著那一捲鈔票，右手卻伸了食指中指兩個指頭，去撫摩自己的嘴唇。想到這裡，起身掩了房門又坐下，心想他說明天還要送一串珠圈給我，若是照雅琴的話，要值一千多塊錢。一個新見面的人，送我這重的禮，那算什麼意思呢？據他再三的說，他的太太是去世了的，那末，他對於我……想到這裡，不由得沉沉地想。

鳳喜一手扶了臉，正偏過頭去，只見壁上掛著的家樹半身相，微笑的向著自己。也不知什麼緣故，忽然打了一個寒噤，接上就出了一身冷汗，不敢看了。於是連忙將枕頭挪開，把那一捲鈔票，塞在被褥底下。就只這一掀，卻看見那裡有家樹寄來的幾封信，將信封拿在手上，一封一封的將信紙抽出來看了一看。信上所說的，如「自別後，看見十六七歲的女郎就會想到你」；「我們的事情，慢慢的對母親說，大概可望成功。我向來不騙母親，為了你撒謊不少，我說你是個窮學生呢，母親倒很贊成這種人。以後回北京我們就可以公開的一路走了」；「母親完全好了，我恨不得飛回北京來。因為我們的前途，將來是越走越光明的。我要趕回來過過這光明的愛情日子」；「我們的愛情決不是建築在金錢上，我也決不敢把這幾個臭錢來侮辱你。但是我願幫助你能夠自立，不至於像以前去受金錢的壓迫」。這些話，在別人看了，或者覺得很平常，鳳喜看了，便覺得句句話都打入自己的心坎裡。看完信之後，不覺得又抬頭看了一看家樹的相，覺得他在鎮靜之中，還含著一種安慰人的微笑。他說決不敢拿金錢來侮辱我。但是願幫助我自立，不受金錢的壓迫，這是事實。要不然他何必費那些事送我進職業學校呢？在先農壇唱大鼓書的時候，他走來就給一塊錢，那天他決沒有想到和我認識的，不過是幫我罷了。不是我們找他，今天當然還是在鐘樓底下賣唱。現在用他的錢，培植自己成了一個小姐，馬上就要背著他做對不住他的事，那末，良心上說得過去嗎？那劉將軍那一大把年紀，又是一個粗魯的樣子，哪有姓樊的那樣溫存！姓劉的雖然能花錢，我不用他的錢，也沒有關係。姓樊的錢，雖然花得不像他那樣慷慨，然而當日要沒有他的錢，就成了叫化子了。想著又看看家樹的相，心裡更覺不安。有了，我今天以後，不和雅琴來往也就是了。於是脫了衣服，滅了電燈，且自睡覺。

鳳喜一挨著枕頭，卻想到枕頭下的那一筆款子。更又想到劉將軍許的那一串珠子，想到雅琴穿的那身衣服，想到尚師長家裡那種繁華，設若自己做了一個將軍的太太，那種舒服，恐怕還在雅琴之上。劉將軍有些行動，雖然過粗一點，那正是為了愛我。哪個男子又不是如此的呢？我若是和他開口，要個一萬八千，決計不成問題，他是照辦的。我今年十七歲，跟他十年也不算老。十年之內，我能夠弄他多少錢！我一輩子都是財神了。想到這裡，洋樓，汽車，珠寶，如花似錦的陳設，成群結隊的傭人，都一幕一幕在眼面前過去。這些東西，並不是幻影，只要對劉將軍說一聲「我願嫁你」，一齊都來了。生在世上，這些適意的事情，多少人希望不到，為什麼自己隨便可以取得，倒不要呢？雖然是用了姓樊的這些錢，然而以自己待姓樊的而論，未嘗對他不住。退一步說的話，就算白用了他幾個錢，我發了財，本息一併歸還，也就對得住他了。這樣掉背一想，覺得情理兩合。於是汽車，洋房，珠寶，又一樣一樣的在眼前現了出來。鳳喜只覺富貴逼人來，也不知道如何措置才好。彷彿自己已是貴夫人，就正忙著料理這些珠寶財產，卻忘了在床上睡覺。

正是這樣神魂顛倒的時候，忽有一種聲音，破空而來，將她的迷夢驚醒，好像家樹就在面前微笑似的。要知道這是一種什麼聲音，下回交代。

第十二回　比翼羨鶯儔還珠卻惠　捨身探虎穴鳴鼓懷威

卻說鳳喜睡在床上，想了一宿的心事，忽然噹噹噹一陣聲音，由半空傳了過來，倒猛然一驚。原來離此不遠，有一幢佛寺，每到天亮的時候，都要打上一遍早鐘，鳳喜聽到這種鐘聲，這才覺得顛倒了一夜。心想，我起初認識樊大爺的時候，心裡並沒有這樣亂過，今天我這是為著什麼？這劉將軍不過是多給我幾個錢，對於情義兩個字，哪裡有樊大爺那樣體貼！樊大爺當日認得我的時候，我是什麼樣子？現在又是什麼樣子？那個時候沒有飯吃，就一家都去巴結人家。而今還吃著人家的飯，看著別人比他闊，就不要他，良心太講不過去了。這時窗紙上慢慢的現出了白色，屋子裡慢慢的光亮。睜眼一看，便見牆上所掛著家樹的相，正向人微笑。鳳喜突然自說了一句道：「這是我不對。」沈大娘正也醒了，便在那邊屋子問道：「孩子！你嚷什麼？說夢話嗎？」鳳喜因母親在問，索性不作聲，當是說了夢話，這才息了一切的思慮。睡到正午十二點鐘以後，方才醒過來。

鳳喜起床後，也不知道是何緣故，似乎今日的精神，不如往日那樣自然。沈大娘見她無論坐在哪裡，都是低了頭，將兩隻手去搓手絹，手絹不在手邊，就去捲著衣裳角，因問道：「你這是怎麼了？別是昨夜回來著了涼吧？本來也就回來得太晚一點啦。」鳳喜對於此話也不承認，也不否認，總是默然的坐著。一人坐在屋子裡，正想到床頭被褥下，將家樹寄來的信，又看上一遍，一掀被褥，就把劉將軍給的那捲鈔票看到了，便想起這錢放在被褥下，究是不穩當。就拿著點了一點數目，打開自己裝零碎什物的小皮箱，將鈔票收進去。正關上箱子時，只聽得沈三玄由外面一路嚷到北屋子裡來。說是劉將軍派人送東西來了。鳳喜聽了這話，倒是一怔，手扶了小箱子蓋，只是呆呆的站著。

過了一會子，沈大娘自己捧了一個藍色細絨的圓盒子進來，揭開蓋子雙手托著，送到鳳喜面前，笑道：「孩子！你瞧，人家又送這些東西來了。」鳳喜看了，只是微微一笑。沈大娘道：「我聽說珍珠瑪瑙，都是很值錢的東西，這大概值好幾十塊錢吧。」鳳喜道：「趕快別嚷，讓人聽見了，說咱們沒有見過世面。雅琴姊一掛，還不如這個呢，都值一千二百多，這個當然不止呢。」沈大娘聽了這話，將盒子放在小茶桌上，人向後一退，坐在床上，半晌說不出話來，只望了鳳喜的臉。鳳喜微笑道：「你以為我冤你嗎？我說的是真話。」沈大娘輕輕一拍手道：「想不到，一個生人，送咱們這重的禮，這可怎麼好？」這時，沈三玄道：「大嫂！人家送禮的，在那裡等著哩。他說讓咱們給他一張回片；他又說，可別賞錢，賞了錢，回去劉將軍要革掉他的差事。」鳳喜聽說，和沈大娘都笑了。於是拿了一張沈鳳喜的小名片，讓來人帶了回去。

這個時候，劉將軍又在尚師長家裡，送禮的人拿了名片，一直就到尚家回信。劉將軍正和尚師長在一間私室裡，躺著抽大煙。銅床下面橫了一張方凳子，尚師長的小丫頭小金翠兒，燒著煙兩邊遞送。劉將軍橫躺在三個疊著的鴨絨方枕上，眼睛鼻子歪到一邊，兩隻手捧著煙槍塞在嘴裡，正對著床中間煙盤裡一點豆大的燈光，努力的吞吸。屋頂上下垂的電扇，遠遠有風吹來，微微的拂動綢褲腳，他並不理會，加上那燈頭上煙泡子嘰哩呼嚕之聲，知道他吸得正出神了。就在這個時候，送禮的聽差一直到屋子裡來回話。劉將軍一見他，翻了眼睛，可說不出話來，卻抬起一隻手來，向那聽差連招了幾招，一口氣將這筒煙吸完，一頭坐了起來，抿緊了嘴不張口。小金翠兒連忙在旁邊桌上斟了一杯茶，雙手遞到劉將軍手上。他接過去，昂起頭來，咕嘟一聲喝了，然後噴出煙來，在面前繞成了一團，這才問道：「東西收下了嗎？」聽差道：「收下了。」說著，將那張小名片呈了過去。劉將軍將手一揮，讓聽差退出去，然後笑著把名片向嘴上一貼，叫了一聲：「小人兒！」

尚師長正接過小金翠兒燒好的煙要吸，見他有這個動作，便放下煙槍，笑著叫了他的名字道：「德柱兄！瞧你這樣子，大概你是自己要留下來的了。我好容易給大帥找著一個相當的人兒，你又要了去。」劉將軍笑道：「我們大爺有的是美人，你給他找，緩一步要什麼緊！」尚師長也坐了起來，拍了一拍劉將軍的肩膀道：「人家是有主兒的，不是落子館裡的姑娘，出錢就買得來的。」劉將軍道：「有主兒要什麼緊！漫說沒出門，還是人家大閨女，就算出了門子，讓咱們爺們愛上了，會弄不到手嗎？你猜怎麼著？」說到這裡，眼望著小金翠兒，就向尚師長耳朵裡說了幾句。尚師長道：「這是昨晚晌的事嗎？我可不敢信。」劉將軍道：「你不信嗎？我馬上試驗給你看看。」於是將床頭邊的電鈴按了一按，吩咐聽差將自己的汽車開到沈小姐家去，就說劉將軍在尚師長家裡，接沈小姐到這裡來打小牌玩兒。聽差傳話出去，兩個押車的護兵就駕了汽車，飛馳到沈家來。

這時，鳳喜正坐在屋子裡發愁，她一手撐了桌子托著頭，只管看著玻璃窗外的槐樹發呆。一枝橫枝上，正有兩個小麻雀兒站著，一個小麻雀兒站著沒動，一個小麻雀兒在那麻雀左右，展著小翅膀，搖動著小尾巴，跳來跳去，口裡還不住喳喳的叫著。沈大娘坐在一張矮凳上，拿了一柄蒲扇，有一下沒一下的招著，輕輕的道：「這事透著奇怪。幹嘛他送你這些東西哩？照說咱們不怕錢咬了手，可知道他安著什麼心眼兒哩？我也不知道怎麼回事，今天只是心裡跳著，也不知道是愛上了這些錢，也不知道是怕事。」說時用手摸了一摸胸口。鳳喜道：「我越想越怕了，樊大爺待咱們那些個好處，咱們能夠一掉過臉來就忘了嗎？」

正說到這裡，只聽見院子裡有人叫道：「密斯沈在家嗎？」鳳喜向玻璃窗外看時，只見她的同學雙璧仁，站在槐樹蔭下。她穿著一件水紅綢敞領對襟短衣，翻領外套著一條寶藍色長領帶，光著一大截胳膊，和一片白胸脯在外面；下面繫著寶藍裙子，只有一尺長，由上至下，露著整條套著白絲襪的圓腿；手上卻挽著一頂細梗草帽。鳳喜笑道：「嚯！打扮得真俏皮，上哪兒打拳去？」一面說著，一面迎出院子來。雙璧仁笑道：「我知道你有一支好洞簫，今天借給我們用一用，行不行？」鳳喜道：「可以。談一會兒再去吧，我悶得慌呢！」雙璧仁笑道：「別悶了，你們密斯脫樊快來了。我今天可不能坐，大門外還有一個人在那裡等著呢！」鳳喜笑道：「是你那人兒嗎？」雙璧仁笑著咬了下唇，點了點頭。鳳喜道：「不要緊，也可以請到裡面來坐坐呀！」雙璧仁道：「我們上北海划船去，不在你這兒打攪了。」鳳喜點了點頭，就不留她了，取了洞簫交給她，攜著她的手，送出大門。果然一個西裝少年，正在門口徘徊，見了鳳喜，笑著點了一個頭，就和雙璧仁並肩而去。雙璧仁本來只有十七八歲，這西裝少年，也不過二十邊，正是一對兒。她心裡不由得想著，郎才女貌，好一個黃金時代啊！論起樊大爺來，不見得不如這少年；只是雙女士是位小姐，我是個賣藝的，這卻差遠了。然而由此可知樊大爺更是待我不錯。望著他二人的後影，卻呆呆的站住。

一陣汽車車輪聲，驚動了鳳喜的知覺。那一輛汽車，恰好停在自己門口，鳳喜連忙縮到屋子裡去。一會便聽到沈大娘嚷進來，說是劉將軍派汽車來接，到尚師長家裡去打小牌玩兒。鳳喜皺眉道：「今天要我聽戲，明天要我打牌，咱們這一份兒身分，夠得上嗎？我可不去。」沈大娘道：「呀！你這是什麼話呢？人家劉將軍和咱們這樣客氣，咱們好意思駁回人家嗎？」鳳喜掀著玻璃窗上的紗幕，向外看了一看，見沈三玄不在院子裡，便回轉頭來，正色向沈大娘道：「媽！我現在要問你一句話，設若你現在也是一個姑娘，要是找女婿的話，你是願意像雙小姐一樣，找個品貌相當的人，成雙成對呢？還是只在乎錢，像雅琴姊，去嫁一個黑不溜秋的老粗呢？」沈大娘聽她這話，先是愣住了，後就說道：「你的話，我也明白了。可是什麼師長，什麼將軍，全是你自己去認得的，我又沒提過半個字。」鳳喜道：「那就是了，什麼廢話也不用說。勞你駕，你給我走一趟，把這個珠圈和他給我的款子，送還給他。咱們不是陪老爺們開心的，他有錢，到別地方去抖吧。」說著，忙開了箱子，把珠圈和那三百元鈔票，一齊拿了出來，遞給沈大娘。沈大娘見鳳喜的態度這樣堅決，便道：「你不去就不去，他還能把你搶了去嗎？幹嘛把這些東西送還他呢？」鳳喜冷笑道：「你不想想他送這些東西給我們幹嘛的嗎？你收了他的東西，要想不去，可是不成呢。我剛才不是說了嗎，你是不是光貪著錢呢？你既然不是光貪著錢，那我就請你送回去。」沈大娘將東西捧在手裡，不免要仔細籌劃一番。尤其是那三百元鈔票，事先並不知道有的，原來昨晚劉將軍送她回家，還給了這些錢，怪不得鬧著一宿都不安了。因點了點頭道：「我哪有不樂意發財的！不過這個錢，倒是不好收。你既然是不肯收，自然你的算盤打定了的。那末，我也犯不著多你的什麼事，就給你送回去。可是這事別讓酒鬼知道，我看這件事，他是在裡頭安了心眼兒的。」鳳喜冷笑道：「這算你明白了。」

沈大娘又猶疑了一陣子，看看珠子，又看看鈔票，歎了一口氣，就走出去對來接的人道：「我們姑娘不大舒服，我親自去見你們將軍道謝吧。」接的人，本不知道這裡面的事情，現在見有這屋裡的主人出來，不愁交不了差，便和沈大娘一路去了。鳳喜很怕沈三玄知道，又要來糾纏，因此躲在屋裡也不敢出去。不多一會兒，只聽沈三玄在院子裡叫道：「大嫂！我出去了，你來帶上門。今天我們大姑娘，又不定要帶多少鈔票回來了，明天該給我幾個錢去買煙土了吧。」說畢，唱著「孤離了龍書案」的二簧，走出門去了。鳳喜關了門，一人在院子裡徘徊著，卻聽到鄰居那邊有婦人的聲音道：「唉！我是從前錯了，圖他是個現任官，就受點委屈跟著他了。可是他倚恃著他有幾個臭錢，簡直把人當牛馬看待。我要不逃出來，性命都沒有了。」又一婦人答道：「是啊！年輕輕兒的，幹嘛不貪個花花世界？只瞧錢啊。你沒聽見說嗎，當家是個年輕郎，餐餐窩頭心不涼。大姐！你是對了。」鳳喜不料好風在隔壁吹來，卻帶來這種安慰的話，自然的心曠神怡起來。

約有一個半小時，沈大娘回來了。這次，可沒有那帶盒子炮的護兵押汽車送來，沈大娘是雇了人力車子回來的。不等到屋裡，鳳喜便問：「他們怎樣說？」沈大娘道：「我可怯官，不敢見什麼將軍。我就一直見著雅琴，說是不敢受人家這樣的重禮，況且你妹子，是有了主兒的人，也不像從前了。雅琴是個聰明人，我一說，她還有什麼不明白！她也就不往下說了。我在那兒的時候，劉將軍請她到前面客廳裡說話去的，回來之後，臉上先是有點為難似的，後來也就很平常了。我倒和她談了一些從前的事才回來，大概以後他們不找你來了。」鳳喜聽了這話，如釋重負，倒高興起來。到了晚上，原以為沈三玄知道了一定要囉唆一陣的，不料他只當不知道，一個字也不提。

到了第三日，有兩個警察闖進來查戶口，沈三玄搶著上前說了一陣，報告是唱大鼓書的，除了自己，還有一個姪女鳳喜，也是幹這個的。鳳喜原來報戶口是學界，叔叔又報了是大鼓娘，很不歡喜。但是他已經說出去了，挽回也來不及，只得罷了。

又過了一天，沈三玄整天也沒出去。到了下午三點鐘的時候，一個巡警領了三個帶盒子炮的人，衝了進來。口裡先嚷道：「沈鳳喜在家嗎？」鳳喜心想誰這樣大名小姓的，一進門就叫人？掀了玻璃窗上的白紗一看，心裡倒是一怔：這為什麼？這個時候，沈三玄迎了上前，就答道：「諸位有什麼事找她？」其中一個護兵道：「你們的生意到了。我們將軍家裡今天有堂會，讓鳳喜去一下。」沈大娘由屋子裡迎了出去道：「老總！你錯了。鳳喜是我閨女，她從前是唱大鼓，可是現在她念書，當學生了。怎麼好出去應堂會？」一個護兵道：「你怎麼這樣不識抬舉？咱們將軍看得起你，才叫你去唱堂會，你倒推諉起來。」第二個護兵就道：「有工夫和他們說這些個嗎？揍！」只說了一個「揍」字，只聽砰的一聲，就碎了門上一塊玻璃。沈三玄卻作好作歹，央告了一陣，把四個人勸到他屋子裡去坐了。

沈大娘臉上嚇變了色，呆坐在屋子裡，作聲不得。鳳喜伏在床上，將手絹擦著眼淚。沈三玄卻同一個警察一路走了進來，那警察便道：「這位大娘！你們姑娘，現在是學生，我也知道。我天天在崗位上，就看見她夾了書包走過去的。可是你們戶口冊上，報的是唱大鼓書。人家打著官話來叫你們姑娘去，這可是推不了的。再說……」沈大娘生氣道：「再說什麼？你們都是存心。」沈三玄便對巡警笑道：「你這位先生，請到外面坐一會兒，等我慢慢的來和我大嫂說吧。」說著，又拱了拱手，巡警便出去了。沈三玄對沈大娘道：「大嫂！你怎麼啦？我們犯得上和他們一般見識嗎？說翻了，他真許開槍。好漢不吃眼前虧，他們既然是駕著這老虎勢子來了，肯就空手回去嗎？我想既然是堂會，自然不像上落子館，讓大姑娘對付著去一趟，早早的回來，就結了。誰叫咱們從前是幹這個的！若說將來透著麻煩，咱們趁早找房子搬家。以後隱姓埋名，他也沒法子找咱們了。你若是不放心，我就和大姑娘一路去。再說堂會裡，也不是咱們姑娘一個人，人家去得，咱們也去得，要什麼緊！」

沈大娘正想駁三玄的話，在竹簾子縫裡，卻見那三個護兵，由三玄屋子裡搶了出來。其中有一個，手扶著裝盒子炮的皮袋，向著屋子裡瞪著眼睛，喝道：「誰有這麼些工夫和你們廢話，去，不去，乾脆就是一句。你若是不去，我們有我們的打算。」說著話時，手就去解那皮袋的扣子，意思好像是要抽出那盒子炮來。沈大娘「喲」了一聲，身子向旁邊一閃，臉色變成白紙一般。沈三玄連連搖手道：「不要緊！不要緊！」說著，又走到院子裡去。賠著笑作揖道：「三位老總！再等一等吧。她已經在換衣服了，頂多還有十分鐘，請抽一根煙吧。」說著，拿出一盒煙捲，躬著身子，一人遞了一支。然後笑著又拱了一拱手。那三個護兵，經不住他這一份兒央告，又到他屋子裡去了。

當下沈三玄將腦袋垂得偏在肩膀上，顯出那萬分為難的樣子，走進屋來，皺著眉對沈大娘道：「你瞧我這份為難。」又低了一低聲音道：「我的嫂嫂！那槍子兒，可是無情的。若是真開起槍來，那可透著麻煩。」沈大娘這兩天讓劉將軍、尚師長一抬，已經是不怕兵，現在讓盒子炮一嚇，又怕起來了，一句話也說不出。沈三玄道：「姑娘！你瞧你媽這份兒為難，你換件衣服，讓我送你去吧。」

鳳喜這時已哭了一頓子，又在窗戶下躲著看了一陣，見那幾個護兵，在院子裡走來走去，那大馬靴只管走著咯吱咯吱的響，也呆了。聽了三玄說陪著一路去，膽子略微壯了一些，正要到外面屋子裡去和母親說兩句，兩隻腳卻如釘在地上一般，提不起來。停了一停，扶著壁子走出來，只見她母親兩隻胳膊互相抱著，渾身如篩糠一般的抖。鳳喜將兩手慢慢的撫摸著頭髮，望了沈大娘道：「既是非去不可，我就去一趟。反正也不能把我吃下去。」沈三玄拍掌一笑道：「這不結了！大姑娘！我陪你去，保你沒事回來，你趕快換衣服去。」鳳喜道：「咱們賣的是嘴，又不是開估衣鋪，穿什麼衣服去。」

只在這時，已經有一個兵闖進屋來，問道：「鬧了半天，怎麼衣服還沒有換呢？我們上頭有命令，差使辦不好，回去交不了數，那可別怪我們弟兄們不講面子了。」沈三玄連道：「這就走！這就走！」說著話，將鳳喜先推進屋子裡去。隨後兩手拖起沈大娘離開椅子，也將她推進屋去。當她們進了屋子，其餘兩個兵，也進了外面屋子了。娘兒倆話也不敢說，鳳喜將冷手巾擦了一擦臉上的淚痕，換了件長衣，走到外面屋子裡，低聲說道：「走哇！」三個兵互相看著，微笑了一笑，走出了院子。沈三玄裝出一個保護人的樣子，緊緊跟隨鳳喜，一同上了汽車，一直開到劉將軍家來。

一路上，鳳喜心裡想著，所謂堂會，恐怕是靠不住的事。我是個不唱大鼓書的人了，為什麼一定要我去？及至到了劉將軍家門首，一見汽車停了不少，是個請客的樣子，堂會也就不假了。下了車，三玄已不見，就由兩個護兵引導，引到一所大客廳前面來。客廳前簾子高掛，有許多人在裡面。有躺在藤榻上的，有坐著說話的，有斜坐軟椅上，兩腳高高支起，抽著煙捲的。看那神情，都是大模大樣。劉將軍、尚師長也在那裡，今天見面，那一副面孔，可就不像以前了，望著一睬也不睬。

這大廳外是個院子，院子裡搭著涼棚，六七個唱大鼓書的姑娘，都在那裡向著正面客廳坐著。鳳喜也認得兩三個，只得上前招呼，坐在一處。因為這院子裡四圍，都站著拿槍的兵，大姑娘們，都斯斯文文的，連咳嗽起來，都掏出手絹來捂住了嘴。坐了一會，由客廳裡走出一個武裝馬弁，帶了護兵，就在涼棚中間，向上列著鼓案，先讓幾個大鼓娘各唱了一支曲子。隨後，客廳裡電燈亮了，中間正擺著筵席，讓客入座。

這時，劉將軍將手向外一招道：「該輪著那姓沈的小妞兒唱了，叫她就在咱們身邊唱。」說著，用手向酒席邊地上一指，表示是要她在那裡唱的意思。馬弁答應著，在外面將沈三玄叫了進來。沈三玄提著三弦子走到客廳裡去，突然站定了腳，恭恭敬敬向筵席上三鞠躬。鳳喜到了這種地步，也無可違抗，便低了頭，走進客廳。沈三玄已是和別人借好了鼓板，這時由一個護兵捧了進來。所放的地方，離著筵席，也不過二三尺路。劉將軍見她進來，倒笑著先說道：「沈小姐！勞駕，我們可就不客氣了。」說時，他用手上的筷子，照著席面，在空中畫了一個大圈。然後將筷子向鳳喜一指，笑道：「諸位！你可別小瞧了人，這是一位女學生啦。我有心抬舉她，和她交個朋友，她可使出小姐的身分，不肯理我。可是我有張天師的照妖鏡，照出了她的原形。今天叫兩個護兵，就把她提了來了。今天我得讓我的同行，和她的同行，比上一比，瞧瞧咱們可夠得上交個朋友？」沈三玄聽說，連忙放下三弦，走近前一步，向劉將軍請了一個安，滿面是笑道：「將軍！請你息怒。我這姪女兒，她是小孩子，不懂事。她得罪了將軍，讓她給將軍賠上個不是，總讓將軍平下這口氣。」劉將軍眼睛一瞪道：「你是什麼東西？這地方有你說話的份兒？」說著，端起一杯酒，照著沈三玄臉上潑了過去。沈三玄碰了這樣一個大釘子，站起來，便偏到一邊去。

這時，尚師長已是伸手搖了兩搖，笑道：「德柱！你這是何必，犯得著跟他們一般見識。他既然是說，讓鳳喜給你賠不是，我們就問問他，這個不是，要怎樣的賠法？」說著話時，偷眼看看鳳喜，只見鳳喜手扶著鼓架，背過臉去，只管抬起手來擦著眼睛；沈三玄像木頭一般筆直的站著。便笑道：「你這一生氣不打緊，把人家逼得那樣子。」說時，將手向沈三玄一揮，笑道：「得！你先和她唱上一段吧。唱得劉將軍一開心，不但不罰你，還有賞呢。」沈三玄借了這個機會，請了一個安，就坐下去，彈起三弦子來。

鳳喜一看這種形勢，知道反抗不得，只好將手絹擦了一擦眼睛，回轉身來，打著鼓板，唱了一支黛玉悲秋。劉將軍見她那楚楚可憐的模樣兒，又唱得這樣淒涼婉轉，一腔怒氣，也就慢慢消除。鳳喜唱完，合座都鼓起掌來。劉將軍也笑著吩咐馬弁道：「倒一杯茶給這姑娘喝。」尚師長便向鳳喜笑道：「怎麼樣？我說劉將軍自然會好不是？你這孩子，真不懂得哄人。」他一說，合座大笑起來。鳳喜心想，你這話分明是侮辱我，我憑什麼要哄姓劉的？心裡正在發狠，手上讓人碰了一碰，看時，一個彪形大漢，穿了武裝，捧了一杯茶送到面前來。鳳喜倒吃了一驚，便勉強微笑著道了「勞駕」，接過茶杯去。劉將軍道：「鳳喜！你唱得是不錯，可是剛才唱的那段曲子，顯著太悲哀，來一個招樂兒的吧。」尚師長道：「那末，唱個大妞兒逛廟吧。」劉將軍笑道：「不！還是來個拴娃娃吧。」這一說，大家都看著鳳喜微笑。

原來舊京的風俗，凡是婦人，求兒子不得的，或者閨女大了，沒有找著婆婆家，都到東嶽廟裡去拴娃娃。拴娃娃的辦法，就是身上暗藏一根細繩子，將送子娘娘面前泥型小孩，偷偷的拴上。這拴娃娃的大鼓詞，就是形容婦人上廟拴娃娃的一段事情，出之於妙齡女郎之口，當然是一件很有趣的事了。而且唱這種曲子，不但是需要口齒伶俐，而且臉上總要帶一點調皮的樣子，才能合拍。若是板著一副面孔唱，就沒有意思了。鳳喜不料他們竟會點著這種曲子，正要說「不會」時，沈三玄就對她笑道：「姑娘！你對付唱一個吧。」劉將軍道：「那不行！對付唱不行，一定得好好的唱。若是唱得不好，再唱一遍，再唱不好，還唱三遍，非唱好不能完事。」鳳喜一肚子苦水，臉上倒要笑嘻嘻的逗著老爺們笑，恨不得有地縫都鑽了下去。轉身一想，唱好既是可以放走，倒不如哄著他們一點，早早脫身為妙。心思一變，馬上就笑嘻嘻的唱將起來。滿席的人，不像以前那樣愛聽不聽的了，聽一段，叫一陣好，聽一段，叫一陣好。

鳳喜把這一段唱完，大家都稱讚不已，就有人說：「咱們都是拿槍桿兒的，要談個賞罰嚴明。她先是得罪了劉將軍，所以罰她唱，現在唱得很好，就應該賞她一點好處。」劉將軍用兩個指頭撐著上嘴唇短鬍子的尖端，就微微一笑。因道：「對付這位姑娘，可是不容易說個賞字，我送過她上千塊錢的東西，她都給我退回來了。我還有什麼東西可賞呢？」尚師長笑道：「別盡談錢啦。你得說著人話，沈姑娘只談個有情有義，哪在乎錢！」劉將軍笑道：「是嗎？那就讓你也來坐一個，咱們還交朋友吧。」說著，先向鳳喜招了一招手，接著將頭向後一偏，向馬弁瞪了一眼，喝道：「端把椅子來，加個座兒。」看那些馬弁，渾身武裝，雄赳赳的樣子，只是劉將軍這一喝，他們乖得像馴羊一般，蚊子的哼聲也沒有。於是就緊靠著劉將軍身旁，放下一張方凳子。鳳喜一想，那些武夫都是那樣怕他，自己一個嬌弱女孩子，怎樣敢和他抵抗！只好大著膽子說道：「我就在一邊奉陪吧，這可不敢當。」劉將軍道：「既然是我們叫你坐，你就只管坐下。你若不坐下，就是瞧不起我了。」尚師長站起走過來，拖了她一隻手到劉將軍身邊，將她一按，按著鳳喜在凳子上坐下。

這時，席上已添了杯筷，就有人給她斟上一滿杯酒。劉將軍舉著杯子向她笑道：「喝呀！」鳳喜也只好將杯子聞了一聞，然後笑道：「對不住！我不會喝酒。」劉將軍聽她如此說，便表示不願意的樣子。停了半晌，才板著臉道：「還是不給面子嗎？」鳳喜回頭一看，沈三玄已經走了，這裡只剩她一人，立刻轉了念頭，笑道：「喝是不會喝，可是這頭一杯酒，我一定要喝下去的。」說著，端起杯子，一仰脖子，全喝下去了。喝完了，還對大眾照了一照杯。杯子放下，馬上在旁邊桌上拿過酒壺，挨著席次，斟了一遍酒。每斟一位酒，都問一問貴姓，說兩句客氣話。這些人都笑嘻嘻的，端起杯子來，一飲而盡。到了最後，便是劉將軍面前了，鳳喜笑著對他道：「劉將軍！請你先乾了杯子裡的。」劉將軍更不推辭，將酒喝完了，便伸了杯子，來接鳳喜的酒。鳳喜斟著酒，眼睛向他一溜，低低的笑著道：「將軍！你還生我小孩子的氣嗎？」劉將軍端著杯子也咕嘟一聲喝完了，撐不住哈哈大笑道：「我值得和你生氣嗎？來！咱們大家樂一樂吧。」於是向客廳外一招手，對馬弁道：「把她們全叫進來。」馬弁會意，就把階下一班大鼓娘，一齊叫了進來。劉將軍向著全席的客道：「諸位別瞧著我一個人樂，大家快活一陣子。」

說時，那些來賓，如蜂子出籠一般，各人拉著一個大鼓娘，先狂笑一陣，這一桌酒席，也就趁此散了。有碰著合意的，便拉到一處坐了，碰不著合意的，又向別一對裡面去插科打諢。

這裡劉將軍攜著鳳喜的手，同到一邊一張沙發上坐下，笑道：「你瞧人家是怎樣找樂兒？那一天晚晌，咱們分手，還是好好兒，為什麼到了第二日，就把我的禮物，都退回哩？」鳳喜被他拉住了手，心裡想掙脫，又不敢掙脫，只得微笑道：「無緣無故的，我怎樣敢受將軍這樣重的禮哩。」她口裡說著話，腳就在地下塗抹，那意思是說：我恨你！我恨你！劉將軍笑道：「在你雖然說是無緣無故，可是我送你的禮，是有緣有故呀。你很聰明，你難道還不明白？」他口裡說著話，一隻手撫摸著鳳喜的胳膊，就慢慢向上伸。鳳喜突然向上一站，手向回一縮，笑道：「我母親很惦記我的，我和你告假，我……」劉將軍也站了起來，將手擺了兩擺道：「別忙呀！我還有許多話要和你說呢。」鳳喜笑道：「有話說也不忙呀！讓我下次再來說就是了。」劉將軍兩眼望著她，好久不作聲。聳著雙肩，冷笑了一聲，便吩咐叫沈三玄。

沈三玄被馬弁叫到裡面，不敢近前，只遠遠的垂手站著。劉將軍道：「我告訴你，今天我叫你們來，本想出我一口惡氣，可是我這人心腸又軟不過，你姪女直和我賠不是，我也不好計較了。你回去說，我還沒有娶太太，現在的姨太太，也就和正太太差不多，只要你們懂事，我也不一定續弦的，我姓劉的，一生不虧人。叫你嫂子來，我馬上給她幾千塊錢過活。你明白一點，別不識抬舉！」劉將軍越說越厲害，說到最後，瞪了眼，喝道：「你去吧！她不回去，我留下了。」鳳喜聽了這一遍話，心裡一急，一陣頭暈目眩，便倒在沙發上，昏了過去。要知她生死如何，下回交代。

第十三回 沽酒迎賓甘為知己死 越牆窺影空替美人憐

卻說劉將軍向沈三玄說出一番強迫的話，鳳喜知道沒有逃出囚籠的希望，心裡一急，頭一發暈，人就向沙發椅子上倒了下去。沈三玄眼睜睜望著，可不敢上前攙扶。劉將軍用手撫摸著她的額角，說道：「不要緊的，我有的是熟大夫，打電話叫他來瞧瞧就是了。」這大廳裡一些來賓，也立刻圍攏起來。沈三玄不敢和闊人們混跡在一處，依然退到外面衛兵室裡來聽消息。不到十分鐘，來了一個西醫，一直就奔上房。有了一會兒，大夫出來了，他說：「打了一針，又灌下去許多葡萄酒，人已經回轉來了。只要休養一晚，明天就可以像好人一樣的。」沈三玄聽了這消息，心裡才落下一塊石頭，只要她無性命之憂，在這裡休養幾天，倒是更好。不過心裡躊躇著，她發暈了，要不要告訴嫂嫂呢？正在這時，劉將軍派了一個馬弁出來說：「人已不要緊了。回去叫她母親來，將軍有話要對她說。」沈三玄料是自己上前不得，就回家去，把話告訴了沈大娘。沈大娘一聽這話，心裡亂跳。將大小鎖找了一大把出來，將箱子以至房門都鎖上了。出得大門，雇了一乘人力車，就向劉將軍家來。

這時業已夜深，劉將軍家裡的賓客也都散了。由一個馬弁將沈大娘引進上房，後又由一個老媽子，將沈大娘引上樓去。這樓前是一字通廊，一個雙十字架的玻璃窗內，垂著紫色的帷幔，隔著窗子看那燦爛的燈光，帶著鮮豔之色，便覺這裡不是等閒的地方了。由正門穿過堂屋，旁邊有一掛雙垂的綠幔，老媽子又引將進去，只見裡面金碧輝煌，陳設得非常華麗。上面一張銅床，去了上半截的欄杆。天花板上，掛著一幅垂鐘式的羅帳，罩住了這張床。在遠處看著，那電光映著，羅帳如有如無，就見鳳喜側著身子躺在裡面，床前兩個穿白衣的女子，坐著看守她。沈大娘曾見過，這是醫院裡來的人了。沈大娘要向前去掀帳子，那女看護對她搖搖手道：「她睡著了，你不要驚動她。驚醒了她是很危險的。」沈大娘見女看護的態度是那樣鄭重，只好不上前，便問老媽子道：「這是你們將軍的屋子吧？」老媽子道：「不是！原是我們太太的屋子。後來太太回天津，就在天津故世了，這屋子還留著。老太太你瞧瞧，這屋子多麼好。你姑娘若跟了我們將軍，那真是造化。」沈大娘默然，因問：「劉將軍哪裡去了？」老媽子道：「有要緊的公事，開會去了。大概今天晚晌，不能回家，他是常開會開到天亮的。」沈大娘聽了這話，倒又寬慰了一點子。可是坐在這屋子裡，先是女看護不許驚動鳳喜，後來鳳喜醒過來了，女看護又不讓多說話。相守到了下半夜，兩個女看護出去睡了，老媽子端了兩張睡椅，和沈大娘一個人坐了一張，輕輕的對沈大娘道：「我們將軍吩咐了，只叫你來陪著你姑娘，可是不讓多說話。你要有什麼心事，等我們將軍回來了，和我們將軍當面說吧。」沈大娘到了這裡，也不知道怎麼回事，心裡自然畏懼起來，老媽子不讓多說話，也就不多說話。

夏日夜短，天快亮了，鳳喜睡足了，已是十分清醒，便下床將沈大娘搖撼著。她醒過來，鳳喜將手對老媽子一指，又搖了一搖，然後輕輕的道：「我只好還裝著病，要出去是不行的了。回頭你去問問關家大叔，看他還有救我的什麼法子沒有？」說時，那老媽子在睡椅上翻著身，鳳喜就溜上床去了。

沈大娘心裡有事，哪裡睡得著！約有六七點鐘的光景，只聽到窗外一陣腳步聲，就有人叫道：「將軍來了。」那老媽子一個翻身坐起來，連連搖著沈大娘道：「快起快起！」沈大娘起身時，劉將軍已進門了，彷彿見綠幔外有兩個穿黃色短衣服的人，在那裡站著，自己打算要質問劉將軍的幾句話，完全嚇回去了。還是劉將軍拿了手上的長柄摺扇指點著她道：「你是鳳喜的媽嗎？」沈大娘說了一個「是」字，手扶著身邊的椅靠，向後退了一步。劉將軍將扇子向屋子四周揮了一揮，笑道：「你看，這地方比你們家裡怎樣？讓你姑娘在這裡住著，不比在家裡強嗎？」沈大娘抬頭看了看他，雖然還是笑嘻嘻的樣子，但是他那眼神裡，卻帶有一種殺氣，哪裡敢駁他，只說得一個「是」字。劉將軍道：「大概你熬了一宿，也受累了。你可以先回去歇息歇息，晚半天到我這裡來，我有話和你說。」沈大娘聽他的話，偷一眼看了看鳳喜，見她睡著不動，眼珠可向屋子外看著。沈大娘會意，就答應著劉將軍的話，走出來了。

她記著鳳喜的話，並不回家，一直就到關壽峰家來。這時壽峰正在院子裡做早起的功夫，忽然見沈大娘走進來，便問道：「你這位大嫂，有什麼急事找人嗎？瞧你這臉色！」沈大娘站著定了定神笑道：「我打聽打聽，這裡有位關大叔嗎？」關壽峰道：「你大嫂貴姓？」沈大娘說了，壽峰一掀自己堂屋門簾子，向她連招幾下手道：「來來！請到裡面來說話。」沈大娘一看他那情形，大概就是關壽峰了，跟著進屋來，就問道：「你是關大叔嗎？」秀姑聽說，便由裡面屋子裡走出來，笑道：「沈大嬸！你是稀客……」壽峰道：「別客氣了，等她說話吧。我看她憋著一肚子事要說呢。大嫂！你說吧。若是要我姓關的幫忙的地方，我要說一個不字，算不夠朋友。」沈大娘笑道：「你請坐。」自己也就在桌子邊一張方凳上坐下。壽峰道：「大嫂！要你親自來找我，大概不是什麼小事。你說你說！」說時，睜了兩個大圓眼睛，望著沈大娘。沈大娘也忍耐不住了，於是把劉將軍關著鳳喜的事說了一遍。至於以前在尚家往來的事，卻含糊其辭只說了一兩句。

壽峰聽了此言，一句話也不說，咚的一聲，便將桌子一拍。秀姑給沈大娘倒了一碗茶，正放到桌子上，桌子一震，將杯子噹啷一聲震倒，濺了沈大娘一袖口水。秀姑忙著找了手絹來和她擦抹，只賠不是。壽峰倒不理會，跳著腳道：「這是什麼世界！北京城裡，大總統住著的地方，都是這樣不講理。若是在別地方，老百姓別過日子了，大街上有的是好看的姑娘，看見了……」秀姑搶著上前，將他的手使勁拉住，說道：「爸爸！你這是怎麼了？連嚷帶跳一陣子，這事就算完了嗎？幸虧沈大嬸早就聽我說了，你是這樣點爆竹的脾氣，要不然，你先在自己家裡，這樣鬧上一陣子，那算什麼？」壽峰讓他姑娘一勸，突然向後一坐，把一把舊太師椅子嘩啦一聲，坐一個大窟窿，人就跟著椅子腿，一齊倒在地下。沈大娘不料這老頭子會生這麼大氣，倒愣住了，望著他做聲不得。壽峰站起來也不言語，坐到靠門一個石凳上去，兩手托了下巴，撅著鬍子，兀自生氣。一看那把椅子，拆成了七八十塊木片，倒又噗嗤一聲，接上哈哈大笑起來。因站著對沈大娘拱拱手道：「大嫂！你別見笑，我就是點火藥似的這一股子火性，憑怎麼樣忍耐著，也是改不了。可是事情一過身，也就忘了。你瞧我這會子出了這椅子的氣，回頭我們姑娘一心痛，就該叨嘮三天三宿了。」說時，不等沈大娘答詞，昂頭想了一想，一拍手道：「得！就是這樣辦。這叫先下手為強，後下手遭殃。大嫂！你贊成不贊成？」秀姑道：「回頭又要說我多事了，你一個人鬧了半天，也沒有說出一個字來。你問人家贊成不贊成，人家知道贊成什麼呢？」壽峰笑道：「是了，我倒忘了和大嫂說。你的姑娘，若是照你說的話，就住在那樓上，無論如何，我可以把她救出來。可是這樣一來，不定鬧上多大的亂子。你今天晚上二更天，收拾細軟東西，就帶到我這裡來。我這裡一拐彎，就是城牆，我預備兩根長繩子吊出城去。我有一個徒弟，住在城外大王莊，讓他帶你去住幾時。等樊先生來了，或是帶你們回南，或是就暫住在城外，那時再說。你瞧怎樣？」沈大娘道：「好是好，但是我姑娘在那裡面，你有什麼法子救她出來呢？」壽峰道：「這是我的事，你就別管了。我要屈你在我這兒吃一餐便飯，不知道你可有工夫？也不光是吃飯，我得引幾個朋友和你見見。」沈大娘道：「若是留我有話說，我就擾你一頓，可是你別費事。」壽峰道：「不費事不行，可也不是請你。」於是伸手在他褲帶子中間掛著的舊褡褳裡，摸索了一陣，摸出一元銀幣，又是些零碎銅子票，一齊交到秀姑手上道：「你把那葫蘆提了去，打上二斤白乾，多的都買菜，買回來了，就請沈大嬸兒幫著你做，我去把你幾位師兄找來。」說畢，他找了一件藍布大褂披上，就出門去了。

秀姑將屋子收拾了一下，不便留沈大娘一人在家裡，也邀著她一路出門去買酒菜。回來時，秀姑買了五十個饅頭，又叫切麵鋪烙十斤家常餅，到了十二點鐘，送到家裡去。沈大娘道：「姑娘！你家請多少客？預備這些個吃的。」秀姑笑道：「我預備三個客吃的。若是來四個客，也許就鬧饑荒了。」

沈大娘聽了秀姑的話，只奇怪在心裡。陪著她到家，將菜洗做時，便聽到門口一陣雜亂的腳步聲。見先來的一個人，一頂破舊草帽，戴著向後仰，一件短褂，齊胸的紐扣全敞著，露出一片黑而且胖的胸脯子來。後面還有一個長臉麻子，一個禿子，都笑著叫「師妹」，抱了拳頭作揖。最後是關壽峰，卻倒提了一隻羊腿子進來，遠遠的向上一舉道：「你周師兄不肯白吃咱們一餐，還貼一隻羊腿。咱們燒著吃吧。」於是將羊腿放在屋簷下桌上，引各人進屋。沈大娘也進來相見，壽峰給她介紹：那先進來的叫快刀周，是羊屠夫；麻子叫江老海，是吹糖人兒的；禿子便叫王二禿子，是趕大車的。壽峰道：「大嫂！

你的事我都對他們說了，他們都是我的好徒弟，只要答應幫忙，掉下腦袋來，不能說上一個不字。我這徒弟他就住在大王莊，家裡還種地，憑我的面子，在他家裡吃上周年半載的窩窩頭，決不會推辭的。」說時，就指著王二禿子。王二禿子也笑道：「你聽著，我師傅這年高有德的人，決不能冤你。我自己有媳婦，有老娘，還有個大妹子。我又整個月不回家，要說大姑娘寄居在我們那兒，是再能夠放心沒有的了。」江老海道：「王二哥！當著人家大嬸兒在這兒，幹嘛說出這樣的話來？」王二禿子道：「別那麼說呀！這年頭兒，知人知面不知心。十七八歲大姑娘，打算避難到人家家裡去，能不打聽打聽嗎？我乾脆說出來，也省得人家不放心。話是不好聽，可是不比人家心裡納悶強嗎？」這一說，大家都笑了。

一會兒，秀姑將菜做好了，擺上桌來，乃是兩海碗紅燒大塊牛肉，一大盤子肉絲炒雜拌，一大瓦盆子老雞煨豆腐。秀姑笑道：「周師兄！你送來的羊腿，現在可來不及做，下午煨好了，給你們下麵條吃。」快刀周道：「怎麼著？晚上還有一餐嗎？這樣子，連師妹都發下重賞了。王二哥！江大哥！咱們得費力啊！」王二禿子將腦袋一伸，用手拍著後腦脖子道：「這大的北京城，除了咱們師傅，誰是知道咱們的？為了師傅，丟下這顆禿腦袋，我都樂意。」大家又笑了。說話時，秀姑拿出四只粗碗，提著葫蘆，倒了四大碗酒，笑道：「這是給你們師徒四位倒下的，我和大嬸兒都不喝。」王二禿子道：「好香牛肉。」說著，拿了一個饅頭蘸著牛肉汁，只兩口，先吃了一個，一抬腿，跨過板凳，先坐下了。因望著沈大娘道：「大嬸你上座，別笑話，我們弟兄都是老粗，不懂得禮節。」於是大家坐下，只空了上位。沈大娘看他們都很痛快的，也就不推辭，坐下了。

壽峰見大家坐定，便端著碗，先喝了兩口酒，然後說道：「不是我今天辦不了大事，要拉你們受累，我讀過兩句書，知道古人有這樣一句話：『士為知己者死。』像咱們這樣的人，老爺少爺，哪裡會看在眼裡？可是這位樊先生就不同，和我交了朋友還救了我一條老命。他和我交朋友的時候，不但是他親戚不樂意，連他親戚家裡的聽差，都看著不順眼。我看遍富貴人家的子弟，沒有像他這樣胸襟開闊的。二禿子，你不是說沒有人識你們嗎？我敢說那樊先生若和你們見了面，他就能識你們。這樣的朋友，我們總得交一交。這位大嬸兒的姑娘，就是樊先生沒過門的少奶奶，我們能眼見人家吃虧嗎？」秀姑道：「你老人家要三位師兄幫忙，就說要人幫忙的話，這樣牛頭不對馬嘴，鬧上一陣，還是沒有談到本題。」快刀周道：「師傅！我們全懂，不用師傅再說了。師傅就是不說，叫我們做一點小事，我們還有什麼為難的嗎？」

說話時，大家吃喝起來。他們將酒喝完，都是左手拿著饅頭，右手拿著筷子，不住的吃。五十個饅頭，沈大娘和秀姑，只吃到四五個時，便就光了。接上切麵鋪將烙餅拿來，那師徒四人，各取了一張四兩重的餅，攤在桌上，將筷子大把的夾著肉絲雜拌，放在餅上，然後將餅捲成拳頭大的捲兒，拿著便吃。不一會，餅也吃光了。秀姑用大碗盛上幾碗紅豆細米粥，放在一邊涼著，這時端上桌來，便聽到稀里呼嚕之聲，粥又喝光。沈大娘坐著，看得呆了。壽峰笑道：「大嬸！你看到我們吃飯，有點害怕嗎？大概放開量來，我們吃個三五斤麵，還不受累呢。要不，幾百斤氣力，從哪裡來？」王二禿子站起來笑道：「師傅！你不說這幾句話，我真不敢……」以下他也不曾說完，已端了那瓦盆老雞煨豆腐，對了盆口就喝，一口氣將剩的湯水喝完，「哎」的一聲，將瓦盆放下，笑著對秀姑道：「師妹！你別生氣，我做客就是一樣不好，不讓肚子受委屈。」秀姑笑道：「你只管吃，誰也沒攔你。你若是嫌不夠，還有半個雞架子，你拿起來吃了吧。」王二禿子笑道：「吃就吃，在師傅家裡，也不算饞。」於是在盆子裡，拿起那半隻雞骨頭架子，連湯帶汁，滴了一桌，他可不問，站著彎了腰，將骨頭一頓咀嚼。沈大娘笑道：「這位王二哥，人真是有趣。我是一肚子有事的人，都讓他招樂了。」這句話，倒提醒了關壽峰，便道：「大嫂！你是有事的人，你請便吧。我留你在這裡，就是讓你和我徒弟見一見面，好讓你知道他們並不是壞人。請你暗裡給你大姑娘通個信，今天晚上，無論看到什麼，都不要驚慌，一驚慌，事情可就糟了。」沈大娘聽著，心裡可就想：他們搗什麼鬼，可不要弄出大事來。但是人家是一番好意，這話可不能說出來。當時道謝而去。

沈大娘走了以後，壽峰就對江老海道：「該先用著你了。你先去探探路，回頭我讓老周跟了去，給你商量商量。」江老海會意，先告辭回去，將糖人兒擔子挑著，一直就奔到劉將軍公館。先到大門口看看，那裡是大街邊一所橫胡同裡，門口閃出一塊石板鋪的敞地，圍了八字照牆，當照牆正中，一列有幾棵槐樹；有一挑賣水果的，一挑賣燒餅的，歇在樹蔭下。有幾個似乎差役的人，圍著挑子說笑。大門口兩個背大刀的衛兵，分左右站著。他一動，那刀把垂下來整尺長的紅綠布，擺個不住，便覺帶了一種殺氣。

江老海將擔子在樹蔭歇了，取出小糖鑼敲了兩下，看看大門外的牆，都是一色水磨磚砌的，雖然高不過一丈五六尺，可是牆上都掛了電網。這牆是齊簷的，牆上便是屋頂了。由這牆向右，轉著向北，正是一條直胡同。江老海便挑了擔子走進那胡同去，一看這牆，拖得很遠，直到一個隔壁胡同，方才轉過去。分明這劉家的屋子，是直占在兩胡同之間了。挑著擔子，轉到屋後，左方卻靠著人家，胡同曲著向上去了。這裡算閃出一小截胡同拐彎處，於是歇了擔子，四處估量一番。見那牆上的電網也是牽連不斷，而且電線上還縛了許多小鐵刺，牆上插了尖銳的玻璃片。看牆裡時，露出一片濃密的枝葉，彷彿是個小花園。在轉彎處的中間，卻有三間小小的閣樓，比牆又高出丈多。牆中挖了三個百葉窗洞，窗口子緊閉，窗口與牆一般平，只有三方隔磚的麻石，突出來約三四寸，那電網只在窗戶頭上橫空牽了過去。江老海看著發呆，只管搔著頭髮。

就在這時，有人「呔」了一聲道：「吹糖人兒的，你怎麼不敲鑼？」江老海回頭看時，乃是快刀周由前面走過來。江老海四周一看無人，便低聲道：「我看這裡門戶很緊，是不容易進去的。只有這樓上三個窗戶，可以設法。」快刀周道：「不但是這個，我看了看，這兩頭胡同口上，都有警察的崗位，晚上來往，真很不方便呢。」江老海道：「你先回去告訴師傅，我還在這前後轉兩個圈兒，把出路多看好幾條。」快刀周去了，江老海帶做著生意，將這裡前前後後的街巷都轉遍了。直等太陽要落西山，然後挑了擔子直回關家來。

壽峰因同住還有院鄰，卻並不聲張。晚餐時，只說約了三個徒弟吃羊腿煮麵，把事情計議妥了。院鄰都是做小買賣的，而且和關氏父女感情很好，也不會疑到他們要做什麼驚人的事。吃過晚飯，壽峰說是到前門去聽夜戲，師徒就陸續出門。王二禿子，借了兩輛人力車，放在胡同口。大家出來了，王二禿子和江老海各拉了一輛車，走到有說書桌子的小茶館外，將一人守著車，三人去聽書。書場完了已是十二點鐘以後，壽峰和快刀周各坐了一輛車，故意繞著街巷，慢慢的走。約莫挨到兩點多鐘，車子拉到劉宅後牆，將車歇了。

這胡同轉角處，正有一盞路燈，高懸在一丈多高以外。由胡同兩頭黑暗中看這裡，正是清楚。壽峰在身上掏出一個大銅子，對著電燈泡拋了去，只聽噗的一聲，眼前便是一黑。壽峰抬頭將閣樓的牆看了一看，笑道：「這也沒有什麼難，就是照著我們所議的法子試試。」於是王二禿子面牆站定，蹲了下去，快刀周就站在他的肩上，他慢慢站起來，兩手反背，伸了巴掌，江老海踏在他的手上，走上他的肩，接著踏了快刀周的手，又上他的肩，便疊成了三層人。最後壽峰踏在江老海的肩上，手向上一伸，身子輕輕一縱，就抓住了窗口上的麻石，起一個鸚鵡翻架式，一手抓住了百葉窗格的橫縫，人就蹲在窗口。牆下三個人，見他站定，上面兩個，便跳下了地。壽峰將窗上的百葉用手捏住，只一揉，便有一塊成了碎粉。接連碎了幾塊，就拆斷一大片百葉。左手抓住窗縫，右手伸進去，開了鐵鉤與上下插閂，就開了一扇窗戶。身子一閃，兩扇齊開，立腳的地就大了。百葉窗裡是玻璃窗，也關上的。於是將身上預備好了的一根裁玻璃針拿出，先將玻璃劃了一個小洞，用手捏住，然後整塊的裁了下來，接著去了兩塊玻璃，人就可以探進身子了。

壽峰倒爬了進去，四周一看，乃是一所空樓。於是打開窗戶，將衣服下繫在腰上的一根麻繩解了下來，向牆下一拋，下面快刀周手拿了繩子，緣了上來。二人依舊把朝外的百葉窗關好，下樓尋路。這裡果然是一所花園，不過到處是很深的野草，似乎這裡很久沒有人管理的了。在野草裡面尋到一條路，由路過去，穿過一座假山，便是一所矮牆。由假山石上輕輕一縱，便站在那矮牆上。壽峰一站定腳，連忙蹲了下來。原來牆對過是一列披屋，電光通亮。隔了窗子，刀勺聲，碗碟聲，響個不了。同時有一陣油腥味順著風吹來。觀測以上種種，分明這是廚房了。快刀周這時也蹲在身邊，將壽峰衣服一扯，輕輕的道：「這時候廚房裡還做東西吃，我們怎樣下手？」壽峰道：「你不必做聲，跟著我行事就是了。」蹲了一會，卻聽見有推門聲，接上有人問道：「李爺爺！該開稀飯了吧？」又有一個人道：「稀飯不准吃呢，你預備一點麵條子吧，那沈家小姐還要和將軍開談判呢。」又有一個道：「什麼小姐！不過是個唱大鼓書的小姑娘罷了。」壽峰聽了這話，倒是一怔。怎麼還要吃麵開談判？難道這事還有挽回的餘地嗎？

壽峰跨過了屋脊，順著一列廂房屋脊的後身，向前面走去。只見一幢西式樓房迎面而起，樓後身是齊簷的高牆，上下十個窗口，有幾處放出亮光來。遠看去，那玻璃窗上的光，有映帶著綠色的，有映帶著紅色的，也有是白色的。只在那窗戶上，可以分出那玻璃窗那裡是一間房，那兩處是共一間房，那有亮光的地方，當然是有人的所在了。遠遠望去，那紅色光是由樓上射出來的，在樓外光射出來的空間，有一叢黑巍巍的影子，將那光掩映著。帶著光的地方，可以看出那是橫空的樹葉，樹葉裡面有一根很粗的橫幹，卻是由隔壁院子裡伸過來的。回頭看隔院時，正有一棵高出雲表的老槐樹。壽峰大喜，這正是一個絕好的梯子。於是手撫著瓦溝，人作蛇行。到了屋簷下，向前一看，這院子裡黑漆漆的，正沒有點著電燈。於是向下一溜，兩手先落地，拿了一個大頂，一點聲音沒有，兩腳向下一落，人就站了起來。快刀周卻依舊在屋簷上蹲著。因為這裡正好借著那橫枝兒樹葉，擋住了窗戶裡射出來的光。壽峰緣上那大槐樹，到了樹中間，看出那橫幹的末端，於是倒掛著身子，兩手兩腳橫緣了出去，緣到尖端，看此處距那玻璃窗還有兩三尺，玻璃之內，垂著兩幅極薄的紅紗，在外面看去，只能看到屋子裡一些隱約中的陳設品。彷彿有一面大鏡子，懸在壁中間，那裡將電燈光反射出來。這和沈大娘所說關住鳳喜的屋子，頗有些相像。只是這屋子裡是否還有其他的人陪著，卻看不出來。於是一面靜聽屋裡的響動，一面看這屋子的電燈線是由哪裡去的。

只在這靜默的時間，沉寂陰涼的空氣裡，卻夾著一陣很濃厚的鴉片煙氣味。用鼻子去嗅那煙味傳來的地方，卻在樓下。壽峰聽沈大娘曾說過，劉將軍會抽鴉片煙的，在上房裡，這樣夜深能抽出這樣的煙氣味來，這當然不是別人所幹的事。便向下看了一看地勢，約莫相距兩丈高，於是盤到樹梢，讓橫幹向下沉著，然後一放手，輕輕的落在地上。順著牆向右轉，是一道附牆的圍廊。只剛到這裡，便聽得身後有腳步聲，這可不能大意，連忙向走廊頂上一跳，平躺在上面。果然有兩個人說著話過來。人由走廊下經過，帶著一陣油醬氣味，這大概是送晚餐過去了。等人過去，壽峰一昂頭，卻見樓牆上有一個透氣眼透出光來，站在這走廊頂上，正好張望。這眼是古錢式的格子，裡頭小玻璃掩扇卻擱在一邊，在外只看到正面半截床，果然是一個人橫躺在那裡抽煙。剛才送過去的晚餐，卻不見放在這屋子裡。一會，進來一個三十上下的女僕，床上那人，一個翻身向上一爬，右手上拿了煙槍，直插在大腿上，左手撇了鬍子尖，笑問道：「她吃了沒有？」女僕道：「她在吃呢。將軍不去吃嗎？」那人笑道：「讓她吃得飽飽的吧。我去了，她又得礙著面子，不好意思吃。她吃完了，你再來給我一個信，我就去。」女僕答應去了。

壽峰聽了納悶得很，一回身，快刀周正在廊下張望。連忙向下一跳，扯他到了僻靜處問道：「你怎麼也跑了來？」快刀周道：「我剛才爬在那紅紗窗外看的，正是關在那屋子裡。可是那姑娘自自在在的在那兒吃麵，這不怪嗎？」壽峰埋怨道：「你怎麼如此大意！你伏在窗子上看，讓屋子裡人看見，可不是玩的。」快刀周道：「師傅你怎麼啦？窗紗這種東西，就是為了暗處可以看明處，晚上屋子裡有電燈，我們在窗子外，正好向裡看。」壽峰「哦」了一聲道：「我倒一時愣住了。我想這邊屋子有通氣眼的，那邊一定也有通氣眼的。我們到那邊去看看，聽那姓劉的說話，還不定什麼時候睡覺。咱們可別胡亂動手。」

當下二人伏著走過兩重屋脊，再到長槐樹的那邊院子，沿著靠樓的牆走來。這邊牆和樓之間，並無矮牆，只有一條小夾道。這邊牆上沒有透氣眼，卻有一扇小窗。壽峰估量了一番，那窗子離屋簷約莫有一人低，他點了頭，復爬上大槐樹，由槐樹渡到屋頂上，然後走到左邊側面，兩腳鉤了屋簷，一個「金鉤倒掛」式，人倒垂下來，恰是不高不低，剛剛頭伸過窗子，兩手反轉來，一手扶著一面，扒開百葉窗扇，看得屋子裡清清楚楚。對著窗戶，便是一張紅皮的沙發軟椅子，一個很清秀的女子，兩手抱著右膝蓋，斜坐在上面，那正是鳳喜無疑了。看她的臉色，並不怎樣恐懼，頭正看了這窗子，眼珠也不轉一轉，似乎在想什麼。先前在樓下看到的那個女僕，拿了一個手巾把，送到她手上，笑道：「你還擦一把，要不要撲一點粉呢？」鳳喜接過手巾，在嘴唇上只抹了一抹，懶懶的將手巾向女僕手上一拋，女僕含笑接過去。一會兒，卻拿了一個粉膏盒，一個粉缸，一面小鏡子，一齊送到鳳喜面前。鳳喜果然接過粉缸，取出粉撲，朝著鏡子撲了兩撲。女僕笑道：「這是外國來的香粉膏，不用一點嗎？」鳳喜將粉撲向粉缸裡一擲，搖了一搖頭。女僕隨手將鏡子、粉撲放在窗下桌上。看那桌上時，大大小小擺了十幾個錦盒。盒子也有揭開的，也有關上的。看那盒子裡時，亮晶晶的，也有珍珠，也有鑽石。這些盒子旁，另外還有兩本很厚的賬簿，一小堆中外鑰匙。

壽峰在外看見，心裡有一點明白了。接著，只聽一陣步履聲，坐在沙發上的鳳喜，突然將身子掉了轉去。原來是劉將軍進來了。他笑向鳳喜道：「沈小姐！我叫他們告訴你的話，你都聽見了嗎？」鳳喜依然背著身子不理會他。劉將軍將手指著桌上的東西道：「只要你樂意，這大概值二十萬，都是你的了。你跟著我，雖不能說要什麼有什麼，可是準能保你這一輩子都享福。我昨天的事，做得是有點對不起你，只要你答應我，我準給你把面子挽回來。」鳳喜突然向上一站，板著臉問道：「我的臉都丟盡了，還有什麼法子挽回來？你把人家姑娘關在家裡，還不是愛怎樣辦就怎樣辦嗎？」劉將軍笑著向她連作兩個揖，笑道：「得！都是我的不是。只要你樂意，我們這一場喜事，大大的鋪張一下。」鳳喜依然坐下，背過臉去。劉將軍道：「我以前呢，的確是想把你當一位姨太太，關在家裡就得了。這兩天，我看你為人很有骨格，也很懂事，足可以當我的太太，我就正式把你續弦吧。我既然正式討你，就要講個門當戶對，我有個朋友沈旅長，也是北京人，就讓他認你做遠房的妹妹，然後嫁過來。你看這面子夠不夠？」鳳喜也不答應，也不拒絕，依然背身坐著。劉將軍一回頭，對女僕一努嘴，女僕笑著走了。劉將軍掩了房門，將桌上的兩本賬簿捧在手裡，向鳳喜面前走過來。鳳喜向上一站，喝問道：「你幹嘛？」劉將軍笑道：「我說了，你是有志氣的人，我敢胡來嗎？這兩本賬簿，還有賬簿上擺著的銀行摺子和圖章，是我送你小小的一份人情，請你親手收下。」鳳喜向後退了一退，用手推著道：「我沒有這大的福氣。」劉將軍向下一跪，將賬簿高舉起來道：「你若今天不接過去，我就跪一宿不起來。」鳳喜靠了沙發的圍靠，倒愣住了。停了一停，因道：「有話你只管起來說，你一個將軍，這成什麼樣子？」劉將軍道：「你不接過去，我是不起來的。」鳳喜道：「唉！真是膩死我了！我就接過來。」說著不覺嫣然一笑。正是：無情最是黃金物，變盡天下兒女心。壽峰在外面看見，一鬆腳向牆下一落，直落到夾道地下。快刀周在矮牆上看到，以為師傅失腳了，吃了一驚。要知壽峰有無危險，下回交代。

第十四回　早課欲疏重來懷舊雨　晚遊堪樂小聚比秋星

卻說快刀周正在矮牆上給關壽峰巡風，見他突然由屋脊上向下一落，以為他失了腳，跌下來了，連忙跑上前去。只見壽峰好好的迎上前來，在黑暗中將手向外一探，做著要去的樣子。於是二人跳過幾重牆，直向後園子裡來。快刀周道：「師傅，怎麼回事？」關壽峰昂著頭，向天上歎了一口氣。快刀周道：「怎麼樣？這事很棘手嗎？」壽峰道：「棘手是不棘手，我們若有三十萬洋錢，就好辦了。出去說吧。」二人依然走到閣樓上，打開窗子，放下繩子，快刀周先握了繩子向下一溜，壽峰卻解了繩子，跳將下去。江老海、王二禿子，迎上前來，都忙著問：「順手嗎？」壽峰歎著氣，將看到的事，略略說了一遍。因道：「我若是不看在樊先生的面上，我就一刀殺了她。我還去救她嗎？」王二禿子道：「古語道得好，『寧度畜生不度人』，就是這個說法。咱們在閣樓上放一把火，燒他媽的一場，也出這口惡氣。」壽峰笑道：「不要說孩子話，我們去給那大嬸兒一個信，叫她預備做外老太太發洋財吧。」快刀周道：「不！若要是照這樣子看，大概她母親是來過一趟的。既來了，一定說好了條件，她未必還到師傅家裡去了。」壽峰道：「好在我們回去，走她門口過，也不繞道，我們順便去瞧瞧。」

說著，二人坐車，二人拉車，雖然夜深，崗警卻也不去注意，一路走到大喜胡同，停在沈家門首。這裡牆很低，壽峰憑空一躍就跳進去。到了院子裡，先藏在槐樹裡，見屋子裡都是黑漆漆的，似乎都睡著了，便溜下樹來，貼近窗戶用耳朵一聽，卻聽得裡面呼聲大作。這是上房，當然是沈大娘在這裡睡的了。再向西廂房外聽了一聽，也有呼聲。沈家一共只有三個人，一個在劉家，兩個在家裡，當然沒有人到自己家裡去。正在這竊聽的時候，忽聽到沈大娘在上房裡說起話來。壽峰聽到，倒嚇了一跳，連忙向樹上一跳。這院子不大，又是深夜，說話的聲音，聽得清清楚楚。她道：「將軍待我們這樣好，我們要不答應，良心上也說不過去呀。」聽那聲音，正是沈大娘的聲音，原來在說夢話呢。壽峰聽了，又歎了一口氣，就跳出牆來，對大家道：「走走走！再要待一會，我要殺人了。」快刀周等一聽，知道是沈家人變了心。若再要糾纏，真許會生出事故來。大家便一陣風似的，齊回關家來。

到了門口，壽峰道：「累了你們一宿，你們回去吧。說不定將來還有事，我再找你們。」王二禿子道：「我明天上午來聽信兒，瞧瞧他們究竟是怎麼回事。我今天晚上，一定是睡不著。要不，我陪師傅談這麼一宿，也好出胸頭這口惡氣。」壽峰笑著拍了他的肩膀道：「你倒和我一樣。回去吧！別讓師妹不樂意了。」王二禿子一拍脖子道：「忙了一天一宿，沒鬧禍。腦袋跟禿子回去吧。」大家聽著，都樂了，於是一笑而散。

秀姑心裡有事，也是不曾睡著。聽得門外有人說話，知道是壽峰回家來了，就開了門，秀姑道：「沈家大嬸兒可沒來。你們怎樣辦的？」壽峰一言不發，直奔屋裡。秀姑看那樣子，知道就是失敗了，因道：「一個將軍家裡，四周都是警衛的人，本來也就不易下手。」壽峰道：「什麼不易下手！只要她們願意出來，十個姑娘也救出來了。」秀姑道：「怎麼樣？難道她娘兒倆還變了心嗎？」壽峰道：「怎麼不是！」於是把今晚上的事，說了一遍。歎口氣道：「從今以後，我才知道人心換人心這句話是假的，不過是金子換人心罷了。」秀姑道：「有這樣的事嗎？——那沈家姑娘，挺聰明的一個樣子，倒看不出是這樣下場！她們倒罷了，可是樊先生回來，有多麼難過，把他的心都會灰透了。」壽峰冷笑道：「灰透了也是活該！這年頭兒幹嘛做好人呢？」秀姑笑道：「你老人家氣得這樣，這又算什麼？快天亮了，睡覺吧。」壽峰道：「我也是活該！誰叫我多管閒事哩。」秀姑也好笑起來，就不理他了。壽峰找出他的旱煙袋，安上一小碗子關東葉子，端了一把藤椅，攔門坐著，望了院子外的天色抽煙。壽峰的老脾氣，不是氣極了，不會抽煙的。現在將煙抽得如此有味，那正是想事情想得極厲害了。秀姑因為夜深了，怕驚動了院鄰，也不曾作聲。卻也是奇怪，這事並不與自己什麼相干，偏是睡到床上，就會替他們當事人設想：從此以後，鳳喜還有臉和樊家樹見面嗎？家樹回來了，還會對她那樣迷戀嗎？就情理而論，他們是無法重圓的了。無法重圓，各人又應該怎麼樣？自己只管一層一層推了下去，一直到天色大亮。這也用不著睡覺了，便起床洗掃屋子。

在往日，做完了事，便應該聽到隔壁廟裡的木魚念經聲，自己也就捧了一本經書來作早課。今天卻是事也不曾做完，隔壁的木魚聲已經起來了。也不知道是老和尚今天早課提了前，也不知道是自己做事沒有精神，把時間耽誤了。現在爐子不曾籠著火，水也不曾燒。父親醒過來，洗的喝的會都沒有，今天的早課，只好算了吧。於是定了定神，將茶水燒好，然後才把壽峰叫醒。

壽峰站起來，伸了個懶腰，笑道：「我老了！怎麼小小的受這麼一點子累，就會睡得這樣死！」秀姑道：「我想了一晚晌，我以為這件事不能含糊過去。我們得寫一封快信給樊先生去吧。」壽峰笑道：「你還說我喜歡管閒事呢，我都沒有想一宿，你怎麼會想一宿呢？想了一宿，就是這麼一句話嗎？你這孩子太沒有出息了。」秀姑臉一紅，便笑道：「我幹嘛想一宿？我也犯不上呀。」壽峰道：「是你自己說的，又不是我說的。我知道犯得上犯不上呢。」秀姑本覺得要寫一封信告訴家樹才對的，而且也要到沈家去看看沈大娘這時究竟取的什麼態度。可是經了父親這一度談話，就不大好意思過問了。

又過了兩天，江老海卻跑來對關壽峰道：「師傅！這事透著奇怪，沈家搬走了。我今天走那胡同裡過身，見那大門閉上，外面貼了招租帖子了。我做生意的時候，和買糖人兒的小孩子一問，據說頭一天一早就搬了。」壽峰道：「這是理之當然，也沒有什麼可怪的。她們不搬走，還等著姓樊的來找她嗎？」江老海道：「她們這樣忘恩負義，師傅得寫一封信告訴那樊先生。」壽峰道：「我早寫了一封信去了。」秀姑在屋子裡聽到，就連忙出來問道：「你寫了信嗎？我怎麼沒有看見你寫哩？」壽峰道：「我這一肚子文字，要寫出這一場事來，不是自己給自己找罪受嗎？而且也怕寫的不好，人家看不清楚，我是請隔壁老和尚寫的。他寫是寫了，卻笑著對我說：『好管閒事的人，往往就會把閒事管得成了自己的正事。結果，比原來當事人也許更麻煩。』他話是說得有理，但是我怎麼能夠不問哩！老和尚把那信寫得很婉轉，而且還勸了人家一頓。可是這樣失意的事，年輕輕的人遇到，哪是幾句話就可以解勸得了的！也許他也不用回信，過兩天就來了。」江老海道：「他來了，我很願和他見見。」壽峰道：「那很容易。他回了京，還短得了到我這裡來嗎！」秀姑道：「這裡寄信到杭州，要幾天到哩？」壽峰笑道：「我沒在郵政局裡幹過事，這個可不知道。」秀姑噘了嘴道：「你這老人家，也不知道怎麼回事。說起話來，老是給我釘子碰。」壽峰笑道：「我是實話呀！可是照火車走起來說，有四個日子，到了杭州了。」

當下秀姑走回房去，默計了一會兒日期：大概信去四天，動身四天，再耽誤兩天，有十天總可以到京了。現在信去幾天，一個星期內外，必然是來的。那個時候，看他是什麼態度？難道他還能像以前那種樣子對人嗎？秀姑心裡有了這樣一個問題，就不住的盤算，尤其是每日晚晌，幾乎合眼就會想到這件事上來。起先幾天，每日還是照常的念經，到了七八天頭上，心裡只管亂起來，竟按捺不下心事去念經。心想不要得罪了佛爺，索性拋開一邊，不要作幌子吧。關壽峰看到，便笑道：「你也膩了嗎？年輕人學佛念經，哪有那麼便宜的事呀！」秀姑道：「我哪是膩了！我是這兩天心裡有點不舒服，把經擱下了。從明天起，我還是照常念起來的。」秀姑說了，便緊記在心上。

到了次日，秀姑把屋子打掃完畢，將小檀香爐取來放在桌上，用個匙子挑了一小匙檀香末放在爐子裡，點著了，剛剛要進自己屋子去，要去拿一本佛經出來，偶一回頭，只見簾子外一個穿白色長衫的人影子一閃，接上那人咳嗽了一聲，秀姑忙在窗紙的破窟窿內向外一看，雖不曾看到那人的面孔，只就那身材言，已可證明是樊家樹無疑了。一失神，便不由嚷起來道：「果然是樊先生來了！」壽峰在屋子裡聽到，迎了出去，便握著家樹的手，一路走進來。秀姑站在內房門口，忘了自己是要進屋去拿什麼東西的了。便道：「樊先生來了！今天到的嗎？」說著話時，看樊家樹雖然風度依舊，可是臉上微微泛出一層焦黃之色，兩道眉峰都將峰尖緊束著。當秀姑問話時候，他雖然向著人一笑，可是那兩道眉毛，依然緊緊的皺將起來，答應著道：「今天早上到的。大姑娘好！」秀姑一時也想不起用什麼話來安慰人家，只得報之以笑。

當下壽峰讓家樹坐下，先道：「老弟！你不要灰心，人生在世，就如做夢一般。早也是醒，遲也是醒，天下無百年不散的筵席，你不要放在心上吧。」秀姑笑道：「你先別勸人家，你得把這事經過，詳詳細細告訴人家呀。」壽峰將鬍子一摸，笑道：「是啊！信上不能寫得那麼明白，我得先告訴你。」於是昂著頭想了一想，笑道：「我打哪兒說起呢？」家樹笑道：「隨便吧，我反正有的是工夫，和大叔談談也好。」秀姑心裡想：他今天不忙了，以前他何以是那樣忙呢？——嘴裡不曾說出來，可就向著他微笑了。家樹也不知道她這微笑由何而來？也就跟著報之以微笑了。

這裡壽峰想過之後，急著就先把那晚上到劉將軍家裡的事先說了。家樹聽到，臉上青一陣，白一陣，最後，就勉強笑道：「本來銀錢是好的東西，誰人不愛！也不必去怪她了。」壽峰點了點頭道：「老弟！你這樣存心不錯，一個窮人家出身的女孩子，哪裡見得慣這個呢，不怪她動心了。」秀姑坐在一邊，她的臉倒突然紅了，搖了搖頭道：「你這話，不見得吧，是窮人家姑娘，就見不得銀錢嗎？」壽峰哈哈笑道：「是哇！我們只管說寬心話，忘了這兒有個窮人家姑娘等著呢。」家樹笑道：「無論哪一界的人，本來不可一概而論的。但不知道這個姓劉的，怎樣憑空的會把鳳喜關了去的？」壽峰道：「這個我們原也不清楚，我們是聽沈家大嫂說的。」於是將查戶口唱堂會的一段事也說了。家樹本來有忿恨不平的樣子的，聽到這裡，臉色忽然和平起來，連點了幾下頭道：「這也就難怪了，原是天上掉下來的一場飛禍。一個將軍要算計一個小姑娘，哪有什麼法子去抵抗他呢？」

壽峰道：「老弟！你這話可得考量考量，雖然說一個小姑娘，不能和一個將軍抵抗，要說真不愛他的錢，他未必忍心下那種毒手，會要沈家姑娘的性命。就算性命保不了，憑著你待她那樣好，為你死了也是應該。我可不知道抖文，可是師傅就相傳下來兩句話，是『疾風知勁草，板蕩識忠臣』，要到這年頭兒，才能夠看出人心來。」家樹歎了一口氣道：「大叔說的，怕不是正理。可是一個未曾讀過書……」

家樹說到這裡，將關氏父女看著，頓了一頓，就接著道：「而且又沒經過賢父兄、賢師友指導過她，她哪裡會明白這些大道理，我們也只好責人欲寬了。」秀姑忍不住插口道：「樊先生真是忠厚一流，到了這種地步，還回護著沈家妹子呢。」家樹道：「不是我回護她，她已經做錯了，就是怪她也無法挽救的了。一個人的良心，總只能昧著片刻的，時間久了，慢慢的就會回想過來的。這個日子，怕她心裡不會比我更難受啊！」秀姑淡淡一笑，略點了一點頭道：「你說的也是。」

家樹一看秀姑臉上，有大不以為然的樣子，便笑道：「她本來是不對，要說是無可奈何，怎麼她家都趕著搬開了哩？」壽峰道：「你怎麼知道她家搬走了？你先去了一趟嗎？」家樹道：「是的，我不能不先去問問她母親，這一段緣由因何而起？」壽峰道：「樹從腳下爛，禍事真從天上掉下來的究竟是少。」說到這裡，就想把鳳喜和尚師長夫婦來往的事告訴他。秀姑一看她父親的神氣，知是要如此，就眼望著她父親，微微的擺了兩擺頭。壽峰也看出家樹還有回護鳳喜的意思，這話說出來，他格外傷心，也就不說了。但家樹卻問道：「大叔說她們樹從根下爛，莫不是我去以後，她們有些胡來嗎？」壽峰道：「那倒沒有。不過是她們從前幹了賣唱的事，人家容易瞧她不起罷了。」家樹聽了壽峰的話，雖然將信將疑，然而轉念一想，自己臨走之時，和她們留下那麼些個錢，在最短期內，不應該感到生活困難的。那麼，鳳喜又不是天性下賤的人，何至於有什麼軌外行動呢？如此一想，也不追究壽峰的話了。

當日關氏父女極力的安慰了他一頓，又留著他吃過午飯。午飯以後，秀姑道：「爸爸！我看樊先生心裡怪悶的，咱們陪著他到什剎海去乘涼吧。」家樹道：「這地方我倒是沒去過，我很想去看看。」秀姑道：「雖然不是公園，野景兒倒也不錯，離我們這兒不遠。」家樹見她說時，眉峰帶著一團喜容。說到遊玩，今天雖然沒有這個興致，卻也不便過拂她的盛意。壽峰一邊看出他躊躇的樣子，便道：「大概樊先生一下車就出門，行李也沒收拾呢，後日就是舊曆七月七，什剎海的玩藝兒會多一點。」家樹便接著道：「好！就是後天吧。後天我準來邀大叔大姑娘一塊兒去。」秀姑先覺得他從中攔阻，未免掃興；後來想到他提出七月七，這老人家倒也有些意思，不可卓負他的盛意，就是後天去也好，於是答道：「好吧！那天我們等著樊先生，你可別失信。」接著一笑。家樹道：「大姑娘！我幾時失過信？」秀姑無可說了，於是大家一笑而別。

家樹回得陶家，伯和已經是叫僕役們給他將行李收拾妥當。家樹回到房裡，覺得是無甚可做。知道伯和夫婦在家，就慢慢的踱到上房裡來。陶太太笑道：「你什麼事這樣忙？一回京之後，就跑了個一溜煙，何小姐見著面了嗎？」家樹淡淡的道：「事情忙得很，哪有工夫去見朋友！」陶太太道：「這就是你不對了。你走的時候，人家巴巴的送到車站，你回來了，可不通知人家一聲。你什麼大人物，何小姐非巴結你不可？」家樹道：「表嫂總是替何小姐批評我，而且還是理由很充足，叫我有什麼可說的！那麼，勞你駕，就給我打個電話通知何小姐一聲吧。」家樹說出來了，又有一點後悔，表嫂可不是聽差，怎麼叫她打電話呢？——自己是這樣懊悔著，不料陶太太坐在橫窗的一張長桌邊，已經拿了桌上的分機，向何家打通了電話。

陶太太一面說著話，一面將手向家樹連招了幾招，笑道：「來！來！來！她要和你說話。」家樹上前接著話機，那邊何麗娜問道：「我很歡迎啦！老太太全好了嗎？」家樹道：「全好了，多謝你惦記著。」何麗娜笑道：「還好！回南一趟，沒有把北京話忘了。今天上午到的嗎？怎麼不早給我一個信？

不然我一定到車站上去接你。」家樹連說：「不敢當。」何麗娜又道：「今天有工夫嗎？我給你接風。」家樹道：「不敢當。」何麗娜道：「大概是沒工夫，現在不出門嗎？我來看你。」家樹道：「不敢當。」伯和坐在一邊，看著家樹打電話，只是微笑，便插嘴道：「怎麼許多不敢當，除了你不敢當，誰又敢當呢？」何麗娜道：「你為什麼笑起來？」家樹道：「我表兄說笑話呢。」何麗娜道：「他說什麼呢？」陶太太走上前奪過電話來道：「密斯何！我們這電話借給人打，是照長途電話的規矩，要收費的，而且好朋友說話加倍。我看你為節省經濟起見，乾脆還是當面來談談吧。」於是就放下了電話筒。

家樹道：「我回京來，應該先去看看人家才是。怎樣倒讓人家來？」伯和笑道：「家樹！你取這種態度，我非常表同情。從前我和你表嫂經過你這個時代，我是處處卑躬屈節，你表嫂卻是敢當的。我也問過人，男女雙方的愛情，為什麼男子要處在受降服的情形裡呢？有些人說，這事已經成了一種趨勢，男子總是要受女子挾制的。不然，為什麼男子要得著一個女子，就叫求戀呢？有求於人，當然要卑躬屈節了。這話雖然是事實，但是在理上卻講不通。為什麼女子就不求戀呢？現在我看到你們的情形，恰是和我當年的情形相反，算是給我們出了一口惡氣。」陶太太道：「原來你存了這個心眼兒，怪不得你這一向子對著我都是那樣落落難合的樣子了。」伯和笑道：「哪裡有這樣的事！有了這樣的事，我就沒有什麼不平之氣，惟其是自己沒有出息，這才希望人家不像我，聊以解嘲了。」陶太太正待要搭上一句話，家樹就道：「表兄這話，說得實在可憐，要是這樣，我不敢結婚了。」他說了這話，就是陶太太也忍不住笑了。

過了一會，何麗娜早是笑嘻嘻的由外面走了進來。先給家樹一鞠躬，笑問道：「伯母好？」家樹答應：「好！」又問：「今天什麼時候到的？」答：「是今天早上到的。」陶太太笑道：「你們真要算不怕膩。我猜這些話，你們在電話裡都問過了，這是第二次吧？」何麗娜道：「見了面，總得客氣一點，要不然，說什麼呢？」家樹因道：「說起客氣來，我倒想起來了。何小姐送的那些東西，實在多謝得很。我這回北上，動身匆忙得很，沒有帶什麼來。」何麗娜道：「哪有老人家帶東西給晚輩的，那可不敢當了。」但是家樹說著時，已走了出去。不一會子，捧了一包東西進來，一齊放在桌上笑道：「小包是土產，杭州帶來的藕粉和茶葉，那兩大捲，是我在上海買的一點時新衣料。」何麗娜連道：「不敢當！不敢當！」伯和聽了，和陶太太相視而笑。何麗娜道：「二位笑什麼？又是客氣壞了嗎？」陶太太道：「倒不是客氣壞了，正是說客氣得有趣呢。先前打電話，家樹說了許多不敢當，現在你兩人見面之後，你又說了許多不敢當，都說不敢當，實在都是敢當。」伯和斜靠在沙發上，將右腿架了起來，搖曳了幾下，口裡銜著雪茄，向陶太太微笑道：「敢當什麼？不敢當什麼？——當官呢？當律師呢？當教員呢？」陶太太先是沒有領會他的意思，後來他連舉兩個例，就明白了。笑道：「你說當什麼呢？無非當朋友罷了。」何麗娜只當沒有聽見，看到那屋角上放著的話匣子，便笑問道：「你們買了什麼新片子沒有？若是買了，拿出來開一遍讓我聽聽看，我也要去買。」陶太太笑著點頭道：「好吧。新買了兩張愛情曲的片子，可以開給你聽聽。」何麗娜搖搖頭道：「不！我膩煩這個，有什麼皮黃片子，倒可以試試。」伯和依然搖曳著他的右腿，笑道：「密斯何！你膩煩愛情兩個字嗎？別啊！你們這個年歲，正當其時呢。要是你們都膩煩愛情，像我們中年的人，應該入山學道了。可是不然，我們愛情的日子，過得是非常甜蜜呢！」陶太太回頭瞪了他一眼道：「不要胡扯。」何麗娜將兩掌一合，向空一拜，笑道：「阿彌陀佛！

陶先生也有個管頭。」於是大家都笑了。

且說家樹在一邊坐著，總是不言語。他一看到何小姐，不覺就聯想到相像的鳳喜。何小姐的相貌，只是比鳳喜稍為清瘦一點，另外有一種過分的時髦，反而失去了那處女之美與自然之美，只是成了一個冒充的外國小姐而已。可是這是初結交時候的事。後來見著她有時很時髦，有時很樸素，就像今天，她只穿了一件天青色的直羅旗衫，從前披到肩上的長髮，這是家樹認為最不愜意的一件事。以為既無所謂美，而又累贅不堪。這話於家樹動身的前兩天，在陶太太面前討論過，卻不曾告訴過何麗娜。但是今天她將長髮剪了，已經改了操向兩鬢的雙鉤式了，這樣一來，她的姿勢不同了，臉上也覺得豐秀些，就更像鳳喜了。自己正是在這裡鑑賞，忽然又看到她舉起手來念佛，又想到了關秀姑。她乃另是一種女兒家的態度，只是合則留，不合則去的樣子。何麗娜和鳳喜都不同，卻是一味的纏綿，鳳喜是小兒女的態度居多，有些天真爛漫處；何麗娜又不然，交際場中出入慣了，世故很深。男子的心事怎樣，她不言不語之間，就看了一個透。這種女子，好便是天地間惟一無二的知已，不好呢，男子就會讓她玩弄於股掌之上。家樹只是如此沉沉的想著，屋子裡的人議論些什麼，他都不曾去理會。

這時，伯和看看掛鐘道：「時間到了，我要上衙門去了。你們今天下午打算到什麼地方去消遣？回頭我好來邀你們一塊兒去吃飯。今天下午，還是這樣的熱，到北海乘涼去，好不好？」何麗娜道：「就是那樣吧。我來做個小東請三位吃晚飯。」陶太太笑道：「也請我嗎？這可不敢當啊！」何麗娜笑道：「我不知陶太太怎麼回事，總是喜歡拿我開玩笑。哪怕是一件極不相干的事，一句極不相干的話呢，可是由陶太太看去，都非常可笑。」伯和道：「人生天地間，若是遇到你們這種境遇的人，都不足作為談笑的資料，那麼，天地間的笑料也就會有時而窮了。」說畢，他笑嘻嘻的走了。這裡陶太太因聽了有出去玩的約會，立刻心裡不安定起來，因道：「密斯何坐車來的嗎？我們三人同坐你的車子去吧。」說時，望著家樹道：「先生走哇。」家樹心裡有事，今天下車之後，忙到現在，哪有興致去玩！只是她們一團高興，都說要去，自己要攔阻她們的遊興，未免太煞風景。便懶懶的站將起來，伸了一個懶腰，只是向她們二人一笑。陶太太道：「幹嘛呀？不帶我同坐汽車也不要緊，你們先同坐著汽車去，我隨後到。」家樹道：「這是哪裡來的話？我並沒有做聲，你怎麼知道我不要你同坐汽車呢？」陶太太笑道：「我還看不透你的性情嗎？我是老手呢！」家樹道：「得！得！我們同走吧。」於是不再待陶太太說話，就起身了。

三人同坐車到了北海，一進門，陶太太就遇著幾個女朋友，過去說話去了。回著頭對何麗娜道：「南岸這時正當著西曬，你們先到北岸五龍亭去等我吧。」說完管自便走。

何麗娜和家樹順著東岸向北行，轉過了瓊島，東岸那一帶高入半空的槐樹，抹著湖水西邊的殘陽，綠葉子西邊罩著金黃色，東邊避著日光，更陰沉起來。一棵樹連著一棵樹，一棵樹上的蟬聲，也就連著一棵樹上的蟬聲；樹下一條寬達數丈的大道，東邊是鋪滿了野草的小山，西邊是綠荷萬頃的北海，越覺得這古槐，不帶一點市塵氣，樹既然高大，路又遠且直，人在樹蔭下走著，彷彿渺小了許多。何麗娜笑道：「密斯脫樊！你又在想什麼心事了？我看你今天雖然出來玩，是很勉強的。」家樹笑道：「你多心了。我正在欣賞這裡的風景呢！」何麗娜道：「這話我有些不相信，一個剛從西湖來的人，會醉心北海的風景嗎？」家樹道：「不然！西湖有西湖的好處，北海有北海的好處。像這樣一道襟湖帶山的槐樹林子，西湖就不會有。」說著將手向前一指道：「你看北岸那紅色的圍牆，配合著琉璃瓦，在綠樹之間，映著這海裡落下去的日光，多麼好看，簡直是絕妙的著色圖畫。不但是西湖，全世界也只有北京有這樣的好景致。我這回到杭州去，我覺得在西湖蓋別墅的人，實在是笨。放著這樣東方之美的屋宇不蓋，要蓋許多洋樓。尤其是那些洋旅館，俗不可耐。倘若也照宮殿式蓋起紅牆綠瓦的樓閣來，一定比洋樓好。」何麗娜笑道：「這個我很知道，你很醉心北京之美的，尤其是人的一方面。」家樹只好一笑。說著話，已到了北岸五龍亭前，因為最後一個亭子人少些，就在那裡靠近水邊一張茶座上坐下。自太陽落水坐起，一直等到星斗滿天，還不見伯和夫婦前來。家樹等不過，直走出亭子，迎上大道來，這才見他夫妻倆並排走著，慢慢由水岸邊踱將來。陶太太先開口道：「你們話說完了嗎？伯和早在南岸找著了我，我要讓你們多說幾句話，所以在那邊漪瀾堂先坐了一會，然後坐船過來的。」家樹想分辯兩句，又無話可講，也默然了。到了亭子裡坐下，陶太太道：「伯和！我猜的怎麼樣？不是第五個亭子嗎？惟有這裡是僻靜好談心的了。」何麗娜覺得他們所猜的很遠，也笑了。

當下由何麗娜作東，陪著大家吃過了晚飯，已是夜色深疏了。天上的星斗，倒在沒有荷葉的水中，露出一片天來，卻蕩漾不定；水上有幾盞紅燈移動，那便是渡海的小畫舫了。遠望漪瀾堂的長廊，樓上下幾列電燈，更映到水裡去，那些雕欄石砌，也隱隱可見。伯和笑道：「我每在北岸，看見漪瀾堂的夜色，便動了歸思。」家樹道：「那為什麼？」伯和道：「我記得在長江上游作客的時候，每次上江輪，都是夜裡。你看這不活像一隻江輪，泊在江心嗎？」何麗娜笑道：「陶先生！真虧你形容得出，真像啊！」伯和道：「我還有個感想。我每在北海乘涼，覺得這裡天上的星光，別有一種趣味。」家樹道：

「本來這裡很空闊，四圍是樹，中間是水，襯托得好。」伯和笑道：「非也。我覺得在這裡看天上的銀河，格外明亮。設若那河就只有北海這樣寬，我要是牛郎織女，我都不敢從鵲背上渡過去。何況天河決不止這樣寬呢。」家樹笑道：「胡扯胡扯！」陶太太也是怔怔的聽，以為在這裡對天河有什麼感想，現在卻明白了，笑道：「你這真是『聽評書掉淚，替古人擔憂』哩。現在天上也是物質文明的時代，有輪船，有火車，還有飛機，怕不容易過河嗎？我猜今年是牛郎先過河，因為他是坐火車來的。」伯和道：「可不是，初五一早，牛郎就過河了。這個時候，也許他們見面了。」陶太太抬著頭望了一望道：「我看見了，他們兩個人，這時坐在水邊亭子下喝汽水呢。」

這時，家樹和何麗娜，都拿了玻璃杯子，喝著汽水呢。何麗娜一聽忍笑不住，頭一偏，將汽水噴了陶太太兩隻長統絲襪都噴濕了，便將一隻胳膊橫在茶桌上，自己伏在臂膊上笑個不停。陶太太道：「這也沒有什麼可樂的事！為什麼笑成這個樣子？」何麗娜道：「你這樣拿我開玩笑，笑還不許我笑嗎？」說著，抬起頭來，只管用手絹去拂拭面孔。家樹對於伯和夫婦開玩笑，雖是司空見慣，但是笑話說得這樣著痕跡的，今天還是第一回。而且何麗娜也在當面，一個小姐，讓人這樣開玩笑，未免難堪。但是看看何麗娜卻笑成那樣子，一點不覺難堪。於是這又感到新式的女子，態度又另是一種的了……

當下伯和見大家暫時無話可說，想了一想，於是又開口道：「其實我剛才這話，也不完全是開玩笑。聽到說這北海公園的主辦人，要在七月七日，開雙七大會，在這水中間，用電燈架起鵲橋來，水裡大放河燈。那天晚上，一定可以熱鬧一下子。你二位來不來呢？」家樹道：「太熱鬧的地方，我是不大愛到的。再說吧。」何麗娜一句話沒有說出，經他一說，就忍回去了。陶太太道：「你愛遊清雅的地方，下一個禮拜日，我們一塊兒到北戴河洗海水澡去，好嗎？到那裡還不用住旅館，我們認得陳總長，有一所別墅在那裡，便當得多了。」何麗娜道：「有這樣的好地方，我也去一個。」家樹道：「我不能玩了，我要看一點功課，預備考試了。若要考不上一個學校，我這次趕回北京來，就無意義了。」伯和道：「你放心！有你這樣的程度，學校準可以考取的。若是你趕回北京來，不過是如此，那才無意義呢。」伯和這樣說著，雖然沒有將他的心事完全猜對，然而他不免添了無限的感觸，望著天上的銀河，一言不發。家樹這種情形，何麗娜卻能猜個八九，她坐在對面椅子上，望著他，只嗑著白瓜子，也是不作聲。半晌，忽然歎了一口氣，她這一口氣歎出，大家倒詫異起來。陶太太首先就問她這為什麼？要知她怎樣的答覆，下回交代。

第十五回　柳岸感滄桑翩鴻掉影　桐陰聽夜雨落木驚寒

卻說何麗娜忽然歎一口氣，陶太太就問她是什麼原因。她笑道：「偶然歎一口氣，有什麼原因呢？」陶太太笑道：「這話有點不通吧！現在有人忽然大哭起來，或者大笑起來，要說並沒有原因，行嗎？歎氣也是人一種不平之氣，當然有原因。伯和常說『不平則鳴』——你鳴的是哪一點呢？」何麗娜道：「說出來也不要緊，不過有點孩子氣罷了。我想一個人修到了神仙，總算有福了，可是他們一樣的有別離，那末，人在世上，更難說了。」家樹忍不住了，便道：「密斯何說的是雙星的故事嗎？這天河乃是無數的恆星……」伯和攔住道：「得了！得了！這又誰不知道？這種神話，管它是真是假，反正在我們這樣乾燥煩悶的人生裡，可以添上一些有趣的材料。我們拿來解解悶也好，這可無所礙於物質文明，何必戳穿它。譬如歐美人家在聖誕節晚上的聖誕老人，未免增加兒童迷信思想，然而至今，小孩兒的長輩依然假扮著，也無非是個趣字。」家樹笑道：「好吧，我宣告失敗。」陶太太道：「本來嘛，密斯何借著神仙還有別離一句話來自寬自解，已經是不得已。退一步想了，偏是你還要證明神仙沒有那件事，未免大煞風景。密斯何！你覺我的話對嗎？」何麗娜道：「都對的。」陶太太笑道：「這就怪了！怎麼會都對呢？」何麗娜道：「怎麼不是都對呢！樊先生是給我常識上的指正，陶先生是給我心靈上的體會。」陶太太笑道：「你真會說話，誰也不得罪。」

當他們在這裡辯論的時候，家樹又默然了。伯和夫婦還不大留意，何麗娜卻早知道了。越是看出他無所可否，就越覺得他是真不快。他這不快，似乎不是從南方帶來的，乃是回北京以後，新感到的。那是什麼事呢？莫非他那個女朋友對他有不滿之處嗎？何麗娜這樣想著，也就沉默起來。這茶座上，反而只剩伯和夫婦兩個人說話了。坐久一點，陶太太也感到他們有些鬱鬱不樂了，就提議回家。伯和道：「我們的車子在後門，我們不過海去了。」陶太太道：「這樣夜深，讓密斯何一個人到南岸去嗎？」伯和道：「家樹送一送吧。到了前門，正好讓何小姐的車子送你回家。」何麗娜道：「不要緊的，我坐船到漪瀾堂。」陶太太道：「由漪瀾堂到大門口，還有一大截路呢。」她聽說，就默然了。家樹覺得，若是完全不做聲，未免故作癡聾，太對不住人。便道：「不必客氣，還是我來送密斯何過去吧。」伯和突然向上一站，將巴掌連鼓了一陣，笑道：「很好！很好！就是這樣吧。」家樹笑道：「這也用不著鼓掌呀！」伯和未加深辯，和他太太走了。

這裡何麗娜慢慢的站起，正想舉著手要伸一個懶腰，手只略抬了一抬，隨又放下來，望著家樹微笑道：「又要勞你駕一趟。我們不坐船，還走過去，好嗎？」家樹笑著說了一聲「隨便」，於是何麗娜會了賬，走出五龍亭來。

當二人再走到東岸時，那槐樹林子，黑鬱鬱的。很遠很遠，有一盞電燈，樹葉子映著，也就放出青光來。這樹林下一條寬而且長的道，越發幽深了，要走許多時間，才有兩三個人相遇，所以非常的沉靜。兩人的腳步，一步一步在道上走著。噗噗的腳踏聲，都能聽將出來。在這靜默的境地裡，便彷彿嗅到何麗娜身上的一種濃香，由晚風吹得蕩漾著，只在空氣裡跟著人盤旋。走到樹蔭下，背著燈光處，就是那露椅上，一雙雙的人影掩藏著，同時唧唧噥噥的有一種談話聲，在這陰沉沉的夜氣裡，格外刺耳。離著那露椅遠些，何麗娜就對他笑道：「你看這些人的行為，有什麼感想？」家樹道：「無所謂感想。」何麗娜道：「二人對於眼前的事情，感想或好或壞都可以，決不能一點感想都沒有。」家樹道：「你說是眼前的事嗎？越是眼前的事，越是不能發生什麼感想。譬如天天吃飯，我們一定有筷子碗的，你見了筷子碗，會發生什麼感想呢？」何麗娜笑道：「你這話有些不近情理，這種事，怎麼能和吃飯的事說成一樣呢？」家樹道：「就怕還夠不上這種程度，若夠得上這種程度，就無論什麼人看到，也不會發生感想了。」何麗娜笑道：「你雖不大說話，說出話來，人家是駁不倒的。你對任何一件事，都是這樣不肯輕易表示態度的嗎？」家樹不覺笑起來了，何麗娜又不便再問，於是復沉寂起來。

二人走過這一道東岸，快要出大門了，走上一道長石橋，橋下的荷葉，重重疊疊，鋪成了一片荷堆，卻看不見一點水。何麗娜忽然站住了腳道：「這裡荷葉太茂盛，且慢點走。」於是靠在橋的石欄杆上，向下望著。這時並沒有月光，由橋上往下看，只是烏壓壓的一片，並看不出什麼意思來。家樹不作聲，也就背對了橋欄杆站立了一會。何麗娜轉過身來道：「走吧。但是……樊先生！你今天好像有什麼心事似的。」家樹歎了一口長氣，不曾答覆她的話。何麗娜以為他有難言之隱，又不便問了。二人出了大門，同上了汽車，還是靜默著。直等汽車快到陶家門首了，何麗娜道：「我只送你到門口，不進去了。你……你……你若有要我幫忙之處，我願儘量的幫忙。」家樹道：「謝謝！」說著，就和她點了一個頭，車子停住，自作別回家去。

這天晚晌，家樹心裡想著：我的事，如何能要麗娜幫忙？她對於我總算很有好感，可是她的富貴氣逼人，不能成為同調的。到了次日，想起送何麗娜的東西，因為昨天要去遊北海，匆忙未曾帶走，還放在上房。就叫老媽子搬了出來，雇了一輛人力車，一直就到何宅來。到了門房一問，何小姐還不曾起床。家樹一想，既是不曾起床，也就不必驚動了。因掏出一張片子，和帶來的東西，一齊都放在門房裡。

家樹剛一轉身，只覺有一陣香氣撲鼻而來，看時，有一個短衣漢子，手裡提著白藤小籃子站在身邊。籃子浮面蓋了幾張嫩荷葉，在荷葉下，露出一束一尺多長的花梗來。門房道：「糙花兒！我們這裡天天早上有人上菜市帶回來。沒有花嗎？——誰叫你送這個？」那人將荷葉一掀，又是一陣香氣。籃子裡荷葉托著紅紅白白鮮豔奪目的花朵。那人將一束珊瑚晚香玉，一束玉簪花，拿起來一舉道：「這是送小姐插花瓶的，不算錢。」說畢，卻另提了兩串花起來，一串茉莉花穿的圓球，一串是白蘭花穿的花排子。門房道：「今天你另外送禮了。這要多少錢？」那人道：「今天算三塊錢吧。」說著向門房一笑。家樹在一邊聽了，倒不覺一驚。因問道：「怎麼這樣貴？」那賣花人將家樹看了看，笑道：「先生！你是南方人，你把北京城裡的茉莉花，白蘭花，當南方價錢賣嗎？我是天天上這兒送花，老主顧，不敢多說錢。要在生地方，我還不賣呢。」家樹道：「天天往這兒送花，都是這麼些個價錢嗎？」賣花的道：「大概總差不多吧。這兒大小姐很愛花，一年總做我千兒八百塊錢的生意呢。」家樹聽著點了一點頭，自行回去了。

他剛一到家，何麗娜就來了電話。說是剛才失迎，非常抱歉。向來不醒得這般晚，只因昨夜回來晚了，三點鐘才睡著，所以今天起床很遲，這可對不住。家樹便答應她：「我自己也是剛醒過來就到府上去的。」何麗娜問他：「今天在不在家？」家樹就答應：「回京以後，要去看許多朋友，恐怕有兩天忙。」何麗娜也就只好說著「再會」了。其實這天家樹整日不曾出門。看了幾頁功課，神志還是不能定，就長長的作了一篇日記。日記上有幾句記著是：「從前我看到婦人一年要穿幾百元的跳舞鞋子，我已經驚異了。今天我更看到一個女子，一年的插頭花，要用一千多元。於是我笑以前的事少見多怪了。不知道再過一些時，我會看到比這更能花錢的婦女不能？或者今天的事，不久也是歸入少見多怪之列了。」寫好之後，還在最後一句旁邊，加上一道雙圈。這天，伯和夫婦以為他已開始考試預備，也就不來驚動他了。

到了次日，已是陰曆的七月七，家樹想起秀姑的約會，吃過午飯，身上揣了一些零錢，就到關家來。老遠的在胡同口上，就看見秀姑在門外盼望著，及至車子走近時，她又進去了。走了進去，壽峰由屋裡迎到院子裡來，笑道：「不必進去了，要喝茶說話，咱們到什剎海說去。」家樹很知道這老頭兒脾氣的，便問道：「大姑娘呢？同走哇。」秀姑在屋子裡咳嗽了兩聲，整著衣襟走了出來。壽峰是不耐等了，已經出門，秀姑便和家樹在後跟著。秀姑自己穿了一件白褂，又繫上一條黑裙。在鞋攤子上昨日新收的一雙舊皮鞋，今天也擦得亮亮的穿了。這和一個學生模樣的青年男子在一處走，越可以襯著自己是個樸素而又文明的女子了。走出胡同來，壽峰待要雇車，秀姑便道：「路又不遠，我們走了去吧。」她走著路，心裡卻在盤算著：若是遇見熟人，他們看見我今天的情形，豈不會疑心到我……記得我從前曾夢到同遊公園的一回事，而今分明是應了這個夢了……她只管沉沉的想著，忘了一切，及至到了什剎海，眼前忽然開闊起來，這才猛然的醒悟。

家樹站在壽峰之後，跟著走到海邊，原來所謂海者，卻是一個空名。只見眼前一片青青，全是些水田，水田中間，斜斜的土堤，由南至北，直穿了過去。這土堤有好幾丈寬，長著七八丈高的大柳樹；這柳樹一棵連著一棵，這土堤倒成了一條柳岸了。水田約莫有四五里路一個圍子。在柳岸上，露出人家屋頂和城樓宮殿來。雖然這裡並沒有什麼點綴，卻也清爽宜人。所有來遊的遊人，都走上那道土堤。柳樹下臨時支著蘆席棚子，有小酒館，有小茶館，還有玩雜耍的。壽峰帶著家樹走了大半截堤，卻回頭笑問道：「你覺得這裡怎麼樣？有點意思嗎？」家樹笑道：「反正比天橋那地方乾淨。」壽峰笑道：「這樣說，你是不大願意這地方。那麼，我們先去找地方坐一坐再說吧。」於是三個人放慢了腳步，兩邊找座。蘆席棚裡，便有一個人出來攔住了路，向三人點著頭笑道：「你們三位歇歇吧。我們這兒乾淨，還有小花園，雅致得很！」家樹看時，這棚子三面敞著，向東南遙對著一片水田，水田裡種的荷葉，亂蓬蓬的，直伸到岸上來。在棚外柳樹蔭下，擺了幾張紅漆桌子，便對壽峰道：「就是這裡吧。」壽峰還不曾答言，那伙計已經是嚷著打手巾，事實上也不能不進去了。

三人揀了一副靠水田的座位坐下，伙計送上茶來，家樹首先問道：「你說這兒有小花園，花園在哪裡？」伙計笑著一指說：「那不是？」大家看時，原來在柳蔭下挖了大餐桌面大的一塊地，栽了些五色小喇叭花和西洋馬齒莧；沿著鬆土，插了幾根竹竿木棍，用細粗繩子編了網，上面爬著扁豆絲瓜藤，倒開了幾朵紅的黃的花朵，大家一見都笑了。家樹道：「天下事，都是這樣聞名不如見面。北京的陶然亭，去過了，是城牆下葦塘子裡一所破廟；什剎海現在又到了，是些野田。」壽峰道：「這個你不能埋怨傳說的錯了，這是人事有變遷。陶然亭那地方，從前四處都是水，也有樹林子，一百年前，那裡還能撐船呢。而今水乾了，樹林子沒有了，廟也就破了。再說到什剎海，那是我親眼得見的，這兒全是一片汪洋的大湖，水淺的地方，也有些荷花。而且這裡的水，就是玉泉山來的活水，一直通三海。當年北京城裡，先農壇，社稷壇，都是禁地，更別提三海和頤和園了。住在北京城裡的闊人，整天花天酒地，鬧得膩，要找清閒之地，換換口味，只有這兒和陶然亭了。至於現在的闊人，一動就說上西山。你想，那個時候，可是沒汽車，誰能坐著拖屍的騾車，跑那麼遠去？可是打我眼睛裡看去，我還是樂意在這種蘆席棚子下喝一口水，比較的舒服。有一次，我到中央公園去，口渴了，要到茶座上找個座兒。你猜怎樣著？我走過去，簡直沒有人理會。叫了兩聲茶房，走過來一個穿白布長衣的，他對我瞪著眼說：『我們這兒茶賣兩毛錢一壺。』瞧他那樣子，看我是個窮老頭兒，喝不起茶，我不和他說就走了。你瞧，一到了這什剎海，這兒茶房是怎樣？這還是我上次到中央公園去穿著的那件藍布大褂，可是他老遠的就招呼著我請到裡面坐了。」家樹笑道：「那總算好，大叔不曾把公園裡的伙計打上一頓呢。」壽峰道：「他和我一樣，也是個窮小子，犯不著和他計較。好像什剎海這地方，從前也是不招待藍布大褂朋友，而今穿綢衣的不大來，藍布大褂朋友就是上客。也許中央公園，將來也有那樣一天。」家樹道：「桑田變滄海，滄海變桑田，古今的事，本來就說不定。若是這北京三海，改成四海，這什剎海，也把紅牆圍起，造起宮殿來，當然這裡的水田，也就成了花池了。」說著，將手向南角一指，指著那一帶綠柳裡的宮牆。

就在這一指之間，忽然看見一輛汽車，由南岸直開上柳堤來。柳堤上的人，紛紛向兩邊讓開。這什剎海雖是自然的公園，可是警廳也有管理的規則。車馬在兩頭停住，不許開進柳堤上來。這一輛汽車，獨能開到人叢中來，大概又是官吏了。壽峰也看見了，便道：「我們剛說要闊人來，闊人這就來了。若是闊人都要這樣騎著老虎橫衝直撞，那就這地方不變成公園也好。因為照著現在這樣子，我們還能到這兒來搖搖擺擺，若一抖起來，我們又少一個可逛的地方了。」家樹聽著微笑，只一回頭，那輛汽車，不前不後，恰恰停在這茶棚對過。只見汽車兩邊，站著四個背大刀掛盒子炮的護兵，跳下車來，將車門一開。家樹這座上三個人，不由得都注意起來，看是怎樣一個闊人？及至那人走下車來，大家都吃一驚，原來不是赳赳武夫，也不是衣冠整肅的老爺，卻是一個穿著渾身綺羅的青年女子。再仔細看時，那女子不是別人，正是鳳喜。家樹身子向上一站，兩手按了桌子，「啊」了一聲，瞪了眼睛，呆住了作聲不得。鳳喜下車之時，未曾向著這邊看來，及至家樹「啊」了一聲，她抬頭一看，也不知道和那四個護兵說了一句什麼，立刻身子向後一縮，扶著車門，鑽到車子裡去了。接著那四個護兵，也跟上車去，分兩邊站定，馬上汽車嗚的一聲，就開走了。家樹在鳳喜未曾抬頭之時，還未曾看得真切，不敢斷定。及至看清楚了，鳳喜身子猛然一轉，她腳踏著車門下的踏板，穿的印花亮紗旗衫，衣褶掀動，一陣風過，飄蕩起來。因衣襟飄蕩，家樹連帶的看到她腿上的跳舞襪子。家樹想起從前鳳喜曾要求過買跳舞襪子，因為平常的也要八塊錢一雙，就不曾買，還勸了她一頓，以為不應該那樣奢侈，而今她是如願以償了。在這樣一凝想之間，喇叭嗚嗚聲中，汽車已失所在了。

秀姑坐的所在，正是對著蘆棚外的大道，更看得清楚。知道家樹心中，是一定受有很大的刺激，要安慰他兩句，又不知要怎樣說著才好。家樹臉對著茶棚外呆了，秀姑又向著家樹的臉看呆了。壽峰先是很驚訝，後來一想，明白了。便站起來，拍著家樹的肩膀道：「老弟！你看著什麼了？」家樹點了點頭，坐將下來，微微的歎了一口氣，臉卻望著秀姑。壽峰問道：「我的眼睛不大好，剛才車上下來的那個人，我沒有十分看清楚。是姓沈的嗎？」秀姑道：「沒有兩天，你還見著呢。怎麼倒問起我來？」壽峰道：

「雖然沒有兩天，地方不同呀，穿的衣服也不同呀，這一股子威風，更不同呀！誰想得到呢？」

家樹聽了壽峰這幾句話，臉上一陣白似一陣，手拿著一滿杯茶，喝一口便放下，放下又端起來喝一口，卻只是不作聲。秀姑一想，今天這一會，你應該死心塌地，對她不再留戀了吧！因對壽峰道：「剛才我倒想向前看看她的，反正我也是個女子。她就是有四個護兵，諒她也不能將我怎樣？」壽峰道：「那才叫多事呢！這種人還去理她做什麼？她有臉見咱們，咱們還沒有臉見她呢。總算她還知道一點羞恥，避開咱們了。」家樹手摸著那茶杯，搖著頭，又歎了一口氣。壽峰笑道：「樊家老弟！我知道你心裡有些不好過。可是你剛才還說了呢，桑田變成滄海，滄海變成桑田。那麼大的東西，說變就變，何況一個人呢。我說一句不中聽的話，你就只當這趟南下，她得急病死了。那不也就算了嗎？」秀姑笑道：「你老人家這話有些不妥，何不說是只當原來就不認識她呢？若是她真得急病死了，樊先生能這樣子嗎？」秀姑把這話剛說完，忽然轉念：我這話更不妥了，我怎麼會知道他不能這樣？我一個女子，為什麼批評男子對於女子的態度，這豈不現出輕薄的相來嗎？於是先偷看了看壽峰，再又偷看家樹，見他們並沒有什麼表示，自己的顏色才安定了。

家樹沉思了許久，好像省悟了一件什麼事的樣子，然後點點頭對壽峰道：「世上的事，本來難說定。她一個弱女子，上上下下，用四個護兵看守著她，叫她有什麼法子？設若她真和我們打招呼，不但她自己要發生危險，恐怕還不免連累著我們呢。」壽峰笑道：「老弟！你這人太好說話了。我都替你生氣呢，你自己倒以為沒事。」家樹道：「寧人負我吧。」壽峰雖不大懂文學，這句話是明白的。於是用手摸著鬍子，歎了一口氣。秀姑更不作聲，卻向他微笑了一笑。笑是第一個感覺的命令，當第二個感覺發生時，便想到這笑有點不妥，連忙將手上的小白摺扇打開，掩在鼻子以下。家樹也覺自己這話有點過分，就不敢多說了。

坐談了一會，壽峰遇到兩個熟人，那朋友一定要拉著過去談談，只得留下家樹和秀姑在這裡。二人默然坐了一會，家樹覺得老不開口又不好，便問道：「我去了南方一個多月，大姑娘的佛學，一定長進不少了。現在看了些什麼佛經了？」秀姑搖了一搖頭，微笑道：「沒有看什麼佛經。」家樹道：「這又何必相瞞！上次我到府上去，我就看到大姑娘燃好一爐香，正要念經呢。」秀姑道：「不過是金剛經、心經罷了。上次老師傅送一本蓮華經給我，我就看不懂。而且家父說，年輕的人看佛經，未免消磨志氣，有點反對，我也就不勉強了。樊先生是反對學佛的吧？」家樹搖著頭道：「不！我也願意學佛。」秀姑道：「樊先生前程遠大，為了一點小小不如意的事，就要學佛，未免不值！」家樹道：「天下哪有樣樣值得做的事，這也只好看破一點罷了。」秀姑道：「樊先生真是一片好心待人，可惜人家偏不知道好歹。」家樹將手指蘸著茶杯子裡的剩茶，在桌上搽抹著，不覺連連寫了好幾個「好」字。壽峰走回來了，便笑道：「哎，你什麼事想出了神？寫上許多好字。」家樹笑了，站起來道：「我們坐得久了，回去吧。」壽峰看他心神不定，也不強留，就請他再看一看這裡的露天遊戲場去。

會了茶錢，一直順著大道向南，見柳蔭下漸漸蘆棚相接，除茶酒攤而外，有練把式的，有說相聲的，有唱綳綳兒戲的，有拉畫片的，盡頭還有一所蘆棚戲園。家樹看著倒也有趣，把心裡的煩悶，解除了一些。又走過去，卻聽到一陣弦索鼓板之聲順風吹來。看時，原來是柳樹下水邊，有一個老頭子帶著一個女孩子在那兒唱大鼓書，周圍卻也擺了幾條短腳長板凳。家樹一看到這種現象，不由得前塵影事，兜上心來。一陣頭暈，幾乎要摔倒在地，連忙一手按住了頭，站住了不動。壽峰搶上前，攙著他道：「你怎麼了？中了暑嗎？」家樹道：「對了！我聞到一種不大好的氣味，心裡難受得發昏了。」壽峰見路邊有個茶座，扶著他坐下。秀姑道：「樊先生大概坐不住了。我先去雇一輛車來，送樊先生回去吧。」她一人走上前，又遇到一所蘆棚舞臺。這舞臺比較齊整一點，門口網繩欄上，掛著很大的紅紙海報，上面大書特書：今天七月七日應節好戲天河配。秀姑忽然想起，父親約了今天在什剎海相會，不能完全是無意的啊！本來大家談得好好的，又遇見了那個人。但是他見那個人不但不生氣，反而十分原諒她。那末，今天那個人沒來，他又能有什麼表示呢？這倒很好，可以把他為人看穿了……

秀姑只是這樣想著，卻忘了去雇車子。壽峰忽然在後面嚷道：「怎麼了？」回頭看時，家樹已經和壽峰一路由後面跟了來，家樹笑道：「大姑娘為什麼對戲報出神？要聽戲嗎？」秀姑笑著搖了一搖頭，卻見他走路已是平常，顏色已平定了。便道：「樊先生好了嗎？剛才可把我嚇了一跳。」說到這個「跳」字，可又偷眼向壽峰看了一看，接上臉也就紅了。壽峰雖不曾注意，但是這樣一來，就不便說要再玩的話，只得默然著走了。

到了南岸，靠了北海的圍牆，已是停著一大排人力車，隨便可雇。家樹站著呆了一呆，因問壽峰道：「大叔，我們分手嗎？」壽峰道：「你身體不大舒服，回去吧，我們也許在這裡還遛一遛彎兒。」秀姑站在柳樹下，那垂下來的長柳條兒，如垂著綠幔一般，披到她肩上。她伸手拿住了一根柳條，和摺扇一把握著，右手卻將柳條上的綠葉子，一片一片兒的扯將下來，向地下拋去，只是望著壽峰和家樹說話，並不答言。那些停在路旁的人力車夫，都是這樣想著：這三個人站在這裡不曾走，一定是要雇車的了。

一陣風似的，有上十個車夫圍了上來，爭問著要車不要？家樹被他們圍困不過，只得坐上一輛車子就拉起走了。只是在車上揭了帽子，和壽峰點點頭說了一聲「再會」。

當下壽峰對秀姑道：「我們沒事，今天還是個節期，我帶著你還走走吧。」秀姑聽說，這才把手上的柳條放下了，跟著父親走。壽峰道：「怎麼回事？你也是這樣悶悶不樂的樣子，你也是中了暑了？」秀姑笑道：「我中什麼暑？我也沒有那麼大命啦。」壽峰道：「你這是什麼話？中暑不中暑，還論命大命小嗎？」秀姑依舊是默然的跟著壽峰走，並不答覆。壽峰看她是這樣的不高興，也就沒有什麼遊興。於是二人就慢慢開著步子，走回家去。

到了家之後，天色也就慢慢的昏黑了。吃過晚飯，秀姑淨了手臉，定了一定心事，正要拿出一本佛經來看，卻聽得院子裡有人道：「大姑娘！你也不出來瞧瞧嗎？今天天上這天河，多麼明亮呀！」秀姑道：「天天晚上都有的東西，那有什麼可看的？」院子外有人答道：「今天晚上，牛郎會織女。」秀姑正待答應，有人接嘴道：「別向天上看牛郎織女了，讓牛郎看咱們吧。他們在天上，一年倒還有一度相會，看著這地下的人，多少在今天生離死別的。人換了一班，又是一班，他們倆是一年一度的相會著，多麼好！我們別替神仙擔憂，替自己擔憂吧。」秀姑聽了這話，就不由得發起呆來，把看佛經的念頭丟開，逕自睡覺了。

自這天起，秀姑覺著有什麼感觸，一會兒很高興，一會兒又很發愁，只是感到心神不寧。但是就自那天起，有三天之久，家樹又不曾再來。秀姑便對壽峰說道：「樊先生這次回來，不像從前。幾天不見，也許他會鬧出什麼意外，我們得瞧他一瞧才好。」壽峰道：「我要是能去瞧他，我早就和他往來了。他們那親戚家裡總看著我們是下等人，我們去就碰上一個釘子，倒不算什麼，可是他們親戚要說上樊先生兩句，人家面子上怎樣擱得下？」秀姑皺了眉道：「這話也是。可是人家要有什麼不如意的話，咱們也不去瞧人家一瞧，好像對不住似的。」壽峰道：「好吧！今天晚上我去瞧他一瞧吧。」秀姑便一笑道：「不是我來麻煩你，這實在也應該的事。」父女們這樣的約好，不料到了這天晚上，壽峰有點不舒服，同時屋簷下也滴滴答答有了雨聲，秀姑就不讓她父親去看家樹，以為天晴了再說。壽峰覺得無甚緊要，自睡著了。

但是這個時候，家樹確是身體有病，因為學校的考期已近，又要預備功課，人更覺疲倦起來。這天晚上，他只喝了一點稀飯，便勉強的打起精神在電燈下看書。偏是這一天晚上，伯和夫婦都沒有出門，約了幾位客，在上房裡打麻將牌。越是心煩的人聽了這種嘩啦嘩啦的牌聲，十分吵人。先雖充耳不聞，無奈總是安不住神。彷彿之間，有一種涼靜空氣，由紗窗子裡透將進來。加上這屋子裡，只有桌上的一盞銅檠電燈，用綠綢罩了，便更顯得這屋子陰沉沉的了。家樹偶然一抬頭，看到掛著的月分牌，已經是陰曆七月十一了，今夜月亮，該有大半圓，一年的月色，是秋天最好，心裡既是煩悶，不如到外面來看看月色消遣。於是熄了電燈，走出屋來，在走廊上走著。向天上看時，這裡正讓院子裡的花架擋得一點天色都看不見。於是繞了個彎子，彎到左邊一個內跨院來。

這院子裡北面，一列三間屋，乃是伯和的書房，布置得很是幽雅的。而且伯和自己，也許整個星期，不到書房來一次，這裡就更覺得幽靜了。這院子裡壘著有一座小小的假山，靠山栽了兩叢小竹子。院子正中，卻一列栽有四棵高大的梧桐。向來這裡就帶著秋氣的，在這陰沉沉的夜色裡，這院子裡就更顯得有一種淒涼蕭瑟的景象。抬頭看天上，陰雲四布，只是雲塊不接頭的地方，露出一點兩點星光來。那大半輪新月，只是在雲裡微透出一團散光，模模糊糊，並不見整個的月影。那雲只管移動，彷彿月亮就在雲裡鑽動一般。後來月亮在雲裡鑽出來，就照見梧桐葉子綠油油的，階石上也是透濕，原來晚間下了雨，並不知道呢。那月亮正偏偏的照著，掛在梧桐一個橫枝上，大有詩意。心裡原是極煩悶的，心想看看月亮，也可以解解悶，於是也不告訴人，就拿了一張帆布架子床，架在走廊下來看月。不料只一轉身之間，梧桐葉上的月亮不見了，雲塊外的殘星也沒有了，一院漆黑，梧桐樹便是黑暗中幾叢高巍巍的影子。不多久，樹枝上有噗篤噗篤的聲音落到地上，家樹想，莫不是下雨了？於是走下石階，抬頭觀望，正是下了很細很密的雨絲。黑夜裡雖看不見雨點，覺得這雨絲，由樹縫裡帶著寒氣，向人撲了來。梧桐葉上積得雨絲多，便不時滴下大的水點到地上。家樹正這樣望著，一片梧桐葉子，就隨了積雨，落在家樹臉上。家樹讓這樹葉一打，臉上冰了一下，便也覺得身上有些冷了，就復走到走廊下，仍在帆布床上躺著。

現在，家樹只覺得一院子的沉寂，在那邊院子裡的打牌聲一點聽不見，只有梧桐上的積雨，點點滴滴向下落著，一聲一聲很清楚。這種環境裡，那萬斛閒愁，便一齊湧上心來，人不知在什麼地方了。家樹正這樣凝想著，忽然有一株梧桐樹，無風自動起來了，立時稀里沙啦，水點和樹葉，落了滿地。突然有了這種現象，不由得吃了一驚，自己也不知是何緣故，連忙走回屋子裡去，先將桌燈一開，卻見墨盒下面壓了一張字條，寫著酒杯大八個字，乃是「風雨欺人，勸君珍重」。一看桌上放的小玻璃鐘，已是兩點有餘，這時候，誰在這裡留了字？未免奇怪了。要知道這字條由何而來，下回交代。

第十六回　托跡權門姑為蜂蝶使　尋盟舊地喜是布衣交

卻說家樹拿了那張字條，仔細看了看，很是疑惑，不知道是誰寫著留下來的。家裡伯和夫婦用不著如此，聽差自然是不敢。看那筆跡，還很秀潤，有點像女子的字。何麗娜是不曾來，哪還有第二個女子能夠在半夜送進這字條來呢？再一看桌上，墨盒不曾蓋得完整，一支毛筆，沒有套筆帽，滾到了桌子犄角上去了。再一想想，剛才跨院裡梧桐樹上那一陣無風自動，更加明白。心裡默念著，這樣的風雨之夜，要人家跳牆越屋而來，未免擔著幾分危險。她這樣跳牆越屋，只是要看一看我幹什麼，未免隆情可感。要是這樣默受了，良心上過不去；要說對於她去作一種什麼表示，然而這種表示，又怎樣的表示出來呢？自己受了她這種盛情，不由得心上添了一種極深的印象；但是自己和她的性情，卻有些不相同，這是無可如何的事了。睡上床去，輾轉不寐，把生平的事，像翻亂書一般，東一段西一段，只是糊里糊塗的想著。到了次日清晨，自己忽然頭暈起來，待要起床，彷彿頭上戴著一個鐵帽子，腦袋上重顛顛的抬不起來。只好又躺下了。這一躺下，不料就病起來。一病兩天，不曾出臥室。

第二天下午，何麗娜才知道這個消息，就專程來看病，她到了陶家，先不向上房去，一直就到家樹的屋子裡來，站在門外，先輕輕咳嗽了兩聲，然後問道：「樊先生在家嗎？」家樹聽得清楚，是何麗娜的聲音，就答道：「對不住，我病了。在床上呢！」何麗娜笑道：「我原知道你病了，特意來看病的。」

說著話，她已經走進屋子來了。

家樹穿了短衣，赤著雙腳，高高的枕著枕頭。在枕邊亂堆著十幾本書，另外還有些糖果瓶子和丸藥紙包。但是這些東西之中，另有一種可注目的東西，就是幾張相片背朝外，面朝下，覆在書頁上。何麗娜進得門來，滴溜著一雙眼睛的光線，就在那書頁上轉著。家樹先還不知道，後來明白了，就故意清理著書，把那相片夾在書本子裡，一齊放到一邊去了。笑道：「我真是不恭得很，衣服沒有穿，襪子也沒有穿。」說著，兩手扶了床沿，就伸腳下床來踏著鞋。何麗娜突然向前，一伸兩手道：「我們還客氣嗎？」她說這話時，本想就按住著家樹的肩膀，不讓他站起來的。後來忽然想到，這事未免孟浪一點。她這一猶豫，那兩隻伸出來的手，也就停頓了，再伸不上前去，只把兩隻手作了一個伸出去的虛勢子，離著床沿有一二尺遠，倒呆住了。家樹若是站起來，便和她對面對的立著了；坐著不動，也是不好，只得笑道：「恭敬不如從命，我就躺下了。何小姐請坐，我叫他們倒茶。」何麗娜笑道：「我是來探病的，你倒要張羅我？」

家樹還不曾答話時，陶太太從外面答著話進來了。她道：「你專誠來探病，他張羅張羅，還不應該的嗎？你別客氣，你再客氣，人家心裡就更不安了。」何麗娜笑道：「陶太太又該開玩笑了。」說著話，向後退了兩步。陶太太一隻手挽著她的手，一隻手拍著她的肩膀，向她微微一笑，卻不說什麼。何麗娜卻正著顏色道：「樊先生怎麼突然得著病了？找大夫瞧瞧嗎？」陶太太道：「我早就主張他瞧瞧去的，況且快要考學校呢。」何麗娜這才抽開了陶太太兩隻手，又向後退了幾步，搭訕著就翻桌上的書。只翻了兩頁，卻在書頁子裡面翻出一張字條來。乃是「風雨欺人，勸君珍重」。大字下面，卻有兩行小字：

「落花有意，流水無情，奈何奈何！」這大字和小字，分明是兩種筆跡，而且小字看得出是家樹添注的。自己且不作聲，就悄悄的將這字紙握在手心裡，然後慢慢放到衣袋裡去了。因為陶太太在屋子裡，也不便久坐，又勸家樹還是上醫院看看好，不要釀成了大病，就和陶太太到上房去了。家樹也想著自己既要趕去考試，不可耽誤，去看看也好。又想著關氏父女對自己很留心，要通知他們一聲才對。這天晚上，人靜了，就起床寫了一封信給壽峰。又想到壽峰在家的時候少，這信封面上就寫了秀姑的名字。信寫完了，人也夠疲倦的了，將信向桌上一本書裡一夾，便上床睡了。

次日早上，還不曾醒過來，何麗娜又來看他的病，見他在床上睡得正酣，未便驚動，就到桌上打開墨盒，要留上一個字條，忽見昨日夾著字條的書本，還在那裡，心想這書裡或者不止這一張字條，還有可尋的材料也未可知。於是又將書本翻了一翻，只一掀，那一封信就露了出來。信上寫著：後門內鄰佛寺胡同二十號關秀姑女士收啟。何麗娜看到，不由心裡一跳，回頭一看家樹，依然穩睡。於是心裡將這地址緊緊的記下了，信還夾在書裡，也不留字條，自出房去了。

家樹醒來，已是十點鐘，馬上上醫院，中途經過郵局，將給秀姑的信投寄了，到了醫院裡，仔細一檢查，也沒有什麼大病，醫生開了藥單，卻叫他多多的到公園裡去散步，認為非處在良好的環境，解放心靈不可。今天吃了這藥，明天再來看。家樹急於要自己的病好，自然是照辦。

這醫院，便是上次壽峰養病的所在，那個有點近視的女看護，一見迎了上來，笑道：「樊先生，密斯關好嗎？」家樹點了點頭。女看護道：「密斯關怎麼不陪著來呢？」家樹笑道：「我們也不常見面的。」說著就走開了。

到了次日下午，家樹上醫院來覆診，一進門，就見那女看護向這邊指著道：「來了來了。」原來秀姑正站著和她說話，是在打聽自己來沒有來呢。秀姑一見，也不和女看護談話了，自迎上來。一看家樹時，帽子拿在手上，蓬蓬的露出一頭亂髮，臉上伸出兩個高拱的顴骨來，這就覺得上面的眼眶，下面的腮肉，都凹了進去，臉上白得像紙一般，一點血色沒有，只有穿的那件淡青秋羅長衫，飄飄然不著肉，越是現出他骨瘦如柴了。秀姑「啊」了一聲道：「幾天不見，怎麼病得這樣厲害！你是那晚讓雨打著，受了涼了。」家樹道：「我很感謝大姑娘照顧。」說著，回頭四周看了一看，見沒有人，因低聲道：「我有一件大事，要拜託大叔。今天約大叔來，大叔沒來嗎？」秀姑沉吟了一會道：「是，你有什麼話，告訴我是一樣的。」

當下二人走到廊下，家樹在一張露椅上坐下了。因道：「我這病是心病……」秀姑站在他面前，臉就是一紅。家樹正著色道：「也不是別的心病，就是每天晚晌，我都會做可怕的夢，夢到鳳喜受人的虐待。昨晚又夢見了，夢見她讓人綁在一根柱子上，頭上的短頭髮披到臉上和口裡，七八個大兵圍著她。一個大兵，拿了藤鞭子在她身上亂抽。她滿臉都是眼淚，張著嘴叫救命，有一個抽出手槍來，對著她說：『你再嚷就把你打死。』我嚇醒了，一身的冷汗，將裡衣都濕透了。我想這件事，不見得完全是夢，最好能打聽一點消息出來才好。這事除了大叔，別人也沒有這大的能耐。」秀姑笑道：「樊先生你這樣一個文明人，怎麼相信起夢來了呢？你要知道她現在很享福，用不著你掛念她的。」家樹道：「雖然這樣說，可是這是理想上的話。究竟在裡面是不是受虐待，我們哪會知道！況且我這種噩夢，不是做了一天，這裡面恐怕總不能沒有一點緣故！」秀姑見他那種憂愁的樣子，兩道眉峰，幾乎緊湊到一處去，他心中的苦悶，決不是言語可以解釋的。便道：「樊先生，你寬心吧。我回去就可以和家父商量的，好在他是熟路，再去看一趟，也不要緊。」家樹便帶一點笑容道：「那就好極了。什麼時候回我的信呢？」秀姑想了一想，笑道：「你身體不大好，自然是等著回信的，三天之內吧。」家樹站了起來，抱著拳頭，微微的向秀姑拱了拱手，口裡連道：「勞駕，勞駕。」

秀姑心裡雖覺得不平，可是見他那可憐的樣子，卻又老大不忍，陪著他掛了覆診的號，送著他到了候診室；看到他由診病室又出來了，然後問他醫生怎麼說，要緊不要緊，家樹笑道：「你瞧，我還能老遠的到醫院來治病，有什麼要緊。不過他總說我精神上受了刺激，要好好的靜養，多多上公園。」說著話時，秀姑見他只管喘氣，本想攙著他出門上車，無如自己不是那種新式的女子，沒有那種勇氣，只是近近的跟在家樹後面走，眼望著他上車而去，自己才一步一步挨著人家牆腳下走路。心裡想著劉將軍家裡，上次讓父親去了一次，已經是冒險；現在哪有再讓他去的道理。但是樊先生救了我父親一條命，現在眼見得他害了這種重病，我又怎能置之不理！我且先到劉家前後去看看，究竟是怎麼個樣子。於是決定了主意，向劉家而來。

秀姑自劉家前門繞到屋後，看了一周，不但是大門口有四個背大刀的，另外又加了兩個背快槍的。那條屋邊的長胡同，丁字拐彎的地方，添了一個警察崗位，又添了一個背槍的衛兵，似乎劉家對於上次的事，有點知道，現在加以警戒了。據著這種情形看來，這地方是冒險不得的了。但進不去，又從何處打聽鳳喜的消息？這只有一個辦法，去找鳳喜的母親，然而她的母親在哪裡？又是不知道。一天打聽不出鳳喜的消息，家樹一天就不安心。他既天天夢到鳳喜，也許鳳喜真受了虐待。看那個女子，不是負心人，她讓姓劉的騙了去，又拿勢力來壓迫，一個十幾歲的女孩子，她哪裡抵抗得了！若是她真還有心在樊先生身上，我若把她二人弄得破鏡重圓，她二人應當如何感激我哩。」

秀姑一人只管低頭想著，也不知走到了什麼地方，猛然抬頭看時，卻是由劉家左邊的小巷，轉到右邊的小巷來了。走了半天，只把人家的屋繞了一個大圈圈。自己前面有兩個婦人一同走路，一個約莫五十多歲，一個只有二十上下。那年老的道：「我看那大人，對你還不怎樣，就是嫌你小腳。」那一個年輕的道：「不成就算了。我看那老爺脾氣大，也難伺候呢。可是那樣大年紀的老爺，怎麼太太那樣小，我還疑心她是小姐呢。」秀姑聽了這話，不由得心裡一動，這所說的，豈不是劉家嗎？那年老的又道：「李姊，你先回店去吧。我還要到街上去買點東西，回頭見。」說著，她就慢慢的走上了前。秀姑這就明白了，那老婦是個介紹傭工的，少婦是寄住在介紹傭工的小店裡的。便走緊兩步，跟著那老婦，在後面叫了一聲「老太太」。這「老太太」三字，雖是北京對老婦人普通的稱呼，但是下等人聽了，便覺得叫者十分客氣。所以那老婦立刻掉轉身子來問道：「你這位姑娘面生啦，有什麼事？」

秀姑見旁邊有個僻靜的小胡同，將她引到裡面，笑問道：「剛才我聽到你和那位大嫂說的話，是說劉將軍家裡嗎？」老婦道：「是的。你打聽做什麼？」秀姑笑道：「那位大嫂既是沒有說上，老太太，你就介紹我去怎麼樣？」那老婦將秀姑渾身上下打量了一番，笑道：「姑娘，你別和我開玩笑！憑你這樣子，會要去幫工？況且我們店裡來找事的人，都要告訴我們底細，或者找一個保人，我們才敢薦出去。」秀姑在身上一摸，掏出兩塊錢來，笑道：「我不是要去幫工，老實告訴你吧，我有一個親戚的女孩子，讓拐子拐去了，我在四處打聽，聽說賣在劉家，我想看看，又沒法子進去。你若是假說我是找事的，把我引進去看看，我這兩塊錢，就送你去買一件衣服穿。」說時，將三個指頭，鉗住兩塊光滑溜圓的洋錢，搓著嘎嘎作響。

老婦眼睛望了洋錢，掀起一隻衣角，擦著手道：「去一趟得兩塊錢，敢情好。可是你真遇到了那孩子，那孩子一嚷起來，怎麼辦呢？那劉將軍脾氣可不好惹呀！」秀姑笑道：「這個不要緊。那孩子三歲讓人拐走，現在有十八九歲了，哪裡會認得我！我去看看，不過是記個大五形兒，我也不認得她呀。」老婦將手一伸，就要來取那洋錢，笑道：「好事都是人做的，聽你說得怪可憐兒的，我帶你去一趟吧。」秀姑將手向懷裡一縮，笑道：「設若他們說我不像當老媽子的，那怎麼辦呢？」老婦笑道：「大宅門裡出來的老姊妹們，手上帶著金溜子的，還多著呢；不過沒有你年輕罷了。可是劉家他正要找年輕的，這倒對勁兒，要去我們就去，別讓店裡人知道。」秀姑見她答應了，就把兩塊錢交給她。那老婦又叫秀姑進門之後少說話，只看她的眼色行事。於是就引著秀姑向劉宅來。

秀姑只低了頭，跟著老婦進門。由門房通報以後，一路走進上房。遠遠的就見走廊下，擺了一張湘妃榻，鳳喜穿著粉紅綢短衣，踏著白緞子拖鞋，斜靠在那榻上。榻前一張紫檀小茶几，上面放了兩個大瓷盤子，堆上堆下，放著雪藕，玫瑰葡萄，蘋果，玉芽梨。淺紅嫩綠，不吃也好看。湘妃榻四圍，羅列著許多盆景。這晚半天，那晚香玉珍珠蘭之屬，正放出香氣來。老婦看見鳳喜，遠遠的蹲下去請了一個安，笑道：「太太，你不是嫌小腳的嗎？我給你找一個大腳的來了。」

鳳喜一抬頭，不料來的是秀姑，臉色立刻一紅。秀姑望了她，站在老婦身後，搖了一搖手，又將嘴微微向老婦一努。鳳喜本由湘妃榻上站了起來，一看秀姑的情形，又鎮定著坐了下去。

恰是巧，一句話不曾問，劉將軍出來了。秀姑偷眼看他時，粗黑的面孔上，那短鬍子尖向上豎起；那麻黃眼睛，如放電光一般的看著人。身上穿著紡綢短衫褲，衫袖捲著肘彎以上。一手叉著腰，一手拿了一個大梨，夾著皮亂咬。秀姑不敢看他，就低了頭。他將梨指著秀姑道：「她也是來作工的嗎？」老婦蹲著向劉將軍請了一個安，笑道：「可不是嗎，她媽是在一個總長家裡做工的。她跟著她媽作細活，現在想自己出來找一點事。她可是個大姑娘，你瞧成不成？」劉將軍笑著點了點頭道：「怎麼不成！今天就上工吧。我們太太年輕，就要找個年輕的人伺候她才對。這個姑娘倒也不錯，你瞧怎麼樣？」

當劉將軍走出來了的時候，鳳喜站了起來，拿了一串葡萄，只管一顆一顆的摘了下來，向口裡吸著蜜瓤。吸了一顆，又摘一顆，眼睛只望著果盤子裡，不敢看秀姑。等到劉將軍問起她的話來，她才答道：「我隨便你。」

劉將軍張著嘴哈哈大笑起來，走了過來，將右手一伸，托住鳳喜的下巴頦，讓鳳喜揚著臉。左手一個指頭，點著鳳喜道：「找一個漂亮的人兒，你不樂意嗎？去年我到上海去，看見人家有雇大姑娘做事的，叫做大姐。我就羨慕得了不得。回北京來，找了一年，也沒找著，今天真找著了，我為什麼不用？別說她是一個人，就是一個狐狸精變的，我都得用下。」說著抽了手回來，自己一陣亂鼓掌，又道：「那不行！你有生氣的樣子，你得樂。」說時，橫了眼睛望著鳳喜。鳳喜果然對他嘻嘻的笑了。

秀姑看了這樣子，嘴裡說不出什麼，可是兩隻腳站在地上，恨不得將地站下一個窟窿去。劉將軍道：「咊！那姑娘你在我這裡幹下去吧。我給你三十塊錢一個月，你嫌不嫌少？」秀姑一看他那樣子，便微微一笑，低著聲音道：「今天我得回去取鋪蓋，明天來上工吧。」劉將軍走近一步，向她道：「你別害躁，有話對我說呀。好吧，我明天上天津去，後天就回來的，你別因為沒看見我就不幹。也別聽我這小太太的話，她作不了主的。」鳳喜手裡拿著一個雪梨，背過臉用小刀子削皮，對秀姑以目示意。秀姑領悟了，便扯了一扯老婦的衣襟，一同出來了。老婦走到僻巷裡，將衣襟扯起來，揩著額角上的冷汗道：「我的媽，我的魂都嚇掉了。這真不是可以鬧著玩的！」秀姑一笑，轉身自回家了。

秀姑到了家裡，將話告訴了壽峰。壽峰笑道：「使倒使得。可是將來你一溜，那姓劉的和老婆子要起人來，她要受累了。」秀姑見父親答應了，很是歡喜。

次日上午秀姑先到醫院裡見家樹，將詳細的經過，都告訴了他。家樹忘其所以，不覺深深的對秀姑作了三個揖。秀姑向後退了兩步，笑著低了聲音道：「你這樣多禮。」家樹道：「我也來不及寫信了，請你今天仔細的問她一問。她若是不忘記我，我請她趁著今明天這個機會，找個地方和我談兩句話。」說著，又想了一想道：「不吧，我還是寫幾個字給她。」於是向醫院裡要了一張紙，用身上的自來水筆，就在候診室裡，伏在長椅的椅靠上寫。可是提起筆先寫了「鳳喜」兩字，就呆住了。以下寫什麼呢？候診室裡人很多，又怕只管出神會引起人家注意，於是接著寫了八個字：「我對於你依然如舊。」寫完，搖了一搖頭，把筆收起，將紙捏成一團對秀姑道：「我沒法寫，還是你告訴她的好。」秀姑也只好點了點頭，起身便走。家樹又追到候診室外來，對秀姑道：「信還是帶去吧，她總看得出是我的親筆。」於是又把紙團展開，找了一個西式窗口，添上一行字：「傷心人白。」秀姑看他寫這四個字的時候，臉色慘白。秀姑也覺得他實可傷心，心裡有點忍不住淒楚，手裡拿過字紙就閃開一邊，因道：「我有了機會，再打電話告訴你吧。」

秀姑匆匆的離開了醫院，就到劉將軍家來，向門房裡說明了，是來試工的，一直就奔上房。上房另有女僕，再引她到鳳喜臥室裡去。鳳喜一見，便說道：「將軍到天津去了，我也不知道他有什麼事分配你做。今天你先在我屋子裡陪著我，做點小事吧。」秀姑會意，答應了一聲「是」。等到屋子裡無人，鳳喜才皺了眉道：「大姊，你的膽子真大！怎麼敢冒充找事，混到這裡來。若是識破了，恐怕你的性命難保。就是我也不得了。」秀姑笑道：「是啊，這是將軍家裡，不是鬧著玩的。可是還有個人，性命也難保呢！我拚了我這條命，也只好來一趟。為什麼呢？因為人家救過我父親的命，我不能不救他的命。」秀姑說著話臉色慢慢的不好看，最後就板著臉，兩手一抱膝蓋，坐到一邊椅子上。鳳喜道：「大姊，你這話是說我忘恩負義嗎？我也是沒有法子呀！現在樊大爺怎麼樣了，他叫你來有什麼意思？」秀姑便在身上掏出字條，交給鳳喜道：「這是他讓我帶給你的信。」於是把那天什剎海見面以至現在的情形，說了一遍。鳳喜將字條看了一看，連忙捏成一個紙團，塞在衣袋裡，因道：「他忘不了我，我知道。可是我現在已經嫁了人，我還有什麼法子！就請你告訴他，多謝他惦記。至於他待我的好處，我也忘不了。不瞞你說，現在我手上倒也方便，拿個一萬八千兒的，還不值什麼，我有點東西謝他，請你給我拿了去。」秀姑笑道：「一萬八千——就是十萬八萬，你也拿得出來，這個我早知道了。但是他不望你謝他，只要你治他的病。」鳳喜道：「我又不是大夫，我怎麼能治他的病？」秀姑道：「你想，他害病，無非是想你。現在你有兩個藥方可以治他的病：其一，你是趁了這個機會，跟他逃去；其二，你當面對他說明，你不愛他了，現在日子過得很好。這樣，他就死心塌地不再想你了，病也就好了。我跟人家傳信，只得說到這種樣子。你要怎麼辦，那就聽憑於你。」說完，又板起了臉孔。

鳳喜看看秀姑的臉色，又想想她的話，過了好一會兒，才開口道：「好吧，我就見見他也不要緊。這兩天我媽不大舒服，明天起一個早，我回家去看我母親，我就由後門溜出去找個地方和他見見。不過要碰到了人，那禍不小。還是先農壇地方，早上僻靜，叫他一早就在那裡等著我吧。」秀姑道：「你答應的話，可不能失信。不去不要緊，約了不去，你是更害了他。」鳳喜道：「我決不失信。你若不放心，你就在我這裡假做兩天工，等我明天去會著了他，或者你不願意做，或者我辭你。」秀姑站立起來，將胸一拍道：「好吧，就是你們將軍回來了，我也不怕。」於是讓鳳喜看守住了家中下人，趁著機會，打了一個電話給家樹，約他明天一早，在先農壇柏樹林下等著。

家樹正在床上臥著揣想：秀姑這個人，秉著兒女心腸，卻有英雄氣概。一個姑娘，居然能夠假扮女僕，去探訪侯門似海的路子，義氣和膽略，都不可及。這種人固然是天賦的俠性，但若非對我有特別好的感情，又哪裡肯做這種既冒險又犯嫌疑的事！可是她對我這樣的好，我對她總是淡淡的，未免不合。這種人，心地忠厚，行為爽快，都有可取。雖然缺少一些新式女子的態度，而也就在這上面可以顯出她的長處來，我還是丟了鳳喜去迎合她吧。正是這樣想著，秀姑的電話來了，說鳳喜約了明日一早到先農壇去會面。家樹得了這個消息，把剛才所想的一切事情，又完全推翻了。心想鳳喜受了武力的監視，還約我到先農壇去會面，可想那天什剎海會面，她躲了開去，乃是出於不得已。先農壇這地方，本是和鳳喜定情之所，鳳喜而今又約著在先農壇會面，這裡面很會有深情。這樣一早就約我去，莫非她有意思言歸於好嗎？說好了，也許她明天就跟著我回來。那麼，我向哪一方面逃去為是呢？若是真有這樣的機會，我不在北京讀書了，馬上帶了她回杭州去。據這種情形看來，恐怕雖有武力壓迫她，她也未必屈服的！

越想越對。連次日怎樣雇汽車，怎樣到火車站，怎樣由火車上寫信通知伯和夫婦，都計劃好了。這一晚晌，就完全計劃著明日逃走的事。知道明天要起早的，一到十二點鐘，就早早的睡覺，以便明日好起一個早。誰知上床之後，只管想著心事，反是拖延到了兩點鐘才睡著。一覺醒來，天色大亮，不免吃了一驚。趕快披衣起床，扭了電燈一看，卻原來是兩點三刻，自己還只睡了四十五分鐘的覺，並不曾多睡。低著頭，隔著玻璃窗向外看時，原來是月亮的光，到天亮還早呢！重新睡下，迷迷糊糊的，彷彿是在先農壇，彷彿又是在火車上，彷彿又是在西湖邊。猛然一驚，醒了過來，還只四點鐘。自己為什麼這樣容易醒？倒也莫名其妙。想著不必睡了，坐著養養神吧。秋初依然是日長夜短，五點鐘，天也就亮了。這時候，什麼人都是不會起來的。家樹自己到廚房裡舀了一點涼水洗臉，就悄悄的走到門房裡，將聽差叫醒，只說依了醫生的話，要天亮就上公園去吸新鮮空氣，叫他開了門，雇了人力車，直向先農壇來。

這個時候，太陽是剛出土，由東邊天壇的柏樹林子頂上，發著黃黃的顏色，照到一片青蘆地上。家樹記得上次到這裡來的時候，這裡的青蘆不過是幾寸長，一望平疇草綠，倒有些像江南春早。現在的青蘆，都長得有四五尺深，外壇幾條大道，陷入青蘆叢中，風颭著那成片的長蘆，前仆後繼，成著一層一層的綠浪。那零落的老柏，都在綠浪中站立，這與上次和鳳喜在這裡的情形，有點不同了。下車進了內壇門，太陽還在樹梢，不曾射到地上來。柏林下大路，格外陰沉沉的。這裡的聲音，是格外沉寂，在樹外看藏在樹裡的古殿紅牆，似乎越把這裡的空氣襯托得幽靜下來。有隻喜鵲飛到家樹頭上，踏下一支枯枝，噗的一聲，落了下來，打破了這柏林裡的沉寂。

家樹順著路，繞過了一帶未曾開門的茶棚，走到古殿另一邊一個石凳邊，這正是上次說明幫鳳喜的忙，鳳喜樂極生悲，忽然痛哭的地方。一切都是一樣，只是殿西角映著太陽的陰影，略微傾斜著向北，這是表示時序不同了。家樹想著，鳳喜來到這裡，一定會想起那天早上定情的事，記得那天早上的事，當然會找到這裡來的，因之就在石凳上坐下，靜等鳳喜自來。但是心裡雖主張在這裡靜等，然而自己的眼睛，可忍耐不住，早是四處張望。張望之後，身子也忍耐不住，就站起來不住的徘徊。這柏林子裡，地下的草，亂蓬蓬的，都長有一兩尺深。夏日的草蟲，現在都長老了，在深草裡唧唧的叫著。這周圍哪裡有點人影和人聲……

正是這樣躊躇著，忽然聽到身後有一陣窸窣之聲，只見草叢裡走出一個人來，手中拿著一把花紙傘，將頭蓋了半截，身上穿的是藍竹布旗衫，腳由草裡踏出來，是白襪白布鞋。家樹雖知道這是一個女子；然而這種服飾，不像是現在的鳳喜，不敢上前說話。及至她將傘一收，臉上雖然還戴著一副墨晶眼鏡，然而這是鳳喜無疑。連忙搶步上前，握著她的手道：「我真不料我回南一趟，有這樣的慘變！」鳳喜默然，又歎了一口氣。家樹接過她的傘放在石桌上，讓她在石凳上坐下，因問道：「你還記得這地方嗎？」鳳喜點點頭。家樹道：「你不要傷心，我對你的事，完全諒解的。不看別的，只看你現在所穿的衣服，還是從前我們在一處用的，可見你並不是那種人，只圖眼前富貴的。你對舊時的布衣服還忘不了，穿布衣服時候交的朋友，當然忘不了的。你從前在這兒樂極生悲，好好的哭了出來，現在我看到你這種樣子，我喜歡到也要哭出來了。」說著，就拿出手絹擦了一擦眼睛。

鳳喜本有兩句話要說，因他這一陣誇獎，把要說的話又忍回去了。家樹道：「人家都說你變了心了，只是我不相信。今日一見，我猜的果然不錯，足見我們的交情，究竟不同呀。你怎麼不作聲？你趕快說呀！我什麼都預備了，只要你馬上能走，我們馬上就上車站。今天十點鐘正有一班到浦口的通車，我們走吧。」

家樹說了這幾句話，才把鳳喜的話逼了出來。所說是什麼，下回交代。

第十七回　裂券飛蚨絕交還大笑　揮鞭當藥忍痛且長歌

卻說家樹見著鳳喜，以為她還像從前一樣，很有感情，所以說要她一路同去。鳳喜聽到這話，不由得嚇了一嚇，便道：「大爺，你這是什麼話？難道我這樣敗柳殘花的人，你還願意嗎？」家樹也道：「你這是什麼話？」鳳喜道：「事到如今，什麼話都不用說了。只怪我命不好，做了一個唱大鼓書的孩子，所以自己不能作主。有勢力的要怎麼辦，我就怎麼辦。像你樊大爺，還愁討不到一頭好親事嗎？把我丟了吧。可是你待我的好處，我也決不能忘了，我自然要報答你。」家樹搶著道：「怎麼樣？你就從此和我分手了嗎？我知道，你的意思說，以為讓姓劉的把你搶去了，這是一件可恥的事情，不好意思再嫁我，其實是不要緊的。在從前，女子失身於人，無論是願意，或者被強迫的，就像一塊白布染黑了一樣，不能再算白布的；可是現在的年頭兒，不是那樣說，只要丈夫真愛他妻子，妻子真愛她丈夫，身體上受了一點侮辱，卻與彼此的愛情，一點沒有關係。因為我們的愛情，都是在精神上，不是在形式上，只要精神上是一樣的……」家樹這樣絮絮叨叨的向下說著，鳳喜卻是低著頭看著自己白布鞋尖，去踢那石凳前的亂草。看那意思，這些話，似乎都沒有聽得清楚。

家樹一見這樣，很著急，伸手攜著她一隻胳膊，微微的搖撼了兩下，因問道：「鳳喜，怎麼樣，你心裡還有什麼說不出來的苦處嗎？」鳳喜的頭，益發的低著了，半晌，說了一句道：「我對不起你。」

家樹放了她的手，拿了草帽子當著扇子搖了幾搖道：「這樣說，你是決計不能和我相合了！也罷，我也不勉強你。那姓劉的待你怎麼樣，能永不變心嗎？」鳳喜仍舊低著頭，卻搖了兩搖。家樹道：「你既然保不住他不會變心，設若將來他真變了心，他是有勢力的，你是沒有勢力的，那怎樣辦？你還不如跟著我走吧。人生在世，富貴固然是要的，愛情也是要的。你是個很聰明的人，難道這一點，你還看不出來？而況且我家裡雖不是十分有錢，不瞞你說，兩三萬塊錢的家財，那是有的。我又沒有三兄四弟，有了這些個錢，還不夠養活我們一輩子的嗎？」鳳喜本來將頭抬起來了，家樹說上這一大串，她又把頭低將下去了。家樹道：「你不要不作聲呀！你要知道，我望你跟著我走，雖然一半是自己的私心，一半也是救你。」

只在這時，鳳喜忽然抬起頭來，揚著臉問家樹道：「一半是救我嗎？我在姓劉的家裡，料他也不會吃了我，這個你倒可以放心。」家樹聽到這話，不由得他的臉色不為之一變，站在一邊，只管發愣。停了一會，點了一點頭道：「好，這算我完全誤會了。你既是決定跟姓劉的，你今天來此地是什麼意思？是不是和我告別，今生今世，永不見面了吧？」鳳喜道：「你別生氣，讓我慢慢的和你說，人心都是肉做的，你樊大爺待我那一番好處，我哪裡忘得了！可是我只有這個身子，我讓人家強占了去了，不能分開一半來伺候你。」家樹皺了眉，將腳一頓道：「你還不明白，只要你肯回來……」鳳喜道：「我明白，你雖然那樣說不要緊，可是我心裡總過不去的！乾脆一句話，我們是無緣了。我今天是偷出來的，你不見我還穿著這樣一身舊衣服嗎？若是讓他們看見了，放了好衣服不穿，弄成這種樣子，他們是要大大疑心的。我自己私下也估計了一下子，大概用你樊大爺的錢，總快到兩千吧。我也沒有別個法子，來報你這個恩。不瞞你說，那姓劉的一把就撥了五萬塊錢，讓我存在銀行裡。這個錢，隨便我怎麼樣用，他不過問。現在我自己，也會開支票，拿錢很方便。」說到這裡，鳳喜在身上掏出一個粉鏡盒子來，打開盒子卻露出一張支票。她將支票遞給家樹道：「不敢說是謝你，反正我不敢白用大爺的錢。」

當鳳喜打開粉鏡，露出支票的時候，家樹心裡已是噗突噗突跳了幾下；及至鳳喜將支票送過來，不由得渾身的肌肉顫動，面色如土。她將支票遞過來，也就不知所以的將支票接著，一句話說不出來。停了一停，醒悟過來了，將支票一看，填的是四千元整，簽字的地方，印著小小的紅章，那四個篆字，清清楚楚，可以看得出，乃是「劉沈鳳喜」。家樹鎮定了自己的態度，向著鳳喜微笑道：「這是你賞我的錢嗎？」鳳喜道：「你幹嘛這樣說呀？我送你這一點款子，這也無非聊表寸心。」家樹笑道：「這倒確是你的好心，我應該領受的。你說花了我的錢，差不多快到兩千，所以現在送我四千，總算是來了個對倍了。哈哈！我這事算做得不錯，有個對本對利了。」越說越覺得笑容滿面，說完了笑聲大作，昂著頭，張著口，只管哈哈哈笑個不絕。

鳳喜先還以為他真歡喜了，後來看到他的態度不同，也不知道他是發了狂，也不知道他是故意如此。靠了石桌站住，呆呆的向他望著。家樹兩手張開，向天空一伸。大笑道：「好，我發了財了！我沒有見過錢，我沒有見過四千塊錢一張的支票，今天算我開了眼了，我怎麼不笑？天哪！天哪！四千塊一張的支票，我沒有見過呀！」說著，兩手垂了下來，又合到一處，望了那張支票笑道：「你的魔力大，能買人家的身子，也能買人家的良心；但是我不在乎呢！」兩手比齊，拿了支票，嗤的一聲，撕成兩半邊。接上將支票一陣亂撕，撕成了許多碎塊，然後兩手握著向空中一拋，被風一吹，這四千元就變成一二十隻小白蝴蝶，在日光裡飛舞。家樹昂著頭笑道：「哈哈，這很好看哪！錢呀，錢呀，有時候你也會讓人看不起吧！」

到了這時，鳳喜才知道家樹是恨極了這件事，特意撕了支票來出這一口氣的。頃刻之間，既是羞慚，又是後悔，不知道如何是好。待要分說兩句，家樹是連蹦帶跳，連嚷帶笑，簡直不讓人有分說的餘地。就是這樣，鳳喜是越羞越急，越急越說不出話，兩眼眶子一熱，卻有兩行眼淚，直流下來。

家樹往日見著她流淚，一定百般安慰的；今天見著她流淚，遠遠的彎了身子，卻是笑嘻嘻的看著她。鳳喜見他如此，越是哭得厲害，索性坐在石凳上伏在石桌上哭將起來。家樹站立一邊，慢慢的止住了笑聲，就呆望著她。見她哭著，兩隻肩膀只管聳動，雖然她沒有大大的發出哭聲，然而看見這背影，知道她哭得傷心極了。心想她究竟是個意志薄弱的青年女子，剛才那樣羞辱她，未免過分。愛情是相互的，既是她貪圖富貴，就讓她去貪圖富貴，何必強人所難！就是她拿錢出來，未嘗不是好意，她哪裡有那樣高超的思想，知道這是侮辱人的行為。思想一變遷，就很想過去賠兩句不是。這裡剛一移腳，鳳喜忽然站了起來，將手揩著眼淚，向家樹一面哭一面說道：「你為什麼這樣子對待我？我的身子，是我自己的，我要嫁給誰，就嫁給誰，你有什麼法子來干涉我？」說著，她一隻手伸到衣袋裡，掏出一個金戒指來，將腳一頓道：「我們並沒有訂婚，這是你留著給我作紀念的，我不要了，你拿回去吧。」說時，將戒指向家樹腳下一丟。恰好這裡是磚地，金戒指落在地上，丁零零一陣響。家樹不料她一翻臉，卻有此一著，彎著腰將戒指撿起，便戴在指頭上，自說道：「為什麼不要？我自己還留著作紀念呢。」說畢，取了帽子，和鳳喜深深的一鞠躬，笑嘻嘻的道：「劉將軍夫人，願你前途幸福無量！我們再見了。」說畢，戴著草帽，掉轉身子便走。一路打著哈哈，大笑而去。

鳳喜站在那裡，望著家樹轉入柏林，就不見了。自己呆了一陣子，只見東邊的太陽，已慢慢升到臨頭，時候不早了，不敢多停留；又怕追上了家樹，卻是慢慢的走出內壇。她的母親沈大娘，由旁邊小樹叢裡，一個小亭上走下來，迎著她道：「怎麼去這半天，把我急壞了。我看見樊大爺，一路笑著，大概他得了四千塊錢，心裡也就滿足了。」鳳喜微笑，點著頭道：「他心裡滿足了。」沈大娘道：「哎呀，你眼睛還有些兒紅，哭來著吧？傻孩子！」鳳喜道：「我哭什麼？我才犯不上哭呢。」說著，掏出一條潮濕的手絹，將眼睛擦了一擦。沈大娘一路陪著行走，一路問道：「樊大爺接了那四千塊錢的支票，他說了些什麼呢？」鳳喜道：「他有什麼可說的！他把支票撕了。」沈大娘道：「什麼，把支票撕了？」於是就追著鳳喜，問這件事的究竟。鳳喜把家樹的情形一說，沈大娘冷笑道：「生氣？活該他生氣！這倒好，一下說破了，斷了他的念頭，以後就不會和咱們來麻煩了。」鳳喜也不作聲，出了外壇雇了車子，同回母親家裡，仍然由後門進去，急急的換了衣服，坐上大門口的汽車，就向劉將軍家來。

因為鳳喜出去得早，這時候回來，還只有八點鐘。回到房裡，秀姑便不住的向她打量。鳳喜怕被別人看出破綻來，對屋子裡的老媽子道：「你們都出去，我起來得早了，還得睡睡呢。」大家聽她如此說，都走開了。鳳喜睡是不要睡，只是滿腔心事，坐立不安，也就倒在床上躺下，便想著家樹今日那種大笑，一定是傷心已極。雖然他的行為不對，然而他今日還癡心妄想，打算邀我一同逃走，可見他的心，的確是沒有變的。但是你不要錢，也不要緊，為什麼當面把支票扯碎來呢？這不是太讓我下不去嗎？……糊里糊塗的想著，便昏昏沉沉的睡去。及至醒來，不覺已是十一點多鐘了。坐在床上一睜眼，就見秀姑在外面探頭望了一望。鳳喜對她招招手，讓她走了進來。秀姑輕輕的問道：「你見著他沒有？」鳳喜只說了一聲「見著了」，就聽到外面老媽子叫道：「將軍回來了。」秀姑趕快閃到一邊站住。

那劉將軍一走進門，也不管屋子裡有人沒人，搶著上前，走到床邊，兩手按了鳳喜兩隻肩膀，輕輕拍了兩下，笑道：「好傢伙！我都由天津回到北京了，你還沒有起來。」說著，兩手捧了鳳喜的臉，將頭一低。鳳喜微微一笑，將眼睛向秀姑站的地方一瞟，又把嘴一努。劉將軍放了手掉轉身來，向秀姑先打了一個哈哈，然後笑道：「你昨天就來了嗎？」秀姑正著臉色，答應了一聲「是」。劉將軍回頭向鳳喜道：「這孩子模樣兒有個上中等。就是太板一點兒。」又和秀姑點著頭笑道：「你出去吧，有事我再來叫你。」秀姑巴不得這一聲，剛要出去，劉將軍忽然向鳳喜的臉上注視著道：「你又哭了嗎？我走了，準是你想著姓樊的那個小王八蛋。」兩手扶了鳳喜的肩膀向前一推，鳳喜支持不住，便倒在床上了。鳳喜一點也不生氣，坐了起來，用手理著臉上的亂髮，向他笑道：「你幹嘛總是這樣多心？我憑什麼想他？我是起了一個早，回去看了看我媽。我媽昨晚晌幾乎病得要死，你想想看，我有個不著急的嗎？」劉將軍笑道：「我猜你哭了不是？你媽病了，怎麼不早對我說，我也好找個大夫給她瞧瞧去。小寶貝兒哪，你要什麼，我總給你什麼。」說著，一伸手，又將鳳喜的小臉泡兒撅了一下。

秀姑一見這副情形，很不入眼，一低頭，就避出屋外去。她心裡想著，這種地方，怎樣可以長住呢？但是鳳喜是不是有什麼話要自己轉達，卻又不敢斷定，總得等一個機會，和她暢談暢談，然後才可以知道她和家樹的事情，究竟如何？因此一想，便忍耐著住下了。

劉將軍在屋子裡麻煩了一陣子，已到開午飯的時候，就和鳳喜一路出來吃午飯去了。一會子工夫，伺候吃飯的老媽子來對秀姑說：「將軍不喜歡年紀大的，還是你去吧。」秀姑走到樓下堂屋裡，只見他二人，對面坐著。劉將軍手上拿了一個空碗向秀姑照了一照，望著她一笑，那意思就是要秀姑盛飯。秀姑既在這裡，不能不上前，只得走到他面前，接了碗過來。他左手上的空碗，先不放著，卻將右手的筷子倒過來，在秀姑的臉上，輕輕的戳了一下，笑道：「你在那張總長家裡也鬧著玩嗎？」秀姑望了他一眼，卻不做聲，接過碗給他盛了飯，站到一邊。鳳喜笑道：「人家初來，又是個姑娘，別和人家鬧，人家怪不好意思的。」劉將軍道：「有什麼怪不好意思？要不好意思，就別到人家家裡來。我瞧你這樣子，倒是有點兒吃醋。」鳳喜見他臉上並沒有笑容，就不敢做聲。劉將軍回過頭來，和秀姑笑道：「別信你太太的話。我要鬧著玩，誰也攔阻不了我。你聽見說過沒有？北京有種老媽子，叫做……叫做……哈哈，叫做上炕的。」

這時，秀姑正在一張茶几邊，茶几上有一套茶杯茶壺，手摸著茶壺，恨不得拿了起來，就向他頭上劈了過去。鳳喜眼睛望了她，又望了一望門外院子裡。看那院子裡，正有幾個武裝兵士，走來走去。秀姑只得默然無語，將手縮了回來。他二人吃完了飯，另一個老媽子打了手巾把過去。劉將軍卻向鳳喜笑道：「剛才我說了你一句吃醋，大概你又生氣了。這裡又沒有外人，我說了一句，又要什麼緊呢？小寶貝兒，別生氣，我來給你擦一把臉。」說著，他也不管這兒有人無人，左手一抱，將鳳喜摟在懷裡，右手拿了洗臉手巾，向她滿臉一陣亂擦。鳳喜兩手將手巾拉了下來，見劉將軍滿臉都是笑容，便噘了嘴，向旁邊一閃道：「謝謝，別這樣親熱，少罵我兩句就是了。」劉將軍笑道：「我是有口無心的，你還有什麼不知道？以後我不生你的氣就是了。」鳳喜也不說什麼，回身自上樓去了。秀姑不敢多在他面前停留，也跟著她走上樓去，便和大家在樓廊上搭的一張桌子上吃飯。

秀姑她們吃飯吃到半中間，只見劉將軍穿著短衣，袖子捲得高高的，手上拿了一根細藤的馬鞭子，氣勢洶洶的走了上來。大家看了他這種情形，都為之一怔。他也不管，把腳步走著咚咚的響，掀開簾子，直到屋子裡去。在外面就聽到他大喝一聲道：「我今天打死你這賤東西！」只這一句話說完，就聽見鞭子刷的響了一聲，接上又是一聲「哎喲」，嚎啕大哭起來。頃刻之間，鞭子聲，哭聲，嚷聲，罵聲，東西撞打聲，鬧成了一片。秀姑和三個老媽子吃飯，先還怔怔的聽著，後來鳳喜只嚷：「救命哪！救命哪！」秀姑實在忍耐不住，放下碗來就跑進房去。其餘三個老媽子見著這種情形，也跟了進去。只見鳳喜蹲著身子，躲在桌子底下，頭髮蓬成一團，滿面都是淚痕，口裡不住的嚷，人不住左閃右避。劉將軍手上拿了鞭子向著桌子腿與人，只管亂打亂抽。秀姑搶了上前，兩手抱住他拿鞭子的一隻手，連叫道：「將軍，請你慢慢說，可別這樣。」劉將軍讓秀姑抱住了手，鞭子就垂將下來，望著桌子底下，不住的喘氣。那三個老媽子，見秀姑已是勸解下來了，便有人上前，接過了鞭子；又有人打了手巾把，給他擦臉；又有人斟上一杯熱茶，送到他手上。

秀姑看看他不會打了，閃開一邊，只見屋裡的東西，七零八亂，滿地是衣襪瓷片碎玻璃。就是這一刻兒工夫，倒不料屋子裡鬧得如此的厲害！再看桌子底下的鳳喜，一隻腳穿了鞋，一隻腳是光穿了絲襪，身上一件藍綢旗衫，撕著垂下來好幾塊，一大半都染了黑灰，她簡直不像人樣子。秀姑走上前，向桌子下道：「太太，你起來洗洗臉吧。」劉將軍聽到這一聲「太太」，將手上的茶杯，連著一滿杯茶，噹一聲，摔在樓板上，突然站了起來喝著道：「什麼太太？她配嗎？他媽的臭窯姐兒，好不識抬舉！我這樣的待她，她會送一頂綠帽子給我戴。」說著，他又撿起了樓板上那根鞭子。秀姑便搶住他拿鞭的手，向他微笑道：「將軍，你怎麼啦？她有什麼不對，儘管慢慢的問她。動手就打，你把她打死了，也是分不出青紅皂白的！你瞧我吧。」說著，又向他作了一個長時間的微笑。他手上的鞭子，自然的落在地上。秀姑將一張椅子，移了一移，因道：「你坐下，等她起來，你有什麼話再和她說，反正她也飛不了。你瞧，你氣得這個樣兒！」說著，又斟了一杯茶，送到劉將軍手裡，笑道：「你喝一點兒，先解解渴。」劉將軍看看秀姑道：「你這話倒也有理，讓她起來，等我來慢慢的審問她。我也不怕她飛上天去。」接過那一杯茶一仰脖子喝了。秀姑接過空杯子，由桌子底下，將鳳喜拉出來。暗暗向她使了一個眼色，然後把她拉到隔壁的屋子裡去，給她洗臉梳頭。別的老媽子要來，秀姑故意將嘴向外面一努，教她們伺候男主人。老媽子信以為真，就不曾進來了。

這裡秀姑細看鳳喜身上，左一條紅痕，右一條紅痕，身上猶如畫的紅網一樣。秀姑輕輕的道：「我的天，怎麼下這樣的毒手！」鳳喜本來止住了哭，不過是不斷的歎著冷氣。秀姑這一驚訝，她又哭將起來，緊緊的拉住了秀姑的手，好像有無限的心事，都由這一拉手之中，要傳說出來。秀姑也很瞭解她的意思，因道：「這或者是他一時的誤會，你從從容容的對他說破也就是了。不過你要想法子，把我的事遮掩過去。我倒不要緊，別為了這不相干的事，又連累著我的父親。」鳳喜道：「你放心，我不能那樣不知好歹。你為了我們的事這樣的失身分，我還能把你拉下水來嗎？」秀姑安頓了她，不敢多說話，怕劉將軍疑心，就先閃到外邊屋子裡來。

劉將軍見秀姑出來，就向她一笑，笑得他那雙麻黃眼睛，合成了一條小縫，用一個小蘿蔔似的食指指著她道：「你別害怕，我就是這個脾氣，受不得委屈。可是人家要待我好呢，把我這腦袋割了給他，我也樂意。你若是像今天這樣做事，我就會一天一天的更加喜歡你的。」劉將軍說著話，一手伸了過來，將秀姑的胳膊一撈，就把她拉到懷裡。秀姑心中如火燒一般，恨不得回手一拳，就把他打倒，只得輕輕的道：「這些個人在這兒，別這樣呀。你不是還生著氣嗎？」劉將軍聽她如此說，才放了手，笑道：「我就依著你，回頭我們再說吧。」

這時，鳳喜已是換了一件衣服走了出來。劉將軍立刻將臉一板，用手指著她道：「你說，你今天早上，為什麼打你媽家裡後門溜出去了，我可有人跟著呢。你不是到先農壇去了嗎？你說那是為什麼？你還瞞著我，說瞧你媽的病嗎？那老幫子就不是好東西！她帶著你為非作歹，可和你巡風，你以為我到了天津去了，你就可以胡來了。可是我有耳報神，我全知道呢。你好好的說，說明白了，我不難為你。要不然，你這條小八字兒，就在我手掌心裡。」說著，將左手的五指一伸，咬著牙捏成了拳頭，翻了兩個大眼睛望著她。

鳳喜一想，這事大概瞞不了，不如實說了吧。因道：「你不問青紅皂白，動手就打，叫我說什麼？現在你已經打了我一頓，也出了氣，可以讓我說了。我現在不是決計跟著你過嗎？可是我從前也得過姓樊的好處不少，叫我就這樣把他扔了，我心裡也過不去。我聽到我媽說，他常去找我媽。我想我是姓劉的人啦，常要他到我家裡去走著，那算怎麼一回事呢？所以我就對媽說，趁你上天津，約他會一面。一來呢，絕了他的念頭，不再找我家了。二來呢，我也報他一點兒恩。所以我開了一張四千塊錢的支票給他。他一聽說我跟定了你，把支票就撕了，一句話不說，就走了。你想，我要是還和他來往，我約著他在家裡會面，那多方便。我不肯讓他到我家裡去，就是為了不讓他沾著。你信不信，可以再打聽去。」劉將軍聽了她這話，不覺得氣先平了一半。因道：「果然是這樣嗎？好，我把人叫你媽去了，回頭一對口供，對得相符，我就饒了你；要不然，你別想活著。」說到這裡，恰好聽差進來說：「外老太太來了。」劉將軍喝道：「什麼外老太太，她配嗎？叫她在樓下等著。」秀姑就笑著向他道：「你要打算問她的話，最好別生氣，慢慢的和她商量著。我先去安頓著她，你再消消氣，慢慢的下來。看好不好呢？」劉將軍點頭道：「行！你是為著我的，就依著你。」

秀姑連忙下樓，到外面將沈大娘引進樓下，匆匆的對她道：「你只別提我，說是姓樊的常到你家，你和姑娘約著到先農壇見面。其餘說實話，就沒事了。」沈大娘也猜著今天突然的派人去叫來，而且不讓在家裡片刻停留，料著今日就有事，馬上到了劉家。及至一聽秀姑的話，心裡不住的慌亂。秀姑只引她到屋子裡來就走開了，又不敢多問。

不多一會，劉將軍已換了一件長衣，一面扣紐扣，一面走進屋來。沈大娘因他臉上一點笑容都沒有，就老遠的迎著他，請了個雙腿安。劉將軍點了點頭道：「你姑娘太欺負我了。對不住，我教訓了她一頓，你知道嗎？」沈大娘笑道：「她年輕，什麼不懂，全靠你指教。怎麼說是對不住啊！」劉將軍道：「你坐下，我有話要和你慢慢說。」他說畢，一抬腿，就坐在正中的紫檀方桌上，指著旁邊的椅子，沈大娘坐下了。劉將軍道：「你娘兒倆今天早晌做的事，我早知道了。你說出來，怎麼回事？若是和你姑娘口供對了，那算我錯了；若是不對，我老劉是不好惹的！」沈大娘一聽，果然有事，料著秀姑招呼的話沒有錯，就照著她的意思把話說了。劉將軍聽著口供相同，伸手抓了抓耳朵，笑道：「他媽的，我真糟糕！

這可錯怪了好人。其實這樣辦，我也很贊成，明的告訴我，我也許可的，反正你姑娘是一死心兒跟著我啊。你上樓給我勸勸她去。我還有事呢。」

沈大娘不料這大一個問題，隨便幾句話就說開了，身上先乾了一把汗。到了樓上，只見鳳喜眼睛紅紅的，靠了桌子，手指上夾了一支煙捲，放在嘴裡抽著。就在她抬著胳膊的當兒，遠遠看見她手腑以下，有三條手指粗細的紅痕。鳳喜看見母親只叫了一聲媽，哇的一聲就哭出來了。秀姑在旁看到，倒替她們著急，因道：「這禍事剛過去，你又哭？」沈大娘一看這樣子，就知道她受了不小的委屈，連忙上前，拉著她的胳膊，問道：「這都是打的嗎？」鳳喜道：「你瞧瞧我身上吧。」說著，掉過背去，對了她的媽。沈大娘將衣襟一掀，倒退兩步，拖著聲音道：「我的娘呀，這都是什麼打的，打得這個樣子厲害！我的……兒……」只這一個「兒」字，她也哭了。鳳喜轉過身，握著她母親的手，便道：「你別哭，哭著讓他聽到了，他一生氣，那藤鞭子我可受不了！」秀姑道：「這話對。只要說明白了，把這事對付過去了，大家樂得省點事。幹嘛還鬧不休？」沈大娘道：「大姑娘，你哪裡知道，我這丫頭，長這麼大，重巴掌也沒有上過她的頭。不料她現在跟著將軍做太太，一呼百諾的，倒會打得她滿身是傷。你瞧，我有個不心痛的呀！」這幾句話說著，正兜動了鳳喜一腔苦水，也哽哽咽咽，哭了起來。

秀姑正待勸止她們不要哭，那劉將軍卻放開大步，走將進來。秀姑嚇了一跳。她母女兩人正哭得厲害，他一不高興，恐怕要打在一處。心裡一橫，他果然那樣做，今天我要拚他一下，非讓他受一番教訓不可。不料那劉將軍進來，卻換了一副和藹可親的樣子，對沈大娘笑道：「剛才你說的話，我聽到了。你說你捨不得你姑娘，我哪裡又捨得打她。可是你要知道，咱們這樣有面子的人，什麼也不怕，就怕戴綠帽子！無論怎麼說，你們瞞著我去瞧個小爺們，總是真的。憑這一點，我就可以拿起槍來打死了她。」劉將軍說到這裡，右手捏了拳頭，在左掌心裡，擊了一下，又將腳一頓。同時這屋子裡三個女人，都不由得吃了一驚。劉將軍又接著道：「這話可又說回來了，她雖然是瞞著我作的事，心眼兒裡可是為著我。我抽了她一頓鞭子，算是教訓她以後不要冒失。我都不生氣，你們還生氣嗎？」

沈氏母女本就有三分怕他，加上又叮囑不許生氣，娘兒倆只好掏出手絹，揩了一揩眼睛，將淚容收了。劉將軍對沈大娘道：「現在沒事，你可以回去了。你在這裡，又要引著她傷心起來的。」沈大娘見女兒受了這樣的委屈，正要仔仔細細和她談一談，現在劉將軍要她回家，心裡未免有點不以為然，因笑道：「我不惹她傷心就是了。你瞧，這屋子裡弄得亂七八糟，我給她歸拾歸拾吧。」劉將軍道：「我這裡有的是伺候她的人，這個用不著擔心，你回去吧。你若不回去，那就是存心和我搗亂了。」鳳喜道：「媽！你回去吧，我不生氣就是了。」沈大娘看了看劉將軍的顏色，不敢多說，只得低著頭回去了。

當下劉將軍叫人來收拾屋子，卻帶鳳喜到樓下臥室裡去燒鴉片煙，並吩咐秀姑跟著。到了臥室裡，銅床上的煙具是整日整夜擺著，並不收拾的，鳳喜點了煙燈，和劉將軍隔著煙盤子，橫躺在床上。劉將軍歪了頭，高枕在白緞子軟枕上，含著微笑，看看鳳喜，又看看秀姑，一隻手先撫弄著煙扦子，然後向她點了一點，笑道：「燒煙非要你們這種人陪著，不能有趣味。」又指著秀姑道：「有了你，那些老幫子我就看不慣了。你好好的巴結差使，將來有你的好處。我只要痛快，花錢是不在乎的。」秀姑不作聲，揚了頭只看壁上鏡框中的西洋畫。鳳喜只把煙扦子拈著煙膏子燒煙，卻當不知道。

原來鳳喜本不會燒煙，因為到了劉家來，劉將軍非逼著她燒煙不可，她只得勉強從事。好在這也並非什麼難事，自然一學自會。」劉將軍因她不作聲，便問道：「幹嘛不言語，還恨我嗎？」鳳喜道：「說都說明白了，我還恨你做什麼呢？況且我做的事，本也不對，你教訓我，是應該的。」說著，拿起煙槍，在煙斗上裝好了煙泡，便遞了過來，在劉將軍嘴上碰了一碰，同時笑著向他道：「你先抽一口。」劉將軍笑著捧了煙槍抽起來，因笑道：「你現在不恨我了嗎？」鳳喜笑道：「我不是說了嗎？你教訓我也是應該的，怎麼你還說這話呢？」劉將軍笑道：「你嘴裡雖然這樣說，可是你究竟恨我不恨，是藏在你心裡，我哪裡會知道！」鳳喜道：「這可難了。你若是不相信，自然我嘴裡怎麼說也不成。我又沒有那樣的本領，可以把心掏給你看。」劉將軍笑道：「我自然不能那樣不講理，要你掏出心來。可是要看出你的心來，也不算什麼，只要你好好兒的唱上一段給我聽，我就會看出你的心來了。你果然不恨我，你就會唱得像平常一樣；若是你心裡不樂意，你就唱不好的。你唱不唱？」鳳喜笑道：「我為什麼不唱？你要唱什麼，我就唱什麼。」劉將軍噴著煙突然坐了起來，將大腿一拍道：「若是這樣，我就一點不疑心了。你隨便唱吧，越唱得多，我越是不疑心。你別燒煙，我自己會來。」說著又倒在床上，斜著眼睛，望了鳳喜道：「你唱你唱。」

鳳喜看那樣子，大概是不唱不行，自己只輕輕將身子一轉，坐了起來。只在這一轉身之間，身上的皮膚，和衣褲互相磨擦，痛入肺腑，兩行眼淚，幾乎要由眼睛眶子裡搶了出來。但是這眼淚真要流出來，又是禍事，連忙低了頭咳嗽不住，笑道：「煙嗆了嗓子，找一杯茶喝吧。」於是將手絹擦了眼睛，自己起身倒了一杯茶喝。劉將軍道：「這兩天你老是咳嗽，大概傷了風了。可是我這一頓鞭子，當了一劑良藥，一定給你出了不少的汗。傷風的毛病，只要多出一點兒汗，那就自然會好的。」鳳喜笑道：「這樣的藥，好是好，可是吃藥的人，有些受不了呢！」她說時，用眼睛斜看著劉將軍微笑。劉將軍笑道：「你這小東西，倒會說俏皮話。你就唱吧，這個時候，我心裡樂著呢。」

鳳喜將一杯茶喝完了，就端了一張方凳子，斜對床前坐著，問道：「唱大鼓書，還是唱戲呢？」劉將軍道：「大鼓書我都聽得膩了，戲是清唱沒有味，你給我唱個小調兒聽聽吧。」鳳喜沒有法子，只得從從容容的唱起來。唱完了一支，劉將軍點頭道：「唱得不錯。」因見秀姑貼近房門口一張茶几站著，便笑問道：「這曲子唱得很好聽嗎？你會不會？」秀姑用冷眼看著他，牙齒對咬著，幾乎都要碎開。這時他問起來了，也不好說什麼，只微笑了一笑。劉將軍對鳳喜道：「唱得好，你再唱一個吧。」鳳喜不敢違拗，又唱了一個。劉將軍聽出味來了，只管要她唱，一直唱了四個，劉將軍還要聽。鳳喜肚子裡的小調，向來有限，現在就只剩一個四季相思了。這個老曲子，是家樹教了唱的，一唱起來就會想著他，因之躊躇了一會，才淡淡一笑道：「有是還有一支曲子，很難唱。怕唱不好呢。」劉將軍道：「越是難唱的，越是好聽，更要唱，非唱不行。」說著，一頭坐了起來，望著鳳喜。

鳳喜看了看劉將軍，又回頭看了看秀姑，便唱起來。但是口裡在唱，腦筋裡人就彷彿在騰雲駕霧一般，眼面前的東西，都覺有點轉動。唱到一半，頭重過幾十斤，身子向旁邊一歪，便連著方凳，一齊倒了下來。劉將軍連忙喝問道：「怎麼了？」要知他生氣也無，下回交代。

第十八回　驚疾成狂墜樓傷往事　因疑入幻避席謝新知

卻說劉將軍逼著鳳喜唱曲，鳳喜唱了一支，又要她唱一支，最後把鳳喜不願唱的一支曲子，也逼得唱了出來。鳳喜一難受，就暈倒在地下。秀姑看到，連忙上前，將她攙起時，只見她臉色灰白，兩手冰冷，人是軟綿綿的，一點也站立不定。秀姑就兩手一抄，將她橫抱著，輕輕的放在一張長沙發上。劉將軍已是放了煙槍，站立在地板上，看到秀姑毫不吃力的樣子，便微笑道：「你這人長的這樣，倒有這樣大力氣！」說著，一伸手就握住了秀姑的右胳膊，笑道：「肉長得挺結實，真不含糊。」秀姑將手一縮，沉著臉道：「這兒有個人都快要死了，你還有心開玩笑。」劉將軍笑道：「她不過頭暈罷了，躺一會兒就好了。」說著，也就去摸了摸鳳喜的手，「呀」了一聲道：「這孩子真病了，快找大夫吧。」便按著鈴將聽差叫進來，吩咐打電話找大夫，自己將鳳喜身上撫摸了一會，自言自語的道：「劉德柱，你下的手也太毒了！怎麼會把人家打得渾身是傷呢？這樣子還要她唱曲子，也難怪她受不了的了。」他這樣說著，倒又拿起鳳喜一隻胳膊，不住的嗅著。

這時，屋子裡的人，已擠滿了，都是來伺候太太的。隨著一位西醫也跟了進來，將鳳喜身上看了一看，就明白了一半。又診察了一會子病象，便道：「這個並不是什麼重症，不過是受了一點刺激，好好的休養兩天就行了。屋子裡這些人，可是不大合宜。」說著，向屋子四周看了一看。劉將軍便用手向大家一揮道：「誰要你們在這兒？你們都會治病，我倒省了錢，用不著找大夫來瞧了。走走走！」說著，手只管推，腳只管踢，把屋子裡的男僕女僕，一齊都轟了出去。秀姑讓劉將軍管束住了，正是脫身不得，趁著這個機會，就正好躲出房來。——因為人家被轟，她也就一塊兒躲出來。心裡本想著今天晚上，就溜回家去的，但是一看鳳喜這種情形，恐怕是生死莫卜，若是走了，重來不得，這以後的種種消息，又從何處打聽來呢？於是悄悄的到了樓上，給家樹通了一個電話，說是這裡發生了很重大的事，只好在這裡再看守一宿，請他和父親通個信。秀姑把話說完，也不等家樹再問，就把電話掛上了。

這一天晚上，果然鳳喜病得很重。大家將她搬到樓上寢室裡。一個上半夜，她都是昏迷不醒。劉將軍聽了醫生的話，讓她靜養，卻邀了幾個朋友到飯店裡開房間找樂去了。

兩點鐘以後，女僕們都去睡覺了，只剩秀姑和一個年老的楊媽，同坐在屋子裡，伺候著鳳喜的茶水。秀姑無事，卻和楊媽談著話來消磨時間。說到了鳳喜的傷，楊媽將頭一伸，輕輕的說道：「唉，這就算厲害嗎？真厲害的，你還沒有看見過呢！從前，我們這兒也是一個正太太，一個姨太太。不用提，正太太是上了年紀的人，整天的受氣，她受氣不過，回老家去了。不多時，就在老家過去了。太太一死，姨太太就抖了，整天的坐著汽車出去聽戲遊公園。據說，她在外面認識了男朋友了。有一天晚晌，姨太太聽夜戲，十二點多鐘才回來，咱們將軍偏是那天沒有出門，抽著大煙等著，看看錶，又抽抽煙，抽抽煙，又坐起來。一打過十二點，他就要了一杯子白蘭地酒喝了，一個人在屋子裡，又跳又罵。一會子工夫，姨太太回來了，只剛上這樓，將軍走上前就是一腳，把她踢在地下。左手一把揪著她的頭髮，右手在懷兜裡掏出一管手槍，指著她的臉，逼問她從哪裡來。姨太太嚇慌了，告著饒，哭著說：『沒有別的，就是和表哥吃了一會館子，聽戲是假的。』我們老遠的站著，哪敢上前！只聽到那手槍啪啪兩下響，將軍抓著人，隔了欄杆，就向樓下一扔……」

楊媽不曾說完，只聽到床上「啊呀」一聲。回頭看時，鳳喜在床上一個翻身，由床上滾到樓板上來。秀姑和楊媽都嚇了一跳，連忙走上前，將她扶到床上去。她原來並不曾睡著，伸了手拉住秀姑的衣襟，哭著道：「嚇死我了，你們得救我一救呀！」楊媽也嚇慌了，呆呆的在一邊站著望了她，作聲不得。秀姑卻用手拍著鳳喜道：「你不要害怕，楊媽只當你睡著了，和我說了鬧著玩的。哪裡有這一回事！」鳳喜道：「假是假不了的。我也不害怕了，害怕我又怎麼樣呢？」說時又歎了一口氣。秀姑待要再安慰她兩句，便聽到樓下一陣喧嘩，大概是劉將軍回來了。楊媽就顫巍巍的對鳳喜道：「我的太太，剛才的話，你可千萬別說出來。說出來了，我這小八字，有點靠不住。」鳳喜道：「你放心，我決不會說的。」只在這時，忽聽到劉將軍在窗子外嚷道：「現在怎麼樣，比以前好些了嗎？」鳳喜在床上一個翻身面朝裡，秀姑和楊媽也連忙掉轉身來，迎到房門口。

劉將軍進了房，便笑著向秀姑道：「她怎麼樣？」秀姑道：「睡著沒有醒呢，我們走開別吵了她吧。」說畢，便匆匆走開了。秀姑的行李用物，都不曾帶來。劉將軍卻是體貼得到，早是給了她一張小鐵床和一副被褥，而且不要和那些老媽子同住，就在樓下廊子邊一間很乾淨的西廂房裡住。

秀姑下得樓來，那楊媽又似乎忘了她的恐懼，在電燈光下，向秀姑微微一笑。而這一笑時，她便望著秀姑住的那間屋子。秀姑也明白她的意思，鼻子一哼，也冷笑了一聲，她悄悄的進房去，將門關緊，熄了電燈，便和衣而睡。一覺醒來時，太陽已由屋簷下，照下大半截白光來。只聽得劉將軍的聲音，在樓簷上罵罵咧咧的道：「搗他媽的什麼亂！鬧了我一宿也沒有睡著。家裡可受不了，把她送到醫院裡去吧。」

秀姑聽了這話，逆料是鳳喜的病沒有好，趕忙開了門出來，一直上樓，只見鳳喜的頭髮，亂得像一團敗草一般，披了滿臉，只穿了一件對襟的粉紅小褂子，卻有兩個紐扣是錯扣著，將褂子斜穿在身上。她一言不發，直挺著胸脯，坐在一把硬木椅子上，兩隻眼睛，在亂頭髮裡看人。一條短褲，露出膝蓋以下的白腿與腳，只是如打秋千一樣，搖擺不定。她看到秀姑進來，露著白牙齒向秀姑一笑，那樣子真有幾分慘厲怕人。秀姑站在門口頓了一頓，然後才進房去，向她問道：「太太，你是怎麼了？」鳳喜笑道：「我不怎麼樣。他說我瘋了，拿手槍嚇我，不讓我言語，我就不言語。我也沒犯那麼大罪，該槍斃。你說是不是？我沒有陪人去聽戲，也沒有表哥，不能把我槍斃了往樓下扔。我銀行裡還有五萬塊錢，首飾也值好幾千，年輕輕兒的，我可捨不得死！大姊，你說我這話對不對？」秀姑一手握著她的手，一手卻掩住了她的嘴，復又連連和她搖手。

這時，進來兩個馬弁，對鳳喜道：「太太你不舒服，請你……」他們還沒有說完，鳳喜哇的一聲哭了起來，赤著腳一蹦，兩手抱了秀姑的脖子，爬在秀姑身上，嚷道：「了不得，了不得！他們要拖我去槍斃了。」馬弁笑道：「太太，你別多心，我們是陪你上醫院去的。」鳳喜跳著腳道：「我不去，我不去，你們是騙我的！」兩個馬弁看到這種樣子，呆呆的望著，一點沒有辦法。劉將軍在樓廊子上正等著她出去呢，見她不肯走，就跳了腳走進來道：「你這兩個飯桶！她說不走，就讓她不走嗎？你不會把她拖了去嗎？」馬弁究竟是怕將軍的，將軍都生了氣了，只得大膽上前，一人拖了鳳喜一隻胳膊就走。鳳喜哪裡肯去，又哭又嚷，又踢又倒，鬧了一陣，便躺在地下亂滾。秀姑看了，心裡老大不忍，正想和劉將軍說，暫時不送她到醫院去；可是又進來兩個馬弁，一共四個人，硬把鳳喜抬下樓去了。鳳喜在人叢中伸出一隻手來，向後亂招，直嚷：「大姊救命！」一直抬出內院去了，還聽見嚷聲呢。

秀姑自從鳳喜變了心以後，本來就十分恨她；現在見她這樣風魔了，又覺她年輕輕的人，受了人家的欺騙，受了人家的壓迫，未免可憐，因此伏在樓邊欄杆上，灑了幾點淚。劉將軍在她身後看見，便笑道：「你怎麼了？女人的心總是軟的！你瞧，我都不哭，你倒哭了。」秀姑趁了這個機會，便揩著眼淚，向劉將軍微微一笑道：「可不是，我就是這樣容易掉淚。太太在哪個醫院裡，回頭讓我去看看，行不行？」劉將軍笑道：「行！這是你的好心，為什麼不行？你們老是這樣有照應，不吃醋，那就好辦了。我也不知道哪個醫院好，我讓他們把她送到普救醫院去了。那個醫院很貴的，大概壞不了，回頭我讓汽車送你去吧。今天上午，你陪我一塊兒吃飯，好不好？」秀姑道：「那怎樣可以。一個下人，和將軍坐在一處，那不是笑話嗎？」劉將軍笑道：「有什麼笑話？我愛怎樣抬舉你，就怎樣抬舉你，就是我的太太，她出身還不如你呢。」秀姑道：「究竟不大方便，將來再說吧。」說畢，下樓去了。劉將軍看了她害臊的情形，得意之極，手拍著欄杆，哈哈大笑。

到了正午吃飯的時候，劉將軍一個人吃飯，卻擺了一桌的菜。他把伺候聽差老媽，一齊轟出了飯廳，只要秀姑一個人盛飯。那些男女僕役們，都不免替她捏一把汗，她卻處之泰然。劉將軍的飯盛好了，放在桌上，然後向後倒退兩步，正著顏色說道：「將軍，你待我這一番好心，我明白了。誰有不願意作將軍太太的嗎？可是我有句話要先說明：你若是依得了我，我做三房四房都肯；要不然，我在這裡，工也不敢做了。」劉將軍手上捧了筷子碗，只呆望著秀姑發笑道：「這孩子乾脆，倒和我對勁兒。」秀姑站定，兩隻手臂，環抱在胸前，斜斜的對了劉將軍說道：「我雖是一個當下人的，可是我還是個姑娘，糊里糊塗的陪你玩，那是害了我一生。就是說你不嫌我寒磣，收我做個二房，也要正正當當的辦喜事。一來我家裡還有父母呢。二來，你有太太，還有這些個底下人，也讓人家瞧我不起。我是千肯萬肯的，可不知道你是真喜歡我，是假喜歡我？你若是真喜歡我，必能體諒我這一點苦心。」說著說著，手放下來了，頭也低下來了，聲音也微細了，現出十二分不好意思的形狀來。

劉將軍放下碗筷，用手摸著臉，躊躇著笑道：「你的話是對的，可是你別拿話來騙我！」秀姑道：「這就不對了。我一個窮人家的孩子，像你這樣的人不跟，還打算跟誰呢？你瞧我是騙人的孩子嗎？」劉將軍笑道：「得！就是這樣辦。可是日子要快一點子才好。」秀姑道：「只要不是今天，你辦得及，明天都成。可是你先別和我鬧著玩，省得下人看見了，說我不正經。」劉將軍笑道：「算你說得有理，也不急在明天一天，後天就是好日子，就是後天吧。今天你不是到醫院裡去嗎？順便你就回家對你父母說一聲兒，大概他們不能不答應吧。」秀姑道：「這是我的終身大事，他們怎麼樣管得了！再說，他們做夢也想不到呢，哪有不答應的道理！」這一套話，說得劉將軍滿心搔不著癢處，便道：「你別和老媽子那些人在一處吃飯了，我吃完了就走的，你就在這桌子吃吧。」秀姑噗嗤一笑，點著頭答應了。劉將軍心想：無論哪一個女子，沒有不喜歡人家恭維的。你瞧這姑娘，我就只給她這一點面子，她就樂了。他想著高興，也笑了。只是為了鳳喜，耽誤了一早晌沒有辦事，這就坐了汽車出門了。

秀姑知道他走遠了，就叫了幾個老媽子，一同到桌上來，大家吃了一個痛快。秀姑吃得飽了，說是將軍吩咐的，就坐了家裡的公用汽車，到普救醫院來看鳳喜。

鳳喜住的是頭等病室，一個人住了一個很精緻乾淨的屋子。她躺在一張鐵床上，將白色的被褥，包圍了身子，只有披著亂蓬蓬散髮的頭，露出外面，深深的陷入軟枕裡。秀姑一進房門，就聽到她口裡絮絮叨叨什麼用手槍打人，把我扔下樓去，說個不絕。她說的話，有時候聽得很清楚，有時卻有音無字。不過她嘴裡，總不斷的叫著樊大爺。床前一張矮的沙發，她母親沈大娘卻斜坐在那裡掩面垂淚，一抬頭看見秀姑，站起來點著頭道：「關大姊，你瞧，這是怎麼好？」只說了這一句，兩行眼淚，如拋沙一般直湧了出來。秀姑看床上的鳳喜時，兩頰上，現出很深的紅色，眼睛緊緊的閉著，口裡含糊著只管說：「扔下樓去，扔下樓去。」秀姑道：「這樣子她是迷糊了，大夫怎麼說呢？」沈大娘道：「我初來的時候，真是怕人啦。她又能嚷，又能哭，現在大概是累了，就這樣的躺下兩個鐘頭啦。我看人是不成的了。」說著，就伏在沙發靠背上窸窸窣窣的抬著肩膀哭。

秀姑正待勸她兩句，只見鳳喜在床上將身子一扭，格格的笑將起來。越笑越高聲，閉著眼睛道：「你冤我，一百多萬家私，全給我管嗎？只要你再不打我就成。你瞧，打的我這一身傷！」說畢，又哭起來了。沈大娘伸著兩手顛了幾顛道：「她就是這樣子笑一陣子，哭一陣子，你瞧是怎麼好？」鳳喜卻在床上答道：「這件事，你別讓人家知道。傳到樊大爺耳朵裡去了，你們是多麼寒磣哪！」說著，她就睜開眼了。看見了秀姑，便由被裡伸出一隻手來，搖了一搖，笑道：「你不是關大姊？見著樊大爺給我問好。你說我對不住他，我快死了，他原諒我年輕不懂事吧！」說著，放聲大哭。秀姑連忙上前，握了她的手，她就將秀姑的手背去擦眼淚。秀姑另用一隻手，隔了被去拍她的脊樑，只說：「樊大爺一定原諒你的，也許來看你呢。」

這裡鳳喜哭著，卻驚動了醫院裡的女看護，連忙走進來道：「你這位姑娘，快出去吧，病人見了客是會受刺激的。」秀姑知道醫院裡規矩，是不應當違抗看護的，就走出病室來了。這一來，她心裡又受一種感觸，覺得人生的緣法，真是有一定的：鳳喜和家樹決裂到這種地步，彼此還有一線牽連。看鳳喜睡在床上，不斷的念著樊大爺。樊大爺哪裡會知道，我給他傳一個信吧。於是就在醫院裡打了一個電話給家樹，請他到中央公園去，有話和他說。家樹接了電話，喜不自勝，約了馬上就來。

當下秀姑吩咐汽車回劉宅，自雇人力車到公園來。到了公園門口，她心裡猛可的想起一樁事：記得在醫院裡伺候父親的時候，曾做了一個夢，夢到和家樹挽了手臂，同在公園裡遊玩，不料今日居然有和他同遊的機會，天下事就是這樣：真事好像是夢；做夢，也有日子會真起來的，我這不是一個例子嗎？只是電話打得太匆促了，只說了到公園來相會，卻忘了說在公園裡一個什麼地方相會。公園裡是這樣的大，到哪裡去找他呢？心裡想著，剛走上大門內的遊廊，這個啞謎，就給人揭破了。原來家樹就在遊廊總口的矮欄上坐了，他是早在這裡等候呢。他一見秀姑便迎上前來，笑道：「我接了電話，馬上雇了車子就搶著來了。據我猜，你一定還是沒有到的，所以我就在這裡坐著等候。不然公園裡是這樣大，你找我，我又找你，怎麼樣子會面呢？大姑娘真為我受了屈，我十二分不過意，我得請請你，表示一番謝意。」秀姑道：「不瞞你說，我們爺兒倆，就是這個脾氣，喜歡管閒事，只要事情辦得痛快，謝不謝，倒是不在乎的。」

兩人說著話，順著遊廊向東走，經過了鬧人聚合的「來今雨軒」，復經過了地僻少人行的故宮外牆。

秀姑單獨和一個少年走著，是生平破題兒第一遭的事情。在許多人面前，不覺是要低了頭；在不見什麼人的地方，更是要低了頭。自己從來不懂得怕見人，卻不解為了什麼，今天只是心神不寧起來。同走到公園的後面，一片柏樹林子下，家樹道：「在這兒找個地方坐坐，看一看荷花吧？」秀姑便答應了。

在柏林的西犄角上，是一列茶座，茶座外是皇城的寬濠，濠那邊一列蕭疏的宮柳，掩映著一列城牆，尤其是西邊城牆轉角處，城下四五棵高柳，簇擁著一角箭樓，真個如圖畫一般。但是家樹只叫秀姑看荷花，卻沒有叫秀姑看箭樓。秀姑找了一個茶座，在椅子上坐下，看看城濠裡的荷葉，一半都焦黃了，東倒西歪，橫臥在水面，高高兒的挺著一些蓮蓬，伸出荷葉上來，哪裡有朵荷花？家樹也坐下了，就在她對面。茶座上的伙計，送過了茶壺瓜子。家樹斟過了茶，敬過了瓜子，既不知道秀姑有什麼事要商量，自己又不敢亂問，便笑了一笑。秀姑看了一看四周，微笑道：「這地方景致很好。」家樹道：「景致很好。」秀姑道：「前幾天我們在什剎海，荷葉還綠著呢。只幾天工夫，這荷葉就殘敗了。」說到這裡，秀姑心裡忽然一驚，這是個敷衍話，不要他疑心我有所指吧，便正色道：「樊先生，我今天和你通電話，並不是我自己有什麼事要和你商量，就是那沈家姑娘，她也很可憐。」家樹哈哈一笑道：「大姑娘，你還提她作什麼？可憐不可憐與我有什麼相干！」秀姑道：「她從前做的事，本來有些不對，可是……」家樹將手連搖了幾搖道：「大姑娘既然知道她有些不對，那就行了。自那天先農壇分手以後，我就決定了，再不提到她了。士各有志，何必相強。大姑娘是個很爽快的人，所以我也不要多話。乾脆，今生今世，我不願意再提到她。」

秀姑聽他說得如此決絕，本不便再告訴鳳喜的事。只是他願意提鳳喜不提鳳喜是一事；鳳喜現在的痛苦，要不要家樹知道又是一事，因笑道：「設若她現在死了，樊先生作何感想？」家樹冷笑道：「那是她自作自受，我能有什麼感想？大姑娘你不要提她，一提她，我心裡就難過得很。」秀姑道：「既然如此，我暫時就不提她，將來再說吧。」家樹道：「將來再說這四個字，我非常贊成。無論什麼事，就眼前來說，決不能認為就是一定圓滿的。古人說，『疾風知勁草，板蕩識忠臣』，所以必定要到危難的時候，才看得出好人來的。不過那個時候，就知道也未免遲了。而且真是好人，他也決不為了要現出自己的真面目，倒願人有災有難。譬如令尊大人，他是相信古往今來那些俠客的。但俠客所為，是除暴安良，鋤強扶弱。沒有強暴之人，作出不平的事來，就用不著俠客。難道說作俠客的為了自己要顯一顯本領，還希望生出不平的事情來不成？所以到了現在，我又算受了一番教訓，增長了一番知識。我現在知道從前不認識好人了。」

秀姑聽他這種口音，分明是句句暗射著自己。一想自認識家樹以來，這一顆心，早就許給了他。無如殷勤也罷，疏淡也罷，他總是漠不關心，所以索性跳出圈子外去，用第三者的資格，來給他們圓場。不料自己已經跳出圈子外來了，偏是又突然有這樣向來不曾有的懇切表示，這真是意料所不及了。因笑道：「樊先生說得很透徹，就是像我這樣肚子裡沒有一點墨水的人，也明白了……」家樹笑著只管嗑瓜子，又自己斟了一杯茶喝了，問道：「大叔從前很相信我的，現在大概知道我有點胡鬧吧。」秀姑道：「不，他老人家有什麼話，都會當面說的。」家樹道：「自然，他老人家是很爽快的。不過也有件事很讓我納悶：兩個月前，彷彿他老人家有一件事要和我說，又不好說似的，我又不便問，究竟不知道是一件什麼事？」

秀姑這時正看著濠裡的荷葉，見有一個很大的紅色蜻蜓，在一片小荷葉邊飛著，卻把牠的尾巴，在水上一點一起，經過很久的時間，不曾飛開。她也看出了神。所以家樹說的這些話，秀姑是不是聽清楚了；或者聽得越清楚，反而不肯回答，這都讓家樹無法揣測。隨話答話，也沒有可以重敘之理，這也就默然了。秀姑看了城牆，笑道：「我家胡同口上，也有一堵城牆，出來就讓它抵住，覺得非常討厭。這裡也是一堵城牆，看了去，就是很好的風景了。」家樹道：「可不是，我也覺得這裡的城牆有意思。」兩個人說來說去，只是就風景上討論。

正說到很有興趣的時候，樹林子裡忽然有茶房嚷著：「有樊先生沒有？」家樹點著頭只問了一聲：「哪裡找？」一個茶房走上前來，便遞了一張名片給秀姑道：「你貴姓樊嗎？我是『來今雨軒』的茶房，有一位何小姐請過去說話。」秀姑接著那名片一看，卻是「何麗娜」三個字，猶疑著道：「我並不認得這個人，是樊先生的朋友吧？」家樹道：「是的，是的。這個人你不能不見，待一會我給你介紹。」因對茶房道：「你對何小姐說，我們就來。」茶房答應去了。家樹道：「大姑娘，我們到『來今雨軒』去坐坐吧，那何小姐是我表嫂的朋友，人倒很和氣的。」秀姑笑道：「我這樣子，和人家小姐坐在一處，不但自己難為情，人家也會怪不好意思的。」家樹笑道：「大姑娘是極爽快的人，難道還拘那種俗套嗎？」秀姑就怕人家說她不大方，便點點頭道：「見見也好，可是我坐不了多大一會兒就要走的。」家樹道：「那隨便你。只要介紹你和她見一見面，那就行了。」於是家樹會了茶賬，就和秀姑一路到「來今雨軒」來。

家樹引秀姑到了露臺欄杆邊，只見茶座上一個時裝女郎笑盈盈的站了起來，向著這邊點頭。秀姑猛然看到她，不由得嚇了一大跳：鳳喜明明病在醫院裡，怎麼到這裡來了？老遠的站著，只是發愣。家樹明白，連忙搶上前介紹，說明這是「何女士」，這是「關女士」。何麗娜見秀姑只穿了一件寬大的藍布大褂，而且沒有剪髮，挽著一雙細辮如意髻，骨肉停勻，臉如滿月，是一個很康健又樸素的舊式女子，因伸著手握了秀姑的手，笑道：「請坐，請坐。我就聽見樊先生說過關女士，是一個豪爽的人。今天幸會。」秀姑等她說出話來，這才證明她的確不是鳳喜。家樹向來沒有提到認識一個何小姐，怎麼倒在何小姐面前會提起我？大概他們的交情，也非同泛泛吧。她既是一見面這樣的親熱，也就不能不客氣一點，因笑道：「剛才何小姐去請樊先生，我是不好意思來高攀。樊先生一定要給我介紹介紹，我只好來了。」何麗娜笑道：「不要那樣客氣。交朋友只要彼此性情相投，是不應該在形跡上有什麼分別的啊！」於是挪了一挪椅子，讓秀姑坐下。家樹也在何麗娜對面坐下了。

秀姑這時將何麗娜仔細看了一看，見她的面孔和鳳喜的面孔，大體上簡直沒有多大的分別，只是何麗娜的面孔略為豐潤一點，在她的舉動和說話上，處處持重一點，不像鳳喜那樣任性。這兩個人若是在一處走著，無論是誰，也會說她們是姊妹一對兒。她模樣兒既然是這樣的好，身分更不必提，學問自然是好的。除了年歲而外，恐怕鳳喜沒有一樣賽得過她的呢！那末，家樹丟了一個鳳喜，有這一個何小姐抵缺，他也沒有什麼遺憾的了，又何怪對於鳳喜的事淡然置之哩。心裡想著事，何小姐春風滿面的招待，就沒有心去理會，只是含著微笑，隨便去答應她的話。何麗娜道：「我早就在這裡坐著的。我看見關女士和樊先生走過去，我就猜中了一半。」家樹道：「哦，你看見我們走過去的。我們在那邊喝茶，你也是猜中的嗎？」何麗娜道：「那倒不是。剛才我在園裡兜了一個圈子，我在林子外邊，看見你二位呢。」

家樹聽了默然不語。何麗娜道：「難得遇到關女士的。我打算請關女士喝一杯酒，肯賞光嗎？」秀姑道：「今天實在有點事，不能叨擾，請何小姐另約一個日子，我沒有不到的。」何麗娜笑道：「莫不是關女士嫌我們有點富貴氣吧？若說是有事，何以今天又有工夫到公園裡來呢？」家樹道：「她的確是有事。不是我說要介紹她和密斯何見面，她早就走了。」何麗娜看著二人笑了一笑，便道：「既是如此，我就不必到公園外去找館子。這裡的西餐倒也不錯，就在這裡吃一點東西，好不好？」秀姑這時只覺心神不安貼起來，哪有心吃飯，便將椅子一挪，站立起來，笑道：「真對不住，我有事要走了。」何麗娜和家樹都站起來，因道：「就是不肯吃東西，再坐一會兒也不要緊。」秀姑笑道：「實在不是不肯。老實說，我今天到公園裡來，就是有要緊的事，和樊先生商量。雖然沒有商量出一個結果來，我也應該去回人家的信了。」她說了這話，就離開了茶座。何麗娜見她不肯再坐，也不強留，握著她的手，直送到人行路上來，笑嘻嘻的道：「今天真對不住，改天我一定再奉邀的。樊先生和我差不多天天見面，有話請樊先生轉達吧。」說著又握著秀姑的手搖撼了幾下，然後告別回座去了。

秀姑低著頭，一路走去，心裡想：我們先由「來今雨軒」過，她就注意了；我們到柏樹林子裡去喝茶，她又在林子外偵查，這樣子，她倒很疑心我。其實我今天是為了鳳喜來的，與我自己什麼相干呢？她說，她天天和樊先生見面，這話不假。不但如此，樊先生到「來今雨軒」去，那麼些茶座，並不要尋找，一直就把她找著了，一定他們是常在這裡相會的。沈鳳喜本是出山之水，人家又有了情人，你還戀他則甚？至於我呢，更用不著為別人操心了。心裡想著，也不知是往哪裡走去了，見路旁有一張露椅，就隨身坐下了。一人靜坐著，忽又想到：家樹今天說的「疾風知勁草」那番話，不能無因，莫非我錯疑了。自己斜靠在露椅上，只是靜靜的想。遠看那走廊上的人，來來往往，有一半是男女成對的。於是又聯想到從前在醫院裡做的那個夢，又想到家樹所說父親要提未提的一個問題，由此種種，就覺得剛才對這位何小姐的看法似乎也不對，因此心裡感到一些寬慰。心裡一寬慰，也就抬起頭來，忽然見家樹和何麗娜並肩而行，由走廊上向外走去。同時身邊有兩個男子，一個指道：「那不是家樹？女的是誰？」一個道：「我知道，那是他的未婚妻沈女士，他還正式給我介紹過呢。」這個沈字，秀姑恰未聽得清楚，心裡這就恍然大悟。自己一人微笑了一笑，起身出園而去。這一去，卻做了一番驚天動地的事。要知如何驚天動地，下回分解。

第十九回 慷慨棄寒家酒樓作別 模糊留血影山寺鋤奸

卻說秀姑在公園裡看到家樹和何麗娜並肩而行，恰又聽到人說，他們是一對未婚夫婦，這才心中恍然：無論如何，男子對於女子的愛情，總是以容貌為先決條件的。自己本來毫無牽掛的了，何必又捲入旋渦。剛才一陣胡思亂想，未免太沒有經驗了。想到這裡，自己倒笑將起來。劉將軍也罷，樊大爺也罷，沈大姑娘也罷，我一概都不必問了，我還是回家去，陪著我的父親。意思決定了，便走出公園來，也不雇車了。出了公園，便是天安門外的石板舊御道。御道兩旁的綠槐，在晴朗的日光裡，留下兩道清涼的濃蔭。秀姑緩著腳步，一步一步的在濃蔭下面走。自己只管這樣走著，不料已走到了離普救醫院不遠的地方來。心想既是到了這地方來，何不順便再去看看鳳喜。從此以後，我和這可憐的孩子，也是永不見面了。如此想著，掉轉身就向醫院這條路上來。剛剛要進醫院門，卻看到劉將軍坐的那輛汽車橫攔在大門口。自己一愣，待要縮著腳轉去，劉將軍開了車門，笑著連連招手道：「你不是來了一次嗎，還去看她做什麼？我們一塊兒回家去吧。」他說著話已經走下車來，就要來攙住秀姑。秀姑想著，若是不去，在街上拉拉扯扯，未免不成樣子，好在自己是拿定了主意的了，就是和他去，憑著自己這一點本領，也不怕他。於是微微笑著，就和劉將軍一同坐上汽車去。

到了劉家，劉將軍讓她一路上樓，笑著握了她的手道：「醫院裡那個人，恐怕是不行了。你若是跟著我，也許就把你扶正。」秀姑聽了這話，一腔熱血沸騰，簇湧到臉上來，彷彿身上的肌肉，都有些顫動。劉將軍看她臉上泛著紅色，笑道：「這兒又沒有外人，你害什麼臊！你說，你究竟願不願意這樣？」秀姑微笑道：「我怎麼不願意，就怕沒有那種福氣！」劉將軍將她的手握著搖了兩搖，笑道：「你這孩子看去老實，可是也很會說話，我們的喜事，就定的是後天，你看怎麼樣？你把話對你父親說過沒有？」秀姑道：「說了，他十分願意。他還說喜事之後，還要來見見你，請你給他個差事辦辦呢。」劉將軍一拍手笑道：「這還要說嗎？有差事不給老丈人辦，倒應該給誰去辦呢？今天晚上，你無論如何，得陪著我吃飯，先讓底下人看看，我已經把你抬起來了，也省得後天辦喜事，他們說是突然而來。」秀姑道：「你左一句辦喜事，右一句辦喜事，這喜事你打算是怎樣的辦法呢？」劉將軍聽說，又伸手搔了一搔頭髮，笑道：「這件事，我覺得有點為難的。若是辦大了，先娶的哪一個，我都很隨便，娶你更加熱鬧起來，有點說不過去；再說日子也太急一點，似乎辦不過來。若是隨便呢，我又怕你不願意。」秀姑道：「我倒不在乎這個，就是底下人看不起。我倒有法子，一來你可以省事一點，二來我也可以免得底下人看不起。」劉將軍笑道：「有這一個好法子，我還有不樂意的嗎？你說，要怎樣的辦？」秀姑道：「若是叫我想這個法子，我也想不出來。我想起從前有的人也是為了省事，就是新郎和新娘一同跑到西山去；等回來之後，他們就說辦完了喜事，連客都沒有請，我們要是這樣的辦才好。」

劉將軍一聽這話，笑得跳了起來，拉著秀姑的手道：「我的小寶貝！你要是肯這樣辦，我省了不少的事。我又是個急性子的人，說要辦，巴不得馬上就辦，要一鋪張的話，兩天總會來不及的。現在只要上西山一走，那費什麼事？有的是汽車，什麼時候都成。——反正趕出城去，又用不著打來回的。今天我們就去，你看好不好？」秀姑笑道：「你不是說了，不忙在一兩天嗎？」劉將軍肩膀聳了一聳，又偏了頭對秀姑的臉色看了一看，笑道：「也不知道怎麼回事，我對你是越看越愛，恨不得馬上……」說著，只管格格的笑。秀姑道：「今天太晚了，明天吧。」劉將軍笑道：「得啦，我的新太太！就是今天吧。你要些什麼，你快說，我這就叫人去辦。辦來了，我們一塊兒出城。」說時，又來抓住秀姑的手。秀姑笑道：「婚姻大事，你這人有這樣子急！」劉將軍笑道：「你不知道，我一見就想你。等到今天，已經是等夠了，喜期多延誤一天，我是多急一天。要不然，我們同住著一個院子，我在樓上，你在樓下，那也是不便當不是？」說著，又把肩膀抬了一抬。

秀姑眉毛一動，眼睛望著劉將軍，用牙咬著下唇，向他點了點頭。在秀姑這一點頭之間，似乎鼻子微微的哼了一聲。可是劉將軍並沒有聽見，他笑道：「怎麼樣，你答應了嗎？」秀姑笑道：「好吧，就是今天。你乾脆，我也給你一個痛快！」劉將軍笑得渾身肌肉都顫起來，向秀姑行了一個舉手禮道：「謝謝你答應了。你要些什麼東西，我好預備著。」秀姑道：「除非你自己要什麼，我是一點也不要。此外我還有一件事，和你要求一下，請你派四個護兵，一輛汽車，送我回家對父親辭別。你若是有零碎現款的話，送我一點，我也好交給父親，辦點喜酒，請請親戚朋友，也是他養我一場。」劉將軍道：「成成成！這是小事，本來我也應該下一點聘禮。現款家裡怕不多，我記得有兩千多塊錢，你全拿去吧，反正你父親要短什麼，我都給他辦。」秀姑將手指頭掐著算了一算，笑道：「要不了許多。窮人家裡多了錢，那是要招禍的！你就給我一千四百塊錢吧。」劉將軍道：「你這是個什麼算法？」秀姑道：「你不必問，過了些時候，你或者就明白了。」說畢，格格的笑將起來，笑得厲害，把腰都笑彎了。劉將軍也笑道：

「這孩子淘氣，打了一個啞謎，我沒有猜著，就笑得這樣。好吧，我就照辦。」於是在箱子裡取出一千二百元鈔票二百元現洋來，交給秀姑道：「我知道你父親一定喜歡看白花花的洋錢的，所以多給他找些現洋。」秀姑笑道：「算你能辦事，我正這樣想著，話還沒有說出來呢。」劉將軍笑道：「我就是你小心眼兒裡的一條混世蟲麼，你的心事，我還有猜不透的嗎？」秀姑聽了這話，真個心裡一陣噁心，哈哈大笑，笑得伏在桌上。劉將軍拍著她的肩膀道：「別淘氣了，汽車早預備好了，快回去吧，我還等著你回來出城呢。」

當下秀姑抬頭一看壁上的鐘，已經四點多，真也不敢耽誤，馬上出門，坐了汽車回家。汽車兩邊各站兩個衛兵，圍個風雨不透。秀姑看了，痛快之極，只是微笑。

不多一會，汽車到了家門口，恰好關壽峰在門口盼望。秀姑下了車，拉著父親的手進屋去，笑道：「還好，你在家，要不然我還得去找師兄，那可費事了。」說著，將手上夾的一個大手巾包，放在桌上。壽峰看了，先是莫名其妙，後來秀姑詳詳細細一說，他就摸著鬍子點點頭道：「你這辦法對！我教把式，教得有點膩了，借著劉將軍找個出頭之日也好。別讓人家盡等，你就快去吧。」秀姑含著微笑，走出屋來，和同院的三家院鄰都告了辭，說是已經有了出身之所，不回來了，大家再見吧。院鄰見她數日不回，現在又坐了帶兵的汽車回來告別，都十分詫異，可是知道她爺兒倆脾氣：他們作事，是不樂意人家問的，也就不便問，只猜秀姑是必涉及婚姻問題罷了。

秀姑出門，大家打算要送她上車，壽峰卻在院子裡攔住了，說道：「那裡有大兵，你們犯不上和他們見面。」院鄰知道壽峰的脾氣大，不敢違拗，只得站住了。壽峰聽得汽車嗚嗚的一陣響，已經走遠了，然後對院鄰拱拱手道：「我們相處這麼久，我有一件事，要拜託諸位，不知道肯不肯？」院鄰都說：「只要辦得到，總幫忙。」壽峰道：「我的大姑娘，現在有了人家了，今天晚晌就得出京，我有點捨不得，要送她一送，可是我身邊又新得了一點款子，放在家裡，恐怕不穩當，要分存在三位家裡，不知道行不行？」大家聽說，不過是這一點小事，都答應了。壽峰於是將一千二百元鈔票分作四百塊錢三股，用布包了。那二百元現款，卻放在一條板帶裡，將板帶束在腰上。然後將這三個布包，一個院鄰家裡存放一個，對他們道：「我若是到了晚上兩點鐘不回來，就請你們把這布包打開看看；可是我若在兩點鐘以前回來，還得求求各位，將原包退回我。」說畢，也不等院鄰再答話，拱了一拱手，馬上就走了。

壽峰走到街上，在一家熟鋪子裡，給家樹通了一個電話，正好家樹是回家了，接著電話。壽峰便說：「有幾句要緊的話，和你當面談一談，就在四牌樓一家『喜相逢』的小館子裡等著你，你可不要餓著肚子來。咱們好放量喝兩盅。」家樹一想：一定是秀姑回去，把在公園裡的話說了，這老頭子是個急性人，他一聽了就要辦，所以叫我去面談。這是老頭子一番血忱，不可辜負了。便答應著馬上來。

家樹到了四牌樓，果然有家小酒館，門口懸著「喜相逢」的招牌，只見壽峰兩手伏在樓口欄杆上，也是四處瞧人，看見了家樹連招帶嚷的道：「這裡這裡。」家樹由館子走上樓去，便見靠近樓口的一張桌上，已經擺好了酒菜。杯筷卻是兩副，分明是壽峰虛席以待了。壽峰讓家樹對面坐下，因問道：「老弟，你帶了錢沒有？」家樹道：「帶了一點款子，但是不多。大叔若是短錢用，我馬上回家取了來。」壽峰連連搖著手道：「不，不，我今天發了一個小財，不至於借錢。我問你有錢沒有，是說今天這一餐酒應該你請的了。」家樹笑道：「自然自然。」壽峰道：「你這話有點不妥。難道說你手上比我寬一點，或者年紀比我小一點，就該請我嗎？我可不是那樣說。我老實告訴你吧，今天這一頓酒吃過，咱們就要分手了。咱們交了幾個月好朋友，你豈不應該給我餞一餞行？」家樹聽了，倒吃了一驚，問道：「大叔突然要到哪裡去？大姑娘呢？」壽峰道：「我們本是沒有在哪裡安基落業的，今天愛到哪裡就上哪裡；明天待得膩了，再搬一處，也沒有什麼牽掛，談不上什麼突然不突然。我一家就是爺兒倆，自然也分不開。」家樹道：「大叔是個風塵中的豪俠人物，我也不敢多問，但不知大叔哪一天動身？以後我們還有見面的日子沒有？」壽峰道：「吃完了酒我就走。至於以後見面不見面，那可是難說。譬如當初咱們在天橋交朋友，哪裡是料得到的呢！」他說著話，便提起酒壺來，先向家樹杯子裡斟上了一杯，然後又自斟一杯，舉起杯子來，向家樹比了一比，笑道：「老兄弟！咱們先喝一個痛快，別說那些閒話。」於是二人同乾了一杯。又照了一照杯，家樹道：「既是我給大叔餞行，應當我來斟酒。」於是接過酒壺，給關壽峰斟起酒來。壽峰酒到便喝，並不辭杯。

一會兒工夫，約莫喝了一斤多酒，壽峰手按了杯子，站將起來，笑道：「酒是夠了，我還要趕路。我還有兩句話要和你說一說。」家樹道：「你有什麼話儘管說，只要是我能做的事，我無不從命。」壽峰道：「有一件事，大概你還不知道，有一個人為了你，可受了累了。」於是將鳳喜受打得了病，睡在醫院裡的話，都對他說了。又道：「據我們孩子說，她人迷糊的睡著，還直說對不住你。看來這個孩子，還是年輕不懂事，不能說她忘恩負義，最好你得給她想點法子。」家樹默然了一會，因道：「縱然我不計較她那些短處，但是我是一個學生，怎麼和一個有勢力的軍閥去比試，她現時不是在人家手掌心裡嗎？」壽峰昂頭一笑道：「有勢力的人就能抓得住他愛的東西嗎？那也不見得——楚霸王百戰百勝，還保不住一個虞姬呢！我這話是隨便說，也不是叫你這時候在人家手心裡抓回來；以後有了機會，你別記著前嫌就是了。」家樹道：「果然她回心轉意了，又有了機會，我自然也願意再引導她上正路；但是我這一顆心，讓她傷感極了。現在我極相信的人，實在別有一個，卻並不是她。」壽峰笑道：「我聽到我們孩子說，你還認識一個何小姐，和沈家姑娘模樣兒差不多。可是這年頭兒，大小姐更不容易應付啊！這話又說回來了，你究竟相信哪一個，這憑你的意思，旁人也不必多扯淡。只是這個孩子，也許馬上就得要人關照她。你有機會，關照她一點就是了。時候已然是不早，我還得趕出城去，我要吃飯了。」於是喊著伙計取了飯來，傾了菜湯在飯碗裡，一口氣吃下去幾碗飯，才放下碗筷，站起來道：「咱們是後會有期。」伙計送上手巾把，他一面揩著，一面就走。家樹始終不曾問得他到哪裡去，又為了什麼緣故要走，怔怔的望著他下樓而去。轉身伏到窗前看時，見他背著一個小包袱在肩上，已走到街心。回過頭看見家樹，點著頭笑了一笑，竟自開著大步而去。

這裡家樹想著：這事太怪！這老頭子雖是豪爽的人，可是一樣的兒女情長——上次他帶秀姑送我到豐臺，不是很依戀的嗎？怎麼這次告別，極端的決絕。看他表面上鎮靜，彷彿心裡卻有一件急事要辦，所以突然的走了。他十幾年前本來是個風塵中的人物，難保他不是舊案重提。又，這兩天秀姑冒充傭工，混到劉家去，也是極危險的事，或者露出了什麼破綻，也未可知。心裡這樣躊躇著，伏在欄杆上望了一會，便會了酒飯賬，自回家去。

家樹到了家裡，桌上卻放了一個洋式信封，用玫瑰紫的顏色墨水寫著字，一望而知是何麗娜的字。隨手拿起來拆開一看，上寫著：「家樹，今晚群英戲院演全本能仁寺，另外還有一齣審頭刺湯，是兩本很好的戲。我包了一個三號廂，請你務必賞光。你的好友麗娜。」家樹心裡本是十分的煩悶，想借此消遣也好。

吃過晚飯以後，家樹便上戲院子包廂裡來，果然是何麗娜一個人在那裡。她見家樹到了，連忙將並排那張椅子上夾斗篷拿起，那意思是讓他坐下。他自然坐下了。看過了審頭刺湯，接上便是能仁寺，家樹看著戲，不住的點頭。何麗娜笑道：「你不是說你不懂戲嗎？怎麼今晚看得這樣有味？」家樹笑道：「湊合罷了。不過我是很贊成這戲中女子的身分。」何麗娜道：「這一齣能仁寺和審頭刺湯連續在一處，大可玩味。設若那個雪雁，有這個十三妹的本領，她豈不省得為了報仇送命？」家樹道：「天下事哪能十全！這個十三妹，在能仁寺這一幕，實在是個生龍活虎。可惜作兒女英雄傳的人，硬把她嫁給了安龍媒，結果是作了一個當家二奶奶。」何麗娜道：「其實天下哪有像十三妹這種人？中國人說武俠，總會流入神話的。前兩天我在這裡看了一齣紅線盜盒。那個紅線，簡直是個飛仙，未免有點形容過甚。」家樹道：「那是當然。無論什麼事，到了文人的筆尖，伶人的舞臺上，都要烘染一番的。若說是俠義之流，倒不是沒有。」何麗娜道：「凡事百聞不如一見。無論人家說得怎樣神乎其神，總要看見，才能相信。你說有劍俠，你看見過沒有？」家樹道：「劍仙或者沒有看見過，若說俠義的武士，當然看過的。不但我見過，也許你也見過。因為這種人，絕對不露真面目的。你和他見面，他是和平常的人一樣，你哪裡會知道！」何麗娜道：「你這話太無憑據了。看見過，自己並不知道，豈不是等於沒有看見過一樣！」家樹笑道：「聽戲吧，不要辯論了。」

這時，臺上的十三妹，正是舉著刀和安公子張金鳳作媒，家樹看了只是出神，一直等戲完，卻歎了一口氣。何麗娜笑道：「你歎什麼氣？」家樹道：「何小姐這個人，有點傻。」何麗娜臉一紅，笑道：「我什麼傻？」家樹道：「我不是說你，我是說臺上那個十三妹何玉鳳何小姐有點傻。自己是閒雲野鶴，偏偏要給人家作媒；結果，還是把自己也捲入了旋渦，這不是傻嗎？」何麗娜自己誤會了，也就不好意思再說，一同出門。到了門口，笑著和家樹道：「我怕令表嫂開玩笑，我只能把車子送你到胡同口上。」家樹道：「用不著，我自己雇車回去吧。」於是和她告別，自回家去。

家樹到家一看手錶，已是一點鐘，馬上脫衣就寢。在床上想到人生如夢，是不錯的。過去一點鐘，鑼鼓聲中，正看到十三妹大殺黑風崗強梁的和尚，何等熱鬧！現在便睡在床上，一切等諸泡影。當年真有個能仁寺，也不過如此，一瞬即過。可是人生為七情所蔽，誰能看得破呢？關氏父女，說是什麼都看得破，其實像他這種愛打抱不平的人，正是十二分看不破。今天這一別，不知他父女幹什麼去了？這個時候，是否也安歇了呢？秀姑的立場，固然不像十三妹，可是她一番熱心，勝於十三妹待安公子、張姑娘了。自己就這樣胡思亂想，整夜不曾睡好。

次日起來，已是很遲，下午是投考的大學放榜的時候了，家樹便去看榜。所幸自己考得努力，竟是高高考取正科生了。有幾個朋友知道了，說是他的大問題已經解決，拉了去看電影吃館子。家樹也覺得去了一樁心事，應當痛快一陣，也就隨著大家鬧，把關、沈兩家的事，一時都放下了。

又過了一天，家樹清早起來之後，一來沒有什麼心事，二來又不用得趕忙預備功課，想起了何麗娜請了看戲多次，現在沒有事了，看看今天有什麼好戲，應當回請她一下才好。這樣想著，便拿了兩份日報，斜躺在沙發上來看。偶然一翻，卻有一行特號字的大題目，射入眼簾，乃是「劉德柱將軍前晚在西山被人暗殺！」隨後又三行頭號字小題目，是「兇手係一妙齡女郎，題壁留言，不知去向。案情曲折，背景不明」。家樹一看這幾行大字，不由得心裡噗突噗突亂跳起來，匆匆忙忙，先將新聞看了一遍。看過之後，復又仔細的看了一遍。仔細看過一遍之後，再又逐段的將字句推敲。他的心潮起落，如狂風暴雨一般，一陣一陣緊張，一陣一陣衰落，只是他人躺在沙發上，卻一分一厘不曾挪動。頸脖子靠著沙發靠背的地方，潮濕了一大塊，只覺上身的小衣，已經和背上緊緊的黏著了。原來那新聞載的是：

劉巡閱使介弟劉德柱，德威將軍，現任五省徵收督辦，兼駐北京辦公處長，為政治上重要人物。最近劉新娶一夫人，欲覓一伶俐女傭服侍，傭工介紹所遂引一妙齡女郎進見。劉與新夫人一見之下，認為滿意，遂即收下。女郎自稱吳姓，父業農，母在張總長家傭工，因家貧而為此。劉以此亦常情，未予深究。惟此間有可疑之點，即女郎上工以後，傭工介紹者，並未至劉宅向女郎索傭費，女亦未由家中取鋪蓋來，至所謂張總長，更不知何家矣！女在宅傭工數日，甚得主人歡；適新夫人染急症，入醫院診治，女乃常獨身在上房進出。至前三日，劉忽揚言，將納女為小星。女亦喜，洋洋有得色。因雙方不願以喜事驚動親友，於前日下午五時，攜隨從二人，同赴西山八大處，度此佳期。抵西山後，劉欲宿西山飯店，女不可，乃摒隨從，坐小轎二乘，至山上之極樂寺投宿。寺中固設有潔淨臥室，以備中西遊人棲息者也。寺中僧侶，聞係劉將軍到來，殷勤招待，派人至西山飯店借用被褥，並辦酒食上山。

晚間，劉命僧燃雙紅燭，與女同飲，談笑甚歡。酒酣，由女扶之入寢，僧則捧雙燭臺為之導。僧別去，恐有人擾及好夢，且代為倒曳裡院之門。至次日，日上山頭而將軍不起；僧不敢催喚，待之而已。由上午而正午，由正午而日西偏，睡者仍不起，僧頗以為異，在院中故作大聲驚之。因室中寂無人聲，且呼且推門入，則見劉高臥床上，而女不見矣。僧猶以劉睡熟，女或小出，縮身欲退，偶抬頭，則見白粉壁上，斑斑有血跡，模糊成字。字云：「（上略）現在他又再三蹂躪女子，逼到我身。我謊賊至山上，點穴殺之，以為國家社會除一大害。我割賊胳臂出血，用棉絮蘸血寫在壁上，表明我作我當，與旁人無干。中華民國×年×月×日夜十二時。不平女士啟。」文字粗通，果為女子口吻。僧大駭，即視床上之人，已僵臥無氣息矣。當即飛馳下山報警，一面通電話城內，分途緝兇。

軍警機關以案情重大，即於秘密中以迅速的手腕，覓取線索。因劉宅護兵云：女曾於出城之前回家一次，即至其家搜索，則剩一座空房，並院鄰亦於一早遷出。詢之街鄰，該戶有父女二人姓關，非姓吳也。關以教練把式為業，亦尚安分，何以令其女為此，則不可知。及拘傭工介紹所人，店東稱此女實非該處介紹之人，其引女入劉宅之女伙友（俗稱跑道兒的），則謂女係在劉宅旁所遇，彼以兩元錢運動，求引入劉宅，一覓親戚者。不料劉竟收用，致生此禍。故女實在行蹤，彼亦無從答覆。

觀乎此，則關氏父女之暗殺劉氏，實預有布置者。現軍警機關，正在繼續偵緝兇犯，詳情未便發表。但據云已有蛛絲馬跡可尋，或者不難水落石出也。

家樹想，新聞中的前段還罷了，後段所載，與關氏有點往來的人，似乎都有被捕傳訊的可能。自己和關氏父女往來，雖然知道的很少，然而也不是絕對沒有人知道。設若自己在街上行動，讓偵探捉去，自己坐牢事小，一來要連累表兄，二來要急壞南方的母親，不如暫時躲上一躲，等這件事有了著落再上課。

家樹想定了主意，便裝著很從容的樣子，慢慢的踱到北屋子來。伯和正也是拿了一份報，在沙發上看，放下報向家樹道：「你看了報沒有？出了暗殺案了。」家樹淡淡的一笑道：「看見了，這也不足為奇！」伯和道：「不足為奇嗎？孩子話。這一件事，一定是有政治背景的。」說著昂了頭想了一想，搖一搖頭道：「這一著棋子下得毒啊！只可惜手段卑劣一點，是一條美人計。」家樹道：「不像有政治背景吧。」伯和道：「你還沒有走入仕途，你哪裡知道仕途勾心鬥角的巧妙。這一個女子，我知道是由峨眉山上買下來的，報酬總在十萬以上。」伯和說得高興，點了一支雪茄煙吸著，將最近時局的大勢，背了一個滾瓜爛熟。家樹手上拿了一本書，只管微笑，一直等他說完了，才道：「我想今天到天津看看叔叔去，等開學時候再來。本來我早就應去的了，只因為沒有發榜，一點小病又沒有好，所以遲延了。」陶太太在屋子裡笑道：「我也贊成你去一趟，前天在電話裡和二嬸談話還說到你呢。只是不忙在今天就走。」家樹笑道：「我在北京又沒事了，只是靜等著開學。我的性子又是急的，說要做什麼，就想做什麼的。」陶太太道：「今天走也可以，你搭四點半鐘車走吧，也從容一點。」家樹道：「四點鐘以前就沒有車嗎？」陶太太道：「你幹嘛那樣急？兩點鐘倒是有一趟車，那是慢車。你坐了那車，更要急壞了。」家樹怕伯和夫婦疑心，不便再說，便回房去收拾收拾零碎東西。自己也不知什麼原故，表面上儘管是儘量的鎮靜，可是心裡頭，卻慌亂得異常。

吃過了午飯，家樹便在走廊下踱來踱去，不時的看看錶，是否就到了三點。踱了幾個來回，因聽差望著，又怕他們會識破了，復走進房去在床上躺著。好容易熬到三點多鐘，便辭了陶太太上車站。一直等到坐在二等車裡，心裡比較的安貼一點了，卻聽到站臺上一陣亂，立刻幾個巡警，和一群人向後擁著走。只聽見說：「又拿住了兩個了，又拿住了兩個了。」家樹聽了這話，一顆心幾乎要由腔子裡直跳到口裡來，連忙在提囊裡抽了一本書，放出很自然的樣子，微側著身子看，耳邊卻聽到同車子的人說：「捉到了扒兒手了。」家樹覺得又是自己發生誤會了，身子上乾了一陣冷汗。心裡現在沒有別的想法，只盼望著火車早早的開。

一會兒，車輪碾動了，很快出了東便門。家樹如釋重負，這才有了工夫鑑賞火車窗外的風景。心裡想：人生的禍福，真是說不定，不料我今天突然要到天津去。壽峰這老頭兒昨天和我告別的時候，何以不通我一點消息，也省得我今天受這一陣虛驚！轉而一想：自己本來有些過慮，幾個月來，我也不過到關家去過四五次，誰人在社會上沒有朋友？朋友犯了事，不見得大家都要犯嫌疑，何況我和關壽峰的來往，就不足引起人家的注意呢。至於我和劉德柱這一段關係，除了關氏父女，也是沒有人知道的。除非是鳳喜，她知道秀姑為了我去的，然而她要把我說出來，她自己也脫不了干係呀！這樣看來，自己一跑，未免過於膽小。壽峰再三的提到鳳喜，說是我有機會和她重合。莫非這件事，鳳喜也參與機密的？但是事實上又不能，鳳喜在醫院裡既是成了瘋子，她的母親，她的叔叔，又是極不堪的，哪裡可以商量這樣重大的問題……一個人在火車裡只管這樣想著，也就不知不覺的到了天津。

家樹的叔叔樊端本，在法租界有一幢住房。家樹下了火車之後，雇著人力車，就向叔叔家來。這裡是一所面馬路的洋樓，外面是鐵柵門，進去是個略有花木的小院子，迎面就是一座品字紅磚樓，高高直立。走進鐵柵門，小門房裡鑽出來一個聽差，連忙接住了手提箱道：「我們接著北京電話，正打算去接姪少爺呢。你倒來了。」家樹道：「老爺在家嗎？」答道：「到河北去了。聽說有應酬。」問：「二位小姐呢？」答：「看電影去了。」問：「太太呢？」說到這裡時，只聽到嘩啦嘩啦一陣響聲，由樓窗戶裡傳出來。聽差答道：「太太在打牌。」問：「姨太太呢？」答：「有張家姨太太，李家少奶奶邀她上中原公司買東西帶聽戲去了，你歇著吧。」說著，便代提了提箱上樓。家樹道：「打牌的是些什麼人？」聽差道：「是幾位同鄉太太。她們是車盤會，今天這家，明天那家，剛上場呢。」家樹道：「既是剛上場，你就不必通知。我在樓下等著老爺回來吧。」於是又下了樓，就在端本的書房裡看看書，看看報，等他們回來。

過一會，淑宜和靜宜兩姊妹先回來了。淑宜現在十七歲，靜宜十四歲，都是極活潑的小姑娘。靜宜聽說家樹來了，在院子裡便嚷了起來道：「哥哥來了，在哪兒？怎麼早不給我們一個信呢？」家樹走出來看時，見靜宜穿了綠嗶嘰短西服，膝蓋上下，露一大截白腿子，跳著皮鞋咚咚的響，說道：「大哥，恭喜呀！你大喜呀！」她說著時，那蓬頭髮上插著的紅結花，跳得一閃一閃，看她是很樂呢。家樹倒莫名其妙，究竟是喜從何來？卻因這一說又有了意外的變化。要知是什麼變化，下回交代。

第二十回 輾轉一封書紅絲誤繫 奔波數行淚玉趾空勞

卻說家樹見靜宜和他道喜，倒愣住了，自己避禍避到天津來，哪裡還有什麼可喜的事情，因道：「一個當學生的人，在大學預科讀完了書之後，不應該升入正科的嗎？就是這一點，有什麼可喜的呢？」靜宜將嘴一撇道：「你真把我們當小孩子騙啦！事到於今，以為我們還不知道嗎？你要是這樣，到了你做新郎的時候，不多罰你喝幾盅酒，那才怪呢！」家樹道：「你這話真說得我莫名其妙。什麼大喜？做什麼新郎？」淑宜穿的是一件長長的旗衫，那袖子齊平手腕，細得像筆管一般。兩隻手和了袖子，左右一抄，同插在兩邊脅下插袋裡，斜靠了門，將一隻腳微微提起，把那高跟鞋的後跟踏著地板，得得作響。衣服都抖起波浪紋來，眼睛看了家樹，只管微笑。家樹道：「怎麼樣，你也和我打這個啞謎嗎？」淑宜笑道：「我打什麼啞謎？你才是和我們打啞謎呢！我總不說，等到哪一天水落石出，你自然會把啞謎告訴人的，我才犯不著和你瞎猜呢！反正我心裡明白就是了。」淑宜在這裡說著，靜宜一個轉身，就不見了。

不多一會兒的時候，又聽到地板咚咚一陣響，靜宜突然跳進房來，手上拿了一張相片和家樹對照了一照，笑道：「你不瞧瞧這是誰？你能屈心，說不認得這個人嗎？」家樹一看，乃是鳳喜的四寸半身相片。這種相片，自己雖有幾張，卻不曾送人，怎樣會有一張傳到天津來了。便點點頭道：「這個人，不錯，我認識。但是你們把她當什麼人呢？」淑宜也走近前，在靜宜手裡，將相片拿了過來，在手上仔細的看了一看，微笑道：「現在呢，我們不知道要怎麼樣的稱呼？若說到將來，我們叫她一聲嫂嫂，大概還不至於不承認吧！」家樹道：「好吧，將來再看吧！」靜宜道：「到現在還不承認，將來我們總要報復你的。」家樹見兩個妹妹說得這樣切實，不像是毫無根據，大概她們一定是由陶家聽到了一點什麼消息，所以附會成了這個說法。當時也只得裝傻，只管笑著，卻把在北京遊玩的事情和兩個妹妹閒談，把喜事問題牽拉開去。

過了一會，有個老媽子進來道：「樊太太吩咐，請姪少爺上樓。」於是家樹便跟著老媽子一直到嬸娘臥室裡，只見嬸娘穿了一件黑綢旗衫，下襬有兩個紐扣不曾扣住，腳上踏了拖鞋，口裡銜著煙捲，很舒適的樣子，斜躺在沙發上。家樹站著叫了一聲「嬸娘」，在一邊坐下。樊太太道：「你早就來了，怎麼不通知我一聲呢？打牌，我也是悶得無聊，借此消遣。若是有人陪著我談談，我倒不一定要打牌。你來了很好；你不來，我還要寫信去叫你來呢。」家樹道：「有什麼事嗎？」樊太太將臉色正了一正，人也坐正了，便道：「不就是為了陶家表兄來信，提到你的親事嗎？那孩子我曾見過的，相片大家也瞧見了，自然是上等人才。據你表嫂說，人也很聰明，門第本是不用談；就是談門第的話，也是門當戶對。這年頭兒，婚姻大事，只要當事人願意，我們做大人的，當然是順水推舟，落得做個人情。」家樹笑道：「嬸娘說的話，我倒有些摸不透了。我在北京，並沒有和表哥表嫂談到什麼婚姻問題。要說到那個相片子上的人，我雖認識，並不是朋友。若說到門當戶對，我要說明了，恐怕嬸娘要哈哈大笑吧。」樊太太道：「事情我都知道了，你還賴什麼呢？她父親作過多年的鹽務署長，她伯父又是一個代理公使，和我們正走的是一條道，怎麼說是我要哈哈大笑呢？」說了，又吸著煙捲。

家樹想想心裡好笑，原來他們也誤會了，又是把鳳喜的相片子，當了何麗娜。要想更正過自己的話來，又怕把鳳喜這件事，露出破綻來了，便道：「那些話，都不必去研究了。我實在沒有想到什麼婚姻問題，不知道陶家表兄，怎樣會寫信通知我們家裡的？」樊太太道：「當然囉，也許是你表嫂要做這一個媒，有點買空賣空。但是不能啦，像她那樣的文明人，還會做舊社會上那種說謊的媒人嗎？而且這位何小姐的父親，前幾天到天津來了一趟，專門請你叔父吃了一餐飯，又提到了你。將你的文才品行，著實誇獎了一陣子。」家樹笑道：「這話我就不知從何而起了。那位何署長我始終沒有見過面，他哪裡會知道我？而且我聽到說，何家是窮極奢華的，我去了有點自慚形穢。我就只到他家裡去了兩三回，他又從何而知我的文才品行呢？」樊太太道：「難道就不許他的小姐對父親說嗎？陶太太信上說，你和那何小姐，幾乎是天天見面，當然是無話不說的了。我倒不明白，你為了這件事來，為什麼又不肯說？」家樹笑道：「你老人家有所不知！這件事，陶太太根本就誤會了。那何小姐本是她的朋友，怎樣能夠不到陶家來？何小姐又是喜歡交際的，自然我們就常見面了。陶太太老是開玩笑，說是要做媒，我們以為她也不過開玩笑而已，不料她真這樣做起來。其實現在男女社交公開的時候，男女交朋友的很多，不能說凡是男女做了朋友，就會發生婚姻問題。」樊太太聽了他這些話，只管將煙捲抽著，抽完了一根，接著又抽一根，口裡只管噴著煙，昂了頭想家樹說的這層理由。家樹笑道：「你老人家想想看，我這話說的不是很對嗎？」

樊太太還待說時，老媽子來說：「大小姐不願替了，還是太太自己去打牌吧。」樊太太這就去打牌，將話擱下。家樹到樓下，還是和妹妹談些學校裡的事。姨太太是十二點鐘回來，叔叔樊端本是晚上兩點鐘回來，這一晚晌，算是大家都不曾見面。

到了次日十二點鐘以後，樊端本方始下床，到樓下來看報，家樹也在這裡，叔姪便見著了。樊端本道：「我聽說你已經考取大學本科了，這很好。讀書總是以北京為宜，學校設備很完全，又有那些圖書館，教授的人才，也是在北京集中。」他說著話時，板了那副正經面孔，一點笑容也沒有。家樹從幼就有點怕叔叔，雖然現在分居多年，然而那先入為主的思想，總是去不掉。樊端本一板起臉子來，他就覺得有教訓的意味，不敢胡亂對答。

這時樊端本坐在長椅子上，隨手將一疊報，翻著看了一看，向著報上自言自語的道：「這政局恐怕是有一點變動。照潔身的歷史關係說起來，這是與他有利的。這樣一來，恐怕他真會跳上一步，去幹財長；就是這個口北關，也就不用費什麼力了。」說著，他的嘴角，微微一欠。接上按著上下嘴唇，左一把，右一把，下巴上一把，輪流的抹著鬍子——這是他最得意時候的表示。家樹老早的就聽過母親說，若遇到你叔叔分三把摸鬍子的時候，兩個妹妹就會來要東西，因為那個時候，是要什麼就給什麼的。家樹想到母親的話，因此心裡暗笑了起來。樊端本原戴了一副托力克的眼鏡，這鏡子的金絲腳，是很軟的，因為戴得久了，眼鏡的鏡架子，便會由鼻樑上墜了下來。樊端本也來不及用手去托鏡子了，眼光卻由鏡子上緣平射出來，看家樹何以坐不定。他這一看不要緊，家樹肚子裡的陳笑，和現在的新笑，並攏一處，噗嗤一聲，笑了出來。樊端本用右手兩個指頭，將眼鏡向上一托，正襟坐著，問家樹道：「你笑什麼？」

家樹吃了一驚，笑早不知何處去了，便道：「今年回杭州去，在月老祠裡鬧著玩，抽了一張籤，籤上說是『怪底重陽消息好，一山紅葉醉於人』。」家樹說了這話，自己心裡可就想著，這實在謅的不成詩句。說畢，就看了樊端本的臉色道：「我想這兩句話，並不像月老祠裡的籤，若是說到叔叔身上，或有點像。倒好像說叔叔的差事，重陽就可發表似的。」

樊端本聽了此言，將手不住的理著鬍子，手牽著幾根鬍子梢，點了幾點頭道：「雖然附會，倒有點像。你不知道，我剛才所說的話，原是有根據的。何潔身做這些年的闊差事，錢是掙得不少，可是他也實在花得不少，尤其是在賭上。前次在張老頭子家裡打牌，八圈之間，輸了六七萬，我看他還是神色自若，口裡銜著雪茄煙，煙灰都不落一點下來，真是鎮靜極了。不過輸完之後，也許有點心痛，就不免想法子要把錢弄回來。上次就是輸錢的第二天，專門請我吃飯，有一件鹽務上的事，若辦成功，大概他可以弄一二十萬，請我特別幫忙。報酬呢，就是口北關監督。我做了這多年的商務，本來就懶作馮婦；無奈他是再三的要求，不容我不答應。我想那雖是個小職，多少也替國家辦點事；二來我也想到塞北地方去看看，賞玩賞玩關塞的風景。潔身倒也很知道你，說是你少年老成。那意思之間，倒也很贊成你們的親事。」家樹這才明白了，鬧了半天，他和何小姐的父親何廉在官場上有點合作，自己的婚事，還是陪筆。叔父早就想弄個鹽運使或關監督做做，總是沒有相當的機會，現在他正在高興頭上，且不要當面否認何麗娜的婚事。好在叔叔對於自己的婚事，又不能干涉的，就由他去瞎扯吧。因此話提到這裡，家樹就談了一些別的話，將事扯了開去。

這時，恰好姨太太打扮得花蝴蝶兒似的，走了進來，笑著向家樹點了點頭，並沒有說什麼。家樹因為嬸母有命令，不許稱姨太太為長輩；當了叔叔的面，又不敢照背地裡稱呼，叫她為姨太太，也就笑著站起來，含糊的叫了一聲。姨太太也不理會，走上前，將端本手上的報奪了過來，一陣亂翻。端本那一副正經面孔，維持不住了，皺了一皺眉，又笑道：「你認識幾個字，也要查報？」姨太太聽說，索性將報向端本手上一塞道：「你給我查一查，今天哪一家的戲好？」端本道：「我還有事，你不要來麻煩。」一面說時，一面給姨太太查著報了。家樹覺得坐在這裡有些不便，就避開了。

家樹只來了十幾個鐘頭，就覺得在這裡起居，有許多不適。見叔叔是不能暢談的，而且談的機會也少。嬸娘除說家常話，便是罵姨太太，只覺得嘮叨。姨太太更是不必說，未便談話的了。兩個妹妹，上午要去上學；下午回來，不是找學伴，就是出去玩去了。因此一人悶著，還是看書。天津既沒有朋友，又沒有一點可清遊的地方，出了大門，便是洋房對峙的街道。第二天，還在街上走走。到了第三天，既不買東西，就沒有在滿街車馬叢中一個人走來走去之理。加上在陶家住慣了那花木扶疏的院子，現在住這樣四面高牆的洋房子，便覺得十分的煩悶。加上鳳喜和劉將軍的事情，又不知道變化到什麼程度。雖然是避開了是非地，反是焦躁不安。

一混過了一個星期。這天下午，忽然聽差來說，北京何小姐請聽電話。家樹聽了，倒不覺一驚。有什麼要緊的事，巴巴的打了長途電話來！連忙到客廳後接著電話一問。何麗娜首先一句便道：「好呀！你到天津來了，都不給我一個信。」家樹道：「真對不住。我走得匆忙一點，但是我走的時候，請我表嫂轉達了。」何麗娜問：「怎麼到了天津，信也不給我一封呢？」家樹無話可答，只得笑了。她道：「我請你吃午飯，來不來？」家樹道：「你請我吃飯，要我坐飛機來嗎？」何麗娜笑道：「你猜我在哪兒，以為我還在北京嗎？我也在天津呢！我家到府上不遠，請你過來談談好不好？」家樹知道闊人們在京津兩方，向來是有兩份住宅的，麗娜說在家裡，當然可信。不過家樹因為彼此的婚姻問題，兩家都有些知道了，這樣往還交際，是更著了痕跡。便道：「天津的地方，我很生疏，你讓我到哪裡撞木鐘去？」何麗娜笑道：「我也知道你是不肯到我這裡來的。天津的地方，又沒有什麼可以會面談話的地方。這樣吧，由你挑一個知道的館子吃午飯，我來找你。不然的話，我到你府上來也可以。」家樹真怕她來了，就約著在新開的一家館子「一池春」吃飯。

家樹坐了人力車到飯館子裡，伙計見了就問：「你是樊先生嗎？」家樹說：「是。」他道：「何小姐已經來了。」便引家樹到了一個雅座。何麗娜含笑相迎，就給他斟了一杯茶，安下座位。家樹劈頭一句，就問：「你怎麼來了？」何麗娜也笑說：「你怎麼來了？」家樹道：「我有家在這兒。」何麗娜便笑著說：「我也有家在這兒。」家樹被她說得無言可答了，就只好一口一口的喝著茶。

二人隔了一個方桌子犄角斜坐著，沉默了一會。何麗娜用一個指頭，鉤住了茶杯的小柄，舉著茶杯，只看茶杯上出的熱氣，眼睛望了茶上的煙，卻笑道：「我以為你很老實，可是你近來也很調皮了。」說畢，嘴唇抵住了茶杯口，向家樹微笑。家樹道：「我什麼事調皮了？以為我到天津來，事先不曾告訴你嗎？但是我有苦衷，也許將來密斯何會明白的。」何麗娜放下茶杯，兩手按住了桌子，身子向上一伸道：「幹嘛要將來？我這就明白了。我也知道，你對於我，向來是不大瞭解的，不過最近好一些；不然，我也不到天津來。我就不明白這件事，你和我一點表示沒有，倒讓你令叔出面呢？」她這樣說著，雖然臉上還有一點笑意，卻是很鄭重的說出來，決不能認為是開玩笑的了。家樹因道：「密斯何，這是什麼話，我一點不懂，家叔有什麼事出面？」何麗娜道：「你令叔寫信給陶先生，你知道不知道？」答：「不知道。」又問：「那末，你到天津來，是不是與我有點關係？」家樹道：「這可怪了，我到天津來，怎麼會和密斯何有關係呢？我因為預備考大學的時候，不能到天津來；現在學校考取了，事情告了一個段落，北京到天津這一點路，我當然要來看看叔叔嬸嬸，這決不能還為了什麼。」

家樹原是要徹底解釋麗娜的誤會，卻沒想到話說得太決絕了。何麗娜也逆料他必有一個很委婉的答覆，不想碰了這一個大釘子，心裡一不痛快，一汪眼淚，恨不得就要滾了出來。但是她極力的鎮定著，微微一笑道：「這真是我一個極大的誤會了。幸而這件事，還不曾通知到舍下去；若是這事讓下人知道了，我面子上多少有點下不去哩！我不明白令叔什麼意思，開這一個大玩笑？」說時，打開她手拿的皮包，在裡面取出一封信來，交給家樹。看時，是樊端本寫給伯和的，信上說：

伯和姻姪文鑒：

這次舍姪來津，近況均已獲悉，甚慰。所談及何府親事，彼已默認，少年人終不改兒女之態，殊可笑也。此事，請婉達潔身署長，以早成良緣。潔身與愚，本有合作之意，兩家既結秦晉之好，將來事業，愈覺成就可期矣。至於家嫂方面，愚得賢伉儷來信後，即已快函徵求同意。茲得覆謂舍姪上次回杭時，曾在其行篋中發現女子照片兩張，係屬一人。據云：舍姪曾微露其意，將與此女訂婚，但未詳言身家籍貫。家嫂以相片上女子，甚為秀慧，若相片上即為何小姐，彼極贊成，並寄一相片來津，囑愚調查。按前內人來京，曾在貴寓，與何小姐會面多次。愚亦曾晤何小姐。茲觀相片，果為此女。家嫂同情，亦老眼之非花也。總之，各方面皆不成問題，有勞清神，當令家樹多備喜酒相謝月老耳。專此布達，即祝儷福。

愚樊端本頓首

家樹將信從頭看了兩遍，不料又錯上加錯的，弄了這一個大錯。若要承認，本無此事；若要不承認，由北京鬧到天津，由天津鬧到杭州，雙方都認為婚姻成就，一下推翻全案，何麗娜是個講交際愛面子的人，這有多難為情！因之拿了這封信，只管是看，半晌作聲不得。

這裡何麗娜見他不說，也不追問，自要了紙筆開了一個菜單子，吩咐伙計去做菜。反是家樹不過意，皺了眉，用手搔著頭髮，口裡不住的說：「我很抱歉！我很抱歉！」何麗娜笑道：「這又並不是樊大爺錯了，抱什麼歉呢？」她說著話，抓了碟子裡的花生仁，剝去外面的紅衣，吃得很香，臉色是笑嘻嘻的，一點也不介意。家樹道：「天下事情，往往是越巧越錯。其實我們的友誼，也不能說錯，只是……」說到「只是」兩個字，他也拿了一粒花生仁在嘴裡咀嚼著，眼望了何麗娜，卻不向下說了。何麗娜笑道：「只是性情不同罷了，對不對呢？樊大爺雖然也是公子哥兒，可是沒有公子哥兒的脾氣。我呢，從小就奢華慣了，改不過來；其實我也並不是不能吃苦的人！當年我在學校讀書的時候，我也是和同學一樣，穿的是制服，吃的是學校裡的伙食。你說我奢華過甚，這是環境養成我的，並不是生來就如此。」家樹正苦於無詞可答，好容易得到這樣一個回話的機會，卻不願放過，因道：「這話從何而起？我在什麼地方，批評過何小姐奢華？我是向來不在朋友面前攻擊朋友的。」何麗娜道：「我自然有證據，不過我也有點小小的過失。有一天，大爺不是送了杭州帶來的東西，到舍下去嗎？我失迎得很，非常抱歉。後來你有點貴恙，我去看了。因為你不曾醒，隨手翻了一翻桌上的書，看到一張『落花有意，流水無情』的字條。是我好奇心重，拿回去了。回家之後，我想這行為不對，於是次日又把字條送回去，在送回桌上的時候，無意中我看到兩樣東西：第一樣是你給那關女士的信。我以為這位關女士，就是和我相貌相同的那位小姐，所以注意到她的通信地址上去。第二樣是你的日記，我又無意翻了一翻，恰恰看到你批評我買花的那一段，這不是隨便撒謊的吧！不過我對於你的批評，我很贊成，本來太浪費了。只是這裡又添了我一個疑團。」說著便笑了一笑。

這時，伙計已送上菜來了。伙計問一聲：「要什麼酒？」家樹說：「早上吃飯，不要酒吧。」麗娜道：「樊大爺能喝的，為什麼不喝？來兩壺白乾，你這裡有論杯的白蘭地沒有？有就斟上兩杯。要是論瓶買的話，我沒有那個量，那又是浪費了！」說著，向家樹一笑。家樹道：「白蘭地罷了。白乾就厲害了。」何麗娜眉毛一動，腮上兩個淺淺的小酒窩兒一閃，用手一指鼻尖道：「我喝！」家樹可沒有法子禁止她不喝酒，只得默然。伙計斟上兩杯白蘭地，放到何麗娜面前，然後才拿著兩壺白乾來。她端起小高腳玻璃杯子，向家樹請了一請，笑道：「請你自斟自飲，不要客氣。我知道你是喜歡十三妹這一路人物的。要大馬關刀，敞開來幹的。」說著，舉起杯子，一下就喝了小半杯。家樹知道她是沒有多大酒量，見她這樣放量喝起酒來，倒很有點為她擔心。她將酒喝了，笑道：「我知道這件事與私人道德方面有點不合，然而自己自首了，你總可以原諒了。我還有一個疑團，借著今天三分酒氣，蓋了面子，我要問一問樊大爺。那位關女士我是見面了，並不是我理想中相貌和我相同的那一位，不知樊大爺何以認識了她？她是一個大俠客呀！報上登的，西山案裡那個女刺客，她的住址，不是和這位關女士相同嗎？難怪那晚你看戲，口口聲聲談著俠女，如今我也明白了。痛快！我居然也有這樣一個朋友，不知她住在哪裡？我要拜她為師，也作一番驚人的事業去。」說著，端起酒杯來。

家樹見何麗娜又要喝酒，連忙站起來，一伸手按住了她的酒杯，鄭重的說道：「密斯何，我看你今天的神氣，似乎特別的來得興奮。你能不能安靜些，讓我把我的事情，和你解釋一下子？」何麗娜馬上放了酒杯笑道：「很好，那我是很歡迎啦，就請你說吧。」家樹見她真不喝了，於是將認識關、沈以至最近的情形，大概說了一遍，因道：「密斯何，你替我想想，我受了這兩個打擊，而且還帶點危險性，這種事，又不可以亂對人說。我這種環境，不是也很難過的嗎？」何麗娜點點頭道：「原來如此，那完全是我誤會。大概你老太太寄到天津來的那張相片，又是張冠李戴了。」家樹道：「正是這樣。可是現在十分後悔，不該讓我母親看到那相片，將來要追問起來，我將何詞以對？」何麗娜默然的坐著吃菜，不覺得又端起酒杯子來喝了兩口。家樹道：「密斯何現在可以諒解我了吧？」何麗娜笑著點了點頭道：「大爺，我完全諒解。」家樹道：「密斯何，你今天為什麼這樣的客氣？左一句大爺，右一句大爺，這不顯著我們的交情生疏得多嗎？」何麗娜道：「當然是生疏得多！若不是生疏……唉！不用說了，反正是彼此明白。」說完，又端起酒杯，接連喝上幾口。家樹也不曾留意，那兩杯白蘭地，不聲不響的，就完全喝下去了。

這時，家樹已經是吃飯了，何麗娜卻將坐的方凳向後一挪，兩手食指交叉，放在腿上，也不吃喝，也不說話。家樹道：「密斯何，你不用一點飯嗎？上午喝這些空心酒，肚子裡會發燒的。」何麗娜笑道：「發燒不發，不在乎喝酒不喝酒。」家樹見她總有些憤恨不平的樣子，欲待安慰她幾句，又不知怎樣安慰才好。吃完了飯，便笑道：「天津這地方，只有熱鬧的馬路，可沒有什麼玩的。只有一樣比北京好，電影片子，是先到此地。下午我請你看電影，你有工夫嗎？」何麗娜想了一想道：「等我回去料理一點小事，若是能奉陪的話，我再打電話來奉約。」說著，叫了一聲伙計開賬來。伙計開了賬來時，何麗娜將菜單搶了過去，也不知在身上掏出了幾塊錢，就向伙計手上一塞，站起來對家樹道：「既然是看電影，也許我們回頭再會吧。」說畢，她一點也不猶豫，立刻掀開簾子就走出去了。家樹是個被請的，決沒有反留住主人之理，只聽到一陣皮鞋響聲，何麗娜是走遠了。表面看來，她是很無禮的，不過她受了自己一個打擊，總不能沒有一點不平之念，也就不能怪她了。

家樹一個人很掃興的回家，在書房裡拿著一本書，隨便的翻了幾頁，只覺今天這件事，令人有點不大高興。由此又轉身一想，我只碰了這一個釘子，就覺得不快；她呢，由北京跑到天津來，滿心裡藏了一個水到渠成、月圓花好之夢，結果，卻完全錯了。她那樣一個慕虛榮的女子，能和我說出許多實話，連偷看日記的話都告訴我了，她是怎樣的誠懇呢！而且我那樣的批評，都能誠意接受，這人未嘗不可取。無論如何，我應當安慰她一下，好在約了她下午看電影，我就於電影散場後再回請她就得了。家樹是這樣想著，忽然聽差拿了一封信進來送給他。信封上寫著：「專呈樊大爺台啟，何緘。」連忙拆開來一看，只有一張信紙，草草的寫了幾句道：

家樹先生：別矣！我這正是高興而來，掃興而去。由此我覺得還是我以前的人生觀不錯，就是得樂且樂，凡事強求不來的。傷透了心的麗娜手上。於火車半小時前。

家樹看這張紙是鋼筆寫的，歪歪斜斜，有好幾個字都看不出，只是猜出來的。文句說的都不很透徹，但是可以看出她要變更宗旨了。末尾寫著「於火車半小時前」，大概是上火車半小時前，或者是火車開行時半小時以前了。心想：她要是回北京去，還好一點；若是坐火車到別處去，自己這個責任就大了，連忙叫了聽差來，問：「這時候，有南下的火車沒有？有出山海關的火車沒有？」聽差見他問得慌張，便笑道：「我給你向總站打個電話問問。」家樹道：「是了。火車總要由總站出發的，你給我叫輛汽車上總站，越快越好。」聽差道：「向銀行裡去電話，把家裡的車叫回來，不好嗎？」家樹道：「胡說！你瞧我花不起錢？」聽差好意倒碰了釘子，也不知道他有什麼急事，便用電話向汽車行裡叫車。

當下家樹拿了帽子在手上，在樓廊下來往徘徊著，又吩咐聽差打電話催一催。聽差笑道：「我的大爺！汽車又不是電話，怎麼叫來就來，總得幾分鐘呀！」家樹也不和他們深辯，便在大門口站著。好容易汽車開到了門口，車輪子剛一停，家樹手一扶車門，就要上去；車門一開，卻出來一個花枝招展的少婦，笑著向家樹點頭道：「啊喲！姪少爺，不敢當，不敢當。」家樹看時，原來這是繆姨太太，是來赴這邊太太的牌約的。她以為家樹是出來歡迎，給她開汽車門呢！家樹忙中不知所措，胡亂的說了一句道：「家叔在家裡呢，請進吧。」說了這句話，又有一輛汽車來了，家樹便掉轉頭問道：「你們是汽車行裡來的嗎？」汽車夫答應：「是。」家樹也不待細說，自開了車門，坐上車去，就叫上火車總站，弄得那繆姨太太站著發愣，空歡喜了一下子。

家樹坐在車裡，只嫌車子開得不快。到了火車站，也來不及吩咐汽車夫等不等，下了車，直奔賣月臺票的地方。買了月臺票，進站門，只見上車的旅客，一大半都是由天橋上繞到月臺那邊去，料想這是要開的火車，也由天橋上跑了過去。到月臺上一看火車，見車板上寫著京奉兩個大字，這不是南下，是東去的了。看看車上，人倒是很多，不管是與不是，且上去看看。於是先在頭等包房外轉了一轉，又在飯車上，又到二等車上，都看了看，並沒有何麗娜。明知道她不坐三等車的，也在車外，隔著窗子向裡張望張望，身旁恰有一個站警，就向他打聽：「南下車現在有沒有？」站警說：「到浦口的車，開出去半個鐘頭了，這是到奉天去的車。」家樹一想，對了，用寫信的時間去計算，她一定是搭南下車到上海去了。她雖然有錢，可是上海那地方，越有錢越容易墮落，也越容易遭危險，而況她又是個孤身弱女，萬一有點疏虞，我雖不殺伯仁，伯仁由我而死，責任是推卸不了的。於是無精打采的，由天橋上轉回這邊月臺來。

剛下得天橋，家樹卻見這邊一列車，也是紛紛的上著人，車上也是寫著京奉二字。不過火車頭卻在北而不在南，好像是到北京去的，因又找著站警問了一問，果然是上北京的，馬上就要開了。家樹想著：或者她回京去也未可料。因慢慢的挨著車窗找了去。這一列車，頭等車掛在中間，由三等而二等，由二等而頭等。找了兩個窗子，只見有一間小車室中，有一個女子，披了黑色的斗篷，斜了身子坐在靠椅上，用手絹擦著淚。她的臉，是半背著車窗的，卻看不出來。家樹想著：這個女子，既是垂淚惜別，怎麼沒有人送行？何麗娜在南下車上，不是和她一樣嗎？如此一想，不由得呆住了，只管向著車子出神。

只在這時，站上幾聲鐘響，接上這邊車頭上的汽笛，嗚嗚一聲，車子一搖動，就要開了。車子這樣的擺蕩，卻驚醒了那個垂淚的女子。她忽然一抬頭，向外看看，似乎是偵察車開沒有開。這一抬頭之間，家樹看清楚了，正是何麗娜。只見她滿臉都是淚痕，還不住的擦著呢。家樹一見大喜，便叫了一聲：「密斯何！」但是車輪已經慢慢轉動向北，人也移過去了。何麗娜正看著前面，卻沒有注意到車外有人尋她。玻璃窗關得鐵緊，叫的聲音，她也是不曾聽見。

家樹心裡十分難過，追著車子跑了幾步，口裡依然叫著：「密斯何！密斯何！」然而火車比他跑得更快，只十幾步路的工夫，整列火車都開過去了。眼見得火車成了一條小黑點，把一個傷透了心而又是滿面淚痕的人，載回北京去了。家樹這一來，未免十分後悔，對於何麗娜，也不免有一點愛惜之念。要知他究竟能回心轉意與否，下回交代。

第二十一回 豔舞媚華筵名姝遁世 寒宵飛彈雨魔窟逃生

卻說何麗娜滿面淚痕，坐車回北京去了。家樹悵悵的站在站臺上望了火車的影子，心裡非常的難受，呆立了一會子，仍舊出站坐了汽車回家。到了門口，自給車錢，以免家裡人知道，可是家裡人全知道了。靜宜笑問道：「大哥為什麼一個人坐了車子到火車站去，是接何小姐嗎？我們剛才接到陶太太的信，說是她要來哩，你的消息真靈通啊！」家樹欲待否認，可是到火車站去為什麼呢？只得笑了。——自這天起，心裡又添了一段放不下的心事。

然而何麗娜卻處在家樹的反面。這時，她一個人在頭等車包房裡落了一陣眼淚，車子過了楊村，自己忽然不哭了。向茶房要了一把手巾擦擦臉，掏出身上的粉匣，重新撲了一撲粉，便到飯車上來，要了一瓶啤酒，憑窗看景，自斟自飲。這飯車上除了幾個外國人而外，中國人卻只有一個穿軍服的中年軍官。那軍官正坐在何麗娜的對面，先一見，他好像吃了一驚；後來坐得久了，他才鎮定了。何麗娜見他穿黃呢制服，繫了武裝帶，軍帽放在桌上，金邊帽箍黃燦燦的，分明是個高級軍官。這裡打量他時，他倒偏了頭去看窗外的風景。何麗娜微笑了一笑，等他偏過頭來，卻站起身和他點了點頭。那軍官真出乎意外，先是愕住了，然後才補著點了一點頭。何麗娜笑道：「閣下不是沈旅長嗎？我姓何，有一次在西便門外看賽馬，家父介紹過一次。」那軍官才笑著「呵」了一聲道：「對了，我說怪面善呢。我就是沈國英。

令尊何署長沒曾到天津來？」何麗娜和他談起世交了，索性就自己走過來，和沈國英在一張桌上，對面坐下，笑道：「沈旅長！剛才我看見你忽然遇到我，有一點驚訝的樣子，是不是因為我像個熟人？」沈國英被她說破了，笑道：「是的。但是我也說不起來在哪裡會過何小姐的？」何麗娜笑道：「你這個熟人，我也知道，是不是劉德柱將軍的夫人？我是聽到好些人說，我們有些相像呢。沈旅長不是和劉將軍感情很好嗎？」沈國英聽了這話，沉吟了一會，笑道：「那也無所謂。不過他的夫人，我在酒席上曾會過一次面。劉德柱還要給我們攀本家，不料過兩天就出了西山那一件事。我又有軍事在身，不常在京，那位新夫人，現在可不知道怎樣了，何小姐認識嗎？」何麗娜道：「不認識。我倒很想見見她，我們究竟是怎樣一個像法，沈旅長能給我們介紹嗎？」沈國英又沉吟了一下，笑道：「看機會吧。」何麗娜這算找著一個旅行的伴侶了，便和沈國英滔滔不絕，談到了北京。下車之時，約了再會。

何麗娜回到家，就打了一個電話給陶太太，約了晚上在北京飯店跳舞場上會。陶太太說：「你不是到天津去了嗎？而且你也許久不跳舞了，今天何以這樣的大高興而特高興？」何麗娜笑而不言，只說見面再談。

到了這晚十點鐘，陶太太和伯和一路到北京飯店來，只見何麗娜新燙著頭髮，臉上搽著脂粉，穿了袒胸露臂的黃綢舞衣，讓一大群男女圍坐在中間。她看見陶伯和夫婦，便起身相迎。陶太太拉著她的手，對她渾身上下看了一看，笑道：「美麗極了。什麼事這樣高興，今天重來跳舞？」何麗娜道：「高興就是了，何必還要為什麼呢？」話說到這裡，正好音樂臺上奏起樂來。何麗娜拉著伯和的手道：「來，今天我們同舞。」說著，一手握著伯和的手，一手搭了伯和的肩，不由伯和不同舞。舞完了，伯和少不得又要問何麗娜為什麼這樣高興。她就表示不耐煩的樣子道：「難道我生來是個憂悶的人，不許有快樂這一天的嗎？」伯和心知有異，卻猜不著她受了什麼刺激，也只好不問了。

這天晚晌，何麗娜舞到三點鐘方才回家。到了次日，又是照樣的快樂，舞到夜深。一連三日，到第四日，舞場上不見她了。可是在這天，伯和夫婦，接到她個人出面的一封柬帖：禮拜六晚上，在西洋同學會大廳上，設筵恭候，舉行化裝跳舞大會。並且說明用俄國樂隊，有鋼琴手脫而樂夫加入。

伯和接到這突如其來的請柬，心中詫異，便和夫人商量道：「照何小姐那種資格，舉行一個跳舞大會，很不算什麼。可是她和家樹成了朋友以後，家樹是反對她舉止豪華的人，她也就省錢多了。這次何以變了態度，辦這樣盛大的宴會？這種行動，正是和家樹的意見相反。這與他們的婚姻，豈不會發生障礙嗎？」陶太太道：「據我看，她一定是婚姻有了把握了，所以高興到這樣子。可是很奇怪，儘管快活，可不許人家去問她為什麼快活。」伯和笑道：「你這個月老，多少也擔點責任啦。別為了她幾天快活，把繫好了的紅絲給绷斷了。這一場宴會，當然是阻止不了她；最好是這場宴會之後，不要再繼續向下鬧才好。」陶太太道：「一個人忽然變了態度，那總有一個緣故的，勸阻反而不好。我看不要去管她，看她鬧出一個什麼結局來——反正不能永久瞞住人不知道的。」伯和也覺有理，就置之不問。

到了星期六晚上七點鐘，伯和夫婦前去赴會。一到西洋同學會門口，只見車馬停了一大片。朱漆的一字門樓下，一列掛了十幾盞五彩燈籠，在彩光照耀裡面，現出松枝架和國旗。伯和心裡想：真個大鬧，連大門外都鋪張起來了。進了大門，重重的院落和廊子，都是彩紙條和燈籠。那大廳上，更是陳設得花團錦簇。正中的音樂臺，用了柏枝鮮花編成一雙大孔雀，孔雀尾開著屏，寬闊有四五丈。臺下一片寬展的舞場，東西兩面，用鮮花紮著圍屏與欄杆，彩紙如雨絲一般的擠密，由屋頂上墜了下來。伯和看了，望著夫人；陶太太微笑點點頭。何麗娜穿了一件白底綠色絲繡的旗衫，站在大廳門口，電光照著，喜氣洋洋的迎接來賓，就有她的男女招待，分別把客送入休息室。伯和見了何麗娜笑道：「密斯何，你快樂啊！」何麗娜笑道：「大家的快樂。」伯和待要說第二句話時，她又在招呼別的客了。

當下伯和夫婦在休息室裡休息著，一看室外東客廳列了三面連環的長案，看看那位子，竟在一百上下。各休息室裡男女雜沓，聲音鬧哄哄的。這裡自然不少伯和夫婦的朋友，二人也就忙著在裡面應酬起來。一會兒工夫，只聽到一陣鈴響，就有人來，招待大家入席。按著席次，每一席上，都有粉紅綢條，寫了來賓的姓名，放在桌上。伯和夫婦按照自己的席次坐下，一看滿席的男女來賓，衣香鬢影，十分熱鬧。但是各人的臉上，都不免帶點驚訝之色，大概都是不知道何麗娜何以有此一會。

這時，何麗娜出來了，坐在正中的主人席上。她已不是先前穿的那件白底綠繡花旗衫了，換了一件紫色緞子綻水鑽辮的旗衫，身上緊緊的套著一件藍色團花一字琵琶襟小坎肩，這又完全是旗家女郎裝束了。大家看見，就噼噼啪啪鼓掌歡迎。何麗娜且不坐下，將刀子敲了空盤，等大家靜了，便笑道：「諸位今天光臨，我很榮幸。但是我今天突然招待諸位，諸位一定不明白是什麼理由。我先不說出來，是怕阻礙了我的事，現在向諸位道歉。可是現在我再要不說出來，諸位未免吃一餐悶酒。老實奉告吧，我要和許多好朋友，暫時告別了。我到哪裡去呢？這個我現在還不能決定，也不能發表。不過我可以預告的，就是此去，是有所為，不是毫無意味的。我要借此讀些書，而且陶冶我的性情。從此以後，我或者要另作一個新的人。至於新的人，或者是比於今更快樂呢，或者十分的寂寞呢？我也說不定。總之，人生於世，要應當及時行樂。現在能快樂，現在就快樂一下子，不要白費心機，去找將來那虛無縹緲的快樂。大家快樂快樂吧！」說著，舉起一大滿杯酒，向滿座請了一請。大家聽了她這話，勉強也有些人鼓掌，可是更疑惑了——尤其是伯和夫婦和那沈國英旅長是如此。

且說那沈旅長自認識何麗娜以後，曾到何家去拜會兩次，談得很投機。他想劉將軍討了那位夫人，令人欣羡不置，不料居然還有和她同樣的人兒可尋。而且身分知識，都比劉太太高一籌，這個機會不可失。現在要提到婚姻問題，當然是早一點；可是再過一個星期，就有提議的可能了。在這滿腔熱血騰湧之間，恰好是宴會的請帖下到，所以今天的宴會，他也到了。何麗娜似乎也知道他的來意似的，把他的座位，定著緊靠了主人翁。沈旅長找著自己的座位時，高興得了不得；現在聽到何麗娜這一番演說，卻不能不奇怪了。可是這在盛大的宴會上，也沒有去盤問人家的道理，只好放在心上。

當下何麗娜說完了，人家都不知她葫蘆裡賣的什麼藥？也沒有接著演說。還是陶太太站起來道：「何小姐的宗旨，既是要快樂一天，我們來賓，就勉從何小姐之後，快樂一番，以答主人翁的雅意。諸位快快吃，吃完了好化裝跳舞去。今晚我們就是找快樂，別的不必管，才是解人。」大家聽說，倒鼓了一陣掌。

這時，大家全副精神都移到化裝上去，哪有心吃喝？草草的終了席，各人都紛紛奔往那化裝室中去。不到一個鐘頭，跳舞場上，已擠滿了奇裝異服的人：有的扮著鬼怪，有的扮著古人，有的扮著外國人，有的扮著神仙，不一而足。忽然之間，音樂奏起，五彩的小紙花，如飛雪一般，漫空亂飄。那東向松枝屏風後，四個古裝的小女孩，各在十四五歲之間，拿著雲拂宮扇，簇擁著何麗娜出來。何麗娜戴了高髻的頭套，穿了古代宮裝，外加著黃緞八團龍衣，竟是戲臺上的一個中國皇后出來了。在場的人，就如狂了一般，一陣鼓掌，擁上前來。有幾個新聞記者，帶了照相匣子，就在會場中給她用鎂光照相。照相已畢，大家就開始跳舞了。何麗娜今晚卻不擇人，只要是有男子和她點一點頭，她便迎上前去，和人家跳舞。看見旁邊沒有舞伴，站在那裡靜候的男子，她又丟了同舞的人，去陪著那個人舞。舞了休息著，休息著又再舞，約莫有一個鐘頭，只苦了那位沈旅長。他穿了滿身的戎服，不曾化裝，也不會跳舞，只坐在一邊呆看。何麗娜走到他身邊坐下，笑道：「沈旅長，你為什麼不跳舞？」沈國英笑著搖了一搖頭，說是少學。何麗娜伸手一拍他的肩膀笑道：「唉，這年頭兒，年輕人要想時髦，跳舞是不可不學的呀！你既是看跳舞的，你就看吧。」說畢，大袖一拂，笑著轉到松枝屏後去了。

不多一會的工夫，何麗娜又跳躍著出來。她不是先前那個樣子了：散著短髮，束了一個小花圈，耳朵上垂著兩個極大的圓耳環，上身脫得精光，只胸前鬆鬆的束了一個繡花扁兜肚，又戴了一串長珠圈，腰下繫著一個綠色絲條結的裙，絲條約有二尺長，稀稀的垂直向下，光著兩條腿，赤了一雙白腳，一跳便跳到舞場中間來。她兩隻光胳膊，帶了一副香珠，垂著綠穗子，在夏威夷土人的裝束之中，顯出一種嫵媚來。她將手一舉，嚷著笑道：「諸位，我跳一套草裙舞，請大家賞光。」有些風流子弟，便首先鼓掌，甚至情不自禁，有叫好的。於是大家圍了一個圈子，將何麗娜圍在中間。音樂臺上，奏起胡拉舞的調子，何麗娜就舞起來。這種草裙舞，舞起來，由下向上，身子成一個橫波浪式，兩隻手臂和著身子的波浪，上下左右的伸屈；頭和眼光，也是那樣流動著。只見那假的草裙，就是那絲條結的裙，及胸前垂的珠圈，兩耳的大環子，都搖搖擺擺起來。在一個粉裝玉琢的模樣之下，有了這種形象，當然是令人迴陽盪氣。慣於跳舞的人，看到還罷了；沈國英看了，目瞪口呆，作聲不得。

舞了一陣，何麗娜將手一揚，樂已止了。她笑著問大家道：「快樂不快樂？」大家一齊應道：「快樂，快樂！」何麗娜將兩手向嘴上連比幾比，然後向著人連拋幾拋，行了一個最時髦最熱烈的拋吻禮，然後又兩手牽著草裙子，向眾人蹲了一蹲，她一轉身子，就跑進松枝屏風後去了。大家以為她又去化裝了，仍舊雜沓跳舞，接上的鬧。不料她一進去後，卻始終不曾出來，直等到大家鬧過一個鐘頭，到化裝室裡去找她，她卻託了兩個女友告訴人，說是身子疲乏極了，只得先回家去，請大家繼續的跳舞。大家一看鐘，已是兩點多了，主人翁既是走了，也就不必留戀，因之也紛紛散去。

這一晚，把個沈國英旅長，鬧得未免有些兒女情長，英雄氣短。眼看來賓成雙作對，並肩而去，自己卻是悵悵一人獨回旅司令部。到了次日，他十分的忍耐不住了，就便服簡從，到何廉家裡去拜會。原來這個時候，政局中正醞釀了一段極大的暗潮，何廉和沈國英都是裡面的主要分子，他們本也就常見面的。沈國英來了，何廉就在客廳裡和他相見。沈國英笑道：「昨晚女公子在西洋同學會舉行那樣盛大的宴會，實在熱鬧！晚生有生以來，還是第一次，今天特意來面謝。」一個作文官的人，有一個英俊的武官，當面自稱晚生，不由人不感動。而況沈國英的前途，正又是未可限量的，更是不敢當了。便笑道：「老弟臺，你太客氣，我這孩子，實在有些歐化。只是愚夫婦年過五十，又只有這一個孩子，只要她不十分胡鬧，交際方面，也只好由她了。」說著哈哈一笑，因回頭對聽差道：「去請了小姐來，說是沈旅長要面謝她。」聽差便道：「小姐一早起來，九點鐘就出去了。出去的時候，還帶了兩個小提箱，似乎是到天津去了。」何廉道：「問汽車夫應該知道呀。」聽差道：「沒有坐自己的車子出去。」沈國英一聽，又想起昨晚何麗娜說要到一個不告訴人的地方去，如今看來，竟是實現了。看那何廉形色，也很是驚訝，似乎他也並不知道，便道：「既是何小姐不在家，改日再面謝吧。」說畢，他也就告辭而去。

從此一過三天，何麗娜的行蹤，始終沒有人知道。就是她家裡父母，也只在屋裡尋到一封留下的信，說是要避免交際，暫時離開北京。於是大家都猜她乘西伯利亞鐵路的火車，到歐洲去了。因為她早已說過，要到歐洲去遊歷一趟的。那沈國英也就感到何小姐是用情極濫，並不介意男女接近的人，自己一番傾倒，結果成了夢幻。這時，時局的變化，一天比一天緊張，那個中流砥柱的劉巡閱使，忽然受了部下群將的請願，自動的掛冠下野。同時政府方面，又下了一道查辦令。因為沈旅長在事變中有功，就突然高升了，升了愛國愛民軍第三鎮的統制。以劉大帥為背景的內閣，當然是解散，在舊閣員裡找了一個非劉系的人代理總揆。何廉如願以償，升了財政總長。劉將軍西山那樁案件，自然是不值得注意，將它取消了。所有因嫌疑被傳的幾個人，也都開釋了。因為劉家方面的財產，恰好歸沈統制清理，沈國英就借住在劉將軍家裡，把他的東西，細細的清理。

一日，沈國英在劉將軍的臥室裡，尋到了沈鳳喜一筆存款摺子，又有許多相片，他未免一驚：難道這些東西，這位新夫人都不曾拿著，就避開了？因叫了劉家的舊聽差來，告訴轉告劉太太，不必害怕。雖然公事公辦，可是劉太太自己私人的東西，當然由劉太太拿去，可以請劉太太出面來接洽。聽差說：「自從劉太太到醫院裡去了，就沒有回來過。初去兩天，劉將軍還派人去照應，後來將軍在西山過世去了，有從前正太太的兩個舅老爺，帶著將軍兩個遠方姪少爺，管理了家事，不認這個新太太。後來時局變了，統制派了軍警來，他們也跑了。這幾天，我們是更得不著消息。」沈國英聽說，就親自坐了汽車到醫院裡去看望她。自己又怕是男子看望女子不便，就說鳳喜是他妹子。可是醫院裡人說：「劉太太因為存款用完，今天上午已出院去了。」沈國英聽了這話，隨口道：「原來她已回家了，我不曾回家，還不知道呢。」口裡這樣遮蓋著，心中十分的歎息，又只得算了。好在他身上負著軍國大事，日久也就自然忘卻了。不過一個將軍的夫人，現在忽然無影無蹤，也是社會上要注意的一件事，而況劉氏兄弟，又是時局中大不幸的人物，因之這一件事，在報上也是特為登載出來。

這新聞傳到了天津，家樹看到，就一憂一喜：憂的是鳳喜不免要作一個二次的出山泉水，將來不知道要流落到什麼地步？喜的是西山這件案子，從此一點痕跡都沒有，可以安心回京上學了。

這天晌午，家樹和嬸嬸妹妹一家人吃飯，只見叔叔樊端本，手上拿著帽子，走進屋來，就向嬸嬸作揖，笑道：「恭喜，恭喜！太太，我發表了。」說著，將帽子放下，分左右中間三把，摸著鬍子。他的帽子，隨手一放，放在一只琺瑯瓷的飯盂上。樊太太一見不妥，連忙起身拿在手裡，笑道：「發表了？恭喜，恭喜！」說著，也拿了帽子作揖。樊端本隨手接過帽子，又戴在頭上。樊太太道：「你又要出去嗎？你太辛苦了，吃了飯再去吧。」樊端本道：「我不出去，休息一會，下午我就要到北京去見何總長了。」說著，向家樹拱拱手道：「也就是你的泰山。」樊太太道：「你既不走，為什麼還戴上帽子？」樊端本哈哈笑了一聲，取下帽子，隨手一放，還是放在那飯盂上。姨太太在太太當面，是不敢發言的；然而今天聽了這消息，也十分的歡喜，只管笑嘻嘻的，捧著飯碗，半晌只送幾粒飯到嘴裡去。只有靜宜不曾十分瞭解，便問道：「你們都說發表了，發表了什麼？」樊太太道：「你這孩子太不留心了！你爸爸新得了一個差使，是口北關監督，馬上就要上任了。這樣一來，便宜了你們，是實實在在的小姐了。」

家樹當時在一旁看著，心想：叔叔、嬸嬸樂得真有點過分了。但也不去插嘴，只陪著吃完了飯，就向樊端本說：「現在學校要正式上課了，若是叔叔上北京去，就一同去。」樊端本道：「好極了！也許我可以借此介紹你見見未來的泰山哩。」家樹也不便否認叔叔的話，免得掃了他的官興，自去收拾行囊。待到下午，和樊端本一路乘火車北上。好在嬸嬸、叔叔、妹妹，都是歡天喜地的，並無所謂留戀。

到了北京，叔姪二人依然住在陶伯和家。伯和因端本是個長輩，自然殷勤的招待。家樹也沒工夫和伯和夫婦談別後的話，但是逆料那個多情多事的陶太太，一定和何麗娜打了電話，不到兩三個鐘頭，她就要來的。可是候了一夜，也不見一點消息。

次日中午，樊端本出門應酬去了，家樹和伯和夫婦吃飯。吃飯的時候，照例是有一番閒話的。家樹由叔叔的差使，談到了何廉，由何廉談到何麗娜，因道：「這些時候，何小姐不常來嗎？」陶太太鼻子哼了一聲，隨便答應，依然低頭吃她的飯。家樹道：「為什麼不常來呢？」陶太太道：「那是人家的自由啊！我管得著嗎？」家樹碰了一個釘子，笑了一笑，也就不問了。談了一些別的話，又道：「我在天津接到何小姐一封信。」陶太太當沒有聽見，只是低頭吃她的飯。伯和將筷子頭輕輕的敲了她一下手背，笑道：「你這東西，真是淘氣！人家要討你一點消息，你就一點口風不露。」陶太太頭一偏，噗嗤一聲笑了，因道：「表弟，你雖然狡猾，終究不過是魯肅一流的人物，哪裡能到孔明面前來獻策呀？你要打聽消息，就乾脆問我得了，何必悶到現在呢？你也熬不住了，我告訴你吧，人家到外國去了。」家樹笑道：「你又開玩笑。」陶太太道：「我開什麼玩笑？實實在在的真事呢！」於是把何麗娜恢復跳舞的故態，以及大宴會告別的事，說了一遍。伯和笑道：「這一場化裝跳舞，她在交際界倒出了一個小小風頭。」

可是花錢也不少，聽說耗費兩三千呢。」家樹聽了默然。伯和道：「你也不必懊喪。她若是到歐洲去了，少不得要家裡接濟款子，自然有信來的。我和姑母令叔商量商量，讓你也出洋，不就追上她了嗎？」陶太太道：「男子漢，都是賤骨頭！對於人家女子有接近的可能，就表示不在乎；女子要不理他，就尋死尋活的害相思病了。誰叫表弟以前不積極進行？」家樹受了這幾句冤枉，又不敢細說出來，以至牽出關、沈兩家的事。這一分苦悶，比明顯失敗的滋味，還要難受。家樹自從這一餐飯起，就不敢再提何小姐了。

這幾個月來，自己周旋在三個女子之間，接近一個，便失去一個，真是大大的不幸。對何麗娜呢，本來無所謂，只是被動的。關秀姑呢，她有個好父親，自己又是個豪俠女子，不必去掛念。只有這個沈鳳喜，一朵好花，生在荊棘叢中，自己把她尋出來，加以培養，結果是飽受蹂躪，而今是生死莫卜，既是可惜，又是可憐。雖然她對不住我，只可以怨她年紀太小，家庭太壞了。而且關壽峰臨別又再三的教我搭救她，莫非她還在北京？於是又到從前她住的醫院裡去問。醫院裡人說：「她哥哥沈統制曾來接她的，早已出院了。」家樹一聽，氣極了。心想這個女子，如何這樣沒骨格！沈統制是她什麼哥哥？她倒好，跟著劉德柱的家產，一齊換主了。關大叔叫我別忘了她，這種人不忘了她，也是人生一種恥辱了。於是將關於女子的事，完全丟開。在北京耽擱了幾天，待樊端本到口北關就監督去了，自己也就收拾書籍行李，搬入學校。

原來他的學校——春明大學，在北京北郊，離城還有十餘里之遙。當學生的人，是非住校不可的。家樹這半年以來，花了許多錢，受了許多氣，覺得離開城市的好。因此，安心在學校裡讀書。這樣一來，也不覺得時光容易過去，一混就是秋末冬初了。

這天，是星期天，因為家樹常聽人說，西山的紅葉，非常的好看。就一個人騎了一匹牲口，向西山而來。離著校舍，約莫有四五里路，這人行大道，卻凹入地裡，有一丈來深。雖然騎在驢子背上，也只看到兩邊園林，一些落葉蕭疏的樹梢。原來北地的土質很鬆，大路上走著，全是鐵殼雙輪的大車，這車輪一軋就是兩條大轍，年深月久，大道便成了大溝。家樹正走到溝的深處，忽然旁邊樹林子裡有人喊出來道：「樊少爺，樊少爺！慢走一步，我們有話說。」

家樹正在疑惑，樹叢子裡已經跑出四個人，由土坡上向溝裡一跳。趕驢子的驢夫，見他們氣勢洶洶，吆喝一聲，便將驢子站住了。家樹看那四個人時，都是短衣捲袖。後面兩個，腰上捆了板帶，板帶上各斜插了一把刀；當頭兩個，一個人手上，各拿了一支手槍，當路一站，橫住了去路。再看土坡上，還站有兩個巡風的。家樹心裡明白，這是北方人所謂路劫的了。因向來受了關壽峰的陶融，知道怕也無益，連忙滾下驢背，向當頭四個人拱拱手道：「兄弟是個學生，出來玩玩，也沒帶多少錢。諸位要什麼，儘管拿去。」當頭一個匪人，瘦削的黃臉，卻長了一部絡腮的鬍子，露著牙齒，打了一個哈哈，笑道：「我們等你不是一天了。你雖是一個學生，你家裡人又作大官，又開銀行，還少的是錢嗎？就是你父親那個關上，每天也進款論萬。」家樹道：「諸位錯了，那是我叔叔。」匪人道：「你父親也好，你叔叔也好，反正你是個財神爺。得！你就辛苦一趟吧。」說著，不由家樹不肯，兩個人向前，抄著他的胳膊，就架上土坡。

家樹被人架著，心裡正自慌張，卻不防另有一個匪人，拿出兩張膏藥，將他的眼睛貼住。於是，家樹就墜入黑暗世界了。接上抬了一樣東西來，似乎是一塊門板，用木杠子抬著，卻叫家樹臥倒，平睡在那門板上。又用了一條被，連頭帶腳，將他一蓋。他們而且再三的說：「你不許言語，你言語一聲，就提防你的八字！」家樹知道是讓人家綁了票，只要家裡肯出錢，大概還沒有性命的危險。事已至此，也只好由他。

他們高高低低抬著，約莫走了二三十里路，才停下，卻有個生人的聲音，迎頭問道：「來了嗎？」答：「來了。」在這時，卻聽到有牲口嚼草的聲音，有雞呼食的聲音，分明是走到有人家的地方來了。可是這裡人聲很少，只聽到頭上一種風過樹梢聲，將樹颳得嘩啦嘩啦的響。好像這地方，四面是樹，中間卻有一座小小的人家，自然是僻靜的所在了。一陣忙亂，家樹被他們攙著到了空氣很鬱塞的地方。有人說：「這是你的屋子。你躺下也行，坐著也行，聽你的便吧。」說著，就走出去了。

這裡家樹摸著，身旁硬邦邦的，有個土炕，炕上有些亂草，草上也有一條被，都亂堆著；炕後有些涼颼颼的風吹來。按照北方人規矩，都是靠了窗子起炕的，不像南方人床對著窗戶。家樹想，大概這裡也有個窗戶了。向前走，只有兩三步路，便是土壁。門卻在右手，因為剛才聽到他們出去時關門的響聲。門邊總有一個人守著，聽那窸窸窣窣的聲音，分明是靠門放了一堆高粱秸子，守的人躺在上面。——家樹對於這身外的一切，都是以耳代目，以鼻代目，分別去揣想。起初很是煩悶；後來一想，煩悶也沒用，索性泰然的躺在炕上。所幸那些匪人，對於飲食的供給，倒很豐盛，每頓都有精緻的麵食和豬肉雞蛋，還有香片茶，隨時取飲。要大小便，也有匪人陪他出房去。

在初來的兩天，這地方雖然更替換人看守，但是聲音很沉寂，似乎人不多，大概匪人出去探聽消息去了。到了第四天，人聲便嘈雜，他們已安心無外患了，於是有個人坐在炕上對他道：「樊少爺，我們請你來，實在委屈一點。可是我們只想和府上籌點款子，和你並無冤無仇。你給我們寫一封信到府上去通知一聲，你看怎麼樣？」家樹哪敢不依，只得聽從。於是就有人來，慢慢揭下臉上的膏藥。家樹眼前豁然開朗，看看這屋子，果然和自己揣想的差不多。門口站了兩個匪，各插著一把手槍在袋裡，面前擺了一張舊茶几，一個泥蠟臺，插了一支紅燭，並放了筆硯和信紙信封，原來已是夜裡了。坐在炕沿上的匪人，戴了一副墨晶眼鏡，臉上又貼了兩張膏藥，大概他是不肯露真面目的了。那人坐在一邊，就告訴他道：「請你寫信給樊監督，我們要借款十萬，憑你作個中。若是肯借的話，就請他在接到信的半個月以內派人到北郊大樹村老土地廟裡接洽，來人只許一個，戴黑呢帽，戴墨晶眼鏡為記。過期不來，我們就撕票了。——『撕票』兩個字，你懂得嗎？」說著，露了牙齒，嘿嘿一笑。家樹輕輕說：「知道。」但是對於十萬兩個字，覺得過分一點，提筆之時，想抬頭解釋兩句。匪人向上一站，伸手一拍他的肩膀，喝道：「你就照著我的話寫，一點也改動不得！改一字添一千。」家樹不敢分辯了，只好將信寫給伯和，請伯和轉交。

當下家樹寫完信交給他們，臉上又給貼上了膏藥。那信如何送去，不得而知，只好每天在黑暗中悶著吃喝而已。一想這信不知何日到伯和手上；伯和接了信，又不知要怎樣通知叔叔？若是一猶豫，這半個月的工夫，就要延誤了。他們限期半月，只是要來人接洽，並不是要先交款，這一點，最好也不要誤解了……一人就這樣胡思亂想，度著時光。

轉眼就是十天了，家樹慢慢的和匪人也就熟識一點，知道這匪首李二疙疸，乃是由口外來的，北京近郊，卻另有內線，那個戴黑眼鏡的就是了。守住的卻是兩個人換班，一個叫胡狗子，一個叫唐得祿，聽他們的口音，都是老於此道的。因為在口北聽說樊端本有錢，有兒子在北京鄉下讀書，他們以為是好機會，所以遠道而來。家樹一想他們處心積慮，為的是和我為難，我既落到他們手心裡來了，豈肯輕易放過，這也只好聽天由命了。

有一天晚上，已經很夜深了，忽然遠遠的有一種腳步聲，跑了過來，接上有個人在屋外叫了一聲，這裡全屋的人，都驚醒了。有人說：「走了水了。他媽的！來了灰葉子了。」家樹在北方日久，也略略知道他們的黑話，灰葉子是指著兵，莫非剿匪的人來了。這一下子，也許有出險的一線希望。這時隔壁屋裡，一個帶著西北口音的人說道：「來多少，三十上下嗎？我們八個人，一個也對付他四五個，打發他們回姥姥家去。狗子！票交給你了，我們幹，快拿著傢伙。」說話的正是李二疙疸，胡狗子就答應了。接上就聽到滿屋子腳步聲，試槍機聲，裝子彈聲，搬高粱秸子、搬木器家具聲，鬧成一片。李二疙疸問道：「預備齊了沒有？狗子，你看著票。」大家又答應了一聲，呼呼而下。這時內外屋子的燈，都吹滅了。家樹只聽到那些人，全到院子裡去。接上，啪！啪！遙遙的就有幾下槍響。家樹這時心裡亂跳，身上一陣一陣的冷汗向外流，實在忍不住了，便輕輕的問道：「胡大哥……」一句話沒說完，胡狗子輕輕喝道：「別言語，下炕來，趴在地下。」家樹讓他一句話提醒，連爬帶滾，下得炕來，就伏在炕沿下。這時外面的槍聲已連續不斷，有時刷的一聲，一粒子彈，射入屋內。這屋裡一些匪人，卻像死過去了一樣，於是外面的槍聲也停止了。不到半頓飯時，這院子裡，忽然噼啪噼啪，槍向外一陣亂放。接上那李二疙疸罵道：「好小子！你們再過來。哈哈，揍！朋友，揍他媽的！」啪！啪！啪！「哎喲，誰？劉三哥掛了彩了。他媽的！是什麼揍的？打後面來。」啪！啪！啪！「打走了沒有？朋友！沉著氣。」刷！

「好小子！把我帽子揍了。」……

家樹趴在地下，只聽到槍聲罵聲，人的跑動聲，院子裡鬧成一片。自己一橫心，反正是死，想到屋子裡沒燈，於是也不徵求胡狗子的同意，就悄悄的將臉上的膏藥撕下。偷著張望時，由窗戶上射進來一些星光，看見胡狗子趴在炕上，只把頭伸在窗戶一邊張望，其餘是絕無所睹。只聽到院子外，天空裡，啪啪刷刷之聲，時斷時續。緊張一陣，又平和一陣。一會兒，進來一個人，悄悄的向胡狗子道：「風緊得很，天亮就不好辦了。咱們由後面溝裡衝出去。」說話的便是李二疙疸，只見他站在炕上，向土牆上撲了兩撲，壁子搖撼著，立刻露了一條縫。他又用手扒了幾扒，立刻有個大窟窿。他用了一根木棍子，挑了一件衣服，由窟窿裡伸出去。然後縮了進來，他輕輕的笑道：「這些渾蛋！只管堵著門，咱們不走等什麼？」他於是跑到院子裡去，又亂罵亂嚷，接上緊緊的放著槍。

就在這個時候，有兩個匪人進來，喁喁的商量了兩句，就爬出洞口。胡狗子在家樹臉上一摸，笑道：「你倒好，先撕了眼罩子了。爬過洞去，趴在地下走。」家樹雖覺得出去危險，但不容不走，只得大著膽，爬了出來；隨後胡狗子也出來了。

這裡是個小土堆，胡狗子伸手將家樹使勁一推，便滾入一條溝內；接上胡狗子也滾了下來。剛剛滾到溝裡，刷刷！頭上過去兩顆子彈。於是伏在這地溝裡的有四個人，都死過去了一般，一點不動不響。聽那屋前面，罵聲槍聲，已經不在院子裡，似乎李二疙疸衝出大門去了。伏了一會，不見動靜。家樹定了一定神，抬頭看看天上，滿天星斗，風吹著光禿的樹梢，在星光下擺動作響。那西北風帶了沙土，吹打到臉上，如利刀割人一樣。在屋裡有暖炕，不覺夜色寒冷，這時，便格外的難受了。三個匪人，聽屋前面打得正厲害，就兩個在前，一個在後，將家樹夾在中間，教他在地上爬著向前，如蛇一般的走。他們走走又昂頭探望探望，走著離開屋有三四十丈路，胡狗子吩咐家樹站起來彎著腰，拖了就跑。一口氣跑有半里之遙，這才在一叢樹下坐下。聽那前面，偶然還放一槍。

約有一個鐘頭，忽聽得前面有腳步響，胡狗子將手裡快槍瞄準著問道：「誰？」那邊答說二疙疸回來了。胡狗子放下槍，果然李二疙疸和一個匪人來了。他喘著氣道：「趁著天不亮，趕快上山。今天晚晌，算扎手，傷了三個兄弟！」另一個土匪，看見家樹罵道：「好小子！為了你，幾乎丟了吃飯的傢伙！豁出去了，毀了你吧。」說時，掏出手槍，就比了家樹的額角，接上啪噠一聲。這一槍要知道家樹還有性命也無，下回交代。

第二十二回　絕地有逢時形骸終隔　圓場念逝者啼笑皆非

卻說那匪人將手槍比著家樹的額角，只聽到啪噠一聲，原來李二疙疸在一邊看見，飛起一腳，將手槍踢到一邊去了。搶上前一步，執著他的手道：「你這是做什麼？發了瘋了嗎？」那人笑道：「我槍裡沒有了子彈，嚇唬嚇唬他，看他膽量如何。誰能把財神爺揍了！」李二疙疸道：「他那個膽量，何用得試。你要把他嚇唬死了怎麼辦？別廢話了，走吧。」於是五個匪人，輪流攙著家樹，就在黑暗中向前走。

家樹驚魂甫定，見他們又要帶著另走一個地方，不知道要到什麼地方去，心裡慌亂，腳下七高八低，就跟了他們走，約莫走了二十里路，東方漸漸發白，便有高山迎面而起。家樹正待細細的分辨四向，胡狗子卻撕下了一片小衣襟，將他的眼睛，重重包起。他扶著匪人，又走了一程，只覺得腳下，一步一步向高登著山，是不是迎面那高山，卻不知道。一會工夫，腳下感著無路，只是在斜坡上帶爬帶走，腳下常常的踏著碎石，和掛著長刺，雖然有人攙著，也是一走一跌，分明是在亂山上爬，已走的不是路了。走了許久，腳下才踏著石臺階，聽著幾個匪人推門響，繼而腳下又踏著很平正的石板，高山上哪裡有這種地方，卻不知是什麼人家？後來走到長桌邊，聞到一點陳舊的香味，這才知道是一所廟。

匪人將家樹讓在一個草堆上坐下，他們各自忙亂著，好像他們是熟地方，卻分別去預備柴火。後來他們就關上了佛殿門，弄了一些枯柴，在殿中間燒著火。五個匪人，都圍了火坐在一處，商量著暫熬過今天，明天再找地方。家樹聽到他們又要換地方，家裡人是越發不容易找了，心裡非常焦急。這天五個匪人都沒有離開，就火燒了幾回白薯吃。李二疙疸道：「財神爺，將就一天吧，明天我們就會想法子給你弄點可口的。」家樹也不和他們客氣，勉強吃了兩個白薯，只是驚慌了一夜，又跑了這些路，哪裡受得住！柴火一熏，有點暖氣，就睡著了。

家樹迷迷糊糊的就睡了一天，也不知是什麼時候，睡得正香甜的時間，忽覺自己的身子讓人一夾，那人很快的跑了幾步，就將自己放下。只聽得有人喝道：「呔！你這些毛賊，給我醒過來。我大丈夫明人不做暗事。」家樹聽那聲音，不是別人，正是關壽峰。這一喜非同小可，也顧不得什麼利害，馬上將紮住眼睛的布條向下一扯，只見秀姑也來了。她和壽峰齊齊的站在佛殿門口，殿裡燒的枯柴，還留著些搖擺不定的餘焰，照見李二疙疸和同伙都從地上草堆裡，一骨碌的爬起來。壽峰喝道：「都給我站著。你們動一動，我這裡兩管槍一齊響。」原來壽峰、秀姑各端了一支快槍，一齊拿著平直，向了那五個匪人瞄準。他們果然不動，李二疙疸垂手直立微笑道：「朋友，你們是哪一路的？有話好說，何必這樣。」壽峰道：「我們不是哪一路，不要瞎了你的狗眼！你們身邊的兩支快槍，我都借來了。你們腰裡還拴著幾支手槍，一齊交出來，我就帶著人走。」說時，將槍又舉了一舉。

李二疙疸一看情形不好，首先就在身上掏出手槍來，向地下一丟，笑道：「這不算什麼，走江湖的人，走順風的時候也有，翻船的時候也有。」接著又有兩個人，將手槍丟在地下。壽峰將槍口向裡撥著，讓他們向屋犄角上站，然後只一跳跳到屋子中間，將手槍撿了起來，全插在腰裡板帶上，復又退到殿門口，點了點頭，笑道：「我已經知道你們身上沒有了槍，可是別的傢伙，保不住還有，我得在這裡等一等了。」說著，將身上插的手槍，取出一支交給秀姑道：「你帶著樊先生先下山，這幾個人交給我了，準沒有事。」

秀姑接了手槍，將身子在家樹面前一蹲，笑道：「現在顧不得許多了，性命要緊，我背著你走吧。」家樹一想也不是謙遜之時，就伸了兩手，抱住秀姑的脖子。她將快槍夾在脅下，兩手向後，托著家樹的膝蓋，連蹦帶跑，就向前走。黑夜之間，家樹也不知經過些什麼地方，一會兒落了平地，秀姑才將家樹放下來，因道：「在這裡等一等家父吧，不要走失了。」

家樹舒了一口氣，這才覺得性命是自己的了。抬頭四望，天黑星稀，半空裡呼呼的風吹過去，冷氣向汗毛孔裡鑽進去，不由人不哆嗦起來。秀姑也抬頭看了一看天色，笑道：「樊先生，你身上冷得很厲害吧，破大襖子穿不穿？」說著，只見她將身一縱，爬到樹上去，就在樹上取下一個包袱捲，打了開來，正是三件老羊皮光套子，就拿了一件提著領，披到家樹身上。家樹道：「這地方哪有這樣東西，不是大姑娘帶來的嗎？」秀姑道：「我們爺兒倆原各有一件，又給你預備下一件，上山的時候，都繫在這樹上的。」家樹道：「難得關大叔和大姑娘想得這樣周到！教我何以為報呢？」秀姑聽了這話，卻靠了樹幹，默然不語。

四周一點沒有聲音，二人靜靜的站立一會，只聽到一陣腳步響，遠遠的壽峰問道：「你們到了嗎？」秀姑答應：「到了。」壽峰倒提著那支快槍，到了面前。家樹迎上前向壽峰跪了下去；壽峰丟了槍，兩手將他攙起來道：「小兄弟，你是個新人物，怎樣行這種舊禮？」家樹道：「大叔這大年紀，為小姪冒這大危險來相救，小姪這種感激，也不知道要由何說起！」壽峰哈哈笑道：「你別謝我，你謝老天。他怎麼會生我這一個好管閒事的人哩！」家樹便問：「何以知道這事，前來相救？」壽峰道：「你這件事，報上已經登得很熱鬧了。我一聽到，就四處來訪。我聽到我徒弟王二禿子說，甜棗林裡，有幾個到鄉下來販棗子販柿子的客人，形跡可疑。我就和我幾個徒弟，前後一訪，果然不是正路。昨夜正想下手，恰好軍隊和他們開了火，我躲在軍隊後面，替你真抓了兩把汗。後來我聽到軍隊只嚷人跑了，想你已經脫了險。一早的時候，我裝著過路，看到地溝裡有好幾處人爬的痕跡，都向著西北。我一直尋到大路上，還看到有些槍托的印子。我這就明白了，他們上了這裡的大山。這山有所玄帝廟，好久沒有和尚。我想他們不到這裡來，還上哪裡去藏躲？所以我們爺兒倆，趁著他們昨天累乏了，今天晚上好下他們的手。他們躲在這山上，作夢也不會想到有人算計他們，就讓我便便易易的將你救出來了。不然我爺兒倆，可沒有槍，只帶了兩把刀，真不好辦呢！」說畢，哈哈一笑。

這時，遠遠的有幾聲雞啼。關壽峰道：「天快亮了，我們走吧。老在這裡，仔細賊跟下來。這兩根長槍，帶著走可惹人注意，我們把它毀了，扔在深井裡去吧。」於是將子彈取下，倒拿了槍，在石頭上一頓亂砸，兩支槍都砸了。壽峰一齊送到路旁一口井邊，順手向裡一拋，口裡還說道：「得！省得留著害人。」於是他父女披上老羊裘，和家樹向大路上走去。

約走了有二三里路，漸漸東方發亮，忽聽到後面一陣腳步亂響，似乎有好幾個人追了來。壽峰站住一聽，便對秀姑道：「是他們追來了，你引著樊先生先走，我來對付他們。」說著，見路邊有高土墩，掏出兩支手槍，便蹲了身子，隱在土墩後。不料那追來的幾個人，並不顧慮，一直追到身前。他們看見面前有個土堆，似乎知道人藏在後面，就站定了嚷道：「朋友，你拿去的手槍，可沒有子彈；你快把槍扔了，我們不怕你了。我們現在也沒帶槍，是好漢，你出來給我們比一比。」壽峰聽了這話，將手槍對天空放了一下，果然沒有子彈。本想走出來，又怕匪人有槍彈，倒上了他的當，且不作聲，看他們怎麼樣。只在這時，早有一個人跳上土墩，直撲了過來。壽峰見他手上，明晃晃拿著一把刀，不用說，真是沒有槍。於是將手槍一扔，笑道：「來得正好。」身子一偏，向後一蹲一伸，就撈住了那人一條腿，那人啪咤一聲倒在地下。壽峰一腳踢開了他手上的刀，然後抓住他一隻手，舉了起來，向對面一扔，笑道：「飯桶！去你的吧。」兩個匪人正待向前，被扔過去的人一撞，三個人滾作一團。

這時，壽峰在朦朧的曉色裡，看見後面還站著兩個人，並沒有槍，這就不怕了。走上前一笑道：「就憑你這幾個角色，想來搶人？回去吧，別來送死！」有個人道：「老頭子，你姓什麼？你沒打聽我李二疙疸不是好惹的嗎？」壽峰說：「不知道。」李二疙疸見他直立，不敢上前。另一個匪人，手上舉了棍子，不管好歹，劈頭砍來。壽峰並不躲閃，只將右手抬起一隔，那棍子碰在胳膊上，一彈，直飛入半空裡去。那人「哎喲」了一聲，身子一晃，向前一撲。壽峰把腿一掃，他就滾在地上。先兩個被撞在地上的，這時一齊過來，都讓壽峰一閃一掃一推，再滾了下去。

李二疙疸見壽峰厲害，站在老遠的道：「朋友！我今天算栽了跟斗，認識你了。」說畢，轉身便走。約莫走有四五步，回身一揚手，一樣東西，向壽峰頭上直射過來。壽峰將右手食指中指向上一伸，只一夾，將那東西夾住，原來是一只鋼鏢。剛一看清，李二疙疸第二只又來，壽峰再舉左手兩個指頭，又夾住了。李二疙疸連拋來幾只鋼鏢，壽峰手上就像有吸鐵石一樣，完全都吸到手上，夾一只，扔一只，夾到最後一只，壽峰笑道：「這種東西，你身上帶有多少？乾脆一齊扔了來吧。你扔完了，可就該輪著我來了。」說畢，將手一揚。李二疙疸怕他真扔出來，撒腿就跑。壽峰笑道：「我要進城去，沒工夫和你們算賬，便宜了你這小子！」說畢，撿起兩支手槍，也就轉身走了。秀姑和家樹在一旁高坡下迎出來，笑道：「我聽到他們沒動槍，知道不是你的對手，我就沒上前了。」於是三人帶說帶走，約莫走了十幾里路，上了一個集鎮。這裡有到北京的長途汽車，三人就搭了長途汽車進城。

到了城裡，壽峰早將皮裘、武器作了一捲，交給秀姑，吩咐她回家，卻親自送家樹到陶伯和家來。家樹在路上問道：「大叔原來還住在北京城裡，在什麼地方呢？」壽峰笑道：「過後自知，現在且不必問。」

二人雇了人力車，乘到陶家，正有樊端本一個聽差在門口，一見家樹，轉身就向裡嚷道：「好了，好了，姪少爺回來了！」家樹走到內院時，伯和夫婦和他叔叔都迎了出來。伯和上前一步，執著他的手道：「我們早派人和前途接洽多次，怎麼沒交款，人就出來了呢？」家樹道：「一言難盡！我先介紹這位救命大恩人。」於是把關壽峰向大家介紹著，同到客廳裡，將被救的事說了一遍。樊端本究竟是閱世很深的人，看到壽峰精神矍鑠，氣宇軒昂，果然是位豪俠人物。走上前，向他深深三個大揖，笑道：「大恩不言報，我只是心感，不說虛套了。」壽峰道：「樊監督！你有所不知，我和令姪，是好朋友。朋友有了患難，有個不相共的嗎？你不說虛套，那就好。」劉福這時正在一邊遞茶，壽峰一摸鬍子，向他笑道：「朋友，你們表少爺，交我這老頭子，沒有吃虧吧？你別瞧在天橋混飯吃的，九流三教，什麼都有，可是也不少夠朋友的！以後沒事，咱們鬧兩壺談談，你準會知道練把式的，敢情也不錯。」劉福羞了一大通紅的臉，不敢說什麼，自退去了。

當下壽峰拱拱手道：「大家再會。」起身就向外走。家樹追到大門口，問道：「大叔，你府上在哪裡？我也好去看你啊！」壽峰笑道：「我倒忘了，大喜胡同你從前住的所在，就是我家了。」說畢，笑嘻嘻的而去，家樹回家，又談起往事，才知道叔叔為贖票而來。已出價到五萬，事被軍隊知道，所以有一場夜戰。說到關壽峰父女，大家都嗟賞不已，樊端本還非和他換帖不可。這日家樹洗澡理髮，忙亂一陣，便早早休息了。

次日早上，家樹向大喜胡同來看壽峰。不料颳了半夜北風，便已飄飄蕩蕩，下了一場早雪。走上大街一看，那雪都有一尺來深，南北遙遙，只是一片白。天上的雪片，正下得緊，白色的屋宇街道，更讓白色的雪片，垂著白絡，隱隱的罩著，因之一切都在朦朧的白霧裡。家樹坐了車子，在寒冷的白霧裡，穿過了幾條街道，不覺已是大喜胡同。也不知道什麼緣故，一進這胡同，便受著奇異的感覺，又是歡喜，又是淒慘。自己原將大衣領子拉起來擋著臉，現在把領子放下，雪花亂撲在臉上，也不覺得冷。

這時，忽然有人喊道：「這不是樊大爺？」說著，一個人由車後面追上前來。家樹看時，卻是沈三玄。他穿著一件灰布棉袍子，橫一條，直一條，都是些油汙黑跡，頭上戴的小瓜皮帽，成了膏藥一樣，沾了不少的雪花。他縮了脖子，倒提一把三弦子，噴著兩鼻孔熱氣，追了上來，手扶著車子。家樹跳下車來，給了車錢，便問道：「你怎麼還是這副情形，你的家呢？」沈三玄不覺蹲了一蹲，給家樹請了個半腿兒安，哭喪著臉道：「我真不好意思再見你啦。老劉一死，我們什麼都完了。關大叔真仗義，他聽到大夫說，鳳喜的病，要見她心裡願意的事，願意的人，時時刻刻在面前逗引著，或者會慢慢醒過來。恰好這裡原住的房子又空著，他出了錢，就讓我們搬回來……」家樹不等他說完，便問道：「鳳喜什麼病？怎麼樣子？」沈三玄道：「從前她是整天的哭。看見穿制服的人，不問是大兵，是巡警，或者是郵差，就說是來槍斃她的，哭得更厲害。搬到大喜胡同來了，倒是不哭，又老是傻笑。除了她媽，什麼人也不認得，大夫說她沒有什麼記憶力了。這大的雪，你到家裡坐吧。」說著，引著家樹上前。

沒多遠，家樹便見到了熟識的小紅門。白雪中那兩扇小紅門，格外觸目。只是牆裡兩棵槐樹，只剩杈杈椏椏的白幹，不似以前綠葉蔭森了。那門半掩著，家樹只一推，就像身子觸了電一樣，渾身麻木起來。首先看到的，便是滿地深雪，一個穿黑布褲紅短襖子的女郎，站在雪地裡，靠了槐樹站住，兩隻腳已深埋在雪裡。她是背著門立住的，看她那蓬蓬的短髮上，灑了許多的雪花；腳下有一只大碗，反蓋在雪上，碗邊有許多雪塊，又圓又扁，高高的壘著，倒像銀幣，那正是用碗底印的了。——北京有些小孩子們，在雪天喜歡這樣印假洋錢玩的。有人在裡面喊道：「孩子，你進來吧。一會兒樊大爺就來了，我怕你鬧，又不敢拉你，凍了怎麼好呢？」因為聽見門響，那女郎突然回過臉來，家樹一看，正是鳳喜，只見她臉色白如紙，又更瘦削了。

沈三玄上前道：「姑娘，你瞧，樊大爺真來了。」只這一聲，沈大娘和壽峰父女，全由屋裡跑了出來。秀姑在雪地裡牽著鳳喜的手，引她到家樹面前，問道：「大妹子，你看看這是誰？」鳳喜略偏著頭，對家樹呆望著，微微一笑，又搖搖頭。家樹見她眼光一點神也沒有，又是這副情形，什麼怨恨也忘了。便對了她問道：「你不認得我了嗎？你只細細想想看。」於是拉了她的手，大家一路進屋來。

家樹見屋裡的布置，大概如前，自己那一張大相片，還微笑的掛著，只是中間有幾條裂縫，似乎是撕破了，重新拼攏的了。屋子中間，放了一個白煤爐子。鳳喜伸了一雙光手，在火上烘著，偏了頭，只是看家樹。看的時候，總是笑吟吟的。家樹又道：「你真不認得我了嗎？」她忽然跑過來，笑道：「你們又拿相片兒冤我，可是相片兒不能夠說話啊！讓我摸摸看。」於是站在家樹當面，先摸了一摸他周身的輪廓，又摸著他的手，又摸著他的臉。鳳喜摸的時候，大家看她癡得可憐，都呆呆的望著她。家樹一直等她摸完了，才道：「你明白了嗎？我是真正的一個人，不是相片啦。相片在牆上不是？」說著一指。鳳喜看看相片，看看人，笑容收起來，眼睛望了家樹，有點轉動，閉上眼，將手扶著頭，想了一想，復又睜開眼來點點頭道：「我……我……記……記起來了，你是大爺。不是夢！不是夢！」說時，手抖顫著，連說不是夢，不是夢，接上，渾身也抖顫起來。望了家樹有四五分鐘，哇的一聲，哭將起來。沈大娘連忙跑了過來，將她攙著道：「孩子！孩子！你怎麼了？」鳳喜哭道：「我哪有臉見大爺呀！」說著，向床上趴了睡著，更放聲大哭起來。

家樹看了這情形，一句話說不得，只是呆坐在一邊。壽峰摸著鬍子道：「她或者明白過來了，索性讓她躺著，慢慢的醒吧！」於是將鳳喜鞋子脫了，讓她和衣在床上躺下，大家都讓到外面屋子裡來坐。其間沈大娘、沈三玄一味的懺悔；壽峰一味的寬解；秀姑常常微笑；家樹只是沉思，卻一言不發。壽峰知道家樹沒有吃飯，掏出兩塊錢來，叫沈三玄買了些酒菜，約著圍爐賞雪。家樹也不推辭，就留在這裡。

大家在外面坐時，鳳喜先是哭了一會，隨後昏昏沉沉睡過去了。等到大家吃過飯時，鳳喜卻在裡面呻吟不已。沈大娘為了她卻進進出出好幾回，出來一次，卻看家樹臉色一次。家樹到了這屋裡，前塵影事，一一兜上心來，待著是如坐針氈，走了又覺有些不忍。壽峰和他談話，他就談兩句；壽峰不談話，他就默然的坐著。這時他皺了眉，端了一杯酒，只用嘴唇一點一點的呷著，彷彿聽到鳳喜微微的喊著樊大爺。壽峰笑道：「老弟，無論什麼事，一肚皮包容下去。她到了這種地步，你還計較她嗎？她叫著你，你進去瞧瞧她吧。」家樹道：「那末，我們大家進去瞧瞧吧。」

當下沈大娘將門簾掛起，於是大家都進來了。只見鳳喜將被蓋了下半截，將兩隻大紅袖子露了出來，那一張白而瘦的臉，現時卻在兩頰上露出兩塊大紅暈，那一頭的蓬頭髮，更是散了滿枕。她看見家樹，那一張掩在蓬蓬亂髮下的小臉，微點了一點，手半抬起來，招了一招，又指了一指床。家樹會意，走近前一步，要在床沿上坐下；回頭一看有這些人，就在鳳喜床頭邊一張椅子上坐下。秀姑環了一隻手，正靠在這椅子背上呢。鳳喜將身子挪一挪，伸手握著了家樹的手道：「這是真的，這不是夢！」說著，露齒一笑道：「哈哈！我夢見許多洋錢，我夢見坐汽車，我夢見住洋樓。……呀！他要把我摔下樓，關大姊救我！救我！」說著，兩手撐了身子，從床上要向上一坐；然而她的氣力不夠，只昂起頭來，兩手撐不住，便向下一倒。沈大娘搖頭道：「她又糊塗了，她又糊塗了。哎！這可怎麼好呢？我空歡喜了一陣子了。」說著便流下淚來。壽峰也因為信了大夫的主意，鳳喜一步一步有些轉頭的希望了；而今她不但不見好，連身體都更覺得衰弱。站在身後，摸著鬍子點了一點頭道：「這孩子可憐！」

家樹剛才讓鳳喜的手摸著，只覺滾熱異常，如今見大家都替她可憐，也就作聲不得，大家都寂然了。只聽到一陣呼嚕呼嚕的風過去，沙沙沙，撲了一窗子的碎雪。陰暗的屋子裡，那一爐子煤火，又漸漸的無光了，便覺得加倍的淒慘。外面屋子裡，吃到半殘的酒菜，兀自擺著，也無人過問了。再看鳳喜時，閉了眼睛，口裡不住的說道：「這不是夢，這不是夢！」家樹道：「我來的時候，她還是好好的。這樣子，倒是我害了她了。索性請大夫來瞧瞧吧。」沈大娘道：「那可是好，只是大夫出診的錢，聽說是十塊……」家樹道：「那不要緊，我自然給他。」

大家商議了一陣，就讓沈三玄去請那普救醫院的大夫。沈大娘去收拾碗筷。關氏父女和家樹三人，看守著病人。家樹坐到一邊，兩腳踏在爐上烤火，用火筷子不住的撥著黑煤球。壽峰背了兩手，在屋子裡走來走去，點點頭，又歎歎氣。秀姑側身坐在床沿上，給鳳喜理一理頭髮，又給她牽一牽被，又給她按按脈，也不作聲。因之一屋三個人，都很沉寂。鳳喜又睡著了……

約有一個鐘頭，門口汽車喇叭響，家樹料是大夫到了，便迎出來。來的大夫，正是從前治鳳喜病的。他走進來，看看屋子，又看看家樹，便問道：「劉太太家是這裡嗎？」家樹聽了「劉太太」三個字，覺得異常刺耳，便道：「這是她娘家。」那大夫點著頭，跟了家樹進屋。不料這一聲喇叭響，驚動了鳳喜，在床上要爬起來，又不能起身，只是亂滾，口裡嚷道：「鞭子抽傷了我，就拿汽車送我上醫院嗎？大兵又來拖我了，我不去，我不去！」關氏父女，因大夫進來，便上前將她按住，讓大夫診了一診脈。大夫給她打了一針，說是給她退熱安神的，便搖著頭走到外邊屋子來，問了一問經過，因見家樹衣服不同，猜是劉將軍家的人，便道：「我從前以為劉太太症不十分重，把環境給她轉過來，惡印象慢慢去掉，也許好了。現在她的病突然加重，家裡人恐怕不容易侍候，最好是送到瘋人院去吧。」說著又向屋子四周看了一看，因道：「那是官立的，可以不取費的，請你先生和家主商量吧。精神病，是不能用藥治的。要不然，在這種設備簡單的家庭，恐怕……」說著，他淡笑了一笑。家樹看他坐也不肯坐，當然是要走了，便問：「送到瘋人院去，什麼時候能好？」大夫搖頭道：「那難說，也許一輩子……但是她或者不至於。好在家中人若不願意她在裡面，也可以接出來。」家樹也不忍多問了，便付了出診費，讓大夫走了。

沈大娘垂淚道：「我讓這孩子拖累得不得了。若有養病的地方，就送她去吧。我只剩一條身子，哪怕去幫人家呢，也好過活了。」家樹看鳳喜的病突然有變，也覺家裡養不得病，設若家裡人看護不周，真許她會鬧出什麼意外，只是怕沈大娘不答應，也就不能硬作主張；現在她先聲明要把鳳喜送到瘋人院去，那倒很好，就答應願補助瘋人院的用費，明天叫瘋人院用病人車來接鳳喜。

當大家把這件事商量了個段落之後，沈大娘已將白爐子新添了一爐紅火進來。她端了個方凳子，遠遠的離了火坐著，十指交叉，放在懷裡，只管望了火，垂下淚來道：「以後我剩一個孤鬼了！這孩子活著像……」連忙抄起衣襟捂了嘴，肩膀顫動著，只管哽咽。秀姑道：「大嬸，你別傷心。要不，你跟我們到鄉下過去。」壽峰道：「你是傻話了。人家一塊肉放在北京城裡呢，丟得開嗎？」

家樹萬感在心，今天除非不得已，總是低頭不說話。這時，忽然走近一步，握著壽峰的手道：「大叔，我問了好幾次了，你總不肯將住所告訴我。現在我有一個兩全的辦法，不知道你容納不容納？」壽峰摸了鬍子道：「我們也並不兩缺呀，要什麼兩全呢？」家樹被他一駁，倒愣住了不能說了。壽峰將他的手握著，搖了兩搖道：「你的意思我明白了。什麼辦法呢？」家樹偷眼看了看秀姑，見她端了一杯熱茶，喝一口，微微「呵」一聲，似乎喝得很痛快。因道：「我們學校裡，要請國術教師，始終沒有請著，我想介紹大叔去。我們學校，也是鄉下，附近有的是民房，你就可以住在那裡。而且我們那裡有附屬平民的中小學，大姑娘也可以讀書。將來我畢了業，我還可以陪大叔國裡國外，大大的遊歷一趟。」說著，偷眼看秀姑。秀姑卻望著她父親微笑道：「我還念書當學生去，這倒好，八十歲學吹鼓手啦。」壽峰點點頭道：「你這意思很好。過兩天，天氣晴得暖和了，你到西山『環翠園』我家裡去仔細商量吧。」家樹不料壽峰毫不躊躇，就答應了，卻是苦悶中的一喜，因道：「大叔家裡就住在那裡嗎？這名字真雅！」壽峰道：「那也是原來的名字罷了。」

沈三玄在屋裡進進出出，找不著一個搭言的機會，這時聽壽峰說到「環翠園」，便插嘴道：「這地方很好，我也去過哩。」他說著，也沒有誰理他。他又道：「樊大爺，你還念書呀！你隨便就可弄個差事了，你叔老太爺不是很闊嗎？你若是肯提拔提拔我，要不……嘿嘿……給我薦個事，賞碗飯吃。」家樹見他的樣子，就不免煩惱，聽了這話，加倍的不入耳，突然站起來，望著他道：「你們的親戚，比我叔叔闊多著呢！」只說了這兩句，坐下來望著他，又作聲不得。壽峰道：「嗳！老弟，你為什麼和他一般見識？三玄，你還不出去呀！」沈三玄垂了頭，出屋子去了。

這時，沈大娘正想有番話要說，見壽峰一開口，又默然了。壽峰道：「好大雪！我們找個賞雪的地方，喝兩盅去吧。」家樹也真坐不住了，便穿了大衣起身。正要走時，卻聽到微微有歌曲之聲，仔細聽時，卻是「……忽聽得孤雁一聲叫，叫得人真個魂銷呀，可憐奴的天啦，天啦！郎是個有情的人，如何……」這正是鳳喜唱著四季相思的秋季一段，淒楚婉轉，還是當日教她唱的那種音韻，不覺呆了。壽峰道：「你想什麼？」家樹道：「我的帽子呢？」壽峰道：「你的帽子，不是在你頭上嗎？你真也有些精神恍惚了。」家樹一摸，這才恍然，未免有些不好意思，馬上就跟了壽峰走去。

二人在中華門外，找了一家羊肉館子，對著皇城裡那一片瓊樓玉宇，玉樹瓊花，痛飲了幾杯。喝酒的時間，家樹又提到請壽峰就國術教師的事。壽峰道：「老弟，我答應了你，是冤了你；不答應你，是埋沒了你的好意。我告訴你說，我是為沈家姑娘，才在大喜胡同借住幾天，將來你到我家裡去看看，你就明白了。」家樹見老頭子不肯就，也不多說。壽峰又道：「咱們都有心事，悶酒能傷人，八成兒就夠，別再喝了。你精神不大好，回家去休息吧。醫院的事，你交給我了，明天上午，大喜胡同會。」家樹真覺身子支持不住，便作別回家。

到了次日，天色已晴，北方的冬雪，落下來是不容易化的。家樹起來之後，便要出門，伯和說：「吃了半個多月苦，休息休息吧。滿城是雪，你往哪裡跑呢？」家樹不便當了他們的面走，只好忍耐著；等到不留神，然後才上大喜胡同來。老遠的就看見醫院裡一輛接病人的廂車，停在沈家門口。走進她家門，沈大娘扶著樹，站在殘雪邊，哭得涕淚橫流，只是微微的哽咽著，張了嘴不出聲，也收不攏來。秀姑兩個眼圈兒紅紅的跑了出來，輕輕的道：「大嬸，她快出來了，你別哭呀！」沈大娘將衣襟掀起，極力的擦乾眼淚，這才道：「大爺，你來得正好，不枉你們好一場！你送送她吧。這不就是送她進棺材嗎？」說著，又哽咽起來。秀姑擦著淚道：「你別哭呀！快點讓她上車，回頭她的脾氣犯了，可又不好辦。」家樹見她這樣，也為之黯然，站在一邊移動不得。壽峰在裡面喊道：「大嫂！你進來攙一攙她吧。」沈大娘在外面屋子裡，用冷手巾擦了一把臉，然後進屋去。

不多一會兒，只見壽峰橫側身子，兩手將鳳喜抄住，一路走了出來。鳳喜的頭髮，已是梳得油光，臉上還撲了一點胭脂粉，身上卻將一件紫色緞夾衫罩在棉袍上，下面穿了長筒絲襪，又是一雙單鞋。沈大娘並排走著，也攙了她一隻手，她微笑道：「你們怎麼不換一件衣裳？箱子裡有的是，別省錢啦。」她臉上雖有笑容，但是眼光是直射的。出得院來，看見家樹，卻呆視著，笑道：「走呀，我們聽戲去呀！

車在門口等著呢。」望了一會，忽然很驚訝的，將手一指道：「他，他，他是誰？」壽峰怕她又鬧起來，夾了她便走，連道：「好戲快上場了。」鳳喜走到大門邊，忽然死命的站住，嚷道：「別忙，別忙！這地下是什麼？是白麵呢，是銀子呢？」沈大娘道：「孩子，你不知道嗎？這是下雪。」她這樣一耽誤，家樹就走上前了，鳳喜笑道：「七月天下雪，不能夠！我記起來了，這是做夢。夢見樊大爺，夢見下白麵。」說著，對家樹道：「大爺，你別嚇唬我，相片不是我撕的……」說著，臉色一變，要哭起來。

汽車上的院役，只管向壽峰招手，意思叫他們快上車。壽峰又一使勁，便將鳳喜抱進了車廂。卻只有沈大娘一人跟上車去，她伸出一隻手來，向外亂招。院役將她的手一推，砰的一聲關住了車門。車廂上有個小玻璃窗，鳳喜卻扒著窗戶向外看，頭髮又散亂了，衣領也歪了，卻只管對著門口送的人笑道：「聽戲去，聽戲去……」地上雪花亂滾，車子便開走了。

關氏父女、沈三玄和家樹同站在門口，都作聲不得。家樹望了門口兩道很寬的車轍，印在凍雪上，歎了一口氣，只管低著頭抬不起來。壽峰拍了他的肩膀道：「老弟，你回去吧，五天後，西山見。」家樹回頭看秀姑時，她也點頭道：「再見吧。」

這裡家樹點了一點頭，正待要走，沈三玄滿臉堆下笑來，向家樹請了一個安道：「過兩天我到陶公館裡和大爺問安去，行嗎？」家樹隨在身上掏了幾張鈔票，向他手上一塞，板著臉道：「以後我們彼此不認識。」回頭對壽峰道：「我五天後準到。」掉轉身便走了。這時地下的凍雪，本是結實的，讓行人車馬一踏，又更光滑了。家樹只走兩步，噗的一聲，便跌在雪裡。壽峰趕上前來，問怎麼了。家樹站起來，說是路滑。撲了一撲身上的碎雪，兩手抄了一抄大衣領子，還向前走。也不知道什麼緣故，也不過再走了七八步，腳一滑，人又向深雪裡一滾。秀姑「喲」了一聲，跑上前來，正待彎腰扶他，見他已爬起來，便縮了手。家樹站起來，將手扶著頭，皺眉頭道：「我是頭暈吧，怎麼連跌兩回呢？」這時，恰好有兩輛人力車過來，秀姑都雇了，對家樹笑道：「我送你到家門口吧。」壽峰點點頭道：「好，我在這裡等你。」家樹口裡連說「不敢當」，卻也不十分堅拒，二人一同上車。家樹車在前，秀姑車在後，路上和秀姑說幾句話，她也答應著。後來兩輛車，慢慢離遠，及至進了自己胡同口時，後面的車子，不曾轉過來，竟自去了。

家樹回得家去，便倒在一張沙發上躺下，也不知心裡是爽快，也不知心裡是悲慘，只推身子不舒服，就只管睡著。因為樊端本明天一早要回任去，勉強起來，陪著吃了一餐晚飯，便早睡了。

次日，家樹等樊端本走了，自己也回學校去，師友們見了，少不得又有一番慰問。及至聽說家樹是壽峰、秀姑救出來的，都說要見一見，最好就請壽峰來當國術教師。家樹見同學們倒先提議了，正中下懷。到了第五天的日子，坐了一輛汽車，繞著大道直向西山而來。

到了「碧雲寺」附近，家樹向鄉民一打聽，果然有個「環翠園」，而且園門口有直達的馬路，就叫汽車夫一直開向「環翠園」。及至汽車停了，家樹下車一看，不覺吃了一驚。這裡環著山麓，一周短牆，有一個小花園在內，很精緻的一幢洋樓，迎面而起。家樹一人自言自語道：「不對吧。他們怎麼會住在這裡？」心裡猶豫著，卻儘管對那幢洋樓出神。在門左邊看看，在門右邊又看看，正是進退莫定的時候，忽然看見秀姑由樓下走廊子上跳了下來，一面向前走，一面笑著向家樹招手道：「進來啊！怎麼望著呢？」家樹向來不曾見秀姑有這樣活潑的樣子，這倒令人吃一驚了，因迎上前去問道：「大叔呢？」秀姑笑道：「他一會兒就來的，請裡面坐吧。」說著，她在前面引路，進了那洋樓下，就引到一個客廳去。

這裡陳設得極華麗，兩個相連的客廳，一邊是紫檀雕花的家具，配著中國古董；一邊卻是西洋陳設和絨面沙發。家樹心想：小說上常形容一個豪俠人物家裡，如何富等王侯，果然不錯！心裡想著，只管四面張望，正待去看那面字畫上的上款，秀姑卻伸手一攔，笑道：「就請在這邊坐。」家樹哪裡見她這樣隨便的談笑，更是出於意外了。笑道：「難道這還有什麼秘密嗎？」秀姑道：「自然是有的。」家樹道：「這就是府上嗎？」秀姑聽到，不由格格一笑，點頭道：「請你等一等，我再告訴你。」這時，有一個聽差送茶來，秀姑望了他一望，似乎是打個什麼招呼，接上便道：「樊先生，我們上樓去坐坐吧。」

家樹這時已不知到了什麼地方，且自由她擺布，便一路上樓去。

到了樓上，卻在一個書室裡坐著。書室後面，是個圓門，垂著雙幅黃幔，這裡更雅致了。黃幔裡彷彿是個小佛堂，有好些掛著的佛像，和供著的佛龕。家樹正待一探頭看去，秀姑嚷了一聲：「客來了！」黃幔一動，一個穿灰布旗袍的女子，臉色黃黃的，由裡面出來。兩人一見，彼此都吃驚向後一縮，原來那女子卻是何麗娜。她先笑著點頭道：「樊先生好哇。關姑娘只說有個人要介紹我見一見，卻不料是你！」家樹一時不能答話，只「呀」了一聲，望著秀姑道：「這倒奇了。二位怎麼會在此地會面？」秀姑微笑道：「樊先生何必奇怪！說起來，這還得多謝你在公園裡給咱們那一番介紹。我搬出了城，也住在這裡近邊，和何小姐成了鄰鄰。有一天，我走這園子門口，遇到何小姐，我們就來往起來了。她說，搬到鄉下來住，要永不進城了。對人說，可說是出了洋哩！我們這要算是在『外國相會』了。」說著，又吟吟微笑。

家樹聽她說畢，恍然大悟。此處是何總長的西山別墅，倒又入了關氏父女的圈套了。對著何麗娜，又不便說什麼，只好含糊著道：「恕我來得冒昧了。」何麗娜雖有十二分不滿家樹，然而滿地的雪，人家既然親自登門，應當極端原諒，因之也不追究他怎樣來的，免得他難為情，就很客氣的，讓他和秀姑在書房裡坐下，笑問道：「什麼時候由天津回來的？」家樹隨答：「也不多久呢。」問：「陶先生好？」答：「他很好。」問：「陶太太好？」答：「她也好。」問：「前幾天這裡大雪，北京城裡雪也大嗎？」家樹道：「很大的。」問到這裡，何麗娜無甚可問了，便按鈴叫聽差倒茶。聽差將茶送過了，何麗娜才想起一事，向秀姑笑道：「令尊大人呢？」秀姑將窗幔掀起一角，向樓下指道：「那不是？」家樹看時，見圍牆外，有兩匹驢子，一隻駱駝。駱駝身上，堆了幾件行李，壽峰正趕著牲口到門口呢。家樹道：「這是做什麼？」秀姑又一指道：「你瞧，那叢樹下，一幢小屋，那就是我家了。這不是離何小姐這裡很近嗎？可是今天，我們爺兒倆就辭了那家，要回山東原籍了。」家樹道：「不能吧？」只說了這三字，卻接不下去。秀姑卻不理會，笑道：「二位，送送我哇！」說了，起身便下樓。

何麗娜和家樹一齊下樓，跟到園門口來。壽峰手上拿了小鞭子，和家樹笑著拱了拱手道：「你又是意外之事吧？我們再會了，我們再會了！」何麗娜緊緊握了秀姑的手，低著聲道：「關姑娘，到今日，我才能完全知道你。你真不愧……」秀姑連連搖手道：「我早和你說過，不要客氣的。」說時，她撒開何麗娜的手，將一匹驢子的韁繩，理了一理。壽峰已是牽一匹驢子在手，家樹在壽峰面前站了許久，才道：「我送你一程，行不行？」壽峰道：「可以的。」秀姑對何麗娜笑著道了一聲「保重」，牽了一匹驢子和那匹駱駝先去。家樹隨著壽峰也慢慢走上大道，因道：「大叔，我知道你是行蹤無定的，誰也留不住。可不知道我們還能會面嗎？」壽峰笑道：「人生也有再相逢的，你還不明白嗎？只可惜我為你盡力，兩分只盡了一分罷了。天氣冷，別送了。」說著，和秀姑各上驢背，加上一鞭，便得得順道而去。秀姑在驢上先回頭望了兩望，約跑出幾十丈路，又帶了驢子轉來，一直走到家樹身邊，笑道：「真的，你別送了，仔細中了寒。」說畢，一掉驢頭，飛馳而去。卻有一樣東西，由她懷裡取出，拋在家樹腳下。家樹連忙撿起看時，是個紙包，打開紙包，有一縷烏而且細的頭髮，又是一張秀姑自己的半身相片，正面無字，翻過反面一看，有兩行字道：「何小姐說，你不贊成後半截的十三妹。你的良心好，眼光也好，留此作個紀念吧！」家樹念了兩遍，猛然省悟，抬起頭來，她父女已影蹤全無了。對著那斜陽偏照的大路，不覺灑下幾點淚來。

這裡家樹心裡正感到淒愴，卻不防身後有人道：「這爺兒倆真好，我也捨不得啊！」回頭看時，卻是何麗娜追來了。她笑道：「樊先生，能不能到我們那裡去坐坐呢？」家樹連忙將紙包向身上一塞，說道：「我要先到西山飯店去開個房間，回頭再來暢談吧。」何麗娜道：「那末，你今天不回城了，在我舍下吃晚飯好嗎？」家樹不便不答應，便說：「準到。」於是別了何麗娜，步行到西山飯店，開了一個窗子向外的樓房，一人坐在窗下，看看相片，又看看大路，又看看那一縷青絲。只管想著：這種人的行為真猜不透，究竟是有情是無情呢？照相片上的題字說，當然她是個獨身主義者；照這一縷頭髮說，舊式的女子豈肯輕易送人的！就她未曾剪髮，何等寶貴頭髮，用這個送我，交情之深，更不必說了。可是她一拉我和鳳喜復合，二拉我和麗娜相會，又決不是自謀的人。越想越猜不出個道理來，只管呆坐著。到了天色昏黑，何麗娜派聽差帶了一乘山轎來，說是汽車夫讓他休息去了，請你坐轎子去吃飯。家樹也是盛意難卻，便放下東西，到何麗娜處來。

這時，何家別墅的樓下客廳，已點了一盞小汽油燈，照得如白晝一般。家樹剛一進門，脫下大衣，何麗娜便迎上前來，代聽差接著大衣和帽子。一見帽子上有許多雪花，便道：「又下雪了嗎？這是我大意了。這裡的轎子，是個名目，其實是兩根杠子，抬一把椅子罷了。讓你吹一身雪，受著寒。該讓汽車接你才好。」家樹笑道：「沒關係，沒關係。」說著搓了搓手，便靠近爐子坐著。爐子裡烘烘的響，火勢正旺，一室暖氣如春。客廳裡桌上茶几上，擺了許多晚菊和早梅的盆景，另外還有秋海棠和千樣蓮之屬，正自欣欣向榮。家樹只管看著花，先坐了看，轉身又站起來看。何麗娜道：「這花有什麼好看的嗎？」便也走了過來。家樹見她臉上已薄施脂粉，不是初見那樣黃黃的了，因道：「屋外下雪，屋裡有鮮花，我很佩服北京花兒匠技巧。」何麗娜見他說著，目光仍是在花上，自己也覺得羞答答的，便道：「請你喝杯熱茶，就吃飯吧。」說著，親自端了一杯熱茶給他。家樹剛一接茶杯，便有一陣花香，正是新沏的玫瑰茶呢。

在家樹正喝著茶的當兒，何麗娜已同一個女僕，在一張圓桌上，相對陳設兩副筷碟。接著送上菜來，只是四碗四碟，都是素的。一邊放下一碗白飯，也沒有酒。最特別的，兩個銀燭臺，點著一雙大紅洋蠟燭，放在上方。何麗娜笑道：「鄉居就是一樣不好，沒有電燈。」家樹倒也沒注意她的解釋，便將拿在手上出神的茶杯放了，和她對面坐下吃飯。何麗娜將筷子撥了一撥碗裡菜，笑道：「對不住，全是素菜，不過都是我親手做的。」家樹道：「那真不敢當了。」何麗娜等他吃了幾樣菜，便問：「口味怎樣？」家樹說：「好。」何麗娜道：「蔬菜吃慣了，那是很好的。我一到西山來，就吃素了。」說著，望了家樹，看他怎樣問話。他不問，卻贊成道：「吃素我也贊成，那是很衛生的呀。」何麗娜見他並不問所以然，也只得算了。

一時飯畢，女僕送來手巾，又收了碗筷。此刻，桌上單剩兩支紅燭。何麗娜和家樹對面在沙發上坐下，各端了一杯熱氣騰騰的玫瑰茶，慢慢呷著。何麗娜望了茶几上的一盆紅梅，問道：「你以為我吃素是為了衛生嗎？你都不知道，別人就更不知道了。」家樹停了一停，才「哦」了一聲道：「是了，密斯何現在學佛了。一個在黃金時代的青年，為什麼這樣消極呢？」何麗娜抿嘴一笑，放下了茶杯，因走到屋旁話匣子邊，開了匣子，一面在一個櫥屜裡取出話片來放上，一面笑道：「為什麼呢，你難道一點不明白嗎？」她並不曾注意是什麼片子，一唱起來，卻是一段黛玉悲秋的大鼓書。家樹一聽到那「清清冷冷的瀟湘院，一陣陣的西風吹動了綠紗窗」，不覺手上的茶杯子向下一落，「啊呀」了一聲。所幸落在地毯上，沒有打碎，只潑出去了一杯熱茶。何麗娜將話匣子停住，連問：「怎麼了？」家樹從從容容撿起茶杯來，笑道：「我怕這淒涼的調子……」何麗娜笑道：「那麼，我換一段你愛聽的吧。」說著，便換了一張片子了。

原來那片子有一大段道白，有一句是「你們就對著這紅燭磕三個頭」，這正是能仁寺十三妹的一段。家樹一聽，忽然記起那晚聽戲的事，不覺一笑道：「密斯何，你好記性！」何麗娜關了話匣子站到家樹面前，笑道：「你的記性也不壞……」只這一句，「啪」的一聲窗戶大開，卻有一束鮮花，由外面拋了進來。家樹走上前，撿起來一看，花上有一個小紅綢條，上面寫了一行字道：「關秀姑鞠躬敬賀。」連忙向窗外看時，大雪初停，月亮照在積雪上，白茫茫一片乾坤，皓潔無痕，哪裡有什麼人影？家樹忽然心裡一動，覺得萬分對秀姑不住，一時萬感交集，猛然的墜下幾點淚來。

何麗娜因窗子開了，吹進一絲寒風，將燭光吹得閃了兩閃，連忙將窗子關了，隨手接過那一束花來。家樹手上卻抽下了一支白色的菊花拿著，兀自背著燈光，向窗子立著。何麗娜將花上的綢條看了一看，笑道：「你瞧，關家大姑娘，給我們開這大的玩笑！」家樹依然背立著，並不言語。何麗娜道：「她這樣來去如飛的人，哪裡會讓你看到，你還呆望了做什麼？」家樹道：「眼睛裡面，吹了兩粒沙子進去了。」說著，用手絹擦了眼睛，回轉頭來。何麗娜一想，到處都讓雪蓋著，哪裡來的風沙？笑道：「眼睛和愛情一樣，裡面摻不得一粒沙子的。你說是不是？」說著，眉毛一揚，兩個酒窩兒一旋，望了家樹。家樹呆呆的站著，左手拿了那支菊花，右手用大拇指食指，只管拈那花幹兒。半晌，微微笑了一笑。正是：

畢竟人間色相空，

伯勞燕子各西東。

可憐無限難言隱，

只在捻花一笑中。

然而何麗娜哪裡會知道這一笑命意的曲折，就一伸手，將紫色的窗幔，掩了玻璃窗，免得家樹再向外看。那屋裡的燈光，將一雙人影，便照著印在紫幔上。窗外天上那一輪寒月，冷清清的，孤單單的，在這樣冰天雪地中，照到這樣春氣蕩漾的屋子，有這風光旖旎的雙影，也未免含著羨慕的微笑哩。

附錄：啼笑因緣續集

第一回　雪地忍衣單熱衷送客　山樓苦境寂小病留蹤

卻說西山的何氏別墅中，紫色的窗幔上，照著一雙人影。窗外冰天雪地中的一輪涼月，也未免對了這旖旎的風景，發生微笑。這兩個人影，一個是樊家樹，一個是何麗娜，影子是那樣倚傍一處，兩個人也就站著不遠。何麗娜眉毛一揚，兩個酒窩兒掀動起來，她沒有說話，竟是先笑起來了。家樹笑道：「你今天太快活了吧？」何麗娜笑道：「我快活，你不快活嗎？」說著，微微的搖了一搖頭，又笑道：「你不見得會快活吧？」家樹道：「我怎麼不快活？在西山這地方，和『出洋』的朋友見面了。」何麗娜笑著，也沒有什麼話說，向沙發椅子上引著道：「請坐，請坐。」家樹便坐下了。

何麗娜見家樹終於坐下，就親自重斟了一杯熱熱的玫瑰茶，遞到家樹手上，自己卻在他對面，一個錦墩上坐著。家樹呷了茶，眼望了茶杯上出的熱氣，慢慢的看到何麗娜臉上，笑道：「何女士，你現在可以回城去了吧？」他說這句話不要緊，何麗娜心裡，不覺蕩漾了一下。因為這句話以內，還有話的。自己是為婚姻不成功，一生氣避到西山來的。他現在說可以回城了吧，換句話說，也就是不必生氣了。不必生氣了，就是生氣的那個原因，可以消滅了。她不覺臉上泛起兩朵紅雲，頭微微一低。心裡可也就跟著為難：說是我回城了，覺得女兒家，太沒有身分，在情人面前，是一隻馴羊。可是說不回城去，難道自己還和他鬧氣嗎？那末，這個千載一時的機會，又要失去了。縱然說為保持身分起見，也說含混一點，但是自己絕對沒有那個勇氣。究竟她是一個聰明女郎，想起剛才所說，眼睛和愛情一樣，裡面夾不得一粒沙子，便笑道：「你眼睛裡那一粒沙子，現在沒有了嗎？」家樹微微點點頭道：「沒有沙子了，很乾淨的。」他雖是那樣點了頭，可是他的眼光，卻並不曾向她直視著，只是慢慢的呷著茶，看了桌上那對紅燭的燭花……

何麗娜看看家樹，見他不好意思說話，不便默然，於是拿出往日在交際場中那灑脫的態度來，笑道：「茶太熱了吧。要不要加點涼的？」家樹道：「不用加涼的，熱一點好。」何麗娜也不知是何緣故，突然噗嗤一聲笑了出來。笑畢，身子跟著一扭。家樹倒也愣然，自己很平常的說了這樣一句話，為什麼惹得她這樣大笑？喝玫瑰茶，是不能熱一點的嗎？他正怔怔的望著，何麗娜才止住了笑向他道：「我是想起了一件事，就笑起來了，並不是笑你回答我的那一句話。」家樹忽然有一點省悟，她今天老說雙關的話，大概這又是雙關的問話，自己糊里糊塗的答覆，對上了她那個點子了。當然，這是她願聽的話，自然是笑了。自己老實得可憐，竟是在一個姑娘當面，讓人家玩了圈套了。便舉起茶杯來一飲而盡，然後站了起來道：「多謝密斯何，吵鬧了你許久，我要回旅館去了。」何麗娜道：「外面的雪很深，你等一等，讓我吩咐汽車夫開車送你回去。」說著，她連忙跑到裡面屋子裡去拿了大衣和帽子出來，先將帽子交給家樹，然後兩手提了大衣，笑著向他點頭，那意思是讓他穿大衣。

這樣一來，家樹也不知如何是好，向後退了一步，兩手比著袖子，和她連連拱了幾下手道：「不敢當，不敢當！」何麗娜笑道：「沒關係，你是一個客，我做主人的招待招待那也不要緊。」家樹穿是不便穿，只好兩手接過大衣來，自行穿上。何麗娜笑道：「別忙走呀，讓我找人來送。」家樹道：「外面雖然很深的雪，可月亮是很大的！」他一面說，一面就向外走。何麗娜說是吩咐人送，卻並沒有去叫人，輕輕悄悄的就在他身後緊緊的跟了出來。由樓下客廳外，直穿過花圃，就送到大門口來。

家樹剛到大門口，忽然一陣寒氣，夾著碎雪，向人臉上、脖子上直灑過來，這就想起何麗娜身上，還穿的是灰布旗袍，薄薄的分量，短短的袖子，怎樣可以抗冷？便回轉身道：「何女士請回吧，你衣裳太單薄。」何麗娜道：「上面是月，下面是雪，這景致太好了，我願意看看。」家樹道：「就是要看月色，也應當多穿兩件衣服。」何麗娜聽說，心裡又蕩漾了一下，站在門洞子裡避著風，且不進去，遲疑了一會，才低聲道：「樊先生明天不回學校去嗎？」家樹道：「看天氣如何，明天再說吧。」何麗娜道：「那末，明天請在我這裡午飯。就是要回學校，也吃了午飯去。」說到這裡，女僕拿著大衣送了來，汽車夫也將車子開出大門來。何麗娜笑道：「人情做到底，我索性送樊先生回旅館去。」說時，她已把大衣穿了，開了汽車門，就坐上車去等著。這是何小姐的車子，家樹不能將主人翁從她自己車子上轟了下來，只得也跟著坐上車來，笑道：「像主人翁這樣殷勤待客的，我實在還是少見。」何麗娜笑道：「本來我閒居終日，一點事情沒有，也應該找些事情做做呀。」

二人說著話，汽車順了大道，很快的已經到了西山旅館門口。家樹一路之上，心裡也就想著：假使她下車還送到旅館裡面去，那倒讓自己窮於應付了……可這時何麗娜卻笑道：「恕我不下車了，明天見吧。」家樹下得車來時，她還伸出一隻手在車外招了兩招呢。

當時家樹走進旅館裡，茶房開了房門，先送了一個點了燭的燭臺進來，然後又送上一壺茶，便向家樹道：「不要什麼了嗎？」家樹聽聽這旅館裡，一切聲音寂然。鄉下人本來睡得很早，今晚又是寒夜，大概都安歇了，也沒有什麼可要，便向茶房擺了一擺頭，讓他自去，這屋子裡爐火雖溫，只是桌上點了一支白蠟燭，發出那搖搖不定的燭光，在一間很大的屋子裡，更覺得這光線是十分微弱。自己很無聊的，將茶壺裡的茶，斟上一杯。那茶斟到杯子裡，只有鈴鈴鈴的響聲，一點熱氣也沒有，喝到嘴裡和涼水差不多，也僅僅是不冰牙罷了。他放下茶杯，隔了窗紗，向外面看看，月光下面的雪地，真是銀裝玉琢的世界。家樹手掀了窗紗，向外面呆看了許久，然後坐在一張椅子上，只望了窗子出神。心裡就想著：這樣冷冷靜靜的夜裡，不知關氏父女投宿在何處？也不知自己去後，何麗娜一人坐汽車回去，又作何種感想？他只管如此想著，也不知混了多少時間，耳邊下只聽到樓下面的鐘，噹噹敲上了一陣，在鄉郊當然算是夜深的了，自己也該安歇了吧。於是展開了被，慢慢的上床去睡著。因為今天可想的事情太多了，靠上枕頭，還是不住的追前揣後想著……

待到次日醒來，這朝東的窗戶，正滿滿的，曬著通紅的太陽。家樹連忙翻身起床，推開窗紗一看，雪地上已經有不少的人來往。可是旅館前的大路，已經被雪遮蓋著，一些看不出來了。心想：昨天的汽車，已經打發走了，這個樣子，今天要回學校去已是不可能，除非向何麗娜借汽車一坐。但是這樣一來，二人的交情進步，可又要公開到朋友面前去了。第一是伯和夫婦，又要進行「喝冬瓜湯」的那種工作了。想了一會，覺得西山的雪景，很是不壞，在這裡多耽擱一天，那也無所謂。於是吩咐茶房，取了一份早茶來，靠了窗戶，望著窗外的雪景，慢慢的吃喝著。吃過了早茶，心裡正自想著：要不要去看一看何麗娜呢？果然去看她，自己的表示，就因昨晚一會，太切實了。然而不去看她，在這裡既沒有書看，也沒有朋友談話，就這樣看雪景混日子過嗎？如此想著，一人就在窗子下徘徊。

忽然，一輛汽車很快的開到旅館門前。家樹認得，那是何麗娜的車子，不想自己去訪她不訪她這個主意未曾決定，人家倒先來了。於是走出房來，卻下樓去相迎，然而進來的不是何小姐，乃是何小姐的汽車夫。他道：

「樊先生，請你過去吧，我們小姐病了。」家樹道：「什麼，病了？昨天晚上，我們分手，還是好好的呀。」汽車夫道：「我沒上樓去瞧，不知道是什麼病。據老媽子說，可病得很厲害呢！」家樹聽說，也不再考慮，立刻坐了來車到何氏別墅。女僕早是迎在樓梯邊，皺了眉道：「我們小姐燒得非常的厲害，我們要向宅裡打電話，小姐又不許。」家樹道：「難道到現在為止，宅裡還不知道小姐在西山嗎？」女僕道：「知道了幾天了，這汽車不就是宅裡打發著來接小姐回去的嗎？」

家樹說著話，跟了女僕，走進何麗娜的臥室。只見一張小銅床，斜對了窗戶，何麗娜捲了一床被躺著，只有一頭的亂髮，露在外面。她知道家樹來了，立刻伸出一隻雪白的手臂，將被頭壓了一壓，在軟枕上，露出通紅的兩頰來。她看到家樹，眼珠在長長的睫毛裡一轉，下巴微點著，那意思是多謝他來看她。家樹遂伸手去摸一摸她，覺得不對：她又不是鳳喜！

在家樹手一動，身子又向後一縮的時候，何麗娜已是看清楚了，立刻伸手向他招了一招道：「你摸摸我的額頭，燒得燙手呢。」家樹這就不能不摸她了，走近床邊，先摸了她的額頭，然後又拿了她的手，按了一按脈。何麗娜就在這時候連連咳嗽了幾聲。家樹道：「這病雖來得很猛，我想，一定是昨晚上受了涼感冒了。喝一碗薑湯，出一身汗，也就好了。」何麗娜道：「因為如此，所以我不願意打電話回家去。」家樹笑道：「這話可又說回來了，我可不是大夫，我說你是感冒，究竟是瞎猜的，設若不是的呢，豈不耽誤了醫治？」何麗娜道：「當然是的。醫治是不必醫治，不過病裡更會感到寂寞。」家樹笑道：「不知道我粗手大腳的，可適合看護的資格？假使我有那種資格的話……」何麗娜不等他說完，燒得火熾一般的臉上，那個小酒窩兒依然掀動起來，微笑道：「看護是不敢當。大雪的天，在我這裡閒談談就是了。我知道你是要避嫌疑的，那末，我移到前面客廳裡去躺著吧。」這可讓家樹為難了：是承認避嫌呢，還是否認避嫌呢？躊躇了一會子，卻只管笑著。何麗娜道：「沒關係，我這床是活動的，讓他們來推一推就是了。」

女僕們早已會意，就有兩個人上前，來推著銅床。由這臥室經過一間屋子，就是樓上的客室，女僕們在腳後推著，家樹也扶了床的銅欄杆，跟了床，一步一步的向外走。何麗娜的一雙目光，只落到家樹身上。

到了客廳裡，兩個女僕走開了。家樹就在旁邊一張椅子上坐了。他笑了，她也笑了。何麗娜道：「你笑什麼呢？」家樹道：「何女士的行動，似乎有點開倒車了，若是在半年以前，我想臥室裡也好，客廳裡也好，是不怕見客的！」何麗娜想了一想，才微微一搖頭道：「你講這話似乎很知道我，可也不盡然。我的脾氣向來是放浪的，我倒也承認，可是也不至於在臥室裡見客。我今天在臥室裡見你，那算是破天荒的行動呢！」家樹道：「那末，我的朋友身分，有些與人不同嗎？」何麗娜聽了這話，臉上是很失望的樣子，不作聲。家樹就站了起來，又用手扶了床欄杆，微低了腰道：「我剛才失言了。我的環境，你全知道，現在……」何麗娜道：「我不能說什麼了，現在是實逼處此。」家樹道：「你剛才笑什麼呢？」何麗娜道：「我不能說。」家樹道：「為什麼不能說呢？」何麗娜歎了一口氣道：「無論是舊式的，或者是新式的，女子總是癡心的！」家樹用手摸了床欄杆，說不出話來。何麗娜道：「你不要疑心，我不是說別的，我想在三個月以前，要你抵我的床欄杆邊推著我，那是不可能的！」家樹聽了這話，覺得她真有些癡心，便道：「過去的事，不必去追究了。你身體不好，不必想這些。」何麗娜道：「你摸摸我的額頭，現在還是那樣發燒嗎？」家樹真也不便再避嫌疑，就半側了身子，坐在床上，用手去摸她的頭。

她的額頭，被家樹的手按著，似乎得了一種很深的安慰，微閉了眼睛，等著家樹撫摸。這個時候，樓上固然是寂然，就是樓下面，也沒有一點聲音，牆上掛的鐘，那機擺的響聲，倒是軋唧軋唧，格外的喧響。

過了許久，何麗娜就對家樹道：「你替我叫一叫人，應該讓他們給你做一點吃的了。」家樹道：「我早上已經吃過飯的，不忙，你不吃一點嗎？」何麗娜雖是不想吃，經家樹如此一問，也只好點了一點頭。於是家樹就真個替她作傳達之役，把女僕叫了來，和她配製飲食。這一天，家樹都在何氏別墅中。到了晚半天，何麗娜的病，已經好了十之六七，但是她怕好得太快了，僕人們會笑話，所以依然躺著，吃過晚飯，家樹才回旅館去。

次日早上，家樹索性不必人請，就直接的來了。走到客廳裡時，那張銅床，還在那裡放著。何麗娜已是披了一件紫絨的睡衣，用枕頭撐了腰，靠住床欄杆，捧了一本書，就著窗戶上的陽光看。她臉上已經薄薄的抹了一層脂粉，簡直沒有病容了。家樹道：「病好些嗎？」何麗娜道：「病好些了，只是悶得很。」家樹道：「那就回城去吧。」何麗娜笑道：「你這話不通！人家有病的人，還要到西山來養病呢；我在西山害了病，倒要進城去。」家樹道：「這可難了，進城去不宜於養病，在鄉下又怕寂寞。」何麗娜道：「我在鄉下住了這久，關於寂寞一層，倒也安之若素了。」家樹在對面一張椅子上坐了，笑問道：「你看的什麼書？」何麗娜將書向枕頭下一塞，笑道：「小說。」家樹道：「小說嗎，一言以蔽之，不是女不愛男，就是男不愛女，或者男女都愛，男女都不愛。」何麗娜道：「我瞧的不是言情小說。」家樹道：「可是新式的小說，沒有男女問題在內，是不叫座的。有人要把愛因斯坦的相對論編到小說裡來，我相信那小說的主人翁，還是一對情侶。」何麗娜笑道：「你的思想進步了。這個世界，是愛的世界，沒有男女問題，什麼都枯燥。所以愛情小說儘管多，那不會討厭的。譬如人的面孔，雖不過是鼻子眼睛，可是一千個人，就一千個樣子。所以愛情的局面，也是一千個人一千個樣子。只要寫得好，愛情小說是不會雷同的。」家樹笑道：「不過面孔也有相同的。」何麗娜道：「面孔縱然相同，人心可不相同呀！」家樹一想，這辯論只管說下去，有些不大妙的，便道：「你不要看書吧。你煩悶得很，我替你開話匣子好嗎？」何麗娜點點頭道：「好的，我願聽一段大鼓。你在話匣子底下，擱片子的第二個抽屜裡，把那第三張片子拿出來唱。」家樹笑道：「次序記得這樣清楚。是一張什麼片子，你如此愛聽？」

這話匣子，就在房屋角邊，家樹依話行事，取出話片子一看，卻是一張寶玉探病，不由得微微一笑，也不做聲，放好片子，就撥動開閘。那話片報著名道：「萬歲公司，請紅姑娘唱寶玉探病。」何麗娜聽到，就突然「喲」了一聲。家樹倒不解所謂。看她說出什麼來，下回交代。

第二回　言笑如常同歸謁老父　莊諧並作小宴鬧冰人

卻說家樹將話匣子一開，報了寶玉探病，何麗娜卻「喲」了一聲叫將起來，她笑道：「我請你把馬鞍山那片子唱一遍，你怎麼唱起寶玉探病來了呢？」家樹不知道她的命意所在，聽說之後，立刻將話匣子關起來了。這才坐下來向她笑道：「這個片子不能唱嗎？」何麗娜笑道：「你何必問我！我現在怎麼樣，你又來作什麼的？你把我當林黛玉，我怎樣敢當？」家樹一想，這真是冤枉，我何嘗要把你當林黛玉？而且我也不敢自比賈寶玉呀！便笑道：「這一段子錯，不知其錯在我，也不知其錯在你？」何麗娜抿嘴微笑了一笑，向家樹身上打量了一番。家樹笑道：「得啦！就算是我的錯處，你別見怪。」何麗娜笑道：「喲！你那樣高比我，我還能怪你嗎？你若是願意唱，你就唱吧，我就勉強作個林黛玉。」

家樹聽了此話，也不知道是唱好，還是不唱好，只是向她微笑著。何麗娜又向他微笑了一笑，然後說道：「其實不必唱寶玉探病。百年之後，也許有人要編家樹探病呢。」家樹笑道：「你今日怎麼這樣快活，病全好了吧？」有了這一句話，才把何麗娜提醒：自己原是個病人，躺在床上的，怎麼如此高興呢？眼珠一轉，有了主意了，笑道：「所以我說，不配聽寶玉探病的片子，我就學不會那多愁多病林姑娘的樣子。你再摸摸我看，我是一點也不發燒了。」家樹因她好好地靠在床欄杆上，不好意思摸她的腮和額頭，只彎了腰站在床邊，撫摸了她的手背，依然向後退一步，坐在椅子上。家樹看了她，她也看了家樹，二人對了視線，卻噗嗤一聲的笑了，大家也不知說什麼是好。

這時，女僕卻來報告，說是宅裡打了電話來請小姐務必回去，今天若不回去，明天一早，太太親自來接。

何麗娜道：「你回個電話，說我回去就是了。可是叮囑家裡，不許對外面說我回去了。」女僕答應去了。家樹笑道：「回城以後，行蹤還要守秘密嗎？」何麗娜道：「並不是我有什麼虧心的事怕見人。可是你想想，那天我大大的熱鬧一場，在跳舞之後，與大家分手；結果，我不過是在西山住了些時，並沒有什麼偉大的舉動，那倒怪寒磣的。不但如此，我就回自己的家去，也有些不好意思。我無所謂而來，無所謂而去，不太顯著孩子氣嗎？樊先生，我有一個無理的要求，你能答應嗎？」家樹心裡怦怦跳了兩下，心想她不開口則已，如果開了口，只有答應的了。這件事，倒有女子先向男子開口的嗎？便勉強的鎮靜著道：「你太客氣，怎麼說上無理的要求呢？只要是辦得到的，我一定照辦。」何麗娜笑道：「其實也沒有什麼了不得。請你念我是個病人，送我進城去。假使我父親在家呢，我介紹你談談；就是我父親不在家，你和我母親談談也好。」家樹心想：送她回家去，這倒可以說是我把她接回去的；其二呢，也好像我送上門去讓人家相親。然而儘管明白這個原因，卻已答應在先，盡力去辦，難道這還有什麼不能盡力的！表面上就慨然的答應了。何麗娜大喜，立刻下床趿拉了拖鞋，就進臥室裡面梳洗打扮去了。家樹一看這樣子，她簡直是沒有什麼病呢。

當日在何氏別墅中吃了午飯，兩個女僕收拾東西先行，單是何麗娜和家樹同坐了一輛汽車進城。何麗娜是感冒病，只要退了燒，病就算是好了的，所以在汽車上有說有笑。她說父親雖是一個官僚，然而思想是很新的，只管和他說話。母親是很仁慈的，對於女兒是十分的疼愛，女兒的話，她是極能相信的。家樹心裡想：這些話，我都沒有知道的必要，不過她既說了，自己不能置之不理，因之也就隨著她的話音，隨便答話，口裡不住地說「是」。何麗娜笑道：「你不該說『是』！你應該說『喳』！」家樹倒莫名其妙，問這是什麼意思？何麗娜笑道：「我聽說前清的聽差，答應老爺說話的時候，無論老爺笑他，罵他，申斥他，他總直挺挺的站著，低了腦袋，答應一個『喳』字。我瞧你這神氣，很有些把我當大老爺，所以我說你答覆我，應該說『是』！」家樹笑了。何麗娜眼睛向他一瞅道：「以後別這樣，你不是怕我，就是敷衍我了。」家樹還只是笑，汽車已到了何家大門口。

汽車夫一按喇叭，門房探頭看到，早一路嚷了進去：「小姐回來了，小姐回來了！」何麗娜先下車，然後讓家樹下車，家裡男女僕人，早迎到門口，都問：「小姐好哇？」何麗娜臉上那個酒窩，始終沒有平復起來，只說是「好」。大家向後一看，見跟著一個青年，有些人明白，各對了眼光，心裡說，敢怕是他勸回來的。何麗娜問道：「總長在家嗎？」答說：「聽說小姐要回來了，在家裡等著呢。」何麗娜向家樹點頭笑道：「你跟我來。」又向僕人道：「請總長到內客廳，說是我請了樊少爺來了，就是口北關樊監督的姪少爺。」她說著，向後退一步，讓家樹前走，家樹心裡想著，送上門讓人家看姑爺了，這倒有些羞人答答，只得繃住了面子，跟了何麗娜走。

經過了幾重碧廊朱檻，到了一個精緻的客廳裡來。家樹剛坐定，何廉總長只穿了一件很輕巧的嗶嘰駝絨袍子，口裡銜了雪茄，緩步踱了進來。何麗娜一見，笑著跳了上前，拉住他的手道：「爸爸，我給你介紹這位樊君。你不是老說，少年人總要老成就好嗎？這位樊君，就是你理想中那樣一個少年。是我的好朋友，你得客氣一點，別端老伯的架子。」何廉年將半百，只有這個女兒，自她失蹤，寸心如割，好容易姑娘回來了，比他由署長一躍而為財政總長，還要高興十倍。雖然姑娘太撒嬌了，也不忍說什麼，笑道：「是了，是了，有客在此啦。」家樹看他很豐潤的面孔，留了一小撮短小的鬍子，手是圓粗而且白，真是個財政總長的相，於是上前一鞠躬，口稱老伯。何麗娜道：「請坐吧。」何廉這句話，是姑娘代說了，也就賓主坐下，寒暄了幾句，他道：

「我宦海升沉，到了風燭之年，只有這個孩子，未免慣養一點，樊君休要見笑。」家樹欠身道：「女公子極聰明的，小姪非常佩服。早想過來向老伯請教，又怕孟浪了。在女公子口裡，知道老伯是個很慈祥的人。」何廉笑了。見家樹說話很有分寸，卻也歡喜，又問問他念些什麼書，喜歡什麼娛樂。談到娛樂，何麗娜坐在一邊，就接嘴了，笑道：「說了你也不相信。一個大學生，不會跳舞，也不會溜冰，也不會打牌。」何廉笑道：「淘氣！你以為大學生對於這些事，都該會的嗎？」正說到這裡，聽差來說：「陶宅來了電話，問樊少爺就過去呢，還是有一會？」家樹坐在這裡，究竟有些局促不安，便答道：「我就過去。」說著向何廉告辭。何廉道：「內人原想和樊君談一談，晚間無事嗎？到舍下來便飯。」何麗娜聽了這話，喜歡得那小酒窩兒，只管旋著，眼珠瞧了家樹。家樹看了她帶有十分希望著的神氣，心中實在不敢違拗，便答道：「請不要客氣。」何廉道：「伯和夫婦，請你代我約會一聲，我不約外人。」說著，送出內院門。

像何廉這種有身分的人，送客照例不能遠，而況家樹又是未來的姑爺，當然也就不便太謙，只送到這裡，就不送了。何麗娜卻將家樹送過了幾重院子。家樹道：「你回來，還沒有見伯母，別送了。」何麗娜道：「我也要吩咐汽車夫送你呀。」於是將家樹送到大門，直等他坐上了自己的汽車，才走到車門邊，向他低聲笑道：「陶太太又該和你亂開玩笑了。」家樹微笑著。何麗娜又笑道：「晚上見。」說著，給他代關了車門，於是車子開著走了。

何麗娜回轉身正要進去，卻有一輛站著四個衛兵的汽車，「嗚」的一聲，搶到門口。她知道是父親的客到了，身子一閃，打算由旁邊跨院裡走進去，然而那汽車上的客人走下來，老遠的叫了兩聲「何小姐」。她回頭看時，卻是以前當旅長、現在作統制的沈國英。他今天穿的是便服，看去不也是一個英俊少年嗎？他老早地將帽子取在手中，向何麗娜行一鞠躬禮。笑道：「呵喲！不料在這裡會到何小姐。」何麗娜笑道：「沈統制是聽到朋友說，我出洋去了，所以在家裡見著我，很以為奇怪吧？」沈國英笑道：「對了，自那天跳舞會以後，我是欽佩何小姐了不得。次日就到府上來奉訪，不想說是何小姐走了。」何麗娜道：「對的，我本來要出洋，不想剛要動身就害了病，沒有法子，只好到西山去休養些時。我今天病好剛回來，連家母還沒有會面呢。請到裡面坐，我見了家母再來奉陪。」說畢，點個頭就進去了。

沈國英心想：這位何小姐，真是態度不可測。那次由天津車上遇到，她突然的向我表示好感，跳舞會裡，也是十分的親近，後來就回避不見，今天見著了，又是這樣的冷淡，難道像我這樣一個少年得意的將領，她都不看在眼睛裡面嗎？……他在這裡沉吟著，何廉得了消息，已經遠迎出來。沈國英笑道：「剛才遇到令嬡……」何廉道：「她昨天還病著，剛由西山回家，還沒有到上房去呢。」沈國英跟著何廉到內客室裡，見椅子上還有一件灰背大衣，便笑道：「剛才有女賓到此？」何廉道：「這就是小女回家來，脫下留在這裡的。因為有人送了她回家來，她在這裡陪著。」沈國英道：「怪不得剛才令嬡在大門口送一輛汽車走了。這人由西山送何小姐回來，一定是交誼很厚的。」何廉沒有說什麼，只微笑了一笑。沈國英想了一想，心裡似乎有一句話想說出來，但是他始終不肯說，只和何廉談了一小時的軍國大事，也就去了。

何廉走回內室，只見夫人在一張軟榻上坐了，女兒靠了母親，身子幾乎歪到懷裡去。何廉皺了眉道：「麗娜一在家裡，就像三歲的小孩子一樣；可是一出去呢，就天不怕地不怕。」何麗娜坐正了道：「我也沒有什麼天不怕地不怕呀！有許多交際地方，還是你帶了我去的呢。」何太太拍了她肩膀一下道：「給她找個厲厲害害的人，管她一管，就好了。」何廉道：「樊家那孩子，就老實。」何太太道：「你不要把事情看得太準了，還說不定人家願意不願意呢。」何廉道：「其實我也不一定要給他。」何麗娜突然的站了起來，繃了臉子，就向自己屋子裡去，鞋子走著地板，還咚咚作響。何太太微笑著，向她身後只努嘴。聽不見她的鞋響了，何廉才微笑道：「這冤家對於姓樊的那個孩子，卻是用情很專。」何太太道：「那還不好嗎？難道你希望她不忠於丈夫嗎？這孩子一年以來，越來越浪漫，我也很發愁，既是她自己肯改過來，那就很好。」何廉卻也點了點頭，一面派人去問小姐，說是今晚請客，是家裡廚子做呢，還是館子裡叫去？小姐回了話：「就是家裡廚子做吧。」何廉夫婦知道姑娘不生氣了，這才落下一塊石頭。

到了晚上七點鐘，家樹同著伯和夫婦，一齊來了。先是何麗娜出來相陪，其次是何廉，最後何太太出來。陶太太立刻迎上前問好，又向家樹招招手道：「表弟過來，你看這位老伯母是多麼好呵！」家樹過來，行了個鞠躬禮。何太太早是由頭至腳，看了個夠。這內客室裡，有了陶太太和何太太的話家常，又有何廉同伯和談時局，也就立刻熱鬧起來。

到了吃飯的時候，飯廳裡一張小圓桌上，早陳設好了杯筷。陶太太和伯和丟了一個眼色，就笑道：「我們這裡，是三個主人三個客，我同伯和乾脆上座了，不必謙虛。二位老人家請挨著我這邊坐。家樹，你坐伯和手下。」這裡只設了六席，家樹下手一席，她不說，當然也就是何麗娜坐了。家樹並非坐上席，不便再讓。何麗娜恐怕家樹受窘，索性作一個大方，靠了家樹坐下。聽差提了一把酒壺，正待來斟酒，陶太太一揮手道：「這裡並無外人，我們自斟自飲吧。」何麗娜是主人一邊，決沒有讓父母斟酒之理，只好提了壺來斟酒。斟過了伯和夫婦，她才省悟過來，又是陶太太搗鬼，只得向家樹杯子裡斟去。家樹站起來，兩手捧了杯子接著。陶太太向何廉道：「老伯，你是個研究文學有得的人，我請問你一個典，『相敬如賓』這四個字，在交際場上，隨便可以用嗎？」她問時，臉色很正。何廉一時不曾會悟，笑道：「這個典，豈是可以亂用的？這只限於稱讚人家夫婦和睦。」何麗娜已是斟完了酒，向陶太太瞟了一眼。倒是何太明白了，向她道：「陶太太總是這樣淘氣！」何廉也明白了，不覺用一個指頭擦了小鬍子微笑。伯和端了杯子來向何麗娜笑道：「多謝，多謝！」又向家樹道：「喝酒，喝酒。」何廉笑道：「有你賢伉儷在座，總不愁宴會不熱鬧！」於是全席的人都笑了。在家樹今天來赴約的時候，樊、何兩方的關係，已是很明白的表示出來了。現在陶太太如此一用典，倒有些「畫龍點睛」之妙。陶太太是個聰明人，若是那話不能說時，如何敢造次問那個典。這一個小約會，大家吃得很快樂。

飯畢，何麗娜將陶太太引到自己臥室後盥洗房去洗臉，便笑問道：「你當了老人家，怎麼胡亂和我開玩笑？」陶太太道：「你可記得？我對你說過，總有那樣一天——現在是那樣一天了。你們幾時結婚？」何麗娜笑道：「你越來越胡說了，怎麼提到那個問題上去？你們當了許多人，就這樣大開其玩笑，鬧得大家都怪難為情的。」陶太太笑道：「喲！這就怪難為情？再要向下說，比這難為情的事還多著啦。」說著話時，走到外面屋子裡來，在梳妝臺邊，將各項化妝品，都看了一看，拿起一盒子法國香粉，揭了蓋子，湊在鼻尖上聞了一聞，笑道：「這真是上等的東西，你來擦吧。」何麗娜道：「晚上了，我又不出門，抹點雪花膏得了。」陶太太對著鏡子裡她的影子微笑了一笑，道：「雖然不出門，可是比出門還要緊，今天你得好好的化妝才對。」何麗娜笑道：「陶太太，我求饒了，你別開玩笑。我這人很率直的，也不用藏假，你想，現在到了開玩笑的時候嗎？」陶太太道：「你要我不鬧你也成，你得叫我一聲表嫂。」何麗娜道：「表嫂並不是什麼占便宜的稱呼呀！」陶太太道：「你必得這樣叫我一聲。你若不叫我，將來你有請我幫忙的時候，我就不管了。」可何麗娜總是不肯叫。

二人正鬧著，何太太卻進來，問道：「你們進來許久，怎麼老不出去？」何麗娜鼓了嘴道：「陶太太盡拿人開玩笑。」陶太太笑道：「伯母，請你評評這個理，我讓她叫我一聲表嫂，她不肯。」何太太笑著，只說她淘氣。陶太太笑道：「這碗冬瓜湯，我差不多忙了一年，和你也談過多次，現在大家就這樣彼此心照了。」何太太道：「這個年月的婚姻，父母不過是顧問而已，我還有什麼說的？好在孩子是很老成，潔身已很中意。」陶太太道：「那麼，要不要讓家樹叫開來呢？」何太太道：「那倒不必，將來再說吧。」

陶太太這樣說著話，一轉眼，卻不看見了何麗娜，伸頭向盥洗房裡一看時，只見她坐在洗臉盆邊的椅子上，只管將濕手巾去擦眼淚。陶太太倒吃了一驚，她如今苦盡甘來，水到渠成，怎麼哭起來呢？便走上前握了她的手道：「你怎麼了，你怎麼了？」要知何麗娜如何回答，下回交代。

第三回　種玉來遲解鈴甘謝罪　留香去久擊案誓忘情

卻說陶太太拉住何麗娜的手，連問她怎麼了。何麗娜將濕手巾向臉盆裡一扔，微笑道：「我不怎麼樣呀！」何太太卻未留心此事，已經走開了。陶太太看看外面屋子裡，並沒有人，這才低聲笑道：「你哭什麼？」何麗娜歎了一口氣道：「女子無論思想新舊，總是癡心的。我對於家樹，真受了不少的委屈。這些事，你都知道，我不瞞你。」陶太太道：「好在現時是大事成功了，你何必還為了過去的事傷心。」何麗娜道：「就為了現在的情形，勾引起我以前的煩惱來。俗言說，事久見人心……」陶太太拍了她的肩膀笑道：「不要孩子氣了。你不是很愛家樹嗎？你說這樣負氣的話，倒像有了什麼芥蒂，不是真愛他了。」何麗娜一笑，就不說了。陶太太說她臉上有淚容，怎好出去。何麗娜於是擦了一把臉，在梳妝臺前，將法國香粉，在臉上淡敷了一層，而且還抹上了一點胭脂。陶太太只抿嘴笑著。到了小客室裡，賓主又坐談了許久，直到十二點鐘才分散。

臨別，陶太太向何麗娜笑道：「明天到我們家去玩啦。明天是星期日，家樹不回學校去。」何麗娜笑道：「我該休息休息了。」陶太太道：「難道你不到我們那裡去嗎？其實一切要像以前一樣才好；要不然，躲躲閃閃的，倒顯著小家子氣象。當了老伯、伯母的面，我聲明一句，在你二位面前，我決不開玩笑。」何太太笑道：「陶太太，你這就不對。就算是你剛才的話，要她叫你一聲表嫂，一個做表嫂的人，對表妹總是這樣的亂開玩笑，還說你疼我們麗娜呢！」陶太太這才笑嘻嘻地走了。

這一晚，是何麗娜最高興的一晚，到一點多鐘，還不曾睡覺，就打了個電話到陶家，問表少爺睡著了沒有。那邊是劉福接的電話，悄悄地告訴家樹。家樹剛從上房下來，就到外邊小客室裡來接電話。何麗娜首先一句，就問在哪裡接電話。其後便道：「我明天來不來呢？」家樹道：「沒關係，來吧。」何麗娜道：「怪難為情的。」家樹道：「那你就別來了。」何麗娜道：「那又顯得我不大方似的。」家樹還不曾答話，電話裡忽然有第三個人答道：「你瞧，這可真為難煞人！」家樹笑道：「喝呵！表嫂在臥室裡插銷上偷聽呢。」陶太太道：「我一聽到電話鈴響，我就知道是密斯何……」頓了一頓，她似乎和人在說話，她又道：「伯和說不應當叫密斯何了。」於是換一個男人的嗓子道：「表弟，表妹，恭喜呀。」何麗娜道：「缺德！」說畢，嘎然一聲，將電話掛起來了。家樹走回書房去，還聽到上房裡伯和夫婦笑成一團呢。

到了次日，家樹果然不曾回學校，何麗娜在十點鐘的時候就來了。陶太太乘機要挾，要何小姐請看電影，請吃飯。玩到晚上，又要請上跳舞場。還是伯和解圍，說：「密斯何不像以前，以前為了家樹，還不跳舞，而今人家怎好去呢？你不瞧人家穿的是平底軟幫子鞋？」於是改了請聽戲。到夜深十二時，方始回家。

在何麗娜如此高興的時候，何廉在家裡可為難起來了。原來這天晚上，有位夏雲山總長來拜會他。這個人是沈國英的把兄弟，現任交通總長，在政治上有絕大的勢力。當晚他來了，何廉就請到密室裡會談。夏雲山首先笑道：「我今天為私而來，不談公事，我要請你作個忠實的批評，國英為人怎樣？可是有話要聲明，你不要認為他是我盟弟，就恭維他。」何廉倒摸不著頭腦，為什麼他說起這話來。沈國英是手握兵權的人，豈可以胡亂批評！才笑道：「他少年英俊，當然是國家一個人才，這一次政局革新……」夏雲山連連搖手道：「不對不對，我說了今天為私而來，你只說他在公事以外的行為如何就得了。」何廉靠了椅子背，抽著雪茄，昂了頭靜想，偷看夏雲山時，見他斜躺在睡榻上微笑。這個情形，並不嚴重，但是捉摸不到他問的是什麼用意，便笑道：「論他私德——也很好麼。第一，他絕對不嫖，這是少年軍人裡面難得的！賭小錢或者有之，然而這無傷大雅。

聽說他愛跳舞，愛攝影，這都是現代青年人不免的嗜好。為人很謙和，思想也不陳腐，聽說現在還請了一位老先生，和他講歷史，這都不錯。」夏雲山點頭笑道：「這不算怎樣出格的恭維。他的相貌如何呢？」何廉笑道：「為什麼要評論到人家相貌上去，我對於星相一道，可是外行。」夏雲山笑道：「既然你有這種好的印象，我可以先說了。國英對於令嬡，他是十分的欽慕，很願意兩家作為秦晉之好。不過他揣想著，怕何總長早有乘龍快婿了。四處打聽，有的說有，有的又說沒有，特意讓我來探聽消息。」何廉聽了這話，不免躊躇一番，接著便道：「實不相瞞。小女以前沒有提到婚姻問題上去。最近兩個月，才有一位姓樊的，提到這事，而且僅僅是前兩天才定局的。」夏雲山道：「已經放定了嗎？」何廉道：「小女思想極新，姓樊的孩子，也是個大學生，他們還需要什麼儀式？」夏雲山聽了這話，不覺連歎了兩口氣道：「可惜，可惜！」默然了許久，又道：「能不能想個法子轉圜呢？」何廉道：「我要是個舊家庭，這就不成問題了，一切的婚姻儀式都沒有，我隨便的可以把全局推翻。於今小孩子們的婚姻，都建築在愛情之上，我們做父母的，怎好相強！小女正是和那姓樊的孩子，去消磨這星期日的時光去了。等她回來，我再問她，對於沈統制的盛意，我也只好說兩聲『可惜』。不過見了沈統制，請你老哥還要婉婉的陳說才好。」說著，向夏雲山連拱了幾下手。夏雲山對於這個月老做不成功，大是掃興，然而事實所限，也沒有法子，很是掃興的告辭走了。

當夏雲山出去的時候，何麗娜正自回來，到了母親房裡，告訴今天很是快樂。何廉在一邊聽到，卻不住的歎氣，就把夏雲山今晚的來意說了一遍。何麗娜道：「爸爸不必躊躇，你的意思我知道，以為我的婚姻，你不能勉強；可是沈國英掌有兵權，又不敢得罪他。那不要緊，我明天親自去見一見他，把我的困難告訴一遍，也許他就諒解了。」何廉道：「你親自去見他，有些不妥吧？」何麗娜道：「那要什麼緊，難道他還能把我扣留下來嗎？」她說畢，倒坦然無事的去睡覺了。

到了次日，何麗娜一早起來，就到沈宅去拜會。原來沈國英前曾娶有夫人，亡故了兩年，現在丟下了一兒一女，上面還有兄嫂，因之他雖沒有家眷，卻也有很大的住宅。何麗娜打聽得他九點鐘要上衙門，八點鐘就來拜訪。門房將名片送到上房去，沈國英看到，倒嚇了一大跳，昨天派人去作媒，答應呢，你是不好意思見我；不答應呢，沒有關係，難道還來興問罪之師不成？只是她來了，不能不見，立刻就迎到客廳裡來。何麗娜一見，老早的就伸了手和他相握。自己將那件灰背大衣脫了下來，放在椅子上。坐下來，還不曾說一句寒暄的話，先笑道：「我今天沒有別事，特意來和沈統制道歉。」沈國英雖是一個豪爽的軍人，聽了這話，也是心裡微微一動，不免將臉紅了起來，笑道：「呵喲！何小姐太客氣，什麼事呢？」聽差們倒上茶來，沈國英道：「到廚房裡去給我泡兩杯檸檬茶來，何小姐在這裡，還給我預備兩份點心。」何麗娜笑道：「不必客氣，我說幾句話就要走的。沈統制有事，我不多說話了，就是昨晚夏總長到舍下去說的那一番話，家父答覆的，都是事實。不但如此，我是要貫徹我出洋的計劃，不久，就要動身。本來呢，我不必親自到府上來解釋的，只是家父覺得這事很有些對人不住，好像是成心撒謊，我想沈統制是個胸襟灑落的人，我為人又很浪漫。」說到這裡，又微微一笑道：「若不是浪漫性成，今天也不會到府上來拜訪。」沈國英欠身道：「太客氣，太客氣。」何麗娜眉毛一揚，酒窩兒一掀，笑道：「這是真話。我想事實是這樣，那要什麼緊，不如自己來直說了，彼此心裡坦然。若沈統制是像劉德柱將軍那樣的人，我就大可以不冒這個險了。」她笑著將肩膀抬了一抬，眼睛向沈國英看著。沈國英今天穿的是軍服，他將胸脯一挺，牽了一牽衣襬，以便掩蓋他羞怯的態度，又作了一個無聲的咳嗽才道：「絕對沒有關係，請不要介懷。」何麗娜聽說，立刻站了起來，向他一鞠躬道：「我不敢多吵鬧，再見了。」

沈國英笑道：「何小姐縱然不願與武人為伍，既是來了，喝一杯茶去，大概不要緊。」何麗娜笑道：「我倒是願意叨擾，只怕沈統制沒有閒工夫會客。」說著，又坐了下來。恰是聽差捧了茶點來，放在一張紫檀木的桌子上，二人隔了桌面坐下。

當下沈國英舉了杯子喝著茶，看看何麗娜，又看看那件大衣，記起那天在何家內客廳裡何廉說的話，便想那天內客廳裡的客，就是姓樊的了，他有福氣，得了這樣一位太太。何麗娜見他那樣出神的樣子，笑道：「沈統制想什麼？不必失望，像你這樣的少年英雄，婚姻問題，是最容易解決的了，像我這樣的人才，可以車載斗量，留著機會望後去挑選吧。」沈國英笑道：「我想著武人總是粗魯的，很覺得昨天的事有些冒昧，請何小姐不必深究。」何麗娜微笑著，端起玻璃杯子，呷了兩口茶。沈國英坐在她對面，看了她那猩紅的嘴唇，雪白的牙齒，未免有些想入非非。何麗娜放下茶杯，又突然站起來，沈國英搶上前一步，將大衣取在手裡，就要替她穿上。何麗娜連說「不敢當」。然而他拿了大衣，堅執非代為穿上不可！何麗娜道聲「勞駕」，只得背轉身來向著他，將大衣穿了。不料沈國英和她穿衣，聞到她身上那一陣脂粉香，竟是呆了，手捏了衣服領子，不曾放下來。何麗娜回頭看著，他才省悟著放下了手。何麗娜看了這個樣子，不敢再坐，又和他握了一握手，笑著說聲「再見」，立刻就走了。

沈國英是沒有法子再挽留人家的了，只得跟在後面，送到大門口來，直看到何麗娜坐上了汽車方始回去。他並不回上房，依然走到客廳裡來。只見何麗娜放的那杯檸檬茶，依然放在桌子邊，於是將杯子取在手裡，轉著看了一看，心裡就想著：假使她是我的，我願意天天陪著她對坐下來喝檸檬茶。不必說別的，僅僅是那紅嘴唇白牙齒，已經夠人留戀的了！心裡默念著，大概杯子朝懷裡的所在，就是何麗娜嘴唇所碰著的所在，於是對準了那個方向，將茶慢慢的呷著。自己所站的這方，也就是她座椅的前面，那末，坐在這椅子上，也就如坐在她身上一般了。他坐下去，一手捏了杯子，一手撐了頭，靜靜的想著：假如是我有這樣一位夫人，無論什麼交際場合，我都能帶她去了，她不但長得美麗，而且言語流利，舉止大方，絕對是一位文明太太的資格。然而她不久以前，已為別人搶去了，假使自己在一二月之前，就進行這件事，或者可以到手，挽了這樣丰姿翩翩的新夫人，同出同進，人生就滿足了。想到這裡，他便微閉了眼睛，玩味挽著何麗娜的那種情形。心有所思，鼻子裡也如有所聞，彷彿便有一種芬芳之氣，不斷的向鼻子裡襲了來。立刻睜眼一看，還不是一座空的客廳，哪裡有什麼女人？但是目前雖沒有女人，那一種若有若無的香氣，卻依然聞得著。是了是了，這一定是她坐在這椅子上的時候，由衣服上落下來的香氣，她去了如此之久，這一股子香氣，還是如有如無的留著，這決不是物質上單純的原故，加之還有心理作用在內。這樣看起來，自己簡直要為何小姐瘋魔了。我這樣一個堂堂的男子漢，中國的政局，我還能左右一番，難道對於這樣一個女子，就不能左右她嗎？憑我的力量，在北京城裡，慢說是個何麗娜，就是……想到這裡，突然站了起來，捏了拳頭，將桌子重重的拍了一下。停了一停，自己忽然搖了一搖頭，想著，慢來慢來，人家肝膽相照的，把肺腑之言來告訴我，我豈能對人家存什麼壞心眼！她以為我是一武人，怕遇事要用武力，所以用情理來動我，若是我再去強迫人家，那真個與劉德柱無異了！難道武人都是一丘之貉嗎？我不能讓人家料著，大丈夫做事，提得起放得下，算了，我忘了她了！他一個人沉沉的如此想著，已經把上衙門的時間，都忘掉了。

那夏雲山昨天晚上由何家出來，曾到這裡來向沈國英回信，說是何潔身不知是何想法，對我們提的這件事，倒不曾同意。沈國英笑著，只說愛情是不能勉強的，說完了也就不再提了。夏雲山摸不著頭腦，今天一早，便打電話來問統制出去了沒有。這邊聽差答覆，剛才有一位何小姐來拜會統制，一人坐在客廳裡，還沒有走呢。夏雲山聽到，以為何小姐投降了，趕快坐了汽車，就到沈宅來探訪消息。

這個時候，沈國英依然坐在客廳裡。夏雲山是個無日不來的熟人，不用通報，逕直就向裡走。他走到客廳裡時，只見沈國英坐在一張紫檀太師椅上，一手撐了椅靠，托住了頭，一手放在椅上，只管輕輕的拍著。他的眼光，只看了那地毯上的花紋，並不向前直視，夏雲山進來了，他也並不知道。他忽然將桌子一拍，又大聲喝道：「我決計忘了她了。我要不忘了她，算不得是個丈夫！」他這樣一作勢，倒嚇了夏雲山一跳，倒退一步，問道：「國英怎麼了？」沈國英一抬頭，見盟兄到了，站起來，搖了一搖頭道：「何麗娜這個女子，我又愛她，我又恨她，我又佩服她。」夏雲山笑道：「那是什麼原故？」沈國英就把何麗娜今天前來的話說了一遍，因道：「這個女子，我真不奈她何！」夏雲山笑道：「既是老弟臺如此說了，我又要說一句想開來的話，天下多美婦人，何必呢？就以何小姐而論，這種時髦女子，除了為花錢，也不懂別的，你忘了她，才是你的幸福。」沈國英哈哈大笑道：「我忘了她了，我忘了她了！」夏雲山一看他的態度，真有些反常，就帶拉帶勸，把他拉出門，讓他上衙門去了。

夏雲山經過了這一件事，對於二三知己，不免提到幾句，輾轉相傳，這話就轉到陶伯和耳朵裡來了。陶伯和鑒於沈鳳喜鬧出一個大亂子，覺得家樹和沈國英作三角戀愛的競爭，那是很危險的事，於是和他們想出一個辦法，更惹出一道曲折來。要知有甚曲折，下回交代。

第四回　借鑒怯潛威悄藏豔跡　移花彌缺憾憤起飄茵

卻說陶伯和怕家樹和沈國英形成三角戀愛，就想了個調和之策。過了幾天，又是一個星期日，家樹由學校裡回來了，伯和備了酒菜，請他和何麗娜晚餐。吃過了晚飯，大家坐著閒談，伯和問何麗娜道：「今晚打算到哪裡去消遣？」何麗娜道：「家樹這一學期的功課，耽誤得太厲害了，明天一早，讓他回學校去。隨便談談就得了，讓他早點睡吧。」陶太太笑道：「真是女大十八變，我們表妹，那樣一個崇尚快樂主義者，到了現在，變成一個做賢妻良母的資格了。」陶伯和口裡銜了雪茄，點了點頭道：「密斯何這倒也是真話。俗話說的，樂不可極。我常看到在北京的學生，以廣東和東三省的學生最奢侈，功課上便不很講究。廣東學生，多半是商家，而且他們家鄉的文化，多少還有些根底。東三省的學生，十之七八，家在農村，他們的父兄，也許連字都不認識。若是大地主呢，還好一點；若是平常的農人，每年匯幾千塊錢給兒子念書，可是不容易！」何麗娜不等他說完，搶著笑道：「這樣說起來，也是男大十八變呀。像陶先生過這樣舒服生活的人，也講這些。」伯和歎了一口氣道：「我們是混到外交界來了，生活只管奢侈起來，沒有法子改善的……」陶太太笑道：「得了，別廢話了。你自己有一篇文章要做，這個反面的起法，起得不對，話就越說越遠了，你還是言歸正傳吧。」

陶太太這樣說著，伯和於是取下雪茄，向煙灰缸裡彈了一彈灰，然後向樊、何二人道：「我有點意見，貢獻給二位，主張你們出洋去一趟。經費一層，密斯何當然是不成問題的了。就是家樹，也未嘗不能擔負。像你們這樣青春少年，正是求學上進的時候，隨便混過去了，真是可惜。」家樹道：「出洋的這個意思，我是早已有之的，只是家母身弱多病，我放心不下。而且我也決定了，從即日起，除了每星期回城一次，一切課外的事，我全不管。」陶太太道：「關於密斯何身上的事，是課以外呢，課以內呢？」伯和笑道：「人家不說了一星期回城一次嗎？難道那是探望表兄表嫂不成？你別打岔了，讓他向下說。」家樹道：「我不能出洋，就是這個理由，倒不用再向下說。」伯和道：「若僅僅是這個理由，我倒有辦法，把姑母接到北京來，我們一處過。我是主張你到歐洲去留學的，由歐洲坐西伯利亞火車回來，也很便當。你對於機械學，很富於興趣，乾脆，你就到德國去。於今德國的馬克不值錢，中國人在德國留學，乃是最便宜不過的事了。」家樹想了一想道：「表兄這樣熱心，讓我考量考量吧。」說時偷眼去看何麗娜的神氣。何麗娜含笑著，點了一點頭。陶太太笑道：「有命令了，表弟，她贊成你去呀。」然而何麗娜卻微擺著頭，笑道：「不是那個意思。我以為陶先生今天突然提到出洋的問題，那是有用意的。是不是為了沈國英的事，陶先生有些知道了，讓我躲避開來呢？」伯和口銜了雪茄，靠在椅子上，昂了頭作個沉思的樣子道：「我以為犯不上和這些武人去計較。」何麗娜笑道：「不用這樣婉轉的說。陶先生這個建議我是贊成的，我也願意到德國去學化學。這一個禮拜以內，我已籌劃好，這就請陶先生和我們辦兩張護照吧。家樹就因為老太太的事，躊躇不能決，既然陶先生答應把老太太接來，他就可以放膽走了。」伯和望了家樹道：「你看怎麼樣？」說著，將半截雪茄，只管在茶几上的煙缸邊敲灰，似乎一下一下的敲著，都是在催家樹的答覆。家樹胸一挺道：「好吧，我出洋去一趟，今天就寫信回家。」陶太太道：「事情既議定了，我同伯和有個約會，你二位自去看電影吧。」何麗娜道：「二位請便，我回家去了。」伯和夫婦微笑著，換了衣服出門而去。

這裡何麗娜依然同家樹坐在上房裡談話。這一間屋子，有點陳設得像客廳，凡是陶家親近些的朋友，都在這裡談話。這裡有話匣，有鋼琴，有牌桌，幾個朋友小集合，是很雅致的。靠玻璃窗下，一張橫桌上，放了好幾副棋具，又有兩個大冊頁本子，上面夾了許多朋友的相片。何麗娜本想取一副象棋，來和家樹對子，看到冊頁本子翻開，上面有幾個小孩子的相片，活潑可愛，於是丟了棋子不拿，只管翻看相片。她只掀動了四五頁，有一張自己的相片，夾在中間。仔細看時，又不是自己的相片。哦，是了，正是陶太太因之引起誤會，錯弄姻緣的一個線索，乃是沈鳳喜的相片。這張相片，不料陶太太留著還在，這不應當讓家樹再看見，他看見了，心裡會難受的。回頭看著家樹捧了一份晚報，躺在椅子上看，立刻抽了下來，向袋裡一塞，家樹卻不曾留意。她不看冊頁了，坐到家樹身邊，向他笑道：「伯和倒遇事留心，他會替我們打算。」家樹放下報來，望了何麗娜的臉，微笑道：「他遇事都留心，我應該遇事不放心了。」何麗娜道：「此話怎講？」家樹道：「他都知道事情有些危險性的了，可是我還不當什麼，人心是難測的，假使……」說到這裡，頓住了，微笑了一笑。何麗娜笑道：「下面不用說了，我知道——假使沈國英像劉德柱呢？」家樹聽了這話，不覺臉色變了起來，目光也呆住了，說不出話來。何麗娜笑道：「你放心，不要緊的，我的父親，不是沈三玄。你若是還不放心的話，你明天走了，我也回西山去，對外就說我的病復發了，到醫院去了。」家樹道：「我並不是說沈國英這個人怎麼樣……」何麗娜笑道：「那麼你是不放心我怎麼樣啦？——這真是難得的事，你也會把我放在心裡了。」家樹笑道：「你還有些憤憤不平嗎？」何麗娜笑著連連搖手道：「沒有沒有，不過我為你安心預備功課起見，真的，我明天就到西山去。我不好意思說預備功課的話，先靜一靜心，也是好的。」家樹笑道：「這個辦法，贊成我是贊成的，但是未免讓你太難堪了。」何麗娜笑著，又歎了一口氣道：「這就算難堪嗎？唉！比這難堪的事，還多著呢！」家樹不便再說什麼了，就只閒談著笑話。

也不知經過了多少時間，門口有汽車聲，乃是伯和夫婦回來了。伯和走進來，笑道：「喲，你們二位還在這裡閒談呀？」何麗娜道：「出去看電影，趕不上時間了。」陶太太道：「何小姐不是說要回家去的嗎？」伯和道：「那是她談著談著就忘了。不記得我們剛訂婚的時候，在公園裡坐著，談起來就是一下午嗎？」陶太太笑道：「別胡說，哪有這麼一回事？」何麗娜笑道：「陶太太也有怕人開玩笑的日子了！我走了，改天見。」陶太太道：「為什麼不是明天見呢？明天家樹還不走啦。」何麗娜也不言語，自提了大衣步出屋子來，家樹趕到院子裡，接過大衣，替她穿上了。她低聲道：「你明天下午，向西山通電話，我準在那裡的。」說時，暗暗的攜了家樹的手，緊緊的捏著，搖撼了兩下，那意思表示著，就是讓他放心。家樹在電燈光下向她笑了，於是送出大門，讓她上了汽車，然後才回去。

有了這一晚的計議，一切事情都算是定了。次日何麗娜又回到西山去住。她本來對於男女交際場合是不大去了，回來之後，上過兩回電影院，一回跳舞場，男女朋友們都以日久不見，忽然遇到為怪。現在她又回到西山去，真個是曇花一現，朋友們更為奇怪。

再說那沈國英對何麗娜總是不能忘情。為了追蹤何麗娜，探探她的消息起見，也不時到那時髦小姐喜到的地方去遊玩，以為或者偶然可以和她遇到一回，然而總是不見。在朋友口中，又傳說她因病入醫院了。沈國英對於這個消息，當然是不勝其悵惘，可是他自己已經立誓把何麗娜忘了，這句話有夏雲山可以證明的，若是再去追求何麗娜，未免食言，自己承認不是個大丈夫了。所以他在表面上，把這事絕口不提。夏雲山有時提到男女婚姻問題的事，探探他的口氣，沈國英歎了一口氣道：「那位講歷史的吳先生，對我說了：『欲除煩惱須無我，各有因緣莫羨人』。我今日以前，是把後七個字來安慰我，今日以後，我可要把前七個字來解脫一切了。」夏雲山聽他那個話，分明是正不能無我，正不免羨人。於是就讓自己的夫人到何家去打小牌玩兒的時候，順便向何太太要一張何小姐的相片。何太太知道夏太太是沈統制的盟嫂，這張相片，若落到她手上去，她就不免轉送到沈統制手上去，這可不大好。想起前幾天，何麗娜曾拿了一張相片回來，說是和她非常之相像，何太太一看可不是嗎？大家取笑了一回，就扔在桌子抽屜了。至於是什麼人，有什麼來歷，何麗娜為了家樹的關係，卻是不曾說，因之也不曾留什麼意。這時夏夫人要相片，何太太給是不願意，不給又抹不下情面，急中生智，突然的想起那張相片來，好在那張相片和女兒的樣子差不多的，縱然給人，人家也看不出來。於是也不再考量，就把那張相片交給了夏夫人，去搪塞這個人情。——其間僅僅是三小時的勾留，這張相片就到了沈府。

沈國英看到相片，吃了一驚，這張相片，似乎在哪裡看到過她，那決不是何小姐！現在怎麼變成何小姐的相了呢？那張相片，穿的是花柳條的袖子，套了緊身的坎肩，短裙子，長襪統，這完全是個極普通的女學生裝束，何小姐是不肯這樣裝扮的。哦！是了，這是劉德柱如夫人的相片，在劉德柱家檢查東西的時候，不是檢查到了這樣一張相片嗎？這張相片，不知道與何家有什麼關係，何太太卻李代桃僵的把這張相片來抵數，這可有些奇怪了。於是拿了相片在手，仔細端詳了一會，在許多地方看來，這固然與何麗娜的相貌差不多，可是她那嬌小的身材，似乎比何小姐還要活潑。劉德柱這個蠢材，對於這樣一個可愛的女子，竟是把她逼得成神經病了。後來派人到醫院裡去打聽，只說劉太太走了，至於走了以後，是向哪裡去了，卻不知道，於今倒可以把她找來看看。她果然是個無主的落花，不妨把愛何麗娜的情，移到她身上去，我就是這樣辦。假使那個沈鳳喜，她能和我合作，我一定香花供養，儘量灌輸她的知識，陶養她的體質，然後帶了她出入交際場合，讓他們看看，除了何小姐外，我能不能找個漂亮的夫人？他心裡如此想著的時候，一手拿了相片注視著，一手伸了一個指頭不住的在桌面上畫著圈圈。最後緊緊的捏了拳頭，抖了兩下；捏了拳頭，憑空捶了兩下，咬了牙道：「我決計把你弄了來，讓大家看看。」他如此想著，當天就派人四處去打聽沈鳳喜的下落。

到了次日，他手下一個副官，卻把沈三玄帶了來和他相見。沈國英聽說劉太太的叔父到了，卻不能不給一點面子，因之就到客廳裡來接見。及至副官帶了進來，只見一個蠟人似的漢子，頭上戴了膏藥片似的瓜皮小帽，身上一件灰布棉袍，除了無數的油漬和髒點，還大大小小有許多燒痕，這種人會做劉將軍的叔泰山，令人有些不肯信。正如此猶豫著的時候，沈三玄在門檻外搶進來一步，身子蹲著，垂了一隻右手，就向沈國英請了一個安。沈國英是個嶄新的軍人，對於這種腐敗的禮節，卻是有些看不慣，心裡先有三分不高興。可是他又轉念一想，假使這個劉太太家裡人身分太高了，又豈能讓我拿來作個洩氣的東西！惟其是讓自己可以隨便指揮，這才要利用她家裡面的人格低。如此一轉念，便向三玄點了個頭。三玄站起來笑道：「剛才吳副官到小人家裡去，問我那姪女的下落。唉！不瞞統制說，她瘋了，現在瘋人院裡。」沈國英道：「我也聽見說她有神經病的，但是在醫院裡不久就出來了。」三玄道：「她出來了，後來又瘋了，我們全家鬧得不安，沒有法子，只好又把她送到瘋人院裡去。」說著，在身上掏出一張相片，雙手顫巍巍的送到沈國英面前。笑道：「你瞧，這是瘋人院裡給她照的一張相。」

沈國英接過來一看，乃是一張半身的女相，清秀的面龐，配著蓬亂的頭髮，雖然帶些憔悴的樣子，然而那帶了酒窩的笑靨，喜眯眯的眼睛，向前直視，左手略略高抬，右手半向著懷裡，作個彈月琴的樣子。沈國英道：「這就是劉太太嗎？」沈三玄早已從吳副官口中略略知道了一點消息，便道：「她沒有得病的時候，劉將軍就和她翻了臉了，她早就不是劉家的人，劉家人誰也不認她。要不，稍微有碗飯吃，家裡怎樣也容留著她，不讓她上瘋人院了。其實，只要讓她順心，她的病就會好的。」沈國英將這張相片，拿在手裡沉吟了一會兒，因道：

「猛然一看，不像有病；仔細一看，她這一雙眼睛，向前筆直的看著，那就是有病了。我派人和你一同去，把她接了來，我親眼看看，究竟是怎麼一個樣子？」沈三玄道：「瘋人院的規矩，要領病人出來，那是很不容易的。」吳副官站在門外，就插嘴道：「任憑在什麼地方，有我們宅裡一個電話，沒有不放出來的。」沈三玄退後一步，於是又笑著向沈國英請了一個安道：「若是我那姪女救好了，我一家人永生永世忘不了你的大恩大德。」沈國英向他微笑道：「這倒無須。我並不是對你姪女兒有什麼感情，也不是在北京十幾萬戶人家裡面，單單的憐惜你一家。只因你的姪女，像我一個朋友……」說到這裡，覺得以下的話不大好說，就微笑了一笑。沈三玄怎敢問是什麼原故，口裡連連答應了幾聲「是」。沈國英向他一揮手道：「你跟著我的副官去，先預備衣服鞋襪，明天把她接了來，她的病要是能治，我就找醫生給她治一治，若是不能治，我可只好依然送到瘋人院裡去。」沈三玄彎了一彎腰道：「是，那自然。」倒退兩步，就跟著吳副官走了。

這個消息傳遍了沈宅，上下人等，沒有一個不奇怪的：莫不是主人翁也瘋了，怎麼要接個瘋子女人到家裡來？沈國英的兄長，是沒法勸止這個有權有勢的弟弟，只得打電話給夏總長請他來勸阻。夏雲山深以為怪，說沈國英是胡鬧，決不許他這樣幹。有了這樣一個波折，要知鳳喜能接出瘋人院與否，下回交代。

第五回　金屋蓄癡花別具妙計　玉人作贗鼎激走情儔

卻說沈國英要把沈鳳喜接回家來看看，夏雲山聽到了這個消息，很是驚異。次日當鳳喜還沒有接來之先，夏雲山就趕到沈國英家來攔阻。一見面，他就笑著嚷道：「我的老弟臺，你自己也患神經病了吧？怎麼要把一個瘋子女人接到家裡來看看。」沈國英笑道：「對了，我是有了神經病。但是全世界的人，真不患神經病的，卻有幾個？」夏雲山道：「難道你要弄個瘋子做太太？那在閨房裡，也沒有什麼樂趣吧！」沈國英道：「她不過是一種病，並不是一種毒！是病就可以治，治好了病，我再收她做太太；治不好病，我把她當個沒有靈魂的何麗娜，在我面前擺著，也是好的。我只把她當何小姐，就不嫌她病了。」他如此說著，夏雲山也無以相難，心想：何以把瘋子當何麗娜？我且看看這個沒有靈魂的何麗娜，究竟是什麼樣子？於是就陪了沈國英坐著等候。

不到一小時，吳副官進來報告，說是把沈鳳喜接來了。沈國英站起身來，笑著向院子裡迎上去。卻回過頭來向夏雲山笑道：「老實告訴你，我接的是何小姐，你不信，何小姐來了。那不是？」說著，手向進院子的那扇花隔扇門一指。夏雲山看時，果然是何小姐。只是她穿得很樸素，只穿了一件黑綢的絨袍，頭髮蓬蓬鬆鬆的，臉上白中帶黃，並沒有擦什麼脂粉，好像是生了病的樣子。不過雖然帶幾分病像，然而她卻是笑嘻嘻的露著兩排白牙，眼睛直朝前面看著，兩個黑眼珠子並不轉動。他是在交際場上，早就認識何小姐了。雖然把她燒了灰，自己也是認得的，這不是何小姐是誰？不過猛然間看到，不免嚇得自己突然向後一縮，若不是看著身前身後，站有許多人，一定要突然的叫了出來。但是那個何小姐，今天服裝不同了，連態度也不同了。她並不像往日一樣，見人言笑自若，她除了眼睛一直向前看著別人而外，就是對人嘻嘻的笑著。她後面跟著一個類似下流社會的人物，搶上前一步，對她道：「孩子，你別傻笑了，這是沈統制，你不認識嗎？」她兩道眼睛的視線，依然向前，微搖了兩搖頭。夏雲山這有點疑惑了：怎麼會讓這種人叫何小姐做孩子？於是也就瞪了兩隻眼睛望了她。沈國英走到她的面前，笑道：「你不是叫沈鳳喜嗎？」她笑道：「對呀，我叫沈鳳喜呀，樊大爺沒回來嗎？」夏雲山這才恍然，所謂沒靈魂的何小姐，那是很對的，原來沈鳳喜的相貌，和何麗娜相像，竟是到了這種地步！

當下沈國英回轉頭來向夏雲山笑道：「這不是我撒的什麼謊吧？你看這種情形，裝扮起來，和何小姐比賽一下，那不是個樂子嗎？」夏雲山還不曾去加以批評，沈國英已經掉過臉，又去向沈鳳喜說話了，便道：「哪個樊大爺？」鳳喜笑道：「喲！樊大爺你會不認識，就是我們的樊大爺麼。」說畢，將兩隻眼睛，笑眯眯的看了沈國英。跟在她後面的沈三玄，就上前一步，拉了她的衣袖道：「鳳喜，你不知道嗎？這是沈統制，他老人家的官可就大著啦！」鳳喜望了沈國英微笑道：「他的官大著啦，樊大爺的官也不小呀！」夏雲山問道：「怎麼她口口聲聲不離樊大爺？」沈國英微笑道：「這裡面當然是有些原因。當了她的面，我們暫不必說。」於是吩咐僕役們，團團將鳳喜圍住，卻叫人引了沈三玄到客廳裡來。

沈三玄一到客廳裡面，沈國英就問他道：「她怎麼口口聲聲都叫樊大爺，這樊大爺是誰呢？」沈三玄到了現在，實在是走投無路了；不想卻又有了這樣一個沈統制和他談和，真是喜從天降，於是就把樊家樹和鳳喜的關係，略微說了一點。沈國英道：「咦！怎麼又是個姓樊的？這個姓樊的是哪裡人？」沈三玄道：「是浙江人，他叔叔還是個關監督啦。」沈國英道：「原來還是他？難怪他那樣鍾情於何小姐了！」又冷笑了一聲道：「我這裡有的是閒房子，收拾出三間，讓你姪女在那裡養病，我相信她的病治得好。她病裡頭鬧不鬧呢？」三玄道：「她不鬧，除非有時唱上幾句。她平常怕見胖子，怕見馬鞭子，怕聽保定口音的人說話；遇到了，她就會哭著嚷著，要不然，她老是見著人就笑，見人就問樊大爺，倒沒有別的。她知道挑好吃的東西吃，也知道挑好看的衣服穿。」沈國英昂頭想了一想道：「我們這東跨院裡有幾間房子，很是僻靜的，那就讓她暫時在我這裡住十天半個月再說吧。」說著，向沈三玄望了問道：「你對於我的這種辦法，放心嗎？」三玄見統制望了他，早就退後一步，笑著請了一個安道：「難道在這兒養病，就不比在瘋人院裡強上幾十萬倍嗎？」沈國英淡淡的一笑道：「一切都看你們的造化。你去吧！」說著，將手一揮，把沈三玄揮了出去，自己躺在一張躺椅上把腳架了起來。順手在茶几上的雪茄煙盒子裡取了一根雪茄銜在嘴裡，在衣袋裡取出打火機，點著了煙，慢慢的吸著，向半空裡噴出一口煙來，接著還放出淡淡的微笑。

夏雲山看見他那逍遙自得的樣子，倒不免望了他發呆，許久，才問道：「國英！我看你對於這件事，倒像辦得很得意。」沈國英口裡噴著煙笑道：「那也無所謂，將來你再看吧。」夏雲山正色道：「你就要出一口氣，憑你這樣的地位，什麼法子都有。瘋子可不是鬧著玩的！」沈國英也一正臉色，坐了起來道：「你不必多為我擔心。你再要勸阻我這一件事，我就要拒絕你到我家裡來了。」夏雲山雖是一個盟兄，其實任何事件，都要請教這位把弟，把弟發了脾氣，他也就不敢再說。沈國英既然把事情做到了頭，索性放出手來做去：收拾了三間屋子，將鳳喜安頓在裡面；統制署裡，有的是軍醫，派了一個醫官和看護，輪流的去調治；而且給了沈家一筆費用，准許沈大娘和沈三玄隨時進來看鳳喜。

原來沈大娘自從鳳喜進了瘋人院以後，雖然手邊上還有幾個積蓄，一來怕沈三玄知道會搶了去，二來是有減無增的錢，也不敢浪用，所以她就在大喜胡同附近，找了一所兩間頭的灰棚屋子住下。沈三玄依然是在天橋鬼混，沈大娘卻在家裡隨便做些女工。想到自己年將半百，一點依靠沒有，將來不知是如何了局。自己的姑娘，現在是病在瘋人院裡，難道她就這樣的瘋上一輩子嗎？想到這裡，便是淚如泉湧的流將下來。所以她在苦日子以外，還過著一份傷心的日子。現在鳳喜到了沈國英家，她心裡又舒服了，心想：這樣看起來，還是養姑娘比小子的好，姑娘就是瘋了，現在還有人要她，而且一家人都沾些好處。將來姑娘要是不瘋了，少不了又是沈大人面前得寵的姨太太了。從前劉將軍說，要找個姓沈的旅長，做她的乾哥哥，於今不想這個沈旅長官更大了，還記得起她呢，這可好了。因之她收拾得乾乾淨淨的，每天都到沈宅跨院裡來探訪姑娘。——以沈國英的地位，撥出兩間閒房，去安頓兩個閒人，這也不算什麼。所以在頭一兩天，大家都覺得他弄個瘋子女人在家裡住著有些奇怪，過了兩天，大家也就把這事情看得很淡薄了。沈國英也是每天到鳳喜的屋子裡來看上一趟，遲早卻不一定。

這天，沈國英來看鳳喜的時候，恰好是沈大娘也在這裡，只見鳳喜拿了一張包點心的紙，在茶几上折疊著小玩藝兒，笑嘻嘻的。沈大娘站在一邊望了她發呆，沈國英進來，她請了個安，沈國英向她搖搖手，讓她別做聲，自己背了兩手，站在房門口望著。鳳喜將紙疊成了個小公雞，兩手牽扯著，那兩個翅膀閃閃作動，笑得格格不斷。沈大娘道：「姑娘，別孩子氣了，沈統制來了。」她對於沈統制三個字，似乎感不到什麼興奮之處，很隨便的回轉臉來看了一看，依然去牽動折疊的小雞。沈國英緩緩走到她面前，將她折的玩物拿掉，然後兩手按住了她的手，放在茶几上，再向她臉上注視著道：「鳳喜，你還不認得我嗎？」鳳喜微偏了頭，向他只是笑，沈國英笑道：「你說，認識不認識我？你說了，我給你糖吃。」鳳喜依然向著他笑，而且雙目注視著他。國英不按住她的手了，在衣服袋裡取出一包糖果來，在她面前一晃，笑道：「這不是？你說話。」鳳喜用很高的嗓音問道：「樊大爺回來了嗎？」她突然用很尖銳的聲音，送到耳鼓裡面來，卻不由人不猛然吃上一驚。他雖是個上過戰場的武夫，然而也情不自禁的向後退了一步。沈大娘看到這個樣子，連忙搶上前道：「不要緊的，她很斯文的，不會鬧。」沈國英也覺得讓一個女子說著嚇得倒退了，這未免要讓人笑話，便不理會沈大娘的話，依然上前，執著她一隻手道：「你問的是樊大爺嗎？他是你什麼人？」鳳喜笑道：「他呀？他是我的樊大爺呀，你不知道嗎？」說畢，她坐在凳上，一手托了頭，微偏著向外，口裡依舊喃喃的小聲唱著。雖然聽不出來唱的是些什麼詞句，然而聽那音調，可以聽得出來是四季相思調子。

當下沈國英便向沈大娘點點頭，把她叫出房門外來，低聲問道：「以前姓樊的，很愛聽她唱這個曲子嗎？」沈大娘皺了眉低聲道：「可不是。你修好，別理她這個茬兒，一提到了姓樊的，她就會哭著鬧著不歇的。」沈國英想了一想道：「姓樊的現時在北京，你知道嗎？」沈大娘道：「唉！不瞞你說，自己的姑娘不好，我也不好意思再去求人家了。你在她面前，千萬可別提到他。」沈國英道：「難道這個姓樊的他就不再來看你們了嗎？」沈大娘卻只歎了一口氣。沈國英看她這情形，當然也是有難言之隱，一個無知識的婦女，在失意而又驚嚇之後，和她說這些也是無用，於是他就不談了。

當沈國英正在沉吟的時候，忽聽得窗戶裡面，嬌柔婉轉唱了一句出來，正是四季相思中的句子：「才郎一去常常在外鄉……可憐奴哇瘦得不像人模樣。——樊大爺回來了嗎？」沈國英聽了這話，真不由心裡一動，連忙跨進房來一看，只見鳳喜兩手按了茶几，瞪了大眼睛向窗子外面看著。她聽了腳步響，回轉頭來看著，便笑嘻嘻的望了沈國英，定了眼珠子不轉。沈國英笑著和她點了幾點頭，有一句話正想說出來，她立刻就問出來道：「樊大爺回來了嗎？」沈國英把這句話聽慣了，已不是初聽那樣的刺耳，便道：「樊大爺快回來了。」他以為這是一句平常的話，卻不料偏偏引起她重重的注意，搶上前一步，拉了沈國英的手，跳起來道：「他不回來的，

他不回來的，他笑我，他挖苦我，他騙我上戲館子聽戲把我圈起來了，他……」說著說著，她哇的一聲哭了起來，伏在桌子上，又跳又哭。沈國英這可沒有了辦法，望了她不知所云。沈大娘走向前，將她摟在懷裡，心肝寶貝，摸著拍著，用好言安慰了一陣。她還哭著樊大爺長樊大爺短，足足鬧了二三十分鐘，方才停止。沈國英這算領教了，樊大爺這句話卻是答覆不得的。次日，鳳喜躺在床上，卻沒有起來，據醫生說，她的心臟衰弱過甚，應該要好好休養幾天，才能恢復原狀。沈國英這更知道是不能撩撥她，只有讓她一點兒也不受刺激，自由自便的過下去的了。

這樣的過了一個月之久，已是臘盡春回。鳳喜的脾氣，不但醫生看護知道，聽差們知道，就是沈國英也知道，所以大家都讓她好好的在房子裡一人調養，並不去撩撥她的脾氣。因之她除了見人就笑，見人就問樊大爺，倒也並沒有別的舉動。沈國英看她的精神，漸漸有些鎮靜了，於是照著何麗娜常穿出來的幾套衣飾，照樣和鳳喜做了幾套。不但衣飾而已，何麗娜耳朵上垂的一對翠玉耳墜子，何麗娜身上的那件灰背大衣，一齊都替鳳喜預備好。星期日，沈國英在家裡大請一回客，其間有十之七八，都認得何小姐的。在大客廳裡，酒席半酣，一個聽差來報告，姨太太回來了。沈國英笑著向聽差道：「讓她到這裡來和大家見見吧。」聽差答應著一個「是」，去了。不多一會兒，兩個聽差，緊緊的跟著鳳喜走了進來。客廳裡兩桌席面，男女不下三十人，一見之下，都不由吃了一驚：何總長的小姐，幾時嫁了沈國英做姨太太？……原來剛才鳳喜穿了紫絨的旗袍，灰鼠皮的大衣，打扮了一身新，正是高興得了不得，精神上略微有點清楚。聽差又再三的叮囑，等會見人一鞠躬，千萬別言語，回頭多多的給你水果吃。鳳喜也就信了。因之現在她並不大聲疾呼，站在客廳外，老遠的就向人行了個鞠躬禮。沈國英站了起來笑道：「這是小妾，讓她來斟一巡酒吧。」大家哪裡肯？同聲推謝。沈國英手向鳳喜一揮道：「你進去吧！」於是兩個聽差，扶了鳳喜進去。

在座的人，這時心裡就稀罕大了：那分明是何小姐！不但臉貌對，就是身上穿的衣服，也是何小姐平常喜歡穿的，不是她是誰？這豈非沈國英故意要賣弄一手，所以讓她到酒席筵前來。不然，一個姨太太由外面回家，有在宴會上報告之必要嗎？而且聽差也是不敢呀！……大家如此揣想，奇怪上加上一道奇怪，以為何廉熱衷作官，所以對沈國英加倍的聯絡，將他的小姐，屈居了作如夫人，怪不得最近交際場上，不見其人了。

過不幾天，這個消息傳到何廉耳朵裡去了，氣得他死去活來。仔細一打聽，才知道那天沈國英將如夫人引出和大家相見雖是真的，但是他並沒有說如夫人姓何，也沒有說如夫人叫麗娜，別人要說是何小姐，與沈國英有什麼相干？前次麗娜也說過有個女子和她相貌相同，也許沈國英就是把這個人討去了。而且有人說，這個女子，是個瘋子，一度做過劉將軍的妾，更可以知道沈國英將她賣弄出來，是有心要侮弄自己的姑娘。只是抓不著人家的錯處，不能去質問他。因為他討一個和何小姐相貌相同的人作妾，將妾與來賓相見，這並不能構成侮辱行為的。

何廉吃了這一個大虧，就打電話把何麗娜叫回來。這時，家樹放寒假之後也住在西山，就一同回來。何麗娜知道這件事，倒笑嘻嘻的說：「那才氣我不著呀。真者自真，假者自假。要證明這件事，我一出面，不用聲明，事情就大白了。他那叫瞎費心機，我才不氣呢！」可是家樹聽說鳳喜又嫁了沈統制，以為她的瘋病好了。覺得這個女子，實在沒有人格，一嫁再嫁。當時做那軍閥之奴，自己原還有愛惜她三分的意思，如今是只有可恨與可恥了。當他在何家聽得這消息的時候，沒有什麼表示，及至回到陶伯和家來，只推頭暈，就躺在書房裡不肯起來。

這天晚上，何麗娜聽說他有病，就特意到書房來看病。家樹手上拿了一本老版唐詩，斜躺在睡榻上看下去。何麗娜挨著他身邊坐下，順手接過書來一翻，笑道：「你還有工夫看這種文章嗎？」家樹歎了口氣道：「我心裡煩悶不過，借這個來解解悶，其實書上說的是些什麼，我全不知道。」何麗娜笑道：「你為什麼這樣子煩悶，據我想，一定是為了沈鳳喜。她……」家樹一個翻身坐了起來，連忙將手向她手上一按，皺了眉道：「不要提到這件事了。」何麗娜笑道：「我怎能不提？我正為這個事來和你商量呢。」說著，在身上掏兩張字紙，交給他道：「你瞧瞧，我這樣措辭很妥當嗎？」家樹接了字紙看時，何麗娜卻兩手抱了膝蓋，斜著看家樹的臉色是很平和的，就向著他嘻嘻的笑了起來。家樹看完了稿子，也望了何麗娜，二人噗嗤一笑，就擠到一處坐著了。

到了次日，各大報上，卻登了兩則啟事，引起了社會上不少的人注意。那啟事是：

樊家樹　何麗娜訂婚啟事

家樹、麗娜，以友誼日深，愛好愈篤，茲雙方稟明家長，訂為終身伴侶，凡諸親友，統此奉告。

何麗娜啟事

麗娜現已與樊君家樹訂婚，彼此以俱在青年，歲月未容閒度，相約訂婚之後，即日同赴歐洲求學。芸窗舊課，喜得重溫；舞榭芳塵，實已久絕。縱有陽虎同貌之奇聞，實益曾參殺人之噩耗，特此奉聞，諸維朗照。

這兩則啟事，在報上登過之後，社會上少不得又是一番哄動。樊、何二人較為親密的朋友，都紛紛的預備和他二人餞行。但是樊、何二人，對於這些應酬，一齊謝絕，有一個月之久，才兩三天和人見一面。大家也捉摸不定他們的行蹤。最後，有上十天不見，才知道已經出洋了。樊、何一走，這裡剩下了二沈，這局面又是一變。要知道這個瘋女的結局如何，下回交代。

第六回　借箸論孤軍良朋下拜　解衣示舊創俠女重來

光陰似箭一般的過去，轉眼便是四年了。這四年裡面樊家樹和何麗娜在德國留學，不曾回來。沈國英後來又參加過兩次內戰，最後，他已解除了兵權，在北平做寓公。因為這時的政治重心，已移到了南京，北京改了北平了。只是有一件奇怪的事，便是鳳喜依然住在沈家。她的瘋病雖然沒有好，但是她絕對不哭，絕對不鬧了，只是笑嘻嘻的低了頭坐著，偶然抬起頭來問人一句：「樊大爺回來了嗎？」沈國英看了她這樣子，覺得她是更可憐，由憐的一念慢慢的就生了愛情，心裡是更急於的要把鳳喜的病來治好。她經了這樣悠久的歲月，已經認得了沈國英，每當沈國英走進屋子來的時候，她會站起來笑著說：「你來啦。」沈統制去的時候，她也會說聲：「明兒個見。」沈國英每當屋子裡沒有人的時候，便拉了她在一處坐著，用很柔和的聲音向她道：「鳳喜，你不能想清楚以前的事，慢慢醒過來嗎？」鳳喜卻是笑嘻嘻的，反問他道：「我這是做夢嗎？我沒睡呀。」沈國英有時將大鼓三弦搬到她面前，問道：「你記得唱過大鼓書嗎？」她有時也就想起一點，將鼓摟抱在懷裡，沉頭靜思，然而想不多久，立刻笑起來，說是一個大倭瓜。沈國英有時讓她穿起女學生的衣服，讓她夾了書包，學我問她：「當過女學生嗎？」她一看見鏡子裡的影子，哈哈大笑，指著鏡子裡說：「那個女學生學我走路，學我說話，真淘氣！」類於此的事情，沈國英把法子都試驗過了，然而她總是醒不過來。沈國英種種的心血都用盡了，她總是不接受。他也只好自歎一句道：「沈鳳喜，我總算對得住你，事到如今我總算白疼了你！因為我怎樣的愛你，是沒有法子讓你瞭解的了。」他如此想著，也把喚醒鳳喜的計劃，漸漸拋開。

有一天，沈國英由湯山洗澡回來，在汽車上看見一個舊部李永勝團長在大路上走著。連忙停住了汽車，下車來招呼。李團長穿的是呢質短衣，外罩呢大衣，在春潮料峭的曠野裡，似乎有些不勝寒縮的樣子。便問道：「李團長，多年不見了，你好嗎？」李永勝向他周身看了一遍，笑答道：「沈統制比我的顏色好多了，我怎能夠像你那樣享福呢。唉！不過話又說回來了，在這個國亡家破的年頭兒，當軍人的，也不該想著享什麼福！」沈國英看他臉色，黑裡透紫，現著是從風塵中來，便道：「你又在哪裡當差事？」李永勝笑道：「差事可是差事，賣命不拿錢。」沈國英道：「我早就想破了，國家養了一二百萬軍隊，哪有這些錢發餉？咱們當軍人的，也該別尋生路，別要國家養活著了。你就是幹，國家發不出餉來，也幹得沒有意思。」李永勝笑道：「你以為我還在關裡呀？」沈國英吃了一驚的樣子，回頭看了一看，低聲道：「老兄臺，怎麼著，你在關外混嗎？餓死事小，失節事大，你怎麼跟亡國奴後面去幹？」說著，將臉色沉了一沉。李永勝笑道：「這樣說，你還有咱們共事時候的那股子勁。老實告訴你，我在義勇軍裡面混啦。這裡有義勇軍一個機關，我有事剛在這裡接頭來著。」說著，向路外一個村子裡一指。沈國英和他握了手笑道：「對不住，對不住，我說錯了話啦。究竟還是我們十八旅的人有種，算沒白吃國家的糧餉。你怎麼不坐車，也不騎頭牲口？」李永勝笑道：「我的老上司，我們幹義勇軍是種秘密生活，能夠少讓敵人知道一點，就少讓敵人知道一點，那樣大搖大擺的來來去去做什麼？」沈國英笑道：「好極了，現在回城去，不怕人注意，你上我的車子到我家裡去，我們慢慢的談一談吧。」李永勝也是盛情難卻，就上了車子，和他一路到家裡來。

沈國英將李永勝引到密室裡坐著，把僕從都禁絕了，然後向他笑道：「老兄臺，我混得不如你呀，你倒是為國為民能作一番事業。」李永勝坐在他對面，用手搔了頭髮，向著他微微一笑道：「我這個事，也不算什麼為國為民，只是吃了國家一二十年的糧餉，現在替國家還這一二十年的舊賬。」沈國英兩手撐了桌沿，昂了頭望著天道：「你比我吃的國家糧餉少，你都是這樣說，像我身為統制的人，還在北京城裡享福，豈不要羞死嗎？」李永勝道：「這是人人可做的事呀，只要沈統制有這份勇氣，我們關外有的是弟兄們，歡迎你去做總司令、總指揮。只是有一層，我們沒錢，也沒有子彈。吃喝是求老百姓幫助，子彈是搶敵人的，沒有子彈的時候，我們只憑肉搏和敵人拚命。這種苦事，沈統制肯幹嗎？」說時，笑著望了他，只管搔自己的頭髮。沈國英皺了眉，依舊昂著頭沉思，很久才道：「我覺得不是個辦法。」李永勝看他那樣子，這話就不好向下說，只淡淡的一笑。沈國英道：「你以為我怕死不願幹嗎？我不是那樣說。我不幹則已，一幹就要轟轟烈烈的驚動天下。沒有錢還自可說；沒有子彈，那可不行！」李永勝看他的神情態度，不像是說假話，便道：「依著沈統制呢？」沈國英道：「子彈這種東西，並不是花錢買不到的。我想假使讓我帶一支義勇軍，人的多少，倒不成問題，子彈必定要充足。」李永勝突然站起來道：「沈統制這樣說起來，你有法子籌得出錢嗎？」沈國英道：「我不敢說有十分把握，我願替你借箸一籌，出來辦一辦。」李永勝一聽，也不說什麼，突然的跪下地去，朝著他端端正正的磕了三個頭。

這一突如其來的行為，是沈國英沒有防到的，嚇得他倒退一步，連忙將李永勝攙扶起來。問道：「老兄臺，你為什麼行這樣重的大禮，我真是不敢當。」李永勝起來道：「老實說，不是我向你磕頭，是替我一千五百名弟兄向你磕頭。他們是敵人最怕的一支軍隊，三個月以來，在錦西一帶建立了不少的功績。只是現在缺了子彈，失掉了活動力，再要沒有子彈接濟，不是被敵人看破殺得同歸於盡，也是大家心灰氣短，四處分散。我們的總指揮派了我和副指揮到北平來籌款籌子彈，無如這裡是求助的太多，一個一個的來接濟，攤到我們頭上，恐怕要在三個月之後。為了這個，我是非常之著急。沈統制若是能和我們想個兩三萬塊錢，讓我們把軍械補充一下，不但這一路兵有救，就是對於國家，也有不少的好處。沈統制，我相信你不是想不出這個法子的人，為了國家……」說到這四個字，他又朝著沈國英跪了下去。沈國英怕他又要磕頭，搶向前一步，兩手將他抱住，拖了起來道：「我的天，有話你只管說，老是這個樣子對付我，你不是叫我，要求我，你是打我，罵我了。」李永勝道：「對不住，請你原諒我，我是急糊塗了。」沈國英笑道：「要我幫你一點忙，也未嘗不可以，就是義勇軍真正的內容我有些不知道。請你把關外義勇軍詳細的情形，告訴我一點，我向別人去籌款子，人家問起來了，我也好把話去對答人家。」李永勝道：「你要知道那些詳細的情形，不如讓我引一個人和你相見，你就相信我的話不假了。我先說明一下，此人不是男的，是個二十一二的姑娘。」沈國英道：「我常聽說義勇軍裡面有婦女，於今看起來，這話倒是不假的了。」李永勝道：「這當然是真的。不過她不是普通女兵，卻是我們的副指揮呢！只是有一層，她的行蹤很守秘密的，你要見她，請你單獨的走下內客廳會她，我明天下午四點鐘以後，帶了她來。也許你見了認識她。因為她這個人，不但是現在當義勇軍，以前在北京，她就做過一番轟轟烈烈的舉動。」

沈國英越聽越奇怪了。這到底是怎麼回事呢？當然囉，現在各報上老是登著什麼「現代之花木蘭」，也許這副指揮就是所謂的「現代之花木蘭」了。但是怎麼我會認識她？在北平的一些知名女士，是數得出的，我差不多都碰過面，她們許多人只會穿了光亮的鞋子，到北京飯店去跳舞，哪裡能到關外去當義勇軍呀？……沈國英急於要結識這個特殊的人物，於是又把自己的想法問了李永勝。李永勝微笑道：「這些都不必研究。明天沈統制一見，也許就明白了。只請你叮囑門房一聲，明天我來的時候，通名片那道手續最好免了，讓我一直進來就是。」沈國英道：「不，我要在大門口等著，你一來，我就帶著向裡行。」李永勝也不再打話，站起來和他握了一握手，笑道：「明天此時，我們大門口相見。」說畢，逕直的就走了。

沈國英送他出了大門口，自己一人低頭想著向裡走。奇怪？李永勝這個人有這股血性，倒去當了義勇軍；我是他的上司，倒碌碌無所表現！正這樣走著，猛然聽到一種很尖銳的聲音，在耳朵邊叫道：「樊大爺回來了嗎？」他看時，鳳喜站在一叢花樹後面，身子一閃，跑到一邊去了。自己這才明白，因為心中在想心事，糊里糊塗的，不覺跑到了跨院裡來，已經是鳳喜的屋子外面了。因追到鳳喜身邊，望了她道：「你為什麼跑到院子裡來，伺候你的老媽子呢？」鳳喜抬了肩膀，格格的笑了起來。沈國英握了她一隻手，將她拉到屋子裡去；她也就笑了跟著進來，並不違抗。伺候她的兩個老媽子都在屋裡，並沒有走開。沈國英道：「兩人都在屋裡，怎麼會讓她跑出去了的？」老媽子道：「我們怎麼攔得住她呢？真把她攔住不讓走，她會發急的。」沈國英道：「統「這話我不相信。你們在屋子裡的人都攔不住她，為什麼我在門外，一拉就把她拉進來了呢？」老媽子道：「統制，你有些不明白。我們這些人，在她面前，轉來轉去，她都不留意；只有你來了，她認得清楚，所以你說什麼，她都肯聽。」沈國英聽了這話，心中不免一動，心想：這真是「精誠所至，金石為開」了。這樣子做下去，也許我一番心血，不會白費。因拉著鳳喜的手，向她笑道：「你真認得我嗎？」鳳喜笑著點了點頭，將一個食指，放在嘴裡咬著，眼皮向他一撩，微笑著道：「我認得你，你也姓沈。」沈國英道：「對了，你像這樣說話，不就是好人嗎？」鳳喜道：「好人？你以為我是壞人嗎？」她如此說時，不免將一隻眼珠橫著看人。兩個老媽子，趕快向沈國英丟著眼色，拉著鳳喜便走，口裡連道：「有好些個糖擺在那裡，吃糖去吧。」說時，回過頭來，又向沈國英努嘴。他倒有些明白，這一定是鳳喜的瘋症，又要發作，所以女僕招呼閃開，自己歎了一口氣，也就走回自己院子裡來了。當他走到自己院子裡來的時候，忽然想起李永勝說的那番話，心想，我這人，究竟有些傻，當這樣國難臨頭的時候，要我們軍人去作的事很多，我為什麼戀戀於一個瘋了五年的婦人？我有這種精神，不會用到軍事上去，作一個軍事新發明嗎？這樣一轉，他真個又移轉到義勇軍這個問題上去設想了。

到了次日，沈國英按著昨天相約的時候，親自站在大門口，等候貴客光臨。但是汽車、馬車、人力車、行路的人來來往往不斷的在門口過著，卻並沒有李永勝和一個女子同來。等人是最會感到時間延長的，沈國英等了許久許久，依然不見李永勝到來，這便有些心灰意懶，大概李永勝昨天所說，都是瞎謅的話，有些靠不住的。他正要掉轉身向裡去，只見一輛八成舊的破騾車，藍布篷子都變成了灰白色了。一頭棕色騾子拉著，一直向大門裡走。那個騾車夫，戴了一頂破氈帽，一直蓋到眉毛上來，低了頭，而且還半偏了身子，看不清是怎樣一個人。沈國英搶上前攔住了騾頭，車子可就拉到了外院，喝道：「這是我們家裡，你怎麼也不招呼一聲，就往裡闖！」那車夫由騾車上跳了下來，用手將氈帽一掀，向他一笑。出其不意的，倒嚇沈國英一跳，這不是別人，正是李永勝，不覺「咦」了一聲道：「你扮得真像，你在哪裡找來的這一件藍布袍子和布鞋布襪子？還有你手裡這根鞭子……」李永勝並不理會他的話，手帶了韁繩，把車子又向裡院攏了一攏。沈國英道：「老李，你打算把這車還往哪裡拉？」李永勝道：「你不是叫我請一位客來嗎？人家是不願意在大門外下車的。」

這裡沈國英還不曾答話，忽聽得有人在車篷裡答應著道：「不要緊的，隨便在什麼地方下車都可以。」說著話時，一個穿學生制服的少年跳下車來。但是他雖穿著男學生的制服，臉上卻帶有一些女子的狀態，說話的聲音，可是尖銳得很，看他的年紀，約在二十以上，然而他的身材，卻是很矮小，不像一個男子。沈國英正怔住了要向他說什麼，他已經取下了頭上的帽子，笑著向沈國英一個鞠躬，道：「沈統制，我來得冒昧一點吧？」這幾句話，完全是女子的口音，而且他頭上散出一頭黑髮。沈國英望了李永勝道：「這位是——」李永勝笑著道：「這就是我們的副指揮，關秀姑女士。」沈國英聽到，心裡不由得發生了一個疑問：關秀姑？這個名字太熟，在哪裡聽到過。……關秀姑向他笑道：「我們到哪裡談話？」沈國英見她毫無羞澀之態，倒也為之慨然無忌，立刻就把關、李二人引到內客廳裡來。

三人分賓主坐下了，秀姑首先道：「沈先生，我今天來，有兩件事，一件是為公，一件是為私，我們先談公事。我們這一路義勇軍前後一十八次，截斷偽奉山路，子彈完了，弟兄們也散去不少，現在想籌一筆款子買子彈。這子彈在關外買，我們有個來源，價錢是非常的貴，至低的價錢，要八毛一粒，貴的貴到一塊二毛，兩三萬塊錢的子彈，不夠打一仗的。最好是關裡能接濟我們的子彈，不能接濟我們的子彈，多接濟我們的錢也可以。沈先生是個少年英雄，是個愛國軍人，又是在政治上占過重要地位的，對於我的要求，我敢大膽說一句，是義不容辭，而且也是辦得到的。所以我一聽李團長的話，立刻就來拜訪。沈統制不是要知道我們詳細的情形嗎？我們造有表冊，可以請看。只是這東西也可以假造的。要證據，我身上倒現成。」說著，她將右手的袖子向上一捲，露出圓藕似的手臂，正中卻有一塊大疤痕。沈國英是個軍人，他當然認得，乃是子彈創痕。她放下袖子，抬起一隻右腳，放在椅子檔上，捲起褲腳，又露出一隻玉腿來，腿肚子上，也是一個挺大的疤痕。沈國英看她臉上，黑黑的，滿面風塵，現在看她的手臂和腿，卻是其白如雪，其嫩如酥，實在是個有青春之美的少女。他這樣的老作遐思，秀姑卻是坦然無事的，放下褲腳來，笑向沈國英道：「這不是可以假造出來的。不過沈統制再要知道詳細，最好是跟了我們到前線去看看。你肯去嗎？」說時，淡淡的笑著看人。

沈國英見關秀姑說話那樣旁若無人的樣子，心裡不由得受了很大的衝動，突然站起來，將桌子一拍道：「女士這樣說，我相信了。只是我沈國英好慚愧！我當軍人，做到師長以上，並沒有掛過一回彩，倒不如關女士掛了彩又掛彩，不愧軍人本色。關女士深閨弱女，都能捨死忘生，替國家去爭人格，難道我就不能為國出力嗎？好，多話不用說，我就陪你到關外去看一趟，假使我找得著一個機會，幾萬粒子彈，也許可以籌得出來。」秀姑猛然伸了手，向他一握道：「這就好極了。只要沈先生肯給我們籌劃子彈，我們就一個錢不要。」沈國英道：「假使子彈可以到手，我們要怎樣的運送到前方去呢？」秀姑道：「這個你不必多慮，只要你有子彈，我們就有法子送到前方去。現在公事算談著有點眉目了，咱們可以來談私事了。」沈國英想著，我們有什麼私事呢？這可奇了！要知她說出什麼私事來，下回交代。

第七回　伏櫪起雄心傾家購彈　登樓記舊事驚夢投懷

卻說關秀姑說是有私事要和沈國英交涉，使他倒吃了一驚，自己與這位女士素無來往，哪有什麼私事要交涉？當時望了秀姑卻說不出話來。秀姑微微一笑道：「沈統制，你得謝謝我呀！四年前你們惱恨的那個劉將軍，常常和你們搗亂，你們沒法子對付他，那個人可是我給你們除掉的呀。」說畢，眉毛一揚，又笑道：「要是劉德柱不死，也許你們後來不能那樣得意吧？」沈統制頭一昂道：「哦！是了。我說你的大名，我很熟呢，那次政變以後，外邊沸沸揚揚的傳說著，都說是姓關的父女兩個幹的，原來就是關女士。老實說，那次政變，倒也幸得是北京先除劉巡閱使的內應。可是那些占著便宜的人，現在死的死了，走的走了，要算這一筆舊賬，也無從算起。」秀姑微笑搖了兩搖頭道：「你錯了！你們升官發財，你們升官發財去，我管不著。而且那回我把劉德柱殺了，我是為了我的私事，與你們不相干。可是說著與你們不相干也不全是，仔細說起來，與你又有點兒關係。」沈國英道：「關女士說這話，我可有些糊塗。」秀姑微笑道：「你府上，到現在為止，不是還關著一個瘋子女人嗎？我是說的她。現在，我要求你，讓我看看她。」

這一說不要緊，沈國英臉上頓時收住笑容，一下子站了起來，望著秀姑，沉吟著道：「你是為了她？——不錯，她是劉德柱的如夫人，以前很受虐待的，這與關女士何干？」秀姑微笑道：「你對這件事，原來也是不大明白的，這可怪了。」沈國英看看李永勝，有一句話想問，又不便問，望了只是沉吟著。李永勝倒有些情不自禁。關於秀姑行刺劉將軍的事，關壽峰覺得是他女兒得意之作，在關外和李永勝一處的時候，源源本本，常是提到，只有秀姑對家樹亦曾鍾情的事，沒有說起。這時，李永勝也就將關壽峰所告訴的話，完全說了出來。

沈國英一聽，這才舒了一口氣，拍手道：「原來關女士和鳳喜還是很好的姊妹們，這就好極了！我們立刻引關女士見她。她現在有時有些清醒，也許認得你的。」秀姑搖了一搖頭道：「不，我這個樣子去見她，她還以為是來了一個大兵呢。騾車上，我帶有一包衣服，請你借間屋子，我換一換。我很忙，在家裡來不及換衣服就來了。」沈國英連說：「有，有。」便在上房裡叫了個老媽子就出來，叫她拿了騾車上的衣包，帶著關秀姑去換衣服。

不一刻，秀姑換了女子的長衣服出來，咬了下唇，微微的笑。沈國英笑道：「關女士男裝，還不能十分相像；這一改起女裝來，眉宇之間，確有一股英雄之氣！」秀姑並不說什麼，只是微笑著。沈國英看她雖不是落落難合，卻也不肯對人隨聲附和，不便多說話，便引了她和李永勝，一路到鳳喜養病的屋子裡來。

這天，恰是沈大娘來和鳳喜送換洗的衣服，見關秀姑來了，不由「呀」的一聲迎上前來，執著她的手叫道：「大姑娘，你好哇？多年不見啦。」秀姑道：「好，我瞧我們妹妹來了。」她口裡如此說著，眼睛早是射到屋子裡。見鳳喜長得更豐秀些了，坐在一張小鐵床上，懷裡摟了個枕頭，並不顧到懷裡的東西，微偏了頭，斜了眼光，只管瞧著進來的人。秀姑遠遠的站住，向她點了兩個頭，又和她招了兩招手。鳳喜看了許久，將枕頭一拋，跳上前來，握了秀姑的手道：「你是關大姐呀！」另一隻手卻伸出來摸著秀姑的臉，笑道：「你真是關大姊？這不是做夢？這不是做夢？」秀姑笑著點頭道：「誰說做夢呢，你現在明白了嗎？」鳳喜道：「樊大爺回來了嗎？」秀姑道：「他回來了，你醒醒吧。」鳳喜的手執了秀姑的手，「哇」的一聲哭出來了。沈大娘搶上前，分開她的手，用手撫著她的脊樑道：「孩子，人家沒有忘記你，特意來看你，你放明白一點，別見人就鬧呀！」鳳喜一哭之後，卻是忍不住哭聲，又跳又嚷，鬧個不了。沈大娘和兩個老媽子，好容易連勸帶騙，才把她按到床上躺下了。

秀姑站在屋子裡，儘管望著鳳喜，倒不免呆了。沈國英便催秀姑出來，又把沈大娘叫著，一同到客廳裡坐。因指著秀姑向沈大娘道：「這位姑娘了不得，她父女倆帶了幾千人在關外當義勇軍，為國家報仇，我看見她這樣有勇氣，我自己很慚愧，決計把家財不要，買了子彈，親自送到關外去。這樣一來，我這個家是我兄嫂的了。你的閨女，就不能再在我這裡養病。但是不在我這裡養病，難道還把她送進瘋人院不成？我和醫生研究了許多次，覺得她還不是完全沒有知識，斷定了她瘋病是為什麼情形而起的，我們還用那個情節，再逼引她一回。這一回逼得好，也許就把她叫醒過來了。不好呢，讓她還是這樣瘋著，倒沒有什麼關係。就怕的是刺激狠了，會把她引出什麼差錯來，我和你商量一下，你能不能放手讓我去做。」沈大娘道：「我有什麼不能放手呢？養活著這樣一個瘋子，什麼全不知道，也就死了大半個啦。憑她的造化，治好了她的病，我也好沾她一些光；治不好她的病，就是死了那也是命該如此，有什麼可說的呢！」沈國英道：「今天聽這位李團長所說，鳳喜發瘋的那一天，關女士是親眼看見的。因為劉德柱打了她，又逼她唱。老媽子又說，他從前打死過一個姨太太，所以她又氣又急又害怕，成了這個瘋病。若是原因如此，這就很好辦啦。劉德柱以先住的那個房子，現在正空在那裡。有關女士在這裡，那臥房上下幾間屋子是怎樣的情形，關女士一定還記得。就請關女士出來指點指點，照以前那樣的布置法子，再布置一番，就等她睡覺的時候，悄悄的把她搬到那新屋子裡去住下。我手下有一個副官，長得倒有幾分像劉將軍，雖然眉毛淡些，沒有鬍子，這個都可以假裝。到了那天讓他裝做劉將軍的樣子，拿鞭子抽她；回頭再讓關女士裝成當日的樣子，和他一講情，活靈活現，情景逼真，也許她就真個醒過來了。」秀姑笑道：「這個法子倒是好，那天的事情，我受的那印象太深，現在一閉眼睛，完全想得起來，就讓我帶人去布置。」沈國英道：「那簡直好極了，諸事就仰仗關女士。」說著，拱了一拱手。秀姑對沈大娘道：「大嬸你先回去，回頭我再來看你。」沈國英看這情形，料著秀姑還有什麼話說，就打發沈大娘走開。

這裡秀姑突然的站起，望了沈國英道：「我有一句話要問你，假使鳳喜的病好了，你還能跟著我們到關外去嗎？」沈國英道：「那是什麼話？救國大事，我豈能為了一個女子把它中止了。總而言之，她醒了也好，她死了也好，我就是這樣做一回。二位定了哪天走，我決不耽誤。不瞞二位說，我做了這多年的官，手上大概有十幾萬元。除了在北京置的不動產而外，在銀行裡還存有八萬塊錢。我一個孤人，盡可自謀生活，要這許多錢何用？除了留下兩萬塊錢而外，其餘的六萬塊錢，我決計一齊提出來，用五萬塊錢替你們買子彈，一萬塊錢替你們買藥品。當軍事頭領的人，買軍火總是內行。天津方面，我還有兩條買軍火的路子，今天我就搭夜車上天津，如果找著了舊路的話，我付下定錢，就把子彈買好。等我回來，將合同交給你們。那麼，不問我跟不跟你們去，你們都可以放心了。」說著微笑了一笑道：「老實說，我傾家蕩產幫助你們，我自己不去看看，也是不放心的。你不要我去，我還要去呢。我的錢買的子彈，我不能全給人家去放，我自己也得放出去幾粒呢。」秀姑道：「好哇！我明天什麼時候來等你的回信？」沈國英道：「我既然答應了，走得越快越好。我一面派人和關女士到劉將軍家舊址去布置，一面上天津辦事。我無論明天回來不回來，隨時有電話向家裡報告。」秀姑向李永勝笑道：「這位沈先生的話，太痛快了，我沒有什麼話說，就是照辦。李團長，你看怎麼樣？」李永勝笑道：「這件事，總算我沒有白介紹，我更沒有什麼話說，心裡這份兒痛快，只有跟著瞧熱鬧的哇。」

當下沈國英叫了一個老聽差來，當著秀姑的面，吩咐一頓，叫他聽從秀姑的指揮，明天到劉家舊址布置一切。好在那裡乃是一所空房子，房東又是熟人，要怎樣布置，都是不成問題的。老聽差雖然覺得主人這種吩咐，有些奇怪，但是看到他那樣鄭重的說著，也就不敢進一詞，答應著退下去了。

秀姑依然去換好了男子的制服，向沈國英笑道：「我的住址沒有一定……」沈國英道：「我也不打聽你的住址，你明天到我這裡來，帶了聽差去就是了。」秀姑比齊腳跟站定了，挺著胸向他行了個舉手禮，就和李永勝逕直的走出去了。

這天晚上，沈國英果然就到天津去了。天津租界上，有一種秘密經售軍火的外國人，由民國二三年起，直到現在為止，始終是在一種地方坐莊。中國連年的內亂，大概他們的功勞居多，所以在中國久事內戰的軍人，都與他們有些淵源可尋。沈國英這晚上到了天津，找著賣軍火的人，一說就成功。次日下午，就坐火車回來了。他辦得快，北平這邊秀姑布置劉家舊址，也辦得不緩，到了晚半天，大致也就妥當了，大家見面一談，都非常之高興。

次日下午，沈國英等著鳳喜睡著了，用一輛轎式汽車，放下車簾，將她悄悄的搬上車，送到劉家，到了那裡，將一領斗篷，兜頭一蓋，送到當日住的樓上去。屋子裡亮著一盞光亮極小的電燈，外罩著一個深綠色的紗罩，照著屋子裡，陰暗得很。

再說鳳喜被人再三搬抬著，這時已經醒了。一到屋子裡，看看各種布置，好像有些吃驚，用手扶了頭，閉著眼睛想了一想，又重睜開來。再一看時，卻是不錯，銅床，紗帳，錦被，窗紗，一切的東西都是自己曾享受過的。看看這屋子裡並沒有第二個人，又沒有法子去問人。彷彿自做過這樣一個夢，現在是重新到這夢裡來了。待要走出門去時，房門又緊緊的扣著。掀開一角窗紗向外一看，呵喲！是一個寬的樓廊，自己也曾到過的。正如此疑惑著，忽聽得秀姑在樓梯上高聲叫道：「將軍回來了。」鳳喜聽了這話，心裡不覺一驚。不多一會，房門開了，兩個老媽子進來，板著臉色說道：「將軍由天津回來了，請太太去，有話說。」鳳喜情不自禁的就跟了她們出來。走到劉將軍屋子裡，只見劉將軍滿臉的怒容，操了一口保定音道：「我問你，你一個人今天偷偷到先農壇去作什麼？」鳳喜還不曾答話，劉將軍將桌子一拍，指著她罵道：「好哇！我這樣待你，你倒要我當王八，我要不教訓教訓你，你也不知道我的厲害！瞧，這是什麼？」說著，手向牆上一指。鳳喜看時，卻是一根藤鞭子。這根藤鞭子，她如何不認得！哇的一聲，叫了起來。劉將軍更不打話，一跳上前，將藤鞭子取到手上，照定鳳喜身邊，就直揮過來。雖然不曾打著她，這一鞭子打在鳳喜身邊一張椅子上，就是「啪」的一下響。鳳喜張大了嘴，哇哇的亂叫，看到身邊一張桌子，就向下面一縮。她不縮下去猶可，一縮下去之後，劉將軍的氣就大了，拿了鞭子，照定桌子腳，就拚命的狂抽。鳳喜嚇得縮做一團，只叫「救命」。

就在這時，秀姑走了進來，搶了上前，兩手將劉將軍的手臂抱住，向他道：「將軍，你有話，只管慢慢的問她，把她打死了，問不出所以來，也是枉然。」鳳喜縮在桌子底下，大聲哭叫道：「關大姊救命呀！關大姊救命呀！」秀姑聽她說話，已經和平常人無二，就在桌子底下，將她拖了出來。她一出來之後，立刻躲到秀姑懷裡，只管嚷道：「大姊，不得了啦，你救救我啦，我遍身都是傷。」秀姑帶拖帶擁，把她送到自己屋子裡去。電燈大亮，照著屋子裡一切的東西，清清楚楚。鳳喜藏在秀姑懷裡，讓她摟抱住了，垂著淚道：「大姊，這是什麼地方，我在做夢嗎？」秀姑道：「不是做夢，這是真事，你慢慢的想想看。」鳳喜一手搔了頭，眼睛向上翻著，又去凝神的想著。想了許久，忽然哭起來道：「我這是做夢呀！要不，我是做夢醒了吧？」說時，藏在秀姑懷裡，只管哇哇的哭叫著。秀姑一手摟住她的腰，一手撫摸著她的頭髮，向她安慰著道：「不要緊的，做夢也好，真事也好，有我在這裡保護著你呢。你上床去躺一躺吧。」於是兩手摟抱著她，向床上一放，便在床面前一張椅子上坐下。鳳喜也不叫了，也不哭了，一人躺在床上，就閉了眼睛，靜靜的想著過去的事情。一直想過兩個鐘頭以後，秀姑並不打岔，讓她一個人靜靜的去想。鳳喜忽然一頭坐了起來，將手一拍被頭道：「我想起來了，不是做夢，不是做夢，我糊塗了，我糊塗了。」秀姑按住她躺下，又安慰著她道：「你不要性急，慢慢的想著就是了。只要你醒過來了，你是怎麼了，我自然會慢慢的告訴你的。」鳳喜聽她如此說又微閉了眼，想上一想，而且將一個指頭伸到嘴裡用牙齒去咬著。她閉了眼睛，微微的用力將指頭咬著，覺得有些痛，於是將手指取了出來，口裡不住的道：「手指頭也痛，不是夢，不是夢。」秀姑讓她一個人自自在在的睡著，並不驚擾她。

這時，沈國英在樓廊上走來走去，不住的在窗子外向裡面張望，看到裡面並沒有什麼動靜，卻悄悄的推了門進來向秀姑問道：「怎麼了？」秀姑站起來，牽了一牽衣襟，向他微微的笑著點頭道：「她醒了，只是精神不容易復原，你在這裡看守住她，我要走了。」沈國英道：「不過她剛剛醒過來，總得要有一個熟人在她身邊才好。」秀姑道：「沈先生和她相處幾年，還不是熟人嗎？再說，她的母親也可以來，何必要我在這裡呢？我們的後方機關，今天晚上還有一個緊急會議要開，不能再耽誤了。」說畢，起身便走。沈國英也是急於要知道鳳喜的情形，既是秀姑要走，落得自己一個人在屋子裡，緩緩的問她一問，便含了微笑，送到房門口。

當下沈國英回轉身來，走到床面前，見鳳喜一隻手伸到床沿邊，就一伸手，握著她的手，俯了身子向她問道：「鳳喜，你現在明白一些了嗎？」她靜靜的躺在床上，正在想心事，經沈國英一問，突然的回轉身來望著他，「呀」了一聲，將手一縮，人就立刻向床裡面一滾。沈國英看她是很驚訝的樣子，這倒有些奇怪，難道她不認識我了嗎？他站在床面前，望了鳳喜出神，鳳喜躺在床上，也是望了他出神。她先是望了沈國英很為驚訝，經了許久，慢慢現出一些沉吟的樣子來，最後有些兒點頭，似乎心裡在說：認得這個人。沈國英道：「鳳喜，你現在醒過來了嗎？」鳳喜兩手撐了床，慢慢的坐起，微偏了頭，望著他，只管想著。沈國英又走近一些，向她微笑道：「你現在總可以完全瞭解我了吧？我為你這一場病，足足的費了五年的心血啦。你現在想想看，我這話不是真的嗎？」沈國英總以為自己這一種話，可以引出鳳喜一句切實些的話來。然而鳳喜所告訴的，卻是他做夢也想不到的一句話。要知鳳喜究竟答覆的是什麼，下回交代。

第八回　辛苦四年經終成泡影　因緣千里合同拜高堂

卻說沈國英問鳳喜可認得他，她答覆的一句話，卻出於沈國英意料以外。她注視了很久，卻反問道：「你貴姓呀？我彷彿和你見過。」沈國英和她盤桓有四五年之久，不料把她的病治好了，她竟是連人家姓什麼都不曾知道，這未免太奇怪了。既是姓什麼都不知道，哪裡又談得上什麼愛情。這一句話真個讓他兜頭澆了一瓢冷水，站在床面前呆了很久，因答道：「哦！你原來不認識我，你在我家住了四五年，你不知道嗎？」鳳喜皺了眉想著道：「住在你家四五年？你府上在哪兒呀？哦哦哦……是的，我夢見在一個人家，那人家……」說著，連連點了幾下頭道：「那人家，是看見你這樣一個人。我究竟在什麼地方？我又是怎麼了？」她這兩句話，問得沈國英很感到一部廿四史無從說起，微笑道：「這話很長，將來你慢慢的就明白了。」鳳喜舉目四望，沉吟著道：「這還是劉家呀，怎麼回事呢？我不懂，我不懂，我慢慢的能知道嗎？」沈國英對於她如此一問，真沒有法子答覆。卻聽到窗戶外面，一陣很亂的腳步聲，有婦人聲音道：「她醒了，這可好了。」正是沈大娘說著話來了。沈國英這卻認為是個救星，立刻把她叫了進來。

鳳喜一見母親來了，跳下床來，抓著母親的手叫起來道：「媽！我這是在哪兒呀？我是死著呢，還是活著呢？我糊塗死了，你救救我吧。」說畢，哇的一聲，哭將起來了。沈大娘半抱半摟的扶住她道：「好孩子不要緊的，你別亂，我慢慢告訴你就得了。天菩薩保佑，你可好了，我這心就踏實多了。你躺著吧。」說著，把她扶到床上去。鳳喜也覺得身體很是疲倦，就聽了母親的話，上床去躺著。沈國英向沈大娘道：「她剛醒過來，一切都不明白，有什麼話，你慢慢的和她說吧。我在這裡，她看著會更糊塗。」沈大娘抱著手臂，和他作了兩個揖道：「沈大人，我謝謝你了，你救了我鳳喜的一條命，我一家都算活了命，我這一輩子忘不了你的大恩啦。」沈國英沉思了一會道：「忘不了我的大恩？哼，哈哈！」他就這樣走了。

這一天晚上，沈國英回去想著，自己原來的計劃，漸漸的有些失效：一個女子，想引起她對於一個男子同情，卻不是可以貿然辦到的！鳳喜是醒了，醒了可不認識我了。不過她突然看到我，是不會知道什麼叫愛情的。今天晚上，她母親和她細細一談，也許她就知道我對於她勞苦功高，會有所感動了。他如此想著，權且忍耐著睡下。

到了次日下午，沈國英二次到劉將軍家來。他上得樓來，聽得鳳喜屋子裡，母女二人已喁喁細語不斷。這個樣子，更可以證明鳳喜的病是大好了。於是站在窗戶外，且聽裡面說些什麼。鳳喜先是談些劉將軍的事情，其次又談到樊家樹的事情，最後就談到自己頭上來了。鳳喜道：「這位沈統制的心事，我真是猜不透，為什麼把我一個瘋子養在他家裡四五年？」沈大娘道：「傻孩子，他為什麼呢？不就為的是想把你的病治好嗎！他的太太死了多年，還沒有續弦啦。」鳳喜道：「據你說，他是一個大軍官啦。作大軍官的人，要娶什麼樣子的姑娘都有，幹嘛要娶我這個有瘋病的女子呢？有錢有勢的人，那是最靠不住的，我上過一回當了，再也不想找闊人了。」沈大娘道：「你還念著樊大爺嗎？他和一個何小姐同路出洋去了。那個何小姐，她的老子是做財政總長的，看樣子準是嫁了樊大爺啦。就是她沒嫁樊大爺，樊大爺也不會要你的了。」鳳喜道：「樊大爺就是不要我，我也要和他見一面。要不然，人家說我財迷腦瓜，見了有錢的就嫁，我還有面子見人嗎？」沈大娘道：「這話不是那樣說，你想沈統制待你那樣好，你能要人家白白的養活你四五年嗎？」鳳喜道：「終不成我又拿身子去報答他？」這句話，說得太尖刻了，沈大娘一時無話可答。沈國英在外面站著，心裡也是一動，結果，就悄悄的走下了樓，在院子當中昂頭望了天，半晌歎了一口氣。於是很快出來，坐汽車回家。

沈國英到了自己大門口，剛一下車，路邊一個少年趄將過來，走到身邊輕輕叫了一聲道：「沈先生回來了。」沈國英認得是關秀姑，就引了她，一同走到內客廳來。秀姑笑問道：「鳳喜的病是好了，你打算怎麼樣？」沈國英道：「她好了就好了吧，我還是去當我的義勇軍。」秀姑道：「沈先生，恕我說話直率一點。你費了好幾年的工夫，為她治病，只是把她的病治好了，你就算了嗎？那末，你倒好像是個醫生，專門研究瘋病的。」沈國英雖覺得秀姑是個極豪爽的女子，但是究竟有男女之別，自己對於鳳喜這一番用意，可是不便向人啟齒，只得搖了搖頭道：「關女士是猜不著我的心事的。將來，我或者可以把經過的事情報告報告。我，我決計作義勇軍了。」說著用腳一頓。秀姑心想：那末，在今晚以前，還沒有決心當義勇軍的了。因笑道：「沈先生越下決心，我們關外一千多弟兄們越是有救。我今天晚上來，沒有別的事，只要求沈先生把那六萬塊錢，趕快由銀行裡提了出來，到天津去買好東西。」沈國英道：「這是當然的。今天來不及了，明天我就辦。我還要顧全我自己的人格啦，決計不能用話來騙你的。」秀姑道：「既是這樣說，我就十分放心了。鳳喜醒過來了，我還沒有和她說一句話，趁著今晚沒事，我要去看看她。」沈國英沉吟著道：「其實不去看她倒也罷了。但是關女士和她的感情很好的，我又怎能說教你不去呢！」秀姑聽他的話，很有些語無倫次，便反問他一句道：「沈先生，你看鳳喜這個人究竟是好人還是壞人呢？」沈國英道：「這話也難說。」說畢，淡笑了一笑。秀姑看他這樣子，知道他很有些不高興，便道：「這個人是個絕頂的聰明人，只可惜她的家庭不好，我始終是可憐她，我再去和她談一談吧。」沈國英靜了一靜，似乎就得了一個什麼感想，點點頭道：「那也好，關女士是熱心的人，你去說一說，或者她更明白了。」秀姑閃電也似的眼光，在他周身看了一看，並不多說，轉身走了。

沈國英送了客回來，在院子裡來回的徘徊著，口裡自言自語的道：「我自然是發呆：先玩弄一個瘋子，後來又對瘋子鍾情，太無意義了。無意義是無意義，難道費了四五年的氣力，就這樣白白的丟開不成？關秀姑和她的交情不錯，或者她去了，鳳喜再會說出幾句知心的話來，也未可知。我就去！」他有了這樣一個感想，立刻坐了汽車，又跑到劉將軍家來。他因為上次來，在窗戶外邊，已聽到了鳳喜的真心話，所以這次進來他依然悄悄的上樓，要聽鳳喜在說些什麼。當他走到窗戶外時，果然聽到鳳喜談論到了自己。她說：「姓沈的這樣替我治病，我是二十四分感激他的。不過樊大爺回來了，我又嫁一個人了，他若問起我來，我怎好意思呢？」秀姑問道：「那末，你不愛這個姓沈的嗎？」鳳喜道：「我到現在，還覺得是在夢裡看見這樣一個人。請問，我對夢裡的人，說得上什麼去呢？至於他待我那番好處，我也對我媽說過了，我來生變畜生報答他。」秀姑道：「你這話是決定了的意思嗎？」鳳喜道：「是決定了的意思。大姊，我知道你是佛爺一樣的人，我怎敢冤你。」說到這裡，屋內沉默了許久，又聽得秀姑道：「這真教我為難。我把真話告訴你吧，恐怕將來都會弄得不好；我不把真話告訴你，讓我隱瞞在心裡，我又不是那種人。對你說了吧，樊大爺這就快回來了。」鳳喜加重了語氣，突然的問道：「你怎麼知道呢？」秀姑道：「他到外國去以後，我們一直沒有書信來往。去年冬天，我爺兒倆當上義勇軍了，我們就到處求人幫忙。我們知道樊大爺在德國留學的，就寫了一封信到柏林中國公使館去，請他們轉交，也是試試看的。不料這位公使和樊大爺沾親，馬上就得了回信。他聽說我爺兒倆當了義勇軍，歡喜得了不得。他說，他在德國學的化學工程，本來要明年畢業，現在他要提早回國，把他學的本事拿出來，幫助國家。他在信上說，他能做人造霧，他能做煙幕彈，還能造毒瓦斯，還有許多我都不懂……」鳳喜道：「我不管他學什麼、會什麼，他到底什麼時候回來？」秀姑道：「快了，也許就是這幾天。」鳳喜道：「我明白了，大姊到北京來，也是來會樊大爺的吧？」屋子裡聲音又頓了一頓，卻聽到秀姑連連答道：「不是的，不過我在北平，順便等他一兩天就是了。」鳳喜道：「還有那個何小姐呢，不和他一處嗎？」秀姑道：「這個我倒不知道。我現在除了和義勇軍有關係的事，我是不談。何小姐和我們有什麼關係呢？所以我沒有去打聽她。」鳳喜忽然高聲道：「好了好了，樊大爺來了就好了！」沈國英聽了這些話，心想：不必再進房去看了，鳳喜還是樊家樹的。這個女子，究竟不錯！我一定把她奪了過來，也未必能得她的歡心。唉！還是那句話，各有因緣莫羨人。沈國英垂頭喪氣的回家去。到了次日一早，他就開好了支票，上天津買子彈去了。

天下事竟有那樣巧的——當沈國英去天津的時候，正是樊家樹和何麗娜由上海坐通車回北平的時候。伯和現在在南京供職。陶太太和家樹的母親，因南京沒有相當的房子，卻未曾去。何廉不做官了，只做銀行買賣，也還住在北平。伯和因為有點外交上的事，要和公使團接洽，索性陪了家樹北上。頭兩天，陶、何兩家，便接了電報，所以這日車站迎接的人是非常之熱鬧。車子停了，首先一個跳下車來的是伯和，陶太太見著，只笑著點了個頭。其次是何麗娜，陶太太搶上前和她拉手，笑道：「我叫密斯何呢，叫密昔斯樊呢？」何麗娜格格地笑著。樊家樹由後面跟了出來，口裡連連答道：「密斯何，密斯何。」何麗娜向周圍看了一看，問道：「關女士沒有來北平嗎？」陶太太低聲道：「她是敵人偵探所注意的，在家裡等著你們呢！」何麗娜道：「我到了北平，當然要先回去看一看父親。請你告訴關女士，遲一兩個鐘頭，我一準來。」陶太太笑道：「可是樊老太太也在我們那邊呢，你不應當先去看看她嗎？」何麗娜笑道：「我算算你家小貝貝，應該小學畢業了，陶太太還是這樣淘氣！」大家笑著，一齊擁出車站，便分著兩班走。家樹同了伯和一同回家。

家樹一到裡院，就看到自己母親和關秀姑同站在屋簷下面，便搶上前，叫了一聲：「媽！」樊老太太喜笑顏開的向著秀姑道：「大姑娘，你瞧，四五年不見了，家樹倒還是這個樣子。」家樹這才走上前一步，正待向秀姑行禮，秀姑卻坦然的伸出一隻手來，和家樹握著笑道：「樊先生，我總算沒有失信吧？」家樹和秀姑認識以來，除了在西山讓她背下山來而外，從未曾有過膚體之親，現時這一握手之間，倒讓他說不出所以然的滋味來。縮了手，然後才堆出笑容來，向秀姑道：「大叔好？」秀姑道：「他老人家倒是康健，只是為了國事，他更愛喝酒了。他說，他抽不開身到北平來，叫我多問候。」樊老太太道：「這位姑娘，是我的大恩人啦。我又沒什麼可報答人家的。我說了，索性占人家一點便宜，我把她認作我自己膝下的乾姑娘，大家親上一點。你瞧，好嗎？」家樹「呵呀」了一聲，還沒有說出來，秀姑老早便答道：「只怕是我配不上。若是老太太不嫌棄的話，我還有什麼可說的呢！」三個人說著話，一路走進屋子去，都很快活。——陶伯和那樣和睦的夫妻，久別重逢，當然先在自己屋子裡有一番密談。

這裡家樹和老太太談著話，三個人品字兒坐著。家樹的眼光，不時射到秀姑臉上，秀姑越發是爽直了，雖然讓家樹平視著，偶然四目相射，秀姑卻報之以微笑，索性望了家樹道：「樊先生的氣色，格外好啦。還是在外國的生活不錯，一點兒也不見著老，我可曬得成了個小煤姐了。」家樹笑道：「多年不到北平，聽到北平大姑娘說話，又讓我記起了前事。」秀姑道：「對了，你又會想起鳳喜。」家樹對她，連連以目示意。秀姑微笑道：「老太太早知道了，你還瞞著做什麼呢？」樊老太太也道：「這件事，我也知道好幾年了。聽說那個孩子的瘋病，現在已經好些了……」

話還不曾說完，只聽得陶太太在外面叫道：「何小姐來了。」本來何麗娜在火車上下來的時候，穿的是外國衣服，現在卻改了長旗袍，走到門外邊，讓陶太太先行，然後緩步進來。家樹搶著介紹道：「這是母親。」

何麗娜就笑盈盈的朝著樊老太太行了個鞠躬禮。樊老太太道：「孩子在歐洲的時候，多得姑娘照應。」何麗娜笑道：「您反說著呢，我正是事事都要家樹照應啦。」秀姑在一邊聽到他們說話的口氣與稱呼，胸中很是了然，覺得西山自己那花球一擲，卻猜了個八九不離十，於是在一旁微笑。何麗娜一進門，便想和秀姑親熱一陣，只是對了樊老太太未便太放浪了，所以等著和樊老太太說過兩句話之後，才走到秀姑身邊，兩隻手握了她兩隻手道：「大姊，我們好久不見啦！你好？」秀姑笑道：「我好到哪兒去呀！還是個窮姑娘。你可了不得，到過文明國家了，求得了高深的學問，這次回國來，一定是對我們祖國，有很大的貢獻。」何麗娜道：「我怎麼比你呢？你是民族英雄，現代的花木蘭！」陶太太坐在一邊，向著二人笑道：「你恭維她，她恭維你，都不相干，是自家人恭維自家人。」何麗娜聽了這話，倒有些不懂，向陶太太望著。陶太太道：「關女士現在拜了我姑母作乾女了，你想，這不是一家人嗎？」何麗娜明白雖明白了，但是真個說破了，倒有些不好意思直率的承認，只是向秀姑笑。陶太太笑道：「難得的，今天樊、何兩位遠來，我應當替二位接風，同時給我們姑媽道喜，今天新收得一位表妹。」秀姑站起來道：「那末著，我得給老太太磕頭。」樊老太太笑道：「叫一聲媽就得了，都是嶄新的人物，別開倒車。」陶太太站在許多人中間，周圍打轉轉，樂得不知如何是好，笑道：「你瞧，我們姑媽，也是樂大發了，說出這樣的維新之論來。來呀，我的這位新表妹，人家是揀日不如撞日，我們是撞時不如即時，你就過來三鞠躬，拜見親娘吧。」說著，一手挽了秀姑過來，讓她站在樊老太太面前。秀姑對於這種辦法，正也十二分願意，本就打算站端正了，向樊老太太三鞠躬。陶太太又攔住她道：「慢來慢來，不能就這樣行禮，應當叫一聲媽。」秀姑笑道：「那是當然。」陶太太道：「你別忙，等我來。」於是端正一把椅子，在上面斜擺著，拉了老太太在椅子上坐著，然後向秀姑道：「表妹，行禮吧。」秀姑果然笑盈盈的叫了一聲

「媽」，然後向上三鞠躬。老太太站起來，口裡連道：「好，好！我們這就是一家人了。」

秀姑行過禮，轉過身來，陶太太又攔住道：「且慢，我這一幕戲還沒有導演完，我還有話說呢！」秀姑心想，禮也行了，媽也叫了，還有什麼沒完呢？要知陶太太說出什麼原因來，下回交代。

第九回　尚有人緣高朋來舊邸　真無我相急症損殘花

卻說關秀姑向樊老太太行過禮，回轉身來，正待坐下，陶太太攔住了她，卻道還有話說。樊老太太笑道：「秀姑這孩子，很長厚的，你不要和她開玩笑了。」陶太太道：「不是開玩笑呀，這面前還站著兩個人呢，難道就不理會了嗎？」因向秀姑道：「這裡有位樊先生，還有位何小姐，從前你可以這樣稱呼著，現在不成啦！我還糊塗著呢。不知道關女士多少貴庚？」秀姑道：「我今年二十五歲了。」陶太太笑道：「長家樹兩歲呢。那麼，是大姊了。這可應當是家樹過來行禮。密斯何，你也一塊兒來見姊姊。」

何麗娜看了家樹一眼，心想：又是這位聰明的太太耍惡作劇，怎好雙雙的來拜老大姊呢？秀姑早看出來了，便搖著手道：「不，不，大爺就是比我小，何小姐不見得也比我小吧？」陶太太道：「何小姐和家樹是平等的，家樹比你大，她就比你大；小呢，也一般小。而且她也只二十四歲，再說你還是滿口大爺小姐，也透著見外，從這兒起，你就叫他們名字。」樊老太太笑道：「這話倒是對了，不能一家人還那樣客氣。」家樹心裡一機靈，立刻向秀姑笑道：「大姊，我們這就改口了。」說著，一個鞠躬。何麗娜更機靈，向前挽了秀姑一隻手道：「我早就叫大姊的，改口也用不著啦。」陶太太笑著向他們點點頭。樊老太太生平以未生一個姑娘為憾，現在忽然有了一個姑娘，卻也得意之至。她笑眯眯的看了秀姑，因向陶太太道：「晚半天還是讓我出幾個錢叫幾樣菜回來，替伯和接風吧。」陶太太笑道：「您是長輩，那怎敢當，而且表弟和表……」說時，望了何麗娜，又改口笑道：「和何小姐，都是由外國回來的，當然要向他們接風。再說，你有了這樣一個英雄女兒，這是天大的喜事，哪好不賀賀呢。」他們這裡說得熱鬧，伯和也來了，於是也笑著要相請。老太太既高興，覺得也有面子，就答應了。

當下大家一陣風似的擁到伯和那進屋子裡來。何麗娜看到放相片的那兩本大冊頁，依然還存留著，忽然想起曾偷去鳳喜一張相片，搪塞沈國英。——不知道鳳喜現在可還在瘋人院，也不知道沈國英發覺了是鳳喜沒有？當她正如此向相片簿注意的時候，陶太太早注意了，便笑著和她點了一個頭，將何麗娜拉到自己臥室裡去，笑道：「你順手牽羊，拿了一張似你又不是你的相片去，你是好玩，可惹出一段因緣來了。」因把從秀姑處得來的鳳喜消息，告訴了她。不過關於鳳喜還惦記家樹的事，卻不肯說。何麗娜沉吟著道：「這個人可怪了！沈國英這樣待她，為什麼還不嫁呢？」陶太太笑道：「你想想吧，所以這件事我囑咐了秀姑，請她不要告訴家樹。其實我也多此一道囑咐。她到北平來的時候，拿了家樹的介紹信，要住在我家，我是一百二十分佩服她的人，當然歡迎。她先住在這裡半個月，都沒有什麼私事，無非是為義勇軍的事奔走。前兩天，她在和人打電話，探問鳳喜的病狀，被我撞見了，她才告訴我實話。連我都瞞著，還能告訴家樹嗎？」何麗娜笑道：「告訴他也沒有什麼要緊呀！我和他在德國同學五年，還不知道他的心事嗎？不過……不讓他知道也好，他知道了，無非又讓他心裡加上一層難過。」她口裡如此說著，卻見家樹的影子，在窗子外一閃。何麗娜向陶太太丟了一個眼色，卻到外面屋子來了。果然，家樹也是由屋子外進來。何麗娜笑道：「表嫂總是拉人開玩笑。公開的不算，又要在一邊兒說著。」陶太太向著她微笑，也不辯駁。

大家歡天喜地吃過了晚飯，何麗娜說是要和關秀姑談談，請秀姑到她家裡去，兩人好作長夜之談，秀姑也正想何麗娜家有錢，可以勸說勸說，請她父親幫助些，也就慨然的答應了。陶太太聽說秀姑要到何麗娜家去，秀姑是個直性人，何麗娜是個調皮的人，把鳳喜的話全說出來，豈不是一場風波？因之只管把眼睛來看著秀姑。

秀姑微點了點頭，似乎明白了這層意思。何麗娜卻笑道：「沒關係。」

她三人正是丁字兒坐著；家樹、伯和同樊老太太另是坐在一處沙發上，所以沒有聽到，也沒人看到。何麗娜站起來道：「伯母，我先回去了。」樊老太太道：「是的，剛回來，老太爺老太太也等著和你談談啦。」何麗娜握了秀姑一隻手道：「大姊，去呀！」秀姑果然跟隨她起來，向老太太道：「媽，我陪弟妹回家去一趟，明天一早來。」老太太聽她叫了一聲「媽」，非常之高興，笑著搖搖頭道：「你是個老實人，別學你表嫂那一張嘴。」陶太太笑道：「就是親一層麼，這就維護著自己乾姑娘，不疼姪媳了。」大家哈哈大笑，在這十分的歡愉中，關、何二人走了。

家樹陪了老太太坐談一會，自到書房裡休息。心想：不料秀姑倒和我成了姊弟。她為人是越發的爽直了，前程未可限量。有這樣一個義姊，這也可以滿足了，難道男女有了愛情，就非作夫妻不可嗎？只是麗娜和她鬼鬼祟祟的，談到鳳喜的事情，鳳喜又怎麼樣了呢？難道她又出了什麼問題嗎？明天我倒要打聽打聽。唉！打聽她幹什麼？反正沒有好事，打聽出來，也無所可為。因之他揣摸了半晌，又納悶的睡著了。他一路舟車辛苦，次日十點鐘方才起床。漱洗完了，正捧一杯苦茗，在書桌邊沉吟著。劉福卻拿了一張名片進來，說是這人在門口等著。家樹接過來一看，乃是「沈國英」三個字，名片旁邊，用鋼筆記著：

弟現已為一平民，決傾家紓難，業赴津準備出關之物矣。報關，知君學成歸國，喜極而回，前事勿介懷，乞一見。

家樹沉吟了一回，便迎出來。沈國英搶上前，在院子裡就和他握著手道：「幸會，幸會。」家樹見他態度藹然，便請他到客廳裡來坐。沈國英道：「兄弟今天來，有兩件事，一公一私。公事呢，我勸先生把在德國所學的化學，有補助軍事的，完全貢獻到軍事方面去；私事呢，我要報告先生一段驚人的消息。」於是就把自己對鳳喜的事，報告了一陣。因道：「我坐早車，剛由天津回來，還不曾回家，就來見先生，打算邀樊先生去看她一次。我從此可以付託有人了。」家樹道：「兄弟雖是可憐鳳喜，但是所受的刺激也過深，現在我已不能受此重託了。」說時，皺了眉，作了苦笑。沈國英道：「實在的，她很懊悔，覺得對不起先生。樊先生，無論對她如何，應該見她一面，作個最後的表示，免得她只管虛想。」家樹昂頭想了一想，笑道：「是了，我明白了。沈先生的這番意思，我知道了。先生現是一位毀家紓難的英雄，我應當幫你的忙。好，我們這就走。不瞞你說……」說到這裡，向屋子外看著，才繼續著道：「這件事，除兄弟以外，請你不要再讓第二個人知道。」沈國英道：「我明白的。」於是家樹立刻和他走出門來，向劉將軍家而來。

家樹一路想著：秀姑是在何家了，早上決不會到這裡來的。於是心裡很坦然的走進那大門去。轉過一道回廊，卻聽到前面有兩個女子的說話聲音。一個道：「我心裡怦怦跳，不要在這裡碰到了沈國英啦！」又一個道：「不要緊的，他上天津去了。而且他也計劃就由此出關去，不回北平了。再說，他那個人也很好的。」又一個笑道：「要不是有你這女俠客保鏢，我還不敢來呢。」這兩個女子，一個是何麗娜，一個就是關秀姑。家樹嚇得身子向後一縮，不知如何是好。沈國英看他猛然一驚的樣子，卻不解他命意所在。心如此猶豫著，關、何二人卻在回廊那邊轉折出來，院子裡毫無遮掩，彼此看得清清楚楚。秀姑首先叫起來道：「啊喲！家樹也來了。」何麗娜看到，立刻紅了臉。而且家樹身後，還有個沈國英，這更讓她定了眼睛望了他，怔怔無言。四個人遠遠的看著，家樹看了何麗娜，何麗娜看了沈國英，沈國英又看了樊家樹，大家說不出話來。

當下秀姑回轉身來迎著沈國英道：「沈先生，你不是上天津去了嗎？」沈國英道：「是的，事情辦妥，我又趕回來了。」說著，走上前，取下帽子，向何麗娜一鞠躬道：「何小姐，久違了，過去的事，請你不必介意。我是馬上就要離開北平的人了。」何麗娜聽他如此說，便笑道：「我聽到我們這位關大姊說，沈先生了不得，毀家紓難，我非常佩服。因為我聽說沈女士和我相像，我始終沒有見過，今天一早，要關大姊帶了我來看看，這也是我一番好奇心，不料卻在這裡，遇到沈先生。」家樹道：「我也因為沈先生一定叫我來，和她說幾句最後的話。我為了沈先生的面子，不能不來。」何麗娜道：「既然如此，你可以先去見她，我們這一大群人，向屋子裡一擁，她有認得的，有不認得的，回頭又把她鬧糊塗了。」沈國英道：「這話倒是，請樊先生同關女士先去見她。」

對著這個要求，家樹不免躊躇起來。四人站在院子當中，面面相覷，都道不出所以然來。忽見花籬笆那邊，一個婦人扶著一個少婦走了進來。哎呀！這少婦不是別人，便是鳳喜。扶著的是沈大娘。她正因為鳳喜悶躁不過，扶了她在院子裡走著。這時，鳳喜一眼看到樊家樹，不由得一怔，立刻停住了腳，遠遠的在這邊呆看著，手一指道：「那不是樊大爺？」家樹走近前幾步，向她點了頭道：「你病好些了嗎？」鳳喜望了他微微一笑，不由得低了頭，隨後又向家樹注視著，一步挪不了三寸，走到家樹身邊，身子慢慢的有些顫抖，眼珠卻直了不轉，忽然的問道：「你真是樊大爺嗎？」家樹直立了不動，低聲道：「你難道不認識我了嗎？」鳳喜「哇」的一聲哭了起來道：「我，我等苦了！」沈大娘一面向家樹打著招呼，一面搶上前扶了鳳喜道：「你精神剛好一點，怎麼又哭起來了？」鳳喜哇哇的哭著道：「媽，委屈死我了，人家也不明白……」秀姑也走向前握了她一隻手道：「好妹子，你別急，我還引著你見一個人啦。」說著，手向何麗娜一指。

那何麗娜早已遠遠的看見了鳳喜，正是呆了，這會子一步一步走近前來。鳳喜抬了頭，噙著眼淚，向何麗娜看著，眼淚卻流在臉上。她看看何麗娜周身上下的衣服，又低了頭牽著自己的衣服看看，又再向何麗娜的臉注視了一會，很驚訝的道：「咦！我的影子怎麼和我的衣服不是一樣的呀？」秀姑道：「不要瞎說了，那是何小姐。」鳳喜伸著兩手，在半空裡撫摸著，像摸索鏡面的樣子，然後又皺了眉，翻了眼皮道：「不對呀，這不是鏡子！」何麗娜看她那個樣子，也皺了眉頭替她發愁。鳳喜忽然嗤的一聲，笑了出來道：「這倒有意思，我的影子，和我穿的衣服不一樣！」關秀姑於是一手握了鳳喜的手，一手握了何麗娜的手，將兩隻手湊到一處，讓她們攜著，向鳳喜道：「這是人呢，是影子呢？」何麗娜笑道：「我實在是個人。」她不說猶可，一說之後，鳳喜猛然將手一縮，叫起來道：「影子說話了，嚇死我了！」家樹看了她這瘋樣，向何麗娜低聲道：「她哪裡好了？」家樹說時更靠近了何麗娜，鳳喜看到，跳起來道：「了不得啦！我的魂靈纏著樊大爺啦！」

當下秀姑怕再鬧下去要出事情，又不便叫何麗娜閃開，只得走向前將鳳喜攔腰一把抱著，送上樓去。鳳喜跳著道：「不成，不成！我要和樊大爺說幾句，我的影子呢？」秀姑不管一切將她按在床上，發狠道：「你別鬧，你別鬧，你不知道我的氣力大嗎？」鳳喜哈哈的笑道：「這真是新聞！我自己的影子，衣服不跟我一樣，她又會說話。」秀姑哄她道：「你別鬧，那影子是假的。」鳳喜道：「假的，我也知道是假的。樊大爺沒回來，又是你們冤我，你們全冤我呀！你們別這樣拿我開玩笑，我錯了一回，是不會再錯第二回的。」說著，「哇」的一聲，又哭了起來。

鳳喜在屋子裡哭著鬧著，樓下何、沈、樊三個人，各感到三樣不同的無趣。大家呆立許久，樓上依然鬧個不歇。三個人走了不好，不走又是不好，便彼此無言的向樓上側耳聽著。突然的，樓上的聲音沒有了。三個人正以為她的瘋病停頓了，只見秀姑在屋子裡跳了出來，站在樓欄邊，向院子裡揮著手道：「不好了，人不行啦，快找醫生去吧！」三個人一同問道：「怎麼了？」秀姑不曾答出來，已經聽到沈大娘在樓上哭了起來。沈國英、樊家樹都提腳想要上樓來看，秀姑揮著手道：「快找醫生吧，晚了就來不及了。」家樹道：「這裡有電話嗎？」沈國英道：「這是空屋子，哪裡來的電話？」樊家樹道：「附近有醫院嗎？」沈國英道：「有的。」於是二人都轉了身子向外面走，把何麗娜一個人丟在院子裡。秀姑跳了腳道：「真是糟糕！等著醫生，偏是又一刻請不到！真急人，真急人。」秀姑說畢，也進去了。

何麗娜對於鳳喜，雖然是無所謂，但是婦女的心，多半是慈悲的，看了這種樣子，也不免和他們一樣著慌，便走上樓來，看看鳳喜的情形。只見她躺在一張小鐵床上，閉了眼睛，蓬了頭髮，仰面睡著，一點動作也沒有。沈大娘在床面前一張椅子上坐下，兩手按了大腿，哇哇直哭。秀姑走到床面前，叫道：「鳳喜！大妹子！大妹子！」說著，握了她的手，搖撼了幾下。鳳喜不答覆，也不動。秀姑頓腳道：「不行了，不中用啦，怎麼這樣快呢？」何麗娜看到剛才一個活跳新鮮的人，現在已無氣息了，也不由得酸心一陣，垂下了淚來。秀姑跳了幾跳，又由屋子裡跳了出來，發急道：「怎麼找醫生的人還不來呢？急死我了！」何麗娜向秀姑搖手道：「你別著急，我懂一點，只是沒有帶一點用具來。」秀姑道：「你瞧！我們真是急糊塗了，放著一個德國留學回來的大夫在眼前，倒是到外面去找大夫。姑娘，你快瞧吧。」何麗娜走向前，解開鳳喜的紐扣，用耳朵一聽她的胸部，再看一看她的鼻子，白了一個圈，嚇得向後退了一步，搖了頭道：「沒救了，心臟已壞了。」

說話時，沈國英滿頭是汗，領著一個醫生進來。何麗娜將秀姑的手一拉，拉到樓廊外來，悄悄的道：「心臟壞了，敗血症的現象，已到臉上，這種病症，快的只要幾分鐘，絕對無救的。家樹來了，你好好的勸勸他。」果然，家樹又領了一個醫生到了院子裡。當那個醫生進來時，這個醫生已下了樓，向那個醫生打個招呼，一同走了。

家樹正待向樓上走，秀姑迎下樓來，攔住他道：「你不必上去了，她過去了。總算和你見著一面，一切的事，都有沈先生安排。」家樹道：「那不行，我得看看。」說著，不管一切，就向樓上一衝，跳進房來，伏在床上，大哭道：「我害了你，我害了你，早知道如此，不如讓你在先農壇唱一輩子大鼓啊！」

這個時候，劉將軍府舊址，一所七八重院落的大房屋，僅僅一重樓房有人，靜悄悄的，一個院子腳步聲，前後幾個院子可以聽到。這時樓房裡那種慘哭之聲，由半空裡播送出來，把別個院子屋簷上打瞌睡的麻雀都驚飛走了。沈國英對鳳喜的情愛是如彼，關係又不過如此，他不便哭，也不能不哭。於是一個人走下樓來，只向那無人的院落走去。院子裡四顧無人，假山石上披的長藤，被風吹著搖擺不定。屋角上一棵殘敗的杏花，蜘蛛網罩了一半，滿地是花片。一個地鼠，嗤溜溜鑽入石階下，滿布著鬼氣。沈國英到了這時，卻真看到一個鬼，大叫起來。大白天裡，何以有鬼，容在下回交代。

第十回　壯士不還高歌傾別酒　故人何在熱血灑邊關

卻說沈國英在一個無人的小院裡徘徊，只覺充滿了鬼氣。忽然一個黑影由假山石後向外一鑽，倒嚇得他倒退了兩步，以為真個有鬼出來。定眼細看，原來是李永勝穿了一身青衣服。他先道：「我一進這門，就聽到一片哭聲，倒不料在這裡碰到統制。」沈國英搖著頭道：「不要提，那個沈鳳喜過去了。你是來找我的嗎？」李永勝道：「我只知道你上天津去了。我是來找關女士的。今天有個弟兄從關外回來，說是我們的總部，被敵人知道了，一連三天，派飛機來轟炸。我們這邊的總指揮也受了傷，特意專人前來請我和關女士，星夜回去。我正躊躇著，不知道到天津什麼地方去會你？現時在這裡會著你，那就好極了。我們預定乘五點鐘的火車走，你能走嗎？」沈國英沉吟著道：「這裡剛過去一個人，我還得料理她的身後。」李永勝道：「只要統制能拿錢出來，她還有家屬在這裡，還愁沒有人收拾善後嗎？」沈國英想了一想道：「好，我就去。我家庭也不顧了，何況是一個女朋友，我去給你把關女士找來。你見了她可以不必說她父親受了傷。」這句話沒說完，秀姑早由身後跳了出來，抓住李永勝的手道：「你實說，我父親怎樣了？」李永勝料想所說的話，已為秀姑聽去，要瞞也瞞不了的，便道：「是我們前方來了一個弟兄報告的，說敵人的飛機，到我們總部去轟炸，沒有傷什麼人，就是總指揮，也只受點微傷，不過東西炸毀了不少。」秀姑道：「不管了。今天下午，我們就走。來！我們都到後面樓下去說話。」

當下三人擁到樓廊上，由秀姑將要走的原因說了。家樹用手絹擦了眼睛，慨然的道：「大概大家是為了鳳喜身後的事，要找人負責。這很容易，沈大娘在北平，我也在北平，難道還會把她放在這裡不成？救兵如救火，一刻也停留不得，諸位只管走吧。」何麗娜看了鳳喜那樣子，已經萬分淒楚，聽說秀姑馬上要走，拉住她的手道：「大姊，我們剛會一天面，又要分離了。」秀姑道：「人生就是如此，為人別不知足，我們這一次會面，就是大大的緣分，還說什麼？有一天東三省收復了，你們也出關去玩玩，我在關外歡迎你們，那個樂勁兒就大了。這兒待著怪難受的，你回去吧。」何麗娜道：「家樹暫時不能回去的，我在這裡陪著他，勸勸他吧。」秀姑皺了皺眉頭，凝神想了一想道：「走了，不能再耽擱了。」沈國英也對沈大娘道：「這事不湊巧，可也算湊巧，我偏是今天要走，最後一點兒小事，我不能盡力了；好在樊先生來了，你們當然信得過樊先生，一切的事情，請樊先生作主就是了。」說著，走到房門口，向床上鞠了一個躬，歎了口氣，轉身而去。秀姑走到屋子裡，也向床上點點頭道：「大妹，別了。你明白過來了，和家樹見了一面，總算實現了你的心願啦。最後，樊大爺還是……」秀姑說到這裡，聲音哽了，用手絹擦了一擦眼睛，向床上道：「我沒有工夫哭你了，心裡惦記著你吧。」說著，又點了個頭，下樓而去。

這時，沈國英和李永勝正站在院子裡等著。見秀姑來了，沈國英便道：「現在到上火車的時候，還有三四個鐘頭，我們分頭去料理事情，四點半鐘一同上車站，關女士在什麼地方等我？」秀姑道：「你到東四三條陶伯和先生家去找我吧。」沈國英說了一聲準到，立刻就回家去。

沈國英到了家裡，將賬目匆匆的料理了一番，便把自己一兒一女帶著，一同到後院來見他哥嫂。手上捧了一只小箱子，放在堂屋桌上，把哥嫂請出來，由箱子裡，將存摺房契一樣樣的，請哥哥看了，便作個立正式，向哥哥道：「哥嫂都在這裡，兄弟有幾句話說。兄弟一不曾經商，二又不曾種田，三又不曾中獎券，家產過了十幾萬，是怎樣來的錢？一個人在世上，無非吃圖一飽，穿圖一暖，掙錢夠吃喝也就得了。多了錢，也不能吃金子、穿金子。兄弟仔細一想，聚攢許多冤枉錢，留在一個人手裡，想想錢的來路，又想想錢的去路，心裡老是不安。太平年，也就馬馬虎虎算了。現在國家快要亡了，我便留著一筆錢，預備做將來的亡國奴，也無意思。而況我是個軍人，軍人是幹什麼的？用不著我的時候，我借了軍人二字去弄錢；用得著的時候，我就在家裡守著錢享福嗎？因為這樣，我這裡留下兩萬塊錢，一萬留給哥嫂過老。一萬做我小孩子的教育費。其餘的錢，兄弟拿去買子彈送給義勇軍了。我自己也跟著子彈，一路出關去。我若是不回來呢，那是我們當軍人的本分；回來呢，那算是僥倖。」他哥哥愣住了，沒得話說。他嫂嫂卻插言道：「啊喲！二叔，你怎麼把家私全拿走呢？中國賺幾千萬幾百萬的人多著啦，沒聽見說誰拿出十萬八萬來，幹嘛你發這個傻氣？」沈國英道：「咱們還有兩萬留著過日子啦。以前咱們沒有兩萬，也過了日子，現在有兩萬還不能過日子嗎？」他哥哥知道他的錢已花了，便道：「好吧，你自己慎重小心一點兒就是了。」沈國英將九歲的兒子，牽著交到哥哥手裡；將七歲的姑娘，牽著交到嫂嫂手裡，對兩個孩子道：「我去替你們打仇人去了，你們好好跟著大爺大娘過。哥哥，嫂嫂，兄弟去啦。」說畢，轉身就向外走。他哥嫂看了他這一番情形，心裡很難過。各牽了一個孩子，跟著送到大門口來。沈國英頭也不回，坐上汽車，一直就到陶伯和家來。

沈國英在家裡耽擱了三四個鐘頭，到時，樊家樹、何麗娜、李永勝也都在這裡了，請著他在客廳裡相見。秀姑攙著樊老太太的手，走了出來。家樹首先站起來道：「今天沈先生毀家紓難去當義勇軍，還有這位李先生和我的義姊，又重新出關殺敵，這都是人生極痛快的一件事，我怎能不餞行！可是想到此一去能否重見，實在沒有把握，又使人擔心。況且我和義姊，有生死骨肉的情分，僅僅拜盟一天，又要分離，實在難過。再說在三小時以前，我們大家又遇到一件淒慘的事情，大家的眼淚未乾。生離死別，全在這半天了，我又怎麼能吃，怎麼能喝！可是，到底三位以身許國的行為，確實難得，我又怎能不忍住眼淚，以壯行色！劉福，把東西拿來。請你們老爺太太來。」

說話時，陶伯和夫婦來了，和大家寒暄兩句。劉福捧一個大圓托盤放在桌上，裡面是一大塊燒肉，上面插了一把尖刀，一把大酒壺，八只大杯子。家樹提了酒壺斟上八大杯血也似的紅玫瑰酒。伯和道：「不分老少，我們圍了桌子，各乾一杯，算是喝了仇人的血。」於是大家端起一杯，一飲而盡。只有樊老太太端著杯子有些顫抖。沈國英放下酒杯，雙目一瞪，高聲喝道：「陶先生這話說得好，我來吃仇人一塊肉。」於是拔出刀來，在肉上一劃，割下一塊肉來，便向嘴裡一塞。何麗娜指著旁邊的鋼琴道：「我來奏一闋從軍樂吧。」沈國英道：「不，哀兵必勝！不要樂，要哀。何小姐能彈易水吟的譜子嗎？」何麗娜道：「會的。」秀姑道：「好極了，我們都會唱！」於是何麗娜按著琴，大家高聲唱著：「風蕭蕭兮易水寒，壯士一去兮不復還。……」只有樊老太太不唱，兩眼望了秀姑，垂出淚珠來。秀姑將手一揮道：「不唱了，我們上車站吧。」大家停了唱，秀姑與伯和夫婦先告別，然後握了老太太的手道：「媽！我去了。」老太太顫抖了聲音道：「好！好孩子，但願你馬到成功。」沈國英、李永勝也和老太太行了軍禮。大家一點聲音沒有，一步跟著一步，共同走出大門來了。門口共有三輛汽車，分別坐著馳往東車站。

到了車站，沈國英跳下車來，汽車夫看到，也跟著下車，向沈國英請了個安道：「統制，我不能送你到站裡去了。」沈國英在身上掏出一沓鈔票，又一張名片，向汽車夫道：「小徐！你跟我多年，現在分別了。這五十塊錢給你作川資回家去。這輛汽車，我已經捐給第三軍部作軍用汽車，你拿我的片子，開到軍部裡去。」小徐道：「是！我立刻開去。錢，我不要。統制都去殺敵人，難道我就不能出一點小力。既是這輛車捐作軍用汽車，當然車子還要人開的，我願開了這車子到前線去。」沈國英出其不意的握了他的手道：「好弟兄！給我掙面子，就是那麼辦。」汽車夫只接過名片，和沈國英行禮而去。伯和夫婦、家樹、麗娜，送著沈、關、李三人進站，秀姑回身低聲道：「此地耳目眾多，不必走了。」四人聽說，怕誤他們的大事，只好站在月臺鐵欄外，望著三位壯士的後影，遙遙登車而去。

何麗娜知道家樹心裡萬分難過，送了他回家去。到家以後，家樹在書房裡沙發椅上躺著，一語不發。何麗娜道：「我知道你心裡難受，但是事已至此，傷心也是沒用。」家樹道：「早知如此，不回國來也好！」何麗娜道：「不！我們不是回來同赴國難嗎？我們依然可以幹我們的。我有了一點主意，現在不能發表，明天告訴你。」家樹道：「是的，現在只有你能安慰我，你能瞭解我了。」

何麗娜陪伴著家樹坐到晚上十二點，方才回家去。何廉正和夫人在燈下閒談，看到姑娘回來了。便道：「時局不靖，還好像太平日子一樣到半夜才回來呢。」何麗娜道：「時局不靖，在北平什麼要緊，人家還上前線哩。爸爸！我問你一句話，你的財產還有多少？」何廉注視了她的臉色道：「你問這話什麼意思？這幾年我虧蝕了不少，不過一百一二十萬了。」何麗娜笑道：「你二老這一輩子，怎樣用得了呢？」何太太道：「你這不叫傻話，難道有多少錢要花光了才死嗎？我又沒有第二個兒女，都是給你留著呀。」何麗娜道：「能給我留多少呢？」何廉道：「你今天瘋了吧，問這些孩子話幹什麼？」何麗娜道：「我自然有意思的。你二老能給我留五十萬嗎？」何廉用一個食指摸了上唇鬍子，點點頭道：「我明白了，你在未結婚以前，想把家產……」何麗娜不等他說完，便搶著道：「你等我再問一句，你讓我到德國留學求得學問來做什麼？」何廉道：「為了你好自立呀。」何麗娜道：「這不結了！我能自立，要家產做什麼？錢是我要的，自己不用，家樹他更不能用。爸爸，你不為國家做事，發不了這大的財。錢是正大光明而入者，亦正大光明而出。現在國家要亡了，我勸你拿點錢來幫國家的忙。」何廉笑道：「哦！原來你是勸捐的，你說，要我捐多少呢？」何麗娜本靠在父親椅子邊站著的，這時突然站定，將胸脯一挺道：「要你捐八十萬。」何廉淡淡的笑道：「你胡鬧。」說著，在茶几上雪茄煙盒子裡取了一根雪茄，咬了煙頭吐在痰盂裡。自己起身找火柴，滿屋子走著。

當下何麗娜跟著她父親身後走著，又扯了他的衣襟道：「我一點不胡鬧。對你說，我要在北平、天津、唐山、灤州、承德、喜峰口找十個地方，設十個戰地病院。起碼一處一萬，也要十萬，再用十萬塊錢，作補充費，這就是二十萬。家樹他要立個化學軍用品製造廠，至低限度，要五十萬塊錢開辦，也預備十萬塊錢作補充費。合起來，不就是八十萬嗎？你要是拿出錢來，院長廠長，都用你的名義，我和家樹，親自出來主持一切，也教人知道留學回來，不全是用金招牌來騙官做的。」何廉被她在身後吵著鬧著，雪茄銜在嘴裡，始終沒有找著火柴。她在桌上隨便拿來一盒，擦了一根，貼在父親懷裡，替他點了煙，靠著他道：「爸爸，你答應吧。我又沒兄弟姊妹，家產反正是我的，你讓我為國家做點事吧。」何廉道：「就是把家產給你，也不能讓你糟蹋。數目太大了，我不能……」何麗娜跳著腳道：「怎麼是糟蹋？沈國英只有八萬元家私，他就拿出六萬來，而且自己還去當義勇軍啦。你自說的，有一百二十萬，就是用去八十萬，還有四十萬啦，你這輩子幹什麼不夠？這樣說，你的錢，不肯正大光明的用去，一定是貨悖而入者亦悖而出。得！我算白留學幾年了，不要你的錢，我自己去找個了斷。」說畢，向何廉臥室裡一跑，把房門立刻關上。

何太太一見發了急，對何廉道：「你抽屜裡那支手槍……」何廉道：「沒收起……」她便立刻捶門道：「麗娜，你出來，別開抽屜亂翻東西。」只聽到屋子裡拉著抽屜亂響，何麗娜叫道：「家樹，我無面目見你，別了。」何太太哭著嚷了起來道：「孩子，有話好商量呀，別……別……別那麼著。我只有你一個呀！你們來人呀，快救命囉！」何廉也只捶門叫道：「別胡鬧！」早有兩個健僕，由窗戶裡打進屋子去，在何麗娜手上，將手槍奪下，開了房門，放老爺太太進去。何麗娜伏在沙發上，藏了臉，一句不言語。何廉站在她面前道：「你這孩子，太性急，你也等我考量考量。」何麗娜道：「別考量，留著錢，預備做亡國奴的時候納人頭稅吧。」她說畢，又哭著鬧著。何廉一想：便捐出八十萬，還有四五十萬呢。這樣做法，不管對國家怎樣，自己很有面子，可以博得國人同情。既有國人同情，在政治上，當然可以取得地位。……想了許久，只得委委屈屈，答應了姑娘。何麗娜噗嗤一笑，才去睡覺。

這個消息，當然是家樹所樂意聽的，次日早上，何麗娜就坐了車到陶家來報告。未下汽車，劉福就迎著說：「表少爺穿了長袍馬褂，胳臂上圍著黑紗，天亮就出去了。」何麗娜聽說，連忙又把汽車開向劉將軍家來。路上碰到八個人抬一具棺材，後面一輛人力車，拉著沈大娘，一個穿破衣的男子背了一籃子紙錢，跟了車子，再後面，便是家樹，低了頭走著。何麗娜歎了一口氣，自言自語的道：「就是這一遭了，由他去吧！」於是再回來，在陶家候著。直到下午一兩點鐘家樹才回來，進門便到書房裡去躺下了。何麗娜進去，先安慰他一頓，然後再把父親捐款的事告訴他。家樹突然的握住她的手坐起來道：「你這樣成就我，我怎樣報答你呢？」何麗娜笑道：「我們談什麼報答。假使你當年不嫌我是千金小姐，我如今還沉醉在歌舞酒食的場合，哪裡知道真正做人的道理！其實還是你成就了我呢。」家樹今天本來是傷心之極，聽了何麗娜的報告，又興奮起來。當日晚上，見了何廉，商議了設立化學軍用品製造廠的辦法，結果很是圓滿。

這消息在報上一宣布，社會上同情樊、何兩個熱心，來幫忙的不少，有錢又有人，半個月工夫，醫院和製造廠，先後在北平成立起來。

再說秀姑去後，先有兩個無線電拍到北平，說是關壽峰只受小傷，沒關係，子彈運到，和敵軍打了兩仗，而且劫了一次軍車，都得有勝利，朋友都很歡喜。半個月後音信卻是渺然。這北平總醫院，不住的有戰傷的義勇軍來療養，樊、何兩人，逢人便打聽關、沈的消息。有一天，來了十幾個傷兵，正是關壽峰部下的。何麗娜找了一個輕傷的連長，細細盤問一遍。他說：「我們這支軍隊，共有一千多人，總指揮是關壽峰，副指揮是關秀姑，後來沈國英去了，我們又舉他做司令。我們因為補充了子彈，在山海關外，狠打了幾次有力的仗，殺得敵人膽寒。我們的總部在李家堡，是九門口外的一個險地。九門口裡，就是正規軍的防地。前十天晚上，我們得了急報，敵人有騎兵五六百，步兵三千，在深夜裡，要經過李家堡，暗襲九門口。沈司令說：『我們和敵人相差過多，子彈又不夠，不如避實擊虛，讓他們過去，在後面兜抄。』關指揮說：『不行。九門口，只有華軍一團人，深夜不曾防備，一定被敵人暗襲了去。敵人占了九門口，山海關不攻自得，我們一千多人，反攻何用？山海關一失，華北搖動，這一著關係非淺。我們只有擋住了要道，不讓敵人過去。此地到九門口，只十幾里路，一開火，守軍就可以準備起來。我們抵抗得越久，九門口是準備得越充足。兄弟，就是今晚，我們為國犧牲吧。』沈司令想了一想，這話也是，立刻我們就準備抵抗。敵人初來，也不曾防備我們怎樣抵抗，到了莊外，我們猛然迎擊，他們抵抗不住，先退下去。但是他們的人多，將莊子團團圍住，大炮機槍，對了莊裡狂射。我們各守了圍牆，等敵人到了火力夠得上的地方，才放出槍去。敵人只管猛烈進攻，我們死力守著不動。戰了有兩小時，敵人幾次衝鋒，衝到莊門口來，最後一次，我們的子彈，快要完了，我們關總指揮叫著說：『大家拚吧，再支持兩點鐘就天亮了，我們殺出去。』他一手拿了大砍刀，一手拿了手槍，帶了五百多名弟兄衝出莊去。

我就緊緊跟在總指揮後面，親眼看到他手起刀落，砍倒七八十個敵人。我們這樣肉搏一陣，敵人已經有些支持不住；我們的副指揮關姑娘，又帶了二三百弟兄來接應，敵人就退下去了。我們也不敢追，又退回莊去守著。但是這一陣惡戰，死了四五百人，連著先死的，一千多人，已經死亡三分之二。看看天色快亮，九門口遙遙的發出幾響空炮。我們總指揮坐在矮牆下一塊石頭上，喘著氣哈哈笑道：『好了，好了！守口軍隊，已經有準備了。』這時，我看他身上的衣服，撕得稀爛，鬍子上，手上，臉上，都是血跡，他兩手按了膝蓋，喘著氣道：『值！今天報答國家了。』他說後，身子靠了牆，就過去了。我們沈司令、副指揮因敵人還不肯退，就對著總指揮說：『憑了你老人家英靈不遠，我們有一口氣，也不讓敵人進我的莊子。』說完，沈司令帶了殘餘弟兄三四百人，等敵人逼近，又殺出去衝鋒肉搏。這次我們人更少，哪裡衝得動，戰到天亮，全軍覆沒了。沈司令、李團長都沒回來。不過天色一亮，敵人就不敢再攻九門口，自己退走了。關姑娘數數村子裡的活人，只剩二百多，戰得真是悲壯，不但九門口沒事，李家堡也守住了。可是敵人上了這次當，這日下午，就派了四架飛機來轟炸李家堡。我們副指揮戰了一晚，又去收殮沈司令和總指揮，人太累了，就睡了一場午覺。不料就是這時候，這飛機來到，臨時驚醒躲避，已經來不及，就殉難了。」何麗娜只聽到這裡，已經不能再向下問他們怎樣逃進關的，兩眼淚汪汪，慟哭起來。——這日晚上，何麗娜向家樹提起這事，家樹也是禁不住淚如雨下。

到了次日，正是清明，家樹本來要到西便門外，去弔鳳喜的新墳，就索性對何麗娜道：「古人有禁煙時節，舉行野祭的，我們就在今天，在鳳喜墳邊，另外燒些紙帛，奠些酒漿，祭奠幾位故人，你看好嗎？」何麗娜說是很好，就吩咐傭人預備祭禮，帶了兩個傭人，共坐一輛汽車，到西便門外來。汽車停下，見兩棵新柳，一樹野桃花下，有三尺新墳，墳前立了一塊碑，上書：「故未婚妻沈鳳喜女士之墓，杭縣樊家樹立。」何麗娜看著，點了一點頭。傭人將祭禮分著兩份：一份陳設在鳳喜墳前；一份離開墳，在平坡上，向東北陳設著。家樹拿了酒壺，向地上澆著，口裡喊道：「沈國英先生，李永勝先生，我的好朋友。關大叔，秀姑我的好姊姊。你們果然一去不返了。故人！你們哪裡去了？英靈不遠，受我一番敬禮。」說著，脫下帽來，遙遙向東北三鞠躬。回轉身來，看了鳳喜的墳，叫了一聲：「鳳喜！」又墜下淚來。何麗娜卻向了東北，哭著叫關大姊。兩個傭人，分途燒著紙錢。平原沉沉的，沒有一點聲音，越顯得樊、何二人的嗚咽聲，更是酸楚。忽然一陣風來，將燒的紙灰，捲著打起胡旋，飛入半天，半樹野桃花的花片，灑雨一般的撲到人身上來。何麗娜正自愕然，那風又加緊了兩陣，將滿樹的殘花，吹了個乾淨。家樹道：「麗娜，人生都是如此，不要把爛漫的春光虛度了。我們至少要學沈國英，有一種最後的振作呀！」何麗娜道：「是的，你不用傷心，還有我呢。我始終能瞭解你呀！」家樹萬分難過之餘，覺得還有這樣一個知己，握了她的手，就也破涕為笑了。

中國古典名著

專家校注考訂　古典小說戲曲大觀

世俗人情類

- 紅樓夢　饒彬校注
- 脂評本紅樓夢　馬美信校注
- 金瓶梅　劉本棟校注
- 老殘遊記　田素蘭校注
- 平山冷燕　張國風校注
- 品花寶鑑　徐德明校注
- 野叟曝言　黃珅校注
- 綠野仙踪　葉經柱校注
- 禪真逸史　黃珅校注
- 海上花列傳　姜漢椿校注
- 九尾龜　楊子堅校注
- 醒世姻緣傳　袁世碩、鄒宗良校注
- 三門街　嚴文儒校注
- 花月痕　趙乃增校注
- 孽海花　葉經柱校注
- 魯男子　黃珅校注
- 遊仙窟　玉梨魂（合刊）　黃珊、黃珅校注
- 筆生花　黃明校注
- 浮生六記　陶恂若校注
- 玉嬌梨　石昌渝校注
- 好逑傳　石昌渝校注
- 啼笑因緣　束忱校注

公案俠義類

- 水滸傳　繆天華校注
- 兒女英雄傳　繆天華校注
- 三俠五義　張虹校注
- 七俠五義　楊宗瑩校注
- 小五義　李宗為校注
- 續小五義　文斌校注
- 蕩寇志　侯忠義校注
- 綠牡丹　劉倩校注
- 羅通掃北　劉倩校注
- 楊家將演義　楊子堅校注
- 萬花樓演義　陳大康校注
- 粉妝樓全傳　陳大康校注
- 七劍十三俠　張建一校注
- 包公案　顧宏義校注
- 海公大紅袍全傳　楊同甫校注

施公案　黃珅校注

歷史演義類

三國演義　饒彬校注
東周列國志　劉本棟校注
東西漢演義　朱恒夫校注
隋唐演義　嚴文儒校注
說岳全傳　平慧善校注
大明英烈傳　楊宗瑩校注

神魔志怪類

西遊記　繆天華校注
封神演義　楊宗瑩校注
濟公傳　楊宗瑩校注
三遂平妖傳　楊東方校注
南海觀音全傳　達磨出身
傳燈傳（合刊）　沈傳鳳校注

諷刺譴責類

儒林外史　繆天華校注
官場現形記　張素貞校注
文明小史　張素貞校注
鏡花緣　尤信雄校注
二十年目睹之怪現狀　石昌渝校注
何典　斬鬼傳　唐鍾馗平
鬼傳（合刊）　鄔國平校注

擬話本類

拍案驚奇　劉本棟校注
二刻拍案驚奇　徐文助校注
喻世明言　徐文助校注
警世通言　徐文助校注
醒世恒言　廖吉郎校注
今古奇觀　李平校注
豆棚閒話　照世盃（合刊）　陳大康校注
石點頭　李忠明校注

十二樓　陶恂若校注
西湖佳話　陳美林、喬光輝校注
西湖二集　陳美林校注
型世言　侯忠義校注

著名戲曲選

竇娥冤　王星琦校注
漢宮秋　王星琦校注
梧桐雨　王星琦校注
琵琶記　江巨榮校注
第六才子書西廂記　張建一校注
牡丹亭　邵海清校注
荊釵記　趙山林校注
荔鏡記　趙山林、趙婷婷校注
長生殿　樓含松、江興祐校注
桃花扇　陳美林、皐于厚校注
雷峰塔　俞為民校注

遊仙窟 玉梨魂（合刊）

張鷟、徐枕亞／著 黃瑚、黃珅／校注

本書合刊《遊仙窟》與《玉梨魂》二篇文言言情小說。《遊仙窟》首創以自敘的方式，寫作者在旅途的一段豔遇，辭采絢麗，刻畫傳神，在唐人小說中別具異彩，風行一時，並且傳入日本，自唐以來即流傳不衰。《玉梨魂》則是民初上海鴛鴦蝴蝶派小說最有價值的代表作，描寫青年才子何夢霞與年輕貌美的寡婦白梨影相愛卻不能相守的悲劇故事，因為有作者的身影在其中，寫來悱惻幽怨，哀感動人，曾改編成話劇和電影，轟動一時，並且遠銷至南洋。二篇雖是文言小說，但都情采並茂，耐人尋味，本書並有詳細注解，誠摯邀您一同鑑賞。

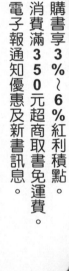